U0132737

2008
中国企业『走出去』
发展报告

中国国际贸易促进委员会　主编

人民出版社

责任编辑:茅友生
版式设计:陈 岩
责任校对:吕 飞

图书在版编目(CIP)数据

中国企业"走出去"发展报告(2008)/中国国际贸易促进委员会主编.
-北京:人民出版社,2008.12
ISBN 978－7－01－007550－1

Ⅰ. 中… Ⅱ. 中… Ⅲ. 企业-对外投资-研究报告-中国 Ⅳ. F279.23

中国版本图书馆 CIP 数据核字(2008)第 193088 号

中国企业"走出去"发展报告(2008)
ZHONGGUO QIYE ZOUCHUQU FAZHAN BAOGAO

中国国际贸易促进委员会 主编

人民出版社 出版发行
(100706 北京朝阳门内大街 166 号)

北京龙之冉印务有限公司印刷 新华书店经销

2008 年 12 月第 1 版 2008 年 12 月北京第 1 次印刷
开本:710 毫米×1000 毫米 1/16 印张:29.5
字数:470 千字

ISBN 978－7－01－007550－1 定价:49.00 元

邮购地址 100706 北京朝阳门内大街 166 号
人民东方图书销售中心 电话 (010)65250042 65289539

编辑委员会

主　编　万季飞　中国国际贸易促进委员会　会长

副主编　张　伟　中国国际贸易促进委员会　副会长

编　委　赵晓笛　中国国际贸易促进委员会经济信息部　部长

　　　　段志强　中国国际贸易促进委员会办公室　主任

　　　　林　宁　中国国际贸易促进委员会经济信息部　副部长

　　　　王　俐　中国国际贸易促进委员会经济信息部　副部长

　　　　赵会田　中国国际贸易促进委员会驻港澳代表处　首席代表

　　　　刘凤华　中国国际贸易促进委员会驻日本代表处　首席代表

　　　　杨平安　中国国际贸易促进委员会驻韩国代表处　首席代表

　　　　章晓立　中国国际贸易促进委员会驻新加坡代表处　首席代表

　　　　张喜敬　中国国际贸易促进委员会驻海湾地区代表处　首席代表

　　　　张　屹　中国国际贸易促进委员会驻澳大利亚代表处　首席代表

　　　　徐晨滨　中国国际贸易促进委员会驻美国代表处　首席代表

　　　　冯晓明　中国国际贸易促进委员会驻墨西哥代表处　首席代表

　　　　常　云　中国国际贸易促进委员会驻加拿大代表处　首席代表

　　　　杨清元　中国国际贸易促进委员会驻德国代表处　首席代表

　　　　张　钢　中国国际贸易促进委员会驻法国代表处　首席代表

　　　　郭英会　中国国际贸易促进委员会驻英国代表处　首席代表

　　　　赵秋生　中国国际贸易促进委员会驻意大利代表处　首席代表

　　　　邬延光　中国国际贸易促进委员会驻比利时代表处　首席代表

　　　　陈京宪　中国国际贸易促进委员会驻俄罗斯代表处　首席代表

　　　　刘振华　中国国际贸易促进委员会办公室调研处　处长

编　辑　孙　俊　中国国际贸易促进委员会经济信息部市场调研处　处长

　　　　王树谦　中国国际贸易促进委员会经济信息部市场调研处　副处长

　　　　阮海斌　中国国际贸易促进委员会经济信息部市场　调研处

　　　　李书婷　中国国际贸易促进委员会经济信息部市场　调研处

序　言

改革开放 30 年来,我国积极参与经济全球化进程,大力开展对外贸易,吸引外商投资,加快与国际市场融合,对外开放水平不断提高。2007 年我国商品进出口总额达到 21738 亿美元,居世界第三位,利用外资 835.21 亿美元,居世界第五位。我国已经成为一个贸易大国、利用外资大国。

然而,随着经济全球化深入发展,我国面临的国际经济环境也发生了剧烈变化,世界各国、各地区之间的经济相互依存关系和国际分工不断深化,国际产业转移出现了新趋势。如何抓住这个机遇,积极参与国际竞争,成为提高我国企业国际竞争力,转变经济发展方式的关键。同时,近年来我国对外贸易顺差不断加大,外资大规模流入,而对外投资相对较少,使得我国的国际收支很不平衡,外汇储备达到了近 2 万亿美元,贸易摩擦亦不断加剧,因此我们有必要采取多方面措施,逐步改变国际收支不平衡的局面,保持国民经济平稳较快发展。

面对新的形势和情况,国家提出大力调整产业结构,转变对外贸易增长方式,拓展对外开放的广度和深度,提高开放型经济水平,充分利用国际国内两种资源、两个市场,把"引进来"和"走出去"更好地结合起来,加速对外直接投资,推动我国企业"走出去"发展,逐步实现国际化经营,成为有实力的跨国企业。

企业"走出去"发展,不仅可以提高我国企业在国际市场的核心竞争力,帮助企业利用国内国外两个市场,在全球范围内优化配置资源和生产要素,缓解国内产能过剩,推动产业升级,而且有利于解决贸易顺差不断增加所带来的国际收支不平衡问题,有利于减少与欧美国家的贸易摩擦。因此,实施"走出去"战略意义重大,已经成为我国参与国际合作和竞争新的战略举措。然而,在实施"走出去"战略的过程中,我们的企业虽然不断取得新的进展,却也遇到了种种困难和问题,因此也更加需要国家有关部门和机构进一步的扶持与协助。

作为我国最大的对外贸易和投资促进机构,中国贸促会一直致力于促进中外经贸关系的加强,为我国对外开放的成功做出了积极贡献。在国家提出实施"走出去"战略之际,我们及时顺应企业需要,创新工作思路,制定并实施了中国贸促会"走出去促进计划"。我会充分发挥双边企业家理事会作用,成功举办了"中国—拉美企业家高峰会"、"中非企业家大会"、"亚欧工商论坛"、"中国—欧盟商务峰会"、"中国—东盟商务投资峰会"、"中阿合作论坛"、"上合组织实业家委员会"等活动,建立了支持中国企业"走出去"的双边或多边工作机制;我会主办的"中国企业跨国投资研讨会"已经成为国家有关部门宣传政策措施、国外相关机构介绍投资环境、中外企业寻求客户的重要平台;我会还通过举办其他经贸活动,组织企业赴海外投资,开展投资环境、政策调研和咨询服务等方式,为推动企业对外投资和"走出去"做了许多工作。

《中国企业"走出去"发展报告》是我会实施"走出去促进计划"的系列成果之一。2008年版的《中国企业"走出去"发展报告》,回顾了"走出去"战略形成过程,分析了"走出去"发展政策体系,研究了全球外国直接投资发展趋势,汇集了五大洲20多个国家的投资政策法规,分析了这些国家的投资环境,介绍了中国企业"走出去"发展概况。我们希望,这本报告能为实施"走出去"战略提供一定参考,对有意走出国门,开展对外投资的企业具有指导作用,能为海内外工商界提供更好的帮助。

我相信,通过实施"走出去"战略,我国对外经贸合作事业必将推进到一个新的更高水平,进一步促进我国国民经济持续快速健康发展。中国贸促会在今后将继续开展"走出去"促进工作,关注企业"走出去"发展趋势,为企业提供更多、更好的服务。

中国国际贸易促进委员会会长
2008 年 12 月 8 日

目录

第一章

中国企业"走出去"战略形成及
政策推动体系分析

在世纪之交,党中央总揽全局,根据国内外发展新形势提出了"走出去"战略。该战略的提出标志着以"引进来"为主的中国改革开放进入了崭新阶段。"走出去"战略又称国际化经营战略,是中国企业充分利用国内外"两个市场、两种资源",通过对外直接投资、对外工程承包、对外劳务合作等形式积极参与国际竞争,实现我国经济可持续发展的现代化强国战略。

在"走出去"与"引进来"并重的战略框架下,我国全方位、宽领域、多层次的对外开放格局正在形成。对"走出去"战略的形成、发展进行系统认识,将有利于"走出去"战略的深入实施,有利于回答"怎么走出去"、"走到哪里去"等问题。

一、"走出去"战略的形成过程

从下面两图可以看出,我国年批准海外投资的变化趋势主要以 1997 年为分水岭。1997 年之前,海外投资企业数和海外投资年批准量基本呈缓慢增长甚至负增长趋势;1997 年之后,二者呈明显的增加趋势。这种变化趋势反映了我国"走出去"政策体系的基本变化。

"走出去"战略的形成经历了"九五"计划前的探索、"九五"计划期的雏形、"十五"计划期的正式提出到"十一五"计划期的全面落实这样一个过程。

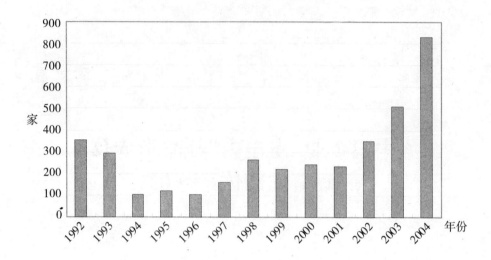

图1—1.1　1992—2004 年我国年批准海外投资企业数量变化图

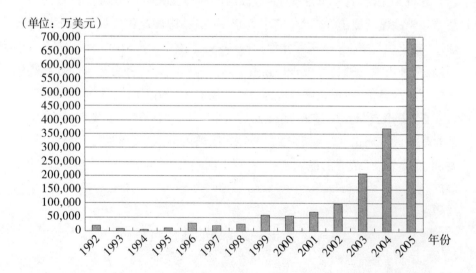

图1—1.2　1992—2005 年我国年批准海外投资总额变化图

(一)"走出去"战略的探索(改革开放至"九五"计划前)

1979 年 8 月,国务院提出"出国办企业",第一次把发展对外投资作为国家政策,从而拉开了中国企业对外直接投资的序幕。在我国改革开放初期,"走出去"的表现非常有限,主要集中于有限的对外直接投资。

1979—1982 年,是尝试性的、极为有限的对外直接投资阶段。此间的中国境外投资项目,无论以何种方式出资,无论投资金额大小,一律需要报请国务院审批。从 1983 年开始,国务院授权原外经贸部为中国境外投资企业审批和管理部门。此阶段的审批还只是个案审批,尚未形成规范。

随着我国经济的发展,中国对外投资的趋势开始加大,加上前期的对外投资审批缺乏规范性,1984 年 5 月,原外经贸部发布了《关于在国外和港澳地区举办非贸易性合资经营企业审批权限和原则的通知》。1985 年 7 月,原外经贸部颁布了《关于在境外开办非贸易性企业的审批程序和管理办法的试行规定》。对外直接投资开始从个案审批到规范性审批转变。

但是在 20 世纪 90 年代初,我国对外直接投资政策体系的基本指导思想仍然是限制中国企业的海外投资。1991 年,国务院同意了原国家计委递交的《关于加强海外投资项目管理意见》。该《意见》指出"目前,我国尚不具备大规模到海外投资的条件,到海外投资办企业主要应从我国需要出发,侧重于利用国外的技术、资源和市场以补充国内的不足"。

在这样的政策指导下,1992—1996 年,我国批准海外投资的企业数量呈下降趋势,平均年增长率为 - 20.58%。1992 年批准企业数为 355 家,1996 年批准企业数为 103 家。1996 年与 1992 年相比,企业数减少了 252 家,减少了70.99%。1992—1995 年,批准海外投资总额也同样呈下降趋势;1995 年以后,批准海外投资总额开始上升。1993 年比上一年的增长率为 - 50.84%;1994 年比上一年的增长率为 - 26.45%。尽管 1995 年的投资额有所上升,但总的来看,1992—1995 的年批准海外投资额的年平均增长率为 - 8.86%。

1992 年 10 月,江泽民同志在党的十四大《加快改革开放和现代化建设步伐,夺取有中国特色社会主义事业的更大胜利》报告中提出,"进一步扩大对外开放,更多更好地利用国内外资金、资源、技术和管理经验",以及"积极开拓国际市场,促进对外贸易多元化,发展外向型经济","积极地扩大我国企业的对外投资和跨国经营"。"走出去"战略的雏形开始形成。总的来看,这一阶段,中国的对外开放主要是"引进来",引进外国资金、技术、设备和管理经验,"走出去"的企业不多,规模不大。

1993 年 3 月,中共十四届二中全会召开。全会分析了我国当前的经济形势,强调指出,在当前和整个九十年代,抓住国内和国际的有利时机,加快改革开放和现代化建设步伐,这个指导思想要坚定不移。

1993 年 11 月,召开了中共十四届三中全会。全会审议并通过了《中共中央关于建立社会主义市场经济体制若干问题的决定》。《决定》提出深化对外经济体制改革,进一步扩大对外开放。

1994 年 1 月,国务院做出《关于进一步深化对外贸易体制改革的决定》,提出我国外贸体制改革的目标是:统一政策、放开经营、平等竞争、自负盈亏、工贸结合、推行代理制,建立适应国际经济通行规则的运行机制。

(二)"走出去"战略的雏形("九五"计划期)

1995 年 9 月,中共十四届五中全会通过了《关于国民经济和社会发展"九五"计划和 2010 年远景目标的建议》。《建议》提出,实现"九五"计划和 2010 年远景目标的关键是实现两个具有全局意义的根本性转变,一是经济体制从传统的计划经济体制向社会主义市场经济体制转变;二是经济增长方式从粗放型向集约型转变。

1996 年 3 月,八届全国人大四次会议召开。会议通过了《国民经济和社会发展"九五"计划和 2010 年远景目标纲要》。该《纲要》是党的十四大确定建立社会主义市场经济体制的改革目标之后,第一个以市场经济为基础的中长期计划,是一个改革创新的计划。

1997 年 9 月,在党的十五大上,江泽民同志在《高举邓小平理论伟大旗帜,把建设有中国特色社会主义事业全面推向二十一世纪》政治报告中提出要"努力提高对外开放水平","以提高效益为中心,努力扩大商品和服务的对外贸易,优化进出口结构","积极开拓国际市场",第一次明确提出"鼓励能够发挥我国比较优势的对外投资。更好地利用国内国外两个市场、两种资源"。

1998 年 2 月,江泽民同志在中共十五届二中全会上明确指出,"在积极扩大出口的同时,要有领导有步骤地组织和支持一批有实力有优势的国有企业走出去,到国外去,主要是到非洲、中亚、中东、中欧、南美等地投资办厂"。

1998 年 12 月,中央经济工作会议举行。会议确定 1999 年经济工作的总体要求是:高举邓小平理论伟大旗帜,深入贯彻落实党的十五大和十五届三中全会精神,继续推进改革开放,把扩大国内需求作为促进经济增长的主要措施,稳定和加强农业,深化国有企业改革,调整经济结构,努力开拓城乡市场,千方百计扩大出口,防范和化解金融风险,整顿经济秩序,保持国民经济持续快速健康发展和社会全面进步,迎接建国50周年。

1997年亚洲金融危机后,为了扩大出口,国家实行了鼓励企业开展境外带料加工装配业务的战略,并形成了比较完整的鼓励政策体系。1998年,吴仪同志三次在外经贸系统有关工作会议上提出开展境外带料加工装配业务,以带动出口扩张。

1999年2月,国务院办公厅转发了原外经贸部、原国家经贸委、财政部《关于鼓励企业开展境外带料加工装配业务的意见》。这份文件从指导思想和基本原则、工作重点、有关鼓励政策、项目审批程序、组织实施等五个方面提出了支持我国企业以境外加工贸易方式"走出去"的具体政策措施。鼓励我国轻工、纺织、家用电器等机械电子以及服装加工等行业具有比较优势的企业到境外开展带料加工装配业务,是应对当时亚洲金融危机影响,千方百计扩大出口的一项重要措施,也是贯彻党的十五大关于"努力提高对外开放水平"总体要求的一项重要工作。

1999年9月,以"中国:未来50年"为主题的《财富》全球论坛在上海举办。在论坛上,江泽民同志提出"中国的企业要向外国企业学习先进经验,走出去在经济全球化的浪潮中经风雨见世面,增强自身竞争力"。这次盛会,为"走出去"战略的提出和最终明确奠定了坚实基础。

在整个"九五"期间,从1995—1999年,中国年批准海外投资企业的年平均增长率为20.66%,年批准海外投资额的年平均增长率为70.71%。这两个数据与"八五"期间相比较,已经取得了非常大的进步。

(三)"走出去"战略的提出("十五"计划期)

"走出去"战略的正式提出,是在2000年3月的全国人大九届三次会议期间。江泽民指出,随着我国经济的不断发展,我们要积极参与国际经济竞争,并努力掌握主动权。必须不失时机地实施"走出去"战略,把"引进来"和"走出去"紧密结合起来,更好地利用国内外两种资源、两个市场。

"走出去"战略的最终明确,是在2000年10月召开的党的十五届五中全会上。党的十五届五中全会是在世纪之交,我国即将胜利完成"九五"计划,改革开放和现代化建设进入新的发展阶段的历史时刻召开的。全会审议并通过了《中共中央关于制定国民经济和社会发展第十个五年计划的建议》。《建议》指出,"十五"时期我国对外开放将进入新的阶段。实行对外开放的基本国策,在"十五"期间乃至更长的一段时期,一个很重要的内容,就是要实施"走出去"的开放战略。《建议》首次明确提出"走出去"战略,并把它作为四大新战略(西部大开发战略、城镇化战略、人才战略和"走出去"战略)之一。

该《建议》列举了未来五年我国对外投资的主要类型,即境外加工贸易、资源开发和对外承包工程等。同时还指出,应进一步扩大经济技术合作的领域、途径和方式,强调应在信贷、保险方面给予对外投资相应的政策支持,并加强对外投资的监管机制,以及境外企业管理和投资业务的协调工作。《建议》为今后五年我国对外投资活动的发展指明了方向,创造了良好的政策环境。

2001年3月,朱镕基总理在九届全国人大四次会议上所作的《关于国民经济和社会发展第十个五年计划纲要的报告》中提出,"适应经济全球化趋势,进一步提高对外开放水平","进一步发展出口贸易","实施'走出去'战略。鼓励有比较优势的企业到境外投资,开展加工贸易,合作开发资源,发展国际工程承包,扩大劳务出口等。建立和完善政策支持体系,为企业到境外投资兴业创造条件"。

2002年11月,党的十六大召开,江泽民在《全面建设小康社会,开创中国特色社会主义事业新局面》报告中再次明确提出,要"坚持'引进来'和'走出去'相结合,全面提高对外开放水平。适应经济全球化趋势和加入世贸组织的新形势,在更大范围和更高层次上参与国际经济技术合作和竞争,充分利用国际国内两个市场,优化资源配置,拓宽发展空间,以开放促改革促发展","进一步扩大商品和服务贸易","实施'走出去'战略是对外开放新阶段的重大举措。鼓励和支持有比较优势的各种所有制企业对外投资,带动商品和劳务出口,形成一批有实力的跨国企业和著名品牌"。

在整个"十五"期间,从2000—2004年,中国年批准海外投资企业的平均增长率为33.01%,比"九五"期间提高了12.35个百分点。从2000—2005年,年批准海外投资额的平均增长率为56.36%,比"九五"期间增速稍微放缓。

(四)"走出去"战略的落实("十一五"计划期)

2005年10月召开的党的十六届五中全会上,《中共中央关于制定国民经济和社会发展第十一个五年规划的建议》指出,必须不断深化改革开放,实施互利共赢的开放战略。支持有条件的企业"走出去",按照国际通行规则到境外投资,鼓励境外工程承包和劳务输出,扩大互利合作和共同发展。

2006年1月19日,全国商务工作会议在北京召开。在会上,吴仪提出,支持有条件的企业"走出去"开展对外投资和跨国经营。

2006年12月召开的中央经济工作会议上,再次强调我国还要继续实施"走出去"战略。

"走出去"战略在"十一五"期间的全面落实,主要体现在对该战略的政策推动上。下面将对"走出去"战略的推动政策做一归纳。

二、"走出去"战略的推动政策

为实施"走出去"战略,推动对外经济合作业务的发展,国家各相关部门在境外开设企业、境外企业的财税、信贷、保险、外汇,以及投资国别的导向等方面制定了一系列的政策措施。这些政策措施分别是"走出去"战略的管理保障、服务保障和监督保障。

(一)"走出去"战略的管理保障

对外直接投资的个案审批到核准备案制的转变是对"走出去"战略的最大管理保障。

原外经贸部在1984年5月颁布了《关于在国外和港澳地区举办非贸易性合资经营企业审批权限和原则的通知》。该《通知》规定,凡到国外和港澳地区举办非贸易性合资经营企业,无论投资额大小,都必须由省、市外经贸主管部门向外经贸部(1983年前报外国投资管理委员会)申报审批。

1985年7月,原外经贸部颁布了《关于在境外开办非贸易性企业的审批程序和管理办法的试行规定》。该《规定》对到国外办合营企业有了新的要求,对我方投资100万美元以上的项目,仍由经贸部审批;我方投资100万美元以下的项目,由地方外经贸部门征求我驻外使(领)馆同意后审批。

1993年,原外经贸部着手起草《境外企业管理条例》,以进一步强化管理。同时,相关部门的职能分工也明确下来:外经贸部负责对境外投资方针政策的制定和统一管理;国家计委负责审批项目建议书和可行性研究报告;其他部委及省一级外经贸厅(委)为其境外企业主办单位的政府主管部门;外经贸部授权驻外使(领)馆经商处(室)对中方在其所在国开办的各类企业实行统一协调管理。

2003 年,商务部在部分省市进行了简化境外投资审批手续的试点、在全国范围内简化了境外加工贸易项目审批程序和申报材料的内容。

中方投资额在 300 万美元以下(含 300 万美元)的境外加工贸易项目,由投资主体所在地省级商务主管部门核准。中方投资额在 300 万美元以上的,由省级商务主管部门报商务部核准。

对外投资从审批制向核准制(备案制)的根本性转变源于 2004 年,这种转变从管理制度上保障了对外投资的大力发展。

2004 年 7 月,国务院做出了《关于投资体制改革的决定》,明确提出改革项目审批制度,落实企业投资自主权。对于企业不使用政府投资建设的项目,一律不再实行审批制,区别不同情况实行核准制和备案制。中方投资 3000 万美元及以上资源开发类境外投资项目由国家发展与改革委员会核准。中方投资用汇额 1000 万美元及以上的非资源类境外投资项目由国家发展与改革委员会核准。上述项目之外的境外投资项目,中央管理企业投资的项目报国家发展与改革委员会、商务部备案;其他企业投资的项目由地方政府按照有关法规办理核准。国内企业对外投资开办企业(金融企业除外)由商务部核准。

国家鼓励和支持内地各种所有制企业在港澳地区投资开办企业,2004 年 8 月,商务部和国务院港澳办制定了《关于内地企业赴香港、澳门特别行政区投资开办企业核准事项的规定》。该《规定》提出国家鼓励和支持内地各种所有制企业在港澳地区投资开办企业。商务部是核准内地企业赴港澳地区投资开办企业(非金融类)的实施机关。省级人民政府商务行政主管部门根据商务部委托,对本地区企业赴港澳地区投资开办企业进行初步审查或核准。

2004 年 10 月,商务部发布了《关于境外投资开办企业核准事项的规定》。该《规定》为促进境外投资发展,为国家支持和鼓励有比较优势的各种所有制企业赴境外投资开办企业提供了政策依据,进一步明确、简化了境外投资程序。

2004 年 10 月,国家发展与改革委员会发布了《境外投资项目核准暂行管理办法》。本办法适用于中华人民共和国境内各类法人及其通过在境外控股的企业或机构,在境外进行的投资(含新建、购并、参股、增资、再投资)项目的核准。

2005年10月,为了促进境外投资核准工作的规范、科学、透明、高效,商务部又制定了《境外投资开办企业核准工作细则》,以便进一步贯彻执行《关于境外投资开办企业核准事项的规定》。

以上一系列政策,反映出我国对外直接投资从审批制到核准(备案)制的变化。这种变化从制度上为我国企业"走出去"提供了强大的管理保障,使得企业"走出去"的步伐更加高效、有序。

(二)"走出去"战略的服务保障

为服务于我国"走出去"战略的实施,推动我国企业进行跨国经营,在政策制定上,已形成一个包括资金使用、信贷保险、外汇管理、财务税收、服务中心等方面的纵向服务体系。

1. 资金使用

1999年以来,我国出台了一系列政策开始积极鼓励我国轻工、纺织、家用电器等机械电子以及服装加工等行业具有比较优势的企业到境外开展带料加工装配业务。围绕境外带料加工装配业务,在资金使用上,相关部门出台了系列政策。

1999年,原外经贸部发出了《关于贯彻落实国务院关于鼓励企业利用援外优惠贷款和援外合资合作项目基金开展境外带料加工装配业务意见的通知》。根据该《通知》,开展境外加工贸易业务的企业可申请使用援外优惠贷款、援外合资合作项目基金。

2000年10月,为了鼓励有条件的中小企业"走出去"到海外投资办厂,原外经贸部和财政部联合制定了《中小企业国际市场开拓资金管理(试行)办法》。该《办法》中的"市场开拓资金"以中小企业为使用对象,原则上重点用于支持具有独立企业法人资格和进出口经营权的中小企业。

2001年6月,原外经贸部与财政部又联合制定了《中小企业国际市场开拓资金管理办法实施细则(暂行)》,对市场开拓资金的具体使用条件、申报及审批程序、资金支持内容和比例等具体工作程序做出了明确规定。

在对外承包工程的资金方面,2001年,财政部、原外经贸部联合制定了《对外承包工程保函风险专项资金管理暂行办法》。该《办法》对实施"走出去"战略,促进我国对外承包工程的发展,提高企业的国际竞争力起到了积极作用。2004年,商务部与财政部共同对该《办法》进行了修改完善,扩大了资金适用范围、放宽了申请企业条件,增加了企业使用资金开立保函的额度,做出了关于印发《对外承包工程保函风险专项资金管理暂行办法》的补充规定。

2003年4月,商务部、财政部、中国人民银行制定出台了《关于支持我国企业带资承包国外工程的若干意见》,旨在给予企业承揽国外带资工程项目更大的资金支持,推动我国对外承包工程业务的发展。

2003年,商务部、国土资源部协商设立了"境外矿产资源勘察开发专项资金"。2005年10月,为了鼓励和引导地勘单位和矿业企业到国外勘察,开发矿产资源,也为了加强国外矿产资源风险勘察专项资金的管理,提高资金使用权益,财政部制订了《国外矿产资源风险勘察专项资金管理暂行办法》。

2004年10月,为贯彻党的十六大关于加快实施"走出去"战略精神,鼓励和扶持有比较优势的企业开展境外资源类投资和利用境外资源领域开展对外经济技术合作,财政部、商务部联合下发了《财政部、商务部关于做好2004年资源类境外投资和对外经济合作项目前期费用扶持有关问题的通知》。

2005年12月,商务部、财政部出台了《对外经济技术合作专项资金管理办法》,对境外投资、境外高新技术研发、境外农林和渔业合作、对外承包工程、对外设计咨询、对外劳务合作等业务采取直接补助或贴息等方式给予支持。

2. 信贷保险服务

1999年,原外经贸部、财政部、中国人民银行、国家外汇管理局做出了《关于印发〈境外加工贸易企业周转外汇贷款贴息管理办法〉的通知》和《关于印发〈境外加工贸易人民币中长期贷款贴息管理办法〉的通知》。在此基础上,2003年,商务部、财政部、中国人民银行、国家外汇管理局联合下发了《关于境外加工贸易企业周转外汇贷款贴息和人民币中长期贷款贴息有关问题的补充通知》。该《补充通知》加大了中央外贸发展基金对境外加工贸易项目的支持力度。

在对外承包工程的信贷保险方面,2000年,原外经贸部、中国人民银行颁布了《关于利用出口信贷开展对外承包工程和成套设备出口实行资格审定的通知》。该《通知》对开展对外承包工程和成套设备出口业务有着非常重要的意义。

2003年12月,根据2003年中央财政援外合资合作基金预算安排,对具有对外经济合作资格的企业为实施对外承包工程项目而从国(境)内银行获得的商业贷款予以贴息。

2004年10月,国家发改委、中国进出口银行等政府部门颁布了《关于对国家鼓励的境外投资重点项目给予信贷支持的通知》。国家发改委和进出口行共同建立境外投资信贷支持机制,每年专门安排"境外投资专项贷款",享受出口信贷优惠利率。

2005年8月,为贯彻落实国务院《关于鼓励支持和引导个体私营等非公有制经济发展的若干意见》,进一步完善个体、私营等非公有制企业出口配套政策,推动非公有制企业积极"走出去"开拓国际市场,商务部和中国出口信用保险公司做出了《关于实行出口信用保险专项优惠措施支持个体私营等非公有制企业开拓国际市场的通知》。

2005年8月,国家外汇管理局做出了《关于调整境内银行为境外投资企业提供融资性对外担保管理方式的通知》。《通知》支持了企业参与国际经济技术合作和竞争,促进了投资便利化,解决了境外投资企业融资难的问题。

3. 外汇服务

外汇是企业进行境外投资的生命链。只有资金链畅通,才能保证境外投资工程的顺利进行。在外汇管理方面,国家已经出台了取消境外投资风险审查、简化了外汇资金来源审查制度;取消境外投资汇回利润保证金制度;在额度内允许企业购汇进行境外投资;下放审批权限,允许境外企业产生的利润用于境外企业的增资或者在境外再投资等一系列政策。这些政策为企业"走出去"提供了制度保障和金融支持。

1989年3月,为了促进对外经济技术合作,加强境外投资外汇管理,有利于国际收支平衡,经国务院批准,国家外汇管理局发布了《境外投资外汇管理办法》。该《办法》规定,拟在境外投资的公司、企业或者其他经济组织,须向外汇管理部门提交投资外汇资金来源证明,并由外汇管理部门负责投资外汇风险审查和外汇资金来源审查;境内投资者在办理登记时,应当按汇出外汇资金数额的5%缴存汇回利润保证金。1990年,国家外汇管理局为贯彻执行国务院批准的《境外投资外汇管理办法》,特制定了《境外投资外汇管理办法细则》。这些都是属于比较严格的外汇管理制度。

随着"走出去"政策的实施、境外带料加工装配业务的发展,外汇管理的手续开始简化。1999年4月,原外经贸部、原国家经贸委做出了《关于简化境外带料加工装配业务外汇管理的通知》。该《通知》涉及了"境外带料加工装配项目涉及的外汇收、付及汇兑,应按外汇管理有关规定办理"、"境外带料加工装配项目免交汇回利润保证金"等简化外汇管理手续。

1999年5月,为积极推动我国企业到境外开展加工贸易业务,原外经贸部、财政部、原国家经贸委、中国人民银行、国家外汇管理局制定了《境外加工贸易企业周转外汇贷款贴息管理办法》。该《办法》规定,从事境外加工贸易项目企业申请批准的周转外汇贷款,银行按正常的贷款利率执行,国家由中央外贸发展基金对出口企业贴息2个百分点。

2003年3月,为贯彻实施"走出去"发展战略,落实《国务院关于取消第一批行政审批项目的决定》的有关精神,做好取消境外投资外汇风险审查和汇回利润保证金两项行政审批的后续监管工作,国家外汇管理局决定简化境外投资外汇资金来源审查手续,做出了《关于简化境外投资外汇资金来源审查有关问题的通知》。

为推动"走出去"发展战略的深入贯彻实施,深化境外外汇管理改革试点工作,进一步完善境外外汇管理,2003年10月,国家外汇管理局发布了《关于进一步深化境外投资管理改革有关问题的通知》。该《通知》规定,经国家外汇管理局批准进行境外投资外汇管理改革试点地区的分局、外汇管理部,可以直接出具中方外汇投资额不超过300万美元的境外投资项目外汇资金来源审查意见。

为了促进与毗邻国家的经贸往来,2005年3月,国家外汇管理局发布了《关于边境地区境外投资外汇管理有关问题的通知》。该《通知》规定,国家外汇管理局各有关分局可以在自身权限范围内扩大所辖边境地区外汇中心支局境外投资外汇资金来源的审核权限,并将授权情况报总局备案。

2005年5月,国家外汇管理局发布了《关于扩大境外投资外汇管理改革试点有关问题的通知》。自2002年10月以来,国家外汇管理局陆续批准24个省、自治区、直辖市进行境外投资外汇管理改革试点,每年给予试点地区一定的境外投资购汇额度,在额度内允许投资主体购汇境外投资。在总结改革试点经验的基础上,国家外汇管理局决定将此项试点范围扩展到全国。同时扩大试点地区外汇局的审查权限。凡办理此项业务的外汇分局和外汇管理部,其对境外投资外汇资金来源的审查权限从300万美元提高至1000万美元。

2006年7月,国家外汇管理局发布了《关于调整部分境外投资外汇管理政策的通知》。《通知》主要内容包括:(一)取消境外投资购汇额度的限制,自2006 年 7 月 1 日开始,国家外汇管理局不再核定并下达境外投资购汇额度,境内投资者从事对外投资业务的外汇需求可以得到充分满足;(二)境内投资者如需向境外支付与其境外投资有关的前期费用,经核准可以先行汇出。

这两大新政策的推出,对"走出去"战略的贯彻实施和积极推进,以及中国企业境外投资的持续健康快速发展具有重大的现实意义和促进作用。

4. 财务管理服务

1989 年 3 月,财政部、原外经贸部和中国人民银行联合下发了《境外贸易、金融、保险企业财务管理暂行办法》。该《办法》对于加强境外贸易、金融、保险企业财务管理,促进境外企业的发展起到了积极作用。

1999 年 4 月,原外经贸部、原国家经贸委做出了《关于境外带料加工装配企业有关财务问题的通知》。该《通知》规定,境外带料加工装配企业,在境外带料加工装配所得利润自获利年度起 5 年内,免予上交。

1999 年 5 月,为鼓励企业到境外开展带料加工装配业务,原外经贸部、国家税务总局做出了《关于境外带料加工装配业务中有关出口退税问题的通知》。对境外带料加工装配业务所使用(含实物性投资)的出境设备、原材料和散件,实行出口退税。

1999 年 6 月,为了规范境外投资的财务管理,提高境外投资的经济效益,财政部出台了《境外投资财务管理暂行办法》。该《办法》规定,我国境外投资的财务管理实行"统一政策,分级管理"的原则。由财政部统一制定境外投资的财务管理制度,各级主管财政机关负责对本级境外投资的财务工作进行管理和监督。这是我国第一个统一的境外投资财务管理制度,标志着我国境外投资财务管理逐步走上规范化、制度化轨道。

5. 服务中心

2003 年,为加快实施"走出去"战略,加强境外投资信息服务,及时了解我国企业境外投资动态,做好引导和协调工作,商务部在商务部政府网站合作司子站上搭建了企业境外投资意向信息库。信息库的主要功能是,发布我国企业境外投资意向信息,为境内外各类机构和企业提供一个相互了解和沟通的信息平台,以加强中外企业间投资信息交流,促进我国对外经济合作业务的发展。该信息库包括对外投资意向信息、境外招商项目信息、对外承包工程信息、对外劳务合作信息、中介服务机构信息。

2005 年 12 月,按照《关于鼓励企业应对国外技术壁垒的指导意见》,商务部设立了首批"出口商品技术服务中心"。商务部组织有关部门、行业组织、科研机构等方面的专家,按照"行业权威、技术过硬、经验丰富、诚信守法、服务企业"的要求,对有关部门和行业组织推荐的申报单位进行了审定,同意在中国水产科学研究院等 19 家单位设立"技术服务中心"。

2006 年 7 月,为保障和促进中国企业公平、正当开展境外商务活动,维护中国企业的合法权益,根据《中华人民共和国对外贸易法》及有关法律、行政法规和规定,结合开展境外商务活动的实际情况,商务部颁布了《中俄企业境外投诉服务暂行办法》。并在同年 8 月,"商务部中国企业境外商务投诉服务中心"在北京成立。

2006 年 8 月,为保障和促进中国企业公平、正当开展境外商务活动,维护中国企业的合法权益,商务部公布了《中国企业境外商务投诉服务暂行办法》。根据本《办法》规定,"商务部中国企业境外商务投诉服务中心"负责无偿提供中国企业境外商务投诉服务,其工作经费由政府资助。

6. 其他

(1)国别和行业指导

为加快实施"走出去"战略,引导企业在投资前期进行科学合理的国别地区选择和行业选择,促进我国境外加工贸易的发展,商务部在征求我驻外经商机构及企业意见的基础上,2003—2004 年陆续印发了四个境外加工贸易国别指导目录,即《在东南非洲国家开展纺织服装加工贸易国别指导目录》、《在中东欧地区开展家用电器加工贸易类投资国别指导目录》、《在拉美地区开展纺织服装加工贸易类投资国别指导目录》和《在亚洲地区开展纺织服装加工贸易类投资国别指导目录》。

2004—2005 年,商务部与外交部分别联合制定了《对外投资国别产业导向目录(一)》和《对外投资国别产业导向目录(二)》。该目录分别列入了 67 和 95 个国家有投资潜力的领域,涉及农业、林业、交通、通信、制造、矿山、能源等诸多行业。

(2)境外投资环境报告

随着我国对外贸易和对外投资的逐步增长,我国企业对国际市场和投资环境的了解需求日益强烈。为满足我国企业对国际投资环境的认识需求,从2003 年开始,商务部已分别编写 2002 年度、2003 年度、2004 年度、2005 年度、

2006 年度《国别贸易投资环境报告》。这些报告主要涉及我国与有关贸易伙伴的双边贸易投资概况;有关贸易伙伴的贸易投资管理体制;有关贸易伙伴的贸易和投资壁垒情况等方面。

(3)对外工程和劳务合作

2000 年,为促进我国对外承包工程和劳务合作事业的发展,加强行业自律,规范对外承包工程和劳务合作行业的经营行为,根据《中华人民共和国对外贸易法》、《关于我国对外承包工程和劳务合作的管理规定》和《中国对外承包工程商会章程》,中国对外承包工程商会特制定了《中国对外承包工程和劳务合作行业规范》。

2002 年,为加强对外承包工程业务的管理,规范经营秩序,增强企业的总体对外竞争能力,降低银行风险,原外经贸部和中国人民银行共同制定了《对外承包工程项目投标(议标)许可暂行办法》。

2002 年 4 月,为规范和简化劳务人员出国审批手续,促进我国对外劳务合作事业的发展,原外经贸部、外交部、公安部联合发布了《办理劳务人员出国手续的办法》。《关于办理外派劳务人员出国手续的暂行规定》(〔1996〕外经贸合发第 818 号)同时废止。

2004 年,为了加强对外劳务合作管理、规范企业经营行为,商务部出台了《对外劳务合作经营管理办法》及相关配套措施和《对外劳务合作经营资格证书管理办法》。为了改革外派劳务培训模式,加强外派劳务的培训管理,同年,商务部出台了《对外劳务合作培训管理办法》,下发了《关于进一步加强外派劳务培训管理工作有关问题的通知》。

随着我国对外开放程度的不断扩大和"走出去"战略的深入实施,境外中资企业、机构与人员迅速增多,地域分布日趋广泛。为维护我公民的生命财产安全和国家利益,保障"走出去"战略的顺利实施,2005 年,商务部、外交部、国资委制定了《关于加强境外中资企业、机构与人员安全保护工作的意见》。

(三)"走出去"战略的监督保障

1. 建立对外直接统计制度

为了科学、有效地组织全国对外直接统计工作,客观、真实地反映我国对外直接投资的实际情况,保障统计资料的准确性、及时性和完整性,加强我国企业开展境外投资活动的宏观动态监管,为各级政府管理部门掌握情况、制定政策、指导工作以及建立我国资本项目预警机制提供依据,2002 年,原外经贸部和国家统计局共同制定了《对外直接投资统计制度》。从 2003 年起,境外直接投资纳入国家统计范畴。这个文件是新中国成立以来,也是改革开放以来我国第一次将海外投资纳入国名经济统计序列。

2004 年,中国对外贸易投资洽谈会期间,商务部和国家统计局共同发布了《2003 年对外直接投资统计公报》(非金融部分)。2004 年年底,结合对外直接投资统计工作中的实际情况,商务部和国家统计局对原统计制度进行了修订和完善。修订后的《对外直接投资统计制度》已于 2005 年 1 月 1 日起开始执行。

2. 建立对外投资联合年检制度

为加强对外投资的宏观监管,掌握对外投资变动情况,促进对外投资的健康发展,国家对外投资实行联合年检制度。商务部和国家外汇管理局制定了年检办法,对年检工作进行组织、协调和监督检查。从 2003 年起,组织实施对外投资联合年检,企业依据年检结果等级享受相应的优惠政策或受到相应的限制。商务部联合有关部门对年检结果进行抽样复核。如发现年检结果与事实不符,商务部将责令有关单位限期整改;对造成严重后果的,将予以处罚。

3. 建立对外投资综合绩效评价制度

为全面掌握我国境外投资状况,对境外投资活动进行客观、科学的综合评价分析从而对境外投资活动进行有效监管,商务部根据政府职能转变的要求,结合加入世贸组织后对外投资的新情况、新问题,《关于印发〈境外投资综合绩效评价办法(试行)〉的通知》,建立了"境外投资综合绩效评价体系"。从 2003 年起,组织实施对外投资综合绩效评价制度。

4. 建立境外中资企业商会制度

2002 年,为了促进境外中资企业健康发展,维护我国境外中资企业的合法权益,原外经贸部做出了《关于成立境外中资企业商会(协会)的暂行规定》。旨在推动中资企业之间相互联系和交流;增进中资企业和当地工商界的了解和沟通;扩大与所在国的经贸合作与维护中资企业的合法权益;指导和协调中资企业合法经营、公平竞争,协商解决重大经营问题,代表会员对外交涉。

5. 建立多种报告制度

2005 年 5 月,为及时了解我国企业境外并购情况,向企业提供境外并购及时有效的政府服务,商务部和国家外汇管理局制定了《企业境外并购事项前期报告制度》。企业在确定境外并购意向后,须及时向商务部及地方省级商务主管部门和国家外汇管理局及地方省级外汇管理部门报告。国务院国有资产管理委员会管理的企业直接向商务部和国家外汇管理局报告;其他企业向地方省级商务主管部门和外汇管理部门报告,地方省级商务主管部门和外汇管理部门分别向商务部和国家外汇管理局转报。企业履行境外投资核准手续,仍需按照《关于境外投资开办企业核准事项的规定》和《关于内地企业赴香港、澳门特别行政区投资开办企业核准事项的规定》的规定办理。

2004年11月,为了加快实施"走出去"战略,做好境外投资经营的后续管理服务工作,保护投资者的合法权益,创造良好环境,促进境外投资发展,商务部制定了《国别投资经营障碍报告制度》,为我国境外中资企业反映经营中遇到的各类问题、障碍和壁垒提供了渠道。

除以上的各种监督制度以外,2004年,信息产业部与商务部等单位建立了联合工作协调机制。并于2004年12月,信息产业部与商务部联合召开了"推进信息产业走出去研讨会",共同拟定了《推进我国信息产业"走出去"若干意见》,并已正式颁布实施。

（编者:喻敏、赵晓笛）

第二章

全球外国直接投资发展趋势分析

20 世纪 70 年代以来,外国直接投资(FDI)作为经济信息化、服务业化、全球化的一个内容、动力和结果,一直在快速发展。虽然 FDI 在本世纪初因互联网泡沫破灭而一度下降,但随后迅速回升。近几年来,凡是注重经济发展的国家都越来越重视 FDI,制订友好的政策、法规,吸引 FDI 和鼓励本国企业对外投资。一些发达国家如美、英、德、法等国加强了吸引外资的措施,而一些发展中国家如中国、印度、巴西等则开始发展对外投资,加上企业跨国并购行为的大幅增加,FDI 在全球迅猛发展。

一、全球 FDI 流动统计

从图 2—1.1 中可以看出,全球 FDI 流动曾出现过三个增长率较高的时期:

1. 1979—1981 年,大量 FDI 涌入石油输出国,投资于石油开发,全球 FDI 流入量年均增长率接近 30%。

2. 1987—1990 年,全球 FDI 增幅较高,较多流入发达国家(美、日、欧),年均增长率达 17%。

3. 1995—2000 年,随着国际生产的扩大、跨国公司跨境并购活动的迅猛发展,全球 FDI 流入出现了迅速发展的势头,并于 2000 年达到高峰。

1970 年,全球 FDI 流入量只有 134 亿美元,到 1980 年增长至 552 亿美元,1990 年增长至 2016 亿美元。1991 年和 1992 年由于日本对外直接投资减少,造成全球 FDI 流入量下降到 1710 亿美元。1993 年 FDI 流入开始恢复增长,

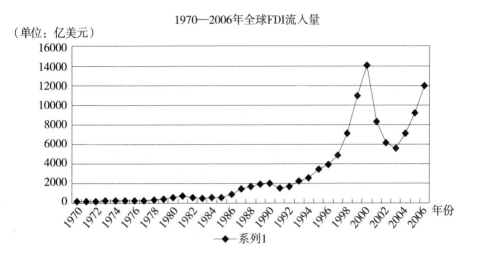

图 2—1.1　1970—2006 年全球 FDI 流入量

数据来源:联合国贸发会议 www.unctad.org.

达到 1950 亿美元。期间全球 FDI 形势发生了变化,日本从最大的 FDI 流出国下滑到第三名,居于美国和法国之后,英国(20 世纪 80 年代后期是最大的对外投资国)下滑到第五名,居于德国之后。1993 年至 2000 年,全球 FDI 逐年快速增长(1997 年和 1998 年并未受金融危机和全球经济放缓的影响),并于2000 年达到高峰。此后,全球 FDI 流动在 2001—2003 年之间急剧下降,2003年跌至 5600 亿美元。这主要是由于互联网泡沫破裂,全球经济受到冲击,特别是全球三大经济体都陷入衰退,因此造成跨国并购的下降。从 2004 年开始,由于流向发展中国家的 FDI 强劲增长,FDI 进入新的增长期,达到 6480 亿美元,其中流入发展中国家的数额激增了 40%,达到 2330 亿美元,但发达国家作为一个整体,其 FDI 流入量减少了 14%。2005 年各国 FDI 流入量比2004 年增长 29%,达到 8160 亿美元。

2006 年,全球 FDI 流入量连续第三年呈现增长,达到 13060 亿美元,增长了 38%,接近 2000 年的 14110 亿美元,这反映出很多地区强劲的经济表现。FDI 在所有三大类经济体中均出现增长,包括发达国家、发展中国家和东南欧及独联体的转型期经济体。发达国家的 FDI 流入量增长了 45%,达到 8570亿美元,增幅远高于前两年;发展中国家和转型期经济体的 FDI 流入量均达到各自的历史最高水平,分别为 3790 亿美元和 690 亿美元,比 2005 年增长了

21%和68%。美国重新成为最大的FDI接收国,英国和法国紧随其后。在发展中经济体中,中国、中国香港和新加坡吸引的FDI最多,而俄罗斯则在转型期经济体中位居榜首。

表2—1.1　2004—2006年全球FDI流入量与流出量(单位:亿美元)

区域/经济体	FDI 流入量			FDI 流出量		
	2004 年	2005 年	2006 年	2004 年	2005 年	2006 年
发达经济体	4189	5903	8575	7460	7067	10227
欧盟	2042	4864	5310	3599	6088	5724
日本	78	28	−65	310	458	503
美国	1358	1010	1754	2580	−277	2166
其他	660	−85	1222	626	−25	871
发展中经济体	2830	3143	3791	1173	1159	1744
非洲	180	296	355	21	23	82
拉丁美洲和加勒比	943	755	838	278	357	491
亚洲	1700	2087	2594	875	777	1171
西亚	208	416	599	81	134	141
东亚	1063	1163	1258	629	498	741
中国	606	724	695	55	123	161
南亚	76	99	223	22	26	98
东南亚	352	411	515	142	119	191
大洋洲	7	4	3	1	1	0
转型期经济体	403	412	693	140	146	187
东南欧	134	151	263	2	6	6
独联体	269	260	429	138	140	181
世界	7421	9458	13059	8773	8372	12158
占全球 FDI 流量的份额(单位:%)						
发达经济体	56.4	62.4	65.7	85.0	84.4	84.1
发展中经济体	38.1	33.2	29.0	13.4	13.8	14.3
转型期经济体	5.4	4.4	5.3	1.6	1.7	1.5

数据来源:贸发会议《2007年世界投资报告:跨国公司、采掘业与发展》。

2007年,全球FDI创下约1.5万亿美元的历史最高纪录,所有主要国家及经济体吸收的FDI都有显著增长。(1)发达国家吸收的FDI增长了17%,达到

1万亿美元,比2003年几乎增长了3倍,占全球FDI总量的65%,但依然低于2000年的峰值水平。美国仍居于领先地位,全年FDI流入量约为1930亿美元,继续保持全球最大的FDI接收国地位。欧盟25国吸收的FDI占全球FDI流入的40%,达6110亿美元,是吸引FDI最多的地区,占全球总量的35%。日本扭转了2006年FDI负流入的局面,实现了近290亿美元的净流入。(2)由于原油、天然气价格的持续走高,以及国际初级产品市场价格上涨,吸引了国外对非洲矿产企业和相关服务业的大规模并购,2006年非洲FDI流入量达到创纪录的356亿美元。埃及、摩洛哥及南非是FDI的主要流入国,其他富油国的FDI流入量也均激增。(3)拉美及加勒比FDI流入量在经历了长时间的停滞后呈恢复性增长,创了1258亿美元的纪录,锐增了50.1%。其中主要经济体的FDI流入都实现了翻番,特别是巴西、智利和墨西哥尤为突出。相对于发达国家来说,该地区FDI的强劲增长主要体现在绿地投资而非跨国并购,初级产品价格的走高推动的地区经济强劲增长以及公司利润提升是FDI进入的主要动力。(4)亚洲国家FDI流入也创下了新纪录,亚洲和大洋洲FDI流入量已经实现连续6年的持续增长,2007年创下了2770亿美元的新高,但该地区发展中国家吸收的FDI比重却从69%降到63%。南亚、东亚和东南亚的FDI流入达2240亿美元,增长了12.3%,分别占世界和发展中国家FDI总量的14.6%和41.8%,不过亚洲内部出现了从东亚向南亚和东南亚转移的趋势。中国和中国香港依然是FDI的主要目的地,分别达到670亿美元和540亿美元,新加坡也创下370亿美元的新纪录,其他东南亚国家联盟成员如马来西亚、菲律宾和泰国等国也较过去有所增长。虽然土耳其和海湾富油国家FDI流入显著增长,但受地缘政治不稳定因素影响,西亚国家吸收的FDI回落了11.9%,为528亿美元。(5)东南欧及独联体国家的FDI流入量增长了40.8%,创下了976亿美元的新纪录,是该地区连续7年来FDI持续增长,这主要是因为国有企业私有化和初级产品价格上升导致。尽管俄罗斯加大了对FDI进入的行业限制,但吸收FDI总量依然显著增加,是该地区最大的FDI接收地,比2006年几乎翻了一番。

二、全球 FDI 流动趋势

(一)发达国家 FDI 流动保持增长

按国别看,全球FDI位居前十位的国家和地区分别为美国、英国、法国、荷兰、中国、中国香港、俄罗斯、德国、巴西、新加坡。在发展中国家和地区中,位居前十位的国家和地区分别为中国、中国香港、俄罗斯、巴西、新加坡、墨西哥、土耳其、波兰、印度和智利。

发达国家的跨国公司仍是全球 FDI 最主要的来源,占全球外资流出量的84%。尽管来自美国的 FDI 有所回升,但全球外资流出量的几乎一半来源于欧盟国家,特别是法国、英国。根据"经济合作与发展组织"(OECD)的统计报告《FDI 趋势与近期发展情况》,过去 10 余年中 OECD 国家一直在巩固并提高其作为净投资流出国向世界其他国家进行投资的地位。2006 年,其净投资流出量增长了 70%,达到近 2100 亿美元(FDI 流出 11201 亿美元,FDI 流入 9102亿美元),创历史第二高的纪录。在 OECD 国家中,除韩国、墨西哥、捷克、匈牙利、波兰和土耳其为新兴经济体外,其他均为发达国家。1997—2006 年间,从 OECD 国家流出的净投资额达到 12420 亿美元,其中法国、日本、英国、瑞士、荷兰和西班牙是 FDI 主要净输出国。

这一方面是因为 OECD 国家大部分都有大量盈余的国际收支经常账户,包括通过各种方式向境外进行再投资。同时,一些国家在传统上与世界某些地区有紧密的联系,包括前殖民关系,这在国家与地区之间的商务往来时会影响 FDI 的流动,尤其是西班牙、法国、英国对拉丁美洲和非洲的投资。

2006 年 OECD 国家的 FDI 流入量也有了显著增加,达 9100 亿美元,增幅为 22%,这很大程度上是由于美国和加拿大 FDI 流入的增长以及澳大利亚、爱尔兰和瑞士 FDI 流入的回升造成的。1997—2006 年间,OECD 国家中 FDI主要接受国有墨西哥、波兰、美国、捷克、澳大利亚、土耳其和韩国,它们大多数是经济发展迅猛、市场开放及私有化进程加快的国家。美国作为 FDI 目的国的突出位置或许与其传统性的巨额经常性赤字有关,但更主要的原因在于其国内长期持续的经济增长以及对国外收购所持的开放态度。

FDI 的流入和流出很大程度上反映了国家的经济权重。在过去 10 来年中,美国一直是最大的投资接受者和对外投资者,英国、法国、德国、荷兰和加拿大紧随其后。日本比较特殊,1997—2006 年间累计 FDI 流入只有 530 亿美元,FDI 流出虽然情况好一些,但对日本的经济规模来说仍低于预期目标。由于日本不是一个低成本生产地,大多数流入日本的 FDI 都是市场寻求型投资,虽然日本对于投资采取宽松的管理政策,但外国公司进入日本市场却异常困难,这或许阻碍了一部分 FDI 的流入。

表 2—2.1　2004—2006 年经合组织 FDI 流量　　（单位：百万美元）

经济体	流出量			流入量		
	2004 年	2005 年	2006 年	2004 年	2005 年	2006 年
澳大利亚	10799.7	−34288.5	20987.1	35963.4	−34967.2	24546.8
奥地利	8305.4	10017.4	4089.4	3892.4	9039.3	248.5
比利时	34037.8	31761.1	62586.9	43583.1	33949.8	71518.8
加拿大	43247.8	34084.3	42134.4	1533.2	33823.6	66605.0
捷克	1014.4	−18.7	1344.7	4975.0	11654.4	5963.1
丹麦	−10370.7	15026.4	8194.5	−10721.4	13108.5	7033.5
芬兰	−1080.1	4474.7	8.9	3004.9	4503.9	3707.5
法国	56762.3	120891.1	115101.0	32585.4	81006.7	81120.9
德国	14836.7	55480.6	79466.4	−9201.3	35844.9	42891.4
希腊	1029.7	1450.0	4169.2	2102.6	606.1	5366.4
匈牙利	1119.4	2327.4	3015.4	4508.2	7620.9	6097.4
冰岛	2553.1	7063.2	4159.9	653.8	3074.7	3233.4
爱尔兰	18079.3	13559.5	22113.7	−10613.7	−31113.6	12817.9
意大利	19273.2	41794.7	42059.7	16824.5	19959.0	16587.2
日本	30963.5	45830.2	50244.1	7818.8	2778.4	−6502.8
韩国	4657.9	4298.1	7128.7	9246.2	6309.0	3645.0
卢森堡	84088.5	123955.3	81552.3	79126.1	116303.7	97013.2
墨西哥	4431.9	6474.0	5758.5	22300.9	19642.7	19037.4
荷兰	26585.9	142839.9	22704.9	2124.5	41431.8	4373.0
新西兰	1082.8	−315.3	−1640.5	2850.7	3140.5	1570.4
挪威	3526.0	21055.7	12229.4	2546.6	6392.2	1635.1
波兰	769.7	3069.6	4134.0	12484.0	9542.4	13859.8
葡萄牙	7849.7	2077.2	3509.5	2328.2	3962.5	7374.7
斯洛伐克	152.1	146.4	369.0	1107.5	1907.2	4232.1
西班牙	60566.5	41804.5	89728.3	24774.5	25005.2	20026.9
瑞典	20757.6	26543.9	24146.2	11668.7	10170.1	27836.6
瑞士	26287.2	54177.9	81547.0	1372.7	−1263.0	25101.4
土耳其	859.0	1078.0	934.0	2883.0	9801.0	20165.0
英国	91082.8	83692.1	79470.0	56002.2	193657.5	139565.7
美国	244128.0	9072.0	248856.0	133162.0	109754.0	183571.0
OECD 总 FDI	807396.8	869422.6	1120102.7	490886.7	746646.0	910242.2

(二)新兴经济体 FDI 异军突起

1. 新兴经济体 FDI 流入流出均有增长

从 20 世纪 80 年代开始,发展中国家出现了一批因快速发展或经济转型而出现的新兴经济体,它们在 FDI 的流入和流出两个方面都取得了很大成绩。其中,OECD 成员有:捷克、匈牙利、韩国、墨西哥、波兰和土耳其,非 OECD 成员有:阿根廷、巴西、智利、中国、哥伦比亚、埃及、中国香港、印度、印度尼西亚、以色列、约旦、马来西亚、摩洛哥、巴基斯坦、秘鲁、菲律宾、俄罗斯、南非、中国台湾和泰国,等等。

据联合国贸发会议的报告,2006 年发展中国家 FDI 流入量达到有史以来最高水平 3677 亿美元,占全球 FDI 流入量的 30%,其中大部分流入新兴经济体。这一方面是由于亚洲和拉丁美洲国家经济发展较快、对 FDI 的限制减少;另一方面是由于发达国家经济出现衰退,对 FDI 的吸引力降低。

同时,新兴经济体作为 FDI 来源的作用也在提高。贸发会议 2006 年的报告显示 2005 年新兴经济体的 FDI 流出量达到 1330 亿美元,相当于全球 FDI 流出总量的 17%,2006 年增至 1930 亿美元。1990 年,仅有 6 个新兴经济体在报告中表示其外向型 FDI 股票价值超过 50 亿美元,而 2005 年已有 25 个国家超过了这个水平线。据法国外资署(AFII)的报告显示,在 2004—2006 年间,来自中国的投资者拥有 17 个项目并创造了 1388 个就业机会,这使中国在该时期内成为排名第 12 的"最重要外国投资者"。伦敦投资促进部门的数据也显示,印度已成为英国流入资本的第二大来源国,占 2003—2007 年新流入资本的 16%。在酒店行业中,仲量联行预计来自中东投资者的战略投资占 2006 年欧洲总交易额的 9%。

2. 新兴经济体跨国公司表现优异

新兴经济体的跨国公司通常被称为 Emerging Economies' Multinational Enterprises(EMNE),2005 年的总销售额约为 1.9 万亿美元,雇员约 600 万。尽管世界跨国公司总体上仍由发达国家的企业所主导,但无论用哪种方式来衡量公司规模,EMNE 的数量都在迅速增长。

2005 年,《财富》"世界 500 强"企业中有 61 家总部设在北大西洋经济区、日本和大洋洲以外的地区,而 1988 年这样的企业只有 26 家。2005 年"世界 100 强"企业中有 5 家 EMNE,到 2007 年增至 10 家。在非金融类跨国公司

100强榜上,来自发展中经济体的企业数量从2004年的5家增长到2005年的7家;发展中经济体非金融类跨国公司100强的国外销售额和国外雇员总数分别增长了48%和73%。2006年,俄罗斯的Gazprom超过了微软成为世界排名第三的"最有价值公司";中国移动在市场资本总额上超过了英国电信公司沃达丰;韩国三星公司已跻身世界最有价值品牌排名的前20名。

亚洲占了发展中国家100强跨国公司中的大多数,共计有78家,随后是非洲和拉丁美洲,各占11家公司。就国别来看,在"南—北"和"南—南"投资活动中最活跃的投资者是新加坡,第二大活跃的"南—北"投资者是巴西,其次是阿联酋、南非和以色列;第二大活跃的"南—南"投资者是中国,其次是马来西亚和南非。

EMNE的飞速发展成了世界投资领域一道崭新而有生命力的风景线,几笔极大规模的兼并与收购交易引起了世界媒体的注意。埃及Orascom公司收购意大利Wind公司是欧洲历史上最大的负债收购;印度Tata Steel对Anglo-Dutch Corus集团的收购造就了世界第五大钢铁集团;巴西CVRD通过对加拿大Inco的收购成为了世界第二大矿业公司;墨西哥Cemex出价168亿美元收购澳大利亚Rinker公司。2006年,非OECD国家进行跨国并购的交易量为1150亿美元,达到历史最高水平,这些投资的一半以上流入了OECD国家,即FDI"南—北"投资现象。该现象并不是仅在几宗并购交易中出现,新兴国家飞速的经济发展(以亚洲和某些石油出口国为代表)、原材料价格的上涨以及一些国家的投资自由化都促进了新兴经济体对外投资的繁荣。

3."南—南"投资流量日增

"南—南"投资的增长是近期全球FDI流动出现的重要趋势,它通常采取"绿地投资"的方式,而不是"南—北"投资通常的并购方式。近10年来,发展中国家的跨国公司已成为许多最不发达国家的重要投资者。据联合国贸发会议的估计,2004年发展中经济体和转型期经济体(不计离岸金融中心)的合计FDI流出量为610亿美元,其中大多数流向其他发展中经济体或转型期经济体,来自发展中国家的FDI已占一些发展中国家合计FDI流量的40%以上。

在非洲,南非是特别重要的FDI来源之一,占博茨瓦纳、刚果民主共和国、莱索托、马拉维和斯威士兰五国合计FDI流量的50%以上。中国、巴西、印度、马来西亚和俄罗斯在自然资源领域也都表现得十分活跃,特别是在几内亚湾和苏丹地区。在中东和北非,由海湾国家流入的投资呈现明显上涨态势,

2006年迪拜成为突尼斯非能源FDI存量领域里最大的投资者,领先于法国和意大利,同时摩洛哥在塞内加尔的表现也值得关注。

(三)FDI地理分布特征发生变化

随着新的FDI来源国和新兴经济体的出现,FDI的地理分布特征也在逐步改变。同一区域内国家之间的关系得到加强,地域上的接近在双边投资关系中日益重要,大多数双边FDI的流动都倾向于地理上临近的几个地区。"南—南"FDI的流动更反映出公司跨国发展的战略在实际实施上表现为区域性而并非真正的国际性。

亚洲国家之间的FDI流动约占该地区FDI总流入量的一半,这在东亚和东南亚经济体之间以及内部表现得尤为明显。东盟内部的资金流动正在增加,从东亚流到东南亚的资金中3/5流入相对高收入的经济体中,如新加坡、马来西亚、菲律宾和泰国。新加坡吸引了近一半从东亚流入东南亚的资金,同时其本土公司作为区域内主要投资者也表现得十分突出。

在中东欧,新的欧盟成员之间资金的流动也在增加,并呈现强劲的增长势头。在苏联和南斯拉夫解体后产生的国家里,区域内部的FDI流动也十分显著,俄罗斯占流入FDI的一大部分,斯洛文尼亚、克罗地亚和塞尔维亚的跨国企业中有一些部门正趋于融合。土耳其也在区域投资方面表现得十分活跃,特别是在中西亚地区和俄罗斯表现得非常突出。

在拉美地区,FDI主要由阿根廷、巴西和墨西哥的投资者所驱动。从20世纪90年代中期开始,EMNE在母国以外进行直接投资的现象越来越普遍(即"跨拉美性")。在拉美总FDI中,跨拉美FDI所占的比例正在不断上升。根据联合国拉丁美洲和加勒比经济委员会于2007年发布的《拉美和加勒比地区外国投资》显示,2006年拉美国家外向型FDI总额为406亿美元,是2005年的两倍多。以巴西为例,2006年其外向型投资280亿美元,超过流入其境内的188亿美元的外商投资。

在发达国家,2005年最大的双边外向FDI存量是英国对美国的投资,达2820亿美元。在双边对内投资存量最大的50对国家中,2005年有22对来自欧洲,而1995年只有17对。美国对加拿大的FDI密集度超过了平均水平,欧洲国家相互之间也是如此,日本对亚洲国家亦然。

表 2—2.2　1985 年、1995 年、2005 年按东道国对内 FDI 存量排列
前 20 对最大的 FDI 母国—东道国伙伴经济体（单位：亿美元）

排名	母经济体	东道经济体	1985 年	1995 年	2005 年
1	英国	美国	440	1160	2820
2	中国香港	中国		1200	2420
3	美国	英国	480	850	2340
4	日本	美国	190	1050	1900
5	德国	美国	150	460	1840
6	美国	加拿大	490	830	1770
7	荷兰	美国	370	650	1710
8	中国	中国香港	3	280	1640
9	英属维尔京群岛	中国香港		700	1640
10	加拿大	美国	170	460	1440
11	法国	美国	70	360	1430
12	瑞士	美国	110	270	1220
13	卢森堡	美国	3	60	1170
14	荷兰	德国	50	340	1110
15	荷兰	法国	100	310	1020
16	英国	法国	90	260	960
17	荷兰	英国	170	270	930
18	德国	英国	30	140	860
19	美国	荷兰	80	250	840
20	法国	英国	50	130	800

数据来源：贸发会议《2007 年世界投资报告：跨国公司、采掘业与发展》。

（四）跨国并购成为重要推动力

FDI 可分绿地投资、褐地投资、外商独资、合资、合作、战略联盟、股份公司、投资公司、BOT、技术或知识产权使用许可、并购等。由于企业利润持续增加，企业资产和股票价格上升，跨国并购案在经历了 2002 年、2003 年短暂的低谷后，于 2004 年开始大幅回升，而且大都涉及大笔的成交额。这种方式下的投资迅速占据全球 FDI 的主要份额，支撑了全球 FDI 的上升。2006 年，跨国交易共计 6974 笔，涉及金额 8800 亿美元，分别增长了 14% 和 23%，接近 2000 年的并购高峰。2007 年前 5 个月，国际并购呈现持续激增的态势，交易

平均价值创下历史最高纪录。预计 OECD 国家跨国并购的总额将超过 1 万亿美元,是历史上第二次达到这个纪录。

发达国家的跨国公司仍是全球并购的主角,许多 OECD 国家的并购占其总直接投资额的一半以上。2003 年以来,OECD 国家流入和流出的并购额几乎达到之前的 3 倍。2006 年,OECD 国家的收购者所进行的跨国并购额达到 8480 亿美元,流入 OECD 国家的并购略低,为 8180 亿美元,这两项数据均比 2005 年增长了 25% 以上。

与此同时,并购案的平均交易规模也在大幅扩大,这是由于美元贬值抬高了其他货币流通地区公司的收购价格,也是个别公司资产价值上涨以及几笔价值几十亿美元的交易造成的。这种情况在 2000 年后首次出现。另外,此轮并购案绝大多数由现金和借贷支付,而非通过换股实现。2006 年的巨额交易(金额 10 亿美元以上)达 172 笔,占跨国并购交易总额的 2/3。

从行业分布来看,跨国并购的目标领域分布相对平均,包括原材料加工、电信、房地产、媒体娱乐、制造和金融服务等,交易总额超过 400 亿美元,交易范围不限于 OECD 区域内。

2006 年跨国并购交易量最大的行业是采矿业和原材料加工业,交易量达 1190 亿美元,其中 1/4 以上由一笔交易产生,即荷兰 Mittal Steel 以 320 亿美元收购卢森堡钢铁企业 Arcelor。瑞士 Xstrata 公司收购加拿大铝制造企业 Falconbridge 和巴西淡水河谷公司收购加拿大国际镍业(Inco)的金额均在 170 亿美元以上。第二大并购领域是电信业,交易总额达 940 亿美元,交易对象主要在多米尼加、泰国、苏丹、巴西和印度等发展中国家,但交易总量的一半以上与 OECD 国家有关。最大的一笔跨国收购是西班牙 Telefonica 公司以 313 亿美元收购英国 O2 plc,其次是法国阿尔卡特以 140 亿美元收购美国朗讯科技,第三大交易是一家国外私人财团以 110 亿美元收购丹麦电信营运商 TDC。金融领域的跨国并购总额估计为 850 亿美元,有 14 笔交易的总价值在 20 亿美元以上。最大的一笔交易是法国 AXA 以 100 亿美元收购瑞士 Winterthur,其次是英国 Old Mutual 以 60 亿美元收购瑞典保险公司 Försäkrings AB Skandia。在包括餐馆、酒店和宾馆在内的媒体娱乐业中,最大的交易是一家私人集团以 100 亿美元收购荷兰出版集团 VNU,其次是英国 Hilton Group plc 以不到 60 亿美元将其酒店转让给美国希尔顿酒店集团。在高技术领域,荷兰飞利浦半导体公司被国际投资者以 95 亿美元收购,美国 Advanced Micro Devices 以 50 亿美元收购了加拿大电脑处理器生产商 ATI Technologies。在医药工业领域,以色列企业 Teva Pharma 以 70 多亿美元收购美国 IVAX Corp,瑞士诺华以 60 亿美元收购了美国生物技术公司 Chiron Corp。

2007 年上半年的突出特点是能源行业的并购。西班牙 Iberdrola 公司以 220 亿美元收购苏格兰电力公司,成为欧洲第三大公用事业集团;意大利 Enel 以约 110 亿美元收购了西班牙能源公司 Endesa 的部分股份。有些交易金额在 100 亿美元以上,如印度 Tata Steel 收购英国 Corus Group、日本烟草以 150 亿美元收购英国烟草生产与销售商 Gallaher。金融领域最大的一笔交易是纽约证券交易所以 100 亿美元收购欧洲证交所。英国电信公司沃达丰以 120 多亿美元对印度移动电话运营商 Hutchinson Essar 进行了控股。

全球并购的一个新特点是私人股权投资基金和其他集体投资基金的积极参与。对回报率不断增长的追求和世界金融市场上充盈的流动资金帮助了私人股权投资基金的并购。据联合国贸发会议的统计,这些基金的跨国并购在 2005 年达到 1350 亿美元,占跨国并购总值的 19%。2006 年,基金参与的跨国并购金额达到 1580 亿美元,增长了 18%。不同于以往投资高风险、高收益资产的策略,私人股权投资公司越来越多地收购大型上市公司。

表 2—2.3　1995—2005 年私人股权投资基金和其他集体投资基金跨国并购

年份	交易件数		交易价值	
	件数	占总数份额(%)	价值(10 亿美元)	占总数份额(%)
1995	362	8.5	13.9	7.5
1996	390	8.5	32.4	14.3
1997	415	8.3	37	12.1
1998	393	7	46.9	8.8
1999	567	8.1	52.7	6.9
2000	636	8.1	58.1	5.1
2001	545	9	71.4	12
2002	478	10.6	43.8	11.8
2003	649	14.2	52.5	17.7
2004	771	15.1	77.4	20.3
2005	889	14.5	134.6	18.8

(五)FDI 行业重心转移

受国际市场自由化和开放风潮的影响,FDI 的投资重心开始从第二产业转移到第三产业或服务业。据联合国贸发会议的报告《2004 年世界投资报告——向服务业转移》,20 世纪 70 年代初期服务业仅占全世界 FDI 存量的四分之一,1990 年这一比例为 49%,而 2002 年已上升到近 60%,约 4 万亿美元。同时期第一产业占全球 FDI 存量的比例由 9% 下降到 6%,而制造业则由42% 降至 34%。平均而言,2001—2002 年服务业占 FDI 总流入量的 2/3,约5000 亿美元。2005 年,服务业的比重仍保持在 2/3,与基础设施相关的服务业就绝对数量和相对比例而言都有所增长;制造业的比例进一步降至 30%。

表 2—2.4　1990 年、2002 年全球 FDI 存量产业分布(%)

	1990 年			2002 年		
	第一产业	第二产业	第三产业	第一产业	第二产业	第三产业
流入存量	9	42	49	6	34	60
流出存量	9	44	47	4	29	67

表 2—2.5　1990 年、2002 年服务业 FDI 存量地域分布(%)

部门/行业	1990 年			2002 年			
	发达国家	发展中经济体	全球	发达国家	发展中经济体	中欧东欧	全球
FDI 流入存量							
全部服务业	83	17	100	72	25	3	100
供电、供气和供水	70	30	100	63	32	6	100
建筑	77	23	100	47	45	8	100
贸易	90	10	100	78	19	4	100
旅馆和餐饮	87	13	100	70	26	3	100
运输、仓储和交通	58	43	100	71	22	7	100
金融	76	24	100	77	20	3	100
商务活动	93	7	100	61	38	1	100
公共行政和国防				99	1		100
教育	100		100	92	4	4	100

部门/行业	1990 年			2002 年			
医疗和社会服务	100		100	67	32	1	100
社区、社会和个人服务活动	100		100	91	8	2	100
其他服务	85	15	100	61	36	3	100
FDI 流出存量							
全部服务业	99	1	100	90	10		100
供电、供气和供水	100		100	100	0		100
建筑	99	1	100	80	20		100
贸易	99	1	100	88	112		100
旅馆和餐饮	100		100	90	10		100
运输、仓储和交通	99	1	100	93	7		100
金融	98	2	100	93	7		100
商务活动	98	2	100	84	16		100
公共行政和国防				100			100
教育	100		100	100			100
医疗和社会服务	100		100	100			100
社区、社会和个人服务活动	100		100	99	1		100
其他服务	100	1	100	90	10		100

　　在服务业 FDI 流出存量方面，以前几乎全部为美国把持，但到 2002 年日本和欧盟已成为重要的来源。发展中国家服务业 FDI 流出从 20 世纪 90 年代开始明显增长，所占份额由 1990 年的 1% 攀升至 2002 年的 10%。制造业跨国公司的贸易和辅助贸易服务的扩张尤为迅速，商务服务、旅馆和餐饮以及金融服务也在增长。

　　在服务业 FDI 流入存量方面，其分布情况相对比较均衡，但发达国家仍占有最大的份额，最快的增长出现在西欧和美国。2002 年发达国家占服务业 FDI 流入存量的约 72%，发展中经济体占 25%，中东欧国家占其余部分。就流入存量规模而言，美国是最大的接受国。

　　服务业 FDI 仍集中在贸易和金融领域，两者在 2002 年占服务业 FDI 流入存量的 47% 和 35%（1990 年分别占 65% 和 59%），但供水、供电、电信和企业活动（包括 IT 带动的商业服务）占据越来越重要的地位。从 1990 年到 2002

年,发电和电力配送方面的 FDI 存量增长了 14 倍,电信、仓储和运输增长了 16 倍,企业服务增长了 9 倍。

表 2—2.6　1990 年、2002 年服务业 FDI 存量行业分布(%)

部门/行业	1990 年			2002 年			
	发达国家	发展中经济体	全球	发达国家	发展中经济体	中欧东欧	全球
FDI 流入存量							
全部服务业	100	100	100	100	100	100	100
供电、供气和供水	1	2	1	3	4	6	3
建筑	2	3	2	1	3	5	2
贸易	27	15	25	20	14	21	18
旅馆和餐饮	3	2	3	2	2	2	2
运输、仓储和交通	2	8	3	11	10	24	11
金融	37	57	40	31	22	29	29
商务活动	15	5	13	23	40	10	26
公共行政和国防	0	0	0	0	0	0	0
教育	0	0	0	0	0	0	0
医疗和社会服务	0	0	0	0	0	0	2
社区、社会和个人服务活动	2	0	2	2	1	1	2
其他服务	10	8	9	2	4	2	5
未注明的第三产业	2	1	2	6	2	0	5
FDI 流出存量							
全部服务业	100	100	100	100	100	100	100
供电、供气和供水	1	0	1	2	0	2	2
建筑	2	2	2	1	2	2	1
贸易	17	16	17	10	12	17	10
旅馆和餐饮	1	0	1	2	2	0	2
运输、仓储和交通	5	4	5	11	7	19	11
金融	48	62	48	35	22	39	34
商务活动	6	11	7	34	54	19	36
公共行政和国防	0	0	0	0	0	0	0
教育	0	0	0	0	0	0	0

部门/行业	1990 年			2002 年			
医疗和社会服务	0	0	0	0	0	0	0
社区、社会和个人服务活动	0	0	0	0	0	0	0
其他服务	13	5	13	2	2	2	2
未注明的第三产业	6	0	6	3	0	0	3

FDI 向服务业的转移体现了服务业在经济中地位的上升。以服务业最发达的美国为例,2007 年美国国家经济分析局在报告《Direct Investment Positions for 2006 Country and Industry Detail》中指出,2006 年美国基于历史成本的海外直接投资头寸达到 23840 万亿美元,其中矿业 1361 亿美元,制造业 5035 亿美元,两者相加只占总值的 27%,其余大部分皆为服务业;基于历史成本的外国直接投资头寸为 17891 亿美元,其中制造业为 5938 亿美元,只占总值的 33%,其余大部分皆为服务业。

FDI 重心转向服务业的一个重要趋势就是投资于资本密集型和技术密集型的项目在增加。电信、金融、航空等领域的 FDI 增加很容易观察到,但制造业的发展和分工的专业化使有些环节从制造业分离出来,进入服务业范畴,如跨国公司在国外建立资本密集型和技术密集型的研发中心和产品设计中心,把企业研发服务化。它们为工业制造服务,但可以独立经营和发展,对外提供使用许可,属于生产性服务。生产性服务的发展甚至可以由服务主导,以服务创新为中心指引生产,让生产成为附属性环节。

此外,FDI 行业变化的另一个特点是投资于自然资源开发及相关行业的项目在增多。由于非洲、拉丁美洲某些国家对自然资源开发的政策有所放宽,如阿尔及利亚开放石油天然气等初级产品领域,以及世界对自然资源的需求量趋增,一批 FDI 项目出现在该领域。

(六)改革促进了 FDI 的发展

资本输入国希望吸引 FDI,而资本输出国希望资本输入国能提高 FDI 规章制度的透明度、稳定性、可预测性和可靠性,并减少对今后 FDI 流动的障碍。因此,1992 年以来各国对涉外投资制度和管理纷纷进行改革,以促进外国直接投资。2006 年,各国共出台了 147 项优化外国直接投资的政策,其中发展中国家占了74%。这些政策包括降低公司所得税(如埃及、加纳、新加坡),扩大投资促进的努力(如巴西、印度),对特定行业采取进一步的自由化政策,涉及了专业服务(意大利)、电信(博茨瓦纳、佛得角)、银行(老挝、马里)、能源(阿尔巴尼亚、保加利亚)等。

表2—2.7　2000—2006年全球投资制度和管理改革　　(单位:个)

项目	2000年	2001年	2002年	2003年	2004年	2005年	2006年
进行改革的国家	69	71	70	82	102	93	93
改革政策的数量	150	207	246	242	270	205	184
有利于FDI	147	193	234	218	234	164	147
不利于FDI	3	14	12	24	36	41	37

数据来源:联合国贸发会议《2007年世界投资报告:跨国公司、采掘业与发展》。

此外,为吸引外国投资和保护本国在海外的投资,越来越多的国家缔结国际投资协议。根据贸发会议的统计,截至2006年年底,双边投资条约有2573项,避免双重征税条约为2651项,涉及投资条款的自由贸易协定和经济合作安排有241项,具有投资条款的优惠贸易协定数量在过去五年内几乎翻了一倍。随着世界各国越来越重视FDI对经济发展的推动作用,各国的投资政策和环境越来越友好,全球FDI流动必将继续向前发展。

但也有一些行业出现了对外国所有权的新限制,或出台了确保政府占有更多收入份额的措施。在采掘业和被认为具有战略性重要地位的行业中,这类政策的变化最为常见。如阿尔及利亚规定国家必须在国有石油和天然气企业中占有至少51%的股份;玻利维亚通过签署新的合同使跨国公司将对石油储备的所有权归还给国家石油公司;俄罗斯对外国投资在军工和采掘业等战略性产业进行限制;委内瑞拉对能源和电信等战略性产业实施国有化。目前来看,这种趋势仍局限于相对少数的国家和一些特定的行业。

三、2008年全球FDI预测

受美国"次贷"危机持续和扩大的影响,国际金融市场将持续动荡,加上部分国家通胀压力加大并由此引发利率上升,以及初级产品价格的高位振荡,全球资本流动将受到不利影响。

预计 2008 年全球 FDI 将有所下降,特别是发达国家的 FDI 流入与流出均会明显减少。据 OECD 的统计,美国第一季度 FDI 流出比 2007 年第四季度有所下降,FDI 流入增长也放缓,这可能由公司间贷款下降或为购买资产所做的融资下降而引起,其他 OECD 国家的 FDI 在第一季度也出现了下降。同时,与 FDI 流量有直接关系的国际并购自 2007 年入夏以来开始放缓,在 2008 年上半年有所下降,并可能持续到下半年。预计 2008 年 OECD 的 FDI 流入量将下降24% 至 3350 亿美元,FDI 流出量将下降 37% 至 6800 亿美元,由此可能造成发展中国家 FDI 流入将从 2007 年的历史最高水平 4710 亿下降 40% 至 2760亿美元,其中中国、巴西、俄罗斯、印度和南非的引资额占发展中国家的50%—60% 。

2008 年 FDI 的亮点将出现在资源特别是矿产资源丰富的国家。虽然经济增长前景不容乐观,俄罗斯等国对外国资本投资资源及相关产业的政策限制更趋严格,但全球对自然资源的强劲需求,使国际初级产品价格处于高位,依然会推动采掘业 FDI 的增长。

总体来看,2008 年全球 FDI 的前景并非如此悲观,因为最困难的阶段已经过去,而且新兴经济体的增长也表现强劲,"南—南"投资的上升能部分抵消发达国家对发展中国家投资下降带来的影响。

(编者:阮海斌、赵晓笛)

第三章

亚洲、非洲投资环境分析

第一节　香港投资环境及相关政策

一、基础设施

中国香港特区得以保持亚洲区首屈一指的商贸、金融和旅游中心的地位，关键在于拥有效率高和发展完善的基础设施。基础建设不但可以满足因人口增长带来的需求，同时也可支持香港的经济和贸易发展。

（一）机场

香港是主要的国际和区域航空中心。香港国际机场是世界上最繁忙的机场之一。全球各大航空公司都有航班飞往香港。现在每周有大约 4900 班定期客运航班及 700 班货运航班从香港飞往全球 139 个城市。

（二）港口

2005 年，香港港口共处理了 2260 万个 20 呎长的标准货柜单位，是全球第二大货柜港。坐落于葵涌和青衣的九个货柜码头，分别由五家营运商负责管理，总面积达 270 公顷，共设有 24 个泊位，临海地界总长 8530 米。葵涌—青衣港水深达 15.5 米，九个货柜码头每年可处理逾 1800 万个 20 呎长的标准货柜单位。在 2005 年抵港的远洋轮船及内河商船分别约有

39140 艘次和 192680 艘次，共处理货物 2.301 亿吨和运载旅客 2150 万人次。

（三）铁路

铁路是香港公共运输网络的骨干，对满足香港的运输需求十分重要。香港的公共运输约有百分之三十五是依靠铁路，而来往香港与中国内地的陆路客运更有百分之六十五使用铁路。香港现有的铁路网络路轨总长超过 200 公里，包括分别由地铁有限公司（地下铁路网络、迪斯尼线、机场快线）以及九广铁路公司（东铁、西铁、尖沙咀支线及大围至马鞍山铁路、轻铁）运作的两个主要铁路网络系统。

目前两条新铁路项目正在兴建中。其中，九铁上水至落马洲支线将提供一条新的铁路旅客过境通道，连接落马洲至深圳皇岗，工程预计在 2007 年完成。至于连接西铁南昌站至东铁尖东站的九龙南线，工程则预计在 2009 年竣工。

《铁路发展策略 2000》为香港的铁路网络扩建勾画出蓝图。政府计划兴建五条客运铁路线和一条货运铁路线（港口铁路线），所涉及的投资总额约为 1000 亿元，其中九龙南线已动工兴建，而沙田至中环线、北环线及广州——深圳——香港高速铁路香港段的规划工作正积极进行。此外，政府已要求地铁有限公司就西港岛线作进一步的规划。西港岛线把现有港岛线由上环伸延至坚尼地城，该铁路沿线将设西营盘及大学两个中途站。新铁路线完成后，香港铁路网络的总长度将会超过 250 公里，而铁路在香港公共交通运输系统所占的比重也会由 30% 增加至约 40%。

（四）道路

香港道路使用率之高，位居世界前列。在全长 1984 公里的道路上，其中港岛占 441 公里、九龙占 452 公里、新界占 1091 公里，有逾 55 万部车辆行驶。香港目前有 11 条主要的行车隧道、1157 条行车天桥及桥梁、1067 条行人天桥及行人隧道，以保持客货畅通。香港目前主要的道路工程计划有深港西部信道、后海湾干线，以及包括昂船洲大桥在内的八号干线。

二、劳动力情况

2006 年香港的总人口约 690 万，其中 95% 为华裔人士，外籍人士占 5%。

外籍人士中人数最多的国籍首三位分别为菲律宾、印度尼西亚和泰国。

香港的法定语言是中文和英文。在政府部门以及法律界、专业人士和商界之中,英文是广泛采用的语言。在许多到香港或到内地和台湾经商的企业中,精通英语、广东话和普通话的三语人才都担任重要职位。

三、自由贸易

香港可能是全世界最畅通的无关税自由港,深受全球贸易商欢迎,是亚洲与全世界通商的中心。香港对货物的进出口经营权不设限制,任何香港机构及个人均有办理进口和出口货物的权利,而该权利也无须向香港特区政府申请或登记。内地企业在香港开设的公司也享有同等权利。

香港是全球第十一大贸易经济体系,是成衣、钟表、玩具、游戏、电子和某些轻工业产品的主要出口地,出口总值位列全球高位。

四、金融环境

香港是主要的国际金融中心,金融机构和市场紧密联系,为本地和海外的客户及投资者提供各类投资产品及服务。香港金融市场的特色是流通量高,市场在有效和具透明度的监管下运作,各项监管规定都符合国际标准。香港特别行政区(香港特区)政府恪守尽量不干预金融市场运作的原则,并尽力提供一个有利经商的环境。政府实施低税政策和推行简单的税制,使各类商业有更多主动权及创新空间。香港十分重视法治及维持市场的公平竞争,不会阻止外国公司参与本地的金融市场,更不会限制资金进出香港。此外,香港也没有实施外汇管制。

银行业方面,截至2006年5月底,香港有134家持牌银行、32家有限制牌照银行和33家接受存款公司。此外,有88家外资银行在香港设有代表办事处,分行总数约1300家(不包括在香港的主要营业地点)。这些外资银行来自37个国家,其中69家是属于全球最大的100家银行。香港的银行从事多方面的零售及批发银行业务,例如接受存款、贸易融资、公司财务、财资活动、贵重金属买卖及证券经纪业务。香港已连续11年(1995—2005年)获美国传统基金会评为经济最自由的地方。香港的银行业务约有57%以外币为单位,并以对外为主,显示香港在全球银行业中的重要地位。

截至2005年年底,各家银行及接受存款机构所持的海外净资产总值16040亿港元,使香港成为全世界最大的银行中心之一。香港的外汇市场发展成熟,买卖活跃。香港没有外汇管制,且位于有利的时区,这对促进外汇市场的发展,十分有利。由于香港与海外的外汇市场紧密联系,香港的投资者可以全日24小时在世界各地的市场进行外汇买卖。根据国际结算银行在2004年进行的每三年一度全球调查,香港外汇市场以成交额计算在世界排行第六位。

五、吸引外资政策

香港特别行政区政府欢迎境外企业来港进行投资。香港具有完备的吸引外资服务体系,并为来港的企业设立了各种各样的资助计划。

(一)吸引外资服务

(1)投资香港热线:为了令有意来港投资的内地企业更容易及快捷地查询有关投资香港的疑问及索取各方面资料,投资推广署特设一条投资香港免费查询热线,方便企业及投资者随时查询有关投资香港事宜。所有有关投资香港的查询,将有专人为您解答。

(2)投资服务中心:投资推广署在香港金钟太古广场的总部,开设了一个投资服务中心,具备有关投资香港事宜的丰富数据库,方便内地投资者随时到该中心查阅。这些资料包括经济环境报告、各行各业资料、公私营机构年报、各行业协会及商会会员名录、基本上市条例、公司法、税收及会计制度资料、政府统计数据等。此外,投资者可免费索取政府有关拨款、申请牌照、进出口条例、法例、入境要求及各项常用的申请表格,投资者若有疑问,也可实时向在场职员查询,或约见有关的专责人员解答问题。

(3)投资香港锦囊:投资推广署特意为企业设计了一套《投资香港锦囊》,当中网罗了大量实用关于投资香港的资料及数据,有助企业更清楚了解在港开业的程序及营运环境,并能准确地对商业前景作出估量。

(二)特区政府资助计划

政府本着支持企业发展的精神,为商界设立了各种各样的资助计划。

1. 创新和科技基金

政府投入 6.4 亿美元设立了创新和科技基金,以支持有助业内创新及技术提升,以及对工业界未来发展及提升非常重要的项目。

基金的目的是通过资助有利制造和服务业创新及技术提升的项目,加强香港工业的附加值、生产力和竞争力。基金由创新科技署负责统筹。

2. 应用研究基金

这项基金的目的,是通过提供资金支持,催化和鼓励具有商业发展潜力的技术企业,以及应用研究及发展活动。长远而言,是提高香港工业的技术能力和竞争力,致力于推动香港发展成为一个拥有高增值工业的经济体系。

基金的监控和管理工作,由政府全资拥有和专为履行此项职能而成立的应用研究局执行。应用研究局聘用私人创业资金公司管理应用研究基金。基金经理会就所建议的科技开发项目进行技术及商业可行性评估,并会决定基金以何种条款投资在有关公司。基金经理会将合适的投资方案提交给应用研究局董事局作公众使命评核。

3. 新科技培训计划

这项计划旨在向有意让员工接受新科技培训以促进业务发展的公司提供资助。新科技包括一些目前还没有在香港广泛使用,但如得到本地工商界吸纳和应用则会对香港大有裨益的科技。

培训方式可以是海外或本地培训课程或借调实习以及为个别公司特别设计的培训课程。这一培训计划由职业训练局推行。

4. 专利申请资助计划

专利申请资助计划是一项由创新科技署推行的拨款计划。该计划以拨款形式协助本地公司和个人为其发明做专利注册申请,旨在鼓励本地公司和发明者申请专利以保障其知识产权,并把成果转化为其资产。在该计划资助下取得的专利权属有关申请人或公司所有。

每项获批申请的最高资助额可达 10 万港元或专利申请费用总额的 90%,以金额较低者为准。资助款项只可用以支付有关专利申请所需的全部或部分直接费用,例如正式提出专利申请前的技术评审费用、律师费、顾问费和提交专利申请涉及的费用等。申请将交由认可执行机构以机密方式处理。目前的处理机构为香港生产力促进局。

5. 中小企业资助计划

为支持中小企业应付经济发展所带来的挑战和机遇，香港特区政府设立了中小企业资助计划，主要包括：中小企业市场推广基金、中小企业信贷保证计划和中小企业培训基金。

中小企业市场推广基金旨在通过提供资助来鼓励中小企业积极参与市场推广活动，开拓境外市场。每家中小企业的最高累积资助上限为8万元。每次成功申请，最高的资助额为申请企业就其参与获资助的市场推广活动而缴付受资助项目的总费用的50%或3万元，以较低者为准。

中小企业信贷保证计划为中小企业提供信贷保证，协助它们向参与本计划的贷款机构取得贷款，用作购置营运设备及器材与及营运资金。该计划的目的是协助中小企业提升生产力及竞争能力。计划包括下列贷款种类："营运设备及器材贷款"、"联系式营运资金贷款"及"应收账融资贷款"。

中小企业培训基金为中小企业提供培训资助，以鼓励中小企业为其东主及员工提供与企业业务有关的培训，协助中小企业为人力资源增值，以提升中小企业的实力及竞争力。基金分为两部分：即"东主培训"及"员工培训"。每家中小企业的"东主培训"累积资助上限为10000元，而"员工培训"的累积资助上限则为20000元。每次成功申请，最高可获资助培训费用的70%。

6. 数码港

数码港是香港重要的信息科技旗舰计划，目的是提供信息科技基建设施，以吸引本地与海外从事信息科技应用、信息服务和多媒体内容创作的公司及专业人才汇聚香港。数码港的地理位置优越、交通便利、景致宜人，并具备先进和完善的信息科技/电讯基建设施，办公、零售、娱乐及住宿设施一应俱全。

7. 香港科学园

香港科学园以大学校园风格设计，为致力于从事创新及研发的企业提供完善的工作环境。园区汇聚了现代知识与先进技术，为各高科技企业提供理想的校园式环境，使各地的高素质人才在此携手合作，发挥相互协作力量，共同发展高科技研究。

香港科技园公司为科学园内的入驻企业提供优质基础设备和支持设施，并设立"技术支持计划"以鼓励创新和科技发展。"技术支持计划"帮助科学园入驻企业运用香港和内地的大学资源。计划内容包括技术援助、大学合作、学生项目、大学图书馆服务、香港工程学会A计划、培训、共享科研设施、扩阔人际网络等。科学园是科技业在香港发展业务的最佳地点之一。

8. 工业园

香港科技园设有三个工业园,分别坐落于大埔、将军澳和元朗。制造业和服务业可以优惠价格租用已平整的用地,特别适合拥有创新或改良科技和采用技术密集流程的公司。随着 21 世纪的来临,香港科技园的三个工业园也正在迈进一个全新的时代。工业园拥有高效率的通讯网络,规划良好的优美环境及完善便利的后勤设施。香港科技园已吸纳新一批国际科技业务进驻工业园,包括发展卫星监察站、电讯电缆接地站等。

六、相关税收政策

(一)企业所得税

香港只对各行业、专业或商业取自或来自香港的利润征收利得税。利得税的税率为 17.5%,除企业以外的税率则统一为 16%。企业支付的股息无须缴付预扣税。企业收取的股息也可获豁免利得税,香港也不征收资本增值税。企业和个人(金融机构除外)存放在认可银行的存款利息收入,可获豁免所得税。由在港发行合资格债务票据所得利润,以及在港认可专业再保险公司通过离岸风险再保险业务而得的利润,只需缴纳正常税率的 50%。亏损可无限期推后以扣减税款。

香港具有宽松的免税额制度。对于因兴建工业楼宇和建筑物而产生的资本支出,在支出该年,这笔支出的 20% 可免税,其后每年额外 4%,直到整笔支出扣除为止。商业楼宇每年也可有 4% 的折旧免税额。重新装修和装饰楼宇与建筑物而产生的资本支出,可以每年 20% 的直线折旧方式,分 5 年抵消。如果由最终用户持有,与制造业有关的厂房及机械设备、计算机硬件、软件及开发成本的支出,可实时扣除 100%。

香港同时还有其他可扣税项目。这些项目包括借入资金的利息、楼宇和占用土地的租金、坏账、商标和专利注册费、科学研究支出、技术培训费用(视规定和条例而定)、雇员退休计划供款(最高可达任何一位雇员在评估期间工资的 15%)以及取得专利权的费用。

从 1998 年 4 月 1 日起,科研支出的扣税范围已扩展至因市场研究、可行性调查和其他有关商业及管理科学的研究活动的支出。

(二)个人所得税及物业税

来自香港任何办事处或受雇工作的收入都需缴纳薪俸税。应缴税的收入包括佣金、红利、约满酬金、津贴(包括教育津贴)以及其他额外津贴。因在香港提供服务而取得的收入也须课税。应付税款按比例递增由2%至18.5%不等。然而,每名纳税人需缴纳的税款不会高于其总收入的16%。另外,国内同胞在任何评税年度留港不超过183天,可获豁免缴纳薪俸税。

物业税率统一为可收租金(除差饷外)减去维修及保养免税额20%后的16%。公司为租金收入缴付了所得税后,便无须缴纳物业税。

(三)避免双重课税协议

香港与内地签订了全面性避免双重征税协定。以下是《内地与香港避免双重征税安排》:

根据《中国内地和香港特别行政区关于对所得避免双重征税的安排》,如果内地居民在香港提供专业性劳务并在香港停留连续或累计超过183天,该收入会按课税年度评所得税。

内地居民在香港工作期间所取得的受雇工资、薪金,都需要缴纳薪俸税;但如果符合下列三个条件,该人士在香港的收入可豁免缴纳薪俸税:

(1)在该历年中在香港连续或累计停留不超过183天;

(2)该项报酬并非由香港雇主或其代表支付;

(3)该项报酬不是由雇主设在香港的常设机构或固定基地负担。

如内地居民在香港进行建筑工地、建筑、装配或安装工程或其他有关的监督管理活动,而在香港连续作业超过六个月以上,所获得的利润需要缴纳公司所得税。如果该工程在香港持续作业不超过六个月,则所获利润不需在香港征税,但是若他们的工资、薪金或其他报酬是由香港的常设机构支付及负担的,"停留不超过183天"的豁免条件对他们并不适用,他们从香港所收取的一切报酬,都需要缴纳个人所得税。

内地居民从香港特别行政区取得的所得,按照本安排规定在香港特别行政区缴纳的税额,允许在对该居民征收的内地税收中抵扣。但是,抵扣额不应超过对该项所得按照内地税法和规章计算的内地税收数额。

内地

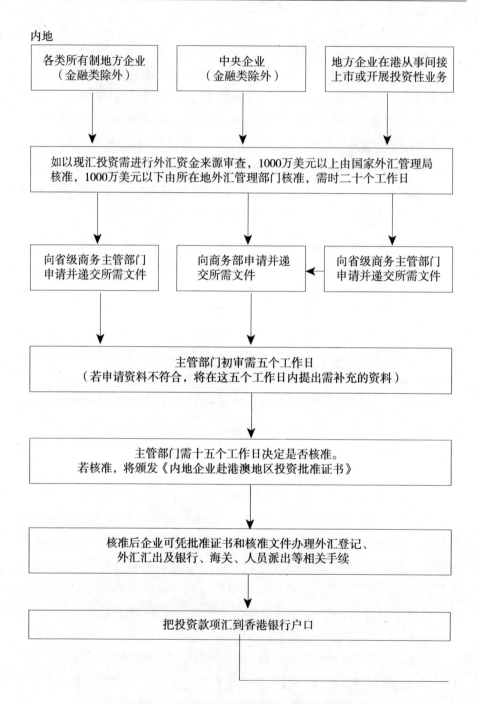

图3—1.1　内地企业投资香港流程图(内地部分)

香港

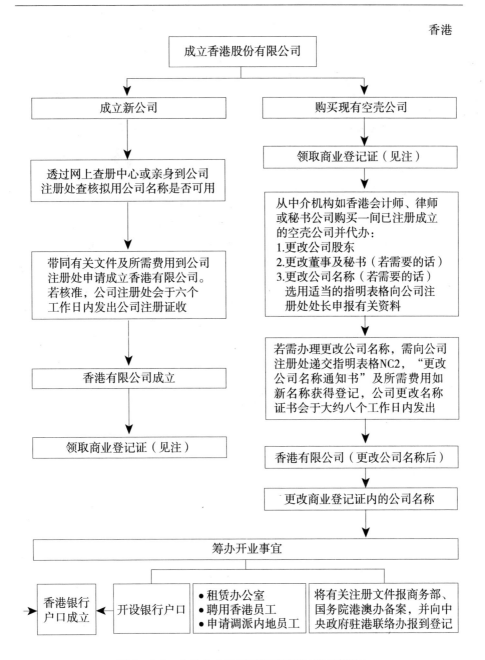

图 3—1.2　内地企业投资香港流程图（香港部分）

注:于公司注册成立一个月内到税务局商业登记署办理商业登记。须填报表格及出示公司注册证书影印本。税务局商业登记署大约于两个工作日内发出商业登记证。

七、内地企业准入程序

(一)内地企业设立程序

在港投资过程简单、快捷,图3—1.1、3—1.2将帮助内地企业了解赴港投资的手续。

(二)劳工进入要求及工作签证

各省市人士在访港期间,可以进行合法的商务活动,如商谈及签订合约等。以访客身份入境的人士不得在港从事任何有薪或无薪的雇佣工作。另外,内地企业在港成立公司后如有需要,可根据"输入内地人才计划"或相关的公司内部调职安排,调派内地人员来港工作,以配合公司业务发展。

（编者：中国贸促会驻港澳代表处）

第二节　澳门投资环境及相关政策

一、经济概况

虽然澳门的经济规模不大,但具有开放和灵活的特点,在区域性经济中占有独特的地位。传统上,澳门的经济以出口为主,在加工业进行转型以适应新时代的同时,服务出口在澳门整体经济上所占的比重变得越来越大。

澳门是中国两个国际贸易自由港之一,货物、资金、外汇、人员进出自由。特区政府成立后,把维护和完善自由市场经济制度作为经济施政的主线,营造受国际社会认同、自由开放、公平竞争和法治严明的市场环境,确保经济制度不受干扰和影响。

特区政府致力于加强对外经济合作,利用自身独特的优势,逐步发展成为珠江三角洲西部地区的服务中心,同时,有效发挥澳门与亚太地区、欧盟、拉丁语系国家,尤其是与葡语国家传统联系的优势,更好地担当内地与这些国家和地区经济合作的桥梁。

特区政府在经济方面的施政方向是：把握机遇,营造优质的发展环境,增强竞争优势,推进区域经济合作,鼓励中小企业发展,促进经济结构调整和经济转型,提升龙头产业,稳定传统行业,扶持新兴行业,加快经济复苏步伐,保持和巩固澳门经济发展的势头,为澳门经济长期稳定健康发展奠定坚实的根基。

(一)博彩业

博彩业在澳门历史悠久,最早可追溯至19世纪中叶。踏入20世纪,博彩业结合旅游业的发展,成为澳门经济支柱之一,更为澳门带来"东方蒙地卡罗"的称号。2006年,澳门的博彩业录得558.8亿澳门元(69.85亿美元)的毛收入,相等于美国拉斯维加斯(包括金光大道、市区及Boulder Strip)同期博彩业收益(82.48亿美元)的85%。缴纳的直接税逾171.98亿澳门元(21.5亿美元)。

(二)旅游业

虽然澳门人口仅约50万,但每年接待逾1500万旅客,旅游业是这个城市最重要的经济支柱。特区政府明确订定以博彩旅游业为龙头、以服务业为主体,其他行业协调发展的经济政策,巩固澳门在区域经济中的独特角色。

2006年入境旅客达21998122人次,较2005年上升17.6%。访澳旅客最多的三个市场分别依次是内地(1198万)、香港(694万)和台湾(143万)。截至2006年12月底,酒店业可供应用客房总数为12978间,全年平均入住率为72.3%。

2006年第三季度,来澳旅客平均逗留1.1日,人均消费为1430元(178.75美元),较2005年同期微升1%,其中以内地旅客的消费最高,达2898元(362.25美元)。

(三)制造业

澳门制造业是以纺织制衣业为主,且以劳动密集和外向型为模式发展,大部分产品销往美国及欧洲。进入20世纪90年代,澳门受到欧美两大出口市场经济疲弱、本地工资上涨的影响,加上新兴工业国家在产品价格上的竞争,制造业发展的步伐明显放缓。

2006年1月至11月澳门总出口货值为188.8亿澳门元,较去年同期上升6.8%,其中本地产品出口及再出口货值分别取得5.5%及10.0%的升幅。同时,进口货值较去年同期上升17.1%,达331.3亿澳门元。以出口市场计算,64.1%的本地产品销往美国及欧盟,分别占44.8%及19.3%。

全球成衣贸易配额制度于去年取消后,澳门的制造业正面临重大的挑战。为此,特区政府率先向中央政府提出与珠海合建跨境工业区的概念,以便结合两地的生产优势,为制造业提供条件,面对新挑战。有关计划获中央政府批准后,澳门、珠海双方同意选址澳门西北区的青洲,填海造地,兴建跨境工业区,目前澳门园区已完成招商工作,投资项目亦相继落实。

(四)服务业

加强对外经济合作,包括发展双边和多边经济关系以及强化区域经济合作,是特区政府既定的发展策略。面对中国加入WTO及新一轮改革开放,澳门将利用自身独特的优势,逐步发展成为珠江三角洲西部地区的服务中心,为外商到珠江三角洲投资和发展提供合作的平台。

特区政府也继续加强与新加坡、日本、港台等地经贸交流与合作。同时,有效发挥自身与欧盟、拉丁语系国家,尤其是与葡语国家传统联系的优势,更好地担当内地与这些国家和地区经济合作的桥梁。

2003年10月,中央政府与澳门特区签订了《内地与澳门关于建立更紧密经贸关系的安排》,同时首届"中国—葡语国家经贸合作论坛"及"国际华商经贸会议"亦先后在澳门举行,凸显了澳门连接珠江三角洲、葡语国家和世界华商之间的平台作用。在"中国—葡语国家经贸合作论坛"上,参与各方签署了《经贸合作行动纲领》,确立了彼此间的合作,并于2006年再在澳门举行论坛和部长级会议。

(五)澳门一些具有发展潜力之行业

1. 创新科技产业

在知识经济的新时代,以开拓创新和科学技术为标志的创新科技产业,是发展最为蓬勃及前景最为优厚的行业之一。澳门人才资源丰富、地理环境优越、电讯及金融服务等配套设施一应俱全,加之物业价格相对低廉及政府政策的支持,是发展创新科技产业的理想地点。此外,中国内地经济持续高速增长、亚太区域经济合作愈趋紧密,更将为澳门的创新科技产业提供庞大的商机。

创新科技产业涵盖范围相当广泛,包括:软件开发、电讯服务、环保产品、生化科技等内容。其中,人才资源、地理位置及生活环境、电讯与金融服务是发展创新产业的三项主要条件。政府政策支持也是促进该行业发展的一大关键。

为鼓励创新科技产业的发展,澳门特区政府与企业界共同组成了"澳门创新科技中心",为创新科技企业提供资金、设施以及各方面的技术支持。此外,政府还成立了由著名专家学者组成的"科技委员会",以及提出强化高等教育机构研发功能及在中小学校推广创思教育。

2. 物流业

澳门多年来一直实行自由港政策,加上地理位置优越及贸易活动发达,运输系统和港口设施不断发展和完善。特别是20世纪90年代以来,深水港货柜码头、国际机场、新边检大楼以及莲花大桥等大型基础设施相继投入使用,形成一个涵盖海陆空的先进运输网络。随着信息科技的发展,传统的货运行业正朝着综合运输、仓库储存及其他先进管理技术的物流行业发展。

在区域经贸往来日益紧密,各口岸货运量连年增长以及硬件配套设施不断完善的环境下,物流业在澳门将具有广阔的发展空间。

澳门发展物流业的有利条件包括:

①地理位置优越。澳门位处珠江口西岸,北面与广东省珠海市接壤,并有高速公路直达珠江三角洲各城市,东面隔伶仃洋与香港相距60公里,国际机场有多条航线往来中国内地和亚太区主要城市,运输网络四通八达。

②基础设施完善。拥有国际机场、深水港码头及各项周全的港口设施和运输系统。

③行业前景广阔。澳门贸易活动发达,对外经济联系不断加强,特别是与泛珠三角地区的经贸往来愈趋紧密,物流业潜在需求庞大。

3. 离岸业务

加快离岸业务的发展,是澳门特区政府促进和引导产业调整的主要方向之一。通过对《离岸业务法》(第58/99/M号法令)的检讨和完善,当局将致力于为离岸服务业发展创造适合的法律环境。

根据法例,离岸机构分为"离岸金融"与"离岸商业及辅助服务"两大类别,前者由澳门金融管理局负责监管,后者由澳门贸易投资促进局承担监管职能。

离岸机构之税务豁免:离岸机构将豁免缴纳下列税项,包括:所得补充税(类似邻近地区的"利得税"),营业税及印花税等。此外,获准在澳门定居的离岸机构领导及专业技术人员(非澳门居民),可豁免其在离岸机构工作之首三年度薪俸税。

4. 制药业

随着社会经济的发展及人们健康意识的提高,制药及保健产品的需求不断增长。作为连接中国内地与国际市场的中介桥梁,澳门一方面可成为外商开拓内地庞大市场的前哨基地,同时也可作为内地制药企业迈向国际市场,特别是欧洲及葡语国家的一条重要通道,其中,蕴涵传统中医科学并逐渐朝自动化方向发展的中药行业,经营前景更是十分优厚。目前已有数家大型内地制药企业落实或计划在澳门进行投资。

在《内地与澳门关于建立更紧密经贸关系的安排》(CEPA)的贸易投资便利化产业合作领域中,内地与澳门将在中医药产业、会展业开展合作,有利于两地相关中医药产业的合作和共同发展。

5. 会议展览业

会议展览包括商务旅游、会议和展览活动,是现代旅游经济的重要组成部分。根据特区政府"以博彩旅游业为龙头"的产业结构地位,以及把澳门发展成为会议展览旅游城市的方向,会议展览业是澳门最具发展潜力的行业之一。

澳门发展会议展览业的有利条件包括:

①澳门作为国际知名的旅游、娱乐城市,可以为商务游客提供商业以外的休闲与娱乐,符合现代会展中心的发展趋势。

②旅游业发展兴旺,具有大型会议展览经验。近年访澳旅客数字连创历史新高,酒店、休闲娱乐等相关设施不断完善。此外,澳门具备举办大型会议展览的丰富经验,澳门国际贸易投资展览会(MIF)等国际性经贸活动定期在澳门举行。

③旅游资源丰富。澳门拥有历史悠久的中西方文化古迹及多个著名景点,"澳门历史城区"于2005年被联合国教科文组织列入世界遗产名录。

澳门是自由港,对资金、商品的流动不设限制,出入关手续简便,方便参展商和参观者,特别是为举办大型展览会创造了有利条件。海、陆、空交通设施齐备。澳门地理位置优越,交通工具四通八达。往珠海市仅10分钟车程,往香港乘喷射船只需 55 分钟,国际机场提供多条航线直达邻近地区主要城市。

通过博彩旅游带动会议展览行业发展,在国际上不乏先例。美国拉斯维加斯不仅以博彩驰名于世,同时也是北美首屈一指的会议展览中心。随着博彩业开放及多项大型会议展览设施的落成,将进一步加快澳门会展业的发展。此外,为把发展澳门成为会议展览中心,澳门特区政府将开展一系列的工作,包括相关设施以及向外推广澳门的会议展览中心形象等。

二、中小企业信用保证计划

"中小企业专项信用保证计划"为中小企业专项资金需求提供最高达 100% 的银行信贷保证,以支持其开展企业革新及转型、推广及宣传所经营品牌,以及改善产品质量的专门项目。另外,此计划亦旨在协助直接受异常、未能预测或不可抗力事件,尤其受自然灾害或疫症事件影响之中小企业取得银行融资以解决支付员工薪金、营运场所租金等短期资金周转的困难。每笔承保贷款上限为澳门币 100 万元;信保期最长 5 年,自有关贷款合同签订日起计,而提供的保证额不包括利息及与摊还贷款有关的其他负担。

参与本计划的企业必须要符合相关法规规定,即:

- 为税务效力而在财政局登记及在澳门特别行政区营运最少三年;
- 至少由澳门居民拥有企业百分之五十股权或控股权;
- 在澳门雇用员工总数不超过一百人(员工须从属于企业并在澳门长期或长时间执行工作);
- 处于适当的经济、财务或组织的状况,并且非为澳门特别行政区债务人;
- 向社会保障基金供款的情况符合规范。

另外,要注意的是,受惠企业股东须为获得之信用保证提供反担保。

中小企业在澳门经济中占有举足轻重的地位,对经济发展及就业贡献良多,澳门特别行政区政府一直将扶助中小企业的发展列为长远的施政方针。在 2003 年 5 月,为因应当时的社会经济情况,特区政府推出"中小企业援助计划",提供免息的财务援助,并支持中小企业改善经营环境及提升营运能力。

近年来,澳门经济迅速增长,部分中小企业也获得相应发展,但也有部分中小企业尚未从整体经济快速发展中受益,反而由于缺乏资源、生产技术及管理水平滞后、竞争力不高等因素影响,经营困难加剧,生存和发展受到冲击。特区政府深知中小企业所面对的情况,为继续有效及适当地扶助本地中小企业的发展,于 2006 年对"中小企业援助计划"的内容进行修订,使中小企业在澳门经济快速发展的同时,亦能得到相应的发展机会与支持。

通过新修订的"中小企业援助计划",商户可获得免息的财务援助,供企业购置营运所需设备;为营运场所进行翻新、装修及扩充工程;订立商业特许合同或特许经营合同;取得技术专用权或知识产权;进行宣传及推广活动;提升经营能力及竞争力;或用于因受异常、未能预测或不可抗力事件影响而导致经济及财政出现困难的情况;援助金额上限为澳门币 30 万元。援助款项最长可分 8 年摊还。参与本计划的企业必须要符合相关法规规定,即:

- 为税务效力而在财政局登记最少满两年;
- 至少由澳门居民拥有企业百分之五十股权或控股权;
- 在澳门雇用员工总数不超过一百人(员工须从属于企业并在澳门长期或长时间执行工作)。

另外,要注意的是,企业之主要股东须为援助作个人担保。

三、澳门投资鼓励措施

(一)税务鼓励措施

表 3—2.1 澳门投资鼓励措施——税务相关

物业税	如购入的不动产做工业厂房之用可全部豁免,当所租用的不动产做工业用途时可部分豁免,若厂房设在澳门,豁免期为 5 年;若厂房设在离岛,豁免期为 10 年(＊)。
营业税	预先批给个案可全部豁免(＊),离岛的营业厂所享有 50% 的免税额(离岸银行除外)。
所得补充税	可享 50% 的免税额(＊)。
消费税	工业用燃油免纳消费税(＊)。
机动车辆税	供澳门政府机关使用的机动车辆、旅游车、集体运输车辆及货运车辆等免纳机动车辆税。

＊记号豁免的给予,须由有关人士申请,申请人在申请书所列出的计划必须符合以下条件中的一项。推动经济多元化;对输往新市场的产品的增加有贡献;在生产过程中能增加附产值;对科技现代化有帮助。申请书应在厂房兴建计划,扩展计划,重组或转型计划之前呈政府审批。

（二）财务鼓励措施

表 3—2.2 澳门投资鼓励措施——财务相关

利息补贴（1998年 6 月 1 日第《23/98/M》号法令）	投资人士向银行要求澳门币贷款用于建设、购置或融资租赁工业设施和购买或融资设备时可享受利息补贴。 利息补贴定为： 建设、购置或融资租赁工业设施，政府补贴利息为百分之四至百分之五。用于改善工作环境及安全的投资，政府补贴利息为百分之六。购置或融资租赁新卡车，政府补贴利息为百分之四。购买新设备或更新设备，政府补贴利息为百分之五至百分之六。 政府批给补贴之期限最多为 4 年，由开始偿还贷款时起计。
第《49/85/M》号法令，尤以其中第十一条	以偿还和无偿的形式补贴与下列有关的投资项目：制造新产品，并可能因此而冒极大的经济风险和新项目确有其价值。新项目的引进和开发计划，而且这些新项目能够运用在发展有利于澳门的工业。安装防止污染设备项目，而这些设备的安装对本地区带来好处。 注："财务鼓励"须以书面提出申请，并详列投资计划。"财务鼓励"的批予按个案做出审定。

（三）促进出口多元化的鼓励

凡在经济局登记了的公司均可申请此项津贴。津贴需事先批准，一般是以本局组织的推广活动为主。所提供的资助范畴主要包括：

（1）可获得全额资助项目

—展览场地的租金；

—摊位建造、安装及拆卸；

—摊位的装修；

—在展览期间，协助摊位的操作；

—商会的参加费用，其中包括商会代表的交通费。

（代表名额由澳门贸易投资促进局确定）

（2）可获得支付百分之六十的费用

—印刷品（传单、目录、小册子等）制作费，最高可达澳门币 40000；

—视听材料的制作费，最高可达澳门币 70000；

—个别参与澳门以外的展览会的费用（包括摊位租金及装修费），最高可达澳门币 60000。

（3）可获得支付百分之五十的费用

——由澳门贸易投资促进局组织参加的国际性展览会或贸易代表团有关产品；

——样板运输费，最高限额为空运20公斤或海运3立方米；

——每间企业经济客位来回机票2张，倘该机票是经设于澳门之旅游社购买者。

（编者：中国贸促会驻港澳代表处）

第三节　日本投资环境及相关政策

一、日本投资环境分析

（一）不利因素

受日本投资环境中的多种因素影响，日本市场被公认为世界上最难打入的市场之一，就连欧美发达国家的一些著名跨国企业也不得不三思而行，发展中国家企业更感到难以进入。除文化、政治等基本国情因素外，日本投资环境的劣势主要有以下方面：

1. 运营成本仍属世界最高水平

运营成本过高依然是外商在日投资的首要不利因素。以东京为例，租用营业场所所需保证金约为欧美主要城市平均水平的10倍，设立企业的整体成本接近欧美城市的4倍。在日雇用人员工资、各项租金、通信费、能源费以及其他各种相关费用，也多居世界前列。根据日本贸易振兴机构测算，在日本投资成本约为法国的11倍、美国的7倍、德国的5倍、英国的4倍。各项费用中，除工业用地购买费用极为高昂外，办公场所保证金、住宅保证金等也很突出。

特别值得指出的是日本劳动力并不充足，人力资源成本极高，在日发展劳动密集型产业绝非良策。此外，与投资相关的各类服务项目费用也十分昂贵。据外商反映，日本法务、会计等专门服务行业设有"行政书士"、"司法书士"、"社会保险劳务士"等多种与国际不接轨的资格制度，外企相关事务必须委托或聘用相应的专门资格者,一方面增加成本,另一方面使外资企业不易判断某项事务应委托何人。另外,上述各类专业人士英语能力普遍不佳,外企如无懂日语的雇员,就只得将有关事务一揽子委托给熟知日本情况又有涉外经验的律师事务所,再转而委托各类专门资格者,导致代理费用增加。又由于日本目前基本没有律师、会计师共同经营的事务所,外企所需的法务、会计服务难以实现一站式办理,导致时间、金钱的耗费。

2. 政策因素

主要表现在行政手续复杂、优惠措施不足、限制性政策较多等方面。外商反映申请设立公司所需时间冗长、缴交资料过多。目前除部分限制性行业(如农林水产业、矿业、国防产业等)外,外商在日设立一般公司,汇款投资后再向日本银行备案即可,已较前简化,但对化学品、医药用品、食品等三行业的审批仍较严格。

日本长期以来缺乏吸引外资的优惠政策,近年来虽开始认识到外资的意义,但政策举措仅限于部分放宽原有限制条件,优惠程度比周边国家和地区相差甚远,吸引力十分有限。日本贸易振兴机构调查显示,在吸引外资的各项因素中,优惠政策仅排在第12位。

3. 土地政策复杂

日本对于土地用途有《国土利用计划法》、《都市计划法》等多种法律进行重重限制。即使已经批准土地用于商业目的,也需要按复杂的规定进行多次开发许可申请,导致外国企业选定业务用地的事前决策、开发计划制定、成本核算均很困难。

4. 对外企人员来日资格严格限制

日本签证审查十分严格。对于外资企业,要求必须雇用2名以上日本全职雇员才向外方人员发放签证。对于外方派遣来日的技术人员,要求具有大学毕业以上学历并有10年以上实际工作经验。外企内部调职来日者则要求转职前连续工作一年以上。这些条件比欧美、东亚各国都严格得多,常遭国内外经济界人士批评。

5. 企业制度与国际接轨不足

日本原有一套与其他西方国家不同的公司组织制度,导致外资企业对日企业并购时的不便。近年来日本已引进了国际通行的合并决算制度,并计划引进时价会计、退职付款会计、企业分割制度等国际通行的会计标准,实现与国际接轨,但外商还要求日本尽早引进欧美各国普遍采用的合并纳税制度。此外,日本的企业管理缺乏对决策者的监督,外商认为其合理决策机制不健全,如不进一步改革,外商不愿贸然投资。

6. 其他经济方面因素

汇率变动、原料及零部件采购、资金筹集等均制约着外资进入日本。日元汇率频繁波动对外商的影响不言而喻。关于原材料及零部件采购,日本企业在很大程度上依赖进口,特别是投资海外生产返销。外企为削减成本也不得不效仿,没有竞争力的海外生产基地则难以在日制造业立足。如要在日本国内采购,则可能受"企业系列"观念的影响,难以获得优惠价格,在竞争中处于不利地位。在筹资方面,日本金融机构问题严重,导致外企在日筹资难度增加。在日发行股票所有的文件都需以日文书写,并依日本的会计基准制作,又缺乏可让律师或会计师协助上市的机制,也使外企颇感筹资不易。

此外,日本特有的商业惯例、消费者和用户企业对产品质量的苛刻要求、日本各类人才对在外企就职的抵触情绪等都不同程度地影响着外国对日投资。

(二)推动外国对日投资增加的因素

虽然存在上述诸多不利因素,但1998年以后外国对日直接投资规模比之前数十年要明显上升一个台阶,显示近年日本的投资环境较前确有明显改善。日本具有经济发达、人口多、市场容量大、科技水平高、信息渠道丰富、产业基础设施完备、劳动力素质高、接近亚洲市场等诸多固有比较优势。此外,近年尚有下列促进对日投资的因素:

1. 投资成本降低

近年日本股价、地价均处低位,工资水平也面临下降压力,相对减轻外企的投资成本。日元与美元汇率比20世纪90年代中期下降不少。日本中央银行实行低利率政策也有利于外企在日筹措资金。

2. 日本企业实力下降

在大环境影响下,很多日本企业经营实力下降,感到有与外资联合的需要,对与外企合作的抵触情绪降低。这给外企提供了一个打入日本市场、实行强强联合,获取其先进技术、管理经验、市场资源的良机。主客观因素促成多项大规模并购项目,如日产与雷诺、马自达与福特等。日本企业实力下降还有利于缓和市场竞争,便于外企扬长避短、夺占市场。例如在零售行业有法国家乐福和美国 Costco 公司与 2000 年在日开设分店,在通信行业有英国不列颠通信公司和美国 AT&T 对日本 TELECOM 的出资等大型项目。此外,日本原有的经营组织体系被打破,终身就职的铁饭碗不复存在,雇用流动性增加,职工对于转职和到外企就职的抵触情绪有所淡化,便于外企获得人才。

3. 日本部分放宽限制

鉴于外资对促进日本经济复苏的重要作用,日本政府对吸引外资的认识有所提高。早在 1994 年 7 月,政府就设立了对日投资会议,首相任主席,经济财政政策主管大臣任副主席,征集国内外各方面对改善投资环境的意见,协助制定促进投资的各项政策。近年来,日本相继出台一系列放宽限制的措施,一定程度上改善了市场准入。

当前,日本的市场准入改善主要体现在非制造业领域,如电力、通信、金融、零售行业等。这些举措既为外资提供了更广阔的舞台,也有利于削减各项费用,间接改善日本的投资环境。

4. 存在不少具有商机的行业

据日本贸易振兴机构调查,当前外商对日本最为青睐的行业主要有:住宅、信息通讯、能源、环境、医疗福利、流通、国际交流、人才利用、高新技术产品的研发和生产。值得注意的是,这些行业绝大多数集中在非制造业、高新技术领域,且多为发达国家的强项。

总之,当前日本投资环境与以前相比已得到部分改善,对外资吸引力有所增强。据日本贸易振兴机构调查,外商来日投资目的依次为:日本市场销售据点、商情搜集据点、生产基地、辐射亚洲市场销售据点、研究开发中心等。新加入日本市场的外企业绩一般在开始 5 年内约有 60% 亏损,5 年后扭亏为盈者增加。正常经营后的股本获益率(ROE)外国企业(12.1%)约为日本国内法人企业(3.0%)的 4 倍。外企在日营业额利润率(4.8%)也优于日企(1.9%)。

二、外国在日直接投资的方法

(一)外国在日直接投资的主要形态

外国企业在日投资形态一般分为代表事务所(代表处)、分公司以及法人公司三种。

1. 设置代表处

除了日本银行法以及证券法规定须事先提交申请的行业外，以收集市场信息等为目的的代表事务所的设立原则上可自由进行，并且不需提交任何申请，也不发生任何法人税征缴问题。

代表事务所的业务通常应局限于向母公司提供市场信息、进行广告宣传、调查和研究，为母公司代购资产并代为保管等。如果超越这些限制范围，从事营业活动的，则无论代表事务所名称如何，将视同设有分公司或营业机构，应办理各种法定登记手续。

2. 设置分公司

对外国企业在日本境内设置从事营业活动的分公司等，日本外汇法规按照对内直接投资处理。原则上除应向财务大臣及政府有关管辖部门的大臣进行事后报告外（属于限制行业的需进行事先申请），还应按照商法规定进行外国法人的登记。

3. 设立法人公司

外国企业在日本设立法人公司，也属于日本外汇法"对内直接投资"的管辖范围。除了应提交事后报告外，根据营业目的，有时还应提交事前申请。至于其他的各种商业登记手续、税务手续、劳动手续等与日本国内企业相同。

设置分公司或成立法人公司时，上述的事后报告和事先申请以及商业登记等手续通常由日本的"行政书士"提供代理服务。分公司设置和法人设立以后，应办理的税务登记手续以及以后各营业年度的决算、纳税申报等由日本的注册会计师事务所或税务师事务所提供代理服务；劳动登记手续等也有专业的代理服务机构。这些服务如一一交付各代理机构往往比较费时费事，因此日本也有相当多的承担一条龙服务的代理机构。

（二）外资在日设立法人公司

1. 法人公司与分公司的比较

（1）法人资格的比较

分公司的法人资格是外国企业的从属，即外国法人身份。而在日本境内设立的法人公司，具有日本国内法人身份。

（2）税收负担的比较

从日本的国内税法规定来看,分公司和国内法人使用的法人税率、居民税率、事业税率以及消费税等基本没有差别。只是日本境内的法人公司在向国外的母公司上缴红利时,应代扣20%的源泉所得税(根据有关条约,中国企业扣10%);而分公司在纳完法人税等后向母公司汇出利润时不课税。

(3)各种法律规定

法人公司的设立须遵循外汇法、商法等法律。此外,在其他营业活动方面国内法人和分公司所适用的法律规定基本没有区别。

2. 法人公司的组织形态

日本的法人公司可分为四种:合名会社、合资会社、有限会社、株式会社。外国投资者在设立的法人公司多为株式会社(即股份公司)。

(三)外资在日设立株式会社

株式会社的设立方式通常有发起设立方式和募集设立方式。外国投资者在日本设立株式会社通常采用发起设立方式。

1. 与设立有关的事项

在探讨公司设立的有关事项时,通常向律师或行政书士咨询并委托办理有关手续。

(1)发起人

设立株式会社发起人为1人以上。对发起人的资格并无特别限制,但发起人必须在章程上签章并至少认购公司拟发行股份的1股以上的金额。公司设立后,发起人可以转让其持有的股份。外国企业法人或个人可以成为发起人。

(2)设立方式

株式会社的设立方式有发起设立方式和募集设立方式两种。由外资设立的株式会社多采用发起设立方式。在发起设立方式下,发起人必须认购公司拟发行股份的全额,并选任"取缔役"和"监察役";"取缔役会(董事会)"应负责调查出资情况并办理公司的设立手续和工商登记手续。

(3)类似商号的调查

公司的商号应在章程中规定并进行登记。但在同一行政管辖区划内已登记有同行业类似的商号则不能进行登记。为此,在决定新设公司的商号前,应事先进行查询。特别是对一些国际驰名的公司,在筹办公司设立业务时,为防止他人抢注商号,可以申请商号的临时登记手续。所登记的商号必须使用日本文字,即平假名、片假名、汉字三种。但在章程中可以用外文同时标记。

(4)营业目的

公司的营业目的必须表述于章程中并进行登记。对各种业务内容的用语应使用惯用语。通常所登记的营业目的应具体列出实际将进行的或将来可能进行的业务,最后附加一项"与以上各项业务有关的所有业务"。

(5)《外汇法》规定的事前申请及事后报告

日本从1998年4月1日起施行新的外汇法后,对一些限制性的事前申请制度有较大的修改,部分原先须通过日本银行提交事前申请的投资领域已改为事后报告。投资者应事先通过有关政府部门或咨询机构了解具体规定。

(6)公司法定地址

公司的法定地址应表述于章程中并进行登记。分公司的地址可以不在章程中规定,但应在所在地的法务局进行登记。

(7)资本金

株式会社的资本金为授权资本的1/4以上,最低限额为1000万日元。授权资本应在章程中规定,变更授权资本时要变更章程,所以设立时应综合考虑业务上的资金需要以及今后必要时在授权资本内对资本金的追加投入,设定授权资本与资本金的合理金额。同时,因资本金额的大小,所适用的法人税率、地方税率、交际费的计税费用限额等会有所不同。另外,当设立时投入的资本金超过5亿日元以上时,必须向财务大臣提交有价证券通知书。

(8)出资方法

原则上要求以现金投入。但是,对发起人也允许以实物出资,如有价证券、不动产、商品、机械设备、汽车、特许权、商标权等可列入资产负债表的资产项目的实物或权益。但根据有关规定,实物出资属于公司章程中应记载的特别事项,并应由裁判所(法院)检查人员进行调查确认,而且手续较为麻烦。

(9)资本汇入银行

以现金出资的发起人应选定银行并填写委托书,资金汇入后还应从银行领取资本金保管证书,用于法务登记。

(10)股东名单

公司必须编制股东名单,并保存于公司的法定地址。如发生股份变更,应在股东名单上进行登记后才生效。

（11）"役员（董监事）"的任命

一般株式会社的取缔役就在 3 人以上，监察役应在 1 人以上。其中，代表取缔役（法人代表）应有 1 人以上为日本居民，即常驻日本的自然人。外资公司也有将不常驻日本的母公司总裁列入代表取缔役的，这种情况下还应另任命 1 名常驻日本的代表取缔役。其他的取缔役、监察役不受国籍限制。

（12）营业年度

公司可以将 1 年以下的任意时间作为营业年度，但一般定为 1 年。通常外国企业在日投资设立的公司往往与国外母公司营业年度保持一致。

（13）关于年度股东大会

公司的决算应经定期股东大会承认并通过，通常股东大会应在营业年度结束日起 2 个月内召开。

2. 法务登记前应准备的事项

（1）印章

在日本对各种文书通常采用签名加盖章进行认证。日本有印章登记制度，通常在居住管辖地政府进行登记。个人登记过的印章称为"实印"，并可取得印章证明。公司设立时的章程起草与认证等，对发起人要求实印加印章证明；法务登记上则要求代表取缔役个人的印章证明。所以，当外国企业作为在日法人的发起人时，外国企业公司印章应经本国公证部门的证明。另外，代表取缔役中不常驻日本的个人印章也需在本国公证。新设公司的印章也必须在公司登记手续提交申请的同时进行登记。如果来不及准备公司印章，也可暂时用代表取缔役的个人印章代替登录，待公司印章刻好后再及时更换。

（2）设立手续的费用

法定手续的费用如下：

——章程的印花税（必须贴在章程的正本上）：4 万日元；

——章程认证费（支付给公证人）：5 万日元；

——誊本证明费（支付给公证人）：章程每页 250 日元；

——登录免许（即营业执照）税：注册资本金的 0.1%（最低 15 万日元）；

——资本金汇入手续费：资本金的 0.25%。

除法定部分以外，还有委托代办的费用，如章程等各种文书的起草、交通费用等。往往外国企业提供的文书多为外文，因此还需考虑翻译费用。

3. 从章程起草到登记的过程

在日本设立株式会社需要以下各种文书。通常委托代办时,代办人会指示提供相关的资料或代为起草。公司设立所需的时间通常为1—3个月,速度快慢视各种资料的准备情况而定。

—设立登记申请书

—公司章程

—股份认缴书

—取缔役及监察役的调查报告书

—发起人选任取缔役及监察役的决议书

—取缔役、监察役、代表取缔役的就任书

—取缔役会长选任代表取缔役的决议书

—资本金汇入银行的资本保管证明书

—代表取缔役的印章证明书(即公司印章)

—代表取缔役个人的印章证明书

—对代理人的委任书

（编者：中国贸促会驻日本代表处）

第四节　韩国投资环境及相关政策

一、投资环境

1997年亚洲金融危机之后,韩国政府开始意识到吸引外资的重要性,在此种背景下,对其外资政策进行了大幅调整,并于1998年11月开始实施新《外国人投资促进法》,大幅放宽了投资领域限制,允许外国企业对韩国企业进行敌对性并购,对外商在韩直接投资实行全面自由化和鼓励政策。

(一)禁止、限制、允许外资进入的领域

目前,按韩国标准产业分类(共1121个行业),韩国将邮递、中央银行、共济基金、证券交易所等金融管理、学术研究、国家行政管理、教育、艺术、社会团

体、宗教团体等 63 个行业列在外商投资对象之外；其余适合外资投资的行业中只有电视传播、无线电广播业 2 个行业尚未开放，禁止外商投资；其余行业中：报纸发行、定期刊物发行、近海、沿岸渔业、普通作物栽培、肉牛饲养业、发电、送电、配电及销售、肉类批发、内港客运、内港货运、定期航空运输、不定期航空运输、有线电信电话、无线电信电话、电信线路设备租赁业、其他电信、无线传呼等其他无线通信业、国内银行、信托公司、利用视听渠道播放节目业、综合有线及其他有线传播业、卫星传播业、新闻提供、放射性废料处理业等 27 个行业部分限制外商投资；其他行业外资可自由进入。

据韩国主管外资政策的产资部称，韩国开放度很高，已达到发达国家水平，适合外资投入的各行业的投资自由化指数高达 99.8%，对外商投资的准入基本上采取申报制管理。对于上述部分限制外商投资的行业，韩国基本上以规定外商持股的比率上限为主要限制手段。此外，政府各行政部门对部分需保护的产业和国家垄断行业的外商直接投资仍采取限制对国有企业的持股比率、通过审批制度掌握资本进出的动向、限制市场准入等措施，这些限制政策由产业资源部每年汇总后通过"外商投资统合公告"发表。

（二）韩鼓励外资的系列优惠政策

韩国外资政策的核心内容为"促进、支援"，主要的优惠政策包括以下几个方面：

1. 规定外商出资形式除现金、机器设备和工业产权外，也包括持有的知识产权、在韩国内的不动产和股份等。外商对所投资企业的出资完了之前，如已符合《外国人投资促进法》规定的外资企业标准，则该企业就可以进行外商投资企业登记，并享受韩国政府赋予外商投资企业的一系列优惠政策。

2. 对符合条件的外商直接投资企业实行税收减免。在保证外资企业与韩国内资企业同样的税收减免政策的同时，对外商投资 467 种高新技术产业及"创造高附加值、能够对制造业等其他产业的发展提供较大帮助"的 111 种服务业和"外商投资地区"内实行税收减免。

外商符合上述条件，投资后前 7 年免交法人税、所得税和红利所得税等国税，后 3 年减半（2005 年起改为免 5 减 2）；取得税、财产税、综合土地税和登录税等地方税减免期限至少 8 年（前 5 年全免，后 3 年减半），地方政府可视具体情况在最长 15 年的范围内延长上述地税的减免期限。

自由贸易区、关税自由区(现两者已合并)和经济自由区域(包括济州国际自由城市)内的外资企业的税收优惠为免3减2。

3. 对外商购买和租赁国公有土地提供支持。外商租赁土地的期限为50年,期满后可以再延长50年;外商租赁的土地如为国家所有、公有(指地方政府所有)财产,根据投资规模和行业性质及所处地区,可获得减免50%—100%租金的优惠。外商购买国有土地,可分期20年付款,或享有一年宽限期。

4. 中央政府对各级地方政府吸引外资工作给予支持。中央政府为地方政府引进外资的各项工作提供财政援助,包括建立外商投资区、购买土地租赁给外资企业使用、减免外资企业土地使用费、为外资企业提供职业培训补贴等所需的资金。中央政府同意各级地方政府根据实际情况,向外商投资企业提供雇佣补贴。

5. 建立"外商投资地区"制度。确定"外商投资地区"的标准是:

—设立工厂或办公场所时:单个制造业企业的外国投资额超过5000万美元;外资比例超过50%,且新雇佣的正式员工超过1000人;在已有国家、地方工业园区被指定为"外商投资地区"时,该区内的外资金额超过3000万美元,且新雇佣的正式员工超过300人;

—外资超过2000万美元,且在从事下列行业时要新建设施:

(1)旅游饭店业和水上宾馆业;

(2)"综合休养业"和"综合游园设施业"(外商投资额应超过3000万美元);

(3)国际会议设施业。

—外资超过3000万美元,且在从事下列行业时要新建设施:

(1)货物综合物流中心;

(2)消费品物流快递中心;

(3)港湾设施及港区背后腹地投资的物流项目。

—两个以上外商投资企业如属同一产业分类或有上下游配套关系,或所在地块属同一国家、地方工业园区或紧临。

符合上述条件任何一项的的企业,如提出申请,其所在地区即可被确定为"外商投资地区"。对该外资企业,除实行前述的"国税7免3减、地税5免3减"的最基本的税收优惠政策外,还免除其租赁国有土地的租金和其他个别行政收费,对进入工厂的道路、自来水、供电设施等基础设施给予财政支援,视情支援兴建医疗、教育、住宅等生活环境设施。

6. 简化外商投资的申报和有关审批程序,加快政府处理有关业务的速度。外商在办理投资申报、取得建厂许可等有关手续时须提交的文件比外商投资自由化以前减少一半;政府处理有关审批业务的最长时间缩短至30天,超过这一时限视作自动许可。

7. 赋予大韩投资贸易振兴公社(KOTRA)下属的投资支援中心(KISC)法律权限,使其能够协调与外商投资有关的各部门业务,切实向外国投资者提供从投资咨询到事后管理的一条龙综合服务。新设行政监察官(ombudsman),负责接受外商投诉,向有关政府部门提出改进方案和建议,监督落实。

二、相关税收政策——韩国法人税

—法人税的缴纳义务人为国内法人,如果是外国法人时,仅在其在国内具有源泉所得时负有缴纳义务,法人税征收对象的所得为法人各个事业年度的所得和清算所得,但非营利性国内法人和外国法人不征对收清算所得的税。

—法人的事业年度是由法令和法人章程规定的一个会计年度为事业年度,此期间不可超过一年,要变更事业年度的法人,必须在事业年度终了前3个月以内向纳税地管辖的税务署长申报。

—外国法人的法人税缴纳地为国内营业场所的所在地,在国内没有营业场所的,不动产权利、转让所得、山林所得等该资产的所在地视为纳税地,具有2个以上营业场所的法人以主营业场所的所在地为纳税地。

—具有国内营业场所的法人,因国内的不动产、不动产上的权利取得所得的外国法人、具有山林所得的外国法人,其各个事业年度所得的法人税的征收标准为国内源泉从所得的总额中按顺序将前5年的耗损金额、非征税所得、船舶或航空器在外国航行所产生所得的金额扣除后剩余的金额。

—在计算外国法人的国内源泉所得总额时,遵循国内法人的各个事业年度所得、利益、损耗计算方法、非征税、所得扣除方式来计算。

—各个事业年度所得,为该事业年度的利益总额中扣除损耗总额的金额。利益的范围为由于使法人纯资产增加的交易而产生的收益金额,损耗的范围为:由使该法人纯资产减少的交易而产生的损耗费用的金额。

——规定了在计算利润和损耗时不算入的对象和其基准。因资本交易发生的利益、资产评估差的利益、持股公司的分红金额、因出资其他法人而获得的分红金额等作为利润不算入利润,资产评估差的损失、折旧费、捐赠费、招待费,超额经费,与业务无关的费用、借贷款支付利息等不算入损耗。

——为公益目的事业而支出的准备金、法律规定的责任准备金、保险公司为向保险合同人分配而准备的合同人分配准备金、为抵消退休金而准备的抵消金以及为债权准备的坏账准备金等,不计算在损耗内,并规定了具体的条件。

——对于外国法人各个事业年度所得的法人税是征税标准金额上乘以税率所计算出的金额,1 亿韩元以下征税标准是 15%（2005 年开始为 13%）,1 亿韩元以上的征税标准是,对于 1 亿韩元部分按照 15%（2005 年开始为 13%）,超过 1 亿韩元的部分为 27%（2005 年开始为 25%）。

——外国法人具有国内营业场所时,自该日开始 2 个月内向纳税地管辖税务署长申报,并提交营业场所设置申报书,附上借贷对照表等关联材料。

三、外国企业准入程序

（一）外国企业设立程序

韩政府委托大韩贸易投资公社（KOTRA）及其附属的外国人投资支援中心（原 KISC,现 Invest KOREA）负责招商引资工作,为外商投资者提供从申请设立到运行的一条龙服务。具体程序如下:

1. 访问 KOTRA 驻中国各地代表机构（贸易馆）,咨询有关投资信息,并提交营业执照、身份证等办理来韩签证邀请函的材料,由 KOTRA 总部提供签证邀请函,办理来韩签证。

2. 访问 KOTRA 总部及 KISC,获取相关服务:推荐韩国合作伙伴、介绍各地投资环境、介绍投资服务专家、律师、会计师等、设立工厂的业务、延长滞留时间、确认实物投资金额等。

3. 提交外国投资申报、获得申报回复。（现以个人投资最低限额为 5000 万韩元,如 2 人以上投资,则每人最低投资额为 2500 万韩元）

4. 选择一韩国商业银行总部,设立新公司的临时资本金账户并从中国汇款。（如携带现金入境作为资本金,需在入境时向韩国海关申报并索取申报单作为设立资本金账户的凭据）

5. 企业登记：如设立私人企业，只需向该企业所在地的税务所申报获得营业执照（韩国称：事业者登记证）；如设立法人企业，则委托法务师（级别低于律师的职业法律服务者，代办各种法律登记手续，不能出庭辩护）事务所或KISC办理法人注册手续。该手续主要有向法院提交设立法人企业的申请、招股、制定公司章程、理事会或股东大会决议、验资报告，一般需4人以上的股东发起，如法人代表系外国人，在登记时其本人或委托的代理人应在韩国国内。

6. 在 KISC 或有关的商业银行办理外资企业登记证。在韩企业如系法人，应提交法人注册证明（韩国称"法人登记簿誉本"，如系私人企业，应提交营业执照）和外汇汇入证明（实物投资时提供相关证明）。

7. 向韩法务部出入境管理所申请变更签证种类（改为长期工作签证）、申请长期居留证。

8. 工厂开工或开始营业。

此外，各商业银行为吸引存款和客户，往往也较积极地提供各种注册企业的服务。

KISC 联系电话：0082—2—34607545

传真：34607946

网站：www.kisc.or.kr

外国投资者投诉中心：

电话：0082—2—551—4233

传真：5514560

（二）劳工进入要求及工作签证

外国人入境大体分为三种情形，一种是免签证入境，并在机场港口赋予滞留资格及滞留期间，另一种是从驻外公馆申领签证并入境，第二种是事先取得由管辖邀请方住所地的出入境管理事务所出具的签证发放认定书（或签证发放认定号码），将其递交驻外公馆申领签证并入境。特别是后两种方法，可有选择地使用。

以 90 日为基准，国内滞留分为长期滞留和短期滞留，根据滞留资格的不同，在国内既可以允许转换为长期滞留（变更滞留资格或延长滞留时间），也可以不予转换。

大部分短期滞留签证是经领事权限委任,由驻外公馆迅速发放。但长期滞留签证需经法务部长官的批准并由驻外公馆发放,所以需要一定的处理时间。

对于投资外商,即使是1年以下长期签证,也委任给驻外公馆负责人。当因不得已事由而免签证入境以及凭短期签证入境时,也可在国内变更为企业投资(D—8)资格的长期签证。(但中国集体旅游游客等例外)

1. 企业投资(D—8)签证发放对象

根据外商投资促进法的规定,要从事外商投资企业的经营—管理或生产—技术领域的必需专业人力(国内录用者除外)为发放对象之一。必需专业人力类别如下:

行政官(Executive):在组织内对组织管理进行第1次指挥,在决议过程中行使广泛的权限,是该企业的最高级别行政官,是只受董事会、股东的一般指挥、监督者(行政官不能直接执行实质性提供服务或组织服务的相关业务)。

高级管理者(Senior Manager):其职责是制订及执行企业或部门单位组织的目标和政策,具有计划、指挥、监督的相关权限和职员雇佣及解雇权或相关推荐权,对其他监督职、专业职、管理职从业人员的业务进行决定、监督、统计或对日常业务行使裁量权(被监督者不包括非专业服务提供者的一线监督者,也不包括直接从事提供服务行为者)。

专业技术员(Specialist):指在相应企业服务的研究、设计、技术、管理等方面具有必需的高度专业,独到的经验和知识者。

一般行政业务或国内可替代的技术员及直接劳务服务提供者不属于必需专业人力。

2. 发放步骤

免签证入境或获得短期签证入境,向KOTRA(大韩贸易振兴公社)外商投资支援中心(IK)或滞留地管辖出入境管理事务所申请滞留资格变更许可等。

法务部长官将滞留时间1年以下的企业投资(D—8)签证发放权限委任给驻外公馆负责人,所以外国人可持所需文件直接向驻外公馆申领企业投资(D—8)签证后入境。

国内邀请人获得滞留地管辖出入境管理事务所发放的签证发放认定书(号码),并将其传送给被邀请人后,被邀请人前往驻外公馆,提交该签证发放认定书和护照后,申领企业投资(D—8)签证入境。

为缩短签证发放时间,减少投诉者的不便,自2005年9月25日起开始执行电子签证发放认定制度,不再发放签证发放认定书,而是通过电子邮件或手机短信向邀请方通报签证发放认定号码,被邀请方可利用该认定号码申请签证。

3. 同伴(F—3)资格

(1)对象:属于企业投资(D—8)资格者的配偶及不满20岁无配偶的子女。

(2)发放步骤:法务部长官将滞留时间1年以下的同伴(F—3)签证发放权限委任给驻外公馆负责人,所以原则上由外国人持所需文件直接向驻外公馆申领企业投资(D—8)签证后入境。

四、投资相关机构

(一)官方机构

1. 产业资源部

产业资源部是韩国贸易投资的核心主管部门,其职能是制定和修改包括《对外贸易法》和《外国人投资促进法》在内的有关进出口贸易及外商直接投资的法律、法规、法令和政策;依法对进出口贸易和外商直接投资实行管理;推动扩大出口和吸引外资,保护国内市场免遭进口产品冲击;统一管理战略性物资及与国防相关的产品、尖端产品的进出口;开展国际产业和科技合作等。同时,产业资源部还对韩国贸易协会、大韩商工会议所等民间经济团体和行业协会进行指导和监督。

2. 韩国贸易委员会

韩国贸易委员会隶属产业资源部,主要负责实施反倾销、反补贴和保障措施等贸易救济措施,对扰乱进出口秩序的不公平贸易行为进行调查,提出处罚建议。

3. 关税厅

韩国关税厅主要职能是:制定和执行关税政策;促进贸易便利化,打击走私;禁止毒品及军火等非法交易;执行有关危险化学品的国际公约以及濒危野生动植物物种国际贸易公约;禁止欺骗性使用原产地行为以及侵犯知识产权;

全面检查非法外汇交易以及打击洗钱行为等。

(二)商协会

1. 大韩贸易投资振兴公社

大韩贸易投资振兴公社成立于1962年,是韩国政府为了促进进出口贸易和投资而设立的非营利性的贸易投资促进机构。该公社隶属于产业资源部,受其监督和指导,经费由国家财政预算拨给,公社社长由总统根据产业资源部长官的推荐任命。

2. 韩国贸易协会

韩国贸易协会成立于1946年,是一个非营利性的民间机构,1972年成为世界贸易中心的正式成员,现有8.6万家会员企业,是韩国外贸行业中最大的经济团体,服务内容主要包括:外贸企业登记、贸易中介、海外市场调研、国内外相关法规介绍、各种专题咨询等。

3. 韩国中小企业振兴公团

该公团隶属于韩国中小企业厅,主要靠国家财政运营。其职能除了为韩国中小企业的发展提供各种服务以外,还积极支持中小企业扩大出口;促进中小企业的国际合作,积极引导外国公司投资韩国中小企业。

4. 大韩商工会议所

大韩商工会议所是韩国最大也是设立最早的民间综合经济团体,其会员几乎遍及韩国工商界的所有大中小型企业,主要依靠会员自愿交纳的会费运营。其与经贸和投资有关的主要业务包括:加强民间国际经济合作;促进出口和吸引外国投资;维护会员企业的合法权益。

(三)投资保险机构

韩国出口保险公社是根据《出口保险法》设立的为企业出口提供风险保障的非营利性特殊保险机构。该公社所有经费由政府财政预算支出。产业资源部对该公社业务状况进行监督。

(编者:中国贸促会驻韩国代表处)

第五节　阿联酋投资环境及相关政策

一、阿联酋投资环境

（一）阿联酋基础设施情况

阿联酋有完善的适宜外资发展的基础设施,阿联酋联邦政府和各酋长国政府都十分重视基础设施的建设,每年预算支出中都有大量资金用于基础设施的建设和完善。

阿联酋繁荣的经济为基础设施发展提供了动力。住宅、旅游、工业和商业设施、教育和保健、水电、通讯以及港口和机场都在进行着变化。许多新兴的基础设施项目以公私结合为基础,私营部门被授予了更多权力参与基础设施的建设和发展。

1. 水电

截至 2006 年中,阿联酋电力生产总容量为 16220 兆瓦(MW),而 2001 年仅为 9600 兆瓦,行业预计 2010 年总容量将升至 26000 兆瓦。目前,阿布扎比水电局(ADWEA)负责总容量的 53% ;迪拜水电局(DEWA)负责总容量的 29% ;沙迦水电局(SEWA)负责总容量的 11% ;联邦水电局(FEWA)负责剩余的 7% 。

近 97% 的电力生产以天然气为燃料,剩余的 3% 则使用柴油机或汽轮机(主要是北部阿联酋)。2007 年中,卡塔尔的天然气可以通过海豚天然气项目(Dolphin Project,是阿联酋的一个能源战略计划,该计划的目标旨在从卡塔尔海上油气田生产、加工天然气,然后输送到阿联酋)全长 370 公里的输出管道传送到阿布扎比、迪拜和富查伊拉的水电综合厂区。2006 年,阿布扎比与迪拜实现电网连通,其余酋长国则于 2007 年上半年完成连通,从而形成阿联酋国家电网(ENG)。

阿联酋地处沙漠地区,天然水资源严重稀缺。水资源来源主要为地下水和海水淡化水。地下水在满足阿联酋农业需求方面扮演着重要角色,而联邦水电局(FEWA)在北部阿联酋提供的大部分用水也是甜质地下水。阿联酋绝大部分用水仍需通过一个大型燃气海水淡化项目得以满足,其中阿布扎比承担了阿联酋近一半的海水淡化水生产任务。2004年,淡化水的生产产量超过1950亿加仑,而1996年仅1305亿加仑。水产量的大幅上升主要得益于新海水淡化厂的竣工。但是,水资源的供需矛盾依然尖锐,到2020年仅阿布扎比的用水量就将增至58.58亿立方米。

为了通过提高产量和效率满足日益增长的用水需求,阿布扎比已着手对其水电部分实行私有化。1997年开始,通过合资公司的形式,阿布扎比在六家独立水电厂(IWPP)引入建设、拥有和营运(BOO)模式,其中ADWEA持有每家IWPP 60%的股份,而剩余的40%则由海外私人投资者持有。迪拜也于今年6月中旬首次对外宣布允许外资控股建设核电厂,计划融资370亿美元在2017年之前将发电量增至250亿瓦特(相当于美国佛罗里达州50%的发电量)。

2. 通讯

2006年,电信行业最高监督委员会(SCSTS)推出通讯行业一般政策(GTP),通讯行业在市场自由化的影响下步入新的发展阶段。

2006年前的30年间,作为阿联酋唯一的电信运营商,阿联酋电信公司(Etisalat)使阿联酋成为该区域线路最发达的国家之一,其关键服务使用率与全球最发达的市场相比毫不逊色。移动电话用户超过510万人,移动电话使用率首次在该区域突破100%大关(125%);互联网用户57.8万人,固定线路用户130万人(2006年统计数字)。Etisalat还大力投资区域通讯业,2006年市值达253.2亿美元,成为中东地区第六大公司,在全球500强公司排名第278位。

作为自由化的一部分,电信监管局(TRA)于2005年12月授权酋长国联合通讯公司(EITC,股票代码"du")上市。2006年年初,20%的公司股份公开发行;2006年4月,酋长国联合通讯公司在迪拜金融市场(DFM)开始交易并于2007年年初投入运营。公司为自己制定的目标是在三年内占领阿联酋30%的市场份额。

Etisalat也是Thuraya卫星通讯公司的主要股东和服务提供商,这是1997年在阿联酋阿布扎比由领先国家电信运营商和国际投资公司财团成立的一家卫星通讯服务提供商。Thuraya通过双模式手机和卫星付费电话为全球近三分之一的地区提供经济的卫星移动电话服务。公司的第三颗卫星Thuraya3将于2007年投入使用。

3. 机场

经济的迅速发展使得阿联酋的机场和相关基础设施也获得长足发展,预计未来20年内机场建设总投资额将超过750亿迪拉姆(204.3亿美元)。这项巨额投资包括斥资300亿迪拉姆(81.7亿美元)改建的阿布扎比国际机场,投资150亿迪拉姆(40.8亿美元)的迪拜国际机场扩建项目,预计投资300亿迪拉姆(81.7亿美元)用于建造阿联酋第七个国际机场的迪拜世界中心城开发项目,建成后的迪拜世界中心国际机场将成为全球规模最大的机场。此外,沙迦国际机场计划投资2.27亿迪拉姆(6100万美元)进行改建;阿基曼将投资29亿迪拉姆(8亿美元)建造新机场;富查伊拉已许诺投资1.83亿迪拉姆(4900万美元)扩建其航站和相关设施;阿莱因国际机场正在进行投资7500万迪拉姆(2043万美元)的改建项目;哈伊马角政府则投资10亿迪拉姆(2.72亿美元)进行机场扩建工程。这些项目的巨额投资证明阿联酋已成为中东地区机场建设领域的最大投资国。

传统航空公司(如迪拜的阿联酋国际航空)以及新兴航空公司(如阿布扎比的阿联酋联合航空(http://www.etihadairways.com)——该地区首个廉价航空公司,沙迦阿拉伯航空(http://www.airarabia.com)以及哈伊马角航空公司(http://www.rakairway.com/))取得的巨大成功刺激了机场扩建的步伐。作为全球十大航空公司之一,阿联酋国际航空计划在未来八年内将其载客能力翻三番。而阿联酋联合航空则是全球发展最快的航空公司之一。它还通过远程战略提高其机队能力和拓展国际航线网络(http://www.etihadairways.com/etihadairways/RouteMap.aspx)。

4. 港口

由于阿联酋在东西方之间的战略性地理位置,阿联酋的港口与其机场一样,是推动经济发展,促进经济多样化的重要工具。

阿布扎比的扎伊德港(Zaeed Port)是该酋长国的主要货港。阿布扎比港口公司(ADPC)还在塔维拉建造了哈里发港(Khalifa Port)和毗邻的工业基地,一期工程将耗资80亿迪拉姆(21.8亿美元)。阿布扎比姆萨法(Mussafah)的新建工业港口也计划于2009年投入运行。

迪拜的拉希德港(Rashid Port)和酋长国西南部的杰布阿里港(Jebel Ali Port)是阿联酋贸易发展的枢纽。杰布阿里港主要装卸杰布阿里自由区的散装货和工业材料,是阿联酋最大的港口,也是全球最大的人造港口。2007年杰布阿里扩建工程第一期结束后,吞吐量将进一步上升。整个扩建工程总价值46亿迪拉姆(12.5亿美元),共分四期。

沙迦是唯一在阿联酋两岸都有港口的酋长国。它的东海岸港口豪尔费坎集装箱码头(KCT)是该区域的唯一天然深水港,位于霍尔木兹海峡外并且靠近东西方主要航道,占据目前大型深海集装箱贸易的战略性地理位置。KCT已经是阿联酋最大的集装箱转运枢纽港之一,目前正在进行总价值高达3亿迪拉姆(8175万美元)的大规模扩建。

2005年年初,富查伊拉港全新的15万立方米陆上燃油存储设施交付使用,使它成为全球第二大燃油贮存中心,燃油年供应量1200万吨,价值25亿美元(91.7亿迪拉姆)。

5. 城市交通

为了满足已规划的新开发项目对交通条件的要求,各酋长国同时大力投资于道路、桥梁和公共交通的改善。例如,迪拜酋长国政府计划投资293亿美元用于迪拜市区交通基础设施建设,这笔巨资将主要用于扩大正在建设中的迪拜轻轨交通系统、引进市区地上电车公交、优化现有公路网以及对各主要拥堵交通路口的增容改建,全部计划预计于2020年前完成。有关专家认为,迪拜政府此举有助于缓解目前困扰城市发展的交通瓶颈,提升迪拜的国际都市竞争力。

(二)阿联酋劳动力现状

阿联酋是一个移民国家,境内汇聚了大量来自印度、巴基斯坦、伊朗、阿拉伯国家、欧美和东亚的移民。在450万常住人口中,阿联酋本国人仅占20%左右,而来自印度(120万人)、巴基斯坦(80万人)等南亚和周边国家地区的人口占阿联酋总人口的60%—65%,其余10%—15%的人口来自欧美、中国、菲律宾、印尼等亚洲国家,另有少量人口来自世界其他国家和地区。阿联酋劳动力人口占其全国总人口数的57%,达250万人,约90%属于外籍劳力。因此,多种族的人口构成是阿联酋劳动力市场的最大特征。

其次,各阶层收入悬殊。十年来阿联酋的经济大幅增长,但其普通劳工的收入几乎没有增加过。以一名普通建筑工人的收入为例,各建筑公司的工资标准虽然不统一,但基本都在每月1500迪拉姆至1800迪拉姆(1迪拉姆约合2元人民币),而他们的工作需要往往要求他们必须在40度以上的高温环境下工作,这让很多希望来阿务工的外籍劳工望而却步。

再次,对于同样的工种,由于文化、法律等各种因素的影响,各种族之间的收入也有差距。

二、阿联酋投资相关政策

(一)经济政策

1. 在阿联酋投资设立公司的法规及程序

阿联酋执行自由经济政策,无外汇管制,基本也没有什么税收。在阿从事贸易、投资、承包劳务等项业务都是经贸活动。外国人在阿联酋从事这三项业务活动,均须执行《公司法》、《商业代理法》和《劳动法》的规定,办理公司注册。公司注册后加入工商会,成为法人,享有同阿联酋本国资本公司同样的权利与义务。所不同的只是在申请注册公司时,经营活动的表述不同,这主要是为确定注册的公司营业范围。如注册的是贸易公司,就可以进行贸易活动;如注册的是投资建厂,就自然享受投资环境一章中的优惠,至于怎么投资,用什么技术,资本多少,那都是与合伙人具体商谈的有关问题;如注册的是承包公司,还需要按阿方对不同等级的公司,在资本、技术力量和业绩方面的要求去申请公司等级。如想承包专业项目如水电、道路等工程,在取得公司等级后,再凭公司的技术实力与业绩,去申请承包专业项目的资格即可。只有上述手续都办完,才能开始营业。

2. 阿联酋《公司法》简介

《阿联酋商业公司法》(1984 年第 8 号法案,简称公司法)于 1985 年 1 月 1 日生效。《公司法》涉及广泛,有 329 项条款。除明确了可依据该法在阿组建公司的实体形式外,该法还涉及合伙人、股东及其他与公司有关人员的权利与义务,公司的变更、兼并与清算,以及政府对公司的监督和检查问题。《公司法》对在阿组建的商业公司或是在阿开展主要业务的公司都同样适用。

《公司法》规定所有在阿联酋建立的公司必须采用以下七种公司形式之一:

(1)普通合伙公司

(2)合伙有限公司

(3)合资公司

（4）公开合股公司

（5）不公开合股公司

（6）责任有限公司

（7）股份合伙有限公司

3. 在阿联酋开办企业的有关费用

根据开办企业性质的不同,在阿联酋设立代表处、公司和分公司的费用略有不同。详见表3—5.1:

表3—5.1　在阿联酋开办企业的费用　　（单位:美元）

费用项目	代表处		公司		分公司	
	办公室	仓库/办公室	办公室	仓库/办公室	办公室	仓库/办公室
租金*/年	9540	34060	9540	34060	9540	34060
执照费/年	1500	1500	1350	1500	1500	1500
设立费用	2730	2730	3270	4090	1350	1350
设施保险	30	80	30	80	30	80
小计	13800	38370	14190	39730	12420	36990
电力	单相220V,三相380V,双圆插头,每度0.2迪拉姆。					
水力	来源有陆地水和海水淡化两个渠道,陆地水提供约30%的饮用水,也是农业用水的主要来源,而海水淡化部分则用以满足工业及日常生活中70%用水量,目前水价每立方0.03迪拉姆。					
成品油	目前高级汽油每加仑为6.7迪拉姆。					

*备注:1. 办公室以27平方米估算;

　　　2. 仓库以510平方米搭配办公室35—45平方米估算。

资料来源:《阿联酋商务环境简介》,驻阿联酋大使馆经商参处。

（二）自由贸易区政策

阿联酋7个酋长国都拥有自己的自由贸易区,目前,阿联酋自由贸易区的数量已达到17个,此外还有12个自由区正处在开发阶段。目前入驻阿联酋各自由贸易区的企业已有5000多家,投资总额约40亿美元。这些自由区是阿联酋经济的重要组成部分,成为了海湾地区主要的转口贸易中心。

表3—5.2　阿联酋现有自由区列表

酋长国	自由区名称
阿布扎比	阿布扎比工业城(Higher Corporation for Specialized Economic Zones,HCSEZ)
迪拜	迪拜机场自由区(Dubai Airport Free Zone)　迪拜杰布阿里自由区(Jebel Ali Free Zone)　迪拜汽车城(Dubai Cars & Automotive Zone,DUCAMZ)　迪拜网络城(Dubai Internet City)　迪拜保健城(Dubai Health Care City)　迪拜媒体城(Dubai Media City)　迪拜多种商品交易中心(Dubai Multi Commodities Centre,DMCC)　迪拜珠宝城(Gold & Diamond Park)　迪拜知识村(Knowledge Village)　迪拜国际人道救援城(Intl. Humanitarian City)
沙迦	沙迦机场自由区(SAIF-Zone,Sharjah Airport International Free Zone)
哈姆瑞亚	哈姆瑞亚自由区(Hamriyah Free Zone)
阿基曼	阿基曼自由区(Ajman Free Zone)
乌姆盖万	阿迈德·本·拉希德自由区(Ahmed Bin Rashid Free Zone)
哈伊马角	哈伊马角贸易自由区(Ras Al Khaimah Free Trade Zone)
富查伊拉	富查伊拉自由区(Fujairah Free Zone)

表3—5.3　阿联酋正在开发的自由区列表(全部在迪拜酋长国)

迪拜硅谷(Dubai Silicon Oasis)
迪拜地毯城(Dubai Carpet FZ)
迪拜汽车配件城(Dubai Auto Parts City FZ)
迪拜纺织村(Dubai Textile Village FZ)
迪拜重型机械及卡车城(Heavy Eqpt. & Trucks FZ)
迪拜花卉中心(Dubai Flower Center FZ)
迪拜影城(Dubai Studio City FZ)
迪拜数码堡垒(eHosting Data Fort FZ)
迪拜国际媒体制作城(International Media Production Zone FZ)
迪拜外包城(Dubai Outsource Zone FZ)
迪拜生物科技城(Dubai Biotech FZ)

对于外国投资者而言,在阿联酋的自由贸易区(FTZ)设立公司是极具吸引力的一种选择。在自由区设立公司的主要优势有以下几点:

——100%外商独资企业;

——100%进出口免税;

——100% 资本和利润汇出;

——15 年免交公司所得税,期满后免税期可再延长 15 年;

——免征个人所得税;

——协助雇佣劳工,并提供赞助和住房等其他服务;

——独立的自由区管理局(FZA)对自由区进行管理,它也是负责颁发 FTZ 营业执照和协助公司在 FTZ 建立业务的代理机构;

——投资者可选择以自由区企业(FZE)的形式注册新公司,或为阿联酋境内或境外现有公司或母公司设立分公司或代表处。自由区企业(FZE)是有限责任公司,受到所在自由区的法律和法规制约。由于自由区实行特殊条例对自由区企业进行管理,除非在阿联酋入籍,否则《商业公司法》的内容不适用于自由区企业。

三、外国企业准入程序

(一)外国企业设立程序与步骤

根据阿联酋《公司法》规定,在阿开办企业首先要有明确的意图,要做好项目计划和成立企业的战略定位与目标,签订代理协议,向当地经济局提出申请就可以了,经济局会协调市政府有关部门做好相关审批工作。具体步骤如下:

1. 项目立项准备:指制定项目建议书,包括确定成立公司的形式、营业执照的类别、经营范围等;

2. 做好市场调研报告:要求确定企业的市场定位和服务方向与范围,包括现实与潜在的市场需求,成立企业的竞争力如何等。具体包括成立企业的目标、使命和发展理念;项目与所有权比例划分;公司管理;企业的产品和服务定位;市场定位及营销策略;企业投资规模和资金来源情况;企业基础建设要求与成本;实施计划的步骤;人员工资与激励机制;价格情况;收入和支出分析;利润分配;现金流与赢利亏损状况;风险分析以及其他需要说明的情况。调研报告要提交经济局审批。

3. 指定当地代理:各经济局均设有办事机构,企业可就近申请批准;

4. 选址和签订场地租赁协议;

5. 场地施工与装修:选定场所后,要根据调研计划做好装修,装修完成

后,须通过经济局申请市政府派人现场检查,在申请书上要附有装修图纸,检查合格后就可以申请商业执照;

6. 申请商业执照(营业证书),并登记成为当地工商会会员。分别在当地经济局和工商会申请营业证书,注册成为工商会正式会员。

7. 员工引进:制定工作职位描述和培训计划。餐饮企业在申请用工时和其他商业公司一样,员工申请数量由企业规模确定,没有刚性限制,而且厨师等专业技师和普通餐厅服务人员在申请方面没有区别,一并视为企业员工。

(二)企业申请营业执照需向经济局提交的文件

1. 确定的公司名称(由工商会批准);

2. 经法院公证的代理协议,协议不得违反《商业公司法》规定的有关公司类型和法律地位的规定;

3. 用于从事商业活动的企业总部所在地租房合同;

4. 护照复印件及所有合作人的照片;

5. 经营活动的描述,即项目计划与调研报告;

6. 由阿当地银行出具的投资双方按各自比例存入银行的注册资本证明文件;

7. 填妥的营业执照申请表(市政府当局印制的),企业登记,工商会颁发的"会员证书";

8. 在经济局登记的合作协议。

在这其中最关键的一项是寻找到合适的合作人。阿联酋的《公司法》规定公司基本章程中应明确规定各合伙人所分摊的赢利与亏损的比例。如果没有明确的规定,那么合伙人分摊的比例按照他在资本中所占的比例而定。若章程中只明确了合伙人分摊盈利的比例,那么他分摊亏损的比例与分摊盈利的比例相同。

(三)劳工进入要求及工作签证

在阿联酋办理工作签证需要用人单位向其合作方,也即保人提交书面的申请文件。然后经保人签字同意后,向移民局提交申请工作签证的相关文件。阿联酋为保护本国人就业,自2006年开始规定,凡负责办理签证及其他与签证护照相关事务的人必须为阿联酋本国人。所以如果公司规模不大,一般都把申请签证的事务交由其保人处理。

申请工作签证需要准备的文件材料有：

—公司的营业执照复印件

—公司的商会会员证复印件

—公司的租房或者购房合同复印件

—员工的护照复印件

—员工的两寸照片两张

—员工的相关学历认证

—保人出具的不反对意见函

移民局经审核批准后，会出具一份临时工作签证，有效期为三个月。该员工必须在3个月之内，凭该份临时工作签证抵达阿联酋。如果用人单位在迪拜注册，凭临时工作签证的传真件即可入境；而如果是其他酋长国移民局出具的工作签证，则必须要原件。

随后，该员工须在抵达阿联酋后的30天内，凭该份工作签证及公司执照复印件、购房或租房合同复印件到政府指定的医院进行体检。主要检查艾滋病、肺结核、乙肝。如果不合格，则必须遣返。体检合格后，领取健康卡，并将体检结果单提供给公司保人。保人持该份检查结果单和临时工作签证再次去移民局，办理真正的工作签证。该签证的有效期为3年。

而根据阿联酋的《劳动法》，非本国公民必须经劳动部同意，发给工作许可证才能在阿联酋工作。所以最后还需要委托保人，持工作签证、相关学历证明及其他相关材料去劳工部办理劳工卡。

四、投资相关机构

阿联酋7个酋长国在经济管理方面各自独立，相互竞争。每个酋长国都拥有各自的经济部和工商会。而这两个机构就是阿联酋负责经济管理的主要机构。其中经济部主要负责企业和大型项目的注册登记，并对外发布经济统计数据。而工商会则基本上包揽了其他所有的经济管理职能。和其他各国的工商会性质不同，阿联酋各酋长国的工商会完全就是一个政府部门，并不带有民间性质。它们在阿联酋各酋长国的经济管理系统中所扮演的角色，远超过阿联酋经济部。

阿联酋 7 个酋长国各国商会的联系方式：

阿联酋工商会联合会(Federation of the UAE Chambers of Commerce & Industry)

网站：http://www.fcci.gov.ae

迪拜办事处：

邮政信箱：P. O. Box 8886, Dubai, United Arab Emirates

电话：(971)4 2212977　　传真：(971)4 2235498

阿布扎比工商会(Abu Dhabi - Chamber of Commerce & Industry)

网站：http://www.adcci-uae.com

迪拜工商会(Dubai Chamber of Commerce & Industry)

网站：http://www.dcci.org

沙迦工商会(SharjahChamber of Commerce & Industry)

网站：http://www.sharjah.gov.ae

阿基曼工商会(Ajman Chamber of Commerce & Industry)

网站：http://www.ajcci.co.ae

富查伊拉工商会(FujairahChamber of Commerce & Industry)

网站：http://www.fujairahchamber.uae.com

哈伊马角工商会(Ras Al-Khaimah Chamber of Commerce & Industry)

网站：http://www.rakchamber.com

乌姆盖万工商会(Umm Al Quwain - Chamber of Commerce)

邮政信箱：P. O. Box 426, Umm Al quwain, United Arab Emirates

电话：(971)6—7651111　　传真：(971)06 7657055

（编者：中国贸促会驻海湾地区代表处）

第六节　新加坡投资环境及相关政策

一、投资环境

(一)基础设施

1. 交通

新加坡交通发达、设施便利,是世界重要转口港及联系亚、欧、非、大洋洲的航空中心。

铁路公路:新加坡的铁路以地铁为主,新加坡建成轻轨铁路,与地铁相连;新加坡的公路总长约3109公里,其中高速公路111.6公里。

水运:作为一个岛国,新加坡拥有发达的水运,是世界上最繁忙的港口和亚洲主要转口枢纽之一,有300多条航线连接世界740个港口。

航空:新加坡便捷周到的空运服务享誉全球,其主要的航空公司新加坡航空公司及其子公司胜安航空公司,经营92架飞机。每周提供超过3300班次的定期飞行服务,航线联系世界50个国家和地区。2000年,新加坡的航空客运量为2860万人次,空运货物168万吨。其中,新加坡的樟宜机场位于马来半岛南端、马六甲海峡出口,北隔柔佛海峡与马来西亚相邻,南隔新加坡海峡与印度尼西亚相望。它是连接欧、亚、非和澳洲的航空枢纽,进出东南亚的门户。新加坡为69家航空公司提供便捷周到的服务,可直飞50多个国家的150多个城市,已连续多年被评为"世界最佳机场"。

2. 通信

新加坡启动了遍及全岛的首个全国性宽带网络——新加坡综合网(Singapore One),提供了200个互动式应用程序,以光纤电缆连接因特网和多媒体互动服务,成功地将新加坡建设成为一个"智能岛"。新加坡政府大力推行电子商务计划,鼓励各个行业设立网上机构,努力将其进一步发展成为四通八达的"连城(connected city)",进而把自己发展成为亚太地区电子商务中心(e-commerce hub)。如今,全岛超过99%已经联网,一半家庭拥有个人电脑,58%的互联网用户曾在网上购物。新加坡通过3个国际数码电话网、3个地面卫星转播站和海底管道电缆网络与80多个国家建立高速电信网络联系。国际互联网站普及率则以 385.7 个/万人的数字位居亚洲榜首。新加坡是世界上人均国际因特网互联最高的国家,因特网互联节点(Sing Tel Internet Exchange,STLX)与世界上 30 多个国家(地区)连接。

新加坡资讯通信发展管理局(IDA)要求,新加坡的 3 家移动运营商都已经成功达到了资信局提出的在全国范围内推出 3G 系统和服务所需的要求;新加坡资信局将允许移动运营商灵活地为网内和网间通话规定不同的价格。

新加坡公共场所将提供免费无线上网服务:2007 年 1 月起,新加坡政府在全国所有公共场所架设带宽为 512K 的无线宽带网络,使新加坡人享受两年的免费无线上网服务。新加坡资讯通信发展管理局声明,此举是政府致力于在 2015 年前将新加坡建成智能国家计划的一部分,目标是将宽带的使用从家庭、办公室和学校拓展到公共场所,包括交通繁忙、人员密集的中央商务区,市中心购物区及市镇中心等。新加坡政府希望,全国无线宽带网络连接计划能够促进宽带用户增长,使其在两年内从目前的 5 万人增加到 25 万人。新加坡政府也将于 9 年内在 15 所学校中设立数字化教室。目前在新加坡的公共场所中,仅有一些咖啡馆以及快餐店由商家提供免费宽带上网服务。

3. 电力

目前,新加坡的电力工业主要由该国最大的电力煤气公司——新加坡电力公司(SP)负责运营。SP 属于新加坡政府全资控股 Temasek 公司的全资子公司。

4. 科技

新加坡有 13 家研究机构,由两个研究理事会直接管理。其中,生物医药研究理事会管理 5 家生物和医药研究机构,科学与工程研究理事会管理其他 8 家研究机构。科技局、经济发展局、资讯通信管理局、国际企业发展局、标准及生产力与创新局等政府机构在科研体系中发挥重要作用。其中,科技局的工作以科研院(中心)、大学、医院等公共科研机构为工作对象,着眼发展公共科研机构的科研人力资源,并为他们提供科研资金;经济发展局以公司为工作对象,负责支援公司的研究和创新项目,并为新的起步公司提供资金。国家财政科研经费支出约占国内生产总值的 2%。

5. 教育

新加坡自治和独立以来,教育发展大致经历两个阶段。第一阶段从 1959 年到 1979 年,偏重于普及性教育和职业教育,为工业化初级阶段的经济发展培养熟练劳动力。第二阶段从 1979 年至今,重点发展高等普通教育和高等职业技术教育,培养高层次专业技术人才。新加坡实行精英制教育。青少年一般必须接受 10 年正规教育,其中小学 6 年,中学 4 年。强调识字、识数、双语、体育、道德教育、创新和独立思考能力并重。要求学生除了学习英文,还要兼通母语。政府还推行"资讯科技教育",促使学生掌握电脑知识。全国有小学 197 所,中学162 所,高级中学 2 所,初级学院 16 所。大学主要有国立大学、南洋理工大学和新加坡管理大学。此外,还有 4 所理工学院和 33 所技术/商业训练学院。

(二)劳动力情况

新加坡劳动力市场的特点是拥有 175 万训练有素的本地劳动力,同时还有 36 万外籍劳动力,其中大部分人没有专门技能。2003 年新加坡人力资源部成立了新加坡劳动力发展局,使命就是引导并推动新加坡的劳动力发展,提高雇员和求职者的就业能力和竞争力,从而创建一种满足新加坡不断变化的经济需要的劳动力体系。新加坡劳动力基本工资率为 11 美元/小时,星期日加班可达 15—16 美元/小时。2006 年人均国民收入 45353 新元。

(三)开发区或自由贸易区

新加坡在四十多年的招商引资过程中所做的另一项成功工作,即设立经济园区,由此形成投资洼地,发挥着招商引资的集聚效应。新加坡的园区经济非常有名,入园企业 7000 多家。1968 年 6 月新加坡政府成立裕廊镇管理局(现改名为裕廊国际),专门负责经营管理裕廊工业区和全国其他各工业区。新加坡裕廊镇管理局有很高的自主权,只要符合新加坡政府的工业政策,就有权吸引各种类型的投资者,尽管裕廊镇管理局从本质上看只是一个房地产开发商,但是园区管理委员会有批准项目,批准城市规划以及园区规划的权力,同时能发放居民暂住证,管理贸易和市场,征税,发放商业许可证等。它不仅是园区的开发者,同时也是工业区招商引资的推广者。委员会同时还提供警察、税收、海关、社会保障、教育、全民体育运动,以及社区发展、劳工等多项公共服务。同时,裕廊镇管理局还控制着工业用地、科技园区和商业园区设施的供给。由此造成裕廊工业区的真正优势在于,与政府相关的交易成本很低,其中包括投资许可、营业执照、城市规划与建设设计许可、劳动力、税收、进出口报关服务和其他监管活动。特别是在一些特殊工业领域的政府投资、集群政策、人力资本政策、资本合作和劳动力合作等，机构之间的协作较为简易。简化了信息流动，交易速度快于包括香港在内的几乎世界上所有地区。而相比国际上其他主要城市，公共管制结构都要比新加坡复杂。

（四）金融环境（外汇与银行）

新加坡在 1968 年建立了亚洲美元市场，这是新加坡金融国际化的重要里程碑。目前，新加坡的外汇市场是全球第四大市场，平均每日外汇交易额为 1010 亿美元。新加坡是亚洲地区第一个设立金融期货市场的金融中心，这对新加坡的国际风险管理活动起到了很大的促进作用。同时，新加坡还拥有活跃的短期资金市场。

新加坡金融监管当局很自信新加坡作为区域国际金融中心所拥有的独特优势，但来自上海、香港等地的竞争，已使新加坡开始积极调整金融监管和财政政策，以期巩固其国际金融中心地位。在亚洲地区，东京因为过去的经济地位也是一个金融中心，上海也将会成为一个金融中心，香港也是金融中心。但是现在香港和上海的关系还不太明确，这取决于今后中国经济的发展。新加坡一直占有自己的地位，它服务于整个东南亚，也包括南亚、澳大利亚和新西兰。在基金管理、外汇兑换、财富管理方面，新加坡起的作用是巨大的。

1. 繁荣的金融市场

早在 20 世纪 70 年代，来自金融业的收入占新加坡国内生产总值的 5%，现在已经提升至 12%。新加坡现在有各类金融机构 600 多家，其中，银行 114 家（新加坡本地银行主要有星展银行、大华银行、华侨银行等），投资银行 53 家，保险公司 132 家，保险中介公司 60 家，基金管理公司 95 家，证券行 61 家，期货公司 32 家，财务顾问 53 家。一位分析人士说，在面积仅为 690 多平方公里的土地上，汇集了如此众多的金融机构，其密集度和多样化足以覆盖经济发展对金融的巨大需求。

2. 政府鼎力扶植

新加坡国际金融中心地位的形成与其政府的鼎力扶植有着密切的关系。为了促进金融市场的发育成长，当局通过提供税负和管理上的种种优惠，重点培植了亚洲美元市场和金融期货交易所。新加坡一建国就以迈向"亚洲苏黎世"为目标，利用其作为国际贸易港的有利条件加速发展金融市场。为了促进金融市场的发育成长，当局通过提供税负和管理上的种种优惠，重点培植了亚洲美元市场和金融期货交易所。随着新加坡作为金融中心地位的提高,政府通过内改外引的方法改革和完善新加坡的金融制度,如现行的英国式的由会员管理的股票交易管理制度改为美国式的由政府及银行组织参与管理的管理制度;建立证券期货市场,允许个人用存入中央公积金局的公积金购买黄金、股票等,以促进新加坡金融市场更加国际化等等。

1998 年以来,新加坡开始着力打造财富管理中心。由于新加坡金融管理局出台了很多有吸引力的政策,致使香港很多基金经理转到新加坡。从新加坡金融管理局提供的资料看,新加坡的基金管理数量由 1998 年的 870 亿美元上升到 2003 年的 2700 亿美元。为了发展财富管理业,以进一步巩固国际金融中心地位,新加坡金融管理局出台了很多措施吸引跨国机构。比如,进一步开放金融市场;进一步放宽公积金投资条规;政府注入投资,以扩大市场;改革监督制度,专注于监控系统上的风险;与企业磋商等等。新加坡为改善商业环境也调整了税制,一是将公司税由 22% 调低到 20% ;二是个人所得税最高边际税收率为 22% ;三是免除来自海外收入所得税;四是专利使用费的预扣税降低到 10% ;五是新公司首 10 万新元应纳税收入将享有 3 年的免税待遇等。

3. 金融监管体系符合国情

政府分别设立了新加坡金融管理局、新加坡货币发行局和新加坡政府投资公司来执行金融监管、货币发行和管理外汇储备的职能。符合新加坡国情的金融监管体系的机构设置,有效促进了新加坡国际金融中心的发展。新加坡没有正式的中央银行,但政府为在强化宏观控制的基础上创造宽松的金融环境,分别设立了新加坡金融管理局、新加坡货币发行局和新加坡政府投资公司来执行金融监管、货币发行和管理外汇储备的职能。在实施金融管理中,三者完全是独立行使职权的,没有政府及其他任何部门的干预。这其中,尤其是1971 年成立的新加坡金融管理局,被赋予了足够的权力,以便能有效地行使中央银行对整个金融活动的宏观调控和监管功能。身为中央银行(包括外汇管理),同时监管银行、保险、证券与期货业务,新加坡金融管理局的主要职责是拟定货币政策、管理国家储备金和发行政府债券、监管金融业、促进与发展金融中心。新加坡政府投资公司成立于 1981 年 5 月,专门负责金融管理局和货币委员会大部分外汇和黄金资产的管理,将这些资产投资于有价证券和不动产,以维护资产的保值增值。

这种职权分工,既互相独立,又互相制约,是适合新加坡国情的。首先,新加坡着眼于稳定货币流通,专门设立货币委员会,有助于增强国际金融机构和公众对新元的信心,这是很有远见的。事实上,货币稳定是新加坡成为国际金融中心的重要条件。第二,为了更好地实施货币政策、加强对金融机构的监督管理、促进金融产业的发展,新加坡成立金融管理局,实施对国内金融的全面监管。这有助于提高金融管理当局的宏观调控能力和金融管理水平。第三,随着新加坡外汇收入的不断增加,外汇资产余额越来越大,要尽可能使其保值增值。考虑到国际投资的风险很大,作为一个小国,万一金融不稳,必然殃及经济,为了保证投资安全,新加坡专门设立了高规格的政府投资公司。

二、吸引外资政策

新加坡鼓励投资政策吸引了大批资金雄厚、技术先进的跨国财团来新投资、兴办企业。吸引投资的领域分别为:资讯电子、生物化学、资本、技术密集型行业、高增值行业等。新加坡吸引外商投资的措施涵盖面非常广泛,除1975年经济扩展奖励法中规定的税收优惠外,还包括资助研究与开发事业、补助培训就业人员等。

鼓励投资的具体措施有:

1. 避免双重征税协议及投资保障协议的签署:2004年7月至2006年7月期间,新加坡又分别与埃及、以色列、立陶宛、蒙古、马来西亚、阿曼和斯洛伐克签署并修改了《避免双重征税协议》。截止到2006年7月,新加坡共签署了30多份《投资保障协议》,其中与沙特阿拉伯和印度尼西亚是在2005年分别签署的。

2. 资本援助计划:对能在经济方面和技术方面为新加坡带来特殊利益的投资项目企业,以有银行保证为条件,新加坡可以为之提供低息的长期贷款。

3. 对研究与开发事业的优惠措施:研究开发支出可以双倍从应课税收入所得额中扣除;用于研究与开发用的机器与设备可以加速折旧;用于研发的投资可以从应课税收入所得额中以特殊形式扣除。

4. 人力资源:新加坡充分利用人力资源,提高劳动者素质,从而使经济从过去依靠转口贸易转变为现在的依靠高技术产业发展经济成为可能,其中教育和训练起到了极其重要的作用。这又与新加坡政府重视增加教育、培训投入有关。新加坡政府除每年由国家拨款发展教育外,还制定了一项独特的政策,即从 1979 年起,通过向企业集资建立技能开发基金。政府规定,企业要为工资每月不满 750 新元的职工向国家缴纳相当于该职工工资 1%—4% 的技能发展基金,由新加坡生产力局掌管此项基金。

这项基金的设立,一方面,使广大职工有可能得到提高技能水平的训练机会,以便通过技能的提高相应地增加工资收入;另一方面,它实际上是对雇主的一种强制性征税,迫使雇主减少雇佣技能低的职工,重视对这类职工的培训,以适应经济结构调整的要求。新加坡政府的巨额投资,独特的筹集办法有效地推动了人力培训的发展。此外,新加坡政府还推出一项"海外培训计划",即要求凡资本在百万元以上或雇员在 50 人以上的外资企业,招聘新职员,必须派到投资者或技术先进的外国企业进行实习、培训,其差旅费和生活补助由新加坡政府提供。

5. 为吸引跨国公司总部入驻的优惠:分别设立了特准国际贸易计划、商业总部计划、营业总部计划和跨国营业总部计划,对不同性质的总部实行不同的奖励。

6. 投资信息、统计数据及相关出版物的公布:经济发展局每月公布《新加坡投资新闻》,对新加坡投资环境进行定期更新。

7. 行业限制:与东盟其他国家不同,新加坡并不明确规定鼓励外资投资的领域或行业部门。但总的来说,新加坡不大鼓励外商投资装配型工业部门,而是欢迎能引进"新技术"的投资。

8. 股权限制:除对国家安全构成影响的敏感型部门外,新加坡政府允许外资可以拥有一个企业的 100% 的股份。

9. 当地含量限制:根据世贸组织的 TRIMS 协议要求,新加坡政府在投资问题上不存在本地含量要求。

10. 出口要求限制:据世贸组织的 TRIMS 协议要求,新加坡政府不要求外资企业负有出口比例要求。

11. 雇用外籍人员限制:依照新加坡国内移民法办理。

12. 政府对符合一定条件的企业与研究机构、大学、政府部门在新加坡联合研究开发的所有项目或企业自身进行的研发项目提供财政支持:对研发项目和被认定为高技术项目的资金援助最高可达项目总成本的 50%;对符合条件的研发中心或项目的设立,政府可通过某种方式提供优惠贷款。

13. 新加坡特殊产业政策:

（1）除与国防有关的某些行业和某些特殊行业外,基本上给予外资国民待遇。

（2）特殊行业政策如下:

①对食品检验、卫生检疫、家电安全检测等项业务不对外资企业开放,外资检验企业多为一般出口货物的检验。

②对外资银行管理较严,并将其分为五类:特准全面性银行、一般合成性银行、限制性银行、特准岸外银行和一般岸外银行。

③本资和外资对本地保险公司增持股份至5%或20%时,均需经金融管理局同意。

④外国公司可以新元在新股票交易所持牌,但所筹的新元须存于新的银行或兑成外币汇出。

⑤到新加坡设立分所的外国律师事务所须向新加坡检察总长提出申请,获准后向公司和商行注册局登记。

⑥在审批商业、外贸、租赁、直销广告时,要求外商所属国政府给予新加坡企业同等的市场准入机会。此外,广告内容须报新闻艺术部审批。

14. 科技奖励措施:该措施是为了在新加坡从事科学研究的公司设立的补助金。凡从事竞争力强及战略科技研究的公司可享受项目支出的50%为补助金,期限5年,每年以1000万新币为限额。补助金额取决于公司对新加坡科技贡献的大小及研究领域或学科。新加坡科技局在审核科技成果后给予补助金。

15. 特准石油交易商:新政府为了把新加坡发展成为具有竞争力优势的国际石油中心,每年向具有全球网络及良好业绩的石油制品公司收取10%的所得税,享有5年税务优惠。

16. 凡享受先锋称号的企业,其资金投资于经批准的有利于创新科技及提高生产力的先进科研项目(本国境内尚无从事相同行业的公司),可减免26%的公司所得税。政府根据不同的项目分别给予5—10年的优惠期限。

17. 凡企业享有先锋科技成果的企业,在获得出口奖励后,在原基础上增加投资以扩大再生产,仍可在5年内减免至少15%的公司所得税。

18. 外商在新加坡任何银行汇出利息、利润、分红、提成以及从投资所得的其他经常性收入没有限制;所得利息予以免税。

19. 无资本利得税:新加坡政府不实行资本利得税,免征财产税;若是政府核准发展的行业,则在新加坡地区给予12%的优惠产业税。

20. 对投资生产设备的外国贷款利息免征所得税。

三、相关税收政策

新加坡实行内外资企业享受相同的税收待遇。新加坡财政部宣布从2008税务年度开始,将公司税税率从目前的20%调低至18%,以增加新加坡对外资的吸引力。新加坡国土面积狭小,资源匮乏,经济发展对外国直接投资的依赖较高。根据联合国贸易发展会议(UNCTAD)公布的数据,中国香港2005年和2006年吸引外国直接投资额分别为360亿美元和414亿美元,而新加坡的数字则为200亿美元和319亿美元。近年来,新加坡与中国、中国香港一起一直共同名列亚洲吸引外国直接投资额的前三位。但近年来,随着亚洲的迅速崛起,许多亚洲国家和地区都成为国际资本投资的热土,这些国家和地区在吸引外国直接投资方面都成了新加坡强劲的竞争对手。

为了吸引外资,近年来新加坡政府通过了一系列优惠政策,重点是鼓励投资政府计划大力发展的产业。根据新加坡政府公布的至2010年长期战略产业发展计划,电子、石油化工、生命科学、工程、物流等9个产业被列为政府鼓励投资的产业。凡在上述领域投资的国内外企业均可获得5—10年的免税期。新加坡实行的是内外资企业一致的公司税制度,国外投资企业与新加坡企业享有同样的税收政策。根据政府制定的新免税计划,在2005—2009年新成立的公司,不论是外资企业还是内资企业,均可享受3年的免征所得税待遇。此外,政府还专门制定了起步公司发展计划,与投资者合作,共同资助具有良好发展潜质的起步公司,并提供管理上的指导和协助。到2006年年底,该计划的总资助资金达到4760万新元(1美元约合1.5新元),目前共有169家新加坡当地和外资企业受益。

在政府确定的上述9个产业领域内,扩大产品生产的企业、扩大业务的服务公司以及扩大出口的贸易公司被称为扩展公司。这些扩展公司将享受新加坡税法给予的部分免税优惠。例如,企业为了增产而增加的资本支出,数额超过1000万新元,可以书面申请成为扩展企业,享受特种免税待遇,一般免税期为5年。此外,新加坡政府还鼓励新兴产业的发展。新兴工业和新兴服务业是指在新加坡尚未经营过、适合和有助于新加坡经济发展的产业。为了发展这些新产业,新加坡政府对这些产业给予 5—10 年的免税优惠。而投资额大、技术先进的公司,还可享受更长的免税期。

新加坡十分注意鼓励企业的创新和自主研发。新成立的高科技公司和从事研发的公司可获得 10 年的免税期。此外,为降低企业使用知识产权的成本,政府规定对从国外引进先进技术而支付的特许权使用费,其预提所得税税率自 2005 年起从 15% 降低至 10%。

为了鼓励跨国公司到新加坡设立总部,新加坡政府制定了一系列配套税收优惠政策,符合条件的地区总部只需缴纳 10% 的公司所得税。此外,为鼓励新加坡居民个人将国外的资金汇回新加坡投资或管理,居民个人的海外收入可以免税。对居民在新加坡本地通过金融投资获得的收入也一概免税。

据统计,2006 年新加坡从外国投资项目中获得的附加值总额为 134 亿新元,制造业总投资为 88 亿新元,服务业总投资为 28 亿新元。这些投资项目全部落实后,将为新加坡创造 2.68 万个就业机会。

新加坡经济发展局是专门负责吸引外资的政府机构,由它来制定和实施各种鼓励外商投资的优惠政策,并提供高效率的行政服务。经济发展局在制定政策时广泛征求意见,同时定期走访外国公司,了解他们的需求和未来发展策略,以便及时调整政策,适应投资者的发展需要。

面对日趋激烈的国际投资环境,新加坡经济发展局表示,新加坡将致力于吸引资金密集型、知识密集型和创新型投资项目。欧洲、美国和日本是去年新加坡的主要投资来源地,新加坡希望今后几年能够从诸如中东等新的投资地区吸引到投资。

四、外国企业准入程序

(一)外国企业设立程序

世界各国越来越多的企业家纷纷在新加坡设立公司或商业机构(办事处)等,以作为亚太区域业务管理中心,方便开拓亚洲市场。随着新加坡—美国自由贸易协议的签订,新加坡—美国双边贸易自由往来没有关税,这给亚洲国家出口美国商品的商家一个非常有利的机会。新加坡将成为名副其实的亚洲贸易中转站。设立自己的公司在新加坡,降低出口关税成本,这将是商家们所必需考虑的。

1. 主管机构与注册规定:新加坡政府对于设立公司的类型没有限制,除了工作准证等方面的要求外,在注册公司的过程中基本没有内外之分。注册者必须遵守《商业注册法令》(第32章)或《公司法》(第50章)注册。新加坡会计与企业管制局(英文简称ACRA),是新加坡公司注册唯一的主管机构。所有公司和商行的成立,均须经ACRA注册。申请注册公司从事商业活动,除了银行/金融/保险/证券/通讯/交通等行业和对环境有影响的生产行业需向政府有关行业管理部门申请外(某些制造业项目,如空调、啤酒、黑啤酒、香烟、火柴也须向新加坡政府申请执照),商业机构和公司的设立,只需向注册局登记即可。

2. 新加坡公司的独立法人地位:新加坡公司法规定,新加坡股份制有限公司拥有独立法人资格。它可以参与诉讼,拥有资产;也可以产生债务。公司股东的责任只限于其认购,但又未缴足的数额。只要认购的股票都已缴足,公司股东对公司的债务便不负有其他责任,除非有关的股东对公司的外债提供个人担保。

3. 注册资本/缴足资本和注册费:新加坡公司法规定设立公司注册资本是最低新币10万元,缴足资本则是新币2元起。股东可随时决定提高注册资本和缴足资本,只需在注册局填写表格和缴纳费用即可。注册资本代表公司可向股东发出股本之限额,公司可在这个额度内发出股票,并要求股东一次或多次缴纳所认购的股票之款项。经认购而又缴足了的股票即是公司的缴足资本。

4. 新加坡公司成立需呈交的文件:公司章程与细则;守法宣誓书;身份证明书;董事受任书和资格宣誓书;公司注册地址及办公时间报告表。此外,董事经理、公司秘书和审计师详情表和股票发出记录,需于公司成立后一个月内呈交。

5. 董事:新加坡有限公司必须至少有1名董事。

6. 审计师:新加坡公司成立后6个月内,必须委任注册的会计事务所作为公司的审计师。审计师的任务是在公司年终结账时,独立审查公司的财务报告表并提出审计报告。

7. 新加坡公司秘书:新加坡公司成立后6个月内,必须委任一名公司秘书。其职责包括:及时呈交公司法令所规定的报告和表格给商业注册局注册官;妥善保管公司的名称和会议记录;在必要时,签署证实每份契约与董事会决议案。确保公司文件妥善地盖上公司印章。

8. 新加坡公司注册地址:公司必须有注册地址。注册地址更改或办公所在地的名称改变,必须于14天内通知注册局。

9. 新加坡就业准证和新加坡工作准证:公司在新加坡成立后,如有意派遣人员来新加坡负责业务,可向新加坡人力部申请就业准证。就业准证适合大学或以上学历,薪金2500元/月以上人士申请;工作准证则适合于薪金较低和学历较低人士申请。

10. 登记注册人需支付注册费。本地股份有限公司注册费为300新元,注册费与核定股本数额无关。对于本地担保人公开股份有限公司,注册费为600新元。拥有股本的外国公司需支付300新元的注册费,没有股本的外国公司的注册费为1200新元。

11. 新加坡注册公司形式:新加坡的股份有限公司又叫私人有限公司,股东出资金额是有限的,因此无论公司亏损多少,都不牵连个人资产;股份公司经过多年的努力,业务取得成功,可向政府申请为上市公司,即上市公共有限公司或称公共有限公司;外国公司也可以通过收购本地的新加坡私人有限公司而申请上市;除此之外,新加坡还有两种公司式:"独资生意"和"合伙"公司。前者相当于中国的个体户,主要是小贩买卖;后者是合伙公司,也称无限责任公司。如果生意失败,债权债务将由股东全部承担。因此越来越少人注册此类公司。

(二)在新加坡设立公司代表处程序

1. 须得到中国商务部的许可;

2. 从事制造业、贸易、后勤以及与贸易相关的服务领域的公司,需向新加坡国际企业发展局(INTERNATIONAL ENTERPRISE SINGAPORE,以下简称IES)提出申请;其他行业分别向新加坡相关政府部门提出申请,如银行、财务和保险均需向新加坡金融管理局提出申请;

3. 代表处只可从事贸易促进和联络工作,不可开展任何形式的经营活动;

4. 填写申请表格(英文),申请表需由公司负责人签字并加盖公章,表格可以向 IES 申领,也可向 IES 驻华机构申领;

5. 需提交经公证的代表处母公司的营业执照复印件,过去三年母公司的

年度报告和审计报表复印件(英文或官方译文);

6. 代表处有效期为一年,在有效期的前 4 周可以提交申请办理延期,但原则上代表处设立时间不能超过 3 年。3 年之后,母公司可以将代表处升格为分公司或其他形式的公司;

7. 代表处首席代表可以由母公司派驻,也可聘请新加坡公民。代表处的人数由 IES 审定;

8. 注册费每年 200 新元。

代表处人员可申请就业准证 EP,可获得香港 2 年多次往返签证,自由往来新加坡——中国香港——中国,美国、澳洲、英国等欧美国家签证也将非常容易;办事处人员配偶可获居留证 DP 在新加坡居住,孩子也可获居留证 DP 和申请在政府学校就读。新加坡国际企业发展局是新加坡管理和办理注册国外各级政府代表处的主管机关。注册所需文件包括(申请周期3—4 周):

1. 填写有关申请表;

2. 政府和机构申请办事处提供(A. 政府上级主管部门有关设立新加坡办事处的批文或公函;B. 注册办事处的委托书);

3. 办事处人员护照和身份证复印件,护照照片 4 张;

4. 办事处人员"出生公证"、"最高学历公证"原件;

5. 如配偶申请 DP,须提供"结婚公证"、配偶的"最高学历公证"原件各一份、护照复印件、身份证复印件和护照型照片 4 张。

(三)劳工进入要求及工作准证

1. 移民的基本政策:1966 年新加坡政府颁布了《外国工人雇佣法令》(以下简称《法令》)。《法令》的主要宗旨是,建立可调控的外籍劳动力资源库,调节本国的劳动力市场,缓解本地劳动力成长慢和人口老龄化的问题,以促进劳动力市场的良性循环。同时,保持竞争能力。

2. 限制外国人入境就业的五项措施

(1)劳工税:新加坡公民就业需要缴纳公积金,用于住房、医疗、保健等社会福利,而雇用外籍劳动力不需缴纳公积金。新《法令》规定,雇主雇用外籍劳工必须向政府缴纳劳工税。劳工税的数额根据各行业、岗位来定,技术性强的岗位劳工税低,非技术性岗位劳工税高,如制造业技术岗位 330 新元,非技术岗位 450 新元,建筑业技术岗位 200 新元,非技术岗位 440 新元。

（2）配额制：为了限定外籍劳动力的数额，保证本国公民的就业机会，《法令》对各行业使用本地居民与外籍劳动力的比例作出规定，如造船业，外籍劳动力与本地居民的比例为3∶1，服务业为1∶3。

（3）保证金制：雇主需要为拟雇用的外籍劳工提供担保，保金为5000新元，可不付现金，直接到银行担保，当外籍劳工按时离境后，保金退还雇主。若外籍劳工工作期满后，不离境，其保金充公。不是所有人都需要担保，高技术岗位或本地居民不愿从事的岗位，雇主不需要提供担保金。

（4）中国劳工在新加坡就业的行业受到特别的限制。如建筑业、家庭服务业等不允许雇用中国劳工。

（5）外籍劳工在新就业的期限受到了严格的限制。一般为2年，可延期一次2年，在新加坡就业最长期限为4年。如获得技术证书的人员，根据实际需要可一次工作10年。

3. 就业准证和工作准证制度：进入新加坡就业的外籍劳工分别持两种证件，一种是就业准证，另一种是工作准证。

（1）就业准证（Employment Pass）：持就业准证的外籍劳工，所从事的岗位一般为高技术或是有特殊技能的岗位。这种岗位一般本地居民不能胜任，月薪在2000新元以上，雇主雇用持就业准证的外籍劳工免缴劳工税。申请就业准证的人员必须有学历和学位证明。且中包括一些演艺界和体育界人士，他们持有专业准证，和就业准证同等待遇。持就业准证入境就业的人员，其就业期限为1至2年，很少有3至5年的。若这类人员的工作职位不断提高，将来有可能转为永久居民、居民。

（2）工作准证（Work Pass）：持工作准证的外籍劳工，所从事的岗位一般为技能较低的岗位，月薪在2000新元以下，且必须缴纳劳工税。这类人员在工作期间，本人可以向劳工部申请技术准证，凡有相应的工作经历，同时通过技能鉴定的人员可获得技术准证。取得技术准证的人员，可免缴劳工税，并一次获得2年的工作期，到期后可延期，同时可以变换雇主。若工作期间通过熟练工种测试，可一次获得工作期限10年。

4. 管理机构：新加坡的外籍劳动力入境就业主要管理部门是移民局与劳工部，以劳工部为主。移民局主要受理就业准证的审批工作，这部分人极少；劳工部主要受理工作准证的审批工作。新加坡劳工部是负责外籍劳动力管理的政府部门。

劳工部共有 550 人，按职能划分，下设劳工关系、劳工福利、劳工政策和行政服务四个处和中央公基金局、全国工资理事会。其中，劳工政策处下设统计与研究署和工作准证与就业署。外籍劳动力事务管理由工作准证与就业署负责，全署共有 150 人，是该部最大的署。它的主要职责是，制定有关外劳的法规及政策，直接负责外籍劳动力的申请、审批、入境、管理与劳动监察，并代理移民局为外籍劳工办理居留手续（经移民局授权）。中央公基金局配合工作准证署收缴外籍劳工的劳工税。

5. 非法就业的处理：在新加坡就业的外籍劳工必须持有工作准证，无工作准证者为非法就业者。劳工部的监察部门和移民局，共同负责查处工作，发现非法就业者，遣送出境。雇主雇用非法就业者要受罚款处理，罚款金额是就业者所从事岗位 4 年的劳工税，同时对非法就业者本身也要罚款，一般金额不超过 5000 新元。若情节严重者，可能受到鞭刑（仅限男性），或被判处 1 年以内徒刑。判刑者今后不得再次入境就业。

6. 工作准证的申请程序：

（1）首次申请：雇主首先向劳工部提出申请雇用外籍劳工的数量。劳工部根据劳动力市场的需求状况，对数量进行审批，也称预审批。

（2）雇主招聘：预审批得到批准后，雇主可能通过中介机构（此中介机构是劳工部认可机构）进行招聘。

（3）个别申请：雇主选定人选后，向劳工部提出聘雇个人申请。若批准，劳工部发给临时准证（一封信），雇主持临时准证到银行办理担保手续。

（4）工作准证：得到担保的外籍劳工可持临时准证办理工作签证入境，入境后到当地医疗部门进行体检，若体检不合格者，立即出境；合格者办理工作准证，上岗就业。

五、投资相关机构

（一）官方机构

1. 贸工部（MTI）

新加坡贸易与工业部（Ministry of Trade & Industry，简称贸工部或 MTI），是新加坡商务主管部门，主要职责是从宏观角度促进经济发展，创造更多就业，指导国家经济发展方向。

2. 新加坡经济发展局(Economic Development Board,简称 EDB)

新加坡经济发展局是新加坡负责招商引资的专门机构,是根据联合国专家团的建议成立于 1961 年,是一个独立的公共机构,在新加坡被称为法定机构,与公务员系统的政府部委相比,拥有更多的自主权和灵活性。经济发展局可以为投资者提供"一站式"服务,服务内容包括从企业设立、获得基础设施服务、招聘员工到与相关商业团体联系等。

3. 新加坡国际企业发展局(IE SINGAPORE)

新加坡国际企业发展局(International Enterprise Singapore)是新加坡的官方贸易促进机构,其前身为 1983 年成立的新加坡贸易发展局(Singapore Trade Development Board,简称 TDB),2002 年 4 月更名,简称企发局。主要任务是将新加坡发展成为全球贸易中心,促进新加坡产品、服务走向世界市场。

(二)商协会

1. 新加坡工商联合总会

新加坡工商联合总会(SINGAPORE BUSINESS FEDERATION,英文简称 SBF,中文简称"商联会"),是新加坡政府根据"新加坡工商联合总会法案"于 2002 年 4 月成立的。按照这项法律,凡在新加坡注册、其注册资本不低于 50 万新币的公司,必须成为其会员;现有会员 15000 家。商联会是在新加坡各种商会协会之上,代表新加坡全体企业利益的国家商会,行使在新加坡各级政府和企业间的沟通桥梁的作用。作为新加坡的最高商会,努力保护新加坡商业团体在贸易、投资及行业发展等方面的利益。

2. 新加坡中华总商会

新加坡中华总商会(SINGAPORE CHINESE CHEMBER OC COMMERCE AND INDUSTRY,英文简称 SCCCI,中文简称"中华总商会")成立于 1906 年,是新加坡历史悠久的工商团体。中华总商会不但是本地华商华社的最高领导机构,在国际商业舞台上享有良好的信誉,同时也是世界华商大会的创办机构,并拥有广泛联系世界各地华人企业的商业资讯网站"世界华商网络"(www.wcbn.com.sg)。在维护新加坡华商利益、推动其内外商贸、教育、文化与社区发展各个方面,都扮演着积极和重要的角色。

3. 新加坡中国商会

新加坡中国商会(SINGAPORE-CHINA BUSINESS ASSOCIATION,英文简

称 SCBA,中文简称"中国商会")成立于 1970 年,目前拥有 500 多家会员,绝大多数为新加坡当地企业,最近几年也吸收了一些中资企业。中国商会是新加坡重要的商业组织之一。随着中国不断扩大对外开放,其会员与中国企业间的合作领域和范围不断加深和扩大,由最初单一的商品贸易逐步发展涉及制造业、房地产、物流、基础设施和旅游等多个行业和领域的交流与合作。中国商会还积极通过各种形式宣传中国改革开放的成就,在协助中国各省市开展对新招商活动的同时,帮助和组织新加坡企业前往中国考察访问,寻找商机。

4. 新加坡制造商协会

新加坡制造商协会(SINGAPORE MANUFACTURERS' FEDERATION,英文简称 SMa,中文简称"制造商协会")成立于 1932 年,由 17 家新加坡制造业方面的企业发起成立,有中小企业及国际性集团,共有 2800 多家会员。20 世纪 60 年代新加坡处于经济腾飞时期,以出口为导向的制造业在新加坡异军突起,成为新加坡经济起飞的催化剂。其会员主要有 11 种工业行业的企业构成:自动技术、建材、化工、电子电器、防火安全、食品饮料、生命科学、生活方式、医药、金属机械和工程、塑料与包装。制造商协会的主要业务包括商业配对介绍商业机会、组织经贸代表团出访、会员交流恳谈会、组织论坛、会议和讲座、与政府相关机构对话等。

5. 新加坡国际商会

新加坡国际商会(SINGAPORE INTERNATIONAL CHAMBER OF COMMERCE,英文简称 SICC,中文简称"国际商会")成立于 1837 年,是亚洲历史悠久的商会,而且是新加坡最早的商业组织。其会员既有新加坡企业也有非新加坡的企业,会员数为 800 多家,皆为企业会员;其中,80% 以上的会员来自 40 多个国家的企业,包括很多跨国集团。新加坡的有政府背景的公司以及新加坡的最优异公司,差不多都是该商会的会员。有些中资企业也加入了该商会。

6. 其他商协会

除了以上介绍的综合性商协会以外,新加坡还有很多行业商协会,比如,新加坡航空航天企业协会、新加坡航空航天工业协会、新加坡石油经销商协会、新加坡塑料工业协会、新加坡海事工业协会、新加坡船东协会、新加坡索络船具商会、新加坡半导体工业协会、新加坡信息科技联合会、新加坡中小企业协会、新加坡印刷公会、新加坡家具行业协会、新加坡包装行业公会、新加坡汽车贸易商协会、新加坡食品协会,以及大量的包括金融、建筑与房地产、工程产品和服务、园艺、五金与建材、资信技术与电子、珠宝、医疗、文具与印刷、纺织服装、法律、木材与家具、运输与海运等方面的协会、公会。

六、新加坡推动对外投资政策

新加坡政府非常重视对外投资所带来的经济、政治、文化等各方面利益,推动本国经济的发展。21 世纪以来新加坡的对外投资有了更快的发展,每年都增长 4% 以上,最高的年份达到 31%。对外投资总额由 20 世纪末的 600 多亿新元,到 2005 年达到 1800 多亿新元,增长了 3 倍。新加坡海外业务收益占GDP 的五分之一左右。

新加坡的对外直接投资主要集中在金融服务业、制造业、交通、仓储、通讯、商业、建筑业、房地产业和商业服务业等。

表3—6.1　　新加坡近年来的对外投资总额及增长率

（单位:亿新元,%）

年份	2000	2001	2002	2003	2004	2005
投资额	982.9	1136.1	1489.2	1556.7	1741.1	1813.2
增长率		31	4.5	4.5	11.8	4.1

新加坡对外投资的迅速发展得益于政府经济发展战略和政策指导,政府对外投资服务机构的周到细致的帮助,政府财政税收政策的支持,以及完善的培训和信息服务。

（一）新加坡“走出去”的战略方针

新加坡政府是一个效率较高、管制有效的政府,为了确保新加坡在 21 世纪的制造业、制造服务业与贸易性服务业等产业有优势地位,新加坡政府制定了“产业 21 计划”目标,要将新加坡建设成为一个富有活力与稳定的知识性产业枢纽。这个“产业 21 计划”概括起来主要有三大战略。这就是高科技战略、中国战略和扩大腹地战略。其中的中国战略和扩大腹地战略都新加坡扩大对外投资,增强自身经济发展后劲的战略方针政策。

　　所谓中国战略是指由于文化和历史的原因,中新两国有着特殊的关系,两国的经贸往来源远流长。近年来,世界经济不景气,新加坡经济也进入低速增长阶段。但是,中国经济持续健康快速发展,整体经济规模不断扩大,综合国力不断加强,为中新经贸合作提供了广阔的合作空间和机会,新加坡政府号召"搭上中国经济发展的顺风车"。为推动同中国的经贸合作,新加坡政府高官和企业家考察了中国东北、西北和东南部地区。新加坡贸工部还决定在5年内分期分批地派遣政府官员和政联公司负责人前往中国清华大学等著名学府学习中国经济体系。随着中国战略的不断推进,中新两国的经贸关系将进一步密切,新加坡对中国的投资会不断增加。

　　所谓扩大腹地战略就是,新加坡政府和业界认识到,在经济全球化的大环境下,像新加坡这样的岛国,在没有腹地、缺乏自然资源、自身市场有限的情况下,将自身融入世界经济,特别是地区经济是新加坡经济发展的必由之路。为此,政府实施了扩大腹地战略,把七小时飞行范围内的国家和地区,视为通商及经济发展腹地。这个腹地包括东盟、中国、印度、澳大利亚、新西兰、日本和韩国等广大的亚太地区。

　　新加坡与全球各地的贸易促进机构和中小型企业签署超过三十项合作协议。新加坡政府把与有关国家签订自由贸易协定成为新加坡扩大腹地战略的一项重要举措。新加坡与81个国家共同签署WTO协定。目前,新加坡签订了自贸协定的国家或地区有:日本、澳大利亚、新西兰、美国、欧盟。与印度和韩国的自贸协定正在展开协商。与东盟(ASEAN)和中国、巴林、加拿大、埃及、印度、韩国、墨西哥、太平洋三国(新西兰、智利、新加坡)、巴拿马和斯里兰卡间的贸易谈判也已宣布或在进行中。在东盟内部,新加坡积极推动包括贸易、投资自由在内的区域经济一体化进程。

　　2004年以"国际化年"为开端,新加坡推出十年国际化计划,运用新加坡的品牌名称来促进私人产业国际化、提升新加坡与成长市场的接轨,以及促进服务出口。同年10月推出"国际合作伙伴计划(International Partners Programme)",以促进在3年内成立40个联盟,并期望在新的海外销售能达到15亿元。借由鼓励新加坡企业以联盟或集团方式合作,使新加坡企业在国际市场上更具竞争力,取得更多、更大的合同。

　　为大幅度促进与主要市场间的双向投资和贸易。从2003年开始,新加坡强化了与主要市场在省级层次上的关系。在中国建立了新加坡—山东经贸理事会、新加坡—浙江经贸理事会、新加坡—辽宁经贸理事会、新加坡—四川经贸理事会、新加坡—天津经贸理事会。还成立了占碑推广办事处（Jambi Promotion Office）和越南中心（Vietnam Centre）。

新加坡政府的经济发展战略促进了本国企业到国外投资。

（二）境外投资服务和管理体制

新加坡企业对外投资活动是自由的。针对企业的境外投资活动，新加坡政府没有设立管理审批的机构。没有对外投资的鼓励或限制的项目种类，也没有划定政府审批项目的范围。企业的对外投资金额、对外投资项目的等，一切全由企业和投资对象国的法律法规决定。

新加坡政府设有新加坡国际企业发展局（International Enterprise Singapore），为企业到国外投资提供全方位的帮助。新加坡国际企业发展局目前大部分的工作是专注于支持新加坡企业开发海外市场，在国内外提供多种服务。

新加坡国际企业发展局在全球设有 35 个办事处及联络点，通过 5 个主要商务部门——企业部（Corporate Group）、创业部（Enterprise Group）、国际业务部（International Operations Group）、企业能力发展部（Capability Development Group）和贸易促进部（Trade Promotion Group）的运作，来协助以新加坡为基地的企业发展业务。

（三）鼓励企业走出去的财政支持

为鼓励中小企业走出去，新加坡政府给走出去的企业许多的财政支持，有税收方面的减免政策，还有开拓国外业务的津贴和基金，以增强它们抗风险的能力。绝大部分的财政支持都是通过新加坡国际企业发展局来实施的。其中税收方面有海外企业奖励计划，市场发展、主要特许经营权与知识产权双重扣税计划、海外投资双重扣税计划。在 2003 年，有超过 1000 家新加坡企业受益于双重减税计划（DD，Double Tax Deduction Scheme），在海外行销活动上获得协助。这项措施让 3900 万元的行销支出符合赋税双重扣减计划优惠，让企业享有 860 万元的税负减免。

这些税收优惠计划的目的、意义、受惠企业对象和优惠费用等如下：

1. 海外企业奖励计划（OEI）：新加坡企业向新加坡企业发展局申请批准

海外投资,享有10年合理收入的免税优惠

(1)对象:符合以下条件的企业

在新加坡注册;

以新加坡为基地并拥有具规模的营运规模;

最少50%的股权为新加坡公民或永久居民所拥有。

(2)费用:企业可豁免以下税务,长达10年

经过批准的海外项目股息和利率收入;

经过批准的海外项目专利费;

为经过批准的海外项目提供支援服务所增加的收入,如项目管理或技术支持服务;

海外项目中经过批准的合理活动收入。

2. 市场发展、主要特许经营权与知识产权执照的双重扣税的计划(DTD):鼓励新加坡企业向海外促销商品与服务以享有税务豁免优惠

(1)对象公司或企业:新加坡居民所拥有的或在本地永久拥有的设施。

(2)费用:只有经新加坡国际企业发展局批准的费用才能索赔。

参与经过批准的本地或海外贸易展览/代表团费;

企业宣传手册的印刷费;

设立海外促销办事处费用;

市场调查宣传和促销活动费用;

出口包装费用;

产品证书费用;

由某个主要特许经营或知识产权执照所提供的服务费用。

3. 海外投资双重扣税计划(DD):企业投资海外市场以享有税务豁免优惠

(1)对象:以新加坡为基地的公司,公司股权至少有30%为新加坡公民或永久居民所拥有。

(2)费用:每个批准项目可减免高达20万新元的开销。减免的费用包括飞机票、办公室维护与租金、员工日常开销以及咨询费。

除此之外,新加坡还为企业开拓国际市场所涉及的考察、培训、规划,以及筹资保险等,提供政府津贴。

（四）促进企业走出去的境外投资融资服务

新加坡是东南亚的金融中心,考虑到海外运作的风险,企业融资常常面临挑战,为解决企业在国际化方面的融资问题,扶助中小企业走出去,新加坡国际企业发展局联合一些金融机构建立企业国际化融资计划、企业基金、商业信用保险计划和贷款保险计划等几种融资渠道,为企业到境外投资提供融资服务。

1. 国际化贷款计划(IF):政府可提供海外拓展业务的资金高达1500万新元的贷款,让公司购买固定资产,以及为海外项目或订单进行融资

有意到海外拓展业务,以新加坡为基地的公司或其海外子公司都可以直接申请贷款。扩充海外的计划必须:与公司在新加坡的业务相辅相成或是相关;能为新加坡带来经济衍生效应(economic spin-offs),例如:在新加坡制造就业机会或是进行研究与开发工作;集团营业额不能超出下表列明的限度:

表3—6.2　集团营业额顶限

公司种类		最高集团营业额
贸易公司	非上市	低于5亿新元
	上市	低于2亿新元
非贸易公司	非上市	低于2亿新元
	上市	低于1亿新元

2. 企业基金(EF):企业可以向企业基金申请100至300万新元的股份融资,协助扩充业务或进军海外

企业基金是特别为业务已上了轨道的企业提供扩充业务或进军海外的资金而设的。符合以下资格的公司,都可以申请:

以新加坡为基地;

轻资产和/或是非科技业务;

属于私人拥有;

上了轨道的公司。

公司必须拥有:一支优秀的管理团队;良好的现金流动记录;至少100万新元的年营业额。公司不需要拥有:任何最低的缴足资本;高增长的业绩;挂

牌上市的潜能。

当项目完成后,企业基金将从业务中撤出,以及索回所投入的资金,再加上任何之前同意共享的利润。所投入的资金可根据事前协议的固定时间表偿还。

3. 商业信用保险计划(TCI):协助本地中小企业减少因为收不到款项而带来的风险

这种保险利率的优惠措施以往通常只提供给贸易量大的公司。对象为本地或海外提供服务,以及把货品售卖给本地或海外的新加坡公司。制造商、贸易商或服务供应商。

此计划协助本地中小企业减少因为收不到款项而带来的风险。这种保险利率的优惠措施以往通常只提供给贸易量大的公司。在此计划下,当买方因为破产或其他因素而无法偿还欠款时,卖方可以向保险公司索取赔偿。因为应收账款获得保障,卖方便可以取得更好的财务援助,例如银行所提供的更高贷款额或更优惠的融资利率。

4. 贷款保险计划(LIS):承担违约的保险计划。政府将资助50%的保险费

符合以下条件的公司均可申请:

属于中小型企业;

30%—100%股东是本地人;

固定资产介于0至1500万新元;

雇员人数介于0至200名(非制造业)。

企业可以利用贷款来:设立存货贮存和分销中心;转化为其他多元化产品系列和能力;增加周转资金;开发新市场;扩展分销渠道;支援并资助母公司持有大部分股权的海外子公司。

(五)培训及信息服务

企业走出去,要取得投资成功,需要对投资目的国经济税收投资法律法规等各方面的资讯,也需要本身具有国际化能力知识。在这方面新加坡也有细致周到的服务。新加坡国际企业发展局设有专门的企业能力发展部门(Capability Development Group),提供相当专业的培训,协助以新加坡为基地的企业为迎接环球挑战,走向国际化做好准备,重点在于培养实力(如品牌,设计,经

销、国际人力发展及知识产权）。

在满足企业信息需要方面,新加坡国际企业发展局有专门的资源中心。资源中心提供详尽的书面与电子化资源,包括市场及行业信息,商业联系,贸易数据、出口条例和关税信息。35 个国外的代表处也提供各种经贸信息。另外,新加坡国际企业发展局还设有新加坡国际贸易学院和新加坡资讯服务私人有限公司两个子公司,专门提供这方面的服务。

新加坡国际贸易学院是一个从事国际咨询和专业培训的机构,其业务是协助企业制定有效的商业策略计划,其中包括市场发掘和商业配对。国际贸易学院也根据客户的不同要求,在组织代表团出访,人力资源培训,主办国家/产品研讨会等方面提供商务辅助。其服务包括战略发展咨询,人力资源的开发和培训,商务促进及网络教学服务。

新加坡资讯服务私人有限公司出版各种按行业分类的贸易指南。这些指南经由新加坡国际企业发展局在世界各地的办事处和其他渠道分发,在海外推动新加坡的产品和服务,扩大新加坡公司的出口市场。为了进一步方面商界,新加坡资讯服务私人有限公司还成立了 INSIS.com,方便新加坡及海外公司在网上进行买、卖、索取报价、建议书和资讯。

新加坡为企业走出去提供的培训主要有人力资源国际化计划、知识产权国际化计划、设计国际化计划、品牌发展计划等,并且为这些培训提供津贴。其中人力资源国际化计划已有超过 650 位主管透过海外派任的培训方式获得国际化知识。

（编者：中国贸促会驻新加坡代表处）

第七节　越南投资环境及相关政策

一、资源情况

（一）自然资源

"一根扁担挑着两筐稻谷"和"金山银海"是人们对越南物产资源形象的

概括和赞美。"一根扁担"是指越南中部的狭长地带,它挑起的"两筐稻谷"是指红河平原和湄公河平原这两个著名的"粮仓"。越南西部和北部山区,覆盖着大面积的森林,盛产贵重木材和其他林产品,活动着多种珍禽异兽,地下则蕴藏着丰富的矿产资源,因而被冠以"金山";而越南江湖河海又因有着各种各样的水产资源获得了"银海"的美誉。

据2005年越南土地测量统计,越南全国自然用地面积3312万公顷,其中农业用地2482万公顷、非农业用地323万公顷、未利用土地507万公顷。越南系传统农业国,农业种植以水稻为主。全国水稻面积732万公顷,其中杂交稻面积约60万公顷。北部的红河三角洲平原(约2万平方公里)和南部的九龙江平原(约5万平方公里)系主要粮食产区。平原地处亚热带,气候炎热,雨量充足,土壤肥沃,灌溉便利,为发展农业生产提供了极为有利的条件。加上革新政策大大调动了农民的积极性,促进农业生产的发展,使越南成为仅次于泰国的世界第二大米出口国。此外,越南还盛产黄麻、蒲草、橡胶、椰子、胡椒、咖啡等经济作物。

越南全国山林面积16万平方公里,占土地面积的50%左右,其中森林面积10.4万平方公里,覆盖三分之一的国土面积。森林里汇聚了东南亚乃至世界上多种动、植物,包括300多种兽类和成千种鸟类,盛产名贵木材和1000多种药材如何首乌、砂仁、玉桂、蜂蜜、蜂蜡等。除了森林之外,也有辽阔的草地,利于发展畜牧业的。而湍急的河流则蕴藏着巨大的水力资源。

越南拥有包括燃料、金属、非金属等50多种地下矿藏。主要有煤、铁、铜、锡、锌、铅、铬、锑等。其中煤的储藏量极为可观。煤矿长达几百公里,储量达到几十亿吨,而且品质优良,容易开采。著名的鸿基煤矿、太原铁矿、老街磷灰石矿、高平锡矿、清化铬铁矿等,储量丰富,矿质良好。西原地区有多种矿产,由于矿层接近地表,开采也比较容易。

越南有3200多公里长的海岸线,沿海处于太平洋和印度洋之间,处于热带和亚热带海流的交汇点,又有众多的海流出海口。适宜的气候,丰富的食物,十分有利于各种海产生长。据统计,越南沿海有1200种鱼、70种虾,许多种鱼虾都有着重要的开发价值。仅北部湾就有900种鱼,中部沿海、南部东区沿海和暹罗湾等海域,每年的海鱼产量都可以达到数十万吨。

(二)劳动力资源

越南的吸引力,主要来自它充足又廉价的劳动力资源,在这个总人口达

8400万的国家里,27岁以下的人口占六成。在接下来的多年中,越南会一直拥有充足的廉价劳动力。根据联合国对世界人口的预测,未来五年越南25—59岁工作年龄人口的年增长率在2.3%左右,而总体就业率年增长率预计为2.5%。2006年,越南劳动力总量为4520万,其中城市劳动力为1050万,农村劳动力为3290万。

尽管劳动力充足,但越南的劳动力素质偏低。劳动力素质可以通过劳动力教育水平与培训水平反映出来,越南未接受学校教育与学前教育的劳动力分别为780万和750万,但这两类人的比重,从2005的22.2%降到2006年的17.3%。其中值得注意的是,未接受学校教育与学前教育的劳动力大都为女性,农村低教育水平劳动力的比例比城市高得多,而非熟练工在农村与城市的劳动力总数中占的比例都很大。

目前越南全国人均收入65万盾(约40.6美元),其中城镇居民人均月收入98.1万盾(约61.3美元),农村居民人均月收入54.4万盾(约34美元)。企业员工收入相对较高,河内市国内企业员工人均月收入138.5万盾(约86.5美元),外资企业员工人均月收入282.8万盾(约176.7美元);胡志明市国内企业员工人均月收入186.3万盾(约116.4美元),外资企业员工人均月收入426.6万盾(约266.6美元),其他省市企业员工收入相对较少。老百姓收入水平低,国内购买力有限。

表3—7.1　劳动力价格

工种	月薪(美金)
普通工人	50—70
半熟练技术员	70—80
熟练技术员	80—100
监工	130—200
工程师	150—200
生产部经理	400—500
会计师	200—300
员工福利	
保险(底薪所占百分比)　医药　社会	雇主:2%,雇员:1%　雇主:15%,雇员5%
年假	一年享有12天带薪假,每工作5年增加1天

工种	月薪(美金)
公共假日	每年 8 天
工作时间	每周 48 小时,每天 8 小时,每周休息 1 天
加班时间	200 小时/年,可延长至 300 小时/年(加班费正常工作日 1.5 倍,休息日 2 倍,公众假期 3 倍)
试用期	大学生 60 天,高中生 30 天,其他 6 天
退休金/退职金	男性 60 岁,女性 55 岁退休;每工作 1 年获半月月薪

二、基础设施建设

(一)陆路交通

改革前,越南的交通道路和基础设施很落后,但近几年发展迅速。越南的交通有铁路、公路干线贯通南北,并形成了以河内和胡志明市为中心和南北交通网。

越南公路分为 5 大系统,国路、省路、县路、专用道路,总长超过 10 万公里。1—29 号公路为主干线,以两大城市为中心向四方伸展,各省之间均有公路相通,多数县和乡间也有公路连接。其中,水泥和柏油路约占 10%。

1A 公路是越南最重要的经济运输大动脉,连接河内与胡志明市。它与南北碟卤紧紧相邻,全长 1725 公里。除了境内公路外,越南通往邻国的国际公路较多,共 30 多条,包括通往中国、老挝、柬埔寨等国。越政府近年大力吸引外国投资,改造扩建公路桥梁,提高公路等级。

越南铁路现有 2600 公里连接城市和乡村(除了湄公河三角洲以外的地区),有 3 种轨距:1000 毫米、1435 毫米(标准轨距)以及 1000 毫米与 1435 毫米混合。

表 3—7.2 越南铁路长度

主要铁路线	长度	轨道
河内—胡志明市铁路	1726	1000mm
河内—海防	102	1000mm
河内—老街	296	1000mm
河内—同登	162	混合(1435mm &1000mm)

主要铁路线	长度	轨道
河内—Quan Trieu	75	混合（1435mm &1000mm）
Kep—汪秘—下龙	106	1435mm
Kep-Luu Xa	57	1435mm

越政府将提速现有的南北铁路,将其建为电气化铁路,同时拟利用日本提供的贷款新建一条与旧线平行的标准规高速铁路。设计时速超过三百公里,总投资约330亿美元。届时,河内到胡志明市的行程将缩减至10小时内,这条铁路将与正在建设中的范亚铁路相连。

（二）航空

1956年,越南开始建立本国航空运输业,创建之初仅有5架苏联产小型客机,之后不断发展壮大。1995年,越在整合原有20多家航空运输和服务公司基础上成立越南航空总公司(VIETNAM AIRLINE),运输能力和服务质量得到明显提高。

目前,越航已拥有43架飞机,平均机龄不足10年;已开通连接国内16个城市的23条航线和连接国外26个城市的41条航线,并在各国设立28个办事处和1000多个代理点;航班延误率为13%,远低于全球平均水平,信誉较好。

（三）港口

1999年越南政府决定建立以3大港为中心8组港口组成的海港体系,对原有港口进行扩建和翻新并兴建新港以满足经济发展的需求。现在越南在24个沿海省市共有266个港口。根据越南交通部海运局的统计,近十年来越南的集装箱吞吐量年均增长19%,2006年越南全国港口货物吞吐量为1.8979亿吨,集装箱吞吐量为115万标箱(包括进口、出口以及国内)。今年1—10月港口货物吞吐量为1.2970亿吨,集装箱吞吐量为108万标箱。全国主要港口43个,其中北部7个,中部17个,南部19个。主要港口有Saigon(西贡港)、Cam Pha(锦普港)、Hai Phong(海防港)、Ben Nghe(边宜港)、Quang Ninh(广宁港)、Qui Nhon(归仁港)、Phu My(浮美港)、Da Nang(岘港)等。全国海岸线长3200千米。其中,西贡港是越南南方最大的港口,海防港是越南北方最大的港口,岘港是越南最大的海产品输出港。

但是缺乏深水港,港口设施落后阻碍了越南海运的发展。越南目前只有9个港口可以扩建为容纳5万吨船和3000标箱集装箱船,目前80%进出口货物还是经由小港口。

(四)物流

物流业是越南新兴产业,也是重点发展行业。越全国有800—900家企业提供物流服务,其中97家是越南储运协会(VIFFAS)会员。越物流企业建立和运营时间普遍较短,平均仅5年,资金规模小,注册资金平均约9.4万美元,80%是私有企业,不少企业注册资金仅2万—3万美元,员工不足10人,实力较弱。几乎所有物流企业未在国外设立办事机构,信息来源少,专业性差。全国尚无专业物流园区和物流中心,无商品配送中心,港口、仓库、公路、铁路等基础设施较落后。学校至今未设物流专业,人才培养滞后。目前,越南已同世界200多个国家和地区建立贸易关系,货物和服务贸易发展势头良好。

越南政府对发展本国物流产业较为重视,对有关部委作了新的分工:交通运输部负责海运;邮电通讯部负责邮件发送(COURRIER);贸易部负责货物的储运和交接。同时,越政府鼓励内外资企业投资于铁路、公路、港口等基础设施建设,鼓励建立专业培训中心,逐步在大专院校开设物流专业,加强专业人才的培养。

(五)水电供应

革新开放以来,为实现工业化现代化目标,满足经济迅速发展的需求,越政府大力发展电力行业,努力投资于经济能源和可再生能源,并对已有的发电设施进行改造,采用新技术,采取先进的管理以提高发电的效率和稳定性。在政府的重视和大力投资下,近年来发电量年均增长超过10%。

据越南电力集团(EVN)数据,截至2005年年底,越南总发电能力达1134万千瓦,其中水电占36%,燃煤发电占11%,燃油发电占2%,柴油发电占3%,燃气轮机发电占26%,独立发电占22%。目前,越南的输电系统共有3种:550千伏、200千伏和110千伏(2005年年底数据见下表)。

表3—7.3 越南电网发展(数据至2005年12月,EVN)

电压等级	电线长度(千米)	变压站数量	总容量(千伏安)
500千瓦	3232	11	701.4万
220千瓦	5203	45	1350.2万
110千瓦	10961	293	1621.9万

越电力集团称2007年1—10月全国发电量为553亿千瓦时,同比增长14%,但仍供不应求。为缓解供需压力,越南政府从2002年开始实施电力发展计划。按此估计,至2010年,越南将新建或扩建近40座电站,总装机容量为1240万千瓦。

据世界银行的2004年的报告,目前越南60%的城市有净水供应系统。在中小城镇的生活用水平均每人每天75—80升,大城市为100—150升,供水还是很有限。2004年,城市供水量为每天345万立方米。共有195个水库。只有40%—60%的农村每人每天可以供应50升水。在很多偏远农村,尤其是湄公河三角洲地带,居民们很难获得干净的水源。

(六)邮电通讯

革新开放20年来,越南邮电通讯业得到迅速发展,陆续加入万国邮政联盟(UPU)和国际电信联盟(ITU)等国际组织,逐步融入世界邮电通讯业的发展。越南现有越南邮电通讯总公司(VNPT)、军队通讯公司(VIETTEL)、西贡邮电通讯股份公司(SPT)、电力通讯公司(EVN TELECOM)、航海通讯公司(VISHIPEL)、河内通讯公司(HANOI TELECOM)、FPT股份通讯公司(FPT TELECOM)、多媒体通讯总公司(VTC)等,其中,VNPT发挥主导作用。

2007年2月,越提前4年完成越共"十大"提出的每100人拥有35台电话的目标,实现乡乡通电话,成为电话普及速度最快的国家之一。截至2006年年底,越全国邮电服务点达18926个,各点间距由1986年的7.8公里缩减为2.4公里,服务密度明显提高。1997年,因特网开始进入越南,目前已拥有430万用户,服务于1550万人,平均每100人中有18.6人使用因特网。因特网服务主要由VNPT、VIETTEL、FPT三家公司提供。目前,因特网广泛用于越南各大中城市,也已出现在边远地区和少数民族聚居区,发展势头强劲。此外,越拟于2008年第二季度发射首颗公共通讯卫星(VINASAT—1),业主为

VNPT,总承包商为 LOOKHEED MORTIN COMMERCIAL SYSTEM 公司。该卫星发射后,将大大提升越通讯实力。

三、吸引外资政策

作为革新开放的重要组成部分,越南非常重视吸引外资。于 1987 年制定了《外商投资法》,历经 1990、1992、1996、2000、2003 年五次修订和补充,2006 年 7 月 1 日起实行最新的投资法,逐渐放宽政策。同时简化手续程序,放宽项目审批权限,提供税收减免等优惠政策,逐步降低各种收费如水电、电话、机票等的价格。

此外,越南关于投资贸易的法律法规还有《会计法》、《统计法》、《食品安全与卫生法令》、《保护国内改进新植物品种法令》、《反倾销法令》、《反补贴法令》等。

越南计划投资部是越南吸收外资和对外投资的中央政府主管部门。下设外国投资局,具体负责外商在越投资和越南企业对外投资管理工作。各省和中央直辖市由计划投资厅负责此项工作。

（一）工业区税收优惠政策

在创造投资环境方面,越南除了完善相关法律外,还建立了大量的工业区、加工区、高科区、自由贸易区和经济特区,其中重点发展工业区建设,这些园区的建设借鉴了中国的经验,以优惠政策吸引国内外投资:

工业区内的外资企业按以下规定缴税:

1. 进出口税

（1）生产性企业和服务性企业均免征出口税。

（2）生产性企业进口构成企业固定资产的各种机械设备、专用运输车免征进口税;对用于生产出口商品的物资,原料,零配件和其他原料可暂不缴进口税,企业出口成品时,再按进出口税法补缴进口税。

（3）服务性企业按进口税法缴税。

2. 企业所得税

（1）产品出口 80% 以上的生产性企业从盈利之年起免税 4 年,接着 4 年按纯利润的 5% 缴税,以后每年按纯利润的 10% 缴税。

（2）出口 50%—80% 的生产性企业从盈利之年起免税 2 年,接着 3 年按纯利润的 7.5% 缴税,以后每年按纯利润的 15% 缴税。

(3)50% 以下的生产性企业从盈利之年起免税 1 年,接着 2 年按纯利润的 10% 缴税,以后每年按纯利润的 20% 缴税。

(4)服务性企业从盈利之年起免税 1 年,接着 2 年按纯利润的 10% 缴税,以后年按纯利润的 20% 缴税。

3. 利润汇出境税:外资企业所获得的利润需汇出境外时,均须缴纳利润汇出境外税,税率为纯利润的 3%

此外,对在经济区工作的人员,高收入者按 50% 征收个人收入所得税。对于经济区内的高科技项目、对行业或社会经济发展影响重大的大型项目,经政府总理审批,在项目续存期间可长期享受 10% 营业所得税优惠政策。

2007 年 4 月 18 日,越南贸易部根据政府第 108/2006/ND—CP 号文件精神和《投资法》规定,外商投资企业可以直接对国外开展进出口和对外承接加工业务,在海关办理进口商品免税审批相关手续等。新规定从 2007 年 5 月起生效,现行的外商投资企业进口和免税审批规定同时取消。

(二)WTO 政策影响

越南与美国在 2000 年签订双边贸易协定,同时是欧盟的 GSP 国家,享受 GSP 优惠关税和配额。而 2007 年 1 月 11 日越南加入 WTO,按照 WTO 承诺相应的进口关税将会进一步降低。在入世后的 5 至 7 年内,削减 3800 种商品的关税,把平均关税由 17.4% 降低为 13.4%,主要承诺如下:

1. 开放货物贸易市场。货物贸易市场按时间表将于 2008 年正式开放,2009 年允许外商企业在越南成立独资贸易公司。关于货物贸易,进口关税税率将比现行的平均下调 20%,特别是化工、药品、通信设备等行业的进口关税税率将下调至 0—5%

2. 通过最惠国待遇和国家待遇两部法律,履行非区别对待原则

3. 取消农产品出口补贴

4. 承诺在未来 5 年内取消对已获批准的,与国产率和出口商品有关的有限制工业行业项目的补贴

5. 国家不以任何形式干预国有企业和国有贸易企业的经营活动

6. 关于经营权的承诺。自 2007 年 1 月 1 日起在越南经营的外资企业享受与越南企业一样的商品经营权,不再受经营许可证的限制

7. 政策透明化。越南政府在颁布有关贸易、投资等政策法规前须提前 60 天在政府网站上公布,以便征求企业和群众的意见和建议

8. 承诺保护知识产权和著作权

9. 遵守世贸组织有关卫生检疫方面的规范和标准

10. 在加入 WTO 后一段时期内,越南将被视为非市场经济体

(三)土地政策

在革新开放之后,越南土地政策也做了大幅度的调整,1987 年出台首部《土地法》,1993 年出台第二部,1998、2001 年进行修改和补充,2003 年颁布第三部《土地法》,规定土地归全民所有,国家代表全民拥有土地处置权,可根据社会经济发展规划确定土地用途,规定土地交易量和使用期限,决定土地使用、出租、回收、变更用途、定价等事宜。越南土地实行四级管理体系。国会作为最高权力机关,决定全国土地使用规划,行使最高监督权。政府作为最高行政机关,决定各省、直辖市土地使用规划,以及国防和安全用地规划,负责配置土地资源,并由资源环境部具体负责。各省、直辖市、县人委会在职权范围内行使土地管理权。乡镇设立土地办公室,负责处理土地行政事务。企业、农户、个人可通过租赁、向政府申请、接受转让、参与土地拍卖等方式获取土地使用权。具体政策如下:

1. 土地审批

政府负责配置土地资源,审批土地使用规划。土地审批类型主要包括:土地分配审批、土地租赁审批、土地使用证审批、土地用途变更审批、土地使用权转让审批等,由各级人委会直接负责。目前,越土地市场存在两种价格:一为官方价格,由财政部、资源环境部共同确定,主要用于土地使用权转让税、土地分配和租赁税、土地征用补偿金等税费的计算基础;二为民间土地交易价格。官方价格一般低于民间交易价格。目前,越土地民间交易量约占土地交易总量的 80%。

2. 外资用地有关规定

(1)根据越南《投资法》规定,外资企业可租赁土地,其使用期限一般不超过 50 年,对于投资大而资金回收慢,以及在社会经济条件困难地区投资的项目,其土地使用期限最长不超过 70 年。土地使用期满后,如果投资商有继续使用土地的要求,且一直遵守《土地法》规定,国家职能部门可考虑根据相关规划延长其土地使用期限。

（2）投资商在鼓励投资的领域和地区投资，可根据《土地法》和有关税法的规定，申请减免土地租金、土地使用费、土地使用税等。

（3）外资企业可以土地使用权和地面资产作为抵押，向在越注册的信贷机构贷款，用以实施投资项目。

（四）投资领域政策

1. 投资优惠领域

（1）新材料、新能源的生产；高科技产品的生产；生物技术；信息技术；机械制造。

（2）种植、养殖；农林水产品加工；制盐；培育新的植物和畜禽种子。

（3）应用高科技、现代技术；保护生态环境；研究、发展、创造高技术。

（4）劳动密集型。

（5）基础设施，重大项目的建设和发展。

（6）发展教育、培训、医疗、体育和民族文化事业。

（7）发展传统手工艺行业。

（8）其他需鼓励的生产、服务领域。

2. 投资优惠地区

（1）社会经济条件困难的地区，社会经济条件特别困难的地区。

（2）工业区，出口加工区，高科技区，经济区。

3. 限制投资领域

（1）对国防、国家安全，社会秩序、安宁有影响的领域；

（2）财政、金融；

（3）影响大众健康的领域；

（4）文化、通信、报纸、出版；

（5）娱乐；

（6）房地产经营；

（7）自然资源的考察、寻找、勘探、开采，生态环境；

（8）教育和培训；

（9）法律规定的其他领域。

其中，越方属以下领域专营单位：合作各方设立公共通信网，提供电信业务服务；从事国内国际邮件收发业务经营；新闻出版、广播电视经营。只许以合作经营合同或合资方式投资的领域为:油气、稀贵矿产开采、加工;空运、铁路、海运;公共客车运输;港口、机场建设(BOT,BTO,BT等投资项目不在此限);海运、空运业务经营;文化(科技材料印刷,包装品、货物商标印制,纺织服装、皮革印制;使用微机三维技术加工制作动画片;体育娱乐休闲区投资项目不在此限);造林(外国投资者用间接方式以资金、种子、技术、化肥形式出资,通过越南的单位和个人获政府批准交付、出租的生产林和防护林地并按合同包销产品的投资项目不在此限);工业炸药生产;旅游;咨询服务(技术咨询不在此限)。

加工与原料开发捆绑投资的领域为:乳制品生产与加工;植物油、蔗糖生产;木材加工(使用进口木材的项目不在此限)。从事进出口业务、国内营销业务及远海海产品捕捞、开发的投资项目,由政府总理特批办理。

4. 禁止投资领域

(1)危害国防,国家安全和公共利益的项目。

(2)危害越南文化历史遗迹、道德和风俗的项目。

(3)危害人民身体健康、破坏资源和环境的项目。

(4)从国外进入越南的有毒废弃物的处理,生产有毒化学品或使用国际条约禁止使用的毒素。

四、经济区和工业区发展情况

(一)经济区

越共有南部、北部、中部三个重点经济区。其中,南部经济区发展最快。

越南南部重点经济区包括胡志明市、同奈、巴地—头顿、平阳、西宁、平福、隆安和前江7个省,总面积34743平方公里,占全国总面积的10%,人口1470万人,占全国总人口的17%。2006年,该经济区GDP占全国GDP的36%,工业总产值占51%,服务业占33%,农业占15%。2001—2006年,经济区GDP年均增长8%,人均GDP约为2200万越盾(约1375美元),比全国人均GDP高1倍。2006年,经济区吸收外商直接投资居全国各经济区首位。目前,该经济区内有工业区和出口加工区66个,规划总面积1.64万公顷,占全国工业区总面积的70%,已有46个工业区投入运营。工业区吸引投资项目3033个,其中,外资项目1801个,协议投资额151亿美元;内资项目1232个,协议投资额41亿美元。在经济产业结构调整方面,迅速转向非农业生产和出口商品生产,已形成20多种出口主力产品,如原油、天然气、计算机软件、化工、成衣和鞋类等,出口额占全国出口总额的74%,出口额年均增长21%。

根据2010—2020年越南南部重点经济区中长期规划,南部经济区重点发展金融、旅游和房地产等产业,注重发展港口服务业和高科技、高附加值产业,加快发展油气、农林水产品加工等资源产业和机械制造、冶金工业、电子、化工及辅助工业等有相对优势的产业。

(二)工业区

经过15年的建设和发展,截至2006年年底,越南全国工业区(包括加工出口区、经济区,以下同)已发展到139个,占地面积2.94万公顷,其中工业用地1.97万公顷,分布在全国48个省市,基础设施投资总额约15亿美元,吸引外资项目2433个,合同金额约217亿美元,直接解决就业机会近100万个。目前有90个工业区已完成基本建设,可出租工业用地1.07万公顷,出租率54.5%,尚有9000公顷工业用地待租。2006年越全国各工业区工业产值为170亿美元,占全国工业总产值的30%,商品出口金额约80亿美元,占全国出口总额的21%,上缴国家财政近9亿美元。

南部工业区发展迅速。越全国工业区和出口加工区发展水平较高的省市主要有胡志明市、同奈省、平阳省等。胡志明市的工业区土地出租率在全国领先,该市有15个园区,有8个园区的土地全部出租,出租率最低的为70%。其他工业区出租率较高的省均分布在南部地区,具体是:同奈省(20个)为58.3%,平阳省(15个)为53%,巴地头顿省(6个)为48.2%。

越南计划投资部称,计划到2010年全国新设立101个工业区,同时扩建27个工业区,将工业区的工业产值比例从现在的26.4%,提高到35%,出口比例增长18.7%,达到32%。

五、投资具体流程

在考察越南投资环境后考虑投资地点和方式,再将投资申请文件呈送投资执照签发机关,获得批准后可投入运营。在越南的投资方式,分为两类:

(一)一般投资方式：

1. 在合同基础上进行合作经营,即外国投资者先与越方讨论、签署合同(如:来料加工、委托加工等合同),并送有关部门核准后,双方即可以合作经营,而不必设立新公司

2. 合资企业(即联营企业)

3. 百分之百的外资企业(即独资企业)

(二)特别投资方式：

1. 建设—经营—转让合同(B.O.T)、建设—转让—经营合同(BTO)、建设—转让合同(B.T)

2. 工业区(或加工出口区,或高科技区)

备注:以上投资方式,各有其优缺点,如:合资企业有越南投资合作者可协助解决问题,但其合资企业总经理、第一副总经理的任免及企业章程的修改补充,须由董事会全部董事一致通过。

若为独资企业,需和省市人委会或工业区管理委员会洽谈,寻找承租合适的土地,再按越南计划投资部所规定的标准格式准备好申请投资所需的相关文件。若为合作联营企业,需寻找越方合作对象,经讨论协商合作条件后,签署合作备忘录及合同。

投资执照分成两类:①登记签发投资执照,投资案应具备条件为:产品全部外销;在工业区投资,并符合计划投资部所订有关产品外销的规定;从事制造业,投资额500万美元以下,产品外销80%以上。准备文件包括:发照登记书(依计划投资部统一表格办理,另应检附经填妥第12/TT-BKH之2b、3b、3c、4b表格);联营合同及联营企业章程,或百分之百企业章程,或合作经营合同。以上资料备妥五份,其中至少正本一份。②审核签发投资执照,为登记发照之外的。其准备文件包括:签发投资申请书;联营合同及联营企业章程,或百分之百企业章程,或合作经营合同;经济技术可行性报告;联营各方、参加合作经营合同各方、外人投资者之法律资格、财务状况等证件;有关工艺转移资料(若有)。

投资案分为两类,A类投资案呈送计划暨投资部,B类投资案呈送经获得越政府授权发照之各省市人委会或各省市工业区加工区管理委员会。A类投

资案由政府总理决定,包括:从事以下投资案,且不分区投资案之规模:工业区、加工出口区、高科技园区、都市区等投资案基础设施开发;BOT、BTO、BT 等投资案;海港、机场之建设与经营;海运、空运之经营;油气类经营;邮政、电信服务;文化、出版、新闻、广播、电视;病症诊治单位;教育、培训;科学研究;人用药品生产;保险、财政、查账、鉴定;稀有资源探勘、开采;住宅建设与出售;属国防、安全等领域之投资案。投资额四千万美元以上,并从事电力、矿物开采、冶金、水泥、机器制造、化学品、饭店、公寓出租、休闲娱乐场、观光区等投资案。此外均为 B 类投资案。其中,A 类投资案的审核期限为 45 个工作日,B 类为 30 个工作日。

上述所述的办理投资执照所需资料中,A 类投资案应备妥 12 份,B 类投资案备妥 8 份,其中至少正本一份。(越南计划投资部业于 2003 年 5 月 2 日公布第 270/QD-BKH 号决定,核准胡志明市高科技工业区管理委员会可核发投资总额为 4000 万美元以下之出口加工案件之执照。依规定该委员会被授权对资金为 1000 万美元以下之工业生产案件及资金 500 万美元以下之工业服务案件等可径审定并核发执照。)

(编者:中国贸促会驻新加坡代表处)

第八节 印度投资环境及相关政策

一、印度的商机

2007 年至 2012 年是印度的第十一个五年计划。据印度投资委员会预计,印度未来五年内国内主要经济活动投资额将达到 15000 亿美元。印度政府希望能够在农业、服务业、制造业等领域实现两位数的增长。知识经济在印度经济的迅速崛起中发挥着重要的作用。联合国贸发会议(UNCTAD)在 2005 年的世界投资报告中将印度作为适合研发的国家排在美国和中国之后,并表示"公司可以利用印度现有的科技网络和技术,与科研机构有较好的关系,适于科技创新和产业化"。

(一)外包业务发展迅速

印度依赖其人力资源成本低和技术人员素质高的优势逐步成为全球创新

中心之一,在产品与技术外包、吸引西方企业建立研发中心方面都取得很大成绩。由于印度讲英语的人口数量众多(排在美国之后居全球第二),印度有望成为全球知识处理外包中心(Knowledge Process Outsourcing,KPO)。据印度工业联合会(CII)研究报告显示,到2010年,全球知识处理外包业务将增长46%,达到170亿美元。其中的70%,即120亿美元将被外包到印度。与此同时,业务流程外包(BPO)也将增长26%。

研发中心(R&D)被认为是全球竞争力和经济发展的最主要驱动力。印度已快速成为全球的重要研发中心之一。投资于研发中心的费用从2001年的29亿美元提高到2005年的85亿美元,期间年均增长31%。

(二)制造业发展迅速

一个健康发展的制造业对于印度经济两位数增长目标的实现至关重要。为此,政府做出了大量努力。总理辛格在印度工业联合会的年会上表示,政府将为制造业制定相关政策,确保制造业实现每年至少12%的增长。为不断加强制造业部门,总理辛格成立了高级别的制造业委员会,并担任主席。该委员会将评估全国制造业发展计划制定的政策并提出建议。制造业近年来也取得了较快的增长,如汽车、汽车配件、医药、生物技术、化工、石化、纺织服装等行业。

Deloitte Touche Tohmatsu 的一份研究报告指出,印度制造公司通常被国际制造业所忽视,而实际上印度制造业的利润和增长速度接近全球制造业平均水平的两倍。全球制造业平均销售增长率约为7%,而印度则达到了15%。全球制造业平均毛利润率约为8%,而印度则达到16%。

在对外贸易方面,制造业也增长迅速。印度商工部长也为制造业出口制定了20%的增长目标,并希望到2009年制造业出口能达到1200亿美元。麦肯锡咨询公司与印度工业联合会2004年的联合报告中预计,到2015年印度制造业出口额将有望达到3000亿美元。

此外,印度政府还专门设立经济特区来支持制造业集中发展。地方邦政府也制定相关税收政策和优惠来吸引投资者到制造业特区设厂生产。

目前,印度制造业几乎完全向外资开放。1991年制造业吸引的外资几乎可以忽略不计,2005年制造业吸引的外商直接投资高达75亿美元(2005年印度共吸引外商直接投资101.1亿美元)。

根据 AT Kearney 公司最新的报告,印度已取代美国成为在制造业领域第二大最有吸引力的投资目标国家。此外,印度成为海外投资目标国,也有跨国公司寻找中国的替代国的考虑。由于中国存在雇工的短缺,导致工资价格的上涨,中国作为投资目标国家优于印度的优势(世界级的基础设施降低生产成本)正在丧失。

世界银行—国际金融公司在"关于2007年在印度经商的报告"中指出,印度的排名较去年有所进步,主要表现在:批准设立公司的时间由71天缩短为25天;公司所得税从36.59%降低到33.66%;改革了股票交易所的有关规定。

二、与投资有关的主要法律

印度外国投资指导性法规主要有《1934年印度储备银行法》、《1991年工业政策》、《1999年外汇管理法》、《1956年公司法》和《1961年所得税法》。除此以外印度还有大量涉及外汇管理具体领域的管理规则,如《2000年外汇管理(外国人证券转让和发放)规则》、《2000年外汇管理(在印度设立分支机构、办公机构或其他商业场所)规则》、《2000年外汇管理(保险)规则》等。

三、投资管理制度

印度的外资政策趋向放松管制。2005年印度主要扩大了私人银行和电信领域的外国直接投资比重。2005年2月印度将外国投资私人银行的持股上限从49%提高到74%,2005年8月印度内阁又取消了私营银行中外国投资者仅有10%投票权的限制。2005年2月印度政府将电信业基本服务外商直接投资的持股比例从之前的49%提高到74%,但是需要获得政府的批准。

目前印度对于外国直接投资的批准程序分为两种:一种是自动批准程序;另一种为政府批准程序。在行业外资政策规定的外资比例限制内,外资可以自由地在所有领域(含服务业)投资,对于符合有关条件的外资,印度政府授权印度储备银行按自动程序进行批准审核。对于其他外资,则需经印度政府有关部门批准,即在印度外资促进局推荐的基础上,由印度政府批准。

(一)自动批准的外国直接投资

大多数部门的外国直接投资或者印侨投资的最高上限可以达到100%,

而且不需政府或印度储备银行的预先批准，可以按自动批准程序进行。但是投资者需要在收到国外汇入汇款30天内通知印度储备银行在当地的办公室。

当部门政策或对部门的投资上限规定有所变化时，印度产业政策与促进部下设的工业援助秘书处将及时发布外国投资通告。随后印度储备银行会对工业援助秘书处发布的政策在《外汇管理法案》中加以通告。

（二）需政府审批的外国直接投资

除上述可获自动批准的外国直接投资外，所有外国投资意向都需要得到政府批准，尤其是以下情况的外国直接投资：

1. 需要得到工业许可证的（包括为小企业保留的部门、某些需要强制许可证的行业以及受地域限制的行业）

2. 外国投资者在印度相同领域已经有合资或合作企业的

3. 外国投资者拟收购的现有印度公司是属于金融服务部门的或者属于《1997年外汇管理规则》中另行规定的

4. 不符合现有行业政策或在禁止外国直接投资进入的行业

非印度居民投资和100%出口导向单位的外国直接投资需要向工业援助秘书处的公共关系与投诉部递交申请，其他投资意向需要向财政部下属经济事务部递交FC—IL格式申请。政府对各类投资意向的批准决定通常在30天之内做出。

（三）禁止外国直接投资的部门

现行的外资政策禁止外国直接投资进入以下行业：赌博业；彩票业；银会业；房地产业（除发展城镇、住宅、高层基础设施以及《2005年投资通告2》中规定的某些建筑设施）；零售贸易；原子能；农业或种植业活动（除农业及相关部门控制的花卉栽培、园艺、种子开发、畜牧业、养鱼业、蔬菜栽培、蘑菇等以外）以及种植业（除茶叶种植外）。

四、投资管理部门

印度商工部是国家贸易主管部门，其下设商务、产业政策与促进两大部门。商务部门主管贸易事务，下设有印度外贸总局和供销总局。

印度财政部下属的中央货物税和关税委员会负责关税制定、关税征收、海关监管和打击走私。

印度储备银行是印度外汇管理的主管部门,负责制定、实施和监测货币政策,管理监督银行、金融系统的运营,外汇管制和发行货币。

印度外国投资促进局是非自动批准的外国直接投资审批机构。印度外资执行管理局负责快速执行外国直接投资的审批工作并协助外国投资者获取必要的批准。

印度投资中心是印度投资管理官方机构,是印度政府对外发布权威投资信息数据,提供投资、技术合作和合资方面服务的唯一窗口和主要联络处。投资中心提供的服务是完全免费的。

五、服务贸易壁垒

(一)批发零售业

投资出口导向型批发业务以及外资持股占 51% 以上的批发业务都需要获得印度外国投资促进局的许可。对于超级市场、便利店以及其他零售部门完全禁止外国直接投资进入。最近几年印度政府有意考虑对外国公司放开零售业务,但是到目前为止仍未出台具体规定,只是允许国际跨国公司在印度开设品牌专卖店。

(二)保险业

虽然 1999 年《印度保险管理发展局法案》打破了国有垄断局面,对私人参与印度保险业市场提供了一定程度的开放,但是外国直接投资的最高持股比例被限制为 26% ,而且外资进入保险业须事先获得印度保险管理发展局的许可证。

2004 年 7 月印度政府宣布有意向将外资保险业最高持股比例提高到49% ,但是由于受到国内阻挠,目前为止仍未实施。

(三)银行业

大多数印度银行都是政府所有,外资银行进入印度受到严格的管制,包括对外资银行设立支行的限制。印度国有银行控制了银行系统的 80% 。外国直接投资印度银行业的自由化进程非常缓慢,外国直接投资进入国有银行的持股份额仍被限定在20%。印度银行业仍有待进一步的自由化改革。

(四)会计业

根据印度国内的规定,只有具备印度本国资质的注册会计师才能在印度开办注册事务所,外国会计公司只有在所属国也同样给予印度公司互惠待遇时才可以在印度开办业务。外国会计公司不能使用国际知名公司名称,除非该名称中包括合伙人或经营者名称或在印度已经使用的名称。

(五)电信业

印度政府虽在电信自由化方面采取了一系列积极措施,但是仍有待进一步开放。2002年网络电话在印度取得合法地位,但是仍有许多限制。目前只有互联网服务供应商才能够在其服务范围内提供网络电话,而且在印度通过互联网进行电话通讯仍然是非法的。

(六)媒体

印度政府在外资进入媒体的问题上非常谨慎。外商直接投资新闻类报纸和电视新闻频道的股份不得超过26%,不允许外国机构投资,以此确保印方在企业决策中的控制权。此外,虽然外商直接投资电视娱乐频道没有限制,但对有线网络投资不得超过49%。

2005年7月印度政府宣布,允许外商直接投资私有调频广播业,举行公开招标,为90个城市的330个调频广播电台寻求私人投资者,外国广播电台可以和印度合作伙伴一起参加竞标并最多可以拥有20%的股份。此次政策虽然略有放宽,但是印度政府同时规定,私人调频电台只能播放娱乐节目,不能进行新闻广播。此外,国家还将持有这些调频电台15%的股份,并且每个电台只能有一个频道。

六、投资壁垒

印度政府制定和修改各项法律的程序比较烦琐,很大程度上阻碍了合理利用外资政策的出台。印度对某些政治敏感部门仍然延续了严格限制外资的政策,外资在许多部门和领域都还没有取得与当地企业完全相同的国民待遇。

（一）投资领域限制

1. 公共事业部门

在铁路运输、原子能技术等社会或公共事业的工业生产部门的外国投资受到限制。例如，除了私人精炼油部门外，其他所有石油部门的投资都需要经过投资促进委员会的批准。另外印度政府还规定，从 2005 年 8 月 4 日起，所有外国勘探公司在印度发现的石油和天然气只允许在印度境内销售。

2. 纺织业

印度纺织业目前所吸引的外国投资距离印度政府制定的纺织业发展目标还有很大差距，但是印度纺织部却将目光投向美国、日本、土耳其等国家的海外投资，并表示不欢迎来自中国的投资，理由是中国是印度最大的竞争对手，如果印度接受中国投资，就会极大影响印度政府对纺织业所做的决策。印度政府的这种立场构成了对中国纺织业投资的歧视。

（二）外汇管理限制

印度外汇管理法规中有两项针对中国等几个特定国家的特殊限制，分别是：

1.《2000 年外汇管理（在印度设立分支机构、办事处或其他商业机构）规则》第 4 条。该条规定，中国居民如要在印度设立分公司、联络处、工程办公室或其他任何商业机构，必须首先获得印度储备银行的预先许可

2003 年 7 月和 10 月印度储备银行先后对上述规则进行了修订。修订后的规则略有放宽，规定中国居民在印度设立工程办公室或在印度特别经济区内设立制造企业或服务企业不需印度储备银行的预先许可，但工程资金必须从国外汇入，且外国工程办公室须向所属的印度储备银行地区办公室提交工程详细报告；经济特区内的投资涉及的领域必须是印度允许 100% 外国直接投资的领域。

2.《2000 年外汇管理（在印度取得及转让不动产）规则》第 7 条。第 7 条规定，没有印度储备银行的预先许可，中国等八个国家的公民不得在印度取得不动产、转让不动产或租用不动产超过 5 年

实际操作中，印度储备银行在收到上述国家公民的申请后一般将申请材料转往负责安全的印度内政部。只有获得内政部和储备银行的一致同意，申

请企业才能获得预先许可。

(编者:徐强、唐纹)

第九节　坦桑尼亚投资环境及相关政策

一、投资环境

(一)基础设施

1. 铁路运输

坦桑尼亚有超过 3500 公里的铁路,共有两套铁路运输网运送货物和旅客。它们分别是:由坦桑尼亚铁路有限公司(TRC)经营的铁路线,全长 2600 公里,联通达累斯萨拉姆与中部北部地区;由坦桑尼亚与赞比亚铁路局(TAZARA)经营的铁路线,全长 1860 公里,其中 900 公里联通了达累斯萨拉姆与赞比亚的卡皮里·姆波希。TAZARA 每年可运送货物 250 万吨。

坦桑尼亚正在进行 TRC 的私有化。政府对 TRC 的政策是:保留其对基础设施的所有权,通过长期合同租赁或赋予特许权的方式,使私有经济的成分参与服务提供的过程。核心经营项目和资产都不会被私有化或个别出售。

2. 公路运输

为了提高道路维修部门的效率、效力和责任,坦政府建立了一个自治的执行机构,即 Tanzania Roads Agency(TANROADS),专门负责管理干道的建设、维修和护养。另外,来自于私营部门、道路使用者和政府部门的代表组成了国家道路管理局 National Road Board。

从 20 世纪 90 年代起,为吸引国内外对基础设施建设的投资,政府启用了特许经营权体系。目前,政府已经指定了 4 条公路和一座桥梁,允许投资者通过 BOT 的方式对它们进行建设。政府欢迎以"建设——经营——移交(BOT)"方式进行项目投资。

3. 水路运输

坦桑尼亚港务局(THA)经营三个主要港口:达累斯萨拉姆、马特瓦拉和坦噶,同时经营三个较小港口:基尔瓦、林迪和马菲亚。达累斯萨拉姆港为一般货船准备了 8 个深水停泊地,3 个集装箱船停泊地,8 个停泊处,一个粮食码头,一个石油码头以及为超大型油轮准备的陆上停泊处。

达累斯萨拉姆港有能力承载 310 万公吨集装箱的干燥货物和 600 万公吨的散装液体货物卸载,它同时为赞比亚、布隆迪、卢旺达、乌干达以及刚果民主共和国处理海运货物。为使达累斯萨拉姆港的设备进一步现代化,1997 年政府花费 2400 万美元对其进行了改进。

2000 年 5 月,隶属于坦桑尼亚港务局的集中箱码头被租赁给由国际集中箱码头有限公司(ICTSI)马尼拉国际控股公司、菲律宾控股公司以及达累斯萨拉姆最高财经服务有限公司(Vertex Financial Services Ltd)组成的商业联盟。该联盟于 2000 年 4 月底在坦桑尼亚成立并注册了新公司"坦桑尼亚国际集中箱码头有限公司"(TICTS)。

4. 湖泊水运

坦桑尼亚的主要湖泊有:维多利亚湖(35000sq. km);坦噶尼喀湖(13000sq. km);尼亚萨湖(6000sq. km);鲁夸湖(3000sq. km);埃亚西湖(大于 1000sq. km)。湖泊运输设施由船舶服务有限公司经营管理。维多利亚湖连通坦桑尼亚、肯尼亚和乌干达;坦噶尼喀湖连通坦桑尼亚、布隆迪、刚果民主共和国和赞比亚;尼亚萨湖连通坦桑尼亚、马拉维和莫桑比克;在这些地区湖泊运输不仅运送货物,还运送旅客。

另外,由于坦桑尼亚水路丰富,在内陆和沿海的水路上经营快船业务进行日常运输蕴涵着极大的商机。目前,三大湖地区以及沿海地带对船只的需要尚未饱和从最大的商业城市达累斯萨拉姆到安古伽岛、奔巴岛、马菲亚岛以及旅游城市巴加莫约,观光船的开发也蕴涵着极大商机。

5. 空运

坦桑尼亚国内有三个国际机场:达累斯萨拉姆国际机场(DIA)、乞力马扎罗国际机场(KIA)以及桑给巴尔国际机场(ZIA);除此之外,官方认可的机场和跑道超过 50 个。进出达累斯萨拉姆的主要航空公司包括荷兰航空公司、瑞士航空公司、英国航空公司、巴林海湾航空公司、阿联酋国际航空公司、南非航空、皇家斯威士和埃及航空公司。机场装有先进的设施,为旅客和货运人员提供一流的服务。

投资者在坦桑尼亚有发展特许航空业务的机会。现有的私营者包括 Eagle Air 和 Precision Air,两家航空公司都为国内多于 14 个地区提供定期航班。

目前,坦桑尼亚国内的特许经营者不止一两家。航空运输政策已将多目的地的航线列入考虑。

6. 电信

坦桑尼亚电信产业正在经历一次向现代化大规模迈进的过程。该产业受控于坦桑尼亚电信有限公司(TTCL),而该公司是坦桑尼亚国际交流的大门。1993年,该产业实现自由化,对本地和境外投资都打开了市场。

目前,坦桑尼亚国内有5个在坦桑尼亚通讯管理委员会(TCC)注册过的移动通信网运营商,它们分别是:MIC(T)Ltd(Mobitel);TRI Telecommunication Tanzania Limited(TRITEL);Zanzibar Telecommunication Company(ZANTEL);Vodacom(T)Ltd 和 Tanzania Telecommunications Company Ltd(TTCL)。Vodacom,Mobitel 和 Tritel 在坦桑尼亚大陆和桑给巴尔岛都经营业务;而 ZANTEL 目前在桑给巴尔岛运营,正逐步向坦桑尼亚大陆扩展业务;2001年9月,TTCL 通过 Celtel 开展了移动电话业务。

目前,国内有4家公共数据通信服务提供商,包括 International Communication Systems(ICS)的附属公司 Simbanet(T)Ltd,Datel(T)Ltd,Wilken Afsat (T)Ltd 和 Equant(T)Ltd。

2001年2月28日,政府卖出了其 TTCL 股票的35%,买家是由 Detecon of Germany 和 MSI of Netherlands 组成的商业团体。投资者承诺在接下来的4年内,将交换连接的数量由现在的173000增加到850000。目前,TTCL 正在实施一项农村自动化项目,以确保所有地方中心地区和有经济发展潜力的市郊都有足够的自动化数字交换局。另外一个正在实施的项目是电信改组计划(TRP),该计划提高了通讯设备的普及率,使原本每1000个居民3部电话的状况改善到每1000个居民7部电话调节机制。

在政府部门对电信改组计划的大力推动下,依照1993年坦桑尼亚电信第18号法案,坦桑尼亚通讯管理委员会(TCC)作为一个调节机构正式成立,并于1994年开始运营。该委员会主要负责管理和调节邮政与电信部门的服务提供商。根据1993年第18号法案第9章的规定,该委员会有权力在联合共和国内许可和管理电信系统及其服务。委员会在这一章节中还被赋予了以下权利:委员会有权签发执照,有权管理电信系统及电信服务的建立、安装、使用、运行、维护、发展、构建、推广、租赁和出售。

电信行业方面的商机存在于现代化技术和支持性服务的提供中。其他机会包括:建立电话服务中心以及其他的声讯服务业务以及高附加价值的资料处理和数据捕捉。同时,移动通信运营商、公共数据通信运营商、闭合用户群数据通信服务提供商、无线电寻呼服务提供商以及国际互联网服务提供商也有着很大的发展机会。

(二)旅游业

坦桑尼亚是世界上旅游业发展最快的国家之一,它的旅游业以每年约30%的速度健康增长。从自然资源上来看,坦桑尼亚有着未经开垦的广阔土地和多样的自然景观,国土的 1/7 被国家公园和野生动物保护区占据。全国共有 12 个国家公园和 15 个野生动物保护区,它们是动植物的天堂。除"Northern circuit"外,其他野生动物保护区正在接受开发。"Southern Circuit"拥有著名的塞卢斯野生动物保护区,米库米和鲁阿哈国家公园以及正在被利用的马拉维湖岸和坦噶尼喀湖岸。

坦桑尼亚极具特色的景色和热情友好的人民为多种旅游形式的发展提供了有利条件。这些旅游形式包括文化旅游、海滩度假、狩猎游戏、考古探险以及非洲大陆上各种野生动植物摄影旅游。坦桑尼亚拥有世界一流的野生动植物保护区、世界最大的国家公园塞伦盖蒂、世界第二高山脉乞力马扎罗山。这些条件使坦桑尼亚成为其他地方无法比拟的投资胜地。

坦桑尼亚正在开发多个旅游目的地,为旅游产业带来了可观的发展前景和增长潜力,也为投资者提供了发展的机会。新的住宿场所和酒店需要经过改善以达到国际标准,同时需要设立相应的娱乐设施,露营设施,山林小屋和高级寄宿舍。

(三)农业

坦桑尼亚可耕地面积为 8.8 千万公顷,主要商品作物有咖啡和玉米。农业是坦桑尼亚国民经济的主导部门,约占 GDP 的 50%,占出口商品的 75%,是国民粮食来源,为约 80% 的坦桑尼亚公民提供了工作机会。农业通过农业加工、消费和出口与其他非农业产业建立了联系,为工业和制成品市场提供了原材料。坦桑尼亚农业部门在几大主要出口市场上占有十分重要的地位。

在 8.8 千万公顷的可耕地面积中,其中 6 千万公顷适合发展畜牧业。目前,只有 5.5% 的可耕地被开发利用,主要利用者是小土地所有者。在灌溉工程的发展下,坦桑尼亚有潜力成为全球领先的谷物出口国。

坦桑尼亚的气候条件和可耕土地为多种农作物的生长提供了有利条件。必要的专业知识和过硬的经营技术不仅使农产品的生产出现节余,还为农产品出口提供了坚实的保障。

大规模的商业性农业为投资者提供了商机,主要体现为对商品作物的种植,如:咖啡、棉花、烟草、西沙尔麻、腰果、糖类作物和除虫菊。

除此之外,未经开发的灌溉农业在经济作物和粮食作物的产地也都有很大的发展潜力,目前只有150000公顷的土地在采用灌溉技术,预计将来这个面积可以达到100万公顷。灌溉农业的发展潜力主要存在于河谷和冲积平原地带,Ruvu corridor,基隆贝罗,Wami Valleys,Kilosa,乞力马扎罗海拔较低的地区,Ulanga,凯耶拉,Usangu 以及鲁菲吉地区。不同形式的雨水集蓄农业和其他技术可以有效地控制和集中雨水,使其为大规模农业活动服务。

坦桑尼亚热带—温带的气候对于某些大规模出口导向的投资十分有益,如园艺和花艺可以带来切花、嫩刀豆、凤梨、蘑菇、芒果、西番莲以及橙子等产品的出口。园艺产品的出口也为投资者提供了很多商机,包括低温运输设备的供应,航空运输服务的提供等。

坦桑尼亚的农业用地还很适合畜牧业的发展,这使牲畜养殖的发展走向了商业农场的道路。根据 FAO 的估算,1996 年坦桑尼亚共有 237000 头奶牛和 121000 头商业养殖的肉用牛;以商业为目的的宰杀估计为 195 万头。

二、公司注册和其他商业程序

(一)营业登记和营业执照

1. 营业登记

投资者在坦桑尼亚建立公司时,可以通过律师或坦桑尼亚投资中心(TIC)来办理。TIC 不仅可以帮助潜在投资者获得各种许可证,还可以帮助他们处理各种行政手续上遇到的问题。

凡是在坦桑尼亚经营的企业,无论其法律形式如何,都必须在隶属于坦桑尼亚贸工部的坦桑尼亚商业注册和许可局(BRELA)登记注册,其中第一步是在 BRELA 取得名称核准;私人公司必须最少设有两个董事。

根据注册实体的差异,申请程序也不相同。一个本土公司需要取得公司注册证书,而一个外国公司则需要取得守法证书。前者注册费用是 240000 先令,而后者的费用需要 800 美元(通过提出申请,并提交公司注册证书/守法证书或 TIC 认可的投资优惠证书,公司可以得到产业许可证)。

在证书签发之前,投资者必须交纳注册费用,并在政府公报上公告 60 天。注册商标和服务标记的有效期为 7 年,每次续展注册有效期为 10 年。

2. 营业执照

申请营业执照需要以下材料:公司注册证书与公司章程及协议记录;所得税证明;A 级或 B 级居留许可;事务所证明;由地政与卫生事务员出具的对其经营场址的审查结果。

(二)进出口手续

进口商须通过装船前检验,确定所进口货物符合要求;同时,必须从商业银行索取进口保单表(IDF)并准确填写,在填好的表格后附上形式发票,费用为 10 美元;如果货物价值大于等于 5000 美元,需要在呈交 IDF 的同时,将离岸价格的 1.2% 上交指定商业银行,此费用称为"装船前检验费"。

依照 PSI 的规定,有些商品除外,如:黄金、宝石、贵重金属;有生命的动物和易腐物品;修理后返国商品;坦桑尼亚公民从外国归来携带的家用物品或私人随身物品,包括机动车辆;废金属、最近的报纸杂志、邮包以及商品小样;艺术品,易燃易爆物,军火,武器;特许执照持有者对新机动车辆的进口。

为了避免延误,商业银行将尽快将 IDF 和发票交给 PSI 公司。没有这些资料,PSI 公司将无法处理相关事务。办理者须确保其选择的银行及时将材料呈交到 PSI。在收到 IDF 和发票后,PSI 达累斯萨拉姆公司将会开始着手细节工作,同时 PSI 设在供应国的办事处也将参与工作。在收到 IDF 后,设在供应国的办事处将根据进口者 IDF 上的细则自动联络卖家,核对信息并安排检查。

注:进口者须提供实际供应者的完整联络信息。

1. 装船前检验

PSI 会向卖家发送 RFI(信息需求),要求卖家提供关于检查实施地点的信息。检查完毕后,卖家需要向 PSI 公司的供应国办事处提交最终发票和提单(如果可以,要提交空运提单)。此后,PSI 办事处将签发安全商标纸,并将其附在卖家的最终发票后,以便办理信用证。PSI 办事处还将把最终的文件用电子设施传送到 PSI 达累斯萨拉姆联络处。

2. 申报单，支付方法，放行

进口者必须向商业银行提交单式报关单（SBE）并依据 SBE 的指示交纳税费。海关将处理单式报关单，进口申报单，提货单，商务发票等材料，然后将对照商业银行的账户结单核实费用。另外，进口者还须到 THA 海关码头领取港务费估价单，缴纳包括港务费、储藏费以及操作费在内的所有费用。在货物被确认后，海关工作人员将会在放行前对进口货物进行检查。检查合格后，海关将会签发放行令。

3. 出口许可证

有些货物需要政府部门或管理机构签发特定许可证，在法律上授权出口。因此，出口商需要与以下机构取得联络：

表 3—9.1　出口许可与签发机构

出口产品	签发机构
林业	林业部
渔业	渔业部
野生动植物	野生动植物保护部
矿石/宝石	矿务局
食品	农业部

当出口商获得国外买家的订单并达成交易，出货方式也得到确定后，以下步骤将被涉及：

（1）空运出货

如果出口货物未包含在上述出口产品类别内，则出口商需要申请出口许可证；反之，则不需要出口许可证。在货舱得到确认后，运货者或其代理商将开出航运收据，出口商需要出示如下材料：

商务发票；

出口许可证（若有需要）；

关于健康、质量和重量的技术文件（若有需要），以及货物原产地证明书等；

将以上材料提交到海关办公室，经由海关审查 SBE，从而获取海关放行证明；

运送商品至机场,请参阅海关的具体文件。

(2)海运出货

申请/获取许可证(若有需要);

为您的商品申请/获取技术文件;

向代理商或轮船公司订舱位;

从海关处获取单式报关单,填写后,与上述文件一同呈交海关办公室等待其审查 SBE;

在海关确认/审查通过后,交纳港务费,办理相关手续,装载货物,轮船公司/代理商将准备好提货单。

4. 获取海关保税仓库

海关保税仓库分两种:

普通保税仓库用来储藏一般货物。

私人保税仓库用来保存仓库所有人的货物。

为获取上述保税仓库,申请者需要向海关关长提出申请并提交以下材料:

海关单据 C.28(申请一个海关保税仓库),准确填写,一式四份。C.28 单据免费提供;

申请公司的公司章程;

公司注册证;

预期仓库的工地设计图,要求可以反映它与周围建筑物的关系。位置图需要专业人士精确绘制;

若保税仓库用来存放大量液体产品,则需要提交校准图表;

最少提交两个董事的简历,并请每个董事提交两张护照照片;

若租赁,则须提交租赁协议。

根据人付票据,可付年费 TShs500000,约合 $ 569。

三、劳动力情况

(一)规定"劳动标准"并管理劳动合同中雇佣者与被雇佣者劳动关系的法律准则与指导方针

它们包括:

《雇佣条例》第 366 章;

《工资规章》与《雇佣条例条款》第 300 章;

社会保障法(《国家社会保障基金法》1997 年第 28 号);

《就业保障法》(1964 年);

《工人赔偿条例》第 263 章;

《劳动健康与安全法》。

(二)社会保险

所有商业团体必须在国家社会保障基金(NSSF)注册,坦桑尼亚公民不能获免,必须参与 NSSF 计划;但国外雇员如果可以提供参与其他养老金的证明,则可以不参与 NSSF 计划。应付费用是基本工资的 10%。

(三)《工人赔偿条例》

按照《工人赔偿条例》的规定,雇主必须为雇员购买工人赔偿保险。

(四)工作时间

标准工作时间是每周 45 小时;如果加班,允许每周工作时间超过 45 小时。标准的加班费是正常工资的 1.5 倍。

(五)工作限制

禁止雇佣 15 岁以下儿童。

(六)休假制度

年假:法律规定,劳动者每年有 28 天年假;每两年的年底发放一次休假津贴。坦桑尼亚有 14 个法定公共假期,雇员在此期间应离职休假。唯有双方同意时,应休假期可以被累计。

病假:雇员有权带薪连续休 3 个月病假;在病假后的三个月,雇主支付雇员正常工资的一半。若雇员连续 6 个月休病假,则雇主有权因健康原因解雇雇员。

产假:每 3 年,即将分娩或已分娩的女性雇员有权享受 84 天带薪产假。

(七)其他法定权利

雇主可以为雇员提供附加福利,如:租金津贴、交通津贴等。雇主应代表雇员支付以下费用：

技能发展课征：总工资的6%；

国家社会保障基金：基本工资的10%。

依据公司员工薪水总额，向地方政府交纳发展征费免职手续：在解雇雇员前，雇主须给雇员一系列警告。

（八）裁员手续

要裁员的公司必须首先会见工会领导，在达成共识后须经过工业法庭讨论。1964年《就业保障法》第6节(i)(g)指出，工会的职能之一就是与雇主协商有关裁员或申请裁员的事宜。有些地方没有设工会分支机构，而法律对此也没有明文规定。因此比较明智的做法是：写信给工会总会秘书长，邀请他参加商谈会或请他根据公司章程，就裁员给出建议。

解雇费：解雇费的多少按照以下公式计算：（年薪）×（0.0005）×（工作年限）。若雇主终止雇佣关系，则需要向雇员支付解雇费；若雇员因法律原因被解雇，则雇主不需要支付此项费用。

对外国公民的雇佣：考虑到技术需要，在坦桑尼亚投资中心（TIC）取得"投资优惠证书"的投资者可以雇佣5名外国专家。总的来说，若雇佣外国公民，须在被雇佣者入境前或正式工作前从劳动部获取许可证。工作许可证两年有效，可续期。

不同职业的法律规定：许多职业需要依法注册并取得执照才能准许经营，如：牙医、医生、会计、审计、工程师、律师和公证人；此规则对于坦常驻居民和非常驻居民都生效。

四、土地管理

依照1999年《土地法》以及其他适用于土地管理的法律，为便于土地管理，公共土地划分成以下种类：

一般土地；

农村土地；

保留土地。

根据1999年《土地法》第4章（1）规定，坦桑尼亚所有土地归国家所有。

但是公民可以通过三种方式拥有土地:政府准予占用权;坦桑尼亚投资中心(TIC)的衍生权力;从取得土地占用权的私人手中转租。

占用权和衍生权力有短期和长期之分:

长期占用权5—99年,可续期,但最长期限为99年。

长期衍生权力和租赁5—98年。

(一)申请占用权的材料和手续

它们包括:

填写完整的19号土地申请表;

护照照片;

管理人员要求的其他信息;

申请人须在申请时声明其在坦桑尼亚拥有的一切土地权益;

依法取得地方政府或其他团体的批准;

根据1997年《坦桑尼亚投资法》,非公民或外国公司在申请时需要持有坦桑尼亚投资中心(TIC)授予的"投资优惠证书"。

(二)接受占用权时需要

填写20号土地申请表(市区用地)或21号土地申请表(农业用地),并由申请人或其授权代理商/代表人签字;

交纳费用。

根据1999年《土地法》第19章(1)的规定,坦桑尼亚公民单独或集体投资时,可以通过取得占用权、衍生权或从私人手中转租的方式获得土地。同时,1997年《坦桑尼亚投资法》规定,非公民对土地占有仅限于投资目的。根据1999年《土地法》的规定,非公民可以通过以下途径获得土地占用权:

使用1999年《土地法》第20章(2)的衍生权力;

根据1999年《土地法》规定,向土地局局长申请土地占用权;

从私人手中转租;

从政府部门获取执照;

从其他持有土地占用权的人手中购买。

（编者:李书婷）

第十节　埃及投资环境及相关政策

一、吸引外资政策

（一）投资立法

1997 年埃及出台 8 号法，即《投资保障与鼓励法》，鼓励境内外对埃及进行投资，该法规定了投资的基本政策、法规和优惠条款，并在第一章总则中规定了包括畜牧业、工矿业和旅游业在内的 16 个开放投资的行业。2004 年，埃及颁布《1247 号总理决定》，修改了 1997 年第 8 号法实施条例中的部分条款。

2002 年，埃政府颁布了第 83 号法，即《经济特区法》，允许建立出口导向性的经济特区，开展工业、农业和其他服务活动。

（二）外汇管理规定

埃及对外资企业无价格控制或利润限制，资本和利润可自由汇回。

（三）优惠贸易安排

埃贸易政策活跃，签订了多个双边及多边贸易协议。其贸易协议涉及的人口最大达 15.63 亿。其中签订的有利于招商引资和扩大出口的协议有：

1. 埃及—欧盟合作协议：欧盟是埃及的主要贸易伙伴，占出口的 33%，进口 27%。埃及与欧盟在 12 年内逐步降低直至逐步取消双边贸易关税，目前所有埃及工业品进入欧盟免除进口关税

2. 合格工业区协议：在埃及 7 个指定区域生产的产品，只要其 11.7% 的原料来源以色列，就可享受免除关税及配额进入美国市场

3. 大阿拉伯自由贸易区协议：与 17 个阿拉伯国家共同签署，取消成员国间的关税，其人口超过 3 亿

4. 东南非共同市场自由贸易协议：签订范围是包括埃及在内的 11 个经济体

5. 阿加迪尔协议：由埃及、摩洛哥、约旦、突尼斯共同签署，此协议还提倡 2010 年成立欧洲地中海贸易区

6. 与美国签订自由贸易协议:在美国计划将整个中东纳入其自由区范围之前,与埃及达成自由贸易协议,预计初期谈判将于2013年完成

7. 遵从WTO条款:按照加入世界贸易组织承诺,埃及已于2005年解决关税体制,关税法规的更改使平均关税率从14.1%下降至9%

(四)区域优惠政策

在埃及,投资者在不同的区域设立项目享受不同的优惠政策,而投资时所选择的区域取决于选用的法律。投资区域共分三种:自由区、工业区及苏伊士湾西北经济区。埃及在全国范围内,建有亚历山大、开罗等10个自由区、若干个工业区以及苏伊士湾西北经济区。在这些区域投资的企业,可以享受一系列的优惠政策。

1. 工业区

工业区遍布全国,主要有斋月十日城、十月六日城、阿波罗城等。该区域内的产品主要对国内销售。

有关政策:进口用于投资项目的机器设备、仪器征收5%的关税、免交海关手续费,10%的销售税10年内缓交;企业所得税10年免税,期满后按32%纳税(2005年6月以后注册的企业所得税取消免税,按20%纳税);产品销售税(增值税)税率为10%。项目合同从注册起3年内免除印花税(包括银行贷款,抵押);如在上埃及投资除上述优惠政策外还可免费获得工业用地;在工业区设立的投资项目,产品可在国内销售,无出口比例限制;外籍雇员与本地雇员比例为1:9。

2. 苏伊士经济区

位于苏伊士湾西北,开发面积为20平方公里,政府即将成立一个新的机构——经济区开发建设总公司来管理和开发该区;住房部负责完成该区域的基础设施。政府鼓励该区域内的产品全部出口。

有关政策:投资项目进口的机器设备、原材料等免除一切税费,进口用于生产或服务的各种专用汽车和船舶,根据规定的标准免征各种税费;投资项目所得统一按10%税率征税,免除其他税费;在经济区工作的员工所得,按5%税率纳税;在自由贸易协议下发放埃及原产地证明;由经济区管委会确定区内企业是否可向国内市场销售产品;外籍雇员与本地雇员比例为1:9。

3.自由区

早在 20 世纪 70 年代,埃及已经设计公共自由区以吸引外资,引进技术,扩大出口和创造就业机会。目前共有 10 个自由区:Nasr city,Alexandria,Port-Said,Suez,Ismailia,Damietta,Shebein El-Kom,Media Production city,East of Port Said,Qeft。

有关政策:投资项目进口机器设备、原材料等免除关税、销售税和其他一切税费;在自由区的投资项目按销售额(出口额)的 1% 纳税,免除其他税费;从自由区销往国内的产品则视同进口,产品征收关税、海关费、产品销售税等;在自由区设立的投资项目,所生产的产品出口比例要达到 50% 以上;外籍雇员与本地雇员比例为 1:3。埃及投资及自由区总局于 2006 年 1 月初又开始实施了推动吸引国内外投资,带动世界先进科技向埃及本土转移等新举措,主要包括:

(1)允许在自由区储存资本性产品和中间产品的生产原料;

(2)与自由区的投资商协会合作协调,通过国内、国际援助机构对区内新建项目和扩建项目融资;

(3)委托公共自由区主席对新建项目签发初步批件;

(4)建立对投资商监督、检查的新机制,简化监管程序;

(5)对自由区接入天然气,作为项目主要能源供应,降低项目生产成本,保持环境清洁。

二、投资机会

(一)国家大型工程

1.南部河谷工程

南部河谷工程(全称 Toshka &East Oweinat 工程,常简称托西卡工程),位于纳赛尔湖西南部。这个项目是埃及现代史中最富有雄心的工程,如果按规划完成,埃及国土可居住的面积将由目前的不到 5% 增加到 25%;可耕地面积由目前的 800 万费丹,增加到 1140 万费丹。全部工程包括:在纳赛尔湖边的托西卡建一座日抽水量达 2500 万立方米的巨型扬水站(最大年抽水量 60 亿立方米),修建总长 850 公里的主渠道和 9 条分渠构成的灌溉网。通过灌溉渠将西部沙漠中的可耕地和 6 个主要绿洲连为一体,构成新河谷及新三角洲。

整个工程完工后，开发面积将达26万平方公里，46%的西部沙漠土地将得到开发利用。在这个大开发区内计划吸引移民300万人，因此除兴建农业区外，还将建立工业区、商业区、居民生活区、旅游区，修建铁路、公路等基础设施以吸引人们迁往新河谷，减轻老河谷承受的压力。

由于开发投资巨大，埃及政府只准备承担880亿美元总投资中的20%，其余资金由国外和国内的投资者提供。为了吸引国际组织、阿拉伯和其他国家的有关机构对工程进行投资，埃及政府出台了一系列优惠政策，如在该地区进行生产的国内外公司企业，可享受20年的免税待遇；对这些公司所需的设备、原料免征关税；埃及私人如购买已开发的土地，则收取每费丹34.5美元，如外国公司租用土地，则收取每费丹7美元/年。到目前为止，世界银行、阿布扎比基金会已同意为该工程提供9亿多美元的贷款；沙特农业发展公司承建了托西卡1号支渠工程；挪威、英国和日本等国承担了造价达4.4亿美元的扬水站建设工程；科威特和沙特的发展基金会也都表示将向托西卡提供资金。

2. 北西奈发展项目

北西奈发展项目也被称为和平渠工程，其最主要的部分是建设一条长达262公里萨拉姆水渠（Al-Salam Canal），使尼罗河水穿越苏伊士运河底部引入北西奈沙漠，输水最远可达到北西奈首府阿里什。计划开发62万费丹的土地，其中苏伊士运河西部22万费丹，北西奈40万费丹。

将尼罗河水引入北西奈的设想远在20世纪60年代就提出来了，但直到90年代才真正付诸实施。埃及公共工程和水资源部为开发西奈半岛成立了"北西奈开发委员会"，专门负责北西奈开发工程的建设和管理。工程主要有三部分：苏伊士运河以西渠道；穿苏伊士运河输水隧洞；西奈北部输水工程。

3. 苏伊士湾西北经济特区

埃及政府自20世纪90年代提出建设特区的设想，1998年8月起正式开始进行基础设施建设并向开发商转让土地。

1998年6月，埃政府通过了特区规划方案，确定特区面积为233平方公里（最初规划面积为164公里）。以开罗—因苏哈那公路为界，分南北两个部分，共划分为13个地块。南半部分面积为89公里，分为4个地块；北半部分为144公里，分为9个地块。目前，1、2、3、4、9号地块等5个地块的土地已出让给开发商，并建有有投资项目。其他的5号、6号地块规划为居民生活区；13号地块规划建机场。目前，尚有7、8、10、11、12等5个地块未确定开发商。

4. 东塞得港综合开发项目

东塞得港综合开发项目目标是将塞得港兴建成为一个地中海的大型国际枢纽港。1997 年年初该项目正式开始实施。东塞得港项目总占地面积达 220 平方公里,共规划为 5 个部分,即:港口区、工业区、旅游区、管理区和水产养殖区。埃及政府成立了 2 个公司来具体实施此项目,一个是埃及东塞得港发展公司(ECDPPSA),负责港口的建设;另一个是东塞得港自由工业区发展公司(EPSFIZC),负责工业区的开发建设及招商引资。

(二)行业投资机会

1. 旅游业里的投资机会

埃及旅游资源丰富,政府对拓展旅游业给予极大重视,与许多国家签订了鼓励其国民来埃及旅游的协议,并在国外设立旅游办事处,进行宣传促销。埃及旅游业以提供消遣旅游为主,游客主要来自西方国家,其中意大利游客最多,占游客总数的 13.2%。2004 年,赴埃及旅游的国际游客达到 810 万人,比上年增长 34.1%,旅游收入达 55 亿美元,比上年增长了 44.2%。

截至 2003 年 6 月,在旅游业投资的公司的数量由 1994 年的 86 个增长到 1352 个,创造就业机会 184448 个。到 2004 年为止,埃及境内旅游度假村和酒店的数量已增长到 909 个。世贸组织预计:到 2020 年,埃及将吸引国际入境游客 1700 万人,继续保持其在区域内的领先态势。埃及旅游业所展现出的巨大发展潜力和良好的投资环境为各国投资者提供广阔的商机。

2. 石油化工行业里的投资机会

石油工业是埃及的支柱产业之一,是最重要的外汇来源之一,其产值曾占到 GDP 的 10% 和出口总额的 56%(1993 年)。随着埃及其他产业的发展,这个比例有所下降,2000 年石油工业产值占 GDP 的 5.6%,出口总额的 37%。从 1981 年到 2000 年,石油出口收入总额达 500 多亿美元。石油和天然气占埃及能源消费的 92%,在此期间,石油部门还提供了 5.65 亿吨石油产品供国内消费,按国际价格计算价值 760 亿美元。

据埃及石油部的统计,埃及 2002—2003 财年(2002 年 7 月—2003 年 6 月)原油以及石化制品出口创汇 31 亿美元,同比增加了 30%。到目前为止,埃及虽然还不是国际石油输出国组织成员,但其仍然是重要的石油生产和出口国。

截止到 2004 年,埃及已探明石油储量为 36 亿桶,约 5 亿吨;待发现储量 31.18 亿桶,整个石油开发潜力为 67.18 亿桶,约 10 亿吨。在日产量方面,据统计,1996 年达到历史最高水平,为每天 92.2 万桶,2003 年埃及石油日产量为 75.2 万桶,其中含原油 62 万桶,按照这个开发水平,埃及目前的石油潜力可供开发近 30 年。同时,截止到 2004 年,埃及天然气已探明储量为 62 万亿立方英尺,远景储量预计将达 120 万亿立方英尺。

此外,埃及已成为世界上天然气资源最丰富的国家之一,其天然气储量在阿拉伯国家中居第 6 位,在全球探明有天然气的 102 个国家中排名第 18 位。为满足国家自身需求和出口的需要,埃及政府计划加大对石油化工行业的投资力度,并积极营造良好的投资环境,大力吸引境外投资。

3. 医药工业里的投资机会

埃及是中东和非洲地区最大的医药产品生产国和消费国,同时中东和北非是进口埃及医药的最大市场之一。埃及医药工业的重心是配药,由领先的 10 家公司占有 50% 的市场,发展比较集中。埃及制药业经过近 80 年的发展,已经建立起完善的管理体系和工业标准,形成了稳定的市场结构。目前埃及市场上共有 35 家制药公司,包括 8 家跨国制药公司,8 家属于埃及医药化工控股公司的国营公司和 19 家私有公司。国内医药市场相对稳定,产值呈逐年递增趋势,1999 年 40 亿埃镑,2000 年 42 亿埃镑,2001 年达到 45 亿埃镑,2002 年增加到 50 亿埃镑,2003 年又提高到了 57 亿埃镑。

埃及制药业在生产盘尼西林、阿莫西林、维生素 B_1 以及对糖尿病和胸腔病治疗的药物上有竞争优势。但其原料主要依赖进口,原料成本占其生产成本的 80%,直接导致了生产成本的居高不下,产业发展后劲不足。

目前,医药企业进入埃及市场有两种有效的渠道:一是选择好有实力的商业代理。埃及药品、原料药的进口主要依赖各代理商和进口商,外国产品能否快速进入其市场销售系统关键取决于代理机构的营销能力。二是直接加入埃及的药品电子销售网络。2002 年埃及开发了 Ciranet Pharma,通过网络把埃及乃至阿拉伯国家的药品生产厂家、经销商、药店串联一起,实现网上直接贸易。境外企业可以与该公司合作,通过其网络来加强宣传与联系,扩大其产品在埃及以及阿拉伯国家的影响。

4. 纺织及服装业里的投资机会

埃及纺织和服装业的主要产品有各种棉纱线、棉混纺织物、棉毛巾、各种服装和 T 恤衫、棉质内衣、家用亚麻和刺绣的家用纺织品,包括床单床罩、餐巾、室内装潢织物、医用脱脂棉和药棉、手工地毯、机织地毯、墙面装饰毯、雨伞布以及帐篷布等。

埃及棉花纺织企业所占比重大,国营棉纺厂有 39 家,12 万国有纺织业从业工人,占国营企业工人总数的 25%。然而调查表明,埃及目前除了 25% 左右的纺织厂运转基本正常外,35% 的工厂需要技术改造和更新,另外 40% 的工厂正面临着被淘汰的境遇。2004 年,埃及投资部长穆罕默德·穆希丁上任后不久宣布,埃及政府将拨款 6.5 亿埃镑(约合 1 亿美元)发展纺织业,用于纺织企业技术改造和调整,并通过推行私有化、吸引外资等途径提高生产力,增强埃及纺织产品的竞争力。

在整个环欧洲—地中海区域,埃及纺织行业的地位十分重要,名列第二,仅次于土耳其。从区域经济利益出发,为了整合环欧洲—地中海纺织、服装行业,欧盟决定在 2005—2008 年的 3 年间向埃及纺织行业提供 8000 万欧元的资金支持,用来改善和提高该行业从业人员及生产设备的整体水平,实现产业结构合理调整,最大限度地发挥和利用埃及的纺织资源优势,提高埃及纺织业对投资商的吸引力,帮助埃及纺织企业实现从公有制到私有制的转化,从而促进埃及纺织业的更新和发展。

5. 食品工业里的投资机会

食品加工业是埃及历史最悠久和最具活力的产业之一。食品加工的种类繁多,比较重要的有:面粉、制糖、糖果制造、酿酒、饮料、乳制品、食用油、蔬果、肉类、休闲食品及食品包装。

食品加工业在埃及的国民经济中占有重要的地位,整个行业的总产值为 34 亿美元,占埃及工业总产值的 20%,从业人员占工业人口的 20%。从事食品加工的大中型企业超过 1500 家,其中 90% 为国有企业。从就业人员结构看,国有企业占 65%,私营企业占 26%,合资企业占 9%。就业人数国有企业虽占多数,但总产值却和私营企业相差无几,国有企业的总产值为 16 亿埃镑,私营企业亦高达 12 亿埃镑。

埃及食品加工业原材料比较充裕,除了糖、油籽、谷类和乳制品部分需要进口外,食品加工业的相关产品基本能满足埃及国内市场的需要。过去十年,埃及扩大了 10 万英亩的蔬菜、水果种植面积,为食品加工业提供了丰富的原材料,由此降低了生产成本,提高了产品在国际市场的竞争力。

埃及对食品加工业的投资一直很高,埃及本地商人在食品加工业界发挥了重要作用,他们或是与外国企业合资,或是设法取得国际知名品牌生产许可。截止到 2000 年年底,在埃及四个工业城登记在册的食品加工企业有 158 家,总产值达到了 23 亿埃镑,从业人员 17600 人。较大的私人企业有 BERZI,BIMBIM,HALWAMI,VITRAC 等。同时,埃及政府积极支持境外投资者在食品工业领域的投资。

6. 水泥工业里的投资机会

目前世界上生产水泥的原料主要有三种:石灰石、黏土和石膏;埃及这三种资源都较为丰富。2000 年埃及水泥生产能力为 2510 万吨,实际产量 2410 万吨。2003/2004 年生产能力估计达到 3700 万吨,实际产量预计增长到 3000 万吨,比 2000 年增长 24.5%。

埃及主要有 9 家水泥生产厂商,包括:苏伊士水泥公司(SUEZ CEMENT COMPANY)、特落哈波特兰水泥公司(TOURAH PORTLAND CEMENT COMPANY)、亚历山大波特兰水泥公司(ALEXANDRIA PORTLAND CEMENT CO.)、阿米尔亚水泥公司(AMIRYA CEMENT COMPANY)、阿苏特水泥公司(ASSIUT CEMENT COMPANY)、贝尼苏夫水泥公司(BENI SUEF CEMENT COMPANY)、埃及水泥公司(EGYPTIAN CEMENT COMPANY)、ASEC 水泥公司(ASEC CEMENT CO. SAE)、国家水泥公司(NATIONAL CEMENT CO.)。

为推动国民经济的发展,改善国家的基础设施建设,埃政府不断推出新的项目以拉动经济增长。这些项目主要包括:投资 36 亿埃镑建立 4 座天然气发电厂项目;为扩大耕地面积而兴修的各种大型的水利项目;开罗地铁 3 号线的建设;新机场的建设,以及为满足低收入阶层的需要而开发的经济适用房项目等。这些项目均在一定程度上刺激了埃及水泥市场的需求,加之扩大出口的潜力,今后几年之中,埃及水泥行业较为乐观。

7. 汽车组装业里的投资机会

在汽车组装业领域里,埃及拥有很大的发展潜力。目前,该产业拥有工人 6.2 万,对埃及就业问题影响很大。2003 年,埃及生产客车、各类运输车和公共汽车共 50127 辆,约合 19 亿欧元,为国民经济的发展起到了推动作用。为振兴市场,2004 年埃及政府大幅度降低了进口汽车及汽车零部件的关税,从而鼓励外国公司加大在埃及的投资。

埃及汽车生产与组装行业与世界各国的公司有广泛的合作,许多跨国公司以出口为目的在埃设厂。到目前为止,埃及已经吸引了包括奔驰、宝马、大宇、铃木、现代、雪铁龙、克劳斯勒、尼桑等在内的许多大生产厂家的投资。

8. 电信与信息技术领域里的投资机会

埃及有 1415 家国内、国际公司在这一领域发展,提供就业机会 4 万余个。同时,埃政府通过审查法律和实施"电子协定"的方式致力于为境外投资者建立良好的投资环境。在政府的大力促进和境外投资的推动下,埃及移动电话用户数量迅速增长,由 2000 年的 220 万个增加到 2005 年的 940 万个;同时,到 2007 年年底,固定电话数量预计达到 1600 万个。

目前,包括微软、IBM、西门子等在内的许多知名公司已经在埃及投资,利用并开发埃及市场。

三、外国企业准入程序

(一)外国企业设立程序

1. 按照投资法规定,申请人须提交的材料包括

能够证明申请人持有合资控股公司 10% 资金或有限责任公司全部资金的银行担保书;

申请人身份证或护照的复印件(若有需要,还须提交其未成年子女的出生证明复印件);

申请人给代理人的授权委托书;

申请人的委托律师必须经律师协会注册认可并身份不低于初级律师,请该律师在其律师证复印件上签字并密封提交;

土地所有证名或该项目的土地使用证明(也可以提交土地所有证名延缓上交的保证书,该保证书时限是自注册之日起一年内)。

2. 程序

投资者提交规定材料,与 GAFI 的律师修订合同;

投资者将文件提交至企业设立管理机构估算费用,并到律师协会、资本市场管理机构、投资公证处、总商会、商业登记处办理相应的手续。

程序完成,商业登记处将在两个工作日内批准该公司的注册。

注:以上所有手续可在"一站式服务"完成。

(二)劳工进入要求及工作签证

埃及的劳工法规定,所有埃及工人(除工期不超过 6 个月的"临时工种")必须持有劳动许可证书。劳动许可证书有效期一般为 10 个月。受雇于外国企业分支机构的埃及人只需在其受雇的一个月内,以挂号邮件通知内政部指定单位即可,不需要内政部的劳动许可。申请赴埃签证一般只需提交埃方的邀请函,填表时需另附一张照片,一般 1 周之内即可办好。

四、投资相关机构

(一)官方机构

1. 埃及投资和自由区管理局(GAFI)

埃及投资和自由区管理局(GAFI)在促进投资和鼓励境外直接投资(FDI)方面扮演很重要的角色。1997 年投资法第 8 号法案修正后,GAFI 成为投资者在埃及办理事务的核心机构,也是埃及政府切实有效简化投资手续的典范。

GAFI 免费为投资者提供服务,且服务的范围广泛,包括:公司注册、选址、合伙人确认、执照或合同的获取等。为更好地开展上述服务,GAFI 总部开展"一站式服务",即从不同的政府部门请来经验丰富的代表,集中为投资者处理相应事务以保障他们的利益。有了"一站式服务"后,投资者不再需要为了设立一个项目而在不同政府部门间奔走了。同时,GAFI 还有权为投资者提供投资所需的相关数据并办理某些税费的豁免。

除此之外,GAFI 还积极与埃及驻各国的商务代表处保持密切的联系,进而可以为投资者提供更多贸易信息和投资机会。

网站:http://www. investment. gov. eg

2. 埃及投资部(Egyptian Ministry of Investment)

埃及投资部致力于推行埃及政府的各项改革政策,进行国有资产管理,并通过与各部门和机构的配合达到促进埃及各领域投资增长的目的。其具体职能有:

提供一个支持并辅助投资的环境,克服阻力因素,增强竞争实力;

通过实行有利于招商引资的项目,鼓励本土和境外投资;

推进国有资产管理计划;

加强资本市场管理部门和金融机构管理投资的能力；

发展抵押贷款金融市场,使其成为经济增长和居民解决住房问题的重要力量；

促进保险业和非银行金融机构的发展。

网站：http://www.investment.gov.eg

3. 资本市场管理局(Capital Market Authority)

资本市场管理局是埃政府用于管理和规范证券市场的机构。其设立的最初目的是促进证券市场的健康有序发展,主要目标在于保护投资者,使其免受非商业风险的影响,并贯彻公平透明的原则。它的具体职能有：

实施《资本市场法》(Capital Market Law)(95/1992)及其执行规则和相关决定；实施《存管与中央注册法》(Depository and Central Registry Law)(93/2000)及其执行规则等。

审理新证券的发起；

审核证券私募备忘录；

为证券公司颁发执照；

保护小股东权益；

依照《埃及会计准则》保证经济信息的披露；

监察交易市场,保证证券交易的透明公正,阻止欺诈行为,监督股票经纪人的活动；

促进埃及资本市场的发展,鼓励引进新型金融工具,推广已开发技术等。

网站：http://www.cma.gov.eg

4. 埃及保险业监督局(The Egyptian Insurance Supervisory Authority)(EISA)

埃及保险业监督局是隶属于埃及投资部的一个独立团体,总部设在开罗；其职责是监督管理埃及保险业的发展,主要目标包括：保护投保人、受益人和第三方利益；保证国民储蓄和外汇资源不外流；保障保险业的稳固地位,避免保险业与金融业的冲突等。

网站：http://www.eisa.com.eg

(二)商协会

1. 埃及企业家协会(Egyptian Businessmen's Association)

EBA 成立于20世纪70年代中期,是一个非政府非营利性组织。该机构的宗旨是:鼓励境内投资,促进埃及与世界范围内其他国家或团体间的贸易与投资,为埃及商业团体提供最新的信息和最大限度的技术支持。

网址:http://www.eba.org.eg/

2. 开罗国际商务仲裁委员会(Cairo Regional Centre for International Commercial Arbitration)

开罗国际商务仲裁委员会是一家独立的非营利性国际组织,享有埃及其他国际组织的一切特权和豁免权,其宗旨是支持并推动亚非国家的经济发展进程,为经济发展计划提供有针对性的服务,并防止和解决在经济交往过程中出现的贸易争端。

电话:(202)735 1333　　(202)735 1335　　(202)735 1337
　　　(202)737 3691　　(202)737 3693　　(202)736 4358

3. 埃及出口商协会(Egyptian Exporters Association)

EEA 致力打造一个世界级的会员制出口开发机构以支持持续增长的出口需求,从而创造更多就业机会并帮助实现埃及经济繁荣。其具体目标包括:增强埃及出口商的竞争优势,提供可靠的市场信息等。

网址:http://www.expolink.org/index.asp

(三)其他相关机构

埃及工业联合会

Federation of Egyptian Industries

电话:00202—5796590/25797073/6

埃及商会联合会

Federation of Egyptian Chambers of Commerce

电话:00202—7952983/7956066

开罗商会

Cairo Chamber of Commerce

地址:4 Midan El- Falaki St. Cairo,Egypt

电话:00202—7958261/62

传真:00202—7944328

埃及汽车制造业协会

gyptian Automobile Manufacturers Association（EAMA）

电话:00202—3363303

（编者:李书婷）

第四章

欧洲投资环境分析

第一节　法国投资环境及相关政策

一、投资环境

（一）基础设施

法国国土总面积为 55 万平方公里，全国人口总数为 6270 万。联合国贸发会议最近公布的世界各国经济实力排名显示，2006 年法国国民生产总值为 21083 亿美元，居世界第六位，排在美、日、德、中、英之后。法国是世界贸易大国，去年进出口总额 8030 亿美元，是世界上第四大出口国和第五大进口国。综合各种因素，法国是欧洲仅次于德国的第二大市场。

拥有 25 个成员国和 3.8 亿总人口的欧洲联盟统一大市场是法国对外投资最大的吸引力之一。欧盟一体化程度高，居民购买力强，而且已经实现联盟内部商品、服务、资金和人员自由流动。法国在地理上位于这一世界最大市场的心脏地带，因此进入法国市场也就等于进入了整个欧盟市场。

法国是"大陆法系"的创始国，法国现行法律体系是成文法最典型的体现。各种经济和商业活动都有相应完备的法律法规加以规范和约束。

法国交通、通讯、能源等基础设施十分发达。全国已经形成密集的高速公路、高速铁路网络，并与周边国家的高速公路和高速铁路网络相连。此外，法国的航空运输和海运也非常发达，拥有在欧洲航空运输市场上具有枢纽地位的巴黎戴高乐国际机场以及在欧洲海运市场上具有重要地位的勒阿佛和马赛两个港口。

在世界著名企业联盟(WUVE)公布的 2005 年全球最具投资潜力国家排名中,法国仅次于中国,位居第二位。法国在许多高科技领域处于世界领先水平,如核能、高速铁路、航空航天、精密仪器、医药、能源开发、农业和农食品加工、军工、电子技术、生物化工、环境保护等方面都具有世界领先技术和成果。有关统计数据显示,法国雷诺汽车集团(Renault)、标致—雪铁龙汽车集团(PSA Peugeot-Citroen)、米其林轮胎橡胶集团(Michelin)、赛诺飞—安万特制药公司(Sanofi-Aventis)、阿尔卡特—朗讯电讯设备公司(Alcatel-Lucent)、赛峰航空发动机和电讯公司(Safran)、泰雷兹航天国防等集团(Thales)的研发实力处于世界先进水平。甚至法国某些工业集团的研发实力在世界上也具有领先的地位,如法国阿海珐民用核电设备制造集团(Areva)、威立雅水务和环保集团(Veolia)、苏伊士水务和能源公司(Suez)、欧莱雅化妆品集团(L'Oreal)、梅里埃生物制药集团(Biomerieux)、达索系统工业软件公司(Dassault Systemes)和道达尔石油公司(Total)等。

据世界工业产权局统计,2005 年法国企业和发明家向该局提交的专利申请数量达 5522 件,占申请总额的 4.1%,居世界第四位。排在世界前三名的分别是美国(45111 件)、日本(25145 件)和德国(15870 件)。在 2005 年世界提交专利申请数量最多的 50 个企业和机构之中,共有 2 家法国企业,分别是汤姆森多媒体集团(Thomson,390 件,排在第 20 位)和法国原子能集团(CEA,202 件,排在第 46 位)。

(二)外国在法投资比重

对法国而言,外国投资在其国民经济发展的过程中所扮演的角色十分重要。目前,法国 30% 的国内工业生产由外商投资,已经有 18700 家外国公司(不包括金融和管理部门)进驻法国,巴黎证券交易所的上市公司有 44% 是国际投资公司,法国用以维护商业环境的投入在其国内生产总值中占了 2% 的比重。自 1994 年以来,共有约 9200 家法国企业通过并购或其他方式转入外国企业集团的旗下。

很多外国公司把法国作为投资首选地,希望立足于法国并将业务辐射至整个欧洲。在 2006 年,法国通过吸引外国投资创造和保证了 39998 个工作岗位(近三分之二集中在工业领域,特别是汽车、航空和化工等领域),比2005年增加了32.7%。据法兰西银行提供的数据,去年外国在法直接投资达584亿欧元,同比增长15%。据联合国贸发会议发表的报告认为,2006年法国吸引外资总额列世界第三位。这是自1993年开始发表该报告以来法国政府吸引外资的最高水平。

欧洲是法国最大的投资来源地,在外国投资者创造的工作岗位中,64.6%来自欧洲公司;其次是北美,占27.2%。亚洲投资在法国提供的工作机会只占7.1%。美国是在法国投资最多的国家,占在法国外国投资项目的四分之一,美资企业在法国的雇员总人数为43万。德国列第二位,其企业在法国的雇员总人数为28万。其次是英国、瑞典、瑞士和荷兰。

近年来,中法两国经贸来往日益紧密。2006年,中法贸易总额达251.9亿美元,同比增长22%。截至2006年底,两国共签署技术引进合同3031项,金额达157.8亿美元。法国累计在华投资项目3239个,实际投入金额79.8亿美元。中国企业在"走出去"战略的推动下,对法投资亦有大幅增长:去年我国对法直接投资为497万美元。中国已成为法国的第七大投资来源国,2005年为法国人提供了1572份工作机会,同比增长170%。

外国企业在法国投资的主要行业是商品服务、制造业、房地产、能源等。从行业角度看,外国企业在法国投资的主要特点是:投向第三产业的外资在法国外资总额中所占比重最大,其中在商品服务业的投资比例高达46%,非商品服务业投资比例占3.7%,两者相加接近50%,因此第三产业几乎吸收了外国投资的一半。其次是新建外资生产型企业的数量呈现逐渐减少趋势,而现有企业的重组和扩大业务范围的外企则维持增长的趋势,特别是以控股公司形式出现的外国直接投资占相当大的比重。这类投资的主角往往是一些来自英国和美国的大型投资公司和基金公司,其资金大进大出,流动性很强。巴黎大区、罗纳—阿尔卑斯大区、普罗旺斯—阿尔卑斯—蓝色海岸大区、北加莱大区和西南比利牛斯大区是法国引资项目和创造就业机会最多的地区。

(三)法国劳动力情况

据经济合作和发展组织所公布的统计数字显示,法国国内受过高等教育的人口比例高达30%,高于临近的德国和英国。法国劳动力的素质优良,法国的劳动生产率在世界居领先水平,在欧洲居第二位,平均每小时的国内生产总值在欧洲名列前茅。共有 190 万法国人在其国内的外商投资企业工作,约占法国全国雇员总数的七分之一,这个比例数字高于欧洲其他国家,包括德国、英国和荷兰(平均为十分之一),也大大高于美国(二十分之一)。

法国劳动力价格较高,法定最低工资标准不断上涨,目前已经上升到 8.27 欧元/小时,月工资约为 1254.28 欧元,加上雇主须支付的各种分摊金,企业在人员方面的开支很大。但是总体上法国生产成本还是低于周围的邻国。

法国的用工制度是雇人容易辞退难,雇主无权随意解雇员工。在法国,企业只有在以下两种情况下才能解雇员工:一是"重大过失原因",即雇主必须提供充足证据证明员工犯有重大过失;二是"经济原因",即雇主须说明取消岗位的经济原因,且不能用新人来取代被解雇者,如企业随着经济状况好转欲恢复此岗位,则须优先考虑原来的雇员。僵硬的用工制度和"铁饭碗"的存在是外国企业在法国投资时不得不考虑和面临的最大障碍之一。

巴黎的物价和各种生活费用较高,在西欧名列前茅。虽然法国的食品价格不算太贵,但房租、汽油、交通、通讯费用较高,因此外国企业派驻的长期人员的开支成本较为昂贵,如果没有较大的营业额会难以支撑下去。

扩大就业、减少失业是法国政府经济社会发展政策的一项重要内容,它不仅关系到法国社会和政局的稳定,也关系到居民收入、消费以及购买力的消长。尽管去年法国经济增长率勉强维持在 2.1% 的水平,却很难对降低失业率产生积极的影响(一般经济学家认为只有经济增长率达到 3% 时才能真正带动国内就业状况朝着明显改善的方向发展)。但是由于法国政府推出了一系列的促进和鼓励就业的政策,从而使得法国国内的就业状况有了明显的改善,失业率已持续近两年回落。法国劳工部公布的就业状况统计数据表明,法国失业率在 2006 年年底已降至 8.6%,为 2001 年 10 月以来新低,失业人数减至 210 万。法国劳工部长博尔洛表示,按照这个速度法国的失业人数六个月以后将降到 200 万以下。

近期法国失业率持续改善,其原因是多方面的,既有经济增长的背景,也有政府鼓励就业措施的效果,同时随着法国社会的日益老龄化,"二战"之后新生人口高峰期出生的大批职工陆续进入退休年龄而纷纷离开工作岗位,也是一个重要的因素。目前,法国国内就业状况的一个突出问题是地区间以及不同年龄段人口之间的不平衡现象,在大城市的城郊结合部,特别是外来移民聚居区,年轻人的失业问题仍然十分严重。这些都将是法国政府当前新出台的鼓励就业政策所需要解决的重点问题。

(四)开发区或者自由贸易区

法国政府对于在"优先发展地区"的投资活动提供税收上的优惠待遇。所谓"优先发展地区"是那些失业率高、犯罪率高和移民比例高的经济发展落后地区。主要包括三类:领土整治鼓励发展地区,乡村优先发展地区和城市复兴区段。对在上述地区投资的新项目,政府为其提供贷款利息补贴,个人或企业用于再投资的收入可以少缴25%的所得税。

法国国内大部分地方政府均规划有专门的工业开发区,区内的土地可购买或承租,厂房可新建或转让现成厂房,当地政府对于在本地区内的投资项目可以提供土地及厂房方面的资金补助,另外相关企业还可以享受为期5年的地方税减免优惠。

此外,在法国政府确定的某些落后地区,凡在工业、商业领域投资在三百万欧元以上,创造20个就业机会的企业可享受国家领土整治奖金,金额为每个雇员一万欧元左右。法国国内一些大区设立了"创造就业奖励金",规定向年营业额在4500万欧元以下、新创1至30个就业岗位的中小企业提供"创造就业奖励金",每个新增就业岗位可以获得的补贴金额为1500至6000欧元不等。

(五)金融环境

法国1989年12月29日发布的89/938号政令对于现行的外汇管理制度做出了详细的规定。这套制度对于居民和非居民进行区别对待,对居民的外汇流动实行必要的管理。银行是外汇交易的主体,任何外汇买卖都应通过银行进行。法人或自然人应视情况分别履行向中央银行或海关呈报资金出入情况,以便当局记录存档和作必要的统计工作。此外,非居民进入法国的金融市场必须办理必要的审批手续。采取这些管理办法的目的是保证国家全面掌握宏观层面情况,以便根据需要调整货币政策,平衡国际收支。

从总体上看,法国新的外汇管理规定全面放松了对资金跨境流动的控制。自1990年初起,法国居民(自然人及法人)有权在境外持有账户和在境内开设外汇账户。持有境外账户者仅需履行申报手续。自然人(居民或非居民)携带现金出入境或向国外汇款不受金额限制。但是,当携带过境现款总额超过7622欧元时,当事人应向海关申报。代客汇款每笔金额超过7622欧元时,银行应进行记录并呈报中央银行。据欧盟海关最新规定,欧盟成员国自然人(居民或非居民)携带现金出入境或向国外汇款 10000 欧元以下不用申报,10000 欧元以上需向海关或中央银行申报。

用于贸易、投资、金融交易、跨国借款、国际收支等方面的资金跨境流动不受金额限制。但是,资金流动情况(包括居民在境外账户的资金)须向中央银行呈报。长期与国外发生大笔资金往来(年度资金流动超过 15.244 万欧元)的法人和个人必须向中央银行申报。居民向国外借款超过 15.244 万欧元以及由此发生偿还时也应向中央银行申报。

法国居民向国外投资不受金额限制。投资超过 76.22 万欧元时,当事人应于资金汇出后 20 天内向财政经济部申报汇款。法国居民未申报资金跨境流动可被税务局视为是未上税资金,必须予以补税。总的来说,法国当局已不再人为地控制资金的跨境流动,居民可以在国内及境外持有外汇,有关结汇与调汇的规定已完全取消。

法国金融市场发达,它创造了近 4% 的国内生产总值,即相当于法国运输业、能源行业或农林渔业创造的产值。法国著名银行有:巴黎国民银行、农业信贷和里昂信贷银行、兴业银行、DEXIA 银行、互助信贷银行、大众银行集团以及松鼠银行。著名的保险公司有安盛保险公司、CNP 保险公司、AGF 保险公司、GROUPAMA—GAN 保险公司等。

由巴黎、阿姆斯特丹、布鲁塞尔和里斯本等多家证券交易所合并组成的欧洲联合证券交易所(Euronext),使巴黎成为继纽约、东京、伦敦和法兰克福之后的世界上第五大金融交易中心。2006 年年底,总部设在西安的中国生物科技公司(Watson Biotech)在欧洲联合证券交易所成功上市,这是在法国上市的首家中国企业。最近该证券交易所又与美国纽约证券交易所达成合并协议,从而创造出世界上首个跨大西洋、市值高达 290 亿美元、连接纽约、巴黎、布鲁塞尔、阿姆斯特丹、里斯本和伦敦 6 大金融市场的证券交易平台,这将会为外国投资者直接购买和投资法国上市企业股票提供更大的便利。法国政府于 2003 年新组建的金融市场管理局(AMF)是该国金融和证券市场安全管理的最高执行机构。

(六)中国企业在法国的投资状况

随着中国经济的日益发展,国力提升,中国企业走出国门展开对外投资和并购活动也已经不是一件新鲜的事情。根据中国政府商务部和外交部于2004年联合推出的《对外投资国别产业导向目录》内容的规定,中国政府积极鼓励本国企业在法国国内重点投资与工艺品制造相关的贸易和分销业务,与计算机制造相关的研发业务,以及与空调器、微波炉、吸尘器等家用电器相关的制造业务。

但是目前中国企业在法国的投资活动无论在数量上还是在规模上均还十分有限。中国企业是从1980年开始在法国国内设立子公司和代表处。截至2005年年底,在法国投资的中国企业协议投资总额大约为5亿欧元。目前有超过100家中国公司在法国设立了代表处、贸易公司、责任有限公司、股份公司和生产企业等,其中包括约40家中资企业。但是与法国企业投资中国相比,中国企业在法国的投资金额和规模都明显偏小,在当地的雇员人数也较少。这里面除了有历史发展的原因,也有些企业自身和外界的困难,例如申请和办理法国工作签证困难、对法国当地法律法规不熟悉、市场营销渠道不畅、融资困难、社会、文化差异、企业税收和社会负担重等等。中国在法国投资企业大部分均集中设立在巴黎大区,但是也有些企业选择设在北部的里尔地区和中南部的里昂地区,而且这些投资项目基本上以商业性的办公机构为主。在这些企业之中,有多家公司本身已经具备相当强大的对外投资实力,诸如国航、东航、中远公司、中国银行、中航技总公司、南航、北方工业、中石油、中国机械进出口公司、中国进出口银行、中海运、青岛啤酒等均已经捷足先登,相继在法国设厂投资或者将欧洲总部设在法国。

特别是近两年来,中国国内一些知名的信息和通讯等高技术企业,如厦华、中兴、华为、TCL、联想集团、长虹等公司也相继来法投资或将欧洲总部设在法国,而且这些中国公司对法国的投资大多采用设立公司的形式。中兴通讯(ZTE)在波瓦捷省的未来影视城址设立了一个电信设备研发和培训中心;华为集团也已经决定在阿尔莫海岸省的拉尼翁和巴黎各设立一个电信设备研发中心;而来自中国的两家专门生产液晶超薄平板电视机的企业,海信集团和厦华集团分别在洛林地区和奥尔良设厂。除了设立分公司以外,有些中国企业还希望发展收购业务。2006年年初中国化工集团旗下的兰星集团总公司以近4亿欧元的巨资收购了法国安迪苏集团公司(Adisseo),给法国工业界带来巨大的震动。安迪苏集团公司是全球最大的专业动物营养添加剂生产企业,其主要产品蛋氨酸市场份额占全球的29%,居世界第二位;其他的产品还有维他命,占全球第三位;生物酶,占全球第五位。该集团在全球设有5家主要的生产厂,拥有800项左右的技术专利和世界上最先进的蛋氨酸生产技术,经销网络遍及全球140个国家和地区。这一交易已经成为中国基础化工行业的第一例海外并购,也是中国企业迄今为止在法国国内实施的最大的一次投资和并购项目。

法国国际投资促进署(AFII)认为,尽管中国企业在法国国内的直接投资所占比重还不大,但两国的产业结构有很多互通互补之处,中法两国在投资领域的合作前景广阔。中国投资者到法国投资主要是看中法国的地理位置以及法国在研究与发展方面的高技能水平。来自中国的投资将以非常快的速度成长,预料每五年就会增长一倍。

二、吸引外资政策

目前法国现行吸引和鼓励外国投资的法律文件分别是1966年12月28日的第66—1008号法令、1996年2月14日的96—117号政令和2000年12月14日的2000—1223号法令。从这些法规的变化看,法国对外国投资持越来越开放的态度。

法国政府原则上对外国直接投资实行"国民待遇"。法国的法律和法规,如《公司法》、《劳动法》、《商业法》、《税收法》、《海关法》、《合同法》、《商标法》、《专利法》等,不仅适用于本国的企业,也同样适用于外国直接投资企业。

(一)外商直接投资的形式

外国控股公司或个人在法国从事下列活动被视为直接投资:购买、创立或扩大商业资产(fond de commerce)、分公司或个人企业;收购工商、金融、不动产和农业企业或对自己控股企业的增资扩股;相互转让法国公司股权。租期6个月以上或含有购买经营权和企业资产期权内容的租借经营方面的投资,也视为直接投资。另外,对法国上市公司股权投资比例低于20%,非上市公司低于33.33%的外商投资活动则不被视为直接投资。

(二)原则实现投资自由化

目前,外国在法国进行直接投资基本上是自由的,只需在项目实施时进行

行政申报。对以下项目,行政申报的手续也给予免除:

(1)用于成立公司、分公司或建立新企业的投资,总金额低于152.45万欧元;

(2)用于扩大公司、分公司或新企业业务经营的投资;

(3)用于增加对由外国投资商控制的法国公司资本的投资,而且外国投资商已占有这家法国公司超过66.66%的资本或表决权;

(4)用于认购外国投资商控制的法国公司增资的投资,但该认购不会增加其占有的公司资本比例;

(5)属于一个集团内的公司间并购、增资、经营权转让等直接投资活动;

(6)外国投资商向其所控制的法国企业进行与贷款、预借款、担保、债权合并或放弃、为分公司提供资助或赠与相关的投资活动;

(7)由企业直接完成的除了建造商品房(用于销售或出租)之外的其他不动产投资活动;

(8)由手工艺企业、零售商店、旅馆、餐馆及专营石材服务性企业实现的金额在152.45万欧元以下的投资活动;购买非葡萄种植用途的农业土地等。

法国对外国投资的开放也经历了一个循序渐进的发展过程。历史上,法国政府并不欢迎来自外国的投资。第二次世界大战后,出于恢复经济的需要,加上美国援助欧洲国家"马歇尔计划"的实施,法国才开始引进外资,但一直到20世纪70年代末期,法国对外资的开放态度仍然是被动的,属于"带有疑虑"的开放,所有外国企业在法国国内的投资项目,事先均必须获得法国政府主管部门(财政部国库司 http://www. alltax. cn/Article/guokuguanli/Index. html)的批准。

20世纪80年代后,随着欧盟共同市场的建设,对来自欧盟国家的外资开放市场成为必然。如果拒绝外国投资,法国企业就不可能进入欧盟(http://www. alltax. cn/article/Class414/index. htxl)其他国家市场。随着法国继续融入欧洲经济一体化进程的加快,法国开始主动对外开放,加快了吸引外资的步伐。通过制定一系列的法律,法国逐步放松了对外资进入的限制,放宽了对外资项目的行政审批手续。

1990年法国政府令规定:

(1)欧盟成员国企业的投资项目(战略领域除外)免除行政审批程序,政府仅在15天内根据投资登记表核查该公司是否属于欧盟国家,期限一到,政

府未有反对意见,投资申请自动生效;

（2）已在法国拥有投资项目的欧盟成员国公司,如新投资项目,免除15天审查期,合法登记后即生效;对于来自非欧盟成员国的投资项目需一个月的审查期限。期满后,只要政府没有以该项目对公共秩序、国防安全、环境等造成威胁等原因做出否定的答复,申请即可以自动被认为已经被批准。1996年,法国政府又进一步放宽了对外资的行政审批手续,外资项目基本实行登记制。

（三）外资进入某些行业仍然受到限制

从原则上看,外商可在法国国内自由投资。实际上,法国政府对部分行业实行行政管理、并限制外国人从事某些行业的经营,其中法国政府对于军工和国防等涉及国家安全的敏感领域的外来投资设有严格的特殊限制措施。法国政府实施行政管理的主要内容包括学历和职业经验审查、事先行政申报、特别资格或许可制度及商人证制度等。另外,在法国国内从事某些行业的人员须拥有法国国籍,或为欧盟成员国、欧洲经济区成员国或与法签订双边协议国家的公民。

此外,法国政府出于防止本国在世界上具有领先地位的重要公司和龙头企业成为外国公司并购目标,于2005年出台了一系列“经济爱国主义”政策,提出将涉及十大战略性工业的企业列入保护名单,禁止外国公司并购。这十项工业分别是生物科技、制药、军备、赌场(防止跨国洗钱)、安全、通讯接收设备、电脑安全系统、军民两用科技、密码设备及与敏感军事情报有关的企业。这种提法反映了法国政府试图通过行政干预手段保护国民经济的战略和敏感行业、不让产业轻易地外迁,以维护就业的政策倾向,被认为是应对经济全球化浪潮冲击的措施之一。

三、相关税收政策

法国的税收制度从传统意义上是为了便于企业投资、区域发展和国际发展而制定的。对不同利益集团的区别对待原则充分体现了法国在税收制度方面的公平性。法国与100多个国家签署了税收协定,并保护外国投资者以避免重复缴纳税金。

(一)公司税

法国法律规定企业经营所得税是在扣除了相关支出后的收入基础上征收的,目前实行的标准税率为33.33%。对于特定情况可以享受15%的低税率待遇(股权增益、投资股份或者风险投资机构和专利费收入),从2007年起在经营中实现的股权增益完全免税。小企业(自然人或者符合条件的公司至少直接或间接地持有75%的资本,并且该企业所申报的年营业额低于763万欧元)低于38112欧元的利润可以享受15%的优惠税率待遇,超过该金额部分的利润则按照标准税率征收。另外,在企业利润高于228.9万欧元时还应该多缴纳3.3%的税金。

(二)利润汇回本国

在一般情况下,在法国投资的外国企业将利润汇回本国可以采取三种方式:

(1)划拨或者分配分支机构或子公司的利润;

(2)向外国母公司支付利息和提供财政支持;

(3)向外国母公司交纳专利使用费和支付酬金。

在两个国家之间没有签署税收协议的情况下,汇回本国的利润需要代扣的所得税税率是:红利、分支机构的利润和专利使用费用的所得税率为25%,利息的所得税率为15%。事实上,法国与众多的国家达成的税收协议使得该税率被明显地降低。另外,在欧洲联盟地区,对于欧洲联盟国家母公司设立的分公司和子公司的股息实行少征或不征税原则。

(三)增值税(TVA)和关税

法国政府对于商品和服务产品的销售所征收的增值税标准税率为19.6%。但是也规定对于某些特别种类商品和服务产品的销售可以提供优惠的低税率待遇:

(1)对于食品和某些农产品的销售可以享受5.5%的税率;

(2)对于药品的销售可以享受5.5%或者2.1%的税率;

(3)对于书籍、报纸杂志的销售,以及旅馆客房的出租收入,公共交通和一些娱乐演出活动的票务销售收入则可以享受2.1%的税率。

欧盟国家实行统一的关税制度。在欧盟地区内部,商品和服务产品可以自由流通。即使商品从一个成员国运送到另一个成品国,关税只在进入欧盟地区时收取一次。因此已经进入法国境内的商品如被再次出口到另一欧盟成员国时也可以完全享受到免除第二次缴纳关税或增值税的待遇。

(四)地方税(职业税和其他地方税)

职业税是由法国国内的地方政府征收的,每年的征税标准由纳税场所或企业所在的市镇政府确定。征税基数根据企业经营所使用场所的出租价值以及供企业用于商业活动的固定资产价值的16%为基础来计算得出。最终需交纳的实际税金额为上述两项总和的84%乘上地方政府每年确定的税率。但是职业税的税金总额不得超过企业增值税(根据营业额计算)的3.5%、3.8%或4%。

在其他地方税中,包括由业主负责缴纳的建筑地产税和非建筑地产税,以及由住户(无论是否房东)负责缴纳的居住税。这些税根据所涉及财产在当地的价值来计算,具体征税标准也由地方政府来确定。

(五)税收优惠待遇

法国政府对于参与研究与发展项目的公司提供税务优惠待遇。其金额相当于企业在第一年期间所投入的研发经费总额的50%,一年之后的优惠金额为当年研发经费超额部分(与前几年的平均费用相比)的50%。每个企业每年可以享受的税金优惠待遇的最高额度为8百万欧元。对于雇员人数少于250人、年营业额低于4000万欧元,或者总资产不足2700万欧元的中小型高科技企业而言,如果它们将销售收入15%以上的开支用于研究及开发活动,则这些企业可以享受部分免除缴纳社会保险税和地产税的优惠待遇。此外,一个受欧洲最佳应用实例启发的、针对研究中心的更加简化及可靠的税收系统也已经被法国政府采用。

在法国国内的一些地区,地方政府有权宣布对于新设立的企业、扩大规模的企业和遭遇困难的企业可以享受部分地或全部地临时免征职业税的待遇。但是在任何情况下,免征期限均不得超过5年时间。

在某些地区新创建的企业在满足若干条件的情况下可以享受临时免征或者递减公司税的待遇。其中第一个24个月的周期内享受完全免征待遇。免征期过后,企业应在随后的第一、第二、第三个 12 个月周期内分别缴纳四分之一、一半和四分之三的公司税。在 36 个月的周期内,免征额不得超过 22.5 万欧元。但是该措施仅适用于新创企业,且其他公司不得持有该企业 50% 的资本。

法国政府对于公司总部提供特殊的税收优惠待遇。为鼓励跨国公司将欧洲地区总部设在法国,法国政府给予其税收便利,即"总部"型企业可以与法国税务当局谈判,共同拟订应税基数,该应税基数一般为总部日常支出总额的 8%。此外法国政府也对物流供应中心提供特殊税收待遇。但是物流供应中心只能对商品进行储存、保鲜保质、贴标签等业务,不能从事加工业务。这类企业也可以同法国税务当局谈判,共同拟订应税基数,该应税基数一般为相关公司日常开支总额的 5% 至 10% 之间,且具体数额还可以与税务部门协商。这一税制既简单又使得国家的征税收入有所保障。

此外,法国政府对于积压在外国经理人和企业身上的税收重担也作出了大幅度减免的规定。从 2004 年 1 月 1 日开始,从外国派遣到法国工作的外企员工的津贴将不再征收入税,在国外支付的社会保险费用也将从他们在法国的应税收入之中予以扣除。

四、外国企业准入程序

（一）外国企业设立程序

无论是常驻代表机构、分公司或子公司的注册手续,只需在企业行政手续中心（CFE）办理,且一次办齐。从事工商业的常驻代表机构或公司需到设在法国各地工商会的企业手续中心办理注册手续（在巴黎的企业手续中心地址:2,rue de Viarmes,75001 Paris）。从事手工业的常驻代表机构或公司需到各地手工业行会办理注册手续。

企业手续中心负责接待和帮助办理常驻代表机构或公司成立、变更和终止业务申报手续。委托人不要自行填写申报单,而要与企业手续中心代理人约见会谈,该代理人根据委托人所携带文件的内容当面填写申报单。

企业手续中心将相关材料转交给下列的最终审批部门:税收机关,社会保险部门,法国经济统计研究所（INSEE,负责给常驻代表机构发放 SIRET 号码,给法国子公司或公司发放 SIREN 号码）。巴黎商业法庭的档案保管室具体负责设在巴黎市公司的商业注册事务,负责在企业将资料提交给企业手续中心的 5 个工作日之后发放企业注册证(l'Extrait K bis)。注册证将直接寄给企业设在巴黎的办公室。

企业在申请注册的过程中,需要根据企业负责人个人身份和在将在巴黎设立实体性质的不同,而需要提交不同的注册材料。注册资料应包括负责人本人和实体(代表处和公司)的相关文件和证明。

企业负责人(法人代表、经理、总经理等)应该提交的材料分以下三种情况:首先对于法国人、双重国籍人士、安道尔和摩纳哥公国居民、持有 OFPRA 证的逃离法国的新教徒以及持有 10 年居留证的外国人而言,应该分别提交护照或身份证或居留证的复印件(双面印),以及无犯罪记录证明(在企业手续中心现场提交)。

其次对于欧洲经济区成员国居民(包括欧盟成员国、冰岛、挪威及列支敦士登)而言,应该分别提交欧盟国家在有效期之内的居住证或由警察局发放的临时证件的复印件(双面印),第一次申请联盟居住证的凭据(非定居负责人只需出示身份证或护照复印件(双面印)即可),以及无犯罪记录证明(在企业手续中心现场提交)。

最后对于非欧盟居民而言,应该分别提交定居者外国商人证(具有签证)或非定居者外国商人证(没有签证)。由于申请外国商人证需要的时间很长,若外国企业急于设立分公司或子公司,可以采用过渡性管理的方式,即暂时任命一个按其国籍和身份不需要提交外国商人证的企业负责人。如果是子公司,领到外国商人证后需在公司章程后附一份照会,上面要注明现任企业负责人以及其继任者。

在注册待成立的带有 SIRET 号码的联络处或代表处(无须进行商业和公司注册)时应该提交的材料分别为:

(1)已填写的移民 MO 表格(由巴黎工商会企业手续中心提供),在表格上注明母公司和巴黎办公室的地址;以及无犯罪记录证明(在企业手续中心现场提交);

(2)如果不是注册办公室和签署移民表格的法定代表,应在注册时提交授权书(此授权书也由巴黎工商会企业手续中心提供);

(3)此外,对于非欧盟居民,外国商人证不是必需的,只需出示护照即可,但这并不意味着该法人代表有权在法国国内居住。

在注册待成立的分公司时应该提交的材料分别为：

(1)2 份母公司章程原件或 2 份由领导证明与原件完全相符的复印件(在每分打印件上需有原始签名)和领导的身份证明(护照复印件)；

(2)2 份公司章程的法语翻译件,如果不能提交有关母公司章程的原件,巴黎商业法庭档案保管室要求提交具备同等法律效力的翻译件；

(3)母公司注册公司的注册号码(未满 3 个月的原件和不具备同等法律效的翻译件或具备同等法律效力的翻译件)；

(4)办公场所证明,包括商业办公场所的商业租约(办公室、仓库、工业大厦等),或在商业中心或公司的办公室租约,或法定代表住所凭证(租约、房租收据或法定代表交纳电话、燃气、水电发票等)；

(5)如果法定代表不是法国的定居者(欧盟以外的定居者),最好在企业手续中心注册时注明税务代表的联系方式。

在注册根据法国法律而设立的子公司或公司时应该分别提交如下材料：

(1)2 份有关子公司新法律地位的原件(新法国公司)；

(2)2 份在法国银行或外国银行开立账户的证明；

(3)住所凭证,包括商业办公场所的商业租约(办公室、仓库、工业大厦等),或在商业中心或公司的办公室租约,或法定代表住所凭证(租约、房租收据或法定代表的交纳电话、燃气、水电发票等)；

(4)必须在报上刊登的法定声明(须提交声明文章和发票)。最好请律师事务所或会计师事务所来起草公司章程和办理所有的企业登记手续。投资者应主要做以下两件事:寻找一个银行,开立账户,存入注册所需的资金和找到住所。

注册子公司或分公司,并且开展相关业务,需要提交保证金、许可证、允许或委托书。自公司业务开展时起,所有要求的证件均由巴黎商业法庭档案保管室保管(巴黎商业法庭档案保管室的地址:1,Quai de Corse 75004 Paris,电话:01 44 41 54 54)。

(二)劳工进入要求及工作签证

外国劳工来法工作需要提供以下证件:签证(在中国获得,证明有权进入法国),居留证(证明有权在法居住)以及工作许可(证明有权在法国从事商业活动,工作许可对于企业的领导人来说就是商人证)。在材料和表格上需要提醒的是,虽然很多材料和表格配有英文翻译,但各种材料和所需表格必须用法文填写或回答,一些重要证件也必须翻译成法文并进行公证。

外国人的签证根据在法国国内逗留时间的长短分为两种不同的形式:短期签证(每半年少于90天),其中也包括申根签证、旅游签证或商务签证、多次入境签证;长期签证,对于从事商业活动的企业领导、普通雇员和被临时派遣到法国工作的雇员都必须持有长期签证(90天以上),长期签证包括商人签证、就业签证、临时工作签证或访问签证等。

来法从事商业活动的外国人身份主要可以分为三种类型:经理,被派遣到法国从事多年工作的雇员,被临时派遣到法国工作的雇员。三种不同身份对应不同的处理程序。总的来说,来法从事的业务不同,身份不同(领导、雇员、临时来法工作员工),办理程序就不同,法方的处理方式也不一样。因此,外国企业的人员在来法之前,必须明确身份,以保证材料投递到正确的部门进行处理。

1. 经理人的办理步骤

经理人为在法国国内所设立机构的法人代表。包括办事处的代表、分公司的代表以及在法国成立的公司(子公司)的领导。办理步骤因经理人是否在法居住而有所不同。

对于不希望在法国国内居住的中国经理人而言,必须获得非居住性质的商人证,商人证的办理在法国进行。经理人需向其所在的省政府递交有关材料,省政府主管部门将向法国驻华使馆和领事馆(北京、上海、武汉、成都、广东等地)了解公司信息,然后视情况决定是否颁发商人证。整个过程的处理期限为几个星期。此外,经理人还须在工商企业注册机构进行注册。

对于希望在法国国内居住的中国经理人而言,必须获得有居住性质的商人证,申请程序从中国开始。在申请有居住性质的商人证时,申请人需向法国驻华领事馆(北京、上海、武汉、成都、广东等地)递交商人证和长期居留证所需的材料,领馆在向法驻华使馆经商处或法国国际投资署(AFII)在中国的办事处进行咨询后,对材料进行预审,然后递交给法外交部,法外交部再将材料递交给企业所在地的省政府,省政府对材料进行为期3个月的审核,然后通知外交部,外交再通知领馆是否批准颁发商人证和长期居留证。如果公司位于巴黎大区,巴黎市政府将直接通知法驻华领馆是否批准颁发商人证和长期居留证。法驻华领馆在得到省政府的批准后,发给申请人长期签证。申请人到法之后向当地省政府申请商人性质的长期居留证。整个程序大约需要3至6个月的时间。

在申请法国长期签证和商人证时通常会遇到一些难题。首先法国外交部在申请步骤中只负责转递材料,但由于官僚作风,使整个程序常有不顺利情况发生。其次是因公普通护照问题。以前中国派往法国的国有企业经理人多持有因公普通护照,法国政府予以受理。现在情况有所变化,法国领馆认为因公普通护照属于半外交护照,与经理人从事商业活动的性质不符。因为商人必须对其自己的行为负责,而具有半外交身份的人员则不需如此,因此,法国驻华领馆现在拒绝为持有因公普通护照的经理人颁发长期签证。所以申请人最好使用因私护照。如果坚持使用公务普通护照,则护照持有人所在单位需要向中国外交部提出申请,中国外交部再向法驻华领馆提出申请,这样又要经过外交部(同样是政府机关)这一环节,需要的时间会更长。最后是申请人的家属随行问题。如果配偶和孩子(小于18岁)也将随同来法(即使来法的时间比经理人稍晚),建议与经理人同时办理护照和申请签证。如果分开申请,会造成很多不必要的麻烦。

从2003年12月起,法国政府宣布实施50个具体措施,旨在吸引外国公司及资本、人才(科学家、经理人、学者及学生)以及战略业务(研究与开发、公司总部迁入以及文化活动),这些措施已经产生效果。手续的简化使国际经理人及家属得以在法国工作与生活,同时允许更多研究与开发落户法国,是这些措施中最有力的两大支柱。从2004年4月2日起,外国公司总裁不再需要领取外国商人证,而该规定最早从1938年开始实行。法国移民局(ANAEM)成为向进入法国工作的企业老总发放工作及居住许可的唯一机构,这个变化将大大加快手续办理速度。另外,在法国工作的外国总裁的配偶将有权利在法国就业。

2. **雇员的办理步骤**

经理和高级管理人员的加快办理程序:2003年3月26日,法国政府批准了一项加快居留证办理速度的文件,对于经理人或跨国企业的高层管理人员,居留证将在4个星期内办妥,实行单一窗口和一站式服务。享受这项加快办理程序的经理人或高级管理人员必须具备两个条件:每月毛收入高于5000欧元(包括工资、外派补贴、根据法国法律提供的包括住房在内的实物补贴)和在母公司工作时间超过6个月。申请人在申请加快办理程序时,有一点至关重要,即申请手续须在中国和法国同时开始。具体步骤如下:经理人或高级管理人员将签证和居留证申请递交给法国驻华领事馆进行审核,与此同时,经理人或高级管理人员的在法办事处或子公司向法国移民局(ANAEM)提交申请工作许可的材料;法国移民局将工作许可申请送交法国省级职业培训和劳动就业部(DDTEFP)及内政部审核,省级职业培训和劳动就业部和内政部分别在10天和48小时之内给出各自的意见;法移民局将批准意见通知法国驻华领馆并与申请人预约体检时间;法驻华领馆在审核通过了申请人的签证和居留证申请并接到移民局的批准通知后,将签证和居留证申请转交给公司所在地的省政府,省政府根据材料准备居留证;法驻华领馆向申请人签发签证;省政府将准备好的居留证移交给移民局;经理人或高级管理人员进入法国境内,并赴移民局体检。体检合格后,领取居留证。整个申请过程需要大约3至4个星期。值得一提的是,经理人或高级管理人员的家属也同样享受快速办理程序,条件是他们必须和经理人或高级管理人员同时申请签证。在向移民局递交材料时,经理人或高级管理人员必须同时附上家属的材料。

普通雇员(每月毛收入低于5000欧元)的办理程序:向法国驻华领馆递交工作签证的申请;在法办事处或子公司向省劳工局(DDTE)递交申请就业许可的文件;省劳工局在对雇员来法目的、企业情况及发展计划进行审议后(大约需要10天时间),将批准意见告知移民局;移民局(转交机构)通过外交部将意见转告法驻华领馆,领馆向雇员签发签证,并通知省政府准备居留证;雇员来法之后,到省政府领取雇员性质的居留证。整个申请过程大约需要2至3个月的时间。

短期派驻法国工作的雇员是指为某一特定的项目或任务来法进行有限期限工作的员工。短期雇员的身份隶属于母公司,为母公司工作,劳动合同与母公司签署,母公司支付其报酬并对其进行直接领导。短期雇员一般负责审计、技术支持和与母公司的联络等工作,在法国逗留时间为9个月,可延长一次,但是不可变更临时派驻人员身份。短期雇员在法国工作需要遵守法国的劳工法(工资水平、工作时间、带薪假期和遵守合同等),并需交纳社会基金。短期雇员的具体办理程序是:向法国驻华领馆递交长期工作签证的申请;在法办事处或子公司向省劳工局(DDTE)递交申请临时工作许可的材料;省劳工局在对雇员来法目的、企业情况及发展计划进行审议后,将批准意见告知移民局;移民局(转交机构)将意见转告法驻华领馆,领馆向雇员签发长期逗留签证;

雇员来法之后,到省政府申请居留证并领取临时工作许可。整个申请过程大约需要 2 至 3 个月的时间。

外派人员到达法国之后必须办理的手续:到移民局进行体检;到省政府领取相应的居留证(雇员身份的居留证或临时雇员身份的居留证等);对于经理人或高级管理人员,在体检之后,就可获得在法国生活和工作所需的全部证件(该措施目前正在筹备中,现在尚未实现)。

3. 居留证的延期

居留证需每年进行延期。对于经理人和长期雇员,居留证可无数次延期,每次延期为 1 年。对于短期派驻雇员,逗留期限是有限的:不论何种情况发生,仅可延期一次,在法逗留时间最多不能超过 18 个月。对于经理人和高级管理人员,将签发多年居留证。这方面的立法已经通过,从 2006 年开始实施。

4. 社会保险金的缴纳

中国和法国之间没有签署有关社会保险双边协议,在法国工作的中国公司员工,无论其身份如何(经理、长期雇员、短期雇员),工作时间长短,都必须缴纳社会保险金。短期派驻雇员,无论工作在法国的什么地方,其社会保险金都必须缴纳到斯特拉斯堡的家庭补助金和社会保险金征收联合会(URSSAF)。

五、投资相关机构

(一)官方机构

法国国际投资署(AFII)是法国政府负责推动和吸引外国企业投资的官方机构,接受经济财政部和国土整治部双重领导,总部设在巴黎。法国国际投资署中心服务部门拥有 60 名员工,目前在世界上 22 个国家之中设有的 32 家投资办公室共拥有员工 80 人。它在中国上海和香港分别设有一个负责招商引资的代表处。其任务是寻找和联络潜在的投资企业,并为其来法投资提供协助。另外,法国国际投资署还与经济财政工业部对外经济关系总司(Direction des Relations Economiques Extérieures ,缩写为 DREE)签订协议,委托其所属驻外经商机构密切跟踪驻在国的投资者动态。拟对法国投资的企业,如需了解法国投资环境、政策等情况,可与其联系。

法国国际投资署(AFII)

地址:77,bd Saint-Jacques 75680 Paris cedex 14

电话:33—1—44871717

电邮:info@ investinfrance. org

(二)其他与中国企业在法国投资活动相关的官方机构如下

中国驻法国使馆经商处

地址:52,rue de Lisbonne,75008 Paris France

电话:33—1—53577000

传真:33—1—47234831

电邮:fr@ mofcom. gov. cn

中国贸促会驻法国代表处

地址:4,Place des Saisons 92036 Paris la Defense

电话:33—1—49069234

传真:33—1—49069659

电邮:ccpitfr@ ccpit. org

法国中资企业协会秘书处

地址:4,Place des Saisons 92036 Paris la Defense

电话:33—1—49069234

传真:33—1—49069659

电邮:ccpitfr@ ccpit. org

法国驻华大使馆

地址:北京三里屯东三街三号(邮编:100600)

电话:86(10)65321331

传真:86(10)65324841

法国驻华大使馆经济商务财政处

地址:北京朝阳区工体北路甲 2 号 盈科中心 A 座 1015 室(邮编:
100027)

电话:86(10)65391300

传真:86(10)65391301

法国驻华使馆上海总领馆

地址:上海淮海中路1375号(邮编:200031)

电话:86(21)64377414

传真:86(21)64339437

法国驻华使馆上海经济处

(设有专门人员,负责中国企业对法国投资的业务)

白幻德商务专员(对法投资部中国代表)

地址:上海市金陵西路28号金陵大厦1号楼11楼(邮编:200021)

电话:8621—53060125/53061100

传真:8621—53063637

手机:13916606903

法国驻华使馆广州总领事馆

地址:广州市环市东路 广东国际大酒店主楼801室(邮编:510098)

电话:86(20)83303405

传真:86(20)83303437

法国驻华使馆经济商务财政处驻广州办事处

地址:广东省广州环市东路339号 广东国际大酒店主楼803—05室(邮编:510098)

电话:86(20)83321955

传真:86(20)83321961

法国驻华使馆武汉总领事馆

地址:武汉市汉口新华后路297号 武汉国际贸易商业中心809室(邮编:430022)

电话:86(27)85778403

传真:86(27)85778426

(三)商协会

法国工商会驻北京办事处

地址:北京朝阳区亮马桥路50号 燕莎中心写字楼S123(邮编:100016)

电话:86(10)84512071

传真:86(10)84512068

电邮:ccifc-beijing@ ccifc. org

法国工商会驻上海办事处

地址:上海市番禺路586号 东方商务大楼(邮编:200052)

电话:86(21)62813618

传真:86(21)62813611

电邮:ccifc-shanghai@ ccifc. org

法国工商会驻广州办事处

地址:广州市环市东路403号 广州国际电子大厦26楼易联/讯联公司内(邮编:510095)

电话:86(20)87322961

传真:86(20)87320391

电邮:ccifc-guangzhou@ ccifc. org

巴黎工商会

地址:2, rue de Viarmes,75040Paris Cedex 01

电话:33—1—53404805

电邮:ifrancois@ ccip. fr

巴黎工商会驻北京办事处

地址:北京朝阳区亮马桥路50号 燕莎中心写字楼S123(邮编:100016)

电话:86(10)84512063

传真:86(10)84512063

里昂工商会

地址:Place de la Bourse 69289 Lyon Cedex 02

电话:33—4—72405926

传真:33—4—72405761

里昂工商会驻北京办事处

地址:北京朝阳区亮马桥路 50 号　燕莎中心楼 C518(邮编:100016)

电话:86(10)8451 2071

传真:86(10)8451 2068

(四)手续业务部门

在法国成立公司,各地工商会和手工业行业商会均设有相关部门负责办理相关手续。如在巴黎地区,可直接到巴黎工商会和手工业行业商会的企业手续中心(Centre de Formalités des Entreprises)咨询或办理手续。联系方式:

巴黎工商会(la Chambre de Commerce et d'Industrie de Paris,负责办理工商企业手续)

地址:2,rue de Viarmes 75040 Paris Cedex 01

电话:33—1—53404805

电邮:ifrancois@ ccip. fr

巴黎手工业行业商会(la Chambre des Metiers de Paris,负责办理手工业企业手续)

地址:72,rue de Reuilly 75012 Paris

电话:33—1—53335333

传真:33—1—43431232

六、法国推动对外投资政策

法国是世界主要境外投资国。根据经济合作和发展组织最近发表的全球投资报告显示:2005年,法国对外直接投资额为1160亿美元,已经位居世界各国之首。其中法国企业实施了几个重要的国际兼并项目,其中仅最大的4个兼并项目所涉及的资金总额即高达480亿美元之多,使法国成为2005年发达国家对外投资的领头羊。近年来,法国企业的境外投资活动相当活跃,在2000年时就已经位居当年世界第二大对外投资国的地位。

(一)促进本国企业走出去的法律保障

1. 有关境外投资的法律法规

法国政府涉及境外投资的法律法规主要包括下列四项内容:

(1)海外子公司的股息免税

使用免税法来消除国际双重征税是法国对外投资税收政策的特色。根据法国政府于1965年颁布的一项法律规定,任何一家法国公司在外国公司持有10%以上的资本,即视为母公司,其持股的公司则被视为子公司,国外子公司分配给母公司的股息不计入母公司应纳税的所得范围。免税法的采用有效地降低了对外投资的跨国企业的税务负担,从而促使法国拥有具有国际竞争力的跨国企业。此外,许多世界著名的跨国公司将研发中心安置在法国,这都与法国在对外投资所得税制上采取的资本输入中性模式有不可忽视的联系。

(2)财务合并制

为了防止法国企业出于避税的目的而到境外投资或将工业制造业务外迁到其他国家,法国政府采取财务合并制。规定对于境外子公司在国外的所得税低于法国所得税二分之一的情况,必须将其子公司的财务纳入法国母公司之中,除非母公司能证明其投资是以当地市场销售为主,而不是出于避税目的,而海外子公司则按综合利润纳税。

(3)税收抵免

法国政府签订的许多税收协定对投资利润的预提税给予税收抵免,在法国和东道国存在"双重征税"的情况下,法国公司在得到政府允许之后,可抵免国外投资利润已缴纳的预提税。

(4)风险准备金制度

法国国内税收法典第39条规定,进行海外投资的企业每年(一般不超过5年)可在应税收入中免税提取准备金,金额原则上不超过企业在此期间对外投资的总额，期满后将准备金按比例计入每年的利润中纳税。

2. 对外签订的多边或双边投资保护协定

法国政府十分重视本国企业的境外投资行为，目前已经与世界上100多个国家签订了多边或双边投资保护协定，以保护该国投资者避免重复缴纳税金。此外，法国政府也已经与中国政府之间签订了海运协定、航空运输协定、长期经济合作协定、避免双重征税协定、投资保护协定、知识产权合作协定等一系列与境外投资活动直接相关的协定。

(二)境外投资管理体制

1. 政府鼓励、限制的项目种类

法国政府对企业境外投资行为原则上不采取审批的方式进行管理，目前基本上实行境外投资备案申报制度，仅对涉及一些敏感领域以及敏感国家的投资项目实施管制(目的是保障国家安全或履行国际义务)。对于国有企业的境外投资行为，法国政府也仅从出资人的角度关注其投资效益，不对项目的可行性进行审批和干预，让企业按照市场机制自主决定和运作。

2. 受政府审批的项目范围

1989年法国政府开始完全放开限制资本流动的外汇管制措施，所有投资项目的用汇不再需要法兰西银行的审批。随着外汇管制的逐步放开，相当大程度上刺激了法国企业的境外投资活动、吸引外资的双向增长，有力促进了法国企业的国际化进程和综合竞争力的提高。

3. 境外投资管理机构

法国财政部对外经济关系总司是该国政府中负责制定和执行对外经济关系和政策的主要职能部门。该机构下设：对外交流促进局、统一市场与地区事务司、多边事务司、财政政策司、西方双边关系司、东方双边关系司。

法国还建立起一套较为完备的、以国际收支为基础的境外投资统计制度，企业在对外投资中取得10%以上股东投票权或占有企业10%以上股份，就被认定为直接投资，包括股本或资本金投资、未分配利润再投资以及母子公司之间的借贷、垫款等。而法兰西银行负责境外投资的流量统计和存量统计。法国境外投资统计分析制度已经成为其实施科学决策的根本保证。通过深入的统计分析，主管部门能全面掌握法国企业境外投资的发展状况，及时调整政策,正确引导投资方向。

(三)促进本国企业走出去的财政支持

1. 税收减免措施

为了鼓励企业对外投资的活动,避免对于企业双重课税,法国政府采取统一的税收管理体制,实行地域管辖的税收原则,即只有境内产生的利润才在法国纳税,而企业在境外投资的损益不纳入法国母公司的纳税范围。法国对外投资企业的所得无论是按高于或低于母国的纳税率,只要是在东道国已纳税企业,视同在法国已履行纳税义务,不再另外征税或补税,这种政策对于法国企业的境外投资活动而言是十分有利的。同时,为防止法国企业出于避税的原因而到境外投资或工业外迁,如果境外子公司在国外的所得税低于法国所得税的二分之一,政府要求必须将其子公司的财务纳入法国母公司之中,除非母公司能证明其投资活动是以在当地市场上销售产品为主要目的,而并不是出于避税的目的。

2. 亏损补贴

为了促进本国企业对外投资,法国政府规定开展境外投资的企业在开办的前4年期间出现经营亏损时,可在其应纳税的收入中免税提取准备金,然后在10年的时间之内再把准备金按比例逐年纳入应税收入。

3. 实物投资出口退税

法国政府规定该国企业以实物形式展开境外投资活动时,相关的实物可以被当作普通出口货物看待,从而能够享受到商品增值税的全额返还待遇。法国国内现行的商品增值税的标准税率为19.6%。

(四)促进本国企业走出去的境外投资融资服务

1. 融资渠道

法国外贸银行是一家股份制的金融企业,它为法国企业进入国际市场提供资金和服务,其日常业务受到法国政府经济财政部对外经济关系总司和国库司的共同监管。该银行的业务有两类:自营业务,该银行是一家综合性银行,其主要客户是法国大中型企业;其次为国家代营的业务。该银行负责管理国家给予外贸出口的信贷资金。当然法国企业在走出去的境外投资过程中也常常向普通的商业银行寻求融资服务。

2. 融资成本优惠措施

法国政府制定了"支持中小企业对外投资与出口计划",由财政部牵头成立对外发展部际委员会具体执行。凡是法国具有独立法人资格、营业额在4.5亿欧元以下,并由法国资本控股的公司,在向海外投资时,可以向该委员会提出优惠贷款要求。营业额在3千万欧元以下的公司在国外投资60万欧元以内的项目可以获得最多50%的贷款,超过60万欧元的项目可以获得30%以内的贷款支持。贷款为无息贷款,项目开始5年后开始偿还。

3. 其他融资服务

法国政府在对企业提供融资便利的同时充分体现了对国际经贸规则加以利用的灵活度。在法国,政府对企业境外投资提供的直接资金扶持大多体现在对企业市场开拓调研、调研报告拟定和参与国际性商务活动(展博览会、洽谈会)的资助上,同时他们将大量的财政资金以保险公司委托管理、商会中介机构代管或补贴其为企业提供的服务等方式间接"输血"给了企业。

(五)促进本国企业走出去的投资保险服务

1. 为了保障法国企业在国外投资的安全,法国政府委托民营的法国外贸保险公司(Coface)从事支持境外投资的政策性保险业务

该保险公司自营业务包括所有短期出口商业信贷(3年以内)的担保、经济合作与发展组织(OCDE)成员国范围内的政治风险担保以及汇率风险担保。而法国外贸保险公司代表国家提供担保的范围则包括:信贷保险、中期商业信贷风险、政治风险、国外考察担保和汇率担保等。政治险的主要范围涉及东道国实行国有化、外汇及红利不能汇出、战争及暴动等风险,其有效期可以长达5至15年。

2. 市场开拓险的享受对象则为年营业额在1.5亿欧元以下的企业,其主要目的是鼓励企业开拓新兴市场,减轻开拓市场的前期商业负担

当中小企业在境外投资的过程中遭遇到重大亏损时,可通过其所认购的保险而返回其股本投资额的50%。目前法国外贸保险公司所提供的风险担保范围是对于国有化险、战争险和投资收益汇出险等三种政治风险进行综合保险。法国外贸保险公司所提供的综合保险费率约为承保金额的0.75%,该综合保险费率在国际上处于中下游水平。

3. 另外,为了支持企业出口和对外投资,法国政府还通过法国对外贸易

保险公司(Coface)向本国企业提供出口信用保险

法国中小企业投资担保公司(Sofaris)是由政府提议设立、专为中小企业服务的专业金融机构,该公司为法国中小企业开发银行的子公司。其主要业务是为无法满足所要求担保条件的企业提供担保,为在中东欧国家投资的法国企业提供经济风险担保。

法国对外贸易保险公司(Coface)还与法国中小企业投资担保公司(Sofaris)以及法国开发署(Agence Française de Developpement 缩写为 AFD)一起合作,为法国企业向其国外子公司注入资本金,法国风险投资公司以及风险投资基金在国外参股提供商业风险担保(Fasep-Garantie),其目的是支持法国中小企业在国外投资设点和开发业务。此项业务也是在法国政府的提议下而设立的。

(六)信息服务

1. 投资目的国(地)经济、税收、投资法律法规等

为了便于希望从事境外投资活动的法国企业了解投资目的国(地)的经济、税收、投资法律法规等,从而有效地降低了这些企业的前期成本,法国财政部对外经济关系总司利用其派驻国外的常设机构,即遍布在世界上 120 多个国家的驻外大使馆和领事馆的 172 个经商参赞处(Poste d'Expansion Economique)的 2000 多名工作人员以及各个大区政府外贸局,向法国企业提供来自世界各地的经济贸易信息。

同时,隶属于法国政府经济财政部对外关系总司的法国企业国际发展署(UbiFrance)也提供国外市场动态、产业信息、法律规定、税收规定、融资条件、国外企业需求以及出口担保等方面的信息服务,但是法国企业国际发展署提供的通常均是需要支付费用的有偿服务。

此外,各类工商会也通过遍布全球的海外代表机构,建立各大区国际经贸资料中心,帮助企业掌握各种境外市场和经济政策信息。为了鼓励和促进中法两国经济贸易和投资关系的发展,向法国企业提供和介绍有关中国经济贸易和投资发展的信息,法国全国雇主协会、法国企业国际发展署、巴黎工商会、法中经济贸易资料协会还于 1979 年联合发起成立了法中委员会(Comité France-Chine)。

2. 项目配对服务

法国政府除了利用上述的几级网络(驻外大使馆和领事馆的经商参处和大区外贸局、法国企业国际发展署、各类工商会的海外代表机构)向该国企业提供帮助之外,法国企业还可以直接求助各种类型的中介机构服务网络(投资咨询公司、投资担保公司、律师事务所、审计和会计事务所、猎头公司、专业投资银行)就境外投资业务寻求帮助。这些中介机构的服务网络与政府的政策措施相互补充、相互促进,为企业境外投资的项目配对提供便利。此外,法国政府还通过官方机构的出版物、组织研讨会和投资洽谈会等方式为本国计划对外直接投资的企业提供服务,或组建赴海外投资考察团,为投资行为牵线搭桥,直接帮助跨国公司寻找投资机会。

3. 项目启动支持(项目可行性研究等)

法国政府对于本国中小企业走出去提供资金支持。平均每个符合条件的中小企业可以得到8千到1万欧元的国际市场开拓支持费用,这种支持完全是资助性质的,因此无须偿还。对大企业集团和跨国公司,法国中央政府提供财政资助和政府贷款,支持其对世界上一些最贫穷国家和新兴市场的一些重点开拓的国家,开展非官方项目的可行性研究工作。

(编者:中国贸促会驻法国代表处)

第二节　比利时投资环境及相关政策

一、高密度的基础设施

今天的比利时,经过最近几十年坚持不懈的建设,基础设施日臻便利和完善,既有庞大高效的为经济活动服务的常规工程,也有不乏地方特色的各种设施,共同组成当今比利时基础设施的框架。

全国公路里程有24000公里左右。其中高速公路有1400公里。高速公路不收取任何费用,并且夜间全程照明,在世界上绝无二例。

铁路总长3920公里,干线全部电气化。比利时是世界铁路密度最高的国家。每年货运载重超过6000万吨,每天都有集装箱或散装列车频繁往返于比利时本土和欧洲其他国家之间,保证货物的快捷中转和准时抵达目的地。国内各大中城市与首都布鲁塞尔对开客运列车每天至少有十五个班次。从上午五六点开始,至晚上九十点,每小时有数辆列车从布鲁塞尔发往全国各地的大中城市,与此同时,有数辆列车从各大中城市开往布鲁塞尔。始发地或目的地为布鲁塞尔的国际列车,加上往返于法国、德国、英国、荷兰、卢森堡之间的过路列车,可以说数不胜数,比利时的铁路网络几近处于"全天候"和"全方位"运行状态。

由于四分之三的国土面积以平原、丘陵为主,地形平缓,加上常年气候温和,雨量充沛,年均降雨量由西向东为 800 至 1200 毫米,水系十分发达,河网稠密,可通航的水道有 2200 公里。内陆港口码头遍布东西南北,其中位于南部的列日港是埃斯科河、默兹河、华茵河水系的枢纽,年吞吐量达 2000 万吨,是欧洲第三大内陆港口。列日港可容纳排水量达 9000 吨的船舶停靠。阿尔贝特运河可通往北海、鹿特丹、敦刻尔克等欧洲著名大港。

比利时海岸线总长 65 公里。安特卫普港、根特港和泽布鲁日港以及奥斯坦德港十分著名。奥斯坦德港主要面向英国,承担货运和客运任务。每天往返于奥斯坦德和英国 Douvre 的飞翼船,只需 100 分钟时间。根特港是一个新型港口,年吞吐量约 2500 万吨。沃尔沃汽车、本田汽车和从热带国家进口的食品、果汁大都在此装卸、转运。泽布鲁日港是北海海岸的深水港,欧洲煤气液化气运转的第一大港,也是汽车滚装船、货物集装箱船穿梭停靠的大港。

安特卫普港毋庸置疑跻身于世界货运最繁忙的五大港口之列。港口设备先进,与之相接的公路、铁路网络稠密而且便利,是该港口长盛不衰的原因所在。每天有 12 条国际线路近 300 列火车,3 千多节车厢满载货物抵离安特卫普。两个 EDI 系统高效保障散货和集装箱的装卸作业,由于港口的作业费用是全欧洲最低的,以至于法国大量的货物不在法国本土港口装卸,却取道安特卫普进行货物集散作业。从这个意义上说,安特卫普也可称为法国的第一大港。

航空枢纽以密度大和航班多著称。除布鲁塞尔国际机场外,还有四个大型机场分布在北边的法兰德斯地区和南部的瓦隆地区。布鲁塞尔国际机场有近70 个国际航空公司开设飞往世界各地的客运和货运航班,年货运能力超过 150 万吨。100 多家航运公司汇集在占地面积 268 公顷的"货运城"里从事物流业务。

位于法兰德斯的奥斯坦德机场全天 24 小时不停顿进行家畜、新鲜食品、易腐易烂货品和大型异型货物的装卸转运作业。南部瓦隆的列日机场则主要用于装卸和装运往返于荷兰阿姆斯特丹、法国巴黎、德国法兰克福之间的货物。

通讯设施和所采用的技术以及公众普及率,比利时一直处在世界的前沿。世界著名杂志 WIRED 公布的数据显示,布鲁塞尔是世界十个最好的互联网枢纽之一,名列第六。世界著名的 AT&T、Belgacom、Belnet、BT Ignite Belgium、Cable & Wireless、Wanadoo 等大公司给客户提供产品设计、技术支持、网络维护和拓展服务。全国家庭使用宽带上网约为十五分之一,位居欧洲榜首。家庭有线电线普及率高达95%左右。有40多家固定网线公司、三个无线移动电话网商,还有一些专门从事卫星传送、移动数据和无线电跟踪的公司向消费者提供形式多样的服务。

另外,一大批数码信号处理的研究机构、产品制造商和服务商在比利时发展业务,涉及的学科和产业门类有数码图像处理、数码音频和声频处理、数码通讯和航海专用技术等。这些科研机构和生产服务企业即可以为公众提供最新的科研成果和产品,也可以为庞大的市场网络提供技术保障和多样化的、便利的服务。著名的科研机构有 IMIC、鲁汶大学、根特大学、布鲁塞尔大学、列日大学、那慕尔研究中心等。专业公司有菲利普、Agfa-Gevaert、Agilent Technologies、阿尔卡特电子、Barco Silex 等。

欧洲著名的 Healey & Baker's 公司曾经做过 16 个欧洲发达国家基础设施优缺点矩阵排列对比分析,无论就铁路、公路的密集程度而言,或是海陆空的对接配套反应能力而言,比利时获得的分数最高,位居 16 个国家之首。

二、训练有素的劳动大军

比利时总人口 1000 多万,男性占 49.4% 左右,女性大约占 50.6%,有劳动能力的约 680 万人,失业率在最近几年在 8% 上下浮动,2004 年曾出现历史纪录,达 8.8%。最低工资标准由行业间根据通胀率协商达成协议,按协议的条款执行。除通胀率外,另一个协商的要素是全国就业人员全年平均工资的指数,因为最低工资标准是根据年平均工资指数按不少于 60% 推算而来。政府不干预,不制定和不颁布对应的行政法规。所以,工资的数额没有一定之规。任何统计数据只能供参考。目前的最低工资水平约为全年 14500 欧元,平均每月 1210 欧元,领取最低工资的雇员约占就业人口的 4%。贫困线指目前月收入少于 800 欧元的居民。

上述列举的数据会因地、因时、因行业而变化。下面的数据恐怕更有参考价值,有助于评价人力资源的水平。

(一)人均生产率

《世界竞争力年报》曾经对数个工业发达国家作对比研究,指数确定为"100",根据雇员对 GDP 的贡献来推算劳动生产率。比利时雇员全年平均贡献率是 57550 欧元,按劳动小时计算,每人每小时为 30 欧元。得到的评价是:小时劳动生产率指数 109,人均劳动生产率指数 97,比利时雇员劳动生产率列世界工业发达国家第二。

(二)忠诚度

比利时雇员守时,遵守劳动纪律和操作规程。随意跳槽和挖墙脚视为缺乏诚信和破坏行规的行为。他们会按照劳动合同的条约一丝不苟履行义务。据国际劳工组织调查,比利时雇员为雇主的工作时间大约是 11.37 年。该数字与日本大致相同,远远高于欧美其他国家。另外,劳动缺勤率十分低下。国际劳工组织的调查证实,比利时的劳动缺勤比例为工作时间的 0.9%。

(三)语言能力

无论是白领阶层,或是蓝领阶层,能够使用外语进行交流或者工作的比例很高。据世界经合组织(OECD)调查,超过 80% 的比利时人能够熟练掌握一门外语,超过三分之二的人会使用两门外语,超过半数的人能够掌握三门外语。英语和法语是工作中使用最为普遍的语言。为了维系高素质的人力资源水平,比利时一方面注重抓未成年人的基础教育和训练,为劳动市场储备力量和形成后备梯队,一方面注重抓岗位培训和再就业培训。

义务教育从 6 岁至 18 岁。学龄前教育从 3 岁开始。既有免费的公立学校,也有各种各样的私立学校和国际学校可供选择。国际学校有美国模式的,也有日本、英国、法国、德国、斯堪的那维亚等模式。高等教育既注重基础知识的学习,也兼顾专业的细分和企业的需求。大部分大学接受企业的委托,拟订专业课程,确立研究课题,让学生按照企业的"订单"完成学业和研究任务,给学生铺就未来就业的捷径。

用于教育的支出略占 GNP 的 5.5%。除了政府财政支出外,各所大学每年都可以从委托的企业中获取大量的资助,其中有用于课题研究的,有用于助学金发放的,有用于奖励金发放的。

在岗职业培训基本上由雇主和各行业商协中介机构根据需求和相关规定实施。

再就业前的技能训练由地方政府实施。地方政府设立的就业服务中心,专门负责就业和再就业的培训工作。培训机制是双向运转的,即:企业进入就业服务中心的信息网络,明示所需的雇用人数,岗位要求,技能标准。服务中心从数据库中提取对应的对象,进行配对。倘若不能满足企业的招聘需求,服务中心会专门将待业和失业人员进行针对性培训,将合格的人员向企业输送。职业培训在各大区有 80 至 90 家,涉及的行业十分广泛。另一方面,服务中心设立产品开发部,根据岗位空缺情况和未来经济发展远景开设培训科目。一种叫"路径指导"的工作机制可以为失业人员提供个性化和人性化的服务。失业者登记备案后,如果 3 个月内自己独立找不到工作,服务中心就会主动上门了解情况,进行心理技能测试和评估,对失业人员的潜能、技能重新定位,然后进行职业体验和职业培训,使其符合用人企业的要求。人才技能的多样化、个性化和人力资源的多样性可以从多个角度满足企业的雇用要求。

三、健全的劳动标准体系

比利时是欧盟的创始国之一,其劳动标准体系完全是在欧盟体系的框架下制定的。欧盟现行和将要实施的劳动标准体系对任何一个成员国,包括比利时都具有普遍意义和适用性。

四、高效务实的吸引外资政策和运行机制

国土面积小,人口密度大,自然资源缺乏,是比利时的现实情况。吸引外资固然有国家发展战略,打造全方位开放型经济等方面的考虑。创造就业岗位维系一千多万人口的生活素质和水准也是比利时不遗余力吸引外资的一个重要原因。地方政府既当"主人"又当"仆人"的行政主导兼顾事务操作的运行机制,是有别于其他工业发达国家的一大特色。北部的法兰德斯区和南部

的瓦隆区都设立了庞大的外商投资局,集中政府的人力、财力,向外国投资者提供服务。

外商投资局在美国、新加坡、日本等国家设立办事机构,近200名外派商务专员分布在世界94个国家和地区。机构内设有专门的处室来处理日常事务和个案事宜,回答和解决投资人提出的每一个环节的问题。比如,场地如何选择,劳动力怎样供给,技术研发找谁提供帮助,欲生产的产品是否符合当地和欧盟制造标准,物流系统现状如何。林林总总的问题,尽管提出来,外商投资局的工作人员有义务逐一回答。只要你有投资意愿,他们可以派人了解你的需求,为你量体裁衣,提供建议,陪同你去其他政府机构协调、沟通,到现场考察,帮助你完成商业登记、选址、雇工、申请资金资助等工作。

外资企业普遍享受国民待遇,比利时境内没有设立开发区或封闭型保税区的投资场所。比利时的开发区与地区经济发展规划融为一体,国民待遇对区内内资和外资企业同样适用。南部瓦隆和法兰德斯有一百多个工业园区,分布城镇周边。比利时境内还有一部分经欧盟确认可以享受欧盟援助计划的开发区。

基于任何投资形式的企业在比利时享受普遍性的国民待遇,并非厚此薄彼,况且,比利时法律体系不作涉外法律细分,有关开发区和外国投资的特殊性不在此一一赘述。

鼓励措施主要有5个方面:

1. 政府行政部门可以为投资人雇用的员工提供6个星期的免费培训或个性化培训。

2. 地方政府给予符合条件的外国投资企业资金援助。根据一般性原则,外国投资者在比利时境内设立总部基地、子公司或分支机构都可以申请资助。资金只限于土地或厂房的工程,购置新设备或购置无形资产。财政资助上限为总投资额25%。交易必须按照第三方通行的市场价格为计算基准。

3. 设立在欧盟划定在开发区内的企业,可以享受欧盟的资金援助。

4. 企业可以向财政申请部分税收豁免。

5. 有助于创造工作岗位的培训计划可以申请政府资助。

上述鼓励措施给予与否,多与寡,会因时、因地域、因项目性质规模大小、因环保标准而变化。最简捷有效的做法,是直接与地方政府联系,索取资料。有些评估的基本原则具有普遍适用性。

第一，就业可行性评估。即：投资是否创造就业机会，或者能够吸收多少就业人员。

第二，行业性质评估。银行、金融机构、水或能源的加工、制造和销售，不能获得政府资助。从事自由职业的个人不能获得资助。

第三，技术含量评估。行业类别是否属于鼓励范畴。目前，优先鼓励发展的行业有软件开发与制作、新型材料生产、电信业、航空工业、微电子研发与生产、生物技术和研发与应用、农副食品加工业。

第四，附加值评估。

资助申请程序和要求是：项目实施企业向当地政府行政部门提交申请和填写一系列表格。申请被受理之日起的 6 个月内，审批部门作出最终意见。资金视项目进展情况分 2 至 3 次拨付。援助资金的使用必须按照事先确定的时间表进行，在规定的时间内，使用率不得少于 80%。政府行政部门负责全程监控资金的使用情况。

五、税收规定及计算方法

1. 谁应当缴纳企业所得税

具有法人资格的公司、团体和其他组织，如果他们从事商业或盈利性活动，并在比利时注册、有主要的办事机构或进行经营管理，则需要在比利时缴纳企业所得税。

2. 企业所得税的税率是多少

根据 2004 年对 2003 年财政年度的测算，比利时企业所得税税率总体为 33.99%（包括附加税 3%）。如果满足一定的条件，中小型企业可以享受较低的递进税率（比如，应纳税收入不超过 322500 欧元，其他公司所持有的该公司的股权不超过 50%）。

企业所得税率为：

（1）公司所得不超过 25000 欧元的部分，24.25%；

（2）公司所得在 25000—90000 欧元之间的部分，31%；

（3）公司所得在 90000—322500 欧元之间的部分，34.5%。

这个税率包含了 3% 的附加税。

3. 什么是计税基数

一般来讲,企业所得税的计税基数是公司的全球收入减去允许的扣减项目。公司的所有收入,通常被假定都是公司的商业收入。同样的,公司的所有支付,也被假定为都是公司的商业成本。作为一项一般的原则,公司在计税期间为应纳税营业收入所产生或承担的费用可以被扣减。为了顺利扣减这些费用,这些开支应该由适当的文件材料加以证明。因此,计税基数是基于对公司的财务报表进行一些修正来确定公司的。这些修正包括:

(1)不被允许的开支;

(2)被豁免的公司国外收入;

(3)分红的扣减;

(4)递延的亏损;

(5)投资扣减。

公司所分得的和保留的利润都需缴纳企业所得税。

4. 资本亏损和收益如何计算

资本亏损通常可以从企业所得税应纳税额中扣减。例外的是,股权上的资本亏损不能扣减,除非这些亏损(并且仅限于这类亏损)是在清算后产生的已投资股权的永久性亏损。

资本收益通常在其实收时应缴纳所得税。例外是对于股权投资的资本收益通常是免税的。

在某些情况下,未实收的资本收益(例如只是记载在会计记录上)可是暂时免税。

5. 哪些财务上的修正会使计税基数增加

(1)不被允许的开支,下列开支通常不能得到承认:

①没有适当的文件材料证明的开支;

②根据税法规则,可以扣减的数额有一定的限制(如:购车费用、餐费和接待费用、社会福利);

③超出合理范围的开支。

无法扣减的开支将被列入计税基数。

(2)时间差异

从税务的角度,有些入账的成本(很可能是一些债务和杂费)暂时不能得到承认,并因此会导致计税基数的增加。当稍后扣减这些成本的条件满足时,计税基数可以相应得减低。公司可以有条件的在会计上为某些已入账的收益(如已记账但还未收取的资本收益)提取一笔临时免税的准备金,并因此减少了公司的计税基数。但如果这些临时免税的条件不再被满足,计税基数将相应增加。

6. 哪些财务上的修正会使计税基数减少

(1)被豁免的外国收入

如果一家比利时公司的分支机构位于一个与比利时签有避免双重征税协议的国家,则比利时公司所收到的来自于这个分支机构的利润在原则上是豁免的。

(2)红利的扣减

如果符合下列条件,本地公司或在本地有常驻机构的非本地公司所收取的参股一家本地公司或非本地公司的红利的95%可以免缴企业所得税:

①参股的比例为10%或收购价格为1200000欧元;

②股权必须符合财务固定资产的条件;

③持股期间:公司必须完整地、毫不间断地持有所参与的股权一年;

④税收条件:发放红利公司所在地的税收条件不能比比利时的税收条件优惠(实际税率低于15%)。欧盟成员国的税收制度被认为满足这一要求。

应该注意的是,对于金融公司、财务公司、投资公司、中介机构以及如果收入来源于一个位于税收制度更为优惠的国家的分支机构,则上述规则有例外。

(3)税收亏损的递延

税收亏损可以在时间上毫无限制地被递延到下一年并从将来的收入中扣减。亏损回转是不被允许的。对于从相关方所收取的非正常的或慈善性的利益,或是对于秘密佣金单独所征收的税款,亏损不能被扣减。

如果公司有下列行为的话,亏损有可能部分或全部的不能被扣减:

①某些享受免税的公司重组,如合并或分立(部分不能扣减);

②不符合公司经济或财务需要的控制权的转移(全部不能扣减)。

对于在国外有经营活动的公司以其在国外受到的亏损来充抵比利时境内的利润,政府有特别的规则。

(4)投资扣减

公司因为商业目的购买新的有形的或无形固定资产,在一定的条件下,可以根据所购买或投资价值的一个基本比例从应纳税利润中要求额外的扣减。

（5）股权的资本收益

关于股权或参股的资本收益可以免税,如果收益实现时,与这部分股权或参股有关的红利符合红利扣减的条件。与红利扣减不同,无论参股的比例或价值是多少、持有的期间和是否符合规定的条件,都可以免税。在某些情况下,股权的资本收益只是超出先前已扣减的投资亏损的部分可以免税(从1991 年开始,股权投资的资本亏损不再可以被扣减)。

7. 什么是红利、利息和许可费的预提税

（1）红利

比利时公司分派的红利通常需要缴纳比利时 25% 的预提税(比利时国内法规定了一些例外)。根据 1990 年 7 月 23 日的欧盟母子公司指令,如果收取红利的公司符合下列条件的话,比利时公司分派的红利通常可以被免税:

①该公司设立于比利时或其他欧盟国家;

②持有至少 25% 的分派红利的比利时公司的股权;

③毫不间断地持有股权至少一年。

此外,不论是否可以适用欧盟母子公司指令,预提税根据有效的税收协议通常都是可以被减低的。

（2）利息

利息的支付通常也要缴纳 15% 的预提税。但是,比利时法律也规定了一些例外,例如非居民支付的比利时记名债券的利息收入可以免交预提税。

（3）许可费

比利时税法对于许可费的定义非常广,可以是"对动产租借、使用或特许所产生的收入"。比利时税务部门认为只要根据协议,财产没有被转让、但使用或利用任何有形或无形财产的权利被赋予给了另一方,就是"特许"协议。

如果没有豁免,这一类型的收入通常要收取 15% 的预提税(例如,如果收取方是比利时公司的话,则不需缴纳预提税)。在跨境交付许可费的情况下,并且如果有避免双重征税协议(通常含有较低的预提税税率),可能会适用一个较低的预提税税率。

8. 许可费和利息是否可以被扣减

已支付的许可费和利息适用"可以扣减的成本"的原则。严格地说,对于已支付的利息或许可费并没有简单的资本化规则或任何"收入剥离规则"可以适用。然而,在下列情况下,比利时政府可能会采取一些反避税措施:

①公司预先向个人或股东(或他们的配偶或孩子)支付的利息;

②公司预先向个人(或他们的配偶或年幼的孩子)或在该公司里担任董事、经理、清算人或类似职务的外国公司支付的利息;

③直接或间接向不应缴纳企业所得税或所在国的税收体制比比利时的税收体制优惠的受益人支付的利益或许可费。

9. 红利是否可以被扣减

从比利时税法的角度说,红利是不能被扣减的。

10. 什么是"税收协议",它如何使外国投资者受益

比利时和许多国家和地区签订了旨在避免和消除双重征税的协议。避免双重征税协议的最主要的目的就是确定在国际业务往来中有关国家征税的权力。这些协议中的大部分是根据国际经济和合作组织(OECD)关于避免收入和资本双重征税的示范协议起草的。

11. 关于转让定价的有哪些规则

转让定价的概念基于同一商业集团的公司之间应该按照公平交易的原则展开商业活动的规定。这意味着任何公司必须证明他和关联公司进行交易的价格应该同它与毫无关联的公司所进行的相同或类似交易的价格具有可比性。

12. 对于没有遵守公平交易原则的业务的税收政策是什么

如果一家比利时的公司或比利时的分支机构被发现没有按照公平交易的原则开展业务,比利时的税收机关在一定的条件下有权:

①将关联公司所取得的好处计入计税基数,或者

②减少与从关联公司所取得好处相应的税收亏损的可扣减额(或其他的扣减)。

原则上,一家公司是否从事了不恰当的转让定价活动取决于相关交易的事实和情况。转让定价的问题在比利时的案例法中并没有被深入的讨论。尽管通常有公平交易原则的要求,但是在某些案例中,比利时法院也承认了同一集团的公司以相互独立的公司之间不会接受的方式进行相互交易的行为。

13. 公司如何保证转让定价的行为可以被接受

比利时税务机关建议纳税人妥善保管有关公司转让定价政策的文件。这些文件应该是相关的、全面的和可信的。此外,根据比利时的所得税法,可以向比利时的税务机关申请有关定价协议公平交易性质的先期转让定价协议或

规则(APA)。

14.　联邦税务机关决定有关公平交易的文件是否相关、全面和可信的考虑因素是什么

联邦税务机关实行由 OECD 发布的转让定价的指南。该指南要求纳税人应准备和保留有关文件以说明：

①集团的公司结构和活动；

②相关交易的性质、条款(包括价格)和数量；

③所确定的价格的公平交易性质。公司必须要能够说明它和关联公司交易的价格与其他独立公司进行交易的价格是具有可比性的。

15.　外国公司建立一个分支机构作为欧洲总部在税收上主要的好处是什么

分支机构被认为是与它所属的外国公司(以下简称外国公司)相同的法律实体。因此，建立一个分支机构有如下税收上的好处：

①以资产对分支机构的"注资"不必缴纳一次性的 0.5% 的资本税，而建立一家比利时公司则需要支付；

②在分支机构向外国公司转移利润时，不必缴纳预提税或其他类型的"分支机构级别"的税收。

16.　建立分支机构在税收上有哪些不利方面

一家比利时的分支机构和一家常驻比利时的公司的税收是相同的。然而，分支机构被认为是外国公司相同法律实体的一部分有以下的不利方面：

①由分支机构向外国公司支付的费用(比如利息、许可费、管理费)不能在税收上扣减；

②比利时签订的征税协议不适用。原则上应适用外国公司常驻国所签订征税协议；

③如果外国公司不是欧盟公司的话，欧盟母子公司指令不能被适用。在实践中，这意味着，根据指令，其他欧盟国家对向比利时分支机构支付的红利所征收的预提税不能被豁免。

17.　新税务优惠概览

股息预付税：如果属于香港居民的公司在派发股息时，已至少连续 12 个月持有直接相当于支付股息的比利时公司的股本至少 25% 的股份，则有关股息可豁免缴纳预付税。如果公司直接持有支付股息的比利时公司至少 10%

的股本,则有关股息需要缴纳 5% 的预付税,在其他情况下,一律缴纳 15% 的预付税。

利息预付税:由于延迟就某企业提供的货物、商品或服务作付款所引致的商业债权利息(包括商业文件代表的债权);支付予经营银行业务的企业而并非以不记名文书代表的任何性质的债权或贷款的利息;以及与香港或比利时政府相关的特定贷款的利息可豁免缴税。其他利息则以 10% 的税率缴纳,然而根据比利时即将实施的国内税例,在符合某些条件的情况下,其他利息也可豁免缴税。

特许权使用费预付税:就特许权使用费征收的税款不得超过该等特许权使用费总额的 5% 。

18. 比利时的税务裁定体制:

(1)简介:根据公司税收改革的总体框架,比利时政府对于税务裁定体制作了进一步的发展,根据最新的体制,纳税人就拟进行的商业活动的税收情况可以获得一份事先裁定。这意味着任何公司(无论是国内公司或外国公司)可以在其进行项目投资之前,就从税收征管部门获得一份有关该项目的税收情况的具有约束力的裁定。与税务有关的事先裁定机制对于预测投资项目的净利润具有特别重要的意义。

(2)定义:税务裁定是一份由税务征管部门针对(将来的)纳税人就其所描述的某种尚未发生的特定情形的税法应用的请求所做出的单方的书面声明。

(3)事先确定的效果:在这项新体制背后的原则思想是帮助潜在的或已经存在的投资者或其他从事商业活动的人,就税法的应用获得事先确定的效果,并且提供与欧盟要求相符的法律保障。

(4)应用范围:关于事先裁定的请求可以由比利时人,非常住的纳税人,以及希望在比利时投资的个人、公司或外国人提出。

裁定申请可以就任何现实的税务问题(比如企业合并分立和相关的交易、捐赠、转让定价、预提税、折旧、资本收入、税收减免等等)提出请求,只要该问题还没有发生。有关这些现实税务问题的举例可能是无法穷尽的,但是这些例子至少指明了在哪些领域新体制可以被应用。此外,作为一般的税务裁定体制,它同样适用于增值税、注册税、生态税和关税等,而并不局限于所得税。应用新体制只有一个条件必须得到满足:该税务体制只适用于特定的一个情况或一笔交易,并且该情况或交易实质上尚未发生。理论推测或假定是不存在的。

（5）程序：申请文件应该包含以下内容：

①申请人、相关人和第三方的身份情况；

②关于申请人经营活动的描述；

③对于请求裁定的情况或交易的全面描述；

④对于比利时税务征管部门应该做出裁定的有关法律规定的援引。

此外，只要裁定尚未做出，可以以任何与特定交易或情况相关的文件对于裁定申请进行补充。

（6）裁定时间和有效期

原则上裁定将在3个月内做出，但是根据个案情况的不同，在完整的申请材料递交15天后，将确定一个有效的做出裁定的最后期限。裁定的有效期最长为5年，但是，如果申请文件可以证明长于5年的有效期同样合理时，有效期也有可能会超过5年，例如，对于不动产的折旧率所做出的裁定。

（7）应用事先裁定的一些限制：下列情况不适用事先裁定：

①实际操作已经开始，或者纳税人已经和税务征管部门就实际操作进行商讨；

②根据与裁定请求相关的税法规定，有关的实际操作没有建议或意见提供；

③所提出的请求没有任何的目标；

④与征税有关的问题；

⑤所进行的经营操作在比利时境内没有实质上的经济作用。

⑥交易包括一些避税天堂国家，这些国家尚没有同 OECD 进行合作。

此外，由联邦财政部签发的裁定，并不能免税，也不能降低税率。

19. 欧盟母子公司指令有什么影响

根据欧盟母子公司指令的规定，由符合规定的公司所发放的或所收取的红利可以免除预提税。符合条件的公司收取符合规定的红利或者被全部免税或者被收取不超过上述金额5%的税收。

20. 外国投资局财务部（FDFI）

外国投资局财务部是财政部下属的一个负责外国投资的部门。这个部门向（潜在的）投资者提供所有的税务信息，并在投资者与税务部门联系时提供帮助。外国投资局财务部的联系方式：

Fiscal Department for Foreign Investments

Ministry of Finance

Leuvensestraat 38

B – 1000 Brussels

电话：+ 32 2 233 82 52　　　+ 32 2 233 82 70

网站：http://www.fiscus.fgov.be

六、企业设立程序

(一)子公司能享受以下税务优惠

(1)能够在缴纳很少数或完全被豁免预提税的前提下把公司利润汇回母公司。

(2)资本税能够在某些情况下被豁免。

(3)子公司能享受到"比利时—香港免双重缴税协议"带来的优惠。(详见第三章)

在做每年年底的公司财政报表时,政府税务局对子公司的要求要相对宽松,它们没有义务透露在国外母公司的财政记录。

(二)分公司能享受以下税务优惠

(1)免缴资本税。

(2)把公司利润汇回母公司时免缴预提税。

(三)在比利时设立分支机构的最低投资额

在比利时设立一家股份有限公司需要 61500 欧元的最低投资。这笔投资必须在办理公司设立手续的同时全额汇入特别开设的公司账户中,以银行汇款单为准。在比利时设立一家有限责任公司需要 18550 欧元的最低投资,其中 6200 欧元必须在办理公司设立手续的同时全额汇入特别开设的公司账户中,以银行汇款单为准。

(四)中国投资者如何设立分支机构

(1)中国公司或企业根据中国法律应完成的手续和文件:

▲公司决议:为设立一个分支机构,外国公司的董事会(或所在国的公司法律规定的其他有决策权的公司机构),应当正式做出设立分支机构的决议,并在比利时聘用一名代表以负责该分支机构的日常管理、代表公司处理与第三方之间的业务往来以及与分支机构活动有关的法律程序。

▲声明及其公证:由于向商事法院书记官办公室递交材料的需要,下列文件应当含有(或者作为下列文件的附件)一份由公司授权管理人员签发的声明,证明所递交的股东协议和公司章程的复印件与目前生效的公司条例和公司章程原件一致。

—公司关于开设分支机构并授权分支机构代表开展分支机构经营活动的决议;该决议应该由公司具有决策权的机构(通常是公司董事会)做出;

—证明公司合法存续的文件;

—股东协议和公司章程的复印件,如果上述文件被修订过,曾应递交上述文件目前仍生效的修订本;

—关于公司及其比利时分支机构的其他信息(比如,公司的主要办公地址,分支机构的所在地或经营范围)。

该声明必须由中国公证机关进行公证,并由比利时大使馆或就近的领事馆进行认证。

(2)在地方管辖的大区应当履行的手续:

▲将文件翻译成荷兰文:为递交文件的需要,声明和所附的文件(即股东协议、公司章程以及证明公司存续的文件)应由认可的法定翻译译成荷兰语。年度报表和合并报表可以自行翻译为荷兰语。

▲在比利时国家银行(Belgian National Bank, www. nbb. be)开立账户:最近一个会计年度的外国公司年度报表(以及该公司母公司的合并报表,如果有)需要被翻译成荷兰语,并递交给比利时国家银行(比利时的中央储备银行)。比利时国家银行确认上述年度报表(以及合并报表,如果有)已经被依法递交的证明应和其他文件一起递交给商事法院书记官办公室。

这一要求不仅适用于有限责任公司,也适用于股份有限公司。

▲向当地商事法院递交材料:上述文件和公司决议,以及翻译件,应该向拟设立分支机构所在地的商事法院的书记官办公室提交。

▲在比利时政府公报上公告:公司决议荷语的翻译件应在比利时政府公报上摘录发表。

▲获取贸易注册编号：任何在比利时营业的公司需获得一个贸易注册编号。对于第三方来说，这个编号就是代表公司存在的注册编号。因此，这个编号必须出现在公司的信头或其他文件中。

由于比利时政府启动的宏大的电子政务项目，公司注册的电子注册程序已经施行。欲在比利时设立公司的企业和个人可以在官方网站上进行网上注册。

除了要满足以上条件外，分支机构的法定代表人还要出示其具有个人管理能力的证明（具有经济学、管理学、法学学士以上学位或15年以上管理经验的证明），否则该分支机构的注册申请不会得到批准。这些手续有时可能要花点时间，但是如果外国公司能够证明他们不是一家中小型企业，则他们可以回避上述问题。

▲申请增值税号：分支机构应该向当地的增值税管理部门申请一个增值税编号。向增值税管理机构递交的申请书应该有分支机构的代表人签字（该代表人的签字不需要公证）。一般而言，几乎所有的行业都应该向他的客户收取增值税，因此必须取得自己的增值税编号。保险公司是目前没有被要求收取增值税的行业之一。

尽管增值税的税号目前在欧盟都是一致的，但增值税的税率各个国家并不相同。增值税的税率也根据所提供产品或服务来决定。在比利时标准的增值税税率是21%，但是在某些情况下也可能是0%、6%或12%。在计算企业所得税税基时，增值税是可以抵扣的。

▲开业：如上所述，任何希望在比利时设立分支机构的中国公司必须任命一名管理人员，授权其代表该分支机构与第三人进行商业活动，或在与公司经营活动有关的法定程序中代表公司。该人员被称为公司的"法定的代表"。除了公司授予他/她的所有职权外，该代表也要履行法律所规定的信息披露义务。

应该指出的是，该法定代表人所承担的责任与股份有限公司董事的责任是相同的。

七、对于外国职工进入的要求

（一）对于外国职工的工作是否有任何的限制

比利时将外国职工和其雇主的关系分为两大类：临时借调或长期工作。

在临时借调的情况下,工作关系还是保留在因为组织、重组或控制经营活动的需要而临时派遣员工来比利时的外国公司。员工应服从外国公司的安排,他不能是比利时公司的职员。借调的职员仍在外国公司的工资表上,由其支付薪水。此外,借调的职员继续享受外国公司所在国的社会保障制度。

如果是长期工作的话,外国职员成了比利时公司的员工,并列在其工资表上。职员接受本地比利时公司的指令并在比利时公司管理层的职权下开展他/她的工作。员工也享受比利时的社会保障制度。

如果职员符合下列两项条件之一的,他们就符合比利时规定的有利于外国执行管理人员的税收地位:

(1)他们由外国公司派遣,临时在其比利时的公司或由该外国公司控制的另一家公司工作,或由国际集团的外国成员公司派遣,临时在同一集团下的(在比利时的)另一家公司工作;

(2)被外国公司或一个国际集团成员公司在比利时的子公司聘用而在比利时工作。

(二)公司或企业合法聘用外国员工应准备的文件

外国职员(欧盟公民除外)必须取得工作许可以合法的在比利时被聘用。在法兰德斯地区或瓦隆地区可以向有关的地方移民职能机构申请。雇员将得到有效期最长为一年(只能受一名雇主聘用)、但是可以续延的 B 类工作许可。雇主应负责工作许可的申请和续延。如果满足下列两项条件之一的,该职员可以申请 A 类工作许可:

(1)他/她(在提交申请文件时)可以证明他/她在比利时已经以 B 类工作许可被连续聘用 4 年(即 B 类工作许可已经被延期 4 次),并且他/她在比利时已经合法居留连续 4 年;

(2)他/她在比利时合法居留连续 5 年。A 类工作可以永久有效(并且对任何工资水平的工作都有效)。

(三)对于外国员工取得工作许可的最低工资要求

为了取得工作许可,一个职员应至少有下列工资:

(1)一名作为"高级管理人员"的员工,年收入应不低于 51842 欧元(自 2003 年 1 月 1 日起);

（2）一名作为"高级白领"的员工,年收入应不低于31073 欧元(自 2003 年 1 月 1 日起)。

请注意上述工资标准因通货膨胀,每年都会调整。

(四)如果外国人是个人独立经营的,应当取得哪种许可

从事个人独立经营活动的外国个人(欧盟公民除外)必须取得专业卡。但是也有一些例外。对于专业卡的申请,可以向申请人在申请专业卡之前已居住至少 6 个月的最后居住地的比利时领事馆或大使馆申请。

八、联系机构

比利时是从 1993 年实行联邦制的国家。联邦政府管辖的事务不多,有如国防、外交、金融、内政等。其他大量的事务归地方政府管辖,包括经济发展与就业的实施,对外贸易、旅游、教育、应用科学研究的规划与实施;交通和公用工程的管理与布设;土地整治;住房建设;环境保护;能源;水源的开发和保护等等。

比利时有 10 个省,划入三个行政大区管辖。北部是法兰德斯大区,南部是瓦隆大区,中部是布鲁塞尔大区。如前面所述,比利时的地方政府既扮演招商引资的行政主导角色,同时兼顾务实操作的角色,因此,外国投资者可以径直与地方政府的部门联系。以下摘录部分联系地址:

布鲁塞尔地方发展局

Brussels Regional Development Agency,简称 BRDA。

地址:Rue Gabrielle Petitstraat 6B—1080 Brussels

电话:32—2—422 51 11　　传真:32—2—422 51 12

网址:www. brda. be　　电子邮箱:info@ brda. be

法兰德斯大区外商投资局

Flanders Foreign Investment Office

地址:Regentlaan 40　 B—1000Brussels,Belgium

电话: +32 2 5048711　　传真:32 2 5048899

电子邮箱:flanders@ ffio. be　　　网址:www. ffio. com

瓦隆大区外商投资局

Office for Foreign Investors

地址:Avenu Jean Materne,115—117　　B—5100Jambes,Belgium

电话:+32 81 332850　　　传真:+32 81 332869

电子邮箱:investinwallonia@ ofisa. be　　　网址:www. investinwallonia. be

（编者:中国贸促会驻比利时代表处）

第三节　英国投资环境及相关政策

一、投资环境

英国是目前世界第二大外商直接投资国,2006 年吸引外资总额达到 1700 亿美元。2006 年,英国的经济增长率为 2.7% ,GDP 达 21920 亿美元。

（一）基础设施

英国作为生产和贸易基地有众多优势,包括优越的地理位置、与世界各地广泛的贸易联系、完善发达的国内交通体系、经验丰富的劳动力、充足的能源以及成功的科研。此外,英国金融、市场及其他各项专业服务也极为便捷。

英国密集的高速公路、发达的道路网络,海底隧道、机场和海港,形成了快捷、高效的境内以及通向欧洲的综合交通网络。英国是世界上拥有最好电信设施的国家之一,世界一流的电信公司均在英国设立了基地,从事生产、研发以及提供通讯服务。超过 250 家电信公司为英国提供高容量的光纤网络,宽带覆盖率达到 80% 。

首都伦敦是国际公认的世界上最成功的城市之一,拥有良好的商业设施、享誉世界的技术以及一流的娱乐设施。所有重要的现代制造业几乎都在英国占有一席之地,银行和保险等服务业也对英国经济作出了重要贡献。

(二)劳动力情况

目前英国的劳动力人数超过 3000 万,位居欧盟国家第二位。就业人口超过 2900 万。其中包括 2155 万全职雇员和 748 万兼职雇员,创历史最高水平。英国目前的就业率高达 74.6%,高于欧盟国家的平均水平 64.3%;失业率为5.5%,低于欧盟国家平均失业率 7.7%。

1. 劳动技能

英国劳动力市场具有的强大的技术实力,一直保持着吸引外资的良好记录。国际知名公司包括微软,甲骨文、摩托罗拉、思科、可口可乐、索尼、福特、尼桑、丰田、本田等都对英国进行可观的投资以充分利用英国的科技资源。

就技术而言,英国仅居美国之后,拥有世界排名第二的研究基础。英国一直重视教育和培训,每年大约有 63 万名学生从国内的 170 所大学和高等教育机构毕业。

英国拥有欧洲最多的工商管理硕士(MBA)课程,英国的 MBA 课程在"2007 泰晤士"评选的全球 100 家顶级 MBA 课程中占据 16 家。30% 的英国人可以讲除母语以外的一门外语,除英语外的最流行的语言是法语和德语。伦敦拥有最多的能讲流利外语的人,就语言因素而言是欧洲最好的城市。

2. 劳动力成本

无论是从服务业还是制造业,英国的劳动力成本都具有竞争力。相比德国、爱尔兰、西班牙和瑞士等国家,英国的劳动力成本都处在比较低的水平。在英国本土,不同地区的劳动力成本也不尽相同,伦敦地区的劳动力成本最高,英格兰东北部、西南部以及威尔士和北爱尔兰的劳动力成本最低。2007年,英国成人的最低工资标准为 5.35 英镑每小时;年龄介于 18—21 岁的雇员最低工资为每小时 4.45 英镑;16—17 岁为 3.30 英镑。

3. 劳动法规

英国拥有灵活自由的劳动力市场和劳动法规,在保护雇员的合法权益的同时也保证公司的有效运转。

劳动法规规定,雇主必须在雇员开始工作后的 2 个月内提供一份雇佣合同。此合同必须包含一些确定的信息。雇佣合同形成了劳资关系的基础,合同可以是书面的或口头的。英国雇佣合同一般以书面形式出现,以避免日后的纠纷。

如果雇佣合同终止,雇佣双方都有义务提前告知对方。如果工作期超过1个月,雇员至少要提前1个星期告诉雇主。同样雇主也应该给予雇员至少1个星期的通知期(工作时间超过1个月);2个星期(超过2年)以此类推。

英国雇员的平均工作时间为每周43.1小时,高于欧盟国家的平均水平每周41.9小时。英国为全职、半职以及临时雇员都制定了有关工作时间的限制,每周工作时间不得超过48小时;晚间工作每日平均不能超过8小时;晚间工作工人有免费健康检查的权利;每日有11小时休息时间;每周有1天休息日;如果工作时间超过6小时有20分钟休息时间;每年有4周带薪假期。

英国法律保障雇员或未来雇员,无论其服务年限长短,不得以性别、性取向、宗教信仰、婚姻状况、种族及伤残为理由遭到歧视。

此外,英国政府制定了一些法规来鼓励相对自由的工作时间和适当的家庭和工作间的平衡。例如,孩子年龄在6岁以下以及残疾儿童18岁以下的父母有权要求灵活的工作安排,其中包括可以要求在家工作以及调整合适的工作时间等等。

欧洲经济区(EEA)的国民不需要工作许可证或签证便可在英工作。非欧洲经济区的其他外籍员工必须先申请由英国内政部颁发的工作许可后才能在英国工作。

(三)开发区或自由贸易区企业区

英国许多地方设有企业区。企业区多指那些处于闲置及萧条中的老工业区。英政府通过在各地设立企业区、实施企业区优惠待遇,加大对当地的引资力度,从而带动当地经济的发展。企业区通常由多个地点组成,各自有独立的计划机制:一些发展为商业园区,一些专门从事制造生产,另外一些则可能有其他更多的用途。

企业区享有以下一系列优惠待遇:工商业建筑物的资本支出享有100%的公司和收入税补贴;工商业房地产免交国家非住家财产税(统一企业税);大幅简化规划机制;符合企业区规划的计划项目不需要单独的规划许可;免除雇主行业培训税收、承担向行业培训委员会提供信息的义务;企业区内公司对海关设施的申请能够得到优先处理,一些标准也会相应放松,例如可减轻企业向政府提供统计资料的要求等。

为鼓励非欧洲企业通过英国在欧盟地区建立基地,英国政府还放宽了以往十分严格的进口控制程序。过去的程序规定,进口商品在进入英国当地市场或再出口之前,必须只能在指定的自由贸易区进行加工。现在这一规定发生了变化,将对那些希望进口加工前使用高关税而加工后使用较低关税的企业提供帮助。

英国目前有七个自由区,分布在南安普敦、施尔尼斯、蒂尔布利、利物浦码头、伯明翰及普雷斯机场等地区。在上述自由区,货物获准在欧盟内部自由流通或再出口到欧盟以外地区之前,可进行各种交易而不需缴纳关税、增值税和其他费用。自由区被认为处于欧盟关税区以外,可以进口本来要征反倾销关税的货物,加工成为只征正常关税的制成品。另外,大多数货物可在自由区无限期存放。

单个公司也可以建立自己的自由区。经税收与海关局批准后,只要符合安全及注册要求,这些公司可进口或储存货物,并可在自己的基地进行各类加工。自由区内的货物可进行有形控制,如使用围墙、篱笆或其他实物障碍。但是,更常见的货物管理方式是以审计为基础的商业记录检查,类似于海关仓库的管理。英国主管自由区的部门为税收与海关局(HM REVENUE AND CUSTOMS)。

(四)金融环境(外汇与银行)

英国拥有欧洲最发达的金融服务行业。伦敦金融城是世界三大金融中心之一,拥有世界上最强的国际性资本市场,是一个专家云集,规章制度高度智能化,企业管理一流的国际金融中心。这些优势吸引了大批国际投资者及希望在伦敦证券交易所上市的企业。

1. 银行业

伦敦有世界上最大的外汇市场,并且是欧洲银行业和欧元交易的中心。截止到2003年3月,英国经批准的银行总数达686家,其中很大一部分是外国银行,许多来自欧洲经济区。银行业是伦敦金融城的最大商业,因英格兰银行负责设定利率,银行业又是伦敦最有影响力的商业。

在伦敦可以找到各种各样的国际银行业务,交易币种涵盖了美元、日元、欧元和英镑,世界上1/5的贷款均源自伦敦。因此伦敦的银行业务非常繁忙,其国际贷款额是美国或德国的两倍,并且大部分的业务属于伦敦的外资银行。

2. 债券

欧洲债券于 1963 年开始在伦敦国际证券市场进行交易。进入 21 世纪，大额资金市场日益被欧元控制。欧元虽是新的欧洲货币，但最大的欧元债券市场在伦敦金融城。目前，欧洲债券在全球债券中占据绝大部分份额，大约 60% 源于伦敦。当这些债券在二级市场中交易时，70% 的交易在伦敦进行。

3. 外汇市场

当英国货币还是世界主要储备货币时，伦敦支配了全球的外汇市场。但二战后美元取而代之。现在 85% 的外汇交易均使用美元，且 85% 的交易是外国机构在操作，然而伦敦在全球的外汇市场中仍处在支配地位。

伦敦金融城始终为各行各业的交易商和客户提供最多种类的即期外汇和远期外汇交易。该市场拥有比其他地方更多的交易公司（超过 300 家）。

4. 伦敦证券交易所

伦敦证券交易所是世界上主要的融资市场之一。仅 2006 年一年，就有 367 家企业（其中 91 家为跨国公司）在伦敦证交所上市，融资额达 152 亿欧元，这个数目占欧洲全年首次公开募资的 42%。跨国公司选择到英国上市的主要原因是伦敦极具流通性的国际交易场所，同时英国具有高水准、高透明度的法律法规和企业监管机制。

企业可以根据自身的成熟度、规模和商业目标选择到不同的市场上市。伦敦证交所的主要市场有：

①主板市场：享誉欧洲资本市场，是大公司融资和提高声誉的理想场所。主市场共有大概 1800 家上市公司，资产总值约为 35 兆英镑。

②二板市场：是为年轻的成长性企业而设的全球市场。目前有超过 1640 家英国和及海外公司的股票在二板市场交易。

③三板市场：这是一个没有规范的市场，在其交易的证券都是没有上市的。许多公司到主板市场或二板市场上市之前都依赖于这个市场。

5. 保险

伦敦一直保持着世界最大国际保险市场的地位。世界排名前 20 家的保险公司都在伦敦设有营业所，2002 年的保险费总收入达到 180 亿英镑。

6. 服务业

伦敦长期以来一直是世界级专业服务和商业服务的中心。世界四大会计师事务所总部均设在伦敦。世界上最大的广告公司在伦敦也设有总部。世界十五大律师事务所中的五家源于伦敦金融城,这些事务所员工至少有 1/4 在英国境外工作。超过 60 家美国律师事务所在伦敦设有办事处。

7. 金融监管

金融服务局(FSA)是英国所有金融活动的唯一监督机构,它协调其他九个管理机构一起进行管理。由于金融服务行业在不断地整合,英国政府采取相应对策将所有管理机构放在一个屋檐下统一进行管理。金融服务局设立的综合集团部负责管理位于伦敦城内的主要金融集团企业。

二、吸引外资政策

英国政府欢迎外商投资于英国的制造业、研究开发及服务行业,尤其鼓励引进新技术。政府对英国国民对参与其个体企业经营没有特定的要求。

英国在出入境投资、收入及资本的汇出、持有外币账户以及贸易结算等方面没有外汇管制限制。

英国没有指导或限制外商投资的专门法律。外商或外资控股公司从法律意义上与英资公司享有同等待遇,他们在英国可从事多种形式的经济活动。但是,某些为政府所有或由政府机构控制的产业除外:国防、核能领域对外国公司和英国公司均有限制;收购大型或经济上有重要影响的英国企业,必须获得政府批准;银行和保险公司开业前,必须获得金融服务局及政府的批准。外国及英国投资者必须同样遵循有关垄断和合并的规定。

英国政府负责管理贸易与投资的部门为英国贸工部,贸工部下设专门机构——英国贸易投资总署,负责鼓励并协助外国公司在英国开业。英国贸易投资总署及其分支机构可随时就投资优惠申请提供免费的咨询服务。

(一)鼓励投资的行业

英国吸引外资的主要目的在于提升本国科技实力、扩大就业以及保持国民经济的可持续性发展,因此英国政府欢迎外商投资于制造业、研究开发及服务行业,如研发(R&D)、电子、软件、电子商务、电信业、制药及生物技术、创意产业、金融服务业、化工业、汽车、食品与饮料业、环保技术和可再生能源、医疗设备以及电话中心和共享服务中心等。

（二）政府资助及鼓励措施

英国中央、地区和地方一级政府都有鼓励投资的措施。某些项目可能有资格获得多个鼓励计划下的援助。

为获得拨款或援助资格，所有项目须在依照相关援助政策所制定的计划实施之前，经专业顾问或有关部门审核。很多援助计划规定，项目在获得批准前不得启动，否则可能会失去援助。外国投资者一般均享有以下鼓励政策，但是部分鼓励政策只限于提供给英国公司。负责管理发放鼓励计划的机构因政策种类和项目地点而有所不同。

1. 向全国及地区投资提供财政支持

英国政府和欧盟是希望在英国开展业务和扩大规模的公司寻求资金支持的两个主要来源。英国政府在英格兰、苏格兰、威尔士都负责主要的援助项目，北爱尔兰则有自己的援助制度。欧盟的援助较为间接，一般通过中介机构所负责的具体项目来实现。

此类计划主要是向资本投资项目提供拨款或贷款，某些地区也对研究或非资本支出提供补贴。现政府的地区政策是鼓励向存在工业问题的地区投资。

2. 地区资金援助

地区资金援助是英国政府在英格兰、苏格兰、和威尔士受援助地区提供资金支持的主要形式。其对象是计划扩大规模、现代化改革或合理性调整的公司，以及那些首次在英国投资的公司。服务业和制造业公司也可申请该资助。

投资英格兰选择性资助是专为那些在受援助地区寻求投资可能性却又需要启动资金的企业设计的一项计划。该项目自由支配的资助一般采用拨款形式，偶尔采用贷款形式。该资助旨在帮助需要在一个较长周期内提高生产力、技能和就业的新投资项目。投资项目必须达到一定的标准才能获得申请资格。申请每笔一万镑的拨款，需要达到一个最低标准。位于或计划选址在受援助地区的各种规模的企业都可寻求资金援助。大部分申请由地区发展署评估，特殊规模庞大的申请项目由贸工部进行评估。为了帮助每个地区释放其全部潜力，政府资助了一系列的地区发展项目。

受援助地区是指位于英格兰的经济活动相对处于较低层次并伴有持续性高失业率的地区。这往往是由传统制造业的衰落造成的。全英格兰都有受援助地区，这些地区具有通过投资和就业机会增加获益的潜力。计划在这些地区投资的企业可通过投资选择性资助从贸工部获得资金援助。项目使受援助地区在生产力和技能方面受益越多，其受资助的可能性就会越高。

目前可以获得资助的投资项目主要有：建立新企业；现有企业的现代化、扩大或重组；企业升级：在生产或其他商业活动过程中引进技术或其他革新；将新产品、服务或工序从研发转化为生产等。

3. 地方援助

地方援助通常包括提供土地和建筑物，或向能够改善当地环境的市内建筑和施工项目提供贷款。对于能够创造和保留就业机会或刺激地方经济发展的项目也提供拨款或贷款。

4. 特殊项目援助

经批准的可能给国家带来特殊利益，成本至少在50万英镑的研究和开发项目均可获得财政援助。

5. 研究和开发援助

在此范围内的项目，英国政府或欧盟提供贷款，在全国境内地点不限。希望在英国拓展业务的外国公司可通过如下计划申请研发援助：研发税收减免和补贴；尤里卡计划；LINK；FORESIGHT；欧盟第六轮研究、技术研发与展示框架项目；研发拨款；调查和创新点子拨款。

三、相关税收政策

许多年来，英国一直努力使自己针对外国投资者的税制处于欧洲最具吸引力的国家之列。英国的公司税税率为30%，是欧洲经济大国中税率最低者。增值税为17.5%，在欧洲也是较低的，而且与其他欧洲国家相比，有更多的交易免交增值税。英国的高级管理人员及雇员也享受优惠的个人所得税与社会保险税。英国没有地方所得税。对商业征收的唯一地方税是基于财产的税负，称为营业税。

(一)公司税

英国的公司税的最高税率为30%，该税率为欧洲经济大国中最低之一。

利润较低的公司可享有更优惠的税率。如果年利润除以集团在全球的公司总数,所得数不超过 1 万英镑,则公司税为零;如果所得数介于 1 万到 5 万英镑之间,则实际税率为零到 19% 之间;如果所得数在 5.01 到 30 万之间,实际税率为 19%;若年利润不超过 150 万英镑,则实际税率介于 19%—30% 之间。英国目前正着手对现行公司法进行改革。

对于开设的代表处而言,如果不参与签订产生收入的合约,则无须缴纳公司税。但是某些从英国取得的收入(如英国物业租金或某类利息)仍需缴纳所得税。

对于永久性公司在英国开展贸易,须缴纳与在英常驻公司一样的公司税,税额从分公司的利润中征收。如果永久性公司只向其总部或其他集团公司提供服务,则只向相当于其开支若干比例的利润征税。只有与英国直接有关的利润才被征税。英国子公司的全球利润都要缴纳英国公司税。

(二)增值税

增值税是指对在英国经营期间提供商品及服务所征收的赋税。英国标准增值税率为 17.5%,多数公共交通、慈善机构以及出口可享受减让税率(5%),大多数食品、图书及儿童服装等可享受零税率,保险、金融、教育及保健服务则免征增值税。生产应纳税产品的公司,如果年营业额超过 55000 英镑,就必须进行增值税登记。

(三)关税

英国同所有欧盟国家一样,都是关税贸易总协定的签约国。所有欧盟成员国的进出口均按照商品名称及编码协调制度分类。商品关税的估定基于关贸总协定的估价准则。

整个欧盟都采取一种共同的关税制度。进口货物到欧盟时征收关税,但是在欧盟之内跨境运转则不需要缴纳关税。

英国税收与海关局是负责管理进口税和间接税的政府部门。只有同欧盟区外国家间的贸易才被视为进口或出口。英国进口的所有货物都必须使用欧盟统一单证(SDA),向税收与海关局电子报关。

所有欧盟区内自由流动的商品贸易(指原产地为欧盟或输入欧盟时已纳税的商品)已取消关税。尽管如此,各种来源的进口商品都需要缴纳国税,包括消费税和增值税等。

英国对所有非欧盟成员国的出口,都必须以出口申报的形式向税收与海关局报告。所有出口商都必须遵守海关与消费税局严格执行的出口许可证规定。

(四)印花税

印花税根据收购方式不同而不等。如果收购公司股份,将按收购价征收0.5%的印花税;如果直接收购企业或资产,对在英国境内的超过50万英镑的房产或特定资产的收购,将征收高达4%的印花税。

(五)筹集资金

英国没有外汇管制,公司的资金及利润可以自由流入或流出英国。英国公司法对有限责任公司没有设最低资本要求,但股份有限公司的资本最低为5万英镑。

根据2004年4月1日生效的资本微化规则(The Thin Capitalisation Rules),中国母公司或外国集团公司直接借款给英国子公司,借贷期限超过一年,则利息部分须交纳英国所得税,全额税率为20%。根据中英之间的避免双重征税协议,税率可减至10%,但需英国子公司提前提出申请,并得到英国税务局批准。

自2005年开始,英国政府将对集团公司强制实行国际会计准则。

(六)个人所得税

对在英国工作的外国高级管理人员及雇员而言,英国税务和社会保险体制在欧洲是最优惠的国家之一。其最高所得税税率为40%,但只有年度应缴税的收入超过了38335英镑才会以此税率征收所得税,年收入在7186英镑至38335英镑之间需要缴纳22%所得税,年收入低于7185英镑则只需缴纳10%所得税,年收入低于5035英镑则不需要缴纳个人所得税(2006—2007财政年度)。

此外,无论是雇员还是雇主都必须支付英国国民保险税(NIC),其中规定,年收入不超过31720英镑的雇员缴纳的税率为11%,而收入超过此标准收入的税率则增加不封顶的1%。雇主需缴纳的税率为总收入的12.8%。若收入不超过某限度可享受豁免待遇或享受低税率。英国属于欧洲此项税率最低的国家之一。

(七)其他税种

股票、证券交易以及财产交易要缴纳印花税或印花储蓄税;对于财产而言,所征税额为该财产价格的1%—4%。某些偏远地区不对财产征税;有些保险费会产生一些纳税负担,通常是4%,但有许多企业的保单是免税的;航空乘客要缴纳空中旅客税;填埋税是对倾倒在地上或地下的物资所征收的税;车辆要缴纳公路税。英国还征收气候变化税,目的是不鼓励攫取无法再生的能源;能源消耗量大的企业要遵守有效利用能源的协议,就可以减少纳税最多达80%;采石及采矿也要缴纳石方税。

英国管理税务机构为英国税收与海关局。公众要求税务要容易了解并有助于纳税人完成缴税义务。政府还提供帮助了解税务的免费读物,以及免费咨询热线电话和机构。

拖延缴税通常有一些自动处罚。尽管对不遵守税法的行为规定有相当严厉的处罚,但通常实施起来较为宽松。如果不守税法是由于不知情或错误地理解了税法,通常会完全或大部分取消惩罚。如果对税务管理部门的决定有异议,则上交法庭解决。

四、外国企业准入程序

(一)外国企业设立程序

《1985年公司法》对在英国注册公司做出了规定。虽然商业团体的名称确定要根据一定的规则,但注册公司无须得到许可。从事金融、国防和石油勘探等受监管行业的公司,须在开业前获得许可证或政府批准。

在英国开业的所有公司必须在当地公司注册处注册,并呈交会计报表和年度报告。海外公司在英国设立分支机构或代表处也必须注册和提交年度会计报表。

1. 公司类型

(1)私营股份有限责任公司:成员的责任由其所持有的股份数量确定;

(2)私营担保有限责任公司:成员的责任由其承诺对公司资产的贡献数

量所确定;

(3)私营无限责任公司:公司成员的责任没有限制;

(4)上市公司:公司的股票向公众发售。只有上市公司才可以向公众发售股票。

对于大多数商家来说,最常见的类型是股份有限责任公司,分为两种形式,即私营有限公司和上市公司。许多海外公司会选择私营有限公司的形式。海外公司在英国成立股份有限责任公司可以通过两种方式:完全控股的子公司(海外母公司拥有该公司100%股份),或者合资公司(股份由不同参与者共同拥有)。

2. 公司注册

注册公司须提交以下材料:

(1)公司的人员、注册的办公室地址等;

(2)声明该公司将遵守《1985年公司法》;

(3)公司章程:包括公司名称、注册地址、商业目标、公司拥有的权利以及内部管理方式等。

(4)注册时需支付注册费,现为20英镑(如当天注册需80英镑)。

上述文件的副本必须得到官方证明,如果原件系英文以外的其他语言写成,必须附上公证后的翻译文本。申请公司履行了有关法律程序,公司注册处将为该公司注册,并出具公司成立的注册证书。

以上程序适用于在英格兰或威尔士注册办公地点的公司,若公司在苏格兰或北爱尔兰成立,则须在当地注册。苏格兰与英格兰及威尔士的法规非常接近,北爱尔兰的法规也大致相同,但仍有部分区别。

(二)劳工进入要求及工作签证

英国劳工市场近年来发生了很大变化。目前就业人口超过2900万,创最高纪录。从2003年11月13日起,英国对打算在英国逗留6个月以上的免签证国民,实行新的签证要求。但对于签证国民,签证要求保持不变。不论在英国逗留多长时间,签证移民都要获得签证才能进入英国。

按英国法律规定,非欧盟国家公民到英国工作必须取得工作许可(Work Permit)。工作许可必须由雇主向政府申请,申请工作者本人不能参与,只能全力向雇主证明才能并配合雇主提供申请所需的个人材料。申请前,雇主需要通过刊登招聘广告来证明,无法在英国或欧洲经济区的劳力市场中找到合适的工作者。如果是公司内部调动、董事会一级或相当级别以及紧缺技能等职位的申请,则不需要经过广告招聘程序。英国工作许可计划中对上述这些类别均有详细说明。审核工作许可的申请由教育和技能部(Department of Education and Skill)下属的工作许可处(Work Permit UK)负责。一旦工作许可申请被批准,有关资料将转往英内政部,由该部审核相关的工作签证。整个过程大致需要2—8个星期。

英内务部关于工作许可的网页(Working in the UK)上有对雇主的详细指导意见,包括对雇主的要求、职位的广告发布要求、申请步骤、费用等。

工作许可不等于工作签证,有了工作许可大多都能得到工作签证。工作许可只准做申报的那份工作。一旦辞职或被解雇,工作许可即作废,工作签证也同时作废。根据规定,在此情况下,必须在28天内找到新工作并重新开始工作许可的申请,否则必须离境。有了工作许可,并不意味着可自由调换工作。如在同一雇主的不同部门转换工作,可以使用同一份工作许可。工作许可到期后,如仍为同一雇主工作,可申请工作许可延期。

五、投资相关机构

(一)政府部门

1. 英国贸工部(Department for Trade and Industry,DTI)

英国贸工部是英国主要的经济管理部门之一,全面负责管理工业和贸易、科技、国际贸易政策和出口促进政策等,其目标是通过增强竞争力和提高科技水平,不断提升英国的生产率及其现代经济的可持续发展能力,协调贸易投资总署在出口、引资方面的职能。

与英国其他政府部门相比较,英国贸工部在不同历史时期都在经济与社会生活中发挥了重要的作用。主要职能是:主管国内贸易、对外贸易、双边投资、区域经济合作、贸易政策、对外谈判、知识产权保护、市场秩序维护以及负责参与欧洲、多边经贸政策谈判和协调,以及欧盟外国别贸易政策谈判、交涉、市场开发等工作。

2. 英国外交部(Foreign & Commonwealth Office,FCO)

英国外交部的主要职能是保护英国及其公民的海外权益,针对公民海外旅行提出相关建议,促进海外贸易投资,增进国际文化交流。共有工作人员16000名,其中英国国内6050名。在贸易投资总署没有设立办公室的国家,英国外交部负责派遣商务外交人员,总体协调、参与贸工部及贸易投资总署的对外重大经贸决策问题等。

3. 英国国际发展部(Department for International Development, DFID)

英国国际发展部享有与贸工部同等地位,主要职能是促进发展,管理对外援助,降低全球贫困,英国外援包括国际发展援助、紧急人道主义援助和军事援助等内容。国际发展援助从援助性质上分为官方发展援助和非政府组织机构的援助和慈善活动等,但以官方发展援助为主。

(二)商务业务主管机构

1. 英国贸易投资总署(UK Trade & Investment, UKTI)

英国贸易投资工作由贸工部和外交部分别承担,有关工作的协调,通过设在贸工部但又相对独立的贸易投资总署来进行,主要是制定相关贸易促进政策,创造高效、公平的贸易环境,提供广泛的咨询、信息、财务协助等方面的服务,向企业和其他部门提供贸易政策咨询。

英国贸易投资总署前身为英国贸易总署(BTI),2003年10月更为现名。贸易投资总署首席执行官经公开选拔后,由外交大臣和贸工大臣推荐,由英国首相任命,列入英国外交部人事编制中。贸易投资总署下设4个司局,其中引资局的目的是通过向潜在投资商宣传在英投资的好处来吸引、保持投资并使投资增值。该部门为投资商提供包括设厂和扩建在内的所有方面的服务和支持。

2. 英国出口信贷担保署(Export Credits Guarantee Department, ECGD)

它是一个企业性质的官方部门,其业务由贸工部和财政部共同管辖。主要职能是为英国的项目和生产资料出口商提供拒付款保险,为对外投资提供政治风险的保险,为私营保险公司对英国消费型出口的保险提供再保险。目前,ECGD与125个国家开展了业务,主要分布在亚太地区。

3. 英国地区派驻机构

英国贸易投资总署在英国境内12个地区设有办事处,分别为东南地区(South East)、伦敦地区(London)、东部地区(East)、西南地区(South west)、西米德兰地区(West Midlands)、东米德兰地区(East Midlands)、约克郡及汉伯地区(Yorkshire & Humber)、西北地区(North West)、东北地区(North West)、威尔士(Wales)、苏格兰(Scotland)及北爱尔兰地区(North Ireland),人员编制共计约4600名。地区办事处主要职能是实施地区扶助政策、管理欧洲地区基金的使用及鼓励企业的创新,具体承办贸工部在该地区的事务性工作,并不直接处理有关外经贸政策问题。

地区办事处一般与地方政府中的外经贸促进机构相互配合,通过英国商务联系网、地区发展机构、商会、贸易协会、出口俱乐部等为该地区的企业、公司提供服务。

4. 英国商务联系网(Business Links)

英国商务联系网是官方支持企业的协作网络,共有56个,相当于官方在各地的基层经济机构,负责把官方的政策转化为具体的支持行动。其人员主要从贸工部、教育和就业部、环境、运输和地区发展署委派,并聘用了私营企业、协会等公众团体的专家。英国商务联系网在对外经济贸易方面的工作是深入到各个行业的出口企业之中,给予全面的出口咨询与服务,其工作细致到帮助企业设计和革新出口产品式样,选定生产技术和工艺,以及开拓市场等。

5. 英国驻外商务机构

英国驻外商务机构由英国外交部、英国贸易投资总署、英国国际发展部分别派出。其中英国主要贸易伙伴和新兴市场国家一般都有英国贸易投资总署的派出人员,目前在美洲、亚洲、欧洲、澳洲共有53个办公室。英国外交部有224个驻外使领馆,在大国的使领馆设立经商处,但在部分国家的使领馆不设立经商处,如柬埔寨等。英国国际发展部在海外设有25个办事处,主要在发展中国家。上述机构一般都是英国驻外使领馆的组成部分。

(三)半官方商务服务机构

英国有一些官方参与管理或赞助的对外经济贸易服务机构,如英国小企业服务局(SBS)、专门技能基金会(KHF)、英国食品协会(FFB)、英联邦发展公司(CDC)、工商联合会(CBI)等众多的机构,通过其专业人员为英国企业提供出口和海外投资方面的信息和咨询服务。同时,也加大了引资的功能。引资实际上成为与出口贸易并重的两个主要任务之一。

英国的贸易公司或企业在英国税收与海关局以及其他有关政府机构中注册后,即可以在国内外进行相应的商务活动,它们一般都参加当地的或本行业的商贸及行业组织(如各地区和城市的商会)。

(四)商务服务中介组织

英国商会、贸易协会等中介组织数量颇多,在英国经济活动中起着重要的作用。其主要功能在于作为联系政府与企业的纽带,为其会员企业争取一个良好、公平、高效的商务环境。同时为会员企业提供必要的信息服务。

英中贸易协会(CBBC)是由英国贸工部和工业界共同资助的非盈利性对华经贸促进机构。该协会一方面向贸工部提供有关中国市场环境情况,也向会员企业以及来自中国的企业官方团体提供咨询服务。CBBC一向被英国政府视为获取中国商贸信息的首选机构,同时,CBBC密切协同外交部和贸工部,承担许多政府不便出面的促进活动。

CBBC的主要职能:(1)提供市场信息:免费咨询并提供中国商贸资料,根据会员要求提供中国市场专门报告,出版英中贸易刊物等;(2)创造双边经贸合作机会:组织协助专门的贸易访华团,安排中国访英业务代表团的贸易会谈等;(3)其他支持与帮助:通过在华办事处协助英国公司的业务等。

英国国内其他类似的商协会中介组织,活动范围则更加广泛,对贸易的促进作用非常明显。以伦敦工商会为例,该会定期与政府有关部门会面,保证企业的意见得到及时反映;与多个经济研究机构密切联系,确保及时向企业提供准确信息;协助调查企业信用,增强企业之间合作的信心;与国外商务合作中心合作,为会员尤其是中小企业提供商务机会;提供涉及范围极其广泛的招投标信息等。

六、英国推动对外投资政策

截至2003年,英国对外投资总额达3370亿英镑,持有外国资产总额35500亿英镑。2004年,对外有价证券投资累积1070亿英镑,对外直接投资357亿英镑。2005年,英国对外直接投资达460亿英镑,为世界第三大对外投资国。

英国对外投资相对比较集中。据英国国家统计署的数字,2005年英国对外直接投资达460亿英镑,其中30%流向欧洲,50%流向美洲,亚洲仅占英国对外投资的10%,非洲占14%。美国是英国最主要的投资目的国。2005年美国共吸引英国投资 179 亿英镑,占英国对全球投资的 39%。英国企业 2005 年海外投资收入创历史新高,达到 779 亿英镑。英国企业在欧洲、美洲、亚洲和非洲的投资收入分别为 332 亿、254 亿、107 亿和 54 亿英镑。欧洲是英国企业海外投资收入最高的地区。2005 年,英国企业在欧洲投资收入占其在全球投资收入的 43%,在美洲投资收入占 33%。美国是英国海外投资收入最高的国家,2005 年英国在美国投资收入达 177 亿英镑,占英国在全球投资收入的 23%。在荷兰的投资收入为 88 亿英镑,占英国在全球投资收入的 11%,占英国在欧洲地区投资总收入的 27%。

截至 2006 年年底,英国企业累计在华投资设立企业达 5359 个,实际投资 139 亿美元,是欧盟第一大对华投资国。

表 4—3.1　2005 年英国对外直接投资情况　（单位:亿英镑）

地区	2005 年对外投资额	2005 年对外投资收入
欧洲	139	332
美洲	231	254
亚洲	46	107
澳洲及大洋洲	−23	31
非洲	68	54
总计	460	779

(一)对外签订的多边或双边投资保护协定

作为经济合作与发展组织(OECD)中的重要成员之一,英国是谈判和签署投资协定的积极支持者,目前英国与超过 100 个国家和地区签订了投资保护双边协议。全球共有 1300 多个有关双重征税的条约,英国与超过 100 个国家签订了此类条约,是签约数最多的国家。

(二)境外投资管理体制

英国境外投资管理任务主要由英各驻外商务机构来承担。英国驻外商务机构由英国外交部、英国贸易投资总署、英国国际发展部分别派出。其中英国主要贸易伙伴和新兴市场国家一般都有英国贸易投资总署的派出人员,目前在美洲、亚洲、欧洲、澳洲共有 53 个办公室。英国外交部有 224 个驻外使领馆,在大国的使领馆设立经商处,但在部分国家的使领馆不设立经商处,如柬埔寨等。英国国际发展部在海外设有 25 个办事处,主要在发展中国家。上述机构一般都是英国驻外使领馆的组成部分。

(三)促进本国企业走出去的投资保险服务

英国出口信贷担保署(Export Credits Guarantee Department,ECGD)是企业性质的官方部门,其业务由贸工部和财政部共同管辖。主要职能是为英国的项目和生产资料出口商提供拒付款保险,为对外投资提供政治风险的保险,为私营保险公司对英国消费型出口的保险提供再保险。目前,ECGD 与 125 个国家开展了业务,主要分布在亚太地区。

(四)信息服务

英国贸工部每年帮助约 3500 个英国企业开拓海外市场。英国贸易投资总署负责对有出口和投资愿望的企业提供快捷和权威的信息咨询,利用其设在全球各国的商务机构,帮助企业打入当地市场,寻求机会并成功地实施项目。

英国政府经常在本国和海外举办一些展览会,并每年支持 6000 个本国企业出席海外展览会和研讨会。对于企业来说这些渠道非常重要,企业可以借机检验市场、与当地建立联系并展示英国企业世界一流的水平。

此外,英国还有很多投资咨询公司和相关中介机构,他们也通过市场调研等方式为企业提供海外投资的有效资讯,但是这些机构一般采取商业化的运作模式,企业获取信息需要支付会员费等相关费用。

(五)英国政府鼓励投资的行业简介

1. 研发

英国的研发环境极具吸引力。英国卓越的科学水平和技术创新由来已久,并以此为基础致力于提高本国的创新能力。英国政府大力支持发展未来产业,并宣布了鼓励和协助在本国开展研发的措施。

研发税收减免措施:英国大型公司和中小型企业投资研发,可享受税收减免。英国政府最近提出了享受研发税收减免资格的更为简单的定义。政府宣布提高给予公司税收减免的数额,即每年增加 3500 英镑。

2. 电子产品

英国在电子及相关产业居欧洲领先地位。专业性的研发经验和有力的制造业支持体系吸引了全球许多大型电子公司。英国电子产品市场的总价值为1530 亿美元,从业人数达 42.86 万。英国共有 7545 家电子公司,大多数经营计算机硬件、控制和操纵仪器类产品以及通信设备。

3. 软件

英国是欧洲吸引软件公司最成功的国家之一。不断扩展的电子商务和电信市场创造了许多投资机会。英国投资业得益于世界级的学术精英和极佳的研发环境。英国软件业是经济中最具活力和成长最快的领域之一。英国计算机领域的从业者超过 100 万,其中半数以上在软件和计算机服务业。

英国软件业的主要投资者包括:微软、甲骨文、思爱普软件系统、国际商用机器公司、CA 公司和 SIELEL 等。

4. 电子商务

英国是欧洲从事电子商务解决方案、应用与研究的主要国家之一。英国不但在使用信息通讯技术方面处于领先地位,极富竞争力,而且是欧洲管制最少的市场。英国还是在电子商务领域内广泛使用网络服务的首批欧洲国家之一。

英国的信息科技产业支出占国内生产总值的 6.5%,高于法国、德国和意大利。

5. 电信业

电信业的服务领域包罗万象,包括固定和移动电话运营商、互联网服务提供商、固定无线提供商,设备制造商、软件销售商和内容开发商。英国电信业在欧洲名列前茅,2002 年的市场份额为 18.5%,收入为 870 亿美元。

英国吸引了来自世界上大多数主要运营商、服务提供商和制造商的投资,全球十大电信公司中就有 8 家在英国开展业务活动。外国投资大部分来自欧洲,但最大的单一投资国是美国。英国强大的研发技术基础是吸引海外企业投资的主要因素。英国各大学的科学家与专家的优秀素质世界闻名,他们的研究不断取得突破性成果。

6. 制药与生物技术

英国以位居生物科学新前沿而享誉国际,其制药和生物科技产业成为全球市场的主力军。随着世界市场的不断增长,英国为许多生物技术和制药公司以及那些为其提供专业服务的公司,创造了一个稳定而又充满活力的投资环境。

英国政府一再表明其推动制药与生物技术产业取得成功的决心,并确保监管和市场条件能够提供稳定的环境,从而鼓励并赢得长期性的投资。

7. 创意产业

所谓创意产业,是指源于个体的创造性、技术与天赋的活动,而且通过知识产权的获取和使用,这些活动具有创造财富和就业机会的潜力。这些产业主要包括:广告、建筑、艺术与古玩、工艺品、设计、时装设计、电影、互动式娱乐休闲软件、音乐、表演艺术、出版业以及电视广播等。英国创意产业的年收入为870亿美元(2001年),共有12.2万家公司,创造了190万个就业机会。

由于英国产品和创意设计所拥有的顶尖标准,英国对外资拥有强大的吸引力,包括尼桑、BLACK&DECHER和三星等公司都选择将设计中心设在英国。

8. 金融服务业

英国是世界一流的国际银行与金融服务业中心之一。金融业为英国经济做出了重要贡献。在英国拥有较大规模业务的国际公司包括:美国运通、JP摩根—大通、CAPITAL ONE、美林、MBNA、德意志银行和花旗集团等。

9. 化工业

化工业是英国最大的制造业,占全英制造业附加值总额的11%(2003年)。英国化工业在研发方面的投资很大,因此创新力强,技术先进。其生产的材料和产品种类繁多,一些材料是某些由消费者直接购买的化工产品的成分,如医药、涂料等。但是,大多数化工产品都是由其他产业提供的产品和服务的基本组成部分。据统计,化工产品可分为几百大类,9.5万种物质。化工业之所以能够保持快速增长,原因在于不断改进的新材料和产品的源源流入。

10. 汽车业和赛车运动

在世界汽车研发和竞赛性精密工程方面,英国都占领先地位。英国还是世界最成功的赛车产业的故乡,占世界市场份额的80%以上。作为一个整体,英国汽车产业为本国经济贡献的总附加值达139亿美元,从业人员达80万左右。英国汽车和交通工具零售市场庞大而且成熟,路面行驶的汽车超过2600万辆,销售也呈上升趋势。

英国在该行业的强大实力吸引了海外对欧盟汽车投资总额的60%。世界上7大车辆制造商、9个商用车辆生产机构以及17家世界顶级的一级供应商,都已英国为基地。另外,约有 20 家世界一流的独立汽车设计工程公司都在英国设有机构。

11. 环保技术和可再生能源

英国乃至全球对替代型、特别是更清洁的能源需求越来越大。英国拥有一些世界上最佳的可再生能源,特别是风能以及潮汐和海浪等其他海洋资源。自 20 世纪 90 年代初开始,该产业已经取得了巨大的技术进步,从而实现了更高的产出和能源再生率以及更低的成本。

总体来说,这些资源拥有满足英国大量能源需求的潜力。虽然现在英国从可再生资源中产出的电力仅占总量的 3% 左右,但政府和产业自身都在强力推动其发展。英国的可再生能源部门正以前所未有的速度迅速发展。该产业共有 2000 多家公司。一些较大的投资者都是公用事业和英国公司。

12. 医疗设备

英国医疗产业的竞争力使其成为海外投资者的首选地之一。英国的医疗设备和消耗品市场不但极具竞争力,而且以技术为推动力。英国共有 955 家从事内外科和整形外科用具生产的制造商,从业者大约为 5 万人。

(编者:中国贸促会驻英国代表处)

第四节　德国投资环境及相关政策

一、投资环境

德国地理位置优越,经济基础雄厚,基础设施先进,法制环境完备,政府廉洁度高,科研水平先进,市场环境开放,服务业发达,对外国投资者具有相当的吸引力。

(一)优越的地理位置

德国位于欧洲大陆中心,与 9 个国家毗邻,东邻波兰、捷克,南与瑞士、奥地利相连,西与荷兰、比利时、卢森堡和法国接壤,北靠丹麦,濒临北海和波罗的海。基于得天独厚的地理位置,德国是连接东欧与西欧、斯堪的纳维亚与地中海的理想桥梁。欧盟东扩、边界东移后,德国不仅地处欧洲中心,而且在地理上也成为欧盟中心。

(二)相对稳定的政治环境

德意志联邦共和国成立至今,联邦政府虽然经过多次换届,并由不同政党组成联盟轮流执政,但各届政府均奉行德国宪法,即 1949 年生效的《基本法》,维护《基本法》规定的国家联邦制和议会共和制的国家政体。

德国崇尚和坚持"依法治国",在过去的 50 多年中逐步制定了世界上为数不多的一整套涵盖各个领域、治理国家、规范社会生活的法律法规。

多年来,德国的对外、对内政策,虽然因客观情况变化有所调整,但以和平友好、社会市场经济为代表的政策核心保持不变,具有较强的内在连续性。

(三)强大的经济实力

2006 年,德国国内生产总值为 23072 亿欧元(同比增长 2.7%),人均28012 欧元,财政收入 10150.2 亿欧元,财政支出 10545.6 亿欧元,财政赤字 395.4 亿欧元(占国内生产总值 1.7%,低于欧盟"稳定和增长公约"规定的财政赤字率 3% 的标准),投资 4114.5 亿欧元(其中设备投资1695.9 亿欧元,建筑 2159.2 亿欧元,其他 259.4 亿欧元),外贸总额19486.5 亿欧元(其中出口 10356.8 亿欧元,进口 9129.7 亿欧元,顺差122.71 亿欧元)。

(四)一流的基础设施

2006 年,德国公路总长度为 23.15 万公里(其中高速公路 1.24 万公里,联邦公路 4.1 万公里,州级公路 8.66 万公里,县级公路 9.16 万公里。)。截止到 2005 年年底,德国铁路总长度为 3.8 万公里,内陆航道 0.75 万公里,输油管线 0.24 万公里。

德国共有 60 个机场,其中 17 个为国际机场,其中最大的机场是位于美因河畔的法兰克福机场,世界上 800 多个机场、100 多家航空公司的航班通往德国。法兰克福、科隆、波恩、慕尼黑和杜塞尔多夫机场为德国四大货物空运港。德国年货物空运量超过 250 万公吨。

德国共有 10 余个通往北海和波罗的海海上航道的海运码头,其中包括著名的汉堡港、不来梅港、吕贝克港、罗斯托克港等,众多的海运码头与莱茵河、多瑙河和易北河等内河航道上 100 多个内陆港一道,如杜伊斯堡港和玛格德堡港,构成了一个便捷、高效的水上运输网络。

(五)丰富高质的劳动力资源

截至 2006 年年底,德国人口 8243 万,其中外国人 729 万,占 8.8%。同年年底,德国就业人数为 3955 万(约 81% 的就业人员通过职业培训,其中 17% 拥有大学或高等专科学院结业证书),就业率为 70.0%,失业人数为 287 万,失业率为 6.8%。主要由于历史的原因,德国东部新五州的失业率连年明显高于德国西部地区。

2004 年,德国产业和服务行业劳动力成本为 28.8 欧元/小时,其中产业、商业、贷款/保险业 29.38 欧元/小时,服务业 27.06 欧元/小时(此数据联邦统计局 2006 年予以更新)。

(六)领先的教育、培训和科研体系

目前,德国共有各类高等院校 376 所,其中综合性大学 102 所,高等专科学院 170 所,私人高等专科学院 69 所,艺术学院 53 所,在校就读的大学生总数为 198 万,其中外国留学生约为 25 万。另外,德国每年约有 40 万中学毕业生获取就读高等院校的资格。除此之外,62.2 万家企业,其中 80.0% 为中小企业,与职业培训学校一道为 160 万年轻人提供为期 2 至 3 年半的"双轨制"职业培训。德国历来重视科研工作并不断加大科研专项投入。目前,德国每年投入的科研经费约占国内生产总值的 2.5%,明显高于欧盟 1.9% 的平均水平,至 2010 年,德国科研投入将达到国内生产总值的 3.0%。除此之外,紧随美国和日本,德国以 400 亿美元的规模为世界第三大私人科研投资的国家。德国除了加大投资力度外,还制定了多项优惠措施,鼓励高校—科研机构—企业开展科研合作,促进科技成果转化。2005 年,在欧洲专利局登记注册的专利为 12.9 万项,其中来自德国涉及汽车、机械制造、环保、化工、能源、建筑等领域的专利为 2.4 万项,遥遥领先于欧洲其他主要工业国家。

(七)理想的金融环境

(1)外汇储备。截止到 2006 年 12 月 31 日,德国货币储备 847.65 亿欧

元,其中外汇储备 286.4 亿欧元,有价证券 224.11 亿欧元,欧元区外金融机构存款 62.29 亿欧元。

(2)银行机构。德国拥有完整的银行系统。德国中央银行,即德国联邦银行,有九个地方分支(形式上为州中央银行),分设在柏林、杜塞尔多夫、法兰克福、汉堡、汉诺威、莱比锡、美茵兹、慕尼黑、斯图加特,并有 66 家下属分支。德国中央银行在欧洲财政政策的框架内的职责包括国家专项任务,比如共同决定并执行一项欧洲共同的财政政策、货币储备管理以及银行非竞争汇款账户系统的建立。德国中央银行也负责监管银行和金融服务机构,属于国际货币基金组织和国际清算银行的成员。除中央银行外,德国还有大约 2600 家各类商业银行,下属的分支机构约为 38000 家,遍布德国各地,网点密度达到几乎每 2025 个居民就拥有一处银行网点(包括邮政储蓄网点)。尽管法律形式、规模组织和经营结构都有所不同,大部分德国银行都能提供几乎所有种类的银行服务。目前,许多非银行机构也开始提供金融服务,比如保险公司、百货公司、汽车制造商等。

二、吸引外资政策

目前,在德国落户的外国企业约为 22000 家,总共雇佣约 270 万员工。世界 500 强企业在德国均建厂或设代表机构(1994 年至 2003 年,在德直接投资累计 3870 亿美元)。德国之所以成为外国资本关注的热点国家,除了良好的投资环境外,与其一贯重视外国资本、大力推行促进外国企业来德投资的政策和措施也是密切相关的。

德国促进外国企业来德投资的政策和措施主要体现在以下几个方面:

(一)外国投资者享受国民待遇

德国执行宽松的外资市场准入政策,外国资本投资德国原则上无限制,如同本国投资者享受同等待遇。德国没有针对外资企业制定的专门法规,也没有专司外资企业管理的特设机构。德国对外资的市场准入条件基本与德国内资企业一样,允许德国投资者进入的领域一般对外国投资者也不限制。随着德国私有化进程的发展,原来禁止投资者进入的领域如水电供应、基础设施、能源、医药等领域现在也已对境内外投资者放开,但须对投资者个人的能力、经济实力和技术能力等方面进行调查,对投资项目进行审批。目前德国明确禁止投资者进入的领域只有建设和经营核电站和核垃圾处理项目(根据德国《和平利用核能及核能风险保护法》)。即使是投资武器生产项目,德国的《武器法》也只是规定,如果不是德国籍投资者,项目有可能不被批准。

但是,在德国从事某些特殊行业和经营项目需要向有关部门,大多为当地的工商管理部门,提出申请,以获得经营许可或者生产许可。这些审批制度的目的在于,根据不同行业的不同要求,保证企业有足够的人员、技术、经济实力,以及企业拥有必需的可信度、必要的专业知识和经验。需要审批的行业包括:银行、保险业;拍卖业;出售含酒精饮料的餐饮业;武器、弹药、药品、植物保护剂的生产及其销售;炼油和蒸馏设备的生产和销售;发电和供暖厂;动物的批发和零售;运输和出租公司等等。《联邦排放保护法》对企业的各种排放制定了严格的审核规定。还有在《药品法》、《武器法》、《旅店法》、《监理法》等法规中也都制定了不同的审批规定。再如德国的《反限制竞争法》规定,对企业进行超过25%的收购要得到卡特尔局的批准。需要审批的理由很多,涉及不同行业、不同的领域和不同层次的管理,在此不一一列举了。

德国认为,对限制(外资)进入的领域没有必要制定限制政策和采取措施,只是在审批过程中按有关规定对不允许的项目不予受理就可达到限制的目的。

另外,在德国从事某种手工业经营活动,需要投资者具备相应的技师证,或者投资者需雇佣拥有技师证的人员担任企业领导。工程师、大学毕业生和通过国家考试的技术人员不需要技师证便可开展经营活动。从2004年1月1日起,需要具备技师证才能开业经营的手工业行业减少到41个,主要涉及建筑业、机械行业、电气业、医疗业等,不需要技师证的手工业职业有53个。

(二)促进投资措施

如前所述,外国投资者在德国基本享受国民待遇。在德国,外国投资者除了在资本市场准入方面不受限制外,还可以和本国投资者一样享受欧盟和德国制定的多达600多种的促进投资措施。换言之,在德国促进企业投资的措施面对的是所有在德投资的企业,没有专门针对外国投资者、相比之下更加优惠的措施。

促进企业在德投资的措施主要分为以下三个层面:

(1)欧盟层面。欧盟主要通过向成员国提供欧盟结构基金(EUStruk-turfonds)促进有关地区的企业投资活动。欧盟结构基金是欧盟实现其结构政策目标的重要工具,是欧盟为实施地区政策、缩小欧盟不同地区之间的发展差异、促进其经济和社会的统筹发展、从预算中拨款设立的基金。设立该基金主要目的是,通过提供资金支持,解决经济发展相对落后地区面临的经济社会结构问题。欧盟结构基金面对所有成员国,项下没有单独的促进措施,每六年为一个促进阶段。

(2)联邦层面。"改善地区经济结构公共任务"(Gemeinschafts-aufgabe Verbesserung der regionalen Wirtschaftsstruktur 简称 GA)是德国地区政策的核心工具,同时也是德国最重要的投资促进措施。"改善地区经济结构公共任务"的目的是,帮助经济落后地区克服结构方面的弱势,缩小与经济发达地区的发展差距,促进经济全面增长,跟上国家经济发展步伐。

三、相关税收政策

(一)税务制度

联邦国家的分税制。德国是联邦制国家,其行政管理体制分联邦、州和地方(乡镇)三级。每一级行政管理级别有各自的职能和分工,为履行这些职能而产生的费用也由其承担。因此,德国纳税人所缴纳的税费并不统一划入联邦财政,而是实行分税制,即将全部税收划分为共享税和专享税两大类。共享税为联邦、州、地方三级政府或其中两级政府共有,并按一定规则和比例在各级政府之间进行分成。专享税则分别划归联邦、州或地方政府,作为其专有收入。

根据享税权限的不同,德国税收共分为联邦税、州税、共享税、地方税和教会税五大类。

表4—4.1　德国主要税种各级政府立法、享税和管理权限一览表

税种	立法权限	享税权限	管理权限
地产税	联邦	地方(市、镇)	州/地方(市、镇)
啤酒税	联邦	州	联邦(海关)
烧酒税	联邦	联邦	联邦(海关)

税种	立法权限	享税权限	管理权限
进口销售税	联邦	联邦/州	联邦(海关)
个人所得税	联邦	联邦/州(包括地方部分)	州
遗产税	联邦	州	州
饮料税	州	地方(市、镇)	地方(市、镇)
营业税	联邦	地方(市、镇),其中包括上缴联邦和州部分	州/地方
地产购置税	联邦	州	州
资本利益税	联邦	联邦/州	州
公司所得税	联邦	联邦/州	州
机动车税	联邦	州	州
工资税	联邦	联邦/州(包括地方部分)	州
矿物油税		联邦	联邦(海关)
团结附加税	联邦	联邦	州
电税	联邦	联邦	联邦(海关)
烟草税	联邦	联邦	联邦(海关)
增值税	联邦	联邦/州	州
享乐税	州	地方(市、镇)	地方(市、镇)
保险税	联邦	联邦	州
关税	欧盟/联邦	欧盟	联邦(海关)

德国税收占国内生产总值的比重基本保持在20%左右,2006年为19.34%。与前几年相比,税制改革是导致税收收入在国内生产总值比重总体下降的主要原因。

表4—4.2 2006年德国税收收入来源一览表

税收等级	财政年度	单位:亿	与上一年相比	
	2006年	2005年	增减亿	增减%
联合税收	3363.15	3078.90	+284.25	+9.2
纯联邦税收	842.15	835.08	+7.07	+0.8
纯州税收	217.29	20.59	+115.00	+5.6
关税	38.80	33.78	+5.02	+14.9

税收等级	财政年度	单位:亿	与上一年相比	
	2006 年	2005 年	增减亿	增减%
税收总额	4461.39	4153.55	+307.83	+7.4

表4—4.3　2006 年德国税收收入分配一览表

税收等级	财政年度	单位:亿	与上一年相比	
	2006 年	2005 年	增减亿	增减%
联邦	2040.58	1901.76	+138.82	+7.3
欧盟	221.42	217.11	+4.31	+2.0
州	1949.50	1804.26	+145.24	+8.1
地方	249.88	230.42	+19.46	+8.4
总计	4461.39	4153.55	+307.83	+7.4

(二)税务机构

德国政府税务管理机构分为高层、中层和基层三个层次。联邦财政部和各州财政部共同构成德国税务管理的高层机构。联邦财政部主要通过其所属的联邦税务总局(Bundesamt für Finan- zen)履行有关税收规划和管理的职能。联邦财政部和州财政部每年定期召开联席会议,就税收政策、分享比例等问题进行协商,二者无指导或领导关系,系平级机构。

高等税政署(Oberfinanzdirektion)是德国税务管理的中层机构,负责辖区内税法和有关征管规定的实施,并就与税收相关的问题在联邦和州政府之间进行协调,其辖区和所在地由联邦和各州协商确定。高级税政署内设分管联邦税和地税事务的多个部门。管理联邦事务的部门一般包括关税与消费税处、联邦财产处等;管理州事务的有财产税与流转税处、州财产处等。德国现有 18 个高等税政署,在巴符州、巴伐利亚州和北威州各设 2 个,其他州各设 1 个(不来梅州未设)。

地方税务局(Finanzamt)是德国税务管理的基层机构,负责管理除关税和由联邦负责的消费税(Verbrauchsteuer)之外的所有税收。企业和个人报税、缴税和申请减、免、退税都需到注册地或居住地的地方税务局办理。

（三）税收征管

（1）法律依据。德国税法体系复杂，是一个由联邦和州一级税收法律、条例组成的网络，辅以联邦和州税务机关发布的各种原则、指令、解释和决定等。另外，尽管德国不是案例法国家，但各级税政法院的判例对处理类似的涉税争议或纠纷也具有重要参考意义。

（2）税收申报。一般周期性税种都必须逐年填写税务申报表。德国的税务年是公历年，但企业不同于公历年的会计年度也可用作计算应税所得的基础。对于会计年度不是公历年的企业，要求其按本企业会计年度截止时的情况进行当年的税务申报（一般发生在企业成立或清算时）。有些税种（如增值税）还须呈报月度或季度申报表，在某些情况下（如公司成立或开设分支机构）还须呈报相应的财务资料。

对于需按公历年进行的税务申报，无论企业还是个人都要在每年5月31日前递交上一公历年的报税文件。如果聘请专业税务顾问报税，一般可自动延长至9月30日前。遇特殊情况，还可申请延长至下一年的2月28日前。

（3）税收征缴。税收征管机构每季度对个人和企业应缴纳的所得税、营业税等进行预估。纳税人在收到税务机关估税通知书后一个月内须缴清所有税款。待纳税人年终递交年度报税文件后，税收征管机关再根据经评定审核后的应纳税额对照预缴税额多退少补。

（4）评税、行政复议和上诉。纳税人递交的税收申报表一般须由税务机关进行评税审核。调查和评定完成后，税务机关向纳税人发出正式的评税通知书，其内容包括应缴税款金额及法律依据、缴税时间、地点等。

如纳税人对评税通知书的内容持有异议，有权就相关事项提出申诉。纳税人的申诉意见一般须在收到评税通知书的一个月内提出。纳税人在将案件提交税政法院之前，必须先进行行政复议，如对行政复议的裁决仍有异议，才可向法院起诉。

（5）税务审计。德国税务和审计机关可以定期对纳税企业和个人进行全面税务审计，也可以针对特定税种或特定交易进行专项审计。一般来说，企业规模越大，审计频率越高，也越彻底。

（6）处罚。如果纳税人申报延误，税务机关可对其处以最高相当于评定税额10%的罚款。对于支付日期已确定的税款，如果未按期支付，则会每月按应缴税额的1%加征滞纳金。

(四)主要税种介绍

目前,德国各级政府共征收38种税。尽管税目繁多,但重点却十分突出:主体税种是所得税和增值税,二者分别占德税收总额的约30%和40%。其余各种税的总和只占约30%。

1. 个人所得税(Einkommensteur)

个人所得税的法律依据是《所得税法》(EStG)。德国个人所得税的纳税人分为无限纳税人和有限纳税人。德国常住居民(在德有长期或习惯住所)承担无限纳税义务,按其国内外的全部所得纳税;非德国常住居民承担有限纳税义务,通常仅按其在德国境内的收入缴税。

根据德国《所得税法》的规定,个人收入所得税征收的范围包括:

——从事农业和林业的收入

——从事工商业的收入

——从事自由职业的收入

——受雇工作所得

——投资所得

——租金收入和著作、专利等所得

——其他收入

上述收入总额减去法律所允许的免税数额后的余额,即为应税所得。个人所得税是按超额累进税制征收的,个人所得税的起征点和适用最高税率的收入金额都因纳税人的婚姻状况和子女状况不同而各异。

自2004年起,个人所得税未婚者免税额已提高到7664欧元。2006年,个人所得税最低和最高税率分别是15%和44.3%。自2007年起,年收入25000欧元(单一确定税款)最高税率为45%。1998年以来,减税使所有纳税人获益,特别是收入居中、较少的家庭和就业者。例如,抚养2个孩子、年收入24704欧元、III/2税级的家庭交纳的工资税,1998年为1606欧元,2006年已降为914欧元,同期,与年工资毛收入相比,家庭收入支配率由83.3%提高到89.4%。

德国个人所得税主要采用"分期预缴、年终汇总核算清缴、多退少补"的办法征收,但对工资、利息、股息和红利等所得则采用预提法进行来源课税。

个人所得税项下两个最主要的子税种是工资税和资本收益税。

①工资税(Lohnsteuer)是个人所得税最重要的一种征收形式,工资税金额由税务部门制定的工资税对照表确定。在德国,雇主有义务在向雇员发放工资或薪金时代扣工资税。工资税对照表将纳税人分为以下6级:

A. 单身和离异就业者以及不属于第 II 或 III 级的丧偶结业者。

B. 与至少一个孩子同住且有抚养义务的单身、离异以及丧偶就业者。

C. 已婚以及丧偶就业者。

D. 夫妻双方均有工资收入的已婚就业者。

E. 夫妻一方为 D 级纳税,另外一方为 C 级纳税。

F. 同时有两份以上工作收入的就业者。

②资本收益税(Kapitalertragsteuer)

资本收益税是对个人或企业纳税人获得的公司红利、存款及带息证券利息等的课税。德国公司向股东支付红利须代扣20%的红利税,在支付银行存款、固定利息债券和其他带息有价证券产生的利息时要征收30%的利息税。

2. 公司所得税(Körperschaftsteuer)

公司所得税又称公司税或法人税,其法律依据是《公司所得税法》(KStG)。以有限责任公司的法律形式成立的企业是德国公司所得税的纳税主体。公司所得税纳税主体分为无限纳税人和有限纳税人,凡总部和业务管理机构在德国境内的公司承担无限纳税义务,就其境内外全部所得纳税;凡总部和业务管理机构不在德国境内的承担有限纳税义务,仅就其在德境内所得纳税。公司所得税属联邦税,公司所得税的征收方法与个人所得税类似。

目前,德国资合公司税务负担为38.7%。利税由公司所得税(25%)、营业税(平均17%)和团结附加税(5.5%)三部分组成。根据企税改革方案,自2008年1月1日起,资合公司的税务负担将由当前的38.7%降至29.83%,其中公司所得税将下降到15%。

3. 团结附加税(Solidaritätszuschlag)

1990 年两德统一后,为支付统一带来的财政负担和加快东部地区建设,于1991年开征此税。原计划为临时税收,1993年曾一度废止,后于1995年恢复。个人和公司均是该附加税的征收对象,其税基是同期个人和公司应缴纳的所得税税额,税率为5.5%。

4. 营业税(Gewerbesteuer)

营业税是由地方政府对企业营业收入征收的税种,其法律依据是《营业税法》(GewStG)。所有在德国经营的企业都是该税种的征收对象,不论其企业的法律形式是人合公司还是资合公司。该税的税基是企业当年的营业收益,根据《公司所得税法》计算出的利润经过《营业税法》规定的增减项修正后计算得出。

营业税的税率确定方法比较特殊,先由联邦政府确定统一的税率指数(Steuermesszahl),再由各地方政府确定本地方的稽征率(Hebesatz),税率计算公式如下:

$$\frac{税率指数 \times 稽征率}{10000} \div (1 + \frac{税率指数 \times 稽征率}{10000})$$

近年来,德部分地区通过降低稽征率以减轻当地企业的营业税税负,并以此作为促进新企业建立和吸引外来投资的一项优惠措施。

5. 增值税(Mehrwertsteuer/Umsatzsteuer)

增值税属共享税,是德国最重要的税种之一,征收范围涉及商品生产、流通、进口环节和服务等领域。

德国的增值税体系要求由最终消费者实际承担增值税,因此从严格意义上讲,增值税并不是企业的税务负担。增值税采取发票扣税法征收,普通税率为19%,部分商品(如食品、农产品、出版物等)税率为7.0%。原则上对所有在德国国内发生的产品和服务交易均须征收增值税,但对有些商业活动予以免税,如出口、部分银行和保险业务。

增值税税基是商品或服务的交易净价。在德国,所有货物和服务的商业交易都要开具发票,发票上要列明货物或服务的价格(净价),适用的增值税率、税额和最终含税价(总价)。货物或服务购买者所要支付的就是发票中列明的含税总价。

企业在出售产品或服务之前通常需购买其他企业的产品或服务,用于再加工或应用(而非自己消费),购买时支付的款项中也包含了增值税。这一部分预交的增值税可在该企业每月或每季度申报应纳增值税税额中扣除。

一般消费者不能要求退还增值税,但外国旅游者可在离开欧盟关税边境时申请退还所购物品的增值税。通常方法是,在购买物品时向商店索要有退税公司统一印制的海关退税申报表(TaxFree)并完整填写,离境时将该表连同发票和所购物品向机场、车站的海关出示交验,然后到指定银行或代办机构领取退税款;但也有部分商店要求必须由购物者本人填写本店开具的退税申请表,购物者离境时经海关验明物品确已离境后,再由本人将申请表寄回或委托在德境内的第三人交回商店并领取全额退税款。

6. 地产税(Grundsteuer)

德地方政府每年向在其辖区内的房地产所有者征收地产税。地产税又分对农林业用地征收的"A 类"和对其他用地征收的"B 类"两种,税基是根据评估法确定的房地产价值(该地产价值由各地税务局确定,每 6 年核定一次,与市场价格无关),税率的确定过程与营业税类似,也是由德联邦政府制定统一的税率指数(Steuermess-zahl),然后由各地方政府自行确定稽征率(Hebe-satz),二者的乘积即是地产税税率。

对于 A 类地产税,全德统一的税率指数是 6‰,2003 年,全德各地方平均稽征率是 282%;对于 B 类地产税,根据房地产种类不同,西部地区的税率指数一般在 2.6‰至 3.5‰之间,东部地区的税率指数在 5‰至 10‰之间,2003 年全德各地方 B 类地产税的平均稽征率是 418%。2003 年,地产税收入 96 亿欧元,其中,A 类地产税(农林企业)3 亿欧元,B 类地产税(地产)93 亿欧元。

7. 地产购置税(Grunderwerbsteuer)

在德国境内进行房地产买卖需缴纳地产购置税。该税税基是地产交易标的物的实际交易价格或依法估定的价格,税率是 3.5%。

8. 其他有关税种

除上面提到的主要税种,中国企业在赴德投资经营时常会遇到的税种还包括机动车税(Kraftfahrzeugsteuer)、矿物油税(Mineralö-lsteuer)和保险税(Versicherungsteuer)等。

四、外国企业准入程序

(一)外国企业设立程序

(1)目前,包括中国在内,外国企业在德投资基本以资合公司为主,其中又首选有限责任公司或股份公司。鉴此,下面分别重点介绍有限责任公司和股份公司以及分支机构有关情况。

有限责任公司的法律依据是《有限责任公司法》（GmbHGesetz, 缩写 Gmb-HG）。该法律最初颁布于 1892 年 4 月 20 日，2006 年 11 月 10 日最新修订，共有 6 章 87 条，对有限责任公司的成立、公司及股东法律关系、组织结构、公司章程修改及其解散、清算、破产和注销的各项事宜予以明确、具体的规范。该法律原文可在德国联邦司法部网页中查阅。

除了设立资合公司、分支机构，在德国，外国投资者也可以通过建立合资公司的方式开展投资活动。在德国公司法中，公司的外国合作伙伴和德国合作伙伴被同等对待。国内以及国外的合作伙伴就是合资公司的股东，这一点与其他公司相同。但是，这种公司中并没有规定最高参股比率或者批准设立公司的前提条件。在商业登记簿上注册之后新企业就获得了法律地位。合资公司注册的基础是经过公证的设立公司文件。

（2）分支机构

在德国，分支机构（Niederlassung）包括代表处、独立经营的子公司、分公司等形式。

①代表处（Repräsentanz）。成立代表处的手续相对简单，只需在当地营业登记管理处（Gewerbeamt）登记，主要负责人可免办工作许可。由于不是独立法人，代表处只能代表母公司在德国从事联系客户、市场调研、售后服务等间接促销活动，不能签署具有法律效力的经贸合同；代表处无须缴纳企业所得税、营业税等法人必须缴纳的各项赋税，但同时也不能退税（代表处公用物品的增值税）。所需缴纳的只有个人工资税（Lohnsteuer）。

无论是资合公司、非资合公司，还是其他性质的机构（如中国某地经济技术开发区），均可在德设立代表处，代表处性质、工作限制范围等如上。

②资合公司的分支机构（Zweigniederlassung）。外国企业在德设立资合公司后，可根据需要，在总部所在地之外的其他城市设立公司的分支机构。分支机构分为独立分支机构和非独立分支机构两种类型。独立分支机构就是在地理上同总公司相分离的企业，这种分支机构不单独承担法律责任。这种分支机构具有一定的独立性，它通常自行组织经营，独立结算，自行编制资产负债表，拥有自己的营业资产。独立分支机构虽然没有独立的法人资格，不是独立的法人，但仍需按照有关规定登记注册，并进行营业登记，领取营业执照。与独立分支机构相反，非独立的分支机构具有非独立的销售处的特点，在各种关系上都依赖于总公司。分店，代表处，供货仓库或者与公司的经营管理机构所

在地不在同一地点的生产基地都属于非独立性分支机构。分公司人员工资由总公司发放,会计报表交总公司汇总,由总公司统一依法纳税。

(3)企业设立程序

成立以及注册公司的实际过程中必须完成的基本程序如下:

①聘请顾问。聘请顾问,如公共会计师和法律顾问。拟投资者不一定必须聘请顾问,但是,在大多数情况下,如果能在选择公司类型、公司地址等诸多方面提前得到专家的指导,不仅能节约大量的时间与成本,而且还在相当程度上避免投资失败或走不必要的弯路。

②准备文件。需要准备的文件主要有公司章程、全权代理人的名单、公司决议、可以对上述文件做出解释的资料等。

③名称审核。通过公证机构或者当地的工商会审查公司的名称是否符合规定。公司必须以经营对象或者以全体股东的姓名或至少一名股东的姓名加上表明公司形式的附注作为公司的商业名称。除股东外,其他人员的姓名不得用于公司的商业名称。资合公司的商业名称必须附有"有限责任公司"或"股份公司"的字样。公司的名称不可使人对公司的营业范围产生误会,并且应与已经在法院办理过登记的当地其他公司的名称有明显的区别。

④文件公证。将事先准备的文件在自行选定的公证处进行公证。

⑤商业登记。按照德《商法典》,在德成立公司必须在当地的地方法院以公开可信的形式,即通过公证,进行商业登记注册,以载入商业登记簿。商业登记簿分 A、B 两类。单个商人和人合公司登记入 A 类(注册号为 HRA…),资合公司登记入 B 类(注册号为 HRB…)。股份公司商业登记注册手续较复杂,办理之前请咨询有关公司法、经济法律师或税务顾问。登记手续必须由地方法院认可的公证师办理,公证师向地方法院提交由公司董事长(总经理)签名的商业登记申请,并附带下列材料:

——经过公证机构公证的国内母公司营业执照副本,同时必须提供母公司授予的经过公证的董事长(法人)授权书正本和经中国外交部领事司或有关省市外办及德驻华使(领)馆领事部认证的德文译本。

——翻译成德文的公司章程的原件或经过官方证明的复印件。

——股东名单。

——股东授权书。

——公证师出具的证明。

　　—护照(用于个人登记)。

　　—居留与工作许可。

　　—营业执照(也可先注册再办营业执照)。

　　如果通过委托成立公司,需要提交翻译成德文的委托书原件或经过官方证明的复印件。

　　地方法院对申报材料进行审核并批准后,在德国联邦电子公告上(elektronische Bundesanzeiger)予以公布。地方法院的批准日期为公司的正式成立日期。

　　⑥开设账户。在自行选定的银行开设公司账户。

　　⑦资本缴付。将注册资本汇入公司账户。有限责任公司缴付现金出资总额至少要达到法定最低注册资本的50%,即1.25万欧元,其余部分可以用实物出资,实物出资必须在公司登记之前向公司缴付完毕。此外,如果公司是由一人设立,设立人还必须为未缴付的资本余额提交担保。股份公司注册资本可用现金、实物缴付,但实物出资需要经过评估确定实物价值。

　　⑧营业申报。到公司所在地的工商局,即"经济与秩序局",进行营业登记,同时要求取得营业执照。在为公司颁发营业执照之前,是否还需要一个额外的官方许可,应视公司所处的行业而定(需要这类许可的行业包括:餐馆,客运以及货运交通,房地产中介,手工业,食品,药品)。

　　⑨税务登记。在当地的营业税务局以及财政局登记。

　　⑩加入工商会。在德国,所有的公司都必须加入当地的工商会,成为工商会的成员。

(二)劳工进入要求及工作签证

1. 外籍劳工政策

　　①外籍劳工政策基本原则。德社会法典 III——《就业促进法》对输入外籍劳工的原则作了明确规定:确保德国人及与德国人有同等就业权利的外国人有优先的就业机会,防止输入劳工对劳动力市场,特别是就业结构、区域及行业产生不良影响;雇主须优先聘用德国人及具有同等就业权利的外国人;如果德国人或法律上与德国人具有同等就业权利的外国人不能从事该工作,且雇主在一定期限内确实未能在本国聘到合适人员,可输入外籍劳工;对于经过劳动局提供的培训后,德国人及与其有同等就业权利的外国人可以从事的工

作,则应提供给上述人等;严禁黑工。雇主须向劳动局登记有关的人员需求;输入的外籍劳工的薪金待遇不得低于德国同等职业或职位薪金数;输入的劳工只准按照雇佣合约直接受雇于雇主,不得随意更换雇主,该合约须受德国有关劳动法律法规约束;完成雇佣合约后,输入劳工一般须返回原居留地;雇主如被发现违反劳动法及劳工政策将被检举,一经证实,雇主将受到制裁,并取消其输入劳工的资格。

②"移民法"有关规定。德国"移民法"于2005年1月1日开始生效。移民法主要由"居留法"、"欧盟/自由迁徙法"和针对已在德长期生活的"外国人的就业程序法规"和针对新入境外国人的就业法规、"居留法规"等文件组成。移民法对居留许可、工作移民、难民、移民离境义务、家庭团聚、移民融入当地社会及成立联邦移民局等问题做出了新的规定,"体现了德国人道主义责任和经济发展的需要",被认为是影响德国未来的一部法典。

与过去有关移民/外籍劳工法律文件相比,"移民法"不同以及特别强调之处在于:

A. "居留法"原则上不适用具有自由迁徙权利的欧盟成员国公民。欧盟公民适用于"欧盟/自由迁徙法"。

B. 居留许可由过去的5种减至2种,即有时间限制的居留许可(befristete Aufenthaltserlaubnis)和无时间限制的居留许可(un-befristete Aufenthaltserlaubnis)。不再遵照居留许可名称,而是根据居留目的审核、签发居留许可。居留目的分为:就业,培训和人道原因。

C. 在主管部门之间启动一个内部赞同程序,取代迄今为止的双重许可程序,即工作许可(Arbeitsgenehmigung)和居留许可(Aufenthaltsgenehmigung)。今后,外国申请人只需与当地外国人事务管理局联系即可。外国人事务管理局负责向劳动管理局征求意见并在其同意的情况下一并发放附带居留许可的劳动许可。

D. 面对所有的外国求职者,无论是无专业素质,还是具备较低、较高专业素质,原则上保留中止招聘的做法。但是,与此有所不同的是,新加入欧盟国家的国民,只要无德国人或具有同等权利者参加应聘,优于第三国国民获得从事要求具备高素质工作的机会。

个体从业人员,如果从事的工作能对当地经济产生积极的影响、所需资金有保证(通常为至少创造10个工作岗位和投资100万欧元),也可以获得居留许可。三年后,如果事业成功,并且生活有保证,此类从业人员也有可能获得定居许可(Niederlassungserlaubnis)。

在德圆满完成学业的外国大学生毕业后可在德国逗留一年,用于寻找与所学专业相吻合的工作岗位。

E. 根据日内瓦难民协定(GFK)已获得承认的难民和申请避难者具有同等在德居留的合法地位。首先向这两类人员发放有期限限制的居留许可,三年后,如果前提依然存在,许可可以转为长期居留。根据日内瓦难民协定,认可受非国家迫害难民的合法地位。

F. 基于统一的、经有关法律规范的基本建议,所有合法和长期在德居留的新移民(在德长期居留的外国人,回迁者以及欧盟国民)可融入德国社会,与其实现一体化。

G. 为保证国内安全,移民法继续坚定地执行反恐怖主义法确定的方针。通常情况下,可驱逐被禁组织领导人出境。

2. 工作签证

①如前所述,根据联邦政府1973年制定的中止招聘政策和新近出台的就业法规,面对失业人数长久高居不下,德国从严限制来自第三国的国民进入本国劳工市场。原则上,德国只允许特定的来自第三国的职业群体在德就业。

②非欧盟(EU)、欧洲经济区(EWR)或瑞士国民,即通常所说的第三国国民,如欲在德就业,在入境前申办入境签证的同时,还需要一并提出工作签证申请。

③德国驻外使馆、总领馆负责受理入境和工作签证申请。申请时需一同提交下列材料:

—护照(护照有效期不少于6个月并附上护照照片页的复印件两张);

—三份填写完整并亲笔签名的 RK1200 申请表(中国申请人可从德国驻华使馆签证处领取或从 www. peking. diplo. de 网站下载申请表);

—四张相同的白色背景的近期护照照片;

—中国籍申请人需携带户口本原件;

—一份用德语或英语书写的完整的简历和一份简历复印件;

—用德语或英语书写的工作合同(其中含有收入及社会保险方面的内容);

—受教育程度证明原件和两份复印件,如大学毕业证书、职业教育证书。

证明材料须附两份德语或英语译文；

　　—外语语言水平证明,如语言学校出具的证明原件以及两份复印件；

　　—附有德文或英文译文的工作单位出具的证明信原件以及证明信和译文的复印件2份。

　　④使馆签证处或总领馆受理申请后,将材料转交德国国内当地外国人事务管理局(Ausländerbehörde),由其负责审核批准。

　　⑤当地外国人事务管理局审核无误并征得劳动管理部门同意后,通知驻外使领馆签发带有可在德长期工作附注的入境签证。

　　说明:当地外国人事务管理局在审核工作签证申请过程中有可能视需要请雇主提供相关材料,如住房证明等。另外,因需要与其他有关部门协调,当地外国人事务管理局审理通常需要三个月或更长时间。

　　⑥申请人须在抵达德国后一周内前往当地居民管理局进行户口登记。

　　⑦户口登记(三天)后前往当地外国人事务管理局,换领有时间限制的居留许可。

五、投资相关机构

(一)官方促进投资机构

1."在德国投资公司"(Invest in Germany GmbH)。

　　"在德国投资公司"是由德国联邦经济和技术部成立的投资促进机构,是外国投资人到德国投资做生意的首位联络对象。"在德国投资公司"的作用是:介绍和宣传在德国这一出色的商业基地投资的优势;提供行业专门信息和市场分析;帮助投资者与德国商业网络建立联系;在投资地点的选择过程中,与当地政府合作协调。公司总部位于柏林,并在纽约、芝加哥、旧金山、东京、上海和圣保罗设有代表处。"在德国投资公司"向所有希望来德国建立代表处的公司提供免费的咨询服务。

　　"在德国投资公司"地址及联络方式:

Invest in Germany GmbH

　　地址:Anna-Louisa-Karsch-strasse2

10178 BerlinGermany

　　电话:0049 30 206 570　　　传真:0049 30 206 57111

邮箱:office@ invest-in-germany. com

网址:www. invest-in-germany. com

注:负责德国东部新联邦州投资促进工作的"工业投资委员会"(Industrial Investment Council,IIC)已与"在德国投资公司"合并,故不再单独介绍。

2. 联邦州投资促进机构

为了促进外国投资人在当地投资,德国各联邦州还各自设立了为本州服务的促进投资机构。此类机构名称虽然各不相同,但其性质、任务和特点却基本一致。州级官方促进投资机构的主要任务是,介绍本地区概况、投资优势,为外国投资人提供咨询在内的全方位服务。如欲了解各联邦州投资促进机构有关详情,请上网查询。联邦州投资促进机构地址及联络方式:

巴符州国际经济和科学合作有限公司

Gesellschaft fuer internationale wirtschaftliche und

Wissenschaftliche Zusammenarbeit mbH

地址:Willi-Bleicher-Strasse 19

　　　70174 Stuttgart, Germany

电话:0049 711 22787—0　　传真:0049 711 22787 22

邮箱:info@ bw-i. de　　网址:www. bw-i. de

巴伐利亚州经济部投资促进处

Inverst in Bavaria,STMWVT

地址:Prinzregentenstrasse28

　　　80538 Muenchen,Germany

电话:0049 89 21622642　　传真:0049 89 21622803

邮箱:info@ invest-in-bavaria. de　　网址:www. invest-in-bavaria. de

柏林伙伴有限公司

Berlin Partner GmbH

地址:Fasanenstrasse85

　　　10623Berlin,Germany

电话:0049 30 399800　　传真:0049 30 39980239

邮箱:info@ berlin-partner. de 网址:www. berlin-partner. de

勃兰登堡未来公司

ZukunftsAgentur Brandenburg GmbH

地址:Steinerstr. 104—106

14480Potsdam

电话:0049 33 16603000 传真:0049 33 16603840

邮箱:info@ zab-brandenburg. de 网址:www. zab-brandenburg. de

不来梅投资发展公司

Bremer Investitions-Gesellschaft mbH

地址:Langenstrasse2—4

28195BremenGermany

电话:0049 421 960010 传真:0049 421 9600810

邮箱:mail@ big-bremen. de 网址:www. big-bremen. de

汉堡经济促进公司

HWF Hamburgische Gesellschaft fuer

Wirtschaftsfoerderung mbH

地址:Hamburger Strasse 11

22083 Hamburg Germany

电话:0049 40 2270190 传真:0049 40 22701929

邮箱:info@ hwf-hamburg. de 网址:www. hwf-hamburg. de

黑森州经济促进公司

HA Hessen Agentur GmbH

地址:Abraham-Lincoin-Strasse38—42

65189 WiesbadenGermany

电话:0049 611 774 8303 传真:0049 611 774 8385

邮箱:info@ hesssen-agentur. de 网址:www. hessen. agentur. de

梅前州经济促进公司

Gesellschaft fuer Wirtschaftsfoerderung

Mecklenburg-Vorpommern

地址:Schlossgartenallee 15

　　　19061 Schwerin Germany

电话:0049 385 59 225 21　　传真:0049 385 59 225 22

邮箱:cunnect@ gfw-mv. de　　网址:www. gfw-mv. de

下萨克森州经济促进公司

IPA Niedersachsen

Investment Promotion Agency

地址:Schiffgraben 30

　　　30175 Hannover Germany

电话:0049 511 343466　　传真:0049 511 3615909

邮箱:info@ ipa-niedersachsen. de　　网址:www. ipa-niedersachsen. de

北威州经济促进公司

Gesellschaft fuer Wirtschaftsfoerderung

Nordrhein-Westfalen mbH (GfW)

地址:Kavalleriestrasse 8—10

　　　40213 DuesseldorfGermany

电话:0049 211 13000 0　　传真:0049 211 13000 154

邮箱:gfw@ gfw-nrw. de　　网址:www. gfw-nrw. de

莱法州投资与结构银行公司

Investitions- und Strukturbank Rheinland-Pfalz (ISB)GmbH

地址:Holzhofstrasse 4

　　　55116 MainzGermany

电话:0049 6131 9850　　传真:0049 6131 985199

邮箱:isb@ isb. rlp. de　　网址:www. isb. rlp. de

萨尔州经济促进公司

Gesellschaft fuer Wirtschaftsfoerderung Saar mbH

地址:ATRIUMHaus der Wirtschaftsfoerderung

　　　Franz-Josef-Roeder-Strasse 17

　　　66119 SaarbrueckenGermany

电话:0049 681 9965400　　传真:0049 681 9965444

邮箱:info@ gwsaar. de　　网址:www. gwsaar. de

萨克森州经济促进公司

Wirtschaftsfoerderung Sachsen GmbH

地址:Bertolt-Brecht-Allee 22

　　　01309 Dresden

电话:0049 351 21380　　传真:0049 351 2138399

邮箱:info@ wfs. saxony. de　　网址:www. wfs. saxony. de

萨安州经济促进公司

Wirtschaftsfoerderungsgesellschaft fuer das Land

Sachsen-Anhalt mbH

地址:Kantstrasse 5

　　　39104 Magdeburg

电话:0049 391 568 990　　传真:0049 391 568 9950

邮箱:welcome@ wisa. de　　网址:www. wisa. de

石荷州经济促进和技术转让公司

Wirtschaftsfoerderung und Technologietransfer

Schleswig-Holstein GmbH

地址:Lorentzendamm 24

　　　24103 Kiel Germany

电话:0049 431 666660　　传真:0049 431 66666767

邮箱:info@ wtsh. de　　网址:www. wtsh. de

图林根州经济促进和房地产管理公司

Wirtschaftsfoerderung und Immobilienmanagement

地址：Mainzerhoferstrasse 12

99084 Erfurt

电话：0049 361 56030　　传真：0049 361 5603333

邮箱：antie. zippel@ leg-thueringen. de　　网址：www. leg. thueringen. de

3. 其他投资促进机构

除联邦、州层面投资促进机构外,一些重点地区和城市还设立了多种形式的投资促进机构。例如：

法兰克福市经济促进有限公司(Frankfurt Economic Deve lopment GmbH)是直属于法兰克福市政府的企业。该公司的主要任务是,为以进驻法兰克福或计划前来法兰克福投资的外国企业提供全方位服务,促进法兰克福市以及法兰克福商务社团的发展等。

法兰克福市经济促进有限公司地址和联系方式：

Wirtschaftsfoerderung Frankfurt

地址：Hanauer Landstrasse 182D

60314 Frankfurt am Main

电话：0049 69 21238548　　传真：0049 69 21298

邮箱：py@ frankfurt-business. de　　网址：www. frankfurt-business. de

杜塞尔多夫中国事务中心(China-Kompetenzzentrum)是由杜塞尔多夫经济促进会、杜塞尔多夫工商联合会和杜塞尔多夫博览会共同组织实施的一个项目。该中心的任务是：为中国企业提供一站式服务,愿意到杜塞尔多夫来工作的中国企业家将得到全方位的关照。其中包括：提供来自杜塞尔多夫和有关杜塞尔多夫的信息,举办研讨会和信息交流活动,为企业的建立提供咨询和帮助,帮助建立和开展业务,对杜塞尔多夫的企业提供服务,提供有关中国(投资)环境的信息,组织有关中国经济论题的研讨会和活动,组织企业家到中国旅游,为开展在中国的业务提供咨询等。

杜塞尔多夫中国事务中心地址和联系方式：

China-Kompetenzzentrum

c/o Wirtschaftsförderungsamt

地址：Burgplatz 1

40213 Düsseldorf

电话：+49(0)211 89 9 55 02　　传真：+49(0)211—89—3 55 02

电邮：china@ stadt. duesseldorf. de　　网址：www. duesseldorf. de

德国法兰克福莱美两河地区国际投资促进会(Frankfurt-Rhein-Main Gm-bH)。

法兰克福莱美两河地区国际投资促进会地址和联系方式：

FrankfurtRheinMain GmbH

地址：Unterschweinstiege8

60549 Frankfurt a. M. , Germany

电话：+49(0)69/686038 0　　传真：+49(0)69/686038 11

电邮：sibylle. herforth@ frm-united. com　　网址：www. frm-united. com

法兰克福莱美两河地区国际投资促进会中国联络处

德中工商技术咨询服务(太仓)有限公司上海分公司

地址：上海浦东世纪大道 1600 号浦项广场 29 楼

邮编：200122

联络：罗百韬代表(Bertram Roth)

电话：+86(0)21/6875 8536　　传真：+86(0)21/6875 8573

电邮：bertram. roth@ frm-united. com　　网址：www. frm-united. com

(二)商协会

(1)工商总会(DIHK)。工商总会是 82 个独立的德国工商会的行政联合机构。面对联邦政府的决定和欧盟机构,工商总会代表德国经济界的利益。

(2)工商会(IHK)。工商会是经济进行自我管理、独立承担责任的公法组织。目前,德国共有 82 个地方工商会。面对地方、州政府以及政界和公众,工商会代表所属企业的利益。根据德国有关法律规定,德国境内所有企业(手工业者、自由职业者及农业加工业除外)必须加入德国工商会。该会在德国国内承担着大量的公益任务。与经济界其他组织,特别是行业协会,所不同是,工商会组织代表所属会员企业的整体利益。目前,全德工商会组织共有 360 万个法定会员企业。有关地方工商会情况可登陆工商总会网站查询(http://www. dihk. de)。

(3)海外商会(AHK)。由德国工商总会委派的驻外机构遍布全球。到目前为止,已在70多个国家设立了110个代表处或驻外商会,共有职员1200多名。中国境内的四个代表处则是其中的会员,其宗旨即不断促进中德双边经贸关系发展。

(4)其他有关政府部门、商协会

德国联邦经济技术部

Bundesministerium fuer Wirtschaft und Technologie(BMWI)

网址:www. bmwi. de

德国商务门户

German Business Portal

网址:www. german-business-portal. info

德国相关统计数据/数据库

电子贸易中心(商务合作查询)

e-trade-center(Business partner search)

网址:www. e-trade-center. com

拜耳工商企业数据库

Firmendatenbank der Bayerischen Industrie-und Handels-kammern

网址:www. firmen-in-bayern. de

巴登符腾堡州工商企业数据库

Unternehmensdatenbank der baden-württembergischen

Industrie-und Handelskammern

网址:www. bw-firmen. ihk. de

德国联邦银行

Deutsche Bundesbank

网址:www. bundesbank. de

欧洲中心银行

Europaeische Zentralbank(EZB)

网址:www. ecb. int

德国联邦统计局

Statistisches Bundesamt

网址:www. destatis. de

(5)德国主要联合会

德国工商总会

Deutscher Industrie-und Handelskammertag(DIHK)

网址:www. dihk. de

联邦德国工业联合会

Bundesverband der Deutschen Industrie e. V. (BDI)

网址:www. bdi-online. de

德国雇主协会联邦联合会

Bundesvereinigung der Deutschen Arbeitgeberverbaende

网址:www. bda-online. de

德国机械设备制造业联合会

Verband Deutscher Maschinen- und Anlagenbau e. V. (VDMA)

网址:www. vdma. org(中文)

德国中小企业协会

Bundesverband mittelstaendische Wirtschaft(BVMW)

网址:www. bvmwonline. de

德国汽车工业协会

Verband der Automobilindustrie(VDA)

网址:www. vda. de

德国联邦信息经济、通讯和媒体协会

Bundesverband Informationswirtschaft, Telekommunikation und neue Medien e. V.

网址:www. bitkom. org

德国医药研究协会

Verband Forschender Arzneimittelhersteller e. V. (vfa)

网址:www. vfa. de

六、德国推动对外投资政策

(一)境外投资法律保障

1. 有关法律法规

在对外经贸领域,德国现行的法律法规主要有《对外经济法》(AWG)和《对外经济法实施细则》(AWV)。AWG 规定,除了依据 AWG 和 AWV 制定的有关限制外,如限制进口商品清单等,对外经济往来,其中主要包括与境外经济区商品、服务、资本和支付往来等,原则上是自由的。目前,德国尚无关于境外投资的专项法律法规。

注:AWG 和 AWV 文件下载网址:www. juris. de。

2. 对外签订的多边或双边投资保护协定

截止到 2006 年年底,联邦政府与包括中国在内的有关国家共签订了 140 个境外投资保护协定(其中包括已签署但尚未生效的境外投资保护协定),编织了一个相对完整、厚重、有效的法律保护网。

注:德国境外投资保护协定主管部门为联邦经济部——BMWi, Referat VC3,10119 Berlin,E-Mail:buero-vc3@ bmwi. bund. de,文件下载网站 www. bmwi. de。

(二)境外投资管理体制

在联邦政府内,联邦经济和技术部(BMWi)是联邦政府内负责对外经济事务的主管部门。在发展对外经济关系方面,包括促进和保护本国企业境外

投资活动,除了代表联邦政府与有关国家签订境外投资保护协定外,联邦经济部的职责主要体现在以下几个方面:

1. 促进双边经济关系发展

联邦经济部同国内外有关经贸事务主管机构进行定期对话。除了维护双边经济关系外,对话的主要目的是,为德国企业在境外的活动提供政治援助。与有关国家政府共同组建的经济混合委员会(Gemischte Wirtschaftskommission)和合作委员会(Kooperationsrat,)是联邦经济部对外进行此类对话的主要渠道,对话内容主要涉及促进双边商品往来,加强相互投资关系以及扩大技术转让等问题。

另外,除了官方对话机构外,还有数量众多的经济界自己组织的民间对话机构,如商务理事会(Business Councils)、商务论坛(Business Foren)等。

2. 促进企业合作

联邦经济部通过举办多种形式的活动支持本国企业,特别是中小企业,走向外国市场。举办此类活动的目的是通过探索、挖掘与外国企业、服务和研究机构建立联系的可能性,增加开拓新的销售、采购、合作或者投资市场的机遇。在外国或德国举办的此类活动为德国企业结识潜在合作伙伴和获取第一手信息提供了良好机会。

3. 为本国企业境外项目提供政治援助

当在外国实施项目过程中遇到困难时,如投资目的国官僚主义泛滥、决策程序缺乏透明度、同一项目竞争者施加政治影响等,联邦经济部为本国企业提供政治援助。这种援助可以贯穿项目实施的所有阶段,如国际招标、项目执行、国外设备运转或者是处理尚未解决的遗留问题等。为了更加有效地向企业,特别是中小企业,提供援助,联邦经济部内专门设立了"政治援助咨询处",咨询处采用促进对外经济的常规措施,并与驻外代表机构紧密合作。

(三)境外投资促进机制

德国对外经济促进机制运转主要体现在以下三个方面:

1. 联邦经济部发挥主导作用

在对外经济促进机制中,联邦经济部统领全局并身先士卒的作用是至关重要的。例如,作为联邦政府内主管部门,联邦经济部规划和制定一揽子对外经济促进措施,其中主要有融资援助、风险担保、国外参展、在国外举办出口培训班、出口咨询、开发复兴信贷银行和经合部的外国投资促进项目、为在发展中国家和转型国家直接投资提供担保、为在发展中国家和转型国家特殊项目提供无约束贷款担保（UFK-Garantien）、参股等。

2. 以经济界为主，各有关方面全面参与

根据联邦经济部的提议，德国70余家与对外经济促进有关的机构，如联邦经济部、外交部、经合部、联邦州政府、工业联合会、工商联合会、地方工商会、海外商会、金融机构（赫尔梅斯、麦肯锡等），联手打造了一个旨在通过统一推出所有服务项目促进对外经济发展的综合性服务平台（iXPOS），有意走出去的企业可通过该机构网站（www.ixpos.de）获取大量涉及方方面面的服务信息。

3. 积极提供信息服务

联邦对外经济局、驻外使领馆、海外商会重点负责向本国企业提供投资目的国各方面有关信息。在联邦经济部的大力支持下，同样由联邦对外经济局管理的电子商务中心（e-trade-center）作为国内外企业对接互联网平台，与其姐妹网站iXPOS相互配合，通过其网站（www.e-trade-center.com）发布企业信息，为国内外企业相互了解、建立合作关系提供便利。

（四）境外投资政府担保

比较而言，联邦政府为本国企业境外投资提供的联邦担保是德国促进境外投资主要措施之一，对于本国企业来说具有更加直接和现实的意义。截止到2006年年底，自联邦投资担保产生以来，德国企业共提出了7537项担保申请，申请金额达639亿欧元，同期，联邦共承担了4408项担保，担保金额为407亿欧元。联邦提供的投资担保有力地促进了德国企业在境外的投资。有关德国联邦境外投资担保的主要情况如下：

1. 鉴于客观需要，根据签订双边投资促进和保护协定，联邦政府通过政府担保（DIA）向本国赴境外进行直接投资的企业提供长期保护。按照国际惯例，担保期限为15年，并以事先避免可能产生的损害为目标。当出现损害征兆后，德国驻目的国的外交机构将早期介入，争取避免或减少损害。政府投资担保只针对政治风险，经济风险不属于担保内容。政府投资担保通常是企业筹资不可缺少的先决条件。另外，政府投资担保可与出口以及无约束贷款担保进行组合，提供"混合担保"。

2. 受委托者任务：受联邦政府委托，麦肯锡公司（PwC AG）和赫尔梅斯公司(Euler Hermes Kreditversicherungs-AG)组成联合工作委员会,负责处理境外投资联邦政府担保具体事务。

3. 政府担保的益处:就风险和融资而言,联邦政府对于境外投资提供的政府担保对企业来说具有特殊的重要意义。一方面,政府担保是企业风险管理的重要基石,并在一定程度上便于企业进行风险控制;另一方面,政府担保可使企业较容易地获得银行贷款,从而进一步筹措到境外投资项目所需要的资金。获得政府担保后,远在政治损伤产生之前,联邦政府即开始干预。政府出面进行早期干预是避免或减少损伤的有效措施。联邦政府通过早期干预给予的政治援助是境外投资政府担保的基本价值所在。

4. 法律授权:在德国,联邦政府基于每年确定的预算法授权接受境外投资项目担保申请。无论是对具体项目或国家还是对已确定的国家类别,担保均无金额方面的限制。2004年预算法规定,授权金额上限为400亿欧元。由政府、受委托者和经济界等有关方面代表组成的跨部委员会(IMA)征得联邦财政部、外交部、经合部同意后决定是否接受投资担保申请。委员会由联邦经济部牵头并负责。

(五)境外投资融资服务

通过有关机构提供灵活、有效、多种形式的融资服务是联邦政府支持企业境外投资的重要措施,同时也是企业进行境外投资难以或不可缺少的先决条件之一。

1. 复兴信贷银行集团(KFW)

总部位于法兰克福的复兴信贷银行集团在世界范围内推动经济、社会发展和生态保护,开展出口和投资项目融资服务业务,采取不同的促进措施支持本国企业,特别是中小企业,走出去,进行境外投资。

(1)中小企业国外促进项目:该项目的目的是,为企业境外投资提供长期优惠贷款。此外,在境外成立公司方面,如筹措项目启动资金、设备启用和扩大生产规模等,也提供相应的支持,协助企业筹措所需的资金。

(2)优惠贷款:为促进境外投资,向本国企业,特别是中小企业,提供部分免除主管银行担保、额度通常在500万欧元以内的低息贷款。

(3)财政合作:受联邦经合部的委托,该集团发展银行通过提供长期贷款、补贴和专项咨询服务促进本国企业在发展中国家和转型国家的投资以及实施的总体经济或分领域的改革项目。这—德国发展合作的核心部分被称为"财政合作"(FZ)。目前,联邦政府通过复兴信贷银行集团在世界上 100 个国家实施的此类经济促进项目约为 1800 个。

2. 德国投资与发展有限责任公司(DEG)

德国投资与发展有限责任公司是复兴信贷银行集团所属企业,是项目和企业长期融资领域欧洲最大的注重于发展的融资机构之一,总部位于科隆。

(1)融资服务:德国投资与发展有限责任公司的基本任务是,通过参与资本投资为德国私人企业在发展中国家和转型国家投资提供资金支持。

(2)咨询服务:德国投资与发展有限责任公司还为企业在规划和实施投资项目方面提供咨询服务。

(3)政府项目:受联邦政府委托,德国投资与发展有限责任公司还负责实施"公众私人伙伴关系项目"(PPP)。该项目可为在发展中国家、南欧、中亚和高加索进行的投资项目承担上至 50% 的费用,每一项目通常不超过 20 万欧元。

3. 国内外其他有关机构

除公共机构外,如联邦政府,众多的国内、国际组织,如欧盟、世界银行、联合国、地区发展银行等,通常通过招标为在发展中国家的投资提供融资服务。根据国际招标法,德国企业也可以参与竞标并成为此类境外投资项目中标者。

(六)境外投资信息服务

经过多年的努力,在促进本国企业境外投资方面,德国已经建立了一个由官方民间有关部门和机构共同参与、各有所侧重、国内外相互配合、行之有效的完整信息服务网络。

1. 政策信息:作为各级政府主管部门,联邦经济部、州经济部主要负责提供关于促进境外投资政策方面的信息。

2. 目的国信息:驻外使领馆、海外商会、工商会代表处通过其网站等方式主要负责提供投资目的国涉及经济、税收、投资法律法规等政策方面的信息。

3. 外国投资市场信息:作为促进对外经济三大支柱之一,成立于 1951 年的联邦对外经济信息局主要负责提供外国市场包括投资需求在内的综合性信息,并接受企业委托,就某一外国市场或境外投资项目进行专题调研。

4. 项目配对服务:德国促进境外投资有关机构主要通过携手共同打造的

国内外企业对接互联网平台,为企业提供项目配对信息服务(http://www. ix-pos. de,www. e-trade-center. com)。

(编者:中国贸促会驻德国代表处)

第五节　俄罗斯投资环境及相关政策

一、俄罗斯投资环境

俄罗斯领土广阔,是世界上领土面积最大的国家,横跨欧亚两洲,由于地理位置分布和气候条件的多样化,自然资源非常丰富。苏联各个工业门类都有较坚实的基础,能满足国内需求,居民普遍受教育,科技人员素质好,从而构成了对投资较有吸引力的物质条件。从经济形势和发展趋势看,目前俄罗斯经济稳定,经济发展速度较高,近几年来 GDP 平均增长速度超过6%,市场规模、居民和社会需求均在持续上升,这是吸引外资的积极有利的因素。

(一)资源、工业基础、基础设施
领土面积:1707. 54 万平方公里;

农业耕地:2. 209 亿公顷,占全国领土面积13%;

森林面积:8. 704 亿公顷,占全国领土面积51%,木材储藏量821 亿立方米;

水面积:2. 259 亿公顷,占全国领土面积13%;

其他:3. 926 亿公顷。

据俄罗斯估计,俄罗斯的天然资源估价达到10. 2 万亿美元,比巴西(3. 3万亿美元),南非(1. 1 万亿美元),中国(0. 6 万亿美元),印度(0. 4 万亿美元)四国加起来还要多。俄罗斯地下矿藏品类比较齐全,储量十分丰富,燃料能源矿藏更是排名世界前列。

从工业基础来看,俄罗斯是有坚实工业基础的国家,这是吸引外国资本非常有利的又一物质条件。现在的俄罗斯是苏联解体后出现的独立国家。苏联经济发展模式较为封闭,没有参与国际劳动分工,各类产品均须自力更生发展,因此国内各类产业均有一定程度发展,并且做到一定程度的自我满足。

俄罗斯具有优势的产业部门是燃料能源产业,电力生产,黑色和有色冶金,化工和石化,林业和造纸业等。这些部门的生产,之所以得到顺利发展,不仅是因为它们过去是,现在仍然是其工业生产支柱产业,有得天独厚的原料供应,更重要的一个因素是,上述产品的国际市场价格不断攀升,鼓励刺激出一个对投资有利的市场环境,因此上述产业部门成为国际资本流动的主要目标产业。俄罗斯正是能够从中得利的大赢家。

轻工业、农业、食品工业、建材工业不是俄罗斯强项产业,在工业生产体系中占有比重不大。这些产业部门的企业,其产品难以与进口产品竞争,主要原因是其管理落后,技术设备陈旧,这一现实状况为外国资本的打入并占有一定份额的消费市场,提供了有利的契机。

俄罗斯工业有很雄厚的基础,其电力、燃料、钢铁、有色金属化工及石化工业,纸浆造纸等工业,其产品在国际上有广泛的需求。享有较高声誉,不仅能够满足本国需求,而且有很大一部分可供出口。因此,在俄罗斯投资,投资者在能源、物资原料的保证上不会感到严重的限制。

俄罗斯的基础设施、通讯等条件也是具有相当规模,国内固定资产雄厚,交通设施也比较普及,下面的统计数据说明俄罗斯的物质基础条件对于外国投资者来说是很有吸引力的。

在固定资产包括房屋、设施、机器设备(处于工作状态的、动力设备、信息设备)、交通工具、牲畜及其他资产、基础设施方面,俄罗斯也有较好的投资条件。

在考虑投资问题时,当地劳动力情况,受教育程度,生活水平等也是需要考虑的因素之一。

(二)劳动力情况

表4—5.1 不同年龄段内每千人受教育水平的分布状况

年龄段	受教育水平							未受过初等教育的人数
	专业教育				普通教育			
	高等教育	不完整高等教育	中等教育	初等教育	中等教育(11年)	9年制教育	4年制初等教育	
25—29岁	214	42	315	149	174	82	9	3

年龄段	受教育水平							未受过初等教育的人数
	专业教育				普通教育			
	高 等 教育	不完整 高 等 教育	中 等 教育	初 等 教育	中等教育（11年）	9 年制 教育	4 年制 初 等 教育	
30—34 岁	212	31	371	154	159	49	7	3
35—39 岁	219	23	374	157	166	39	6	3
40—44 岁	209	18	362	165	181	43	7	3
45—49 岁	203	15	347	170	178	63	11	2
50—54 岁	202	14	333	153	172	93	19	2
55—59 岁	222	15	294	133	150	123	46	3

从表中看到,俄罗斯居民受教育的平均水平较高,从 25—59 岁的人口总数中,受中等以上教育的平均人数为 744,受高等以及不完整高等教育的人数为 233.6。

从劳动力角度来说,俄罗斯的问题不在于居民受教育程度不足,而在于劳动力本身是否满足市场需求。俄罗斯各部门专家,统计学者,政府官员都异口同声承认,俄罗斯近几年里人口出现负增长,每年几乎减少 30 万—50 万人。出生率下降,在此形势下,俄罗斯人口问题以及未来劳动力市场形势将是非常严峻的。

俄罗斯一些专家提出,在 2010—2015 年期间可能出现劳动力严重不足的现象。他们的结论表明,随着经济增长和劳动生产率增长速度两者关系的不同,在此期间可能出现对劳动力需求大于供的情况。目前,俄罗斯大多数地区劳动就业不是什么严重问题。只有少数经济发展非常缓慢地区才有可能发生。

提出上述看法的专家的分析计算表明:在较悲观的发展场景下,到 2010 年劳动力不足将达到 7%,而到 2015 年则达到 22.6%。而在较乐观发展场景下,到 2015 年劳动力不足可能达到 5%—10%。

如果在劳动生产率方面不出现剧烈的变化,俄罗斯最先遇上劳动力不足问题的将是最发达地区。实际上,莫斯科已经出现这样的问题:莫斯科零失业率的存在以及外来就业者的增多证明了这一点。莫斯科的经验说明,劳动力的不足将会引起一系列不良后果,如工资增长,结果是产品竞争力的下降;劳动力过早进入市场使青少年受教育程度降低;来自其他地区的移民等。问题在于,所有这些问题是不可避免要发生的,在移民和劳动就业方面制定的各种政策只能推迟并缓和问题的来临以及其爆发的力度。

俄罗斯目前已经采取积极措施,从政策、经济、物质等方面,鼓励居民多生、早生,但是否能取得积极效果,尚需一段时间的检验。就目前的需求以及劳动力市场现状来说,解决劳动力的不足的主要手段是从其他独联体国家移民。

在制定对俄投资计划时可供考虑的俄罗斯现实因素或者竞争优越性:

(1)投资生产领域,生产俄罗斯紧缺商品,或者价格高于其他地区商品,以获得高额利润,McDonalds 率先在俄罗斯开设了 McDonalds 快餐店,Coca-Cola 公司进入俄罗斯组织了享誉全球的同名饮料的生产,Funai 公司在俄罗斯组织了电视机的组装,Mars 公司投资一亿美元在莫斯科州建立了食品加工厂,Philipp Morris 公司收购到克拉斯诺达尔烟草厂的控股,另外再投入 6 千万美元对工厂进行了改组,使生产水平获得很大提高。

(2)投资目的是利用俄罗斯的生产要素,其价格低于国际市场价格。需要特别指出的是,最近几年里,俄罗斯工资水平提高得很快,2007 年第一季度平均名义工资已经接近 400 美元,最近 3 年里,预计可提高到 600 美元。这一水平,与发达国家比,是很低的,但与发展中国家比,它就是比较高的。因此笼统地说,俄罗斯劳动力价格低廉并不符合实际,更准确地说,应该是:非专业劳动力价格并不低廉,但专业技术人员的工资一般来说偏低,是外国投资公司可以积极利用的力量。

再以能源价格来说,在德国、爱尔兰、比利时,每度电价格约在 0.10 欧元,目前俄罗斯居民用电已经达到 0.06 欧元。俄罗斯已经承诺,其国内煤气价格将逐步提高到接近国际市场价格水平。因此,俄罗斯国内价格的一些优势正在逐步消失。如果按照市场规律办事,没有官方人为的限制,那么俄罗斯企业家有可能更多地接纳来自独联体国家的劳动力。

(3)获取丰富的地下矿藏及自然资源,在俄罗斯尚有可能,其开采的成本可能低于其他国家。俄罗斯目前已经制定了一些规范,对重要的具有战略意义的产业,作了较为严格的限制,一些项目要经政府审批,有的甚至要经俄罗斯总统审批。石油领域外国投资者不少,现在获得大项目比较困难。天然气是俄罗斯"天然气工业公司"垄断的,外国投资者很难插手。在金属矿藏开采上,由于运输费用较高,难以赢利,因此,最好是利用原有的选矿冶炼厂。

俄罗斯森林资源对中国有巨大的吸引力。中国目前进口的商务林 48.8%,原木 68.2%,锯材 17.7%,纸浆 12.9% 来自俄罗斯。从上面的俄罗斯出口结构看,俄罗斯与中国在林业资源方面的互补性是很强的。这与俄罗斯林业现实状况有密切关系:俄罗斯森林工业发展缓慢,国内对原材料需求增长速度下降,投资不足,使木材工业的出口结构难以得到改变。俄罗斯森林工业对投资的需求约为 25 亿—30 亿美元,实际投资额略超过 10 亿美元。因此中国和俄罗斯两国在森工领域有广阔的投资合作空间。俄罗斯方面的新现实是出口关税提高以及国家严格加强对在边境地区木材的流通和出口的监督。2007 年,俄罗斯原木出口关税为 6.5%,但不低于每立方米 4 欧元。从 2008 年起,将逐年提高:

表4—5.2 俄罗斯原木出口关税

年份	出口关税(%)	每立方米不得低于(欧元)
2008 年	25	15
2009 年	80	50

俄罗斯方面认为新的严厉的限制政策有可能促使外国企业家考虑实施对俄罗斯的投资项目。许多投资项目有可能与俄罗斯企业家共同实施。

不久前,俄罗斯工业能源部提出了一系列促进对森工企业投资的优惠措施,如在实施投资工程项目期间可部分免除待开发的森林地段的租金,降低租金以补偿建筑林区道路的支出,这一建议基本上已经得到自然资源部的赞同,但对投资者在出口未加工木材时免除出口关税问题上,自然资源部坚持不能给予优惠。

这一变化对中国的木材加工业将产生巨大的影响。针对这一变化趋势,需要积极调查研究俄方的具体政策,确定对俄森林工业的投资政策及投资规模。

(三)开发区或自由贸易区

2006 年前,俄罗斯只有滨海边疆区的"纳霍特卡"和加里宁格勒的"杨塔尔"两处自由经济特区。由于没有及时立法,地方和中央经常为对投资者提供优惠及其他许多问题而发生分歧和冲突,导致经济特区在吸引外资工作上未能做出显著成绩。

2005 年 7 月 22 日俄联邦政府№116—Ф3 文颁布了《俄罗斯联邦经济特区法》。2005 年 12 月年政府决议批准六个地区创立经济特区,使姗姗来迟特区的建设和发展走上了一个新阶段。

经济特区按其功能可分为:自由贸易区,工业生产区,科技发展区,服务区,综合区。目前俄罗斯主要有技术开发区和工业生产区。最近又陆续批准建立旅游休闲区。

6 个经济特区里有 4 个是科技发展型,它们是:莫斯科的杜布诺和绿城,圣彼得堡,托木斯克;另外两个是工业生产型:叶拉布加,利佩茨克。

2007 年 2 月俄联邦政府决定组建旅游休闲特区,共公布了 7 处旅游休闲特区名单,其中有克拉斯诺达尔边疆区,伊尔库茨克的贝加尔湖,斯塔夫罗波尔边疆区,阿尔泰共和国和阿尔泰边疆区,加里宁格勒州等。

最早批准成立的 6 个经济特区在经济发展上各有特色,似乎拥有较多的主动权,但均须注意遵守俄罗斯联邦法规。特区法规定:在特区内不得开采和加工矿产品;不得生产和加工须缴纳消费税的商品(轿车和摩托车除外)。

特区法规定,进入特区的外国投资者可以享受许多税收方面的优惠,如利润税、统一社会保险税、缴纳给联邦主体的利润税均有减少;交通税、财产税、土地税减免 5 年;再加上批准创办特区的地区在经济发展水平,居民受教育水平,科技人员集中程度等方面,在俄罗斯可称得上是先进发达地区,因此在特区名单公布后,申请投资经济特区的外国公司非常踊跃,许多公司未能进入首批进驻特区公司名单。为此,联邦政府决定进一步扩大经济特区,以后将陆续公布新的经济特区名单。

需要指出,特区投资者对特区投资最低数额约为 1 千万欧元,或者在一年内,每月投入 1 百万美元。打算获得俄罗斯经济特区长驻身份的企业应向俄罗斯联邦特区管理局或地区管理局提交申请书,其内容如下:

——申请人在有关经济特区经营活动的信息;

——为开展经营活动所需要的土地面积;

——有关投资额的信息,其中包括自签署开展工业生产经营活动协议之日起,一年期限内的投资额。

另外需要随同申请书附上:

—公司注册执照复印件；

—税务局注册登记证复印件；

—成立文件复印件；

—商务计划书，其格式按俄罗斯经济发展与贸易部 2006 年 3 月 23 日的命令内的规定格式编写；

—由符合俄联邦经济特区管理局制定的由银行或信贷机构出具的对商务计划书的肯定评价书。

（四）金融环境

俄罗斯对外汇管理实行的是较自由化的政策，对外汇管理已经取消了许多限制。卢布与各种外汇的兑换基本没有限制，对于外资经营的合法利润和所得，在汇往国外时也没有限制。在俄罗斯较为通用的外汇为美元和欧元。俄罗斯已经承认中国的人民币可以成为中俄两国贸易的结算货币，俄罗斯中央银行每天要挂出人民币与卢布的汇率，使中俄两国之间的贸易结算走上一个新的台阶。不过，在目前阶段，人民币作为外汇，其主要流通地域是远东地区，在俄罗斯的欧洲地区还难以发挥显著作用。

俄罗斯计划在不久的将来使卢布转化成国际通用的可兑换货币。这一任务看来难以在短期内实现。因为从苏联后期到俄罗斯独立，再从俄罗斯的经济改革到 1998 年经济危机，卢布的信誉在世界金融市场上实际上是很低的，想在短短几年内，实现卢布向硬通货的转变是不切实际的。

俄罗斯的金融信贷机构经过几年的整顿巩固，实力已有很大提高。一些投机性且无实力的银行退出舞台，目前留在金融市场提供金融服务的银行号称有千余家，但具有联邦级意义真正有实力的不过几十家。

银行主要是为客户提供金融服务的。俄罗斯今天金融市场上供方不缺，银行多，资金多（许多银行直接向国外银行贷款），另一方面，需方也不缺，因为工厂需要设备更新，实行现代化，各行各业均需要发展。因此银行服务业在此期间是可以发挥积极作用，促进经济进一步发展。

俄罗斯银行对中小企业的支持力度正逐步加强。现在获得贷款，至少在莫斯科，已经变得容易多了。中小企业问题表现在两个方面：缺乏获得资金的保证以及启动资金严重不足。莫斯科专门成立了两个专门的基金会：一个是促进对小企业信贷基金会，另一个叫支持工程启动基金会。信贷基金会可在企业缺乏抵押情况下向小企业提供达50%贷款额的保证。目前已有17家银行得到授权与基金会合作。银行向中小企业发放贷款的数额通常在300万到1000万卢布,利率为13%—18%。贷款申请办理期限5—10天左右。

俄罗斯银行市场另一重要动向是外国银行及金融机构纷纷登陆。像JP Morgan,Merrll Lynch,Credit Suisse,Deutsche Bank 等银行早已进入俄罗斯市场。

最近 NOMURA HOLDING 投资银行在俄罗斯莫斯科开设了代表处,暂时只为俄罗斯企业和银行走向国际资本市场作咨询。NOMURA HOLDING 投资银行登陆俄罗斯为日本和亚洲资本投向俄罗斯市场将发挥重要的牵头引线作用。

俄罗斯金融市场变得比较坚实稳固,投机性减少,证券交易市场正在发展完善。俄罗斯卢布近几年来一直处于坚挺状态,卢布坚挺对外国投资者有利。

(五)吸引外资工作中的问题

经过几年的努力,俄罗斯的投资环境有所改善,为外国投资者所承认,但应该看到,政策和法规领域仍有很大的不稳定性,有很多问题有待改进,它们是:

(1)大型垄断企业享有各种特权和优惠,很少受到法规不健全的影响;

(2)在贪污受贿方面形势虽有好转,但问题仍很严重。2005年与2002年相比,抱怨被迫向许可证发放机关、检验所、税务局、司法机构行贿的企业数量增加。在此期间,在独联体国家和波罗的海国家这一问题已经不是社会问题了;

(3)地皮和房地产:地皮和房地产私有化不透明,不诚实。使获取房地产的过程大大超过规定时间;

(4)保护知识产权的制度不健全;

(5)较为严重的问题是经济政策不确定性。在117个国家里,按经济政策,法律法规的不可预见性排名,俄罗斯排名第75位(中国第48位,印度第50位,巴西第65位)。不确定性是指由于没有连续一贯而是有选择性地运用法规条例,而产生的不可预测的后果,它已经成为抑制投资的重要因素。

(6)官僚制度和作风严重阻碍经济发展。据透露,为获取修建十层楼住宅房的许可证,必须提交达180份文件和证明。为此需要花费一年以上的时间。

二、吸引外资政策

俄罗斯需要外国投资,他们认为外国的物质资源、先进技术、管理经验和资本对于俄罗斯经济发展是有益的,是需要引进的,问题是怎样有效地引进并充分利用它。吸引外资需要创建对外资有吸引力的投资环境,通常在三个方面可以实现:制定和实施优惠的投资法规;发展支持经营的基础设施;使地区转化为被投资者认为最为舒适的地区。

俄罗斯联邦有关外国投资法规主要有:1999 年 7 月 9 日颁布的第 160—Φ3《关于俄罗斯联邦的外国投资法》。该法规对外国投资的权利和利益提供了法律方面的保障。在国家机关或者官员的非法活动或者行动拖延而造成损失时应得到补偿。

外资企业只有在实施优先投资项目时,可以根据俄罗斯海关法典和俄税务法享受进口关税优惠。所谓的优先投资项目就是在生产或者交通或者基础设施领域总计投资额超过 10 亿卢布(不低于按俄中央银行汇率牌价折算的等价外汇),或者是由联邦政府批准的投资项目名单所列项目,外方在注册资本中投入的最低份额不少于 1 亿卢布。除了优先投资项目外,外资或者合资企业应与俄本国企业一样缴纳所有税收,各项社会保险基金。

目前,俄罗斯吸收外来资金的数额增幅较快,尚有一重要因素,即国有企业凭借自己的不动产向国外银行贷款。从俄方企业来说,这是有利可图的经营方式,因为目前俄罗斯的卢布始终保持坚挺,大趋势是升值。因此向国外贷款的数额急剧上升。从这一情况并结合俄罗斯国内黄金外汇储备,稳定基金等不断打破新纪录的形势来看,俄罗斯国内目前并不缺少资金,主要问题是如何有效地使用它。

此外,尚有为吸引外资开采地下资源而制订的“产品分割法”协议,对地下资源开采和使用制订有具体规定。但实际上,这一方面的工作,政策并未得到进一步发展,而且从 20 世纪 90 年代期间起,一些与俄罗斯签署协议,按“产品分割法”协议在俄罗斯萨哈林投资开采地下资源的外国企业,目前已经有好几家被收回许可证,停止经营,等待俄罗斯方面给予赔偿。

三、相关税收政策

俄罗斯调节外国投资活动的主要法规是 1991 年通过的《俄罗斯联邦外国投资法》。以后几经修改,逐步完善。该法向外国投资企业提供了一套规章制度,基本说来即在俄罗斯领土上的外国投资企业享有相同的法人权利,同时也承担与俄罗斯企业相同的义务(一些经济战略领域除外)。因此,在联邦级别下,外资企业不享受税务优惠,也就是说,与外资合资或外资独资企业应和俄罗斯企业一样,经营并缴纳税赋。但联邦法向投资者提供不受因实施新法规而引起不良后果影响的保障。

另外需说明的是,在共和国和州区里,地方政府为争取外资制定了一些地方性税务优惠措施。具体有以下几种形式:

——缴纳给地方财政的利润税,降到 17.5—13.5%;

——财产税优惠;

——土地税优惠,如在一定期限内免除,延期偿付土地税,低土地税率等;

——其他。

四、对外国投资的保险

以保证保护外国投资形式承诺对外国投资进行保险通常是指在国家法律或者国际协议中规定的接受投资的国家对外国投资者承担的建立安全的投资制度的义务。外国投资者的活动在获得法律或者协议规定的保障前,有关自然人或者法人应该证明,其参与的活动是投资性活动,其人在该国拥有外国投资者的地位。

目前,按照国际惯例和实践,对国际资本的保护主要有以下几种形式:

——在接受投资国领土上,构成外国投资的资产应保证其不可侵犯;

——保证不受歧视;

——保证投资条件的稳定性;

——保证外国投资者有权支配其经营成果;

——在投资出现争议时,保证解决争议的程序的实施。

上述保障均受到俄罗斯联邦的承认,并以法律形式进行调节。确定保障形式及其内容的最重要的文件是 1999 年 7 月 9 日颁布的联邦法《俄罗斯联邦外国投资法》以及 1999 年 2 月 25 日颁布的《在俄罗斯联邦以资本投入为形式的投资活动法》。后者规定:外国投资者有权要求按照俄罗斯民法(第五章第 2 款)赔偿因国家机构、地方自治机构、国家机构的领导人的非法行为(消极行为)对其造成的损害。第五项保障具有特别意义,因为它是兑现向外国投资者提供所有其他形式保障最重要的手段之一。根据《外国投资法》第 10 条规定,有外国投资者参与的争议应依据俄罗斯签署的国际协议和联邦法规在法庭,仲裁法庭或者国际仲裁法庭审理。

目前许多国家都签署了鼓励和保护投资的国际协议,俄罗斯也是其中之一。大多数协议对将有关协议的诠释和应用的争议转移到特别仲裁法庭(ad hoc 仲裁法庭),该法庭是专门针对某一具体问题,由争议双方组成。俄罗斯与奥地利、比利时、卢森堡、保加利亚、英国、希腊、丹麦、加拿大、中国、韩国、美国、法国等国签署的协议,其中就包含了这一条款。

此外,上述协议中有一些还规定了特别程序:当一国的投资者——协议参与者与另一协议参与国就后者履行协议义务问题上出现争议时,可以按照投资者的选择,将争端移交给接收投资国的权威法庭或仲裁法庭来处理,如: "ad hoc"仲裁法庭;常设国际商业仲裁机构(如斯德哥尔摩商会的仲裁院);根据 1965 年华盛顿公约建立的投资争端国际调解中心等。

当双方的国际条约或者协议未作出规定,或者没有相应的有关国际协议,则投资争端可以由投诉人所在国或者被投诉人所在国的仲裁法庭或者法院,按照该国诉讼法律审理。

五、外国企业准入程序

在国际投资实践中,一般可将投资划分为信贷和经营形式。信贷即是以举债形式获得资金。经营形式则有直接投资和证券投资两种形式:直接投资是指对外国企业的投资,其份额不少于 25% 的企业股份,或者掌握企业的控股(根据股东之间的股份分配情况,控股数量可能有较大范围的变化),投资者有权参与企业的管理;证券投资是指购买外国企业股票,债券或其他有价证券的投资方式,它无权参与对企业的管理和监督。

俄罗斯将努力通过上面所述的几种投资形式更多地吸引外国投资。外国资本可以进入经济各个领域,只要不损害俄罗斯的国家利益,但处于国家垄断的经济领域除外。部门或产业领域的限制只适用于外国直接投资。也就是说,只是在直接与国家天然资源开采(如开采业,采伐森林,捕鱼)有关的产业部门,生产性基础设施(能源传输分配网,道路,管道等),通讯及卫星通讯的领域对外国的直接投资有限制。在此情况下,可以考虑采取其他方式,如贷款或举债。

(一)外国企业设立程序

经过若干年的改革,国内外商业界人士的呼吁,俄罗斯注册公司的手续有所简化,时间也比以前缩短了很多。但从准备文件算起,付出的时间和精力不能算少。审批公司注册的机构主要是税务稽查局。税务稽查局审查了申请人递交的所有文件,同意注册后,即可持税务稽查局的证明到俄罗斯的医疗保险基金会,社会保险基金会,退休基金会办理登记注册,制作公章;然后,到银行开设外汇和卢布账号,到俄罗斯法人登录局登录备案,获取有关公司的数据信息。在税务稽查局获取公司税务号,营业执照,之后即可正式营业。

为注册外资公司须准备以下文件和信息:

—欲注册的企业名称;

—欲注册的公司所在地区的税务稽查局号码;

—确认法人地址文件(公司所在地址):

—财产权法律文件(出租人财产所有权的证书的公证复印件);

—合同(公证复印件或原件);

—在注册企业利用某一创办人的家庭地址时,须提交户口簿摘录及个人财务账号;

—可以请求法律咨询公司代为注册并提供法人地址。

—注册资本额,在俄罗斯注册一般的企业,最低注册资本俄罗斯规定为10000卢布。在具体确定注册资本时应根据企业的经营规模,在俄市场上的声望率及自己希望的信贷能力;

—缴纳注册资本(货币,财产)方式,在缴纳资产时,须提供被提交资产的信息(名称,工厂编号,价值);

—将开设银行账号的银行名称及数据;

—机构领导人职务(总经理,经理),其护照复印件和个人纳税号(如果

有),家庭地址,邮政编码;

——主要经营活动形式;

——联系电话和可在文件中注明的电话;

——注册人文件:

A. 外国自然人创办人:护照复印件(附经过公证的译文);经营许可证(附经过公证的译文)或者驻俄罗斯大使馆出具的可从事商业活动的证明;银行出具的账号存款证明。

B. 俄罗斯自然人创办人:护照复印件和纳税号码证书复印件(如果有),家庭地址的邮政编码。

C. 外国法人创办者:公司在所在国注册的证件或者商务公司登录局的摘录;授予自然人签署文件,开设账号以及完成与注册有外国资本的公司有关的所有行为的委托书;公司在所在国授予税务号的证明;公司领导人授权文件。外国文件应经领事认证签字,或者其他认证,如果俄罗斯签署的国际协议没有规定可以解除上述程序以及对俄文译文的公证。

D. 俄罗斯法人创办人:公司国家注册证明(复印件);在2002年7月1日前注册的企业在法人统一登录局登录证明(复印件);公司章程(复印件);创办合同(复印件);在税务机关登记的证明(复印件);俄罗斯国家统计局关于授予代码(ОКВЭД,ОКПО)的信函(复印件);公司的数据;公司领导人(代表)姓、名、父名。

(二)劳工进入要求及工作签证

任何招聘外国公民的公司都必须向联邦移民局申请使用外国公民的许可。其有效期为一年。有关招聘外国公民的法规为:

——2002年7月25日第115号《关于在俄罗斯联邦的外国公民的法律地位联邦法》;

——2002年12月30日第941号《关于向外国公民和无国籍人士发放工作许可规定》;

——1993年12月16日第2146号总统令《关于在俄罗斯招募和使用外国劳工规定》,2002年10月5日作出修正;

从2003年元月开始实行新的申请劳务许可程序,该程序对所有企业,所有外国公民,不论有、无外资,也不论招聘就职人员的职务,均适用。

办理劳务许可程序(以莫斯科为例):

(1)向相应行政区(法人地址所在行政区)劳动就业中心递交申请,获取该居民劳动就业中心对招募外国劳工的同意;

(2)向联邦国家居民就业局莫斯科分部申请获取有关吸引和使用外国劳工必要性的结论。

(3)向莫斯科内务部总局移民事务部申请,获取许可。在获得准许后,即交纳3000卢布国税;

(4)向俄联邦移民局申请,以获得申请单位吸引外国劳工的许可。

为获得打工许可,需缴纳4000卢布国税。外国人的打工卡(塑料卡)有效期一年,凭此卡可在莫斯科办理一年的临时居住。一般来说,外国人办理打工许可需要1.5—2个月,因为公司和申请人需要提供一系列文件,需要各级机构审查。

向移民事务局申请打工卡应提交的文件:

(1)按规定格式给莫斯科内务部总局移民事务部部长以及联邦就业局莫斯科分部领导人的申请(2份);

(2)公司填写的申请表;

(3)表№1;

(4)公司成立文件(公证复印件,一份);

(5)营业许可证(如果要求提供,一份);

(6)税务部出具的关于法人已经在税务稽查局登记的证明(复印件,一份);

(7)税务部出具的关于已经在国家统一法人登录局登记的证明(复印件,一份);

(8)银行的结余证明(账号上的余额),一份;

(9)有关招募的公民的地址和安置条件证明(租赁合同,保证书,一份);

(10)财会平衡报表复印件或者有关收入的申报单(总经理或者总会计师认证并盖章,一份),同时需出示原件;

(11)劳动合同草案或者其他文件(一份,雇佣人签字盖章),以证实与外国公民或者外国伙伴已经就意向或者吸收就业的条件达成初步协议;

(12)为吸收外国劳工,需要申请办理吸收外国劳工的许可,为此需要委托银行支付国税,原件及复印件(一份);

(13)编制人员名单摘录,附有工作人员职务,级别及姓名(一份);

（14）委托书（两份）。

六、投资相关机构

最有代表性最有影响的是外国投资咨询理事会，成立于 1994 年，每年要举行 1—2 次理事会。参加其工作的有俄罗斯联邦政府部委领导人，外国大公司代表。目前，在俄罗斯投资的一些大公司，都派有代表参加。由于担任理事会理事的外国公司代表可以直接与俄政府官员对话，直接反映外国投资者对俄罗斯投资环境，对俄罗斯政府官员工作的意见，因而受到俄罗斯联邦政府更多的重视，由该理事会提出而被接纳并改进的意见和措施也比较多一些。

2006 年 10 月，俄罗斯经济发展和贸易部部长格列夫建议成立吸引外国投资特别局。因为目前俄罗斯已经为吸引外资创立了所有的条件。为了改善和提高俄罗斯投资形象，需要有综合性的计划纲领。投资局是协调这方面工作的最合适机构。

俄罗斯各共和国和州政府的经济管理部门，均设有对外经济联络部，该部门在吸引国外投资工作上起着很大作用。外国投资者来到俄罗斯后，需要了解投资项目，当地投资环境，投资优惠政策，基础设施，土地使用政策等等，通过对外经济联络部可以较快地联系到具体的职能部门，从而可以有针对性地解决具体问题。在俄罗斯尚有一些政府官方机构能够给予咨询、提供帮助、办理一些必要手续，是外国投资者需要了解并可能会与其打交道的，它们是：

1. 联邦注册局——通过注册手段使经营机构的活动合法化；

2. 中央投资项目统一信息库（Роситформинвесицентр）；

3. 俄罗斯复兴银行，受政府的委托保证具体投资项目的实施；

4. 国家投资公司（Госинкор）；

5. 项目投资中心，对投资项目进行独立鉴定，技术和经济的可行性论证，优先发展的投资项目的整理；

6. 在欧洲发展银行（由俄罗斯政府、世界银行，欧洲复兴银行以及私人的投资基金会参加以股份制为基础组建的保险基金）的结构内成立的国际对俄投资担保局，它的主要任务是对投资的商业风险进行保险。

七、俄罗斯推动对外投资政策

俄罗斯对外投资仅是最近几年才起步的,因此在国际金融市场上占有的份额不高,但有很强的倾向性。据俄罗斯银行统计,最近五年里俄罗斯企业对外累计投资增长近六倍,达到 1400 亿美元。据统计,在合计输出的直接投资额上,俄罗斯跃升到第三位。仅次于香港和英属维尔京群岛。在 2000 年俄罗斯对外投资仅为 200 亿美元。俄罗斯对外投资增长速度很快,已经超过中国、巴西、新加坡、韩国。

2006 年国际上发生的联合及兼并的几起重大事件几乎都与俄罗斯有密切关系。俄罗斯商业史上最大的一笔交易——"Русал",СУАЛ 两家铝业公司和瑞士的 United Company Rucal(UCR)的经销商 Glencor 在国外的资产的大联合。联合组成的"Русал"宣布将在中国投资 50 亿美元,建设铝厂和铝矾土厂,发电站。传闻"Система"公司将和新加坡通讯公司联合,而 ALTIMO(管理"阿尔法集团"电视通讯资产的公司)则与 Vodafone Group 实现联合。2006 年俄罗斯企业对外投资的具体项目示于表 8—5.1。

(一)现代化与国家支持

几乎所有国家对本国企业向外扩张的活动都给予积极鼓励和支持。目前,俄罗斯企业对外扩张行为同样也受到国家的支持,并且支持力度日益加强。表现在:

1. 组织大型商业企业代表团随国家官方代表团出访;

2. 2006 年夏外汇管理自由化法规开始生效;

3. 合作的制度性介质正在优化:自 1991 年至 2005 年在俄罗斯签署了 57 项关于鼓励和相互保护投资的政府间双边协议,其中有 36 项协议已经生效。需要指出,这一成绩是很不够的。到 2006 年 2 月为止,中国与其他国家签署的类似协议达 116 项。

4. 除政治和外交支持外,对向外扩张企业还须给予财政支持;

5. 俄罗斯正在考虑成立专门的对外投资局,如果有了这一机构,则它就有可能将协调和鼓励对外投资以及对出口贷款实施保险两个功能结合于一身。

6. 有必要制定专门的支持俄罗斯企业国外投资原则法规。这是因为,投资除了商业风险外,还有可能遇到各种不可抗力,其中包括政治性因素,因此需要国家对在国外投资企业的支持。俄罗斯资本输出自由化措施以及在这一领域签署的多边和双边协议并不能代替这一法规。

表4—5.3　2006年俄罗斯公司对外投资统计

序号	公司名称或投资者姓名	资产	"入场券"价格*(百万美元或资产)
1	Газпром	德国 Wingaz 公司 15%—1 股的股份,匈牙利 E. On Foldgaz Storage 和 E. On Foldgaz Trade 公司 50%—1 的股份	南俄罗斯矿产公司 25% +1 的股份
2	Газпром-нефть	吉尔吉斯 100 多家汽油加油站	99
3	ЛУКойл	与斯洛文尼亚石油公司组建的合资公司 49% 股份	公司占有斯洛文尼亚,克罗地亚,波斯尼亚和塞尔维亚汽油加油站的股票
		在比利时,芬兰,捷克,匈牙利,波兰,斯洛伐克 376 个加油站	500
		与白俄罗斯合资公司 ЛУКойл-Нафтан50% 股份	11.5
4	Кузбассразрезуголь	英国 Powerfuel51% 的股份	52.5
5	Норильский никель	美国 OM 集团的镍的资产	408
6	Smart Hydrogen(СПНорильский никель)	美国 Plug Power 的 35% 的股份	241
7	Русал	意大利 Euralluminia SpA56.2% 的股份	400—500
		圭亚那 Aroaima Mining Company 的资产	20
		中国林石阴极厂 100% 股份	7
8	Русал СУАЛ	瑞士 Glencore 公司铝业资产	UCR 公司 12% 股份(3000)
9	Евразхолдинг	美国 StratcorInc.	110
		美国 Oregon Steel mills 公司 100% 股份	2300
10	Северсталь	乌克兰 Днепрометиз60% +1 股	无统计
		德国 Carrington Wire100% 股份	35

序号	公司名称或投资者姓名	资产	"入场券"价格*（百万美元或资产）
11	НЛМК	卢森堡 Steel Invest & Finance S. A. c Duferco 合资公司50%股份	805.5
12	Металлоинвест	阿拉伯联合酋长国 Hamriyah Steel 合资公司80%股份	130
13	Алищер Усманов	澳大利亚 Mount Gibson Iron 19.9%股份	77
		澳大利亚 Aztec Resources7%股份	18
		加拿大 Nautilus Minerals Inc. 近20%股份	43.5
14	Трубная металлургическая Компания	德国 Sinara Handel GmbH 100%股份	40
15	Группа ЧТП	哈萨克斯坦 Nova-Цинк 公司100%股份	138.5
16	Воскресенские минераль-ные удобрения	乌克兰 Славхим100%股份	6.5
17	GAZ International（Группа ГАЗ）	英国 LDV Holding 100%股份	无统计
18	Агромашхолдинг	丹麦 Silvatec80%股份	12.5
		美国 Dunham-Bush 公司	50
19	Электрощит	乌兹别克斯坦 Узэлектро-аппарат 公司及合资公司 Ташэлектроаппарат75%股份	5
20	Концерн Sitronics	希腊 Intracom Telecom 公司51%股份	152.4
21	Голден электроникс	香港公司 Star Plus 控股	5
22	Вымпелком	乌兹别克斯坦 Buztel 公司100%股份	60
		乌兹别克斯坦 Unitel 公司100%股份	200
		格鲁吉亚 Мобител 公司51%股份	12.6

序号	公司名称或投资者姓名	资产	"入场券"价格*（百万美元或资产）
		亚美尼亚 Armentel 公司 90%股份	436
23	Altimo	吉尔吉斯斯坦 Sky Mobile100%股份	5
24	Комстар-ОТС	亚美尼亚 Колнет 公司 75% + 1股份	6—8
		乌克兰 DG Tel 公司 100% 股份和 Технологические системы 公司 100% 股份	4.7
25	News Outdoor	以色列 Maximedia Outdoor Advertising	无统计
26	Renova Media Enterprises	白俄罗斯 Космос-ТВ50% 股份	18
27	Евроцемент	乌兹别克斯坦 Ахангаранцемент	无统计
28	БазэлЦемент	哈萨克斯坦 Састобе-Цемент	30
29	Группа ЛСП	爱沙尼亚 Aeroc international 公司 100% 股份	15
30	Глория Джинс	乌克兰 Стиль 缝纫公司 85% 股份	10
31	Русский солод	德国 Wissheimer 4 所育曲房	80
32	Интеко	奥地利的高尔夫俱乐部	50
33	Сбербанк	乌克兰 НРБ-Украина	100
		哈萨克斯坦 Техакабанк	105
34	ВТБ	乌克兰 Мрия 银行	70
		EADS 公司 6% 股份	1500
35	Газпромбанк	欧洲两家投资基金会	无统计
36	Финнам	乌克兰 Ontext	无统计
37	Совкомфлот, Новошип	西班牙 W. W. Marpetrol	40—50
38	Нацианальная резервная корпорация	德国 Blue Wings 公司 48% 股份	无统计
39	Intourist Overseas	土耳其 Tatilia Turizm Seyahat Insaat51% 股份	0.3

* :保证获得财产所有权的投资额,未计入偿还所购公司欠债义务及追加投资义务。

从上面资料可看到,俄罗斯对外投资工作刚刚开始,对外投资额不大,该项工作的立法工作落后于形势,法制很不健全,有待改进。

(编者:中国贸促会驻俄罗斯代表处)

第六节　意大利投资环境及相关政策

一、投资环境

(一)地理位置和基础设施

位于地中海中心的意大利,是通往北欧及南欧路运、海运、空运的重要中转枢纽。从大部分的欧洲首都,巴尔干半岛的大城市,以及北非和中东,仅需3小时的飞行时间便可抵达意大利首都罗马。

(1)公路:意大利整个公路网络由长达53000公里的高速公路和国家公路组成,占整个欧洲公路网的16.2%。单就高速公路而言,长达6600公里,居欧盟国家第4位。国际公路联盟和欧洲统计局的数字表明,意大利公路网的密度(公里/平方公里)为0.175,为全球第三,排在荷兰(0.215)和美国(0.212)之后,德国(0.149)之前。

(2)铁路:意大利铁路网是欧洲最安全的网络之一。16356公里的铁路与英国并列第3位,仅次于德国和法国,占整个欧洲铁路网络的10.7%。铁路年客运量高达4.73亿人次,年货运量高达8700万吨。

(3)港口:意大利有7400公里长的海岸线,分布着148个港口,每年的客流量高达8500万人次,年货物吞吐量为4.63亿吨,有280公里长的船坞泊位,港口年进出港的船舶达到55万艘次。

(4)机场:意大利机场的年客运量高达9100万人次,年货运量约为75万吨。两大国际机场:罗马达芬奇国际机场和米兰Malpensa国际机场的客流量分别是2500万和3000万人次,其他20个国际机场均衡地分布在意大利各地,它们的目的地除欧洲城市外,还有通往其他各大洲的航线。

(5)电信:意大利政府年前的战略目标是要完成各大医院,80%的学校及

90%的国家机关的宽带上网。目前,在意大利已有640万公里的宽带线路,仅在2003年,宽带网路的设置比前一年增加了136%。

截止到2007年5月,意大利已成为世界3G技术普及度最高的国家,用户比例高达28.5%,已有超过200万人口通过手机上网。

(二)劳动力资源

意大利教育、大学与研究部提供的数据显示,意大利每年毕业的高中生人数已达到250万,职业高中人数约为25万,大学生人数2003年曾高达23万3千人。根深蒂固的大学教育传统使之能够不断满足企业发展需求,增强研发人员的队伍。74所大学提供了6500门本科课程。200余家研发机构,还有众多私立研发中心,比如都灵菲亚特集团的CRF研发中心为商业发展提供了必要的人才储备。除此之外,40个与地区企业、大学,国家部门及信贷机构密切合作的现代化高科技技术园区。

在失业率方面,意大利国家统计局公布的数字显示,2006年意大利的失业率降至6.8%,达到了1993年以来的历史最低点。2005年失业率为7.7%。2006年新增就业42.5万人,就业率增加了1.9%。外国就业人数增加了17.9万人,其中女性为8万,男性为9.9万。与2005年相比,北部地区就业增加了2.0%,新增就业人数22.6万,其中外国人11.3万;中部地区增加了2.1%,新添就业人数9.4万,其中外国人为4.3万;南部地区增加了1.6%,新增就业人数10.5万,其中外国人为2.1万。

(三)意大利的科学技术园区

意大利政府一直将科技对生产力的推动作用作为其政策的重点,并努力尽快将各种科研成果直接转化成生产力。投资创建科技园区和技术园区的基础设施建设就是一种将科研和生产相结合的重要举措。目前,意大利建有多个科学技术园区。除科学技术园区外,意大利南方发展战略也是意大利鼓励外国投资的重点地区之一。意大利南部是经济水平欠发达地区,因此享受优惠政策倾斜,意政府针对在南方投资和增加就业制定了众多优惠政策,包括一般性的财政金融激励措施、雇工鼓励措施、基础设施投资的融资扶助计划。

为了吸引各类企业到南方工业发展区投资设厂,政府制定了一系列优惠措施,其中包括:对南方新办工厂给予 10 年免征所得税的优待,厂房建设经费由政府补贴 25%,购置机构设备,由政府补贴 10%(如果从南方部门购置设备,补贴增加 20%),政府还为新建企业投资提供 70% 以上的优惠贷款。国家参与制企业必须把它们工业投资总额的 40% 和新建工业企业投资的 60% 投向南方。创建南方职业培训和研究中心。1971 年后进一步规定国家参与制企业新建工厂投资的 80% 和工业投资总额的 60% 必须投向南方。

(四)意大利的金融环境

意大利是近代银行业的发源地,具有悠久的银行发展历史。意大利银行体系的结构是错综复杂的,而且按地区标准,是高度分散的。意大利银行活动严格受本国银行法的约束,并实行多元化的银行业监管体系,较好地实现了安全性、效益性、统一性的银行业监管目标。

据意大利中央银行公布的统计数字显示,截止到 2006 年年底,意大利共有各类银行 792 家,银行分支机构 3233 家,其中,外国银行 74 家,外国银行分支机构 128 家。从银行的大区分布看,伦巴第大区银行及其分支机构数量最多,分别为 186 家和 6245 家。伦巴第大区外国银行及其分支机构同样最多,分别为 59 家和 76 家。从各省市分布看,米兰省的银行及其分支机构分别以 123 家和 2458 家位居榜首。米兰同样是外资银行的主要集中地。中国银行在米兰也设有分行。

(五)意大利的重要产业

1. 航空航天业

意大利的直升飞机位居世界首位,同时它也是国际太空站建设项目的参与者。此行业每年成交额为 100 亿欧元,在研发方面的投资是 13 亿欧元。意大利是此行业高新技术投资最理想的国家。

2. 汽车零部件

意大利国内汽车市场的不断飞速增长来自于汽车制造业诞生之初保留至今的汽车设计、技术和性能方面的丰富经验和优秀传统。

3. 化学工业

意大利是欧洲化学产品第三大生产国,也是国际舞台最重要的角色之一,化学工业可以说是本国最活跃的行业之一。对于创新的追求,高水平人才的集中促使许多国际跨国企业均在此建厂。

4. 机械工业

高超的技术水平和无穷的创造力是意大利机械工业的特色,从汽车到家电用品、从航天航空业到能源,优越的"意大利制造"产品已是全世界众所周知的象征。

5. 信息通讯技术

作为欧洲第四大 ICT 市场,意大利市场依然保持其强劲的增长。由于拥有高度成熟的市场和消费者,以及具备一流素质的劳动力,生产和研发之间的紧密合作,还有政府对宽带建设的承诺,意大利对投资者具有强大的吸引力。

6. 生命科学

意大利良好的环境条件使之成为此行业项目开展的最佳阵地,创新企业在这里投资意味成本低,临床试验手续简单,这些都是卫生健康领域研究过程中不可放弃的基本条件。

7. 物流

北欧与南欧间的天然"桥梁",位于地中海直通北欧的意大利是跨国贸易最理想的物流平台。它不仅仅是产品生产国也是最终的市场,随着投资的扩大及基础设施的完善再一次巩固了它举足轻重的地位。

8. 纳米技术

为科技企业创造良好的机会,此行业专业人员 1200 人,研发投资是 7000万欧元。许多国际驰名的研究部门认为意大利将以令人钦佩的高质量工作及自有的市场潜力,成为此行业的佼佼者。

9. 旅游:遗产丰富的国家

年营业额 680 亿欧元的旅游业占到意大利 GDP 的 12%,是意大利经济的支柱之一。意大利是全世界第四大旅游地,然而其众多的休闲活动、美容保健设施、宾馆和综合旅游服务使旅游市场仍保持巨大的增长潜力。

二、鼓励投资的政策和措施

(一)鼓励政策和措施

意大利鼓励本国企业和外国企业投资的政策和措施主要分为两部分,一部分由本国给予资助补贴,本国资助的补贴分别来自国家和大区政府;另一部分由欧盟根据有关政策给予资助。不论是欧盟还是意大利本国政府和地方政府的补贴,目的都是支持企业发展和业务开发,调动现有或新成立企业的积极性,提供企业支持服务,推动研发、创新和培训活动等。

根据国家的有关法律和政策,意大利颁布了许多政策,鼓励支持以下投资:

——新生产工厂的建立或现有生产工厂的改建(如,488/92 号法律)

——在经济复苏地区和生产地区的投资(如 181/89 号法律)

——支持青年企业家(如 185/00 号法令)

——支持妇女企业家(215/92 号法律)

——支持研究和技术创新(如 140/1997 号法律和"一揽子优惠"(PIA))

——农产品加工业发展(266/97 号法律)

——新投资和新就业机会(388/00 号法律,条款 7.8)

在国家有关规划文件中还有其他一些条款,如在《大区行动规划》(Programmi Operativi Regionali-POR)以及《规划统一文件》(Documento Unico di Programmazione-DOCUP)中也有相关规定。这些文件通过其资助范围确定了一系列具体优先投资领域,如研发和技术创新、培训、地方企业家发展以及新企业设立等。

欧盟资助主要是通过设立结构性基金,其目的是加强经济和社会凝聚力,缩小地区间发展差异。这些结构性基金分别是:欧洲地区发展基金(ERDF),欧洲社会基金(ESF),欧洲农业指导和保障基金(EAGGF)以及渔业指导金融工具(FIFG)。

结构性基金是"欧盟地区长期发展规划(multi-annual programs)"的组成部分和财政来源,在欧盟成员国和欧盟委员会共同达成的增长战略框架下确立。这些基金支持欧盟成员国(意大利作为其中之一)实施其经济政策:

——促进欧盟经济欠发达地区的发展和结构调整(目标1)

——支持面临结构困难地区的经济和社会转型(目标2)

——鼓励培训和制定就业政策(目标3)

《意大利投资指南》公布了符合意大利政府和欧盟资助条件的地区:

——目标1地区。符合目标1(《欧共体条约》条款3.a)的地区都处于意大利南部,包括:巴西利卡塔（Basilicata）、卡拉布里亚（Calabria）、坎帕尼亚（Campania）、普利亚（Puglia）、撒丁岛（Sardegna）和西西里岛

(Sicilia)。

——目标 2 地区。属于《欧共体条约》87.3.c 条款例外地区：包括一些意大利中北部的地区，无论其是否处于目标 2 的范围，都有资格享受资助。

（二）受益人和可利用的鼓励政策

投资人须通过意大利的大区、国家或欧盟相关机构申请资助。至于国家的鼓励政策，资金可以直接由国家和大区的机构划拨，如经济发展部（Ministero dello Sviluppo Economico），中期信贷银行（Mediocredito Centrale），意大利发展委员会（意大利专门负责推进企业创立与发展和引进外资的国家机构），意大利大学和科研部（Ministero dell'Università e della Ricerca-MUR）等。在大多数情况下，这些机构都会努力为投资人寻求有利的鼓励政策和一揽子方案。

不管是哪种鼓励政策，都不能给予投资人超出欧盟规定的补贴额。欧盟规定的补贴额度是根据地理位置以及企业规模制定的（参见表 4—6.1 资助比率和资助条件；表 4—6.5 欧盟对微型、小型、中型企业的划分参数）。但是，对于那些对成员国之间的竞争不会产生重大影响的小额资助，可以参照"小额补贴规定（De minimis rule）"，根据此规定，受益人可在三年的时间中享受到最高 100000 欧元的补贴。这种补贴不必事先通报欧盟。

表 4—6.1　欧盟资助额度

地区			受益人	资助额度		
				净补贴当量 1	毛补贴当量 2	总补贴当量 3
卡拉布里亚	目标 1 地区	87.3.a 例外地区	中小型企业 4 大型企业 5	50% 50%	15% /	60% 50%
坎帕尼亚 普利亚 巴西利卡塔 西西里岛 撒丁岛	目标 1 地区	87.3.a 例外地区	中小型企业 大型企业	35% 35%	15% /	45% 35%
莫利塞	目标 1 过渡地区	87.3.a 例外地区	中小型企业 大型企业	30% 20%	/ /	30%6 20%

地区		受益人	资助额度		
非 87.3.a 例外地区	小型企业7　/ 中型企业8　/ 大型企业　/	15% 7.5% /	10% 5% /		
阿布鲁佐	目标2地区和非目标地区　87.3.a例外地区	中小型企业 大型企业	20% 20%	10% /	27% 20%
非 87.3.a 例外地区	小型企业　/ 中型企业　/ 大型企业　/	15% 7.5% /	10% 5% /		
中北部 地区	目标2地区,目标2过渡地区以及非目标地区　87.3.a例外地区	小型企业 中型企业 大型企业	8% 8% 8%	10% 6% /	15% 12% 8%
非 87.3.a 例外地区	小型企业　/ 中型企业　/ 大型企业　/	15% 7.5% /	10% 5% /		

注:①NGE = Net Grant Equivalent 净补贴当量,以符合条件成本的百分比表示,是按公司税后调整值计算的受益程度。

②GGE = Gross Grant Equivalent 毛补贴当量,以符合条件成本的百分比表示,是按公司税前调整值计算的受益程度。

③总补贴当量 = 净补贴额 + 毛补贴额的三分之二。

④本表中的"小企业"依照欧盟对中小企业的定义(Small and Medium Enterprise-SME)。

⑤Large Enterprise(LE)。

⑥更高百分比的净补贴当量在欧盟通过,加上10%的净补贴与毛补贴当量达总净当量的30%。

⑦Small Enterprise(SE)。

⑧Medium Enterprise(ME)。

⑨此表是在意大利可以给予投资人补贴幅度的细分。补贴标准根据企业类别和地理位置的不同而有所不同。

(三)支付方式

以下为不同类型的支付方式:

—资本补贴:根据企业提交其所记载的符合条件的成本,分两或三期发放资本补贴,受益人无须偿还。

—优惠贷款:受益人可以获得比市场利率低的低息贷款。

—税收信贷:对新投资(实物或非实物资产)实行税收减免。

表3按照鼓励政策的种类,显示出最经常批准的补贴形式。资本补贴是经济发展部(MISE)支付的主要资助方式。

表4—6.2 已批准的鼓励政策支付方式所占比率

鼓励政策种类	获批准的申请比率 2001—2002	获批准的申请比率 2003—2004
资本补贴	53.9	36.3
优惠贷款	1.0	18.3
税收信贷	5.0	2.8

注:数据是意大利发展局根据生产活动部2004年度报告整理的。

(四)申请程序

各种鼓励政策可以通过招标程序申请或向相关部门提出申请。在第一种情况下,按照提交项目进行分级;而后一种情况,只要补贴额尚未用完,就可以申请获得。主要有三种类型的批准程序:

—自动程序:适用于无须评估的申请。申请只要符合鼓励政策的各项条件即可(即140/97号法律)。

—评估程序:需要对项目进行技术可行性评估时适用此程序。根据预设的目标参数对多个项目进行比较评估(即181/89号法律)。

—协商程序:适用于那些适应地方发展规划的项目。由于中央或地方的公共管理部门多层次采取措施支持,这种鼓励政策特别有利于投资人。

(五)鼓励政策的类型

由于一系列的支持生产、研发和培训活动的鼓励政策,意大利对外国投资者提供了非常有利的商务环境。

1.488/92号法律

488/92号法律旨在促进意大利落后地区生产活动的发展,它以招标程序为基础,以高度灵活的操作方式和确定的程序期限为特征,根据明确透明的标准采用有效的方法来合理分配资源。488/92号法律可以为那些支持地方产业政策目标的项目提供有针对性的优惠政策。在投资人提交了内容包括技术报告和商业计划的补贴申请后,有关地方管理当局对项目可行性进行评估,以决定是否予以资助。

根据 488/92 号法律,在以下领域经营的大中小型企业可获得资助:采矿、制造、建筑、能源开采和分配、服务业、贸易和旅游。资助的项目要有利于:新建、扩建工厂,技术更新,重组、生产复苏,改建或转移现有生产单位。适用地区包括意大利南部和中北部具有增长点、有发展潜力的未开发地区。

2. 181/89 号法律

181/89 号法律适用于所有的企业,包括大中小型企业,旨在支持那些遭遇危机的行业,有利于地区工业复苏的投资。提供的补贴专门用于资助在意大利南部和北部一些特定地区的投资。由意大利发展局管理资金,负责对项目进行评估并划拨资金,同时取得受资助公司风险资本的少数临时股份。

181/89 号法律受益人:适用于那些大中小型企业,其财务及运行状况良好,并且在相应的工业领域(采矿—制造)和服务业经营。投资项目的种类:支持在亟待复苏的工业领域建立新企业。符合条件的地区:鼓励政策适用于意大利南部和中北部的特定地区的投资项目。符合条件的投资:创立新企业,扩展,现代化,能增加就业的现有生产单位的转移和复苏。符合条件的成本,包括:

—规划与可行性研究

—工厂选址,建设工程和基本基础设施

—新设备新机器

—新技术和生产工艺的专利权

—按照生产和经营需要而设计的计算机软件

—办公家具和装置

补贴种类和资助率:意大利发展委员会可购买公司风险资本的临时少数股份,但必须在 5 年后由投资人赎回。

投资者可根据投资地区的不同而获得不同幅度的资助:

—中北部地区资助幅度最高达到符合要求投资的 25%

—南部地区资助幅度达到符合要求投资的 40% 。

位于南部的公司还可以享受高达符合要求投资的 30% 的软贷款。享受 181/89 号法律鼓励政策的投资人,其投资计划所从事的经济活动也可以享受其他资助,但总额度不超过欧盟规定。

联系机构:InvestInItaly c/o Sviluppo Italia—Inward Investment Development

地址：Via Calabria，46 00187 Rome

E-mail：info@ investinitaly. com

3. 创新一揽子优惠 PIA Innovazione

创新一揽子优惠（The Integrated Aid Package）是"地方企业发展（Sviluppo Imprenditoriale Locale）"多区域计划（Piano Operativo Nazionale-PON）的具体运作方式。它针对位于目标1地区的公司企业实行鼓励政策。

投资者可以享受到从生产到学习到研发活动的全方位支持。"创新一揽子优惠"一般与488/92号法律和技术创新基金（FIT）结合起来，作为联合政策工具，对投资项目的不同阶段的生产和研发进行资助。为了鼓励投资者，意大利机构允许只通过一次申请就可以进入一揽子鼓励政策。

4. 技术创新专项基金—FIT

FIT（Fund For Tcchnological Innovation）根据46/82号法律设立，旨在为先进技术项目融资。技术创新专项基金是一个在整个国家范围内实施的鼓励手段，用于资助企业开展实施竞争前的开发计划、产业研发项目和设立研发中心。如上所述，FIT可以作为PIA的一部分，互为补充。在这种情况下，适用那些位于目标1地区、在所拥有的生产单位里致力于推进有组织的、完整的竞争前的开发计划以及投资项目旨在"成果产业化"的公司。

5. 研发补贴基金—FAR

FAR（Fund for Support of R&D Activities）根据297/99号法令设立，主要是为企业研究开发新产品、新生产工艺和新服务以及加强现有技术提供有效支持。

符合条件的投资是国家研究项目，包括那些合作协定框架内的项目，建立研发中心或重组现有研发中心的项目，提高产业竞争力的项目，以及由意大利大学和科研部（Ministero dell'Università e della Ricerca-MUR）按照招标进行的研究和培训项目。

6. 140/97号法律

在所有支持研发活动的措施中，140/97号法律值得一提，它是以税负抵减的方式在全国范围内对进行研发和竞争前的开发项目提供支持。由相应的大区管理当局进行招标。

7. 欧盟一体化计划的区域计划 III（Interreg III）

除了以上的国家鼓励政策，欧盟一体化计划的区域计划 III（Interreg III）

也可以提供政策支持。该计划运行到 2006 年,旨在促进欧盟地区间合作,其财政来源于欧盟地区发展基金(European Regional Development Fund-ERDF)。它致力于消除地区间障碍,推进欧盟地区一体化,提高流动性和交通网络的发展。在全国范围内适用,支持那些有利于地铁和城市系统的发展并提高流动性和交通网络的项目。

8. 欧洲地区发展基金(ERDF)创新法案

欧洲地区发展基金(ERDF)创新法案(Azioni Innovative FESR)目标是:通过知识和技术创新支持地区经济发展;信息社会(eEuropaRegio)项目;通过经济、环境、文化和社会活动的一体化进程,促进地区凝聚力和竞争力。该计划的受益地区为目标 1 和目标 2 所覆盖的地区。资助无偿提供。根据项目和所处地区的不同,欧盟资助幅度也有所不同;另外,在 2000—2006 年期间,还可享受欧盟双倍资助的优惠政策。

9. 内容电子化(e-content)

这是欧盟的一项长期计划,目的是为了支持全球网络系统中欧洲数字内容的使用和发展,通过结构基金的作用促进语言和文化的多元化。符合条件的项目应致力于消除在公共信息领域发展统一市场方面存在的障碍,每个位于意大利领土范围内的公司实体都被认为是可能的受益人。该计划的资助比率最高限额不超过 250 万欧元。

10. 培训一揽子优惠(PIA)

向符合 488/92 号法律的企业投资项目提供资助。该政策要求投资计划应带来就业大幅增长,要求增长率不能低于 10 个单位,同时应具备与投资计划密切相关的培训计划。符合资助条件的经济活动包括采矿、制造、能源开采和分配、建筑和服务。符合资格的地区为目标 1 地区。

按照 488/92 号法律规定的招标程序,投资人要在到期日期前提交申请。该计划的一个特点是中小企业可以享受担保基金的机会。

11. 236/93 号法律

涉及公司和个人培训活动,目的是在全国范围内支持企业实现其公司或个人的培训活动。公司培训的鼓励政策针对公司自身转变过程中实施的商务培训,也针对提高雇员个人竞争力的个人培训。符合资助条件的培训应与技术和机制创新、安全、质量以及环境保护等挂钩,特别要侧重促进提高企业的竞争力和就业水平。这个项目由进行招标的地方当局管理。

12. 欧洲社会基金(ESF)

欧洲社会基金(European Social Fund)通过大区行动规划提供资助。建议参阅地方当局网站(如大区、省)来查阅招标日程安排。通常来说,培训项目可以通过招标程序申请,也可以向劳动部或大区当局的劳工办公室申请。

每个项目(或多个联合提交的、申请同一个公开征询方案的项目)在完成了由大区/省提供的申请表格的填写后,即可提交申请,然后按公开征询方案中的要求继续进行下去。可允许的最高资助率按照国家关于资助培训的有关规定制定,如下表所示。

表4—6.3　可允许的最高资助率

最高资助率(按企业规模分)	专业培训 14	普通培训 15
大型企业	25%	50%
中小型企业	35%	70%
其他鼓励政策	专业培训	普通培训
条款 87.3.a—目标 1 地区	+10%	+10%
条款 87.3.c 地区	+5%	+5%
处于不利地位的就业群体	+10%	+10%

专业培训是指主要对受益公司现在或将来的就业岗位提供直接的岗位资格培训。这种岗位培训授予的资格不适用于其他企业或就业部门,或只适用于限定的范围。普通培训是指主要对受益公司现在或将来的就业岗位提供非专门性的岗位资格培训。这种岗位培训授予的资格广泛地适用于其他企业或就业部门,这样可显著增加雇员的就业机会。普通培训结束后,经过适当的测试,就可得到由大区或省颁发的资格证书或接受过培训的证明。

另外需补充说明的是:欧盟对微型、小型、中型企业的划分有具体规定。可受惠之企业须符合以下三个参数以定位其企业规模为微型、小型或中型企业。如都不符合的话,该企业规模将可能被定位为大型企业。

表4—6.4　欧盟对微型、小型、中型企业的划分参数

参数	中型企业	小型企业	微型企业
雇员人数少于(人数)	250	50	10
和/或营业额不超过(百万欧元)	50	10	2

参数	中型企业	小型企业	微型企业
和/或资产总额(百万欧元)	43	10	2
公司自主程度	一个或多个非中小型企业,其介入资金或所持有的投票权不超过公司资本或投票权的25%。		

三、税收政策

(一)税收制度改革

意大利对公司税收制度进行了广泛的改革,并从2004年1月1日开始生效。改革的目的是旨在简化税收立法并为国内外投资者创造良好的税收环境。改革后的公司税收制度有以下几个主要特点:

——将公司所得税下调至33%;

——意大利公司和外国公司出售资格股份而获得的资本收益可免缴公司部分所得税(即"部分免除");

——对公司利润分配,废除完全归集抵免制(即,股息课税扣除),所分配红利的95%按新规定可免缴公司所得税;

——采用集体估税制度,在这一制度下,属于同一集团旗下的意大利/外国公司可以其意大利母公司为基础合并税基;

——引进所谓"摊薄资本规则",即采用债务权益比率,以防止意大利公司资本摊薄。

(二)税收种类

意大利的税收制度建立在两种税收的基础上:直接税(或所得税)和间接税。

1. 直接税

①个人所得税(IRE):个人所得税(IRE)通过《所得税法律文件汇编》(简称CTC)进行管理。意大利居民个人就其在意大利境内和意大利境外所取得的收入缴纳个人所得税。非意大利居民个人仅就其来源于意大利境内的收入缴纳个人所得税。应纳税收入按照累进税率征税,最高税率为39%,最低税率为23%。另外对超过100000欧元的收入部分,征收4%的固定附加税。

②公司所得税(IRES)：公司所得税(IRES)也通过所得税法律文件汇编管理。意大利居民公司就其在意大利境内和意大利境外所取得的收入缴纳公司所得税。非意大利居民公司仅就其来源于意大利境内的收入缴纳公司所得税。应纳税收入按照33%的统一税率征税。

③工商业地税(IRAP)：工商业地税(Imposta regionale sulle attività produttive-IRAP)，又叫大区税。它是一个地方税种，指从事经营活动的人基于其在每一个应纳税期在某个意大利大区产生的产值而缴纳的税。非意大利居民公司仅就其在意大利常设机构的产值缴纳工商业地税。

2. 间接税

①增值税(VAT)：意大利的增值税政策完全符合欧盟关于增值税的规定。根据增值税制度规定，商品和服务的提供者可以抵扣向上一级支付的增值税，由最终消费者负担增值税。在意大利境内销售商品或提供服务应缴纳增值税。普通增值税税率是20%。

②注册税：注册税(Imposta di Registro)在以下情况下缴纳：在意大利境内形成的特定合同；在意大利境内、境外达成的涉及意大利境内商业企业或不动产的转让与租赁业务的合同。征税基础和税率根据相关合同的性质以及当事人的状况确定。

土地登记和抵押税也适用于不动产的转让，在公共注册机关办理正式书面手续时缴纳。税基与注册税相同，土地登记和抵押税税率分别是1%和2%。对于应征增值税的不动产转让，可以一并征收168欧元的注册税、土地登记和抵押税。注册税按照不动产的类型，征收税率为4%—15%不等。

③城市房地产税(ICI)：任何意大利境内的房地产所有权人(居民或非居民)每年必须缴纳城市房地产税(Imposta Comunale sugli Immobili-ICI)。税基等于由土地局按照不动产种类和级别确定的估价乘以给定的系数得出的值。税率由不动产所在地政府当局规定，不低于4‰且不高于7‰。

④继承和赠与税：自2001年起，继承和赠与税已经被取消。被取消后，只有在受赠人与赠与人之间无任何亲属关系的情况下缴纳间接税，如注册税、土地登记税和抵押契据税。

⑤预提税主要有三种的：股息预提税、利息预提税、特许权使用费预提税。

▲股息预提税：原则上，意大利居民个人应就其除了从事商业活动之外来源于意大利公司中非资格股份的股息缴纳12.5%的最终预提税。对来源于

意大利公司中资格股份的股息无须缴纳预提税。从 2006 年 1 月 1 日起,意大利居民个人应就其除了从事商业活动之外来源于避税港国家未上市公司中非资格股份的股息缴纳 12.5% 的预提税(即所谓的"黑名单")。

意大利居民公司获得的股息或非意大利居民公司通过意大利常设机构获得的股息无须缴纳预提税。无(或没有通过)意大利常设机构的非意大利居民公司在意大利公司获得的股息,无论是来源于资格股份还是非资格股份,都要缴纳 27% 的最终预提税。对来源于储蓄股份的股息,预提税率减到 12.5%。

预提税率可以根据意大利与获得人驻在国的税收协定调低。

根据欧盟《母—子公司指导政策》,意大利居民公司向其母公司支付的股息无须缴纳预提税,但要求母公司至少持有意大利子公司 25% 的股本一年以上。

▲利息预提税:原则上,银行账户和存款的利息、一些债券以及类似有价证券的利息要按 27% 或 12.5% 的税率缴纳预提税。对意大利居民获得的利息征收的预提税(若有)构成了其缴纳所得税的预先支付部分。在这种情况下,利息总额必须包括在获得人的税基中,预提税要从应纳税总收入中扣除。在多数情况下,非意大利居民个人所缴纳的利息预提税是最终性的。

通过意大利常设机构获得的银行账户和存款利息的非意大利居民,无须缴纳预提税。国家、银行和意大利上市公司发行的债券,其利息和其他收益应缴纳 12.5% 的替代税。

如果这类债券利息的获得者是意大利居民公司,则无须缴纳替代税。如果这类债券利息的获得者属于所谓的"白单"国家(即与意大利税务部门充分交换信息的国家),并且没有通过意大利常设机构获得,则无须缴纳替代税。

原则上,居民个人,而不是经济实体,获得的贷款利息应预付 12.5% 的预提税。如果贷款利息的获得者是非居民,并且没有通过意大利常设机构获得,则预提税为最终纳税。如果获得人驻在国属于所谓"黑名单"国家(即,只提供少量非公开税务信息的国家),则预提税税率为 27%。

预提税率可以根据意大利与其他国家签订的税收协定调低。

意大利已经立法通过完全执行欧盟《关于利息和特许权使用费的指导政策》,以取消对欧盟不同成员国居民公司之间某些利息支付所征收的预提税。

▲特许权使用费预提税:意大利居民公司,或非意大利居民公司通过意大

利常设机构获得的特许权使用费无须缴纳预提税。原则上,向非意大利居民支付的特许权使用费要征收30%的最终预提税。在某些条件下,税基可以定额扣除25%。

预提税率可以根据意大利与其他国家签订的税收协定调低。

意大利已经立法通过完全执行欧盟《关于利息和特许权使用费的指导政策》,以取消对欧盟不同成员国居民公司之间某些特许权使用费支付所征收的预提税。

(三)居民公司税收

1. 公司所得税(IRES)介绍

根据《改革法》的有关规定,自2004年1月1日起,意大利政府按照一套新税收法规对公司进行征税。根据新规定,取消归集制而用"部分免税"方法取而代之,在这种方法下,公司利润在公司一级缴纳所得税,而在股东一级则部分免税。此外,还采取了其他一些主要措施,如下调公司所得税,参股免税机制,资本摊薄原则,以及国内税收合并机制等。

①应纳税人、税率和纳税期

公司所得税(IRES)适用于意大利的居民公司以及非居民公司。居民公司按照其在意大利和意大利境外的收入缴纳公司所得税(即无限纳税)。非居民公司仅就其来源于意大利的收入缴纳公司所得税(即有限纳税)。

居民公司包括股份有限公司(Società per Azioni),有限责任公司(Società a Responsabilità Limitata)以及股份有限合伙公司(Società in accomandita perazioni)。

居民公司也包括依据外国法律成立的公司,其在纳税期间大部分时间内,在意大利有行政办公室、有效的管理职能或主营业务。

不受股份限制的居民合伙公司不需缴纳公司所得税;这些合伙公司(无限合伙"Società in nome collettivo"或有限合伙"Società in accomandita semplice")被看作透明实体,基于纳税目的,公司的收入被分配给合伙人并分别相应纳税。

为了缴纳公司所得税,纳税期可以与法律或公司组织章程中规定的公司的会计年度一致。如果没有相关规定,纳税期与日历年一致。公司所得税一律按33%的税率征收。

②税基

税基按照《所得税法律文件汇编》的规定原则计算。公司的任何收入项无论其性质都被看成商业收入。应税收入由会计年度所有的净收入(即境内外收入)构成,作为损益表的结果,并根据《所得税法律文件汇编》(CTC-Consolidated Text Code)规定的特别税收原则做出调整。免税收入和缴纳最终预提税的收入不归于应税收入。

应税收入的确定包括以下增项收入和减项收入的原则。一般增项收入与减项收入按照权责发生原则确定,但也有一些例外(如,股息按收付实现制征税)。

2. 预提税介绍

对意大利居民公司所获利润征收的预提税包括获得人缴纳的所得税预先支付部分。缴纳预提税的这部分利润必须包括在获得人的税基中,但预提税应从所得税总额中扣除。

意大利居民公司获得的利润只有在极少数情况下须缴纳预提税,包括:银行账户和存款的利息,某些债券和类似的有价证券的利息。股息和特许权使用费无须缴纳预提税。

3. 国外税收抵免

如果居民公司获得来源于国外的应税收入,并且确定已在国外纳税,则可以抵免公司所得税。但如果来源于国外的收入没有在国外纳税,则根据意大利国内税法不予税收抵免。国外税收抵免等于以下两者间较小的数额:在国外的纳税额;在意大利的纳税额。后者与来源于国外的收入与总收入的比值成正比。

意大利与其他国家签署的一些税收双边协定中规定了所谓的"对等抵免"条款。根据该条款,即使意大利居民取得的国外收入在驻在国根据其优惠的国内规定享受了较低税率甚至免税,其仍可以享受国外税收抵免。

4. 提高有形和无形资产税基

对于2006纳税年度,《财政法》出台了一项可选政策:它提高了有形和无形资产税基,在经过重新评估的替代税基础上对可折旧资产和不可折旧资产的税率分别增加12%和6%。替代税部分必须在2005年所得税缴纳期限缴纳。增加部分将在发生后的第三个年度(即2008年)缴纳。新法律同时也旨在消除由于延期支付额外的7%替代税而导致资金积压现象。

5. 国内税收合并机制

根据国内税收合并(Domestic Tax Consolidation-DTC)制度,属于同一集团的意大利公司可以选择将其税基与意大利母公司税基合并。国内税收合并制度特别规定,经过一定调整后,集团单一税基等于母公司税基和各个受控制公司税基之和。合并覆盖了全部受控制公司的税基,而不考虑母公司控股的比率。这样,国内税收合并制度允许集团成员实现的应税收入与其他集团成员的税务亏损相互抵消。

另外,在国内税收合并制度下,在合并公司间转移不产生总收入的财产(如固定资产、经济活动的分支机构),可以享受税款递延机制的好处。这样,不考虑会计价值,转让人没有任何资本收益实现,商品在受让人一方的税基与其在转让人一方的税基是相同的。

申请国内税收合并要满足以下条件:

——母公司必须是意大利居民公司,或一家外国公司在意大利的常设机构,并且该公司所在国与意大利签署了双边税收协定;另外,如果母公司是非意大利居民公司在意大利的常设机构,受控制公司的参股必须实际与常设机构有关;

——受控公司必须是缴纳普通公司所得税的、不享受任何税收减免优惠的意大利居民;

——自每个纳税年度开始,如果母公司满足以下条件,则控制关系存在:直接或间接拥有参与公司普通股东大会的多数表决权;并且不考虑无表决权股份,直接或间接持股及参与利润分配的比例高于50%;

——母公司和受控公司必须有相同的会计年度(即相同的纳税期间),并共同选择国内税收合并制度。这种选择不可撤销并一直持续三个纳税期间。国内税收合并制度不要求所有受控制公司都选择税基合并。母公司在合并各个受控制公司单一税基的基础上确定合并后的税基,并做出一定的调整。

6. 集体减免机制(Consortium Relief Regime-CR)

根据集体减免制度(CR),股东可以选择将意大利居民公司的公司所得税税基与他们自己的税基合并。集体减免制度特别规定,参股公司的公司所得税税基可以按比例归到每个相关股东应纳税收入下,即由公司相关利润分配比例确定。

申请集体减免制度应满足以下条件:

——股东必须是意大利居民公司、意大利居民个人或不缴纳股息预提税的非意大利居民个人；

——每个股东拥有参与公司普通股东大会的表决权比例应不低于10%，不高于50%；

——所有股东必须共同选择集体减免制度，并且这种选择不可撤销并一直持续三个纳税期间。

7. 工商业地税(IRAP)介绍

工商业地税(Imposta Regionale sulle Attività Produttive 或 IRAP)是一个针对意大利居民公司在每一个纳税年度产出的产值而缴纳的地方税。《改革法》授予政府权利逐步取消工商业地税：通过从工商业地税的税基中逐步扣除劳动力成本和其他成本，从而达到逐步取消的目的。

①税基与税率：工商业地税的税基等于一个特定大区的产值。

对于工商企业：

——增项收入包括公司获得的所有收益，以下除外：某种资本收益（如，持续经营或参股的处置）；非经常项目收入；金融收益（股息、利息）。

——减项收入包括公司所有的成本和费用，以下除外：某些劳动力成本；利息费用；资本损失和非经常性项目减项。

从2005年1月1日起，关于研发活动所发生的劳动力成本允许从工商业地税的税基中扣除。另外，对于新增雇员的商业企业（同2004年平均雇员人数相比），每名新增雇员允许扣除最高金额不超过20000欧元的劳动力成本（在某些特定情况下对不发达地区，可达到60000或100000欧元）。

该项鼓励政策可应用的时期为2004年12月31日到2008年12月31日，它的实施还须先得到欧盟委员会的批准，确定是否符合欧盟现有的规定。产值增项和减项的确定原则与公司所得税的确定原则相同。工商业地税不从公司所得税的税基中扣除。

工商企业的普通税率为4.25%。但是，大区有权将税率在1%的范围内上浮。如果公司在某个大区的固定地点经营期间至少达到相应纳税期的三个月，则产值被认为是在该大区生产的。如果经营活动是以可分配到各个大区的劳动力成本为基础进行的，则产值被分配到各个大区。

②对雇佣新员工的减税优惠

对于2005—2007纳税年度，纳税人由于新雇员工可在签订雇佣合同时减免劳动力成本部分的工商业地税。每雇用一个新员工，该项减免最高可达2

万欧元,对某些地区该减免可增加到 10 万欧元。

(四)通过意大利常设机构经营的非居民公司的税收

1. 公司所得税(IRES)

非意大利居民公司通过意大利常设机构取得的收入被认为来源于意大利,同样应缴纳公司所得税(IRES)。除某些特例外,《所得税法律文件汇编》(CTC)规定的常设机构定义与经合组织(OECD)《关于发达国家和发展中国家避免双重征税的协定范本》的定义基本相同。

在意大利设有常设机构的非居民公司的总收入应以其常设机构的损益表为基础,按照意大利居民公司相同的原则进行计算。然而,《所得税法律文件汇编》对外国公司在意大利的常设机构规定了有限的"吸引力原则"。在该规定下,来源于意大利的其他收入项目都要并入意大利常设机构的总收入中。包括:

——在意大利境内从事经营活动或与经营活动有关的资产损益;

——处置意大利居民公司和合伙公司参股的资本收益;

——意大利居民公司分配的利润。

如果外国公司属于与意大利签订税收协定的国家,这种有限的"吸引力原则"不适用。这种情况下,常设机构的应税收入仅限于通过常设机构实际获得的收入。

2. 工商业地税(IRAP)

工商业地税是针对每个纳税年度的产值征收的地方税,非意大利居民公司缴纳工商业地税只按照其意大利常设机构的产值计算。产值的计算原则与意大利居民公司相同。

(五)分支机构税收

意大利法律规定不对意大利常设机构产生的返回国内的利润征税。应税收入计算示例见下表。

表 4—6.5 应税收入计算示例

非居民公司应税收入计算		
	损益表中的增项收入	
A.	商品销售收入	1300

非居民公司应税收入计算		
B.	受控制公司的股息	500
C.	出售资格股份的资本收益	200
D.	银行账户利息	10
E.	处置已持有三年的固定资产获得的资本收益	50
F.	会计年度末期增加的库存	30
	总额	2090
损益表中的减项收入		
G.	原材料成本	500
H.	劳动力成本	400
I.	固定资产折旧(机器)	100
L.	参股折价	200
M.	会计年度期末未付的董事报酬	10
N.	利息费用(假设利息既满足"比例"原则也满足"资本摊薄"原则)	150
	总额	1360
	税前会计利润	730
	没有进入损益表中的加速折旧(100% × I.)	100
	银行账户利息预提税	3
公司所得税税基计算		
	损益表中的增项收入	2090
	增项收入的税收调整	
	不纳税股息(95% × B.)	−475
	资格股份获得的资本收益免税(C.)	−200
	固定资产资本收益分三次征税(66% × E.)	−33
	增项收入总调整 −708	
	公司所得税增项	1382
	损益表中的减项收入	1360
	减项收入的税收调整:	
	参股折价(L.)	−200
	会计年度期末未付的董事报酬(M.)	−10
	固定资产加速折旧	100
	减项收入总调整	−110

非居民公司应税收入计算	
公司所得税减项	1250
公司所得税税基	132
公司所得税税率	33%
公司所得税总额	44
银行账户利息预提税	3
应纳公司所得税净值	41
工商业地税税基计算	
损益表中的增项收入	2090
增项税收调整:	
股息(B.)	−500
资格股份资本收益(C.)	−200
银行账户利息(D.)	−10
固定资产资本收益分三次收税(66%×E.)	−22
增项收入总调整	−732
工商业地税增项	1358
损益表中的减项收入	1360
减项税收调整:	
劳动力成本(H.)	−400
参股折价(L.)	−100
会计年度期末未付的董事报酬(M.)	−10
利息费用(N.)	−10
减项收入总调整	−520
工商业地税减项	840
工商业地税税基	518
工商业地税税率	4.25%
应纳工商业地税	22

（六）税收协定和欧盟指导政策

（1）税收协定:以避免双重征税,意大利已经与以下国家签署了税收协议:

表4—6.6　与意大利签署税收协议的国家

阿尔巴尼亚	法国	墨西哥	斯里兰卡
阿尔及利亚	格鲁吉亚	摩洛哥	瑞典
阿根廷	德国	莫桑比克	瑞士
澳大利亚	希腊	荷兰	坦桑尼亚
奥地利	匈牙利	新西兰	泰国
孟加拉国	印度	挪威	特立尼达和多巴哥
比利时	印度尼西亚	阿曼	突尼斯
巴西	爱尔兰	巴基斯坦	土耳其
保加利亚	以色列	菲律宾	乌克兰
加拿大	象牙海岸	波兰	阿拉伯联合酋长国
中国[1]	日本	葡萄牙	英国
塞浦路斯	哈萨克斯坦	罗马尼亚	美国
捷克斯洛伐克[2]	科威特	俄罗斯	乌兹别克斯坦
丹麦	立陶宛	塞内加尔	委内瑞拉
厄瓜多尔	卢森堡	新加坡	越南
埃及	马其顿	苏联[3]	赞比亚
爱沙尼亚	马来西亚	南非	南斯拉夫联盟共和国[4]
埃塞俄比亚	马耳他	韩国	乌干达
芬兰	毛里求斯	西班牙	

注:1. 与中国签署的税收协议不适用于香港、澳门地区。

2. 与捷克斯洛伐克签署的税收协议分别适用于捷克共和国与斯洛伐克共和国。

3. 与苏联签署的税收协议分别适用于白俄罗斯与摩尔多瓦。

4. 与南斯拉夫联盟共和国签署的税收协议分别适用于塞尔维亚、黑山、克罗地亚与斯洛文尼亚。

协定一般对意大利非居民规定了比意大利本国法律更优惠的税收待遇。大多数协定是基于经合组织《关于发达国家和发展中国家避免双重征税的协定范本》签订的。

(2)欧盟公司指导政策:《欧盟母—子公司指导政策》

意大利完全执行《欧盟母—子公司指导政策》,避免对在欧盟子公司产生的,并分配给位于欧盟另一成员国的母公司的这一部分公司利润双重征税。根据关于股息税收的新政策,对意大利母公司获得的股息的95%免征公司所得税,无论其持股规模和持股期限。

如果欧盟成员国的母公司直接持有意大利子公司至少 25% 股份持续一年以上,则该意大利子公司支付的股息免征预提税。意大利仍然没有执行欧盟 123/2003 号指导政策中关于持股比例门槛降低到 20% 的规定。

(3)欧盟合并指导政策

对于欧盟成员国居民公司之间的因合并、分立、资产转移和股份交换而产生的各种税收,意大利完全按照《欧盟合并指导政策》执行。按照《欧盟合并指导政策》的规定,意大利税法规定由于上述公司重组(在意大利和其他欧盟居民公司之间)产生的收入、利润和资本收益可以递延。

(4)《欧盟关于利息和使用费的指导政策》

《欧盟关于利息和使用费的指导政策》规定,在欧盟不同成员国居民公司之间取消某些利息费用和使用费的预提税。意大利政府已经就此于 2005 年 5 月 30 日颁布了第 143 号法令,并于 2005 年 7 月 26 日生效。在欧盟不同成员国居民公司之间预提税的免除除了需要满足其他的相关规定外,还需要符合下列条件:

①免税受益人应是利息和使用费的所有人。即只有在免税受益人使用这些费用是用于自身的目的而不是作为中介入代理商、托管人、授权名人或其他人;

②付费的公司必须直接拥有收费公司普通股东大会不少于 25% 的投票权;

③收费的公司必须直接拥有付费公司普通股东大会不少于 25% 的投票权;

④第三方公司必须同时拥有付费和收费公司不少于 25% 的普通股东大会投票权。

上述第②③④条件所指的 25% 最低股份持续持有期不能少于十二个月。

该类免除的受益人必须提供其所在国的税务当局出具的居住证明。这条有新规定的法令对从 2004 年 1 月 1 日起的利息与使用费有效。此外,该法还规定对非意大利居民在申请从事工商科研营业许可时征收 30% 的预提税。

(七)内部转移定价

内部转移定价包括有关各方在内部跨国交易中定价的一套完整的管理规则。

根据意大利税收法律,意大利居民公司与非居民有关各方的内部交易收入必须以所谓"正常值"估算,正常值是指在自由市场条件下,对相同商业环节相同性质商品和服务的价格或代价(即公平市场价格)。在1980年,意大利税收当局颁布了关于内部转移定价的规定,该规定基本符合"1979经合组织(OECD)报告"的指导原则。

通过特殊的管理程序(即"国际税收裁定"),纳税人可以预先与税收当局协商确定适当的内部转移定价方法。

事先裁定的有效期最多三年,对税务当局有约束力,除非在实施过程中有关裁定的条件发生变化。

(八)受控外国公司规定

意大利税法包括一套完整的受控外国公司(Control Foreign Companies-CFC)规定。这些规定旨在避免分配收入流向位于低税收辖区(即法令规定为避税港的黑名单国家)的外国子公司。

特别是,如果满足一些标准(如,在外国公司的持股比例,黑名单辖区),受控外国公司获得的收入应按参股比例分配给母公司。因此,不管实际的股息分配,受控外国公司的收入应被包括在母公司的应税收入中并相应纳税。

如果意大利母公司能提供以下证明,则该规定不适用:(1)受控外国公司在其所在国实际进行工商业活动;或(2)在受控外国公司参股所获得的收入并未享受国外低税收辖区的税收优惠。为保险起见,意大利母公司必须向税务当局申请事先裁定。

(九)税收管理

纳税申报:纳税人必须向税务当局报告其年收入。意大利居民公司必须在相关会计年度结束后十个月以内提交纳税申报。

意大利居民个人必须在纳税年度结束后十个月以内提交纳税申报。对纳税人通过银行或邮局以书面形式提交的税收申报,截止期限为七月底。

税收支付:对每个应纳税年度,公司所得税和工商业地税的支付通常基于两笔预先付款和一笔余款支付。具体是:

(1)第一笔预先付款在支付以前年度余款时同时支付;

(2)第二笔预先付款在相关税务年度的第十一个月内支付;

（3）余款在相关税务年度结束后第六个月的二十天内付清。

原则上，相同的规定也适用于对居民个人关于个人所得税和工商业地税的支付。

稽核及诉讼：税务当局对纳税申报进行形式和实质核查。形式核查是通过对纳税申报中的数据进行简单的核查，以评估错误/疏漏。一旦发现错误/疏漏，税务当局要求纳税人澄清并提供资料，有时出具正式评估通知。实质检查是以抽样为基础，对纳税人申报的收入实施实质检查。税务当局也可对纳税人实施现场特殊稽核。检查/稽核完成后，如果存在忽略或违规情况，税务当局将出具最终税收评估。

法定期限：就所得税而言，法定期限通常为从提交所得税纳税申报当年年末起四年。如果没有提交所得税纳税申报，法定期限延长一年。

税务诉讼：对税务当局出具的评估通知，纳税人可向税务法院提出上诉，对评估的上诉须在 60 天内向一审税务法院（省税收委员会，Commissione TributariaProvinciale）提出。对一审法院的判决，税务当局或纳税人可向二审税务法院（大区税收委员会，Commissione Tributaria Regionale）提出上诉。对二审判决，税务当局或纳税人可就有关法律解释问题向最高法院提请上诉。

税收裁定：在某些情况下，纳税人可申请事先裁定，事先裁定对税务当局有约束力。实行事先裁定的专门规定，以特别说明国际税收问题，如内部转移定价、特许权使用费以及股息等。如果进行裁定的条件没有发生改变，这些裁定的有效期最多三年，并对税务机关具有约束力。

（十）个人所得税（IRE）

意大利常住居民有责任就其世界范围的收入缴纳个人所得税。非意大利常住居民仅就被认为源自意大利的特定项目收入纳税。对于个人纳税者，按照自然年度纳税。

税收的住所认定：对于个人，如果某个自然年的大部分时间符合以下条件之一，则被认为是意大利常住居民：

（1）已在意大利公民登记处注册

（2）按照民法的定义，个人在意大利拥有住所或定居点。根据民法，"住所"是指惯常居住的地方，"定居点"是指个人主要利益中心（重大利益中心）的所在。

收入的种类和应税收入:缴纳个人所得税的必要条件是拥有以下一种或多种收入的所有权:

(1)房地产收入

(2)资本收入(例如,分红、利息)

(3)工作收入(例如,薪水、工人工资)

(4)自由职业收入(例如,专业费用)

(5)商业收入

(6)杂项收入(例如,股票或者有价证券的交易获利)

上述每种收入的应税数额有不同规定。全部应税收入为以上各项收入的总和。免税收入和已预扣税款的收入,例如债券或股份分红的利息,排除在全部应税收入之外。

提到"工作收入",应税收入包括在应税期间得到的与工作活动有关的各项现金或实物报偿,甚至包括礼物。

在某些情况下,应税收入不包括雇员的一些附加福利。这些福利包括职工优先认股权;股票赠与;内部食堂提供的食物;上下班的接送;雇主为所有雇员提供的教育和培训;以娱乐、健康、宗教为目的的福利以及社会救济。

某些种类的收入,比如终止雇佣关系的补偿金,按照较低的税率单独纳税。在某些情况下,源自国外活动的工作收入需要纳税。征税时不考虑其实际得到的工资,而是以由部级法令每年确定的象征性工资为基础。

税率(2006年度):从2005年1月1日起,应税总收入采用以下税率征收个人所得税:

应税收入	税率
26000及以下	23%
26000—35000	33%
35000以上	39%

此外,对于个人应税总收入超出10万欧元的部分,还要额外征收4%的调节附加税。

全部应税总收入扣除需要单独纳税的特定种类收入,并且减掉某些个人费用和其他津贴(例如,特殊的医疗费用、支付给受抚养的配偶的支票、健康保险费、可扣除的家庭税收负担等)之后,剩余的应税收入总和需要按照上述税率计算个人所得税,所得结果为"毛个人所得税"(Gross IRE)。应付的"净个人所得税"(Net IRE)是从"毛个人所得税"中减掉可以扣除的部分(例如,住房贷款利息、特殊的医疗费用等)所得。

(十一)国际会计准则

从 2001 年 4 月 1 日开始,一个有欧盟委员会参加的国际组织——国际会计标准委员会(International Accounting Standards Board-IASB)公布了国际会计准则(International Accounting Standards-IAS)。同时,从上述日期开始国际会计准则被确定为国际会计报告准则(International Financial Standards-IFRS)。

特别地,根据欧盟(EC)1606/2002 号法规第 4 条,各个在欧盟的股票交易所上市的公司以及被责令提交规范化账目的公司都必须根据国际会计报告准则提交会计账目。

就此而论,根据欧盟(EC)1606/2002 号法规规定的选择权的应用,意大利于 2003 年 10 月 31 日制定了第 306 号法令第 25 条,授权政府对上述欧盟法规规定的国际会计标准的执行情况进行监管,监管对象包括意大利上市公司的财务决算报告及其他特定公司(例如银行和金融机构等)的财务决算和经整理的财务决算报告。此外,上面提到的法令还提供了一种可能性,即除了被规定执行国际会计报告准则的公司以外,各个公司从 2005 年开始可以选择是否采用国际会计报告准则。2005 年 2 月 28 日制定的第 38 号法令作为相关法规已经开始被政府执行。

第 38 号法令同样对源自国际会计报告准则的转换/采用而衍生的税收事务作出了规定。所得税代码的修订是基于中立的基础之上的,即与没有转换/采用国际会计报告准则的公司相比,向国际会计报告准则的转换不能暗含着反面的或者积极的因果关系。

作为结果:

(1)根据国际会计报告准则,公司所得税税基不仅要考虑直接计入损益账户的成本和利润,还要考虑相关的冲抵公司资产净值的项目;

(2)对于存货,仅仅从税收目的来看,由于纳税人拥有是否采用后进先出法(LIFO)标准的选择权,因此违背后进先出法的估价标准(国际会计准则第2 条)不应当增加应税利润;

(3)特定的不能核定为资本的费用(国际会计准则第 38 条)应该可以在五年的期限内被抵扣。

四、在意大利设立公司企业的程序及相关问题

(一)在意大利设立公司企业的程序

1. 企业设立程序

意大利与其他发达国家一样,向希望在该国投资的外国公司提供多方面的选择途径和全方位的保障。

意大利于 2003 年初对《公司法》进行了彻底的改革,其现代和灵活的商务法律框架在欧洲堪称一流。改革对《意大利民法典》(ICC)的部分章节进行修改和补充,并在关于金融中间业务的《统一规则》(L. D. 58/1988,TUF)中增加了关于上市公司的特别规定。《统一规则》根据 2005 年 12 月 28 日颁布的第 262 号法作了较大的修改,该法律规定了保护储户利益的有关条款。

从整体上将 2003 年的改革成功引入了:

▲商业公司(股份有限公司、有限责任公司)组织结构的变化,这些变化简化并加速了公司设立程序;

▲商业新金融工具,以创建特别种类的股份;

▲增强公司管理灵活性的新规定;

▲集团公司责任,阐明有关责任、透明和公开的问题。

2. 商务组织形式

有意在意大利开展商务活动的外国投资者可以在两种方式间作出选择:设立代表处或分支机构或常设公司。投资者也可以首先通过设立代表处开展地区市场和商业机会调研,然后再成立公司。倾向于建立相对稳定组织形式的投资人可以成立公司。

投资者最常用的公司形式通常为股份有限公司(Società per Azioni-SpA)和有限责任公司(Società a Responsabilità Limitata – Srl)。这两种形式的公司所承担的社会责任都只以公司资产为限。

①代表处:设立代表处的外国公司应在当地公司注册机构办理一定的正式注册手续。须登记备案的信息包括:有关代表处所属公司的详细情况、代表处法人代表的个人(或几个人)信息以及公司注册信息。如果手续不符合规

定,代表处法人代表对代表处可能发生的债务个人(或几个人)承担无限责任。

②分支机构:不打算成立意大利子公司的外国投资者也可以在意大利通过其分支机构开展商务活动。分支机构被看成长期组织形式,要缴纳公司所得税并保留账簿,提交增值税 VAT 纳税申报,以及包括损益表在内的母公司年度财务报告。

在意大利注册分支机构所需的文件包括:

▲经认证的公司设立文件及公司章程;

▲母公司良好运营状况的证明;

▲申请分支机构增值税号以及申请母公司法人代表和经理人的税号;

▲在国外官方的商务机构公司注册部门登记注册的证明。

3. 公司类型

①股份有限公司(Società per Azioni-SpA)

股份有限公司是独立的法人,是相对于股东分立的实体。股份有限公司拥有自己的资产和资源,其债权人可以依赖公司本身的资本。股东在股份有限公司的参与以股票份额表现。

▲公司设立

股份有限公司可通过合同或单一股东的单边契约设立。股份有限公司的股东也可以是合伙公司(只要不是非正式合伙关系)或其他股份有限公司。成立公司的最低资本金至少为 120000 欧元。股份有限公司没有营业期限限制。

▲设立程序的主要步骤包括:

——以公证书形式订立包括公司组织章程和规章制度在内的合同(或单边契约);

——全额认购资本金;

——将 1/4 的认购资本金存入银行,单独股东的股份有限公司应存入全额认购资本金;

——检查是否有特殊的法律要求(例如:公司业务是否需要政府批准);

——由公证机构审查公司的设立是否符合法律的基本程序要求;

——在有关公司文件签署后 20 天内,由公证机构将上述文件整理归档,提交公司注册机构备案。

▲出资

出资方式可以是现金、实物和/或通过信用转让方式。对于实物出资或通过信用转让方式认购的股份必须全额付清。出资应由相关地方法院指定的专家进行评估,该专家应宣誓保证评估价值的真实性。

▲股东协议

股东协议只对签约股东有约束力,包括:

—在公司或其子公司行使表决权的股权委托;

—转让公司或其子公司股份的限制条款;

—对公司或子公司实施控制影响的协议;

—股东协议的最长期限可以为5年,期限可以延长。如果没有期限限制,股东可提前6个月发出退股通知。

▲管理

意大利公司法的改革提出三种股份有限公司管理模式可供选择,其主要特点分别如下:

—普通制度:公司管理委托董事会进行,对董事会的监督权由监事会行使;

—单一制度:公司管理委托董事会进行,董事会指定其内部成员组成监管委员会,监督公司的管理;

—双重制度:由股东大会(请看第13页)指定监督会,监督会再指定管理会,由管理会负责公司的管理。

与公司或其子公司有关联的、与之签有雇佣合同或存在咨询关系而不能保持独立的个人,不能指定为监督会成员。这种层次的管理模式对上市公司和非上市公司都适用。模式的选择取决于哪种模式最符合公司的经营需求。普通制度允许公司组织结构保持其独立性。单一制度使董事会和监管委员会比较容易建立灵活有效的交流方式。相比之下,双重制度由于将许多股东大会的权利转移给监督会,可能更适合上市公司。

董事有权在法律和公司组织章程的范围内组织公司日常和特别的商务活动以实现公司目标。管理会对外可代表公司。除非公司章程另有规定,董事会议须由多数董事出席,同时,决议的通过也要求与会成员的大多数表决通过。

采用普通制度的上市公司,其董事会成员必须从股东提出的候选人名单中选出,其中至少有一名成员应该从少数股东提名的候选人中选出。此外,在董事会成员多于7人的情况下,其中至少一名成员应该符合监事会成员所规定的诚实公正、经验丰富和保持独立的条件。采用单一制度的上市公司,由少数股东推举的候选人必须符合监管委员会成员所规定的诚实公正、经验丰富和保持独立的条件。上市公司管理委员会成员的选举应通过秘密投票方式进行。

董事任职三个财务年度,可以在以下情况终止任职:期满、辞职、免职、死亡、个人不胜任(如无被选资格)。在以下情况下董事对公司承担连带责任:

——超出法律和公司章程规定的职责行使权利;

——没有对下属进行必要的监督和干预;

——没有使公司避免损失;

——没有遵守法律规定的职责。

▲控制与监督

监事(STATUTORY AUDITORS):监事的职责包括:检查会计系统的准确性,审核会计记录,监督经营活动是否符合法律和公司的组织章程的规定,合理监控公司的管理,确保管理规则和组织结构的有效性。

监事会(The Board of Auditors)由3—5名正式成员和2名轮值成员组成。监事在以下情况下终止其职责:任职期满、辞职、个人不胜任、免职(须经股东大会决定并提交法院批准)、死亡。

上市公司的监事会主席必须通过股东大会在由少数股东选出的监事会成员中任命。此外,法律还对连任的可能性作了一些限制,连任情况必须按股市资产管理委员会(CONSOB-Commissione Nazionale per le Società e la Borsa)的规定进行说明。上市公司还应该任命一名执行主管来负责准备公司的会计账目文件,他必须保证向市场公布的公司经济财务状况相关信息的真实性。

▲外部控制

上市公司必须接受外部审计公司(Auditing Company)按照一般会计原则对其财务报表(包括合并的和非经常项目的资产负债表)进行评估,审计公司须在股市资产监管委员会(CONSOB)成立的专门注册机构注册。

审计公司应审核公司会计核算的连续性,以及其财务报表与公司会计记录的一致性。审计公司由股东大会指定。委任期限可以为六个会计年度,其条件是:在后三个会计年度中,审计公司的负责人必须进行更换。审计公司及其股东、负责人、内部审计员不得为其被指定审计的公司提供超出审计之外的其他服务。

▲司法当局

司法当局对股份有限公司的管理进行司法监控。一旦怀疑董事违反职责,从事不规范操作,损害公司、一个或多个子公司的利益,代表公司 1/10 股本的股东或代表已上市公司 1/20 股本的股东可向法院提请诉讼。如果违规行为确实存在并且/或者无法弥补,法院可以采取相应的临时措施并召集股东大会;也可以解除董事和监事的职责并指派司法监督员,后者可以就公司所受损失启动司法程序。

▲上市公司

在意大利市场发行金融工具上市交易的外国或意大利公司,须经意大利股票交易所(Borsa Italiana SpA)按照公司上市的有关规定批准,并接受股市资产监管委员会 CONSOB 的管理,CONSOB 是公共机构,保障政策制定的透明性、证券市场参与者的正确行为以及向投资于上市公司的公众披露完整准确的信息。进入意大利金融市场的公司,其管理机构必须遵守 CONSOB 的规定。

CONSOB 的规定旨在确保与有关各方交易的透明与正确。公司的监控机构监督公司是否遵守规定并向股东大会报告。

欲了解更多信息可参阅以下网站:http://www. consob. it/eng_index. htm

▲股东大会(Shareholders Meetings)

股东大会由董事会召集,在某些情况下由监事会、监管会或监督会召集。在以下情况下召集股东大会:批准年度财务报表,董事会出现大部分空缺,公司损失 1/3 以上资本,或应少数资格股权股东的要求。财务报告应在财务年度结束后 120 天内被批准。如果公司需要完善财务报告或其组织结构的特殊需要,公司章程可以规定稍长的时间,但在任何情况下都不能超过 180 天。如果有两名或两名以上的监事会成员提出要求,上市公司即可召开股东大会。

股东大会可以决定的事项取决于公司采用的管理模式(普通制度、单一制度、双重制度)以及会议的性质(常规或特别)。对股东大会的法定人数以及通过决议的法定人数都有专门的规定。

如果决议违反法律或公司组织章程,并在 90 天内被提出质疑,股东大会的决议可以被宣布无效。如果决议目标不可实现或不合法,股东大会没有被召集或会议没有任何记录,则决议无效。

▲股东退股权利

对某项决议有不同意见、某项决议表决时缺席或弃权的股东,可以按照特定程序退股。无营业期限限制的未上市公司,其股东可以提出退股,但应提前180天通知。

对于上市公司,股东可以在以下情况下退股:合并或中止合并关系,出现未上市公司股份;或公司除牌的决议被通过。没有进入权益资本市场的公司可以提出退股的附加条件。

▲公司的终止

股份有限公司出于以下原因进行清算:

—营业期限届满;

—公司的目标已经达到或目标不可能达到;

—股东大会不能行使职权或持续无法发挥作用;

—由于亏损,资金低于法律最低标准并且无力恢复;

—无法偿还退股股东的股份;

—股东大会决议;

—其他在公司组织章程中规定的事由发生;

—破产或监管当局强制性清算;

—上市公司普通股和储蓄股(或其他具有有限表决权的股份)出现价值不平衡。

▲股份

股份的表现形式为股票,代表上市公司发行的股份或向公众发行的股份,股票属于法律上有效的非实物化凭证。股份有限公司的股份须注册。公司章程规定,股份的转让可以在五年内受到限制。如果股东保留退股权利,或者公司和/或其他股东必须购买所出售的股份,适用股份优先认购权和接受条款。

股份的类别表明它所代表的不同权利以及受损失的影响等。法律要求建立各个类别的特别股东大会。

▲单一股东

单一股东指一个自然人或法人是全部股份的受益人。清算时,在下列情况下,单一股东对公司债务承担无限责任:没有按照法律规定缴清资本;未按照义务,就单一股东、股东变更或组成(重新建立)多个股东的相关信息告之公众。

▲金融工具

代表所有权或管理权利的金融工具股份有限公司可因股东或第三方在工作、服务或资产方面作出的贡献而发行特别的金融工具。这种金融工具不代表一般表决权，也不按权益资本分配。但可享受固定股息或指数化股息，并依据公司章程承担损失。这种金融工具的所有者有权获悉商业动态，对一些特定事项有表决权。

▲分配给特定项目的资产和贷款

股份有限公司可以剥离某项资产，并将它们全部拨付到一个特定项目上。融资合同可以规定项目产生的全部或部分收入用于偿还全部或部分融资。如果拨付给项目的资产满足剥离条件，则公司只以这部分专门拨付的资产对项目债务承担责任。

▲债券

除非法律或公司章程另有规定，债券的发行属于董事会的职权。债券（无记名或记名）的发行量不应超过最近批准的财务报表项下资本金、法定盈余准备金和法定资本准备金总和的两倍。为了计算债券的发行量，为包括外国公司在内的其他公司以任何形式发行的担保债券的发行量也应该考虑在内。《意大利民法典》中的有关条款对发行、债券持有人的权利和义务、债券持有人大会以及（如有）可转换债券与股票转换比率等作出了相应规定。

▲筹资

股份有限公司筹资方式主要有：

—集资；

—银行承兑票据；

—公司信用（公司从另一个公司实体借款并偿还，由可以转让第三方的公司信用证担保）；

—金融转换（Cambiali Finaziarie，类似银行承兑票据）；

—投资凭证。

②有限责任公司（Società a Responsabilità Limitata-Srl）

有限责任公司的参股以股权表示，股权份额可有所不同。有限责任公司仅以自身资产为限负有限责任。最低资本为10000欧元。

▲公司的设立

有限责任公司没有营业期限限制。出资形式包括:现金形式;如果公司章程允许,任何可以获得经济价值的实物和非实物形式,并且,只要有充足的担保,股东可以其提供的服务出资。建立公司每个股东应缴清1/4出资额,并全部认购资本金。公司组织章程和公司规章制度须以公证书的形式订立。

▲单一股东的有限责任公司

建立单一股东的有限责任公司需要:单方面契据;资本金全部缴清;特殊的信息披露要求。如果单一股东收购一个已成立的非单一股东有限责任公司,则要向公众披露股东变化的信息,并须全额缴清未支付的出资额。一旦发生公司清算,股东应对以下情况负无限责任:出资额未完全缴清或没有满足信息披露要求。

▲筹资

有限责任公司可以接受股东的融资。这类融资的偿还要在偿付债权人之后进行。在公司宣布破产前一年内作出的筹资偿还要求无效。公司章程还可以规定债券的发行,但发行的债券只能由专业投资者认购。

▲管理

除非在公司章程中有不同规定,有限责任公司由一名或多名股东管理。公司的管理也可以委托第三方。公司章程可以授予股东特殊的管理权利,比如指定一个或多个董事、对于某些决议或任命可以行使否决权。董事的任命可以没有期限限制。以下是几种管理形式:

—单一董事管理;

—董事会管理。其决议可以被采用,也可以书面形式在股东间协商决定;

—多方管理;

—共同管理。

某些重要事项,比如财务报表起草、合并和解散、资本金增加等问题,应该由董事集体通过。在公司注册规定的范围以内,管理机构有资格代表有限责任公司对外。根据法律法规,如果由于玩忽职守、欺诈,对股东或第三方造成损失,董事负全部连带责任。如果有证据表明曾经对违规行为有不同意见或曾表示反对,不负连带责任。授权违规行为的股东与董事一起负连带责任。

▲股份和股东

股东决议可以集体通过,也可以书面形式进行协商。股东在以下方面有权进行决议:

　　—批准财务报表和股息分配；

　　—指定董事和监事；

　　—修改章程；

　　—对公司目标或股东权利有实质性改变的事项；

　　—公司章程中明确规定的事项。

　　股东可以确定不同的股息分配及损失分担方式(并不一定按出资比例分配)。但是股息分配只能基于实际发生的利润，并应在定期批准的财务报告中予以体现。将一个或多个股东完全排除在损益分配之外的方案无效。

　　▲股东协议

　　在股份有限公司中规定的股东限制条款并不适用于有限责任公司，除非有限责任公司受到股份有限公司的控制。

　　▲股东退股

　　股东在以下情况下有权退股：

　　—如果公司模式或目标发生变更；

　　—股东就公司合并或解散未达成一致；

　　—清算取消；

　　—公司章程中关于退股的条款被删除；

　　—公司目标有实质性改变；

　　—公司注册地转移到国外；

　　—通过的决议更改了个别股东公司管理或利润分配的权利，股东对此决议有不同意见；

　　—有限责任公司有无期限的营业期限。

　　▲股权的流通

　　公司不能收购自己的股权，不能以给予担保或提供贷款的形式让第三方购买股权。如果公司章程禁止转让股权(包括死亡)，股东可以退股。但是，公司章程可以禁止在公司成立或认购相应股权的两年内退股。有限责任公司股权的转让必须进行公证或证明，备案于公司注册机构，并在股东分户账上注册。经此程序，转让才能对公司和第三方生效。

　　▲监控

　　在以下情况下必须任命监事会(BA-Board of Auditors)：

　　—有限责任公司资本金超过120000欧元或；

一相关指标(如资产、利润、雇员数)超过一定标准。

股份有限公司中关于监事会职权的规定也适用于有限责任公司。有限责任公司也可以选择将经营管理权赋予监事会,同时将会计管理权交由会计事务所负责。

③其他的公司形式

▲无限合伙(General Partnership-Società in nome collettivo)

无限合伙公司的所有合伙人对公司债务负连带无限责任。在公司可实施补救的资源用尽之前,无限合伙公司的债权人不能向其合伙人索赔。无限合伙虽然不是法人(没有组建公司),但在某种程度上被认为是区别于其合伙成员的自主实体。

▲有限合伙(General Partnership-Società in accomandita semplice)

这两种形式的特点都是合伙人共同承担无限责任。有限合伙的普通合伙人对公司债务负连带无限责任,而特别合伙人(不参加公司实际业务的合伙人)对公司债务的责任仅以其出资额为限。

商业名称必须至少包括一个合伙人的名字,并提及其有限合伙的状况。只要与此模式一致,无限合伙的管理原则也适用于有限合伙。公司章程必须包括所有普通合伙人和特别合伙人的名字。

▲股份有限合伙(Società in Accomandita per Azioni)

有两种成员:普通合伙人,共同承担无限责任;特殊合伙人,责任仅以出资额为限。在公司可实施补救的资源用尽之前,股份有限合伙的债权人不能向其合伙人索赔。

合伙人的出资以股份表示。普通合伙人是公司运行的法定董事,其职责与股份有限公司的董事职责相同。另外,关于股东大会和监事会的相关规定也在一定程度上适用于股份有限合伙。

▲集团

2003年意大利改革了《民法典》中的公司法,对集团概念及集团与被控制公司关系方面做了较大改革。

集团并不构成独立的法人实体。事实上,虽然集团下属的各公司按照统一的经济战略经营,但各公司之间、公司与集团之间又有所不同,各公司独立地按照法律规定组成公司。因此,即使存在指导和协调关系,母公司决议不能直接影响子公司或受控制公司。然而,集团的影响可以通过商业行为来实现。

但集团的商业行为务必最终有利于子公司个体的发展。

母公司应向公众披露其子公司、受控制公司和下属实体的财务信息及其他敏感数据。一旦子公司和受控制公司的经营管理不善,母公司要对子公司和受控制公司的股东和债权人负责。

子公司和受控制公司有责任告知公众其与集团其他公司之间的关系以及母公司指导和协调的权利(与公司注册机构备案的情况一致)。作为依附于集团的公司,如果有关集团决议被采纳,子公司和受控制公司必须说明做出决定的理由。在一定情况下,子公司或受控制公司的股东可以从公司退股。

(二)公司诉讼程序

1. 争端解决

2003年《意大利民法典》改革修订了关于公司纠纷的争端解决机制。

①庭外调解程序

这一程序可以由在司法部注册的私人或公共实体负责进行,但该程序并不妨碍有关各方提交普通法院解决。如果法院认为公司有关章程被违反,可以暂停审判,并确定一个调解期限。

②特别司法程序

在普通司法程序下,有两种特别程序适用于公司纠纷:普通和综合。相关法院有权进行这类特别司法程序。

③仲裁

《意大利民法典》改革修订了公司法中关于公司章程所包含的仲裁条款,使仲裁目标只限定于公司纠纷。有关法院在公司存在期间强制干预的纠纷以及公司追求公共利益的纠纷不属于仲裁范围。

此外,改革修改了关于仲裁人的任命、预防措施、附带问题、第三方干预、对国际仲裁提起上诉等条款,并简化了对有限责任公司以及合伙商业形式的管理成员之间关于公司管理纠纷的仲裁程序。

(三)破产及破产相关程序

如公司不能偿还其债务将导致公司进入破产程序。《意大利破产法》规定了"预先清算—恢复—延期偿付"程序,旨在一旦公司满足一定条件,即可避免破产。

①破产程序:破产程序的前提是:

——破产必须是商业企业,可以是个人也可以是公司;

——必须处于无力偿还状态。

无力偿还是指企业不能以正常的方式偿还欠债,并且这种状况是长期的,而不是暂时的困难。

破产程序的基本特点是全部性,因为破产程序关系到到负债人的全部资产以及所有债权人的利益。破产程序基于平等对待原则,根据这一原则,所有债权人必须被平等地对待,只遵循法律规定的优先权。在破产程序期间,如果满足一定的条件,企业一些类别的经营活动和合同可以划归弥补性收入。这些特定要求在80号法律(2005年5月14日)中作了补充规定,其中增加了可以不划归为弥补性收入的经营活动。80号法律是对2005年3月14日生效的第35号法令的修订。

2006年1月9日意大利政府颁布了有关改革破产程序的法令,该法令在2006年7月生效,其主要更改如下:

加快了破产的法律进程;扩大债权人委员会的权限;修改了破产的个人后果及动产撤回的有关规定;缩短了弥补性收入经营活动的期限;修改了破产结果对现存法律关系包括用于专门项目的资产的影响;修改了破产公司进行临时性经营活动的有关规定;修改了债务评估程序;缩短索赔时间;简化索赔程序;规定了接收者为公司重组应进行准备工作,包括资产清算的时间和方式等;修改了资产处理的有关规定(concordo fallimentare)如缩短处理时间、简化相关手续等;修改了破产协议的有关规定如缩短时间并考虑二级债权人的利益;提倡债务清偿;废除简要式的破产程序和延期偿付方式。

②预先清算程序

意大利破产法中"预先清算—恢复—延期偿付"程序包括三个专门工具,使债务人避免宣布破产:

转让契约(Concordato Preventivo):适用于在法院监督下继续进行商务活动的公司和个人。债务人同其债权人签订一个转让契约,通过利用现有资产解决未偿还的债务;

债务重组协议(Accordi di Ristutturazione dei Debiti):适用于公司或个人,由债务人与占其债务60%以上的债权人达成的协议。协议须在相应公司注册机构登记备案并须由法院批准。

③特别程序

对特定类型的公司适用：

—强制管理清算(liquidazione coatta amministrativa)

这类程序适用于某些经营范围的企业,根据其经营活动特点和雇员人数确定,如保险公司、信用机构和合作团体。

—特别管理(amministrazione straordinaria)

这是一个特殊的破产程序,适用于拥有 200 雇员或 200 以上的工业和商业企业,并且企业债务总额不少于资产的 2/3 和最近会计年度收入的 2/3。

(四)在意大利工作和生活

1. 90 天以内的商务旅行

通常情况下,到意大利进行商务旅行需要办理签证。然而,来自美国、加拿大、阿根廷、巴西和日本等特定国家的公民,在意大利进行 90 天以内的商务旅行不需要办理签证。欧盟公民也不需要办理签证。

2. 工作许可和居留

①非欧盟国家公民工作入境

仅有一份表示提供工作的书面证明或是一份雇佣合同对于进入意大利工作是不够的。在意大利工作或者希望在意大利工作的非欧盟国家公民,无论是暂时的还是永久的,均须拥有"工作许可"(Autorizzazione di lavoro)。

雇主对获得"工作许可"负责。雇主必须向意大利省级劳工办公室(Ufficio provinciale del lavoro)提出许可申请。申请得到批准后,雇主还须到大区或者中央政府的相关部门获取认可。

得到"工作许可"后,还应当向中央警察局申请入境许可(通常在 20 天以内可获批准)。雇工可凭"入境许可"和"工作许可"到意大利驻其所在国的大使馆或领事馆申请意大利工作签证,签证发放通常需要 30 天。

在入境意大利 8 天以内,申请人和他/她的家庭成员必须到当地警察局申请获得意大利居留许可(Permesso di soggiorno)。欲了解更多信息请参阅网站:www.poliziadistato.it。

办理"工作许可"必需的文件:

● 意大利商会颁发给意大利雇主的注册执照复印件;

● 雇佣合同复印件或者详细描述有任务条款的信函复印件;

- 公司的纳税申报单复印件；
- 有效护照

发放时间/交付时间：大约 3 个月。

②欧盟国家公民工作入境

欧盟国家公民进入意大利工作仅需要居留许可。必需的文件：

- 有效护照
- 健康保险证
- 雇佣合同
- 居住证明（例如，租房协议）

在意大利居住：获得居留许可后，应当到当地的人口注册办公室（Anagrafe）进行注册登记。必需的文件：

- 居留许可
- 有效护照

发放时间/交付时间：大约 2 个月。

税号（codice fiscale）：所有公民，无论是意大利人还是外国人，即使不向意大利纳税也必须拥有税号。在开设银行账户、注册车辆，或者是签署正式合同时都需要使用税号（可从省级税务办公室取得）。必需的文件：

- 有效身份证或护照
- 居留许可

发放时间/交付时间：立等可得。

3. 银行业务和银行账户

开设账户：外国居民可以自由地开设普通账户。非常住居民（每年在意大利居住少于 6 个月的游客）可以开设专门的外国账户。开设账户需要一个有效的税号。有些银行还需要客户提供住所证明，但这不是法定的必要条件。必需的文件：

- 税号
- 有效护照

支票账户：支票账户是有利息的。利息的计算以支票上注明的日期为准，而不是以交易发生的日期。服务费用中包含一种常规收费，即所谓的"起息日"（giorni di valuta）费用（意思是指按双方认可的天数完成转账，银行收回转账期间已付的利息）。这种常规收费因银行的不同会有所不同（通常现金需要 1 天,同城支票需要 3 天,异地支票需要 8 到 20 天)。

转账:居民或非常住居民将现金或有价证券从其他国家转入或转出到其他国家的,无论是本国货币还是外币,凡是价值超过 12500 欧元的交易均需向意大利汇兑管理办公室(UIC-Ufficio Italiano dei Cambi)进行申报。

提款卡:除了信用卡以外,Bancomat 卡非常普及并且被广泛接受。这些意大利提款卡可以在全国范围的自动提款机(ATM)上使用,同时也可以在多数商店、饭店或类似的商业网点使用。

转账支票:允许通过背书的方式将未划线普通支票交给其他人以转存入接收人自己的银行账户中。注明"non trasferibile"(意指不可转让),可以确保支票不被他人提取。

保护级别:每个意大利银行都隶属于一个官方的存款保证体系。欧盟国家的银行分支机构可以加入一个意大利存款保证体系,保护级别以其本国保证体系所提供的保护为限。获得在意大利营业许可的欧盟以外国家的银行分支机构,必须加入意大利的存款保证体系,隶属外国相同体系成员的除外。

欲了解更多信息请参阅网站:www.uic.it。

4. 国家医疗服务

意大利的国家健康服务(Servizio Sanitario Nazionale)通过当地的健康机构运作,并对所有欧盟公民提供低收费或免费的卫生保健服务。近期出台的法律已将涉及卫生保健的多项重要行政和组织职能从中央政府转移到 20 个大区政府。

在意大利的欧盟公民可以享受欧盟成员国之间的健康服务协定,但需在赴意大利之前申请一张欧洲健康保险卡(European Health Insurance Card)。

来访的非欧盟国家公民需要安排个人的必要保险(意大利的或外国的),并须在入境 8 天之内持健康保险单到当地警察局获取认可,以保证保险单在入境签证(visto d'ingresso)规定的期限内有效。

享受医保:(来自欧盟和非欧盟国家的)外国雇员必须到最近的当地卫生机构(Azienda Sanitaria Locale, or ASL)登记一名家庭医生,并通过签订健康协议与其建立医护关系。办理登记手续后外国雇员将会得到一个健康号码和一张健康卡(tessera sanitaria)。

麻醉品和药品:如果需要,家庭医生会开具麻醉品或药品的处方(ricetta)。在允许的情况下,可以使用符合条件的国家补助金(通常是一个"票证")来减少总的支出。

5. 学校和大学

到意大利后,外国家庭对学校有广泛的选择余地,既可选读意大利的学校也可选读国际学校。意大利学校教育分为三个主要阶段:小学教育 6 到 10 岁;初中教育 11 到 13 岁;高中教育 14 到 19 岁。

在意大利的国际学校目前主要是美国和英国的学校。在意大利的许多主要城市还可以找到用法语、西班牙语、德语和日本语教学的其他国际学校。

国际学校:有很多独立的私立学校使用英文授课。一些学校从幼儿园一直到高中都设有用英文授课的班级,而有些学校则仅提供小学或者高中阶段的英文课程。

在意大利有很多国际学校按照英国的教育体系教学,其中大约 30 个是国际学校欧洲委员会的成员。

美国的学院和大学计划:在意大利有 90 多个美国院校(其中罗马有 36 个,佛罗伦萨有 30 个)。这些院校大部分是意大利美国院校计划协会(AA-CUPI)的成员。

国际学士学位:意大利大多数国际学校提供预科课程,或者在高中的最后两年提供基层实习课程。这些做法已被世界上 600 多所大学认可。

6. 驾照

在成为意大利常住居民之前,意大利非常住居民在拥有居留许可的条件下可以使用外国驾照或国际驾照进行驾驶。在意大利居住一年以后非欧盟公民必须获取意大利驾照,而拥有欧盟驾照的公民则可以继续使用它。

转换:如果非欧盟国家和意大利的机动车管理机构之间有相互认可协议,则该国住在意大利的居民可将持有的该国驾照直接转换成意大利驾照而无须参加新的驾驶考试。非欧盟国家公民在意大利居住一年以上者必须取得意大利驾照。

五、投资相关机构

投资机构——意大利投资促进署

意大利投资促进署是由促进企业开发及引进外资的国家机构意大利发展委员会(Sviluppo Italia)及促进意大利公司国际化的意大利对外贸易委员会

(ICE,Italian Trade Commission)组织建立的政府机构。

意大利投资促进署的宗旨是为目前已有的和潜在的投资外商建立唯一和可靠的参照点。

意大利投资促进署为投资者的投资全过程提供全方位专业服务:从选址到项目实施,从优惠条件磋商到与行政部门交涉以及后续服务。由具备国际经验和丰富的行业知识、了解商业需求和意大利税法制度的专业人士为您提供服务,并且这些服务都是免费且高度保密的。

意大利投资促进署总部设在罗马,通过一个国际协作网能够为投资者提供全面和个性化的咨询服务。

意大利投资促进署总部

Via Calabria,46—00187 罗马

电子邮件:info@ investinitaly. com

网站:www. investinitaly. com

上海信息服务中心:

意大利对外贸易委员会

上海市长乐路989 号　世纪商贸广场 1901/1906,1911B

邮政编码:200031

电话:(008621)62488600　　传真:(008621)62482169

电子邮件:shanghai@ investinitaly. com

六、意大利推动对外投资政策

(一)国家促进对外投资的主要政策

意大利企业以中小企业为主,其数量众多的中小企业凭借专业性强、个性化突出、技术先进、生产网络成熟等优势,成为意大利工业和经济发展的中流砥柱,并为意大利重要国际贸易位置的确立贡献了巨大力量。根据意大利中小企业联合会(CONFAPI)提供的数据,意大利目前共拥有中小型企业400 万家,占企业总数的98. 2% ,工业及制造业中 99. 87% 的企业为中小企业,占工业总产额的 66% 。一半以上的中小型企业参与了国际市场的竞争,对意大利

外贸的贡献率为65％。

由于中小企业在意大利工业和经济发展中所拥有的重要地位和作用,意大利政府把扶持中小企业发展作为本国的一项基本经济政策,针对中小企业开展对外经贸活动的主要扶持政策有:

1. 对开发国外市场计划提供优惠贷款:意大利对外投资促进公司向计划在非欧盟国家建立长期有效机构(代表处、分公司、服务中心等)的意大利企业发放低息贷款。贷款额可达单项计划金额的80％,贷款期限不超过7年,贷款期内维持固定利率,利息为签订贷款合同时出口信贷利率的40％。该贷款优先考虑中小型企业以及他们的康采恩或联合体,如贷款的最高金额一般为2065000欧元,而对中小企业及他们的康采恩或联合体的最高金额可达3098000欧元,此外在担保方面的要求也更为宽松。

2. 向参加国际招标的企业提供低息贷款:意大利对外投资促进公司通过提供低息贷款协助企业参与非欧盟国家的国际招标活动。企业可对从制作标书到招标结束期间的全部费用申请贷款,贷款额可达费用金额的100％,贷款期4年,贷款期内维持固定利率,利息为签订贷款合同时出口信贷利率的40％。优先考虑中小型企业和其联合体。

3. 为对非欧盟国家进行先期可行性研究的企业提供优惠贷款:意大利政府通过提供优惠贷款和技术服务,鼓励意大利企业特别是中小型企业和他们的联合体,以及农业行业企业对非欧盟国家进行可行性研究。

4. 为实现有关意大利出口和对外投资的技术支持计划提供的优惠贷款:企业特别是中小型企业和他们的联合体,在完成有关出口和对外投资的技术支持计划时可申请优惠贷款。贷款额可覆盖项目的全部费用,最多不超过516000欧元,贷款期限不超过4年,利息为签订贷款合同时出口信贷利率的25％。

5. 协助意大利企业参股外国企业:为了促进意大利企业参股非欧盟国家企业,意大利对外投资促进公司可协助意大利企业购买外国企业不超过25％的股份(8年内由意大利企业进行回购),并为企业因购买股份而向银行申请的贷款进行贴息。在该政策的基础上原意大利生产活动部又针对个别投资地区设立了风险基金。该基金可使意大利对外投资银行对中国、俄罗斯联邦、地中海地区,非洲、中东及巴尔干地区企业的参股比例由25％增值49％。其中部分基金预留或专属中小型企业和他们的联合体。

(二)中介机构为企业提供的服务

意大利目前为中小企业提供专门服务的全国范围中介机构有意大利工业家联合会(Confindustria)和意大利中小企业联合会(CONFAPI)。这两个联合会均由企业家自主创立,以代表并保护企业自身利益、进行自我服务、争取更好创业环境为宗旨,在有关法律法规之下执行自订的规则,受政府部门指导和支持,参加各级政府部门的有关会议并表达意见。

以意大利中小企业联合会(CONFAPI)为例,该协会成立于1947年,是一个全国范围内的工业和制造业中小企业联合会。在各地区、省、市设有分会,目前共有会员企业5万家。其主要职责为:通过分布广泛的分会网络,积极参与意大利的经济、政治和社会活动;与各级政府部门、部长办公室、经济委员会、外贸协会、研究机构、社会安全机构、职业培训协会等保持密切联系;与其他行会、联合会保持密切合作。同时,该联合会在布鲁塞尔的欧洲手工业、中小企业协会中设立永久性办事机构,以及时了解欧盟立法活动和有关中小企业的法令法规。

另一种企业联合形式是康采恩(CONCERN)。一般由同一地区、同一行业的多个中小型企业自发组建,共同开拓国内外市场。主要工作有:帮助加盟企业出口产品、进口原材料、人员培训、提供海外市场状况和法律咨询,与欧盟有关部门、国家外贸部门、地方政府部门、其他商协会机构和外国商协会机构保持工作联系等。

(三)促进意大利企业海外投资的主要机构及其措施

意大利生产活动部负责意对外贸易促进的政策指导。该部的政策指导功能主要通过制订鼓励法规和监督主要贸易促进机构(对外贸易委员会、对外投资促进公司和外贸保险服务公司等)工作的方式实现。具体实施业务的有以下机构:

1. 意大利对外贸易委员会(ISTITUTO NAZIONALE PER IL COMMERCIO ESTERO,缩写为ICE)

其主要任务是:推动意大利产品对国外市场的出口,促进意大利与各国的经贸关系,为意大利企业,尤其是中小企业,提供信息和咨询等各种服务,以及提供有关目标市场的前景预测、客户资料、技术和隐形贸易壁垒的规避手段等个性化服务。

目前对外贸易委员会在世界上 80 个国家设有 104 个分支机构,国内分支机构 16 个。该协会在每年执行 150 个出口促进计划、举办近千场各种推介活动的同时,还有计划地组织意企业参加国外展览、对口洽谈会,并资助国外有影响的政府组织和企业赴意考察或培训以促进意大利与世界各国在贸易、投资等领域的直接交流。协会经费的约 70% 依靠国家拨款,其余部分来自向企业收费。

通过其信息服务体系,ICE 向感兴趣的外国公司提供意大利的基本经济概况,意大利内外贸政策方面的信息,通过意大利记者协会 AGI 提供大量最有用的新闻,提供意大利在吸引外资方面最新的法律法规以及对外国投资者提供帮助。同时通过 ITALTRADE 信息服务系统,ICE 还帮助意大利公司了解外国市场。

2. 意大利对外投资促进公司 (SOCIETA' ITALIANA PER LE IMPRESE ALL'ESTERO,缩写为 SIMEST)

该机构受意大利外贸部领导, 由意大利各主要银行和企业家协会参与, 其目的是促进和推广意大利企业在海外事业发展。作为意大利境外企业的合作伙伴, 为所有意大利企业提供服务, 并帮助企业在境外实现投资方案。

SIMEST 提供其他的服务范围包括在境外寻找机遇和合作伙伴;帮助意大利企业在非欧盟国家以合资或独资形式成立公司;并支持其境外企业的活动, 如: 资助预可行性研究、可行性研究和技术投资, 参与国际招投标, 资助出口, 贸易渗透, 在当地企业参股以及提供有关法律和社会方面的协助等。

SIMEST 鼓励和支持所有意大利境外企业的活动,包括经贸行业、手工业、旅游业以及集体、康采恩和其他经济组织。鉴于意大利的生产体系大部分由中小型企业组成,SIMEST 还为其制定了非常灵活的资助条件,并选派具有丰富海外工作经验和能力的专业人员帮助指导境外投资。

3. 意大利对外贸易保险服务公司 (ISTITUTO PER I SERVIZI ASSICU-RATIVI DEL COMMERCIO ESTERO,意文缩写为 SACE)

该公司是意大利对外贸易的信贷保险和融资服务公司,为意大利在全世界 150 多个国家进行贸易和投资的企业提供服务,并为银行提供信贷保险。

具体业务包括:为银行提供的服务,包括买方信贷;债券保险;信用文件担保等;以及为企业提供的服务,包括对外投资保险;工程承包保险;中小企业发展。其他服务还包括:流动资本产品和国际化保证。

(编者:中国贸促会驻意大利代表处)

第五章

美洲、大洋洲投资环境分析

第一节 美国投资环境及相关政策

一、美国的外资政策

（一）与投资有关的主要法律

美国的外资管理法律体系包括以下三方面的立法：

1. 投资申报审查方面的立法：该部分法律包括《国际投资与服务贸易普查法》、《外国农业投资披露法》以及《1950 国防生产法》（通常被称作《埃克森—佛罗里奥修正案》）等。

2. 国民待遇和部门限制的立法：美国对能源、矿产、渔业等方面的外国投资设有限制。如《1954 年原子能法》、《1920 年矿产租赁法》等。

3. 对外签订的与投资有关的协定：目前美国与其他国家或地区签署并生效的双边投资条约已达 38 个。同时，在美国签订的诸多双边及区域性的贸易协定中也涵盖了投资管理的内容。

（二）外资政策

美国的外资政策，一是联邦政府外的外资政策，即联邦政府直接对外国企业颁布实行的政策；二是美国州和地方一级政府的外资政策。

1. 美国联邦政府的外资政策

从传统上看,美国联邦政府对外国直接投资实行的是一种中立的政策,即美国联邦政府既不反对、歧视外国资本流入美国,也不以任何方式对外资进入美国实行倾斜和优惠政策。美国的中立政策包含两个基本原则。其一是创设的权利,即外国企业在美国创设新的公司,或扩大其在美国的经营活动等方面,与美国企业享有同等权利,不因为"外国企业身份"而面临国内企业所不会遇到的特殊障碍。其二是国民待遇,即外国投资者的待遇等同于美国国内的投资者,那些已经在美国投资开展经营活动的外国企业,既不会因为政府行动或政策而面临比美国国内企业更大的负担,也不会获得美国国内企业所没有的特殊优惠。

美国联邦政府到目前为止尚无一项专门针对外国在美国投资的总的限制性政策。对外国投资实施的限制基本上集中在由联邦政府直接控制和管理的部门。按美国官方的解释,这些限制性措施主要有四类:

(1)完全出于国家安全方面的考虑,明确禁止外国投资介入的部门。包括国内航空运输,核能生产与利用,内河、内湖和近海航运等。

(2)严格限制外直接投资介入的部门。如广播和电讯部门除非由联邦通讯委员会给予特许,外国控制的企业不能拥有获取了广播或普通投递许可证的公司的20%以上的股份。

(3)有选择地限制外国投资介入的部门。如根据美国《公共土地法》和《采矿许可法》,准许外国投资者在美国公共土地上铺设石油和煤气管道,修筑铁路和开采矿藏,条件是投资者母国政府对美国投资者提供对等的权利。而对那些没有与美国政府签署类似条约的国家,其投资者不享有这些权利。

(4)特殊限制部门。根据联邦政府的法律,只有某些合法形式的外国企业才可获得许可,介入美国水力发电和某些区域的水产业。例如,按美国法律建立的外国子公司可获得许可,而外国分支机构则被禁止进入这两个产业。在这些部门从事经营活动的所有外国企业必须遵循美国的法律,如船只航行要悬挂美国国旗等。

一般而言,上述限制对外国在美国的投资没有太大的影响,在西方主要发达国家中,美国联邦政府的外资政策仍是相对较为开放的。

2. 州和地方的外资政策

由于美国是一个联邦体制的国家,各州和地方政府拥有自己的立法、行政和司法的权力。州和地方政府的外资政策也是美国外资政策的一个重要组成部分。近年来,州和地方政府外资政策在美国整个外资政策中所占分量有明显提高的趋势。对许多外国投资者来说,州和地方政府的外资政策有时已成为他们对美投资所考虑的决定性因素。

州和地方政府的外资政策对美国总体外资政策的主要影响不是在限制方面,而主要是在鼓励方面。长期以来,美国大多数州和地方政府普遍认为引进外国资本有利于本地区经济发展的增加就业。从里根政府开始,联邦政府对州和地方政府的干预越来越少,同时,联邦政府许多旨在促进地方经济发展的计划因联邦预算困难而被搁置或被取消,州和地方政府只能依靠自己的力量来应付各种困难。在这种情况下,吸引外国投资自然就成为许多州和地方政府经济发展战略的一个重要组成部分。自20世纪80年代以来,许多州和地方政府吸引外资所采取的优惠措施主要有:

(1)税收减免。多数州和地方政府给新开办的外资企业以5—15年的财产税减免,这些财产包括土地、厂房和机器设备等。同时,州和地方政府也允许外资企业的工厂和设备实行加速折旧。

(2)发行工业债券。许多州和地方政府通过发行支持工业项目的地方性债券,筹集资金以购买或建立工厂和其他商业设施,然后再把这些工厂和设施租给外国投资者,通过这种筹措方式,可以使外国投资者节省大量投资初期的资本开支。

(3)提高基础设施和特殊服务。许多州和地方政府为吸引外资而扩建机场、港口、铁路、公路、供电、供水等各种基础设施,为外国投资者创造良好的投资环境。同时还提供一些特殊服务,如提供外资新工厂设计和布局的咨询服务,给外资企业利用当地大学或政府研究和开发机构的便利,地方政府支持外资企业培训工人计划等等。

(三)外资管理制度

美国在外国直接投资领域长期奉行自由政策,基本不设限制,近20年来投资管理制度基本没有发生变化。但在航空、通讯、原子能、金融、海运等相对敏感行业中,存在一些具体的国民待遇和市场准入限制规定。美国基于国家安全、统计等需要,在投资领域确立了投资报告制度,对某些投资有权进行审查,并在某些领域实行有限的国民待遇和市场准入。

1. 投资报告制度

根据《国际投资和服务贸易普查法》的规定,联邦政府为了分析和统计的目的,可以就在美国进行的外国投资进行信息收集。不同类型的外国投资应向不同的政府部门进行报告。中长期间接投资应向美国财政部报告。外国个人如在美国进行农业土地交易,则必须在交易完成后 90 天内向农业部报告个人和交易信息。其余一般外国直接投资,在直接投资交易发生后的 45 天内,必须在美国商务部经济分析局登记初步直接投资调查报告。如果设立的美国公司总资产少于 300 万美元及所有的土地少于 200 英亩,则无须进行登记。

2. 投资审查制度

一般情况下,外国投资是不受审查的。然而,《埃克森—佛罗里奥修正案》规定总统有权基于国家安全的理由对任何外国兼并、收购和接管美国的商业公司的行为采取行动,但不包括新公司的设立或者新设投资。对外国并购等的审查具体由外国投资委员会来负责。审查可分为自愿审查和主动审查两种。

通常情况下向外国投资委员会的通报是自愿的。但外国投资委员会可以针对任何一个在其完成后的三年期间内未进行通报的交易发起审查。如果外国投资委员会最终确定反对此项收购,则美国政府可以强制要求并购中的外国投资者退出该并购。

(四)外资产业政策

美国对外国在美的投资设有不少限制,归结起来,主要有以下几个方面:

1. 通讯:美国有关法律规定,禁止外国经营或控制的公司获得从事通讯传输的许可,同时严格限制外国企业在通讯领域(电话、电报、电台、电视)里的投资。

2. 航空:美国限制外国为飞机营运目的进行的直接投资。飞机注册只限于:

(1)美国公司;

(2)合伙公司,但合伙人不能是法人团体的;

(3)在美国成立的公司,但公司总裁必须是美国公司,公司董事会成员及高级职员合起来有 2/3 是美国公民并且其股本中有 75% 由美国公民所有或控制。

（4）获得美移民局"A" number status 的侨民。

（5）非美国公司拥有的公司,但60%的飞行时间要用于美国境内两地之间的飞行。

3. 秘密政府合同:美国国防部限制外国与美国政府的秘密合同或其他公司参与此类项目。

4. 沿海和内河航运:美国只限美国公司从事沿海和内河航运。在美国境内的航运船只必须是美国制造,在美国注册并由美国公司所有。

5. 水电:只有美国公司或国内公司的合伙公司才能在可通航的河流从事水电开发,但不禁止外国控制的美国国内公司从事此类开发。

6. 不许可外国公司或外国控制的公司拥有使用或生产原子能的设施。

7. 土地:依照法律,美政府土地管理局所持有的土地不出售给外国人。一半以上的州都限制外国人拥有美国的土地(只限农业土地),但限制程度不同。

8. 不动产:美政府限制外国人对不动产拥有直接所有权,但不少州对外国人购买不动产都没有限制或要求履行报告的制度。

二、税收制度和鼓励措施

（一）税收优惠

正如前面所述,在税收问题上,美联邦政府对外资没有特别的优惠鼓励规定。但根据美国收入来源原则却常向内陆投资提供优惠。例如,从美国银行、储贷机构和保险公司获得的收入和股票与证券交易所得与美商业无关可以免税。美政府为了履行双边条约的义务,在红利和利息的预扣所得方面也提供减免的优惠。

（二）地区和产业优惠

联邦政府对落后地区实行税收优惠,主要是鼓励外资流向这些地区,帮助这些落后地区增加就业与收入。

（三）税收鼓励措施

美国内收入法(LRC)中规定了许多旨在鼓励外资的条款。这些条款有一特殊的鼓励外资投向基础设施的刺激措施,有些条款也允许全部减免外国投资者的资产收益税。还有些条款允许某些资产加速折旧以鼓励基础设施投资。除此之外,利息和某些税收以及研究与开发费用在现行基础上也普遍获得全部减免,而且建设期间产生的利息和税收扣除并资本化。

（四）其他非税收鼓励措施

美国对外资的非税收鼓励措施是指税收之外其他诸如交通通讯便利、良好的融资环境等方面的优惠鼓励措施。联邦政府向国内外投资者在非歧视的基础上制定援助方案。例如外国投资者可以从联邦政府对地方交通、水资源利用和污水处理、医疗、教育和住房开发的资助中受益。

三、外国企业准入程序

美国对外国直接投资没有专门的审批程序。外国直接投资的设立事宜参照适用所有公司的法律法规进行。但是,美国存在大量的影响投资的联邦政府、州政府及地方的法律,这些法律的大部分适用于任何国籍的投资者,其中包括管辖反垄断、购并、工资和社会保障、出口控制、环保和健康安全方面的内容。

除下列的具体行业的限制外,一个关于国家安全保障的"防御法案修正案"规定在一定情况下,如:确认对国家安全构成威胁的可信证据,且其他的法律法规不足以进行保护,可对外国人收购美国公司进行审查、中止或禁止。该法律提供了对所提交交易进行为期最多90天的审查时间。

此外,美国还有保护机密情报的"工业安全计划",使外国公司难以获取为实施涉及机密的合同而必需的安全许可。

美国联邦明确限制在某些被认为特别敏感行业中外国投资者所有权的比例,包括电台及电视广播业、国内航空及海洋运输业以及渔业。另外,某些高度管制的行业,例如银行业、保险业、电力及天然气业、通讯业,均受到政府行为支配。在上述行业中的外国投资者则受到政府更严格的检查和监督。

（一）矿物租赁及能源开发

能源资源一般受联邦法和州法的双重管辖。美国能源资源的勘探、开发、精炼、批发和营销都是由私人公司运作的,私人公司通过参加公开招标租售程序获得联邦所有能源资源的开发和生产权利。然而,《联邦矿物土地租赁法》仅允许将联邦政府所有的矿产土地租赁给美国公民及在美国组织设立的美国公司。在美国组织设立的公司可以是外国所有的公司,但如果外国所有权超过10%的话,则要基于互惠待遇,即除非该外国给予美国公司在该国相同的待遇。内务部长有权决定是否给予其他国家互惠待遇。

同时,《1920年矿产租赁法》也仅允许联邦政府将煤炭、石油、油页岩以及天然气等资源的开采权卖给美国公民及美国公司或其他美国实体,除非经内务部长的批准,不得分租和转租给外国人。

(二)土地及不动产

外国人可以通过买卖、租赁来投资美国的不动产,但是对于某些土地的投资有特别的规定。依照法律,美政府土地管理局所持有的土地不出售给外国人;而对于农业土地的投资,在美国有超过30多个州,特别有大规模农场面积的州,其法律都限制外国人拥有美国的农业土地,但限制程度不同。而且根据《外商投资不动产税收法》的规定,如果不动产的卖方是外国人,则购买者须预提部分不动产销售收入并将其转交给税务部门。

(三)签证政策

跨国公司派遣人员L—1签证属于非移民签证类,是针对那些在美国已经设立或者准备设立子公司、分公司和关联企业的跨国公司需要调派高级管理人员赴美国工作而设立的。被调派到美国工作的申请人必须是公司高层管理人员、经理或者是具有专业知识的专业人员。

9·11恐怖袭击以后,美国签证政策发生了三大变化。首先是赴美签证增加了指纹扫描等生物鉴定;第二是扩大了面谈对象的范畴,主要把学生和商人等以前免于面谈的申请人包括在内;第三是增加了对申请人的安全背景调查。这三项改革措施延长了签证的预约时间,在一些城市申请者必须等候80—100天才能获得面试机会,并且由于美执行签证任务的人员配备不够,造成了签证的积压和延误。而且美国政府在签证程序上缺乏透明度,签证官的主观随意性很大,签证结果有很大的不确定性,许多合法申请者遭到拒签,赴美商务等活动受阻。

此外，美国政府还扩大其技术转移签证审查的适用，在应用中对于涉及敏感技术以外的领域（如自动化领域）的签证申请进行审查，每年平均有2%约16万件的签证申请需进行此方面的审查，并且中国及印度等亚洲国家是严格审查的国家。美国日益严格的签证使美国公司与中国企业很难建立商业关系，损害了中国企业的利益。自2005年6月20日起，美国给予因经商或旅游进入美国的中国公民一年多次入境签证，而之前仅给予6个月的多次往返签证。

四、主要贸易投资管理部门

美国宪法赋予国会管理对外贸易以及征收关税的权力。国会通过一系列法律，将很多职能授权给相关行政部门，同时行政部门与国会主要相关委员会以及私营部门咨询团体在工作上又保持密切联系。在对外贸易管理方面，美国政府行政部门的主要职责包括三个方面：一是征收关税，具体由财政部和海关执行；二是进出口管理和服务，具体由美国商务部、农业部和海关等机构执行；三是对外贸易谈判，主要由总统下辖的国家经济委员会和美国贸易代表负责。

（一）国会

美国宪法第一条第八款明确规定，国会拥有征税以及管理对外贸易的权力，因此，缔结自由贸易协定，实施并修订关税措施及有关贸易措施均需依据国会的具体立法或在国会特别授权的范围内实施。国会在贸易政策决策中的角色基本上分为贸易立法权和监督权两方面。为确保行政部门执行贸易法律适当，国会要求行政部门定期与其磋商。国会还要求美国贸易代表办公室以及美国国际贸易委员会每年提交众多报告来评估美国所采取的贸易措施，以使国会了解这些措施的实施情况。国会参议院和众议院涉及对外贸易管理事务的专门委员会有十余个，其中众议院的筹款委员会和参议院的财经委员会的作用显著。

（二）政府行政部门

在对外贸易管理方面，美国政府行政部门的主要职责包括三个方面：一是对外贸易谈判,主要由总统下辖的国家经济委员会和美国贸易代表负责;二是进出口管理和服务,具体由商务部、农业部和海关等机构执行;三是征收关税,具体由海关执行。

1. 美国贸易代表

美国贸易代表的前身是根据《1962 年贸易拓展法》设立的特别贸易代表,1980 年改为现名。美国贸易代表是总统的内阁成员,是总统的主要贸易顾问、对外谈判代表和贸易问题发言人,具体负责促进与协调美国的国际贸易和直接投资政策,并实施与其他国家在上述领域的谈判。通过几次立法,其责任和重要性不断提升。

另外,在《1988 年综合贸易和竞争法》中,国会要求美国贸易代表办公室出任以下机构或会议的代表:由总统建立的国际贸易占主导地位的各种机构,以国际贸易为主题的所有经济峰会或其他的国际会议。对于根据美国反倾销、反补贴法。以及 337 和 301 条款等可诉的不公平贸易案件,美国贸易代表办公室还负责确定并协调机构资源。根据《乌拉圭回合协定法》,美国贸易代表办公室对被认为是 WTO 下的所有问题的谈判负有主要职责。美国贸易代表办公室于 2003 年 6 月进行了机构调整。中国事务处和日本事务处被撤销,并入北亚事务处。美国贸易代表办公室还设有三位大使级的副代表。

2. 商务部

商务部是美国负责对外贸易管理及出口促进的主要政府部门,其主要职能是:实施美国对外贸易法律和法规,执行促进美国对外贸易和投资的政策;监督多双边贸易协定的实施;为美国企业提供咨询和培训。

商务部负责对外贸易管理的主要部门是国际贸易管理局和产业安全局。国际贸易管理局主要负责促进美国出口贸易的发展;进行贸易统计,收集关税税率信息;监督市场准入和美国签署的国际贸易协议的履行情况,消除国外市场准入壁垒;实施反倾销、反补贴调查等。产业安全局主要负责制定、实施和解释有关美国两用产品、软件与技术的出口控制政策,并颁发相应出口许可证。

为打击知识产权侵权、加强知识产权执法,2005 年 7 月 22 日,布什总统根据 2005 年《同一拨款法》,宣布在商业部下设国际知识产权执行协调员办公室。该办公室旨在就打击国际知识产权侵权、加强海外知识产权的保护、协调和分配联邦政府部门的资源,以在国内外保护美国的知识产权,并将在落实布什政府 2004 年展开的"打击有组织盗版活动战略"中发挥重要作用。

3. 国际贸易委员会

美国国际贸易委员会是一个联邦机构,在贸易问题上有广泛的调查权。其主要工作包括:判定美国的国内产业是否由于低于公平价值或受补贴的进口遭到实质性损害;对侵害知识产权等不公平贸易行为采取相应对策(总统有权否决);对由于进口增加而受到严重损害的产业部门,向总统建议对其进行救济等。

4. 海关

海关负责征收进口税,并执行与国际贸易有关的法律法规。

5. 协调机构

A. 贸易政策的协调机构

美国各政府部门和国会之间主要通过三个不同级别的协调机构来协调外贸政策的制定工作,分别是:贸易政策工作委员会、贸易政策审议小组以及国家经济委员会。前两个机构由贸易谈判代表担任主席。

B. 投资政策的协调部门

美国外国投资委员会是 1975 年创建的政府间机构,负责美国投资政策的实施,由来自商务部、国防部、国土安全部、司法部、国务院和财政部等十二个部门的代表组成,并有财政部领导。该机构的主要职责为根据《埃克森—佛罗里奥修正案》对跨国并购进行审查。

（三）私营部门顾问委员会体制

私营部门顾问委员会体制最初由《1974 年贸易法》第 135 条规定,并经《1979 年贸易协定法》以及《1988 年综合竞争与贸易法》扩充,形成目前由美国贸易代表管理的三级私营部门咨询体系。层次最高的为贸易政策及谈判顾问委员会,代表均由总统任命,为贸易协定和贸易谈判等贸易政策事务提供建议。中间一层由代表工业、农业、服务等部门经济的政策咨询委员会构成,就不同贸易措施对各个领域产生的影响向政府提供建议。来自各行各业的专家则组成了该体系的基础层,负责对涉及具体领域的贸易问题提供具体的技术性信息。中间一层和基础层的代表由美国贸易代表或相关部门领导人任命。

五、美国近两年吸收外资情况

美国吸收外资总额在 2001 年和 2002 年连续两年急剧下降后,在 2003 年已有了较大幅度的回升。2004 年美国经济强劲增长,经济增长良好和利率连续上升对国际投资者都具有较强的吸引力。从 2004 年美国开始,美国又重新成为全球最大的外资流入国,按美国商务部根据资金流入额的统计,2004 年美国吸收外国直接投资高达 1223.77 亿美元,居世界第一位。2005 年比 2004 年有所下降,为 913.90 亿美元,2006 年,美国吸收外国直接投资为 1615.33 亿美元,大大超出 2004 年的水平。

美国政府对吸收外资的统计是按外国在美收购或设立企业和资金流入两种方法分别统计的。

(一)按外国收购和设立企业统计情况

按照美国商务部根据外国收购或设立企业统计,2006 年外国直接投资者用于收购或在美设立企业的资金达 1615.33 亿美元,比 2005 年的 913.90 亿美元有了大幅度的提升。

表 5—1.1　2006 年美国吸收外国直接投资资金分布情况表

（单位:亿美元）

	2005 年	2006 年
收购美国企业	739.97	1478.27
新设立企业	173.93	137.06
投资总额	913.90	1615.33

资料来源:美国商务部。

与以往的情况一样,外国投资者收购美国公司的比例远大于在美国新设公司。2006 年外国投资者用于收购美国公司的资金为 1478.27 亿美元,用于新设公司的资金仅为 137.06 亿美元。

表 5—1.2　美国近两年吸收外资总额比较表　　（单位:亿美元）

分类	2005 年	2006 年
吸引外资金额	994.43	1734.89
与上年比增长率	-18.74	74.46%

资料来源:美国商务部。

按投资行业分类,与往年不同,2006 年外国投资者投资于制造业的资金比 2005 年增长了 66%,达 565.82 亿美元,但少于 2004 年的 71%,占 2005 年总投资额的 35%,依然是外国在美投资的最大领域。其中主要投资于计算机和电子产品(179.50 亿美元)、化工业(137.83 亿美元)、纺织业(43.87 亿美元)、初级金属业(24.48 亿美元)。外国投资者投资于金融和保险业(储蓄机构除外)的投资额为 253.47 亿美元,比 2005 年的 55.29 亿美元大幅增长了 3 倍多,占总投资额的 15.6%,成为外资在美国的第二大投资领域。投资于房地产业的投资额为 156.69 亿美元,占总投资额的 9.7%。投资于其他行业的投资额为 311.81 亿美元,占总投资额的 19%。

表 5—1.3　2006 年美国吸收外国直接投资行业分布情况表

（单位:亿美元）

	2005	2006
投资总额	913.90	1615.33
制造业	340.36	565.82
—食品业	16.46	6.83
—饮料和烟草业	—	13.66
—纺织业	—	43.87
—纸业	—	2.26
—石油和煤炭业	2.25	—
—化工业	95.98	147.83
—塑料和橡胶业	16.36	—
—非金属矿业	3.88	10.12
—初级金属	48.77	24.48
—金属加工制品	1.11	9.52
—机械业	3.82	16.29
—计算机和电子产品	35.96	179.50
—电器设备和部件	7.47	22.22
—运输设备	59.42	14.16
—其他制造业	46.63	70.47
批发业	34.89	80.02
零售业	12.62	11.58
信息产业	84.87	95.03
—出版业	25.55	38.34

	2005	2006
——通讯业	—	46.80
储蓄机构	79.73	92.70
金融和保险业（储蓄机构除外）	55.29	253.47
房地产业	87.56	156.69
专业服务	64.07	48.21
其他工业	154.53	311.81

资料来源：美国商务部。

在2006年，德国替代了英国，成为美国吸收外国直接投资的最大来源国，投资金额为226.83亿美元；其他主要投资国依次是英国218.80亿美元、法国196.82亿美元、瑞士146.25亿美元、日本87.17亿美元、澳大利亚68.66亿美元、荷兰54.63亿美元等。

表5—1.4　2006年美国吸收外国直接投资来源国及地区

（单位：亿美元）

	2005	2006
投资总额	913.90	1615.33
加拿大	136.40	120.12
欧洲	564.16	1098.58
——法国	56.08	196.82
——德国	72.39	226.83
——荷兰	26.09	54.63
——瑞士	23.32	146.25
——英国	304.20	218.80
——其他欧洲国家和地区	82.06	255.24
其他美洲国家和地区	50.42	91.30
中东	50.68	124.36
亚洲和太平洋地区	109.24	175.26
——澳大利亚	47.13	68.66
——日本	42.45	87.19
——其他亚太国家和地区	19.66	19.42

资料来源：美国商务部。

2. 按照资金流入额统计情况

根据美国商务部按照外国资金流入情况的统计,2004 年,美国吸收外资的总额却比 2003 年的 531.46 亿美元增加了 130.26%,2005 年美国吸引外资总额为 994.43 亿美元,比 2004 年的 1223.77 亿美元减少了 18.74%。2006 年美国吸收外资总额为 1734.89 亿美元,比 2005 年增长了 74.46%。

表5—1.5　美国近两年吸收外资总额比较表　　(单位:亿美元)

分类	2005 年	2006 年
吸引外资金额	994.43	1734.89
与上年比增长率	—18.74	74.46%

资料来源:美国商务部。

2006 年美国吸引外资的主要来源国依次为英国 296.97 亿美元,占美国吸收外资总额的 17.12%;法国 296.71 亿美元,占 17.10%;荷兰 269.57 亿美元,占 15.53%。其他国家和地区的总和为 871.64 亿美元,占 50.25%。而在 2005 年,美国吸收外资的前三名来源国的投资额为 621.23 亿美元,占了其吸收外资总额的 62.4%,其他国家的总和则为 373.20 亿美元,占其吸收外资总额的 37.53%。

表5—1.6　美国近两年吸收外资前三名国家(地区)比较

(单位:亿美元)

2005 年			2006 年		
	金额	比重		金额	比重
英国	288.78	29.04	英国	296.97	17.12
加拿大	170.79	17.17	法国	296.71	17.10
德国	161.66	16.26	荷兰	269.57	15.53
其他国家	373.20	37.53	其他国家	871.64	50.25
总额	994.43	100%	总额	1734.89	100%

资料来源:美国商务部。

同 2005 年一样,2006 年美国吸收外资的分布领域主要集中在制造业(679.11 亿美元,占投资总额的 39.14%。其中对化工业的投资达 327.81 亿美元,占投资总额的 18.90%。金融保险业 267.88 亿美元,占总投资额的

15.44%。另外,机械业 101.19 亿美元,占投资总额的 5.83%,而对运输设备业的投资,则由 2005 年的 81.14 亿美元,减少到 2006 年的负 28.87 亿美元,占投资总额的负 1.66%。

而在 2004 年,美国吸收外资的分布领域主要集中在金融保险业(294.86 亿美元,占总投资额的 24.18%)、批发业(243.80 亿美元,占投资总额的 19.92 亿美元)、制造业(202.66 亿美元,占投资总额的 16.56%。其中对化工工业的投资额为 115.69 亿美元,占投资总额的 9.45%)、储蓄机构(179.28 亿美元,占投资总额的 14.65%)、信息产业(94.58 亿美元,占 16.83%)。信息产业(86.46 亿美元,占投资总额的 7.07%)。

表 5—1.7　美国近两年吸收外资领域分布比较　　（单位:亿美元）

	2005 年		2006 年	
	金额	比重	金额	比重
制造业	517.38	52.03	679.11	39.14
一食品	17.90	1.80	29.76	1.72
一化工	134.04	13.48	327.81	18.90
一初级和成品金属	81.12	8.16	62.94	3.63
一机械	28.39	2.85	101.19	5.83
一计算机和电子产品	78.11	7.85	87.36	5.04
一电器设备、器械和部件	24.47	2.46	14.67	0.85
一运输设备	81.14	8.16	-28.87	-1.66
一其他	72.19	7.26	84.24	4.86
批发业	84.07	8.45	260.87	15.04
零售业	24.45	2.46	32.89	1.90
信息产业	22.96	2.31	107.12	6.17
储蓄机构	102.39	10.10	157.30	9.07
金融(不含储蓄机构)和保险	34.62	3.48	267.88	15.44
不动产和租赁	17.80	1.79	-3.12	-0.18
专业、科技服务	38.95	6.93	56.47	3.25
其他工业	121.83	12.25	176.48	10.17
吸收外资总计	994.43	100.00	1734.89	100.00

资料来源:美国商务部。

六、在美国注册企业

公司是外国投资者在美国设立商业实体所采用的最普通的形式。公司有以下两种模式:在美国设立新公司(或收购现存的美国公司)。如果这家新的美国公司的所有者为另外一家非美国公司,则该美国公司就被称为非美国公司的美国子公司。在美国设立非美国公司的分支机构。在这种情况下仍是该非美国公司在美国进行商业活动。从公司法的角度来看,并未形成任何新的法律实体。但从美国税法的角度来看,该分支机构是一个独立的纳税人。

美国境外投资者可以选择多种公司形式在美国经商。主要形式有:公司、非美国公司的美国子公司、非美国公司的美国分支机构、有限责任公司、合伙、无限责任合伙、有限合伙、有限责任合伙。合资企业是由两个或多个非关联企业共同设立的商业企业。合资企业可以采用公司、有限责任公司或合伙的形式。个人单独投资或夫妻投资可采用另一种模式,即"个体企业"。

选择企业形式时需考虑的最重要的因素如下:有限责任(即投资者对新的美国实体的债务、税收及其他责任所应承担的个人责任应被限制在何种程度上,以使得债权人只能向美国实体的资产求偿)、管理和控制、资本和信贷要求、税收方面的考虑、组织和运作的难易、所有权的可转让性和存在的连续性。

在美国各州无论是成立一家公司还是设立代表处等,都需要经过复杂的程序,都必须根据市政府、州政府和联邦政府的法则进行注册登记。美国的各行各业都有其独立的行业法,而每个行业的经营者都须遵循其行业的法规处理业务。美国五十个州都设有登记注册部门,需要具备不同的文件,收费各异。

关于注册公司规定:

1. 申请注册美国公司的资格:任何年满 18 岁或 18 岁以上的人士都有资格申请注册美国公司并成为该公司的董事。

2. 在美国注册公司的董事人数:美国公司注册可以有一个或多个董事。

3. 美国注册公司的类别:在美国注册的公司对公司的经营行业及经营项目并没有太多的限制。美国公司可以经营任何合法的商务活动。为了以后公司在世界各地开展商业经营,一般需注明您计划经营的业务,也可以加上"等一切合法的商务活动"的补充条款。

4. 注册美国公司的资金:在美国注册公司时不需要验资,没有资金的限制。在注册公司时,需要说明公司成立时发行的股票数额。通常公司初始发行的股票数额为1000—100000股。可以在公司成立后任何时候增加贵公司股票发行的数量。

5. 美国公司的名称:美国对注册公司没有名称的限制,可以选择任何喜欢的公司名称。公司名称可以是集团、公司、大学、学院、研究院、协会、商店、工厂等等任何名称。名称只要申请注册公司的名称没有被其他公司注册过就可以。经过登记注册的公司,即为美国政府批准为合法登记的美国公司。

6. 注册美国公司程序:注册美国公司只需30天(包括将全部注册文件寄达申请人地址的时间)。在支付注册美国公司的费用后,首先将查询公司名称。在15天左右新公司可以得到公司批准函。美国公司的注册证书、公司相关文件及公司钢印要再等15天左右。

七、美国推动对外投资政策

(一)美国对外投资的特点

1. 美国近年对外直接投资的状况

根据美国商务部按照资金流出数额的统计,2006年美国对外直接投资总额为2268.24亿美元,比2005年的负127.14亿美元增长了1884.05%,基本恢复到2004的投资水平。

表5—1.8　美国近年对外直接投资总额比较　　(单位:亿美元)

分类	2004 年	2005 年	2006 年
对外投资金额	2224.37	-127.14	2268.24
增长率	71.96%	-105.71	1884.05%

资料来源:美国商务部。

2006年美国对外直接投资目的地国的前三名分别为荷兰(投资额为238.54亿美元,占美国对外直接投资总额的10.52%)、英国(投资额为223.02亿美元,占美国对外直接投资总额的9.83%)和加拿大(投资额为206.63亿美元,占美国对外直接投资总额的9.11%)。美国对这三个国家的投资额占美国对外投资总额的 39.9%。

表 5—1.9　美国近两年对外投资国比较 　　（单位：亿美元）

	2005 年			2006 年	
	金额	比重		金额	比重
加拿大	167.89	132.05	荷兰	238.54	10.52
英国	108.73	85.52	英国	223.02	9.83
日本	76.36	60.06	加拿大	206.63	9.11
其他国家	−480.12	−377.63	其他国家	1600.05	70.54
总额	−127.14	100.00	总额	2268.24	100.00

资料来源：美国商务部。

与 2005 年比，2006 年美国对外直接投资主要仍集中在制造业，投资金额为 561.60 亿美元，高于 2005 年对该行业 387.65 亿美元的投资（其中对计算机和电子产品的投资为 166.06 亿美元，占第一位；对化工业的投资为 145.37 亿美元，制造业中的第二位），对开采业的投资金额为 168.76 亿美元，对金融（不含储蓄机构）和保险业的投资为 366.38 亿美元，对批发业的投资为 264.41 亿美元。对（非银行）控股公司的投资，改变了 2005 年负 1186.34 亿美元，达到 661.29 亿美元。

表 5—1.10　美国近年对外直接投资领域构成表 　（单位：亿美元）

	2005 年		2005 年	2006 年	
	2004 年	2005 年	2006 年		
	金额	比重	金额	金额	比重
开采业	140.59	6.32	113.78	168.76	7.44
制造业	536.80	24.13	387.65	561.60	24.76
一食品	13.91	0.63	29.21	22.12	0.98
一化工	113.36	5.10	90.78	145.37	6.41
一初级和成品金属	22.98	1.03	−3.93	15.34	0.68
一机械	34.26	1.54	38.31	41.23	1.82
一计算机和电子产品	61.08	2.75	60.94	166.06	7.32
一电器设备、器械和部件	9.41	0.42	7.30	17.46	0.77
一运输设备	23.13	1.04	−6.67	24.43	1.08

| | 2005 年 | | 2005 年 | 2006 年 | |
| | 2004 年 | 2005 年 | 2006 年 | | |
	金额	比重	金额	金额	比重
一其他	258.69	11.63	171.71	129.58	5.71
批发业	106.03	4.77	171.94	264.41	11.66
信息	−35.26	−1.59	69.32	79.39	3.50
储蓄机构	−3.04	−0.14	−39.41	−19.17	−0.85
金融(不含储蓄机构)和保险	240.86	10.83	202.42	366.38	16.15
专业、科技服务	83.89	3.77	42.81	55.50	2.45
(非银行)控股公司	1013.53	45.56	−1186.34	661.29	29.15
其他工业	140.96	6.34	110.70	130.52	5.75
对外投资总额	2224.14	100.00	−127.14	2268.24	100.00

资料来源:美国商务部。

2. 美国对外直接投资的特点

(1)重视制定企业的全球发展战略。美国大公司总部基本上都设在美国本土。总部均设有公司的全球战略研究部门,负责调查本行业的国际市场发展情况,研究提出公司在全球运作中的战略定位、总体战略和具体执行计划,并对公司全球战略的执行情况进行分析,适时调整和提出新的市场开拓战略构想。

(2)开拓国际市场时不计短期利益。当大公司确定在某国市场投资时,在初期的 3—5 年,甚至更长的时期内,他们并不计较当地的子公司或分公司是否赢利,亏损也无所谓,而主要是依托公司的雄厚实力,开拓当地市场,占有当地市场,战胜竞争对手。

(3)严格遵守所在国家的法律规范。维护企业良好信誉和形象,是美国大公司拓展海外市场中非常强调的。

(4)严格要求知识产权保护。美国大公司的竞争力,很重要的是体现在它们拥有的技术秘密、知识产权和专利上。在对外投资中,技术专利许可和转让,有着很大的比重。它们要求受让方或合作方必须严格履行合同,保护他们的专利,防止侵权行为的发生。

(5)在发展合作中排斥第三方。主要表现在美国大公司具有较强的垄断倾向,要求合作方不得与第三方合作,并且不能让第三方持有企业股权。

3. 美国对外直接投资政策

美国对外直接投资政策主要反映在三个方面：

(1)清除或减轻由于对外国投资者的限制以及非国民待遇下的鼓励或补贴所造成的市场扭曲；

(2)调整对外国投资者的某些积极待遇政策；

(3)强化市场的监管,以确保市场机制的顺利运行。

传统上美国对对外直接投资的政策首要目标是利用对外经济援助为国内企业的海外投资争取种种便利条件,从而获得对外投资的自由和安全；其次是通过双边乃至多边贸易谈判达到对外投资和利益的最大化的目的(如避免双重征税等)；第三是国内企业为规避"反托拉斯法"而在海外进行购并和投资。

近年来,美国政府对"反托拉斯法"实施重心有所转变,从单纯关注兼并规模的大小转变为兼顾集中对技术创新所带来的影响。在不威胁市场竞争的前提下,政府并不反对通过兼并等方式来加强美国企业的国际竞争力。

美国鼓励本国企业向全世界投资,政府常常与外国政府磋商谈判,签订双边或多边投资协定来为对外直接投资开路。目前,与美国政府签订双边投资协议的国家共有38个,从而为美国企业投资海外市场提供了优良的环境保障。以非洲为例,美国对非洲的投资和贸易无论从质还是从量来看都居美国对外经济的末位,但政府的《撒哈拉沙漠以南非洲的增长与机会法》提案却仍得到了众议院的批准,该法案要求本国进出口银行增加对非洲的融资,海外私人投资公司更多地担保美国企业对该地区的投资等。

4. 美国对外直接投资的资金来源

按照美国商务部的统计,美国对外直接投资的资金来源主要由三部分组成:即母公司的股权投资；跨国公司体系内部资金流动净额(流出—流入)；国外子公司的利润再投资。

80年代以来美国对外直接投资的资金来源结构具有以下特点：

(1)美国跨国公司向国外的汇款投资占美国对外直接投资年增加额的比重不断下降,并日益退居次要地位,且呈现很不稳定的趋势。

(2)美国跨国公司对外股权投资在直接投资额中所占比重大大下降,有些年份则出现负数。1982—1989年,美国对外股权仅为7.24亿美元,仅占同期美国对外直接投资增加额的0.4%。

(3)海外子公司的利润再投资日益成为美国对外直接投资的主要资金来

源,在资金来源中的比重越来越高。

(二)美国促进本国企业走出去的法律保障

1. 有关境外投资的法律法规

美国十分重视海外投资的法律支持, 二战后, 专门制定了《经济合作法》、《对外援助法》、《共同安全法》等有关法律, 扩大对海外投资的保护和支持。

(1)海外投资保证制度

美国最早于 1948 年开始实施"马歇尔计划"时,率先创立了这一制度。海外投资保证制度在发展过程中,奖励、促进和保护私人海外投资的安全与利益是美国政府始终如一的基本政策。1969 年,美国再次修订《对外援助法》,设立海外私人投资公司(OPIC),它是联邦行政部门中的一个独立机构,不隶属于任何行政部门,承担大部分国际开发署的对外投资活动业务,现已成为主管美国私人海外投资保证和保险的专门机构。

(2)海外投资的税收优惠

美国政府早在 20 世纪初就开始对私人对外直接投资实行纳税优惠。后虽经多次修改,但仍是政府支持和鼓励美国私人海外直接投资的重要工具。税收优惠措施主要包括所得税方面的优惠,主要是税收减免、税收抵免、税收延付、税款亏损结算和亏损退回等等,以及关税方面的优惠,主要是通过实施"附加价值征税制"来实现。

2. 对外签订的多边或双边投资保护协定

通过与其他国家签订双边或多边条约以及利用国际经济组织,美国政府对本国私人海外直接投资进行外交方面的支持与保护。二战后,美国制定了许多旨在保护美国私人对外直接投资利益的法律,其中重要的有《美英贸易和金融协定》、《经济合作法》、《对外援助法》、《肯希卢伯修正案》及 1974 年贸易法中的限制条款。此外,美国还广泛利用它所发起和参与的国际组织为本国海外私人投资服务。

为保证海外企业的权益,确保最惠国待遇以及促进与缔约国的资金、技术交流,日本与一些国家和地区签订了双边投资保护协定。截至 1999 年,美国共签署双边投资保护协定达 1856 个,避免双重征税协定达 1982 个(美国商务部经济分析局)。

（三）美国境外投资管理体制

1. 美国政府的"国家出口战略"

1993 年 9 月，克林顿总统宣布将实施一项"国家出口战略"，旨在从战略角度考虑贸易的发展，这在历届政府中是相当突出的重要举措。首先，成立了由 19 个部门参加的"贸易促进协调委员会"。在 19 个部门官员先后会见并征求了 1500 多名来自私营部门、公司、州和地方政府及学术界代表意见的基础上，对计划的成效进行了严格的审查。经过了为期 6 个月的审议后，审议小组提出了 65 项行动建议。这些建议构成了"国家出口战略"的基础，从而广泛地强化和更新了美国政府在促进对外贸易发展方面的作用。

2. 商务优先次序

实施"国家出口战略"要求制定明确的商务优先次序，并据此进行资源配置。由于实施出口促进的计划预算资金有限，加之种类繁多的竞争需求又难以界定，因此从联邦政府政策上必须使现有资源流向政府优先考虑的最佳出口部门。从美国经济和就业增长着眼，美国联邦政府优先考虑对发展环境、信息、能源、交通运输、卫生保健和金融等领域提供人力支持。

3. 对主攻市场的不同战略

美国的传统出口市场是西欧、加拿大、日本和拉美一些国家。《出口战略》不仅加强了传统市场的战略措施，而且制定了"新兴市场"战略。重点开发墨西哥、阿根廷、巴西、中国经济区（含中国大陆、中国香港和台湾地区）、印度、印度尼西亚、韩国、波兰、土耳其、南非等 10 大新兴市场。

4. 境外投资管理机构

为了确保政策的落实和目标的实现，美国政府在已有进出口银行的基础上，又先后成立了美国海外私人投资公司（OPIC）、美国贸易发展署（TDA）和美国小企业管理局（SBA）等机构专门为美国企业开拓海外市场和促进出口提供从信息到资金方面的服务。美国联邦政府的许多部门，如商务部、财政部、运输部、能源部、农业部等也都先后成立了促进出口的机构。政府所设促进出口的机构主要是为企业拓展海外投资和促进出口提供各类信息、咨询、同行性研究、培训、举办研讨会、展览及其他相关服务。

（四）美国促进本国企业走出去的财政支持

1. 政策性支持金融机构

（1）美国进出口银行

美国进出口银行的宗旨主要是促进美国产品在海外的销售,为外国大规模经济开发项目购买美国设备、原料和劳务提供买方信贷和卖方信贷。在对外贷款业务中,有两项贷款是专门支持跨国公司向外直接投资的:一项是开发资源贷款,用于某个国家的资源开发,特别是战略物资资源;一项是对外私人直接投资贷款,即对国外的跨国公司给予贷款,帮助它们扩展业务,提高在国外的竞争力。

（2）美国海外私人投资公司

除美国进出口银行为美国私人直接提供贷款之外,另一个比较活跃的机构是美国海外私人投资公司(OPIC)。自1971年成立以来,OPIC在鼓励美国私人向发展中国家以及转型国家投资方面一直起主导作用。目前,由OPIC提供融资和担保的新、扩建项目遍布全世界140多个国家和地区,范围涉及农业、能源、建筑、自然资源、电讯、交通、销售、银行和服务在内的各个工业和经济部门。

2. 美国的海外投资保险制度

海外投资保险针对的是资本输入国的特别政治或政策风险,而不是一般的商业风险。主要包括:战乱风险、征用风险和外汇风险。美国海外投资保险制度对投保对象有严格要求,申请保证资格的投资者需要符合下列中的一项:

- 具有美国国籍的公民;
- 依照美国联邦、州或属地法律所设立的法人或其他社团,而且其资产至少有51%为美国公民、法人或社团所有;
- 依照外国法律设立的法人或其他社团,其资产的全部或至少95%为美国公民、法人或社团所有。

投保的海外投资项目主要包括以下几类:

- 新的投资项目,包括现有企业的扩大、现代化及其发展的投资;
- 美国总统批准的,并经过保险公司认可的在不发达国际和地区实行的投资项目;
- 外国政府批准的投资项目;

● 在同美国订有投资保证协定的国家和地区的投资项目。

3. 美国鼓励海外投资的税收政策

美国鼓励对外投资税收政策的特色是以资本输出中性为原则,并根据对外投资的发展适时调整政策的具体内容。

(1)分类的综合限额税收抵免

目前,美国实行在区分不同所得类别基础上的不分国综合限额抵免法,即纳税人获得的境外所得按照类别进行归类,每一类按照不同的税率计算抵免限额,直接抵免外国所得税税款;并且美国国内母公司拥有海外子公司10%以上的股票表决权时可进行单层间接抵免;海外子公司拥有孙公司10%以上的股票表决权,母公司间接拥有海外孙公司5%以上的股票表决权时可进行多层间接抵免。对于外国所得税税款超过抵免限额的部分,可向前结转2年,或向后结转5年抵免。

(2)延迟纳税与CFC法规

1962年,美国国会通过了其国内收入法典的F分部条款,提出了特定意义的受控外国公司(以下简称CFC)概念。F分部条款规定,CFC利润归属于美国股东的部分,即使当年不分配,不汇回美国,也要视同当年分配股息,分别计入各股东名下,与其他所得一并缴纳美国所得税。此后,此项利润真正作为股息分配时可以不再缴纳所得税,这一部分当年实际未分配的所得,在外国缴纳的所得税可以按规定获得抵免。CFC法规取消了对消极所得和国外基地公司通过转移利润方式获得的经营所得使用延迟课税的规定,这样做既考虑了对外投资公司的税负以及国际竞争力的问题,也考虑了国家的税收利益。

(3)在税收协定中不列入税收饶让条款

美国认为税收饶让的实施会影响资本输出中性,冲击美国作为资本输出国的财政收入,引发就业机会的国外转移,造成资金和人员境内外的非正常流动,使资源得不到最佳配置。因此,美国正式对外签订的税收协定中无税收饶让条款。

(4)经营性亏损结转

具体做法是:当海外企业在一个年度出现正常的经营亏损时,便可将该亏损抵消前3年的利润,同时把冲销掉的那部分利润对应于以前年度所缴纳的税款退还给企业;也可向后5年结转,抵消以后5年的收入,少缴税款,以弥补企业在海外投资所遭受的损失。

（5）关税优惠

美国海关税则规定：凡是飞机部件、内燃机部件、办公设备、无线电装备及零部件、照相器材等，如果是使用美国产品运往国外加工制造或装配的，再重新进口时可享受减免关税的待遇，只按照这些产品在国外增加的价值征进口税。

（五）美国鼓励中小企业投资海外

经过几十年的努力，美国建立起一套完整的反托拉斯法，并加强对小企业在金融税收、政府采购、经营指导、技术创新等方面的援助和扶持，通过一系列立法放松对小企业的管制，促进和保障小企业的发展。

1. 依法设立小企业管理局，支持和帮助小企业

美国小企业管理局（SBA）约有 5000 人，总部设在华盛顿，在全国各地设有 10 个分局，再下设 100 多个地方机构；每一个分局管辖几个州，指导隶属该地区的各地方机构的工作。为了向小企业提供及时快速的服务，它把执行其任务的大多数决策权下放给各个地方机构，让其就地作出决定。

2. 美国政府对小企业的扶持主要表现

（1）大力推进科技型小企业技术创新；

（2）提供管理指导和信息咨询服务；

（3）强化金融机构对小企业的信贷扶持，帮助小企业解决融资难的问题；

（4）通过立法帮助小企业在联邦政府采购中获得公平份额；

（5）采取措施，鼓励小企业出口，开拓海外市场。

（六）美国促进本国企业走出去的信息服务

发达国家为了鼓励和促进本国企业对外直接投资采取了一系列的具体政策措施。这些措施大致可以分成四类：信息和技术援助、直接的财政金融支持、投资保险以及税收保护。四类措施之间可能存在着交叉。此外，这种交叉还表现在某国政府的同一机构承担着一种以上的政策任务。

几乎所有发达国家的政府机构或政府出资创办的全国性对外投资信息咨询中心都为本国企业和居民（尤其是投资规模较小的企业和居民）的对外直接投资提供信息和技术援助服务，从而有效地降低了它们的前期成本。这种信息和技术援助包括五种具体的措施：纯粹的信息服务；组织投资招商团；通过提供某些东道国特定产业和特定投资项目的信息；提供可行性分析以及所

需的部分资金;为本国小型企业在项目开发初期提供诸如准备法律文书、提供融资咨询、改进技术以适应东道国的特殊要求和人员培训等方面的技术援助。

对外投资信息咨询一般是通过国家行政机关或国内特殊机构所设的经济、商业情报中心进行的。此外,还有一些大型投资咨询公司、投资担保公司等开展对外投资咨询业务。发达国家不仅为投资者提供发展中国家的投资机会情报,而且为与投资计划有关的暂定的技术或资金资料所进行的可靠性研究或投资前调查提供资金支持。政府所资助的调查资金,通常为调查费用的50%,该未来投资者在投资项目实现后要偿还。

(编者:中国贸促会驻美国代表处)

第二节　加拿大投资环境及相关政策

一、法律法规

1973 年 12 月加拿大国会通过的《外资审核法》(The Foreign Investment Review Act,FTRA)是加拿大第一部针对外资管理的法律。根据该法第 2(1)条,除少数特例外,外国投资者并购加企业以及在加设立新企业都需要经过加政府的审批和评估。只有在被证明对加有"显著利益"(Significant benefit)时,外资项目才能够通过审核。《外资审核法》于 1985 年废止,由《加拿大投资法》取代。

1985 年 6 月通过的《加拿大投资法》(The Investment Canada Act, ICA)标志着加在外资管理方面的一个重大转变,并成为加目前管理外资的主要法律依据。《加拿大投资法》适用于任何在加拿大投资,包括加拿大人和非加拿大人,该法适用于文化产业、商业投资、行政管理程序、收购油气权益和加拿大公司的社会责任等。《加拿大投资法》共 9 章 52 条。其宗旨是:鼓励加拿大人或非加拿大人在资本和技术上投资,促进加拿大经济增长,增加就业;对非加拿大人的重要投资进行审查。

《加拿大投资规则》(Investment Canada Regulations)是根据《加拿大投资法》制定的针对在加拿大投资的法规。外国人在加拿大投资应遵守上述两部法律。

加拿大对制造业方面的投资很少有限制,但对外国人投资在服务业有诸多限制,当前加拿大服务贸易的限制和保护措施主要表现在以下几方面。

(一)银行业

任何一个单一的外国投资实体持有加《银行法》所规定的"1"类银行的股份不能超过该银行总股份的10%。

(二)通过立法限制外国人对国内广播服务业控制权

在大众传播业外国持股人不能拥有加任何大众传播企业20%以上的股份,这些企业包括:电视台、电台、有线电视系统和互联网络等。

加拿大广播法(Broadcasting Act)规定,"保护、充实和强化加拿大的文化、政治、社会和经济机构"是其政策目标之一。加拿大广播电视电信委员会(CRTC)既是广播法的执行机构,又负责制定相关规则。CRTC要求加拿大的常规节目占电视播出时间的60%,占黄金时间(晚6时至午夜)的50%。它还要求无线电广播的音乐节目的35%必须符合加拿大确定的评分制度,达到"加拿大化"的标准。对家庭的直播节目(DTH)应具有加拿大的内容优势(占50%以上)。至于像付费音像服务,加拿大内容的适用比例则视情酌定。对投资广播业的外商所有权予以限制——持许可证的公司所有权不得超过20%,控股公司的所有权不得超过33.3%。除了CRTC的要求以外,广播法本身还要求加拿大有线电视商采用大部分加拿大的信号和服务。

(三)限制基础电信服务中的投资所有权

如果一个加拿大控股公司的子公司是电信公司,那么外国持股人不能拥有该母公司超过33.333%的股份。如果外国投资者直接投资于加电信公司(指那些利用自身拥有的设施提供电讯服务的公司,如拥有自己线路的本地电话公司等提供基础电讯服务的公司),其持股比例不能超过20%。外商如果投资于加当地那种租用别人设施从事"增值电讯"和"增强电讯"服务(如电子数据传输或租用线路从事长途电话服务)的公司则不受上述控股比例的限制。

按照WTO基础电信服务协定的条款,加拿大允诺外国公司在提供设施或转卖的基础上，以各种技术方式提供当地的、长途的甚至国际的电信服务。但是除了固定卫星服务和海底电缆以外，加拿大仍然坚持将所有电信服务中的外资所有权控制在 46.7% 以内。此外，加拿大又保持对基础电信设施的"加方控制"（在董事会成员中，加拿大公民至少必须占 80%），保持对线路的控制，以促进对加方设施的利用。

（四）对保险业实行一定程度的限制

加《保险公司法》规定外国公司拥有现有加拿大寿险公司的总体股权不能超过 25%，任何单个非加拿大公民不得拥有加寿险公司 10% 以上的股权。加省级立法部门也对外资进入保险产业设定了一定的限制。

外国资本所有人仍然受投资起点的审查制约，加拿大国内有几个省继续对入省投资的公司实行审批程序。人寿保险公司一般不得开展其他服务。保险商在加拿大提供保险、再保险及再转让服务，必须属于商业性质。在不列颠哥伦比亚、萨斯喀彻温和曼尼托巴三省，消费者必须从政府承保人处购买最低限额的汽车险。附加险由政府和私人有承保的人承保。在魁北克省，身残险由政府承保人承保，但汽车险及财产损失险均由私人承保人承保。在其他各省，上述险种均由私人承保人承保，但保险费与保险单期限受严格管制。

（五）鼓励本国的文化产业，限制外国在文化产业领域的投资

政府采取直接补贴、税收刺激、版权酬报、地方内容要求及外商所有权限等手段，对音像行业加以扶持。根据联合国"暂定核心产品分类法"，音像服务被划分为六类：电影、录像带的生产及分销服务；电影放映服务；广播电视服务；广播电视传输服务；录音；其他服务。1996 年，加拿大各级政府用于上述行业服务的支出共约 20 亿加元，其中绝大部分（18 亿加元）由联邦政府支出。联邦政府又通过自己的两个文化机构——国家电影委员会（National Film Board）和远距电影（Telefilm）对加拿大的电影制片和分销以及对"音响制作开发计划"提供直接支持。

1995 年推出的"加拿大影视制片税收信贷"计划，又为影视制片商适应加拿大的影视内容要求提供可偿还税收信贷。在音像服务中的外国投资，必须符合有关行业政策，同时必须符合加拿大投资法中有关"加拿大净收益"的规定。同其他文化产业一样，在音像服务公司中的外国直接投资超过 500 万加

元者,必须按加拿大投资法予以审查。投资不足 500 万加元者,可由加拿大政
府决定是否对其审查。

(六)对外国人在加拿大从事法律范围有严格的要求

对外国法律顾问和律师规定具体要求,对法律专业服务实行严格的规章
管理。外国法律顾问(仅限于外国法及国际公法的咨询服务)必须以唯一的
所有人或合伙人的形式反映其经商性质。在爱德华王子岛、安大略、阿尔伯塔
和纽芬兰等 4 省,拥有永久居住权是律师注册的条件之一,而魁北克省则要求
律师具备公民资格。法律专业服务由省、地区专业机构或隶属省立法机构的
法学社进行规章管理。加拿大的 13 个省和地区,各自确定自己的规则、道德
标准和行为规范。在加拿大从事法律活动,必须在 13 个省和地区的某一省或
地区注册。

(七)实行会计师认证制度,外国人从业需获得相关认证

由各省或地按会计职衔范围对会计范围进行规章管理。加拿大有三种主
要的会计职衔——特许会计师(CA)、注册管理会计师(CMA)和注册普遍会
计师(CGA)。会计服务包括几种不同的业务活动,各种业务活动在不同的职
衔范围受省级机构的规章约束。例如,以审计和审查服务为内容的公共会计,
即是一种受规章约束的业务活动。它在新斯科舍、安大略、爱德华王子岛和魁
北克等 4 省由特许会计师承担;在不列颠哥伦比亚省由特许会计师和注册普
通会计师承担;在阿尔伯塔省可由特许会计师或注册普通会计师或注册管理
会计师承担。外国人在加拿大从业必须获得上述相关认证。

(八)对建筑服务行业实行许可证管理

从事建筑服务的建筑师职业,受省级政府规章管理,从业者必须从某一省
或地区的建筑师协会获取许可证。各省或地区对许可证的要求不尽相同,加
拿大建筑理事会委员会(CCAC)负责协调各省或地区协会包括许可证在内的
规章管理方面的问题。许可证申请人必须首先通过加拿大的资格认证。凡在
新不伦瑞克、纽芬兰和诺瓦斯舍第 3 省要求持永久许可证的从业者,必须是当
地居民。

外籍建筑师也可以在取得某一项目为期一年的许可证的条件下,从事建

筑服务。除曼尼托巴省以外的省份,外籍建筑师可依本国资历和经历取得临时许可证。临时许可证与永久许可证的唯一区别是,后者有权参与该职业的领导活动。

(九)工程师资格认证

加拿大又通过颁发许可证规范工程服务行业。负责颁发和管理许可证的12个省和地区(新建的努纳沃特区不包括在内)的协会,制定各自的标准,规范工程服务行业。加拿大职业工程师理事会(The Canadian Council of Professional Engineers,CCPE)是12个省和地区全国联盟,协调许可证颁发、专业实践、教育以及确定从业工程师的基本资格等领域的活动。为申办许可证而进行的专业注册,需要具备学历(通常是加拿大鉴定合格的大学工程学学士)、语言能力、良好的经历(2—4年工程活动经历)、专业实践知识以及道德水准等条件。

阿尔伯塔、不列颠哥伦比亚、新不伦瑞克、纽芬兰、新斯科舍、安大略、魁北克及萨斯喀彻温等8省,要求工程服务永久许可证的持有人必须是当地居民。凡欲获取许可证的外籍工程师,可通过加拿大职业工程师理事会下的加拿大工程鉴定委员会(CEAB)作资历评估。如同建筑师一样,外籍工程师也可申请为期一年的可换新许可证,而不需具备当地居民身份。

(十)渔业

任何外商持股超过49%的加拿大渔业加工企业将不能获得商业捕鱼执照。

(十一)铀矿业

外商在加铀矿开采和加工企业中所占股份不能超过49%,但如果确能证明企业在加拿大人的有效控制的下则可例外。

(十二)交通运输业

外商在加航空运输业公司的持股总额不得超过25%。加海运业必须由悬挂加拿大国旗的船只来承担,但并不禁止其中的某些货轮实际归外国船东所有。

(十三)一些省区限制非加拿大公民拥有某些形式的土地

(十四)其他

受联邦和省级法律法规约束的外国投资领域包括石油天然气、农牧、图书发行和销售、航空、渔业、酒类销售、采矿、典藏机构、工程、验光行业、医药以及证券交易等行业。

在加拿大投资不同的行业,就要对该行业的相关法规有一定的了解,其他与投资相关法规还有:

- 银行法(Bank Act)
- 保险公司法(Insurance Companies Act)
- 信托信贷公司法(Trust and Loan Companies Act)
- 联合信贷协会法(Cooperative Credit Association Act)
- C—82 法案(Bill C—82,关于金融业的几项法律的修正案)
- 金融服务规则(Financial Services(GST)Regulations)
- 支付交换与结算法(Payment Clearing and settlement Act)
- 破产与无偿债能力法(Bankruptcy and Insolvency Act)
- 证券交易限制规则(Securities Dealing Restrictions)
- 加拿大公司法(Canada Corporations Act)
- 金融管理法(Financial Administration Act)
- 各省有关金融服务的法律法规
- 电信法(Telecommunications Act)
- C—17 法案(Bill—17,电信法修正案)
- 加拿大全球电信重组与弃置法(Teleglobe Canada Reorganization and Divestiture Act)
- CRTC 电信程序规则(CRTC(Canadian Radio-Television and Telecommunications Commission)Telecommunications Rules of Procedure)
- 版权法(Copyright Act)
- 电信计费规则(Telecommunications Fees Regulations)
- 加拿大广播电视电信委员会法(Canadian Radio-Television and Telecom-

munications Commission Act)

- 无线电信法(Radiocommunication Act)
- 无线电信规则(Radiocommunication Regulations)
- 电信编程服务计费规则(Telecommunication Programming Services Tax Regulations)
- "加拿大影视制片税收信贷"规定(Canadian Film or Video Production Services Tax Credit,1995)
- "影视制片税收信贷"规定(Film or Video Production Services Tax Credit,1997)
- 广播法(Broadcasting Act)
- 联邦法院规则(Federal Court Rules,1988)
- 速成会计规则(Streamlined Accounting (GST)Regulations)
- 国家住房建筑法(National Housing Act)
- 加拿大环境评估法(Canadian Environmental Assessment Act,1992)
- 各省有关专业服务(法律、会计、建筑、工程)的有关法律法规。

二、基础设施

1. 交通运输:交通运输发达,水、陆、空运输均十分便利。

2. 铁路:总长48467公里,货运量2.49亿吨(2004年)。

3. 公路:目前全国高速公路和普通公路总长1042300公里(2005年),其中,高速公路17000公里,沥青路面公路398600公里,未铺沥青的公路626700公里。横贯加拿大的高速公路长7725公里,于1971年全线通车,从太平洋东岸的维多利亚直到大西洋西岸纽芬兰的圣约翰斯,是全世界最长的国家级高速公路。2003年全国注册车辆总数2466.54万辆。

4. 水运:圣劳伦斯运河深水航道全长3769公里,是世界最长的通航河流,船泊通航可从大西洋抵达五大湖水系。全加共有25个大的深水港和650个小港口。最大的港口是温哥华港,年吞吐量达7000万吨。

但随着与亚洲贸易的迅速发展,温哥华的港口能力已经束缚了加拿大港口的竞争力,加拿大联邦政府和温哥华所在的不列颠哥伦比亚省政府已经计划投资数亿加元改造温哥华港口,以期扩大其吞吐能力,但该计划仍然无法满足日益增长的海运需求。

5. 空运:2006年有1337个机场,约有商业飞机4500架,经核准的机场共886个,主要机场68个,包括多伦多、温哥华、卡尔加里和蒙特利尔等国际机场。2004年客运量约660.2亿人公里,货运量约14.7亿吨公里。

加拿大航空公司每天都有直飞北京的航线,加航2007年为了加强飞往中国的航班,取消了飞往印度的航班。足以表明中国航线的重要性。目前中国有中国国际航空公司和东方航空公司分别从北京和上海飞温哥华,每天各有一班,加拿大航空公司从多伦多分别飞往北京和上海,每天都有一班,旺季时有2班。加航目前计划飞往中国的航班增加到每周66班,包括北京、上海和香港。

6. 管道运输:输送石油和精炼油管道23564公里、天然气管道总长74980公里(2005年),是世界第二长的管道系统。随着加拿大阿尔伯塔省的油砂开采,中国对加拿大石油资源的需求增长,新建通往温哥华的输油管道已是刻不容缓的,但仍然存在资金等问题。

7. 通讯设施:加拿大的通讯设施在工业发达国家中,属于中等程度,固定电话用户1.8276千万(2005),手机用户1.66千万(2005),2006年度手机的普及率是55.54%,是7国集团中最低的;北美(美国和加拿大)到2007年仍然没有开通3G的服务,而在日本和欧洲一些国家已经开通3G若干年了;互联网普及率78.2%和宽带普及率29.5%,这两项是7国集团中最高的。

三、劳动力情况

加拿大统计局2006年5月公布,截至2006年4月,全加总劳动人口约1753.2万人,总就业人口为1641.8万人,其中全职者为1341.3万人,兼职者为300.5万人;就业人口中男士为870.2万人,女士为771.6万人;年龄在15—24岁的就业人口为253万人,年龄在25岁以上的就业人口为1388.8万人;就业人口中受雇人士为1389.2万人,自雇人士为252.6万人。

(一)教育及人力资源

加拿大拥有优良的教育制度,教育支出占GDP的比率在七大工业国家中名列第一,年均占GDP10%以上。加拿大人中学入学比率高于美国及墨西哥,接近100%,为北美第一,而半数以上的加人皆受过高等教育,根据OECD调查,加拿大在数学、科学及文学方面,名列全球第五名,因而培育出优秀、具智慧且具研发实力的劳动团队,使加拿大拥有技术熟练与受过良好教育的劳工,为全球组织研发及生产团队最快速的国家。加拿大的知识型经济主要系建立于拥有众多高知识水平的人员及所拥有的技术能力。

(二)劳动力成本

另根据毕马威国际会计顾问管理公司(KPMG)在2004年对7国集团投资环境的报告中称加拿大是企业成本最低的国家。之后在2006年发布的"竞争选择"(Competitive Alternatives)研究报告显示,以所调查的17种行业别的12种产业为主,其10年平均年劳工成本为604.8万美元,其中薪资为473.6万美元,法定福利(如养老金等)为35.7万美元,雇主所提供的其他福利为95.5万美元,仍然为G7国家中最低者。加拿大联邦政府依据工业业别、工人年龄及职业业种等情况,另订定最低工资标准。

加拿大各省规定的最低工资标准由每小时6.50加元至8.50加元不等,安大略省2007年正在讨论提高至每小时10加元的法案。目前,行业平均工资标准大致为每小时20加元。

加拿大在全球主要工业国中具有最低的总体劳动力成本,工资水平比美国要低达24%,知识型工人的工资远低于美国;工人周转率远低于美国,意味着更低的培训、招聘和分离成本。

(三)失业率

加拿大制造业受新兴工业国和发展中国家影响,就业率大幅降低,但其他领域的就业率却大幅上升,加拿大的失业率在2005年年底到达6.7%,降到历史的新低点,低于2004年的7.2%。按照月比来计算,2005年11月的失业率是30年来的最低点,6.4%。

加拿大各省都到达了这一历史新低点。但是,情况却不相似。在安大略省以东的各省,失业率都高于加拿大全国平均水平,安大略省以西的各省失业率都低于全国平均水平。阿尔伯塔省和曼尼托巴省在2005年分别是3.9%和4.8%,是全国失业率最低的省,而不列颠哥伦比亚省和阿尔伯塔省的失业率下降是最快的。

2006 年加拿大平均失业率继续走低在 6.1%—6.4% 之间,是加拿大历史上最低的时期。

(四)劳工法

基本上,劳资关系是由加拿大联邦及各省制定的《劳工法》来规范,《劳工法》规范雇用条件、雇主与劳工间的关系。一般雇用及劳工事务主要系由省府管辖,唯对银行、油管、电话、电视、空运、省际运输以及捕鱼等联邦产业,则归联邦政府管辖,联邦政府并通过《加拿大劳工法》对联邦产业的雇用及劳工事务进行监控。对一般劳工可享受的基本工作条件的规定,则由省政府依据工业类别、工人年龄及职业类别等情况制定最低工资标准。此外,联邦政府及各省政府均立法保障人权,具体禁止在就业中的歧视行为。

在联邦主要的劳动相关法规为《劳动法》(The Canada Labour Code),各省则有各省的劳动法规,如安大略省有《安大略劳动关系法》(The Ontario Labour Relations Act)、魁北克省有《劳动标准法》(The Labour Standards Act,LSA)、《魁北克劳动法》(The Quebéc Labour Code,QLC)及《魁北克民法》(The Civil Code of Québec)等。

依照联邦政府及若干省政府的规定,除劳动者犯重大过错外,雇主若停止雇用劳工,必须于事前予以书面预告,至于应在几星期前预告,一般系按管区政府的规定及劳动者服务期间的长短而定。对于服务期间满五年以上的劳动者,雇主尚需支付资遣费。另因工厂关闭而须遣散员工时,依各省规定不同,尚需支付额外费用。另禁止在就业方面对性别、宗教、年龄、种族等方面任何形式的差别待遇,男女应同工同酬。工人可拒绝危险工作。有关方面须实施各种员工福利计划,例如失业保险、健康保险、工人赔偿金制度、养老年金计划等。

劳动契约是雇主和雇员之间根据加拿大就业法律所规定的权利义务关系基础。所以,欲明确界定劳动条件的雇主,应该以书面方式规定出员工的劳动契约。倘使受雇人未签署一份书面劳动契约或书面合同,之后关于各项劳动时间或权利义务的纠纷,均将由法院裁定。法院在处理此类问题时,法官经常以自由心证方式决定当事人适当的权利义务关系。因此若无书面契约时,劳资双方遇讼时,均有一定程度的风险。

集体议价权受立法保障,劳方可透过工会进行集体劳动契约的交涉,工业争执的决议,不公平的劳动常规的禁止和罢工权利或停工。倘使企业更换企业主时,另有相关法规保障劳工权利不会因企业所有人变更而受损。加拿大联邦的产业关系协议会(Canada Industrial Relations Board)和省级的产业关系协议会均对判例法相当熟稔,因此处理类似事件时,多会依据问题遴选适当的争端解决处理人员加以审理。

加拿大各省雇用法不尽相同,在工资、工作时间、超时工资、假期(休假、例假、产假、家庭照顾假)、解雇、同工同酬、退休、保险、劳动环境及工业安全等雇用条件上,联邦政府及各省政府均立法制定各自的最低标准,由于标准与规定因省而异,跨省公司必须确保在各省均符合当地规定。

工会是加拿大劳动者保护权益的组织,在处理劳资关系中分量极重,处理好与工会的关系对投资者来说极为重要,部分投资者在加拿大失败的原因就是没有处理好劳资关系,特别是对于来自中国的投资者。在加拿大雇人和解聘人,以及处理与工人和工会的关系,与在中国大陆有着非常大的区别。

四、金融环境(外汇与银行)

(一)银行业

加拿大的财政制度十分健全,为七大工业国家中财政管理最好的国家,近年来亦持续享有财政盈余。加拿大联邦政府预算已连续10年盈余,债务持续下降。

表5—2.1　近3年财政预算情况如下　　　　　(单位:亿加元)

	2004/2005	2005/2006	2006/2007
收入	1872	1958	2270
支出	1853	1928	2240
盈余	19	30	30

2005年5月黄金储备约合4500万美元。联邦外汇储备总额为350.34亿美元。2005年,联邦债务总额约4398亿加元,占国内生产总值38%。加新政府承诺在2013/14财年将债务水平从目前占GDP的38%降至25%。

加拿大银行(Bank of Canada)是加拿大国家中央银行,对维持加拿大总体经济发挥极大的稳定作用,加拿大银行主要系经由监控银行同业间的隔夜拆款利率,来实施货币政策,控制纸币与硬币的供应以及货币量的总供给,经由买卖加元来维持加元的稳定性并监控外汇市场,唯与其他国家中央银行不同之处则为对商业银行及金融机构没有直接监督与管理的权力(由财政部所属的金融管理局负责),且不提供票据支票的清算服务,而系由散布全国各地的清算中心,负责确认辖区内每家银行分行每天结算的账款总额,再传送至Bank of Canada(中央银行)。另加拿大自1951年起即废除外汇管制。

加拿大金融制度系以加拿大银行 Bank of Canada 为核心,并由商业银行、信贷银行、非银行信托公司、人寿和健康保险公司、财产保险公司、共同基金、证券公司、融资公司和租赁公司等,其中银行、信托公司、保险公司及证券公司为4大金融支柱,不但具竞争性,且稳定性亦高,而加拿大银行的信用价值(creditworthiness)亦名列七大工业国家之首。

加拿大金融监管体系分为联邦与省两种,联邦负责监管所有在联邦注册的信托公司、保险公司、信用社、福利社以及养老金计划,监管重心为相关公司的偿付能力,其宗旨为保护消费者利益;省级监管项目则为省级注册的信托公司、保险公司等金融机构,其重点为对金融机构进行市场监控。

加拿大金融服务业对加拿大的整体经济具有实质的贡献,加拿大一半以上的人口受雇于金融业,金融服务业中又以银行为主,占金融服务业总资产的一半以上;而银行业又由占其总资产92%的6大商业银行所控制,此6大银行分别为加拿大皇家银行(Royal Bank of Canada,RBC)、加拿大道明信托银行(TD Canada Trust)、加拿大帝国银行(Canadian Imperial Bank of Commerce,CIBC)、丰业银行(Bank of Nova Scotia)、蒙特利尔银行(Bank of Montreal)、加拿大国民银行(National Bank of Canada)。基本上,银行由联邦政府管辖,而信贷联盟(credit unions)、证券公司(securities dealers)和共同基金(mutual funds)则由省府规范,另保险、信托和租赁业务则由联邦及省共同规范管辖。

主要商业银行有:

1. 加拿大皇家银行(Royal Bank of Canada,RBC):成立于1869年,最大的民营银行。2004年资产总值达4480亿加元,是加拿大市值最高、资产最大的银行,也是北美领先的多元化金融服务公司之一。在全球,加拿大皇家银行拥有约七万名员工,在30多个国家设立有分支机构,为1400多万客户提供各类金融服务。

2. 加拿大帝国商业银行(Canadian Imperial Bank of Commerce,CIBC):由

加拿大商业银行(1867 年成立)与加拿大帝国银行(1875 年成立)于 1961 年合并而成,为加第二大银行,2005 年总资产为 2803.70 亿加元。

3. 蒙特利尔银行(Bank of Montreal,BMO):成立于 1817 年,为加第三大银行。2005 年总资产为 2980 亿加元。

4. 丰业银行(Scotiabank)是北美最大的金融机构之一,2005 年 7 月为止其资产总额达 3180 亿加元。Scotiabank 集团在 48 个国家拥有 44000 名员工,通过由 1800 多家分公司和事务所组成的网络提供各种服务。在所有加拿大银行之中,Scotiabank 占有中国大陆最大的份额。他们在北京和上海设有代表处,在广州和重庆设有分行,可处理对外和本国货币业务。2004 年他们收购了西安市商业银行的少量股份,这是与国际金融公司联合进行投资的开始。

5. 加拿大国民银行(National Bank of Canada,NBC)始建于 1859 年,今天位列加拿大主要宪章特许银行之一,也是魁北克省领先的银行。National Bank of Canada 的代表机构、分行及众多联盟遍布并活跃于世界各地。加拿大国民银行管理超过 1910 亿加元的资产、遍布加拿大的 462 家分行及 16600 名雇员完全有资格为您提供优质的全方位解决方案以及您所需的安全保障。

6. 道明银行(The Toronto-Dominion Bank,TD Bank)与旗下附属公司统称道明银行财务集团(TD Bank Financial Group)。集团业务遍布全球主要金融中心,为超过 1400 万名客户提供四项主要业务:加拿大个人及商业银行服务(包括道明加拿大信托)、财富管理服务(包括宏达理财 TD Waterhouse 和在 TD Ameritrade 的投资)、批发银行服务(包括道明证券 TD Securities)及美国个人和商业银行服务(通过 TD Banknorth 提供)。道明银行财务集团被评为全球首屈一指的网上财务机构,共有超过 450 万名网上客户。截至 2006 年 7 月 31 日,该集团拥有资产 3858 亿加元。

(二)资本市场

加拿大主要有两个证券交易所,最大的是多伦多证交所(TSX),是世界上第七大证券交易所,北美第三大证券交易所。超过 1300 家发行人,总市值达到 1 万 3 千亿美元。在 TSX 上市的公司来自全球各种不同领域,包括矿业、石油、天然气、林木产品及采矿等资源公司,工业、生物科技、交通运输业、通讯、原材料及金融服务类公司。在 TSX 上市可为公司带来一系列的益处,例如易取得资本、流通性强、透明度高及分析员提供全面的研究分析。

五、相关税收政策

（一）税收项目

加拿大政府的主要收入是靠税收，现行由联邦政府、省政府及市政府征收租税的主要项目大致如下：

1. 联邦政府

- 联邦所得税（公司及个人）
- 联邦销售税（GST，魁北克省由该省自行管理 GST）
- 关税与特别消费税（烟、酒、珠宝、古董等）
- 资本税
- 其他类似税的社会福利计划（如退休金 Canada Pension Plan、失业保险 Unemployment Insurance Premiums、育儿津贴 The Canada Child Tax Benefit 等）

2. 省政府

- 省所得税（公司及个人）
- 省销售税（PST，阿尔伯塔省除外）
- 天然资源税
- 资本税（仅曼尼托巴、安大略、魁北克、萨斯科彻温及纽芬兰与拉布拉多等省课征）
- 土地转让税

3. 市政府：如房地产税（Property Tax）

（二）税负中较重要的项目如下

1. 公司所得税

加拿大政府在工业七国中是征收最低工资税的国家，当然就降低了总体有效公司税率。加拿大生产制造企业的实际公司所得税远低于美国的平均税率，服务工业的税率也相对比较低。截至 2008 年，加拿大企业渴望享受比美国企业平均要低 3% 的公司所得税优势。

在加拿大注册的公司需交纳海内外所有收入的所得税，非加拿大境内注册的公司则需根据在加拿大的收入交税。加拿大的综合税率为 32%—39%。公司税由联邦税和省税两级构成。联邦税为 21%，此外另征 1.12% 的附加税。省税由各省制定,税率不等,目前在8.0%—17%之间,魁北克省设立的主动收入税率为8.9%,阿尔伯塔和安大略省为8.0%。部分省还征收资本税。另外,由加拿大人控制的私人企业及从事制造加工活动的企业,可按规定在一般税率上获得扣减。

中国与加拿大在1986年签订了关于避免双重征税和防止偷税漏税的协定,根据该协定,对中国居民或常驻加拿大企业商业利润有豁免条款,只要这些税收不能追溯至一个在加拿大境内的永久设施所产生的利润。

2. 个人所得税

1年之内在加拿大境内居住超过183天(含183天)就被认为是纳税意义上的加拿大居民。联邦个人所得税是渐进税率,最高为29%,根据家庭成员的多少和收入水平税率不同。此外,各省征收的个人所得税率由4%—24%不同,非加拿大居民在加拿大提供服务而赚取的费用(薪酬除外),需交纳15%的联邦税,如该服务发生在魁北克省,还需预扣9%的省税。加拿大居民在加拿大境内外发生的所得(world-wide income)都要按所得税累进税率纳税,非加拿大居民仅就其在加拿大境内从事商业活动、受雇和出售应课税的加拿大产业中所得的收入按累进税率纳税。联邦所得税的计算分四个级距,并随每年的通货膨胀率而做修正。

2005年联邦所得税率如下:

应税收入在MYM36378加元以下者课征16%;

应税收入超过MYM36378但未满MYM72756加元的部分课征22%;

应税收入超过MYM72756但未满MYM118285加元的部分课征26%;

应税收入超过MYM118285加元的部分课征29%。

表5—2.2　各省所得税税率表

省区	税率
纽芬兰及拉布拉多	10.57%(应税收入29590加元以下部分)　16.16%(超过29590未满59180加元部分)　18.02%(59180加元以上部分)
爱德华王子岛	9.8%(应税收入30754加元以下部分)　13.8%(超过30754至61509加元的部分)　16.7%(61509加元以上部分)
新斯科舍	8.79%(应税收入29590加元以下部分)　14.95%(超过29590未满59180加元的部分)　16.67%(超过59180未满93000加元的部分)　17.5%(超过93000加元部分)

省区	税率
纽布伦斯威克	9.68%（应税收入 33451 加元以下部分）　14.82%（超过 33451 未满 66902 加元的部分）　16.52%（超过 66902 未满 108768 加元的部分）　17.84%（超过 108768 加元部分）
安大略	6.05%（应税收入 34758 加元以下部分）　9.15%（超过 34758 未满 69516 加元的部分）　11.16%（超过 69516 加元部分）
曼尼托巴	10.9%（应税收入 30544 加元以下部分）　13.5%（超过 30544 未满 65000 加元的部分）　17.4%（超过 65000 加元部分）
萨斯喀彻温省	11%（应税收入 37579 加元以下部分）　13%（超过 37579 未满 1073676 加元的部分）　15%（超过 107367 加元部分）
魁北克	16%（应税收入 28710 加元以下部分）　20%（超过 28710 未满 57430 加元的部分）　24%（超过 57430 加元部分）
阿尔伯塔	一律课征 10%
不列颠哥伦比亚（卑诗）	6.05%（应税收入 33755 加元以下部分）　9.15%（超过 33755 未满 67511 加元的部分）　11.7%（超过 67511 未满 77511 加元的部分）　13.7%（超过 77511 未满 94121 加元的部分）　14.7%（超过 94121 加元部分）
育空区	7.04%（应税收入 35595 加元以下部分）　9.68%（超过 35595 未满 71190 加元的部分）　11.44%（超过 71190 未满 115739 加元的部分）　12.76%（超过 115739 加元部分）
西北区	5.9%（应税收入 33811 加元以下部分）　8.6%（超过 33811 未满 67622 加元的部分）　12.2%（超过 67622 未满 109939 加元的部分）　14.05%（超过 109939 加元部分）
努纳瓦特区	4%（应税收入 35595 加元以下部分）　7%（超过 35595 未满 71190 加元的部分）　9%（超过 71190 未满 115739 加元的部分）　11.5%（超过 115739 加元部分）

3. 联邦货物及劳务消费税 GST

加拿大联邦政府于 1991 年 1 月 1 日起实施联邦货物与服务税（goods and services tax，简称 GST），对在加拿大境内产生或进口的货物或劳务消费，征收 7% 的货物及劳务消费税 GST，2006 年降为 6%。除了阿尔伯塔省外，各省对货物都征收消费税（PST），某些省还征收劳务税，各省征收的标准由 7%—10% 不等。某些服务，如长期住宅租赁，医疗及境内金融服务免于交纳 GST，年营业额低于 30000 加元的商业无须登记 GST。新斯科舍、纽布伦斯威克及纽芬兰与拉布拉多三省则采调和销售税制度（harmonized sales tax，HST）径收

15%;其中7%属联邦、8%属省。

4. 联邦进口关税

加拿大在其边境对进口货物征收范围广泛的关税。从1998年1月开始,加拿大实行国际商品统一分类制度(harmonized system)征收关税,其海关对各种进口货品课征标准依产地不同而有所差别。详情可参阅网站:

http://www.cbsa-asfc.gc.ca/general/publications/tariff2006/01-99-e.pdf。

5. 省销售税(PST)

除阿尔伯塔省及3地方区外,每省均于业者在零售时,按各种货物(食品及一些生活必需品除外)及劳务的价格征收销售税,各省税率不同。

表5—2.3　加拿大10省及3地方特区销售税(PST)税率表

省区	税率
不列颠哥伦比亚(卑诗)省 British Columbia	7%
阿尔伯塔省 Alberta	no PST
萨斯科彻温省 Saskatchewan	7%
曼尼托巴省 Manitoba	7%
安大略省 Ontario	8%
魁北克省 Quebec	7.5%
纽芬兰及拉布拉多省 Newfoundland and Labrador	15% HST
新斯科舍省 Nova Scotia	15% HST
纽布伦斯威克省 New Brunswick	15% HST
爱德华王子岛 Prince Edward Island	10%
西北区 Northwest	no PST
努纳瓦特区 Nunavut	no PST
育空区 Yukon	no PST

6. 资本利得税

资本利得的50%应为纳税收入,资本损失可以追溯至前3年或无限延后的用于税务抵扣,但通常仅限于抵扣资本利得部分。出售某种商业资产所获得的收益,在重置资产时可充抵部分资本利得税。在一人一生中,出售合格小型企业或农场资产而获得的资本收益可享有最高50万加元免于交纳资本利得税,出售私人主要住宅的收益无须缴纳资本利得税。

(三)纳税时间

公司根据上一年度的赋税或当前年度的估算税负,按月预缴税款,最终交纳日期不得迟于税务年度结束后的第二个月尾,加拿大人控制的小型私人公司不迟于第三个月尾。雇员收入需交纳的税款,由雇主代为扣缴,未经雇主扣除税务的个人收入需由个人按季度交纳。

六、外国企业准入规定

根据加拿大投资法(ICA)第11条的规定,外国人投资如果是以在加拿大建立新企业的方式为之,2002年起投资在一定金额以下者,则只需向管理当局报备即可。亦即投资者只需在有关投资进行之前,或在事后三十天内,把投资方案通知主管机关。一般而言,投资者无须再进一步呈报资料。除非该新企业是属于下列被保护产业之一,否则此项投资不需经过审核或批准。

如果外国人要投资于某些特殊的行业,或接管现存的企业,则该项投资不仅要申报,并可能依据ICA条例接受审核。根据ICA条例第15条,被保护的产业包括下列各项:

- 书籍、杂志、期刊、报纸的出版、发行或销售;
- 电影或影像产品的制作、发行、销售或展示;
- 音乐录音带或录像带的制作、发行、销售或展示;
- 以印刷或可由机器阅读的形式的音乐,其出版、发行或销售。
- 广播、电视、有线电视及卫星电视播送。

一般而言,收购某一公司投票权股份少于三分之一,或收购其他任何实体单位投票权益不及半数时,则不予视为取得控制权,因而有关收购方案,不需受有关当局审查。

"非加拿大人"在收购一个现有商业的控制权,出现下列三种情况之一时,需要遵守《通知程序》(notification process):

- 收购者直接收购该加拿大人商业机构:而该加拿大商业机构的资产值在5百万加元以上者;
- 收购者间接收购该加拿大人商业机构:以收购加拿大公司的海外母公司为方式,且该加拿大商业机构资产值在以上5千万加元以上者;或加拿大商业机构资产值在5百万加元以上,且占其母公司总资产值50%以上者。
- 收购现存的敏感文化企业或创设新敏感文化企业者,包括出版、电影及音乐。

至于接管现存的企业,依据 ICA 的规定,会受到审核的情形包括:

- 直接购买控制权——资产达到加币 5 百万者;
- 间接购买控制权——资产达到加币 5 千万者。

如果投资申请案件需经过审核,则投资人必须提出有关投资者个人及投资计划的详细资料。依据 ICA 第 16、20 及 21 条的规定,每一件投资案件都将以个案方式接受评估,以决定此投资案件是否对加拿大有利。

投资申请如果不被视为"对加拿大有利"的投资,则可向主管当局提出未来的营运计划及目标,并提出保证,以取得投资许可。以此种保证方式取得许可的投资,可能在日后受到主管当局的审查,以确定投资人是否履行其当初的保证。这种保证方式的运用提供一极具弹性的工具,使得投资申请可依据当前对加拿大经济有利的项目,随时修正。依据投资法规定,上述的审查应在105 天内完成,通常约花费四至六周左右。

此外,依据 ICA 的规定,联邦政府竞争局(Competition Bureau)对于企业并购的投资案,需就公平商业竞争及反托拉斯的立场提出其意见。即使无须经过 ICA 审查的投资案,如果超过某一限度,在合并前必须向竞争局报备。竞争局的主要宗旨在于限制一些会对加拿大国内市场的竞争情况产生影响的交易,因此即使是成立的投资企业在寻求扩张营运的过程中,有意取得现存加拿大企业的控制权时,也一样要考虑到竞争局的限制。

符合竞争局的要求,ICA 中的条款规定可经由提出各种不同的保证而达成。竞争局采取取缔的制度,而非采取发给核准的制度。竞争局有权力采取行动制止某一并购交易的发生,使并购案被撤回,或者被搁置不决。如果投资者未能履行其当初的各项保证,并不会导致任何已取得的核准被撤销。但竞争局将进行各项调查,并可能在并购已完成后在竞争法庭(Competition Tribunal)对并购交易提出异议。此法庭有相当大的权限,包括可以指示已合并的企业不得合并。

加拿大依据北美自由贸易协议及世界贸易组织协议执行法内容修订其投资法令,通常适用国际条约或是区域自由贸易协议的投资者可以享有更优惠的待遇。公司(Corporation)投资人有二人以上,平均拥有公司股份,如投资人为NAFTA 或 WTO 会员国人民,则可适用 NAFTA 或 WTO 的投资规定。通常来自WTO 会员国的投资者,只有当其所欲投资的加拿大公司资产达一定水平时,方需经过审查;而此一资产水平,加拿大主管机关每年调整。以 2006 年为例,被直接投资的加拿大公司在 2 亿 6500 万加元以上者方需受审查,间接投资则毫无限制。然对某些敏感产业如矿业、金融、交通以及文化等产业则不适用。

2006 年加拿大保守党政府拟提出对外国国有企业投资加以限制的动议,但目前还没有形成法律。

七、投资相关机构

加拿大律师协会

http://www.cba.org/CBA/Home.asp

加拿大注册会计师协会

http://www.investincanade.com   http://www.cica.ca/

注册会计师

http://www.investincanada.com

http://www.cga-online.org/servlet/custom

加拿大银行

http://www.investincanada.com   http://www.bank-banque-canada.ca/

加拿大银行协会内资和外资银行名录

http://www.investincanada.com   http://www.cba.ca/en/

加拿大商业服务中心

http://canadabusiness.gc.ca/gol/cbec/site.nsf/en/index.html

加拿大政府项目与服务

http://www.investincanada.com   http://www.gc.ca/main_e.html

加拿大政府联络信息检索

http://www.investincanada.com   http://canada.gc.ca

八、加拿大推动对外投资政策

(一)加拿大对外投资概况

据加拿大国贸部统计,加拿大直接对外投资(Canada Direct Investment Abroad,CDIA)在2005年增长了3个百分点,累计达到了4651亿加元,高于2004年的4514亿加元。造成加拿大对外直接投资增长缓慢的原因是加元的升值,在兑换其他外币时所需加元的数额减少所致。截止到2005年年底,加拿大在在外国直接投资的资产主要是金融和保险业,占44%,能源业占12%,服务业和零售业占12%,金属矿业占11%。

加拿大在2005年在美国的直接投资资产上升了8.95%,累计达到了2137亿加元。2005年美国占加拿大向外国直接投资的46%、英国占9.2%、巴巴多斯占7.5%。

加拿大对外直接投资(CDIA)的增长率只有流入加拿大的外国直接投资增值率的1/3,比2004年累计的4514亿加元增长了3%,2005年累计对外直接投资额达到4651亿加元。这一增长的主要原因是加元的升值,从而使加拿大对外直接投资兑换投资国的货币成本降低了300亿加元。

自1997年以来,加拿大对外的直接投资超过了流入加拿大的外国直接投资,使加拿大从那时起成为了净投资输出国。但由于2004年外国直接投资流入加拿大的增长,在2005年年底加拿大对外直接投资的净值下降到了495亿加元,低于2004年的704亿加元的净投资额。

加拿大除对北美投资增长8.8%、对中南美投资增加7%外,对其他地区的直接投资都有所下降。2005年加拿大在美国直接投资的净资产增长了8.9%,达到了2137亿加元,大部分是作为资本金流向了与美国接壤的边境南部的正在进行的商务活动。从表5—2.4中可以看出,2005年加拿大对外直接投资的46%流向了美国,大大低于1995年的52.6%。

表5—2.4　按地区/国家加拿大对外直接投资构成情况　　（单位:10亿加元）

地区	1995年	2004年	2005年	1995年的份额	2005年底份额	2005/2004年的变化率	1995—2005年均增长率
全球	161.2	451.4	465.1	100.0	100.0	3.0	11.2

地区	1995 年	2004 年	2005 年	1995 年的份额	2005 年底份额	2005/2004 年的变化率	1995—2005 年均增长率
北美	98.8	263.4	286.7	61.3	61.6	8.8	11.2
中南美	7.9	21.2	22.7	4.9	4.9	7.0	11.2
欧洲	37.2	129.9	118.9	23.0	25.6	−8.5	12.3
欧盟	34.5	121.2	110.3	21.4	23.7	−9.1	12.3
非洲	0.6	3.3	3.0	0.4	0.7	−6.7	16.9
亚洲/大洋洲	16.8	33.7	33.8	10.4	7.3	0.3	7.2
全球	161.2	451.4	465.1	100.0	100.0	3.0	11.2
美国	84.6	196.3	213.7	52.5	46.0	8.9	9.7
英国	16.4	44.4	42.7	10.2	9.2	−3.7	10.0
巴巴多斯	5.8	30.8	34.7	3.6	7.5	12.8	19.6
爱尔兰	5.9	19.6	19.5	3.7	4.2	−0.6	12.6
百慕大	3.0	12.6	13.6	1.9	2.9	7.3	16.3
法国	2.5	14.3	12.3	1.6	2.6	−14.5	17.2
开曼群岛	0.7	11.2	11.0	0.4	2.4	−1.5	31.5
荷兰	2.3	12.2	9.9	1.4	2.1	−18.6	16.0
澳大利亚	3.1	8.3	8.2	1.9	1.8	−1.0	10.3
巴西	2.5	7.0	8.0	1.5	1.7	14.8	12.6

资料来源:加拿大统计局。

(二)加拿大对外直接投资趋向分析

加拿大对国际贸易高度依赖,2005 年其进出口总额占加拿大国内生产总值的72%。但是国际贸易远不是国际关系中最重要的一环。吸引国外直接投资和对外直接投资同样对加拿大的经济繁荣做出贡献。流入加拿大的外国直接投资给加拿大带来了新技术、新资本以及新的经济管理和组织方式,而对外直接投资是促进加拿大融入全球供应链和扩展出口潜力的必不可少的方式。

加拿大对外直接投资(CDIA)对加拿大的经济繁荣所起的作用是毋庸置疑的。在2004 年,加拿大对外直接投资占国内生产总值的34%。国家之间不同技术水平的差异对加拿大对外直接投资选择目的国是有影响的。

美国是加拿大最重要的对外直接投资目的国,英国也是加拿大对外直接投资的重要国家。加拿大对外直接投资是与投资目的国的技术水平相关联的,即哪里技术水平高,加拿大对外直接投资就流向哪里。

(三)加拿大对外投资行业分析

占加拿大对外直接投资中份额最大的是金融保险业(45%),差不多占加拿大对外直接投资的一半,紧随其后的是能源和金属,占22%,这也显示了加拿大对资源的重视。这两项投资加在一起,就占了差不多加拿大对外直接投资的2/3,均属于纵向投资。当然,并不是说所有这类投资都是纵向投资。投资商希望在不同的国家提供金融和保险服务,或者投资于他们有需求的诸如能源和金属之类原材料。

较低的运输成本,信息和通讯技术的快速和持续发展,贸易和投资门槛的降低,都驱动着生产环节的分工,使全球供应链的价值在增长。加拿大的投资商正是在这一背景下更多地在纵向对外直接投资,利用不同国家的比较优势,完善全球供应链。

(四)对外投资对加拿大经济的贡献

1. 对经济的总体贡献

加拿大公司通过购并、合资、合作、战略联盟以及新设等方式越来越多地进行资本输出,以增强他们在国际市场的经营活动,渗透新市场,获取新技术、资源和技能。这些海外的投资活动在研究与开发、经济增长、出口机会以及最终的就业增加等方面给加拿大本国带来了实实在在的利益:

(1)加拿大的海外投资带来了一个更具竞争性和富有弹性的本国经济。

(2)FDI 的输出创造的收入日益增长。

(3)进入全球市场的加拿大公司在成长、生产力和利润方面的业绩都高于国内公司的表现。

(4)加拿大海外投资的增长带来了出口的增长,从而直接影响到加拿大经济的健康状况。

(5)海外投资还为加高科技产业提供了获取外国技术和技能的更好的途径;同时,也促进了加拿大的研究和开发,反过来又带动创新、市场潜力的开发和受高等教育人才的就业机会的增加。

(6)海外投资的收益者不仅仅是投资者本身,他们可以直接或间接地将新技能、管理技巧和获得的技术介绍给后来进入海外市场的公司,使更多的加拿大公司收益。

2. 对外直接投资对加拿大贸易的贡献

根据1997年经济合作与发展组织(OECD)的研究显示,FDI对贸易有着深远的影响。经济合作与发展组织对14个发达国家的分析估计认为,投资—出口增值率平均为2,即资本输出国每1美元FDI输出平均产生2美元的额外出口值。

加拿大输出到工业发达国家资本的投资—出口增值率是0.6%,即加拿大投入到美国或欧洲发达国家市场的每1美元仅带动额外的60美分的出口;而输出到发展中国家的投资—出口增值率为3—4,即投资带动的出口成倍地增长。

(五)加拿大对外投资政策

1. 自由开放的投资政策

加拿大政府提倡自由开放、透明宽松的对外投资政策。由于近几年加拿大的对外投资给加拿大经济带来了可观的利益,加政府也日益重视对外投资活动。加政府对海外投资的关注并不在于鼓励或刺激资本输出,而是要充分保护本国投资者在国际投资中的各项利益。

加拿大政府始终寻求通过国际性的活动,来改善全球的贸易和投资环境。加政府积极参与联合国国际贸易与发展会议(UNCTAD)、经济合作与发展组织(OECD)、亚太经合组织(APEC)、世界贸易组织(WTO)和美洲自由贸易区(FTAA)等国际组织的讨论和谈判,以确保本国企业在对外投资活动中的利益得到保护,尽可能提高对外投资的透明度和开放度。为了更好地了解加拿大公司在进入国际市场面临的主要问题和激励因素,以便加政府在国际组织和协定的谈判中切实反映加拿大人的利益达到既定目标,加外交国贸部还向公众提供了一份"贸易和投资障碍反馈表",征求公众的意见。

2. 间接促进投资的相关机构

虽然加拿大政府没有专门鼓励对外投资的法律、法规和优惠政策,也没有直接促进对外投资的专门机构,但通过加拿大出口发展公司、加拿大国际开发署和加拿大商业发展银行等的业务,分别从提供投资保险和对发展中国家进行援助等方面间接地带动资本的对外输出。

（1）加拿大出口发展公司（Development Canada，简称 EDC）成立于 1944年，是一家提供贸易金融服务、支持加拿大出口和投资的专业金融性皇家国有公司。加政府主要通过该公司的运作，将促进本国的产品出口和对外投资紧密联系在一起。

（2）加拿大国际开发署（Canadian International Development Agency，简称CIDA）成立于 1968 年，是加拿大的主要发展援助机构，隶属于加拿大外交国贸部，负责加拿大 78% 的援助款，向世界上 100 多个最贫穷的国家提供援助。它是援助贷款的批准机构，同时也是此种贷款的直接提供者。它与 EDC 共同对开发与商业利益相一致的项目提供贷款，由于 EDC 的贷款条件大多是商业化的，那么补贴的责任自然就落到了 CIDA 的身上。

（3）加拿大商业发展银行（Business Development Bank of Canada，简称BDC）在向加拿大的中小企业提供金融、投资和咨询服务方面扮演重要角色。其服务对象主要是技术密集型和出口导向型企业。业务范围包括融资、咨询、次级融资以及风险资本等四类。

（六）促进本国企业走出去的法律法规

1. 有关境外投资的法律法规

加拿大没有专门关于境外投资的法规，但相关的部分内容可以在与对外贸易的法规中找到，比如关于限制出口的产品和技术，同样适用于限制在境外投资相关的产品和技术。

2. 对外签订的多边或双边投资保护协定

加拿大是北美自由贸易协议（NAFTA）的成员国，NAFTA 是 North American Free Trade Agreement 的简称，由美、加、墨三国组成。三国于 1992 年 8 月12 日就《北美自由贸易协定》达成一致意见，并于同年 12 月 17 日由三国领导人分别在各自国家正式签署。1994 年 1 月 1 日，协定正式生效，北美自由贸易区宣布成立。

中加自 1994 年开始就签订双边投资保护协定进行磋商，目前已进行了 7轮谈判，最近一轮于 1999 年 12 月在北京举行。通过 7 轮谈判，双方充分了解了对方在协定有关条款上的立场，在一些条款上达成了一致。但由于双方在"投资"的定义、投资准入与投资待遇、与贸易有关的投资措施、外汇转移、税收、投资者与缔约国之间的争议解决、法律适用和国民待遇例外等不少方面存在较大分歧,未能达成协议。另外,中方表示难以接受加方提出的将 NAFTA 的有关条款写进中加协定文本的要求。

2003 年 12 月中国与加拿大制定的中加战略工作组共同文件中指出继续就投资保护协定进行谈判,通过签订投资保护协定促进相互投资增长。但实际上,中加两国关于投资保护协定的谈判处于停滞状态。

3. 境外投资管理体制

(1)政府鼓励、限制的项目种类

加拿大鼓励出口和投资的项目包括环保、农业等方面的技术和产品。在加拿大出口限制的技术和产品也被视为对外投资限制的技术和产品。

加拿大规范进出口贸易最重要的法规就是 1974 年通过的《进出口许可法》(Export and Import Permits Act,EIPA),由外交国贸部专门负责管理对外贸易的进出口管制局按照该法规定的特别目录对所列商品的进出口进行控制。该法规定的特别目录包括进口管制目录(Import Control List, ICL)、出口管制目录(Export Control List,ECL)和地区管制目录(Area control List,ACL)。进口管制目录一般只列商品名称,其中部分商品仅按原产地进行控制,这些商品的进口需取得进口许可证;后两个目录都是管理出口商品的。

加拿大依照《出口控制清单》和《地区控制清单》对部分产品实行出口控制。根据加拿大同美国的双边协议,对于出口最终目的地为美国或其领土的,《出口控制清单》中的大部分产品都不需要出口许可。《出口控制清单》第 3 组第 4 组及其他部分产品需要单独的出口许可。

详细控制目录请访问加拿大外交和国际贸易部网站:http://www. international. gc. ca/eicb/military/documents/exportcontrols2006-en. pdf。

(2)受政府审批的项目范围

根据前述,加拿大对部分产品实行出口控制。根据出口控制清单,出口控制产品在出口前需要获得出口许可。出口许可包括普遍许可和单独许可。普遍许可是针对销往某些国家的、符合特定条件的产品预先授予出口权,实行简化程序。单独许可是针对单个进口商或出口商的。大多数受控产品都需要获得单独许可。

(3)境外投资管理机构

加拿大没有专设境外投资管理机构。对境外投资,如果涉及法规限制的技术和产品,法规限制的地区,由加拿大外交和国际贸易部负责审查。

4. 促进本国企业走出去的财政支持

（1）税收减免措施

在加拿大，出口的货物和服务都可以享受退税规定。加拿大企业需交纳的消费税有两种："联邦货物和服务税（GST）"和省政府的"省货物和服务税（PST）"。加拿大企业每年必须按其注册时被分配的登记号向政府报税。出口产品的企业可持海关申报单在年度报税时从联邦政府和省政府得到退税。

再出口退关税：由于加拿大与美国经济的融合程度高，两国的大量货物贸易相当于制造业内部的"加工贸易"。对此类贸易加政府不征收关税。

（2）亏损补贴

加拿大没有支持本国企业境外投资的亏损补贴。

（3）其他财政支持措施

扶助工程服务出口，支持当地工程公司取得合同。加拿大的省级政府和联邦政府，对加拿大公司在加美两国以外的第三国的工程服务的投标，包括可行性研究和其他项目，实行补贴措施。加拿大"出口发展公司"、"加拿大国际开发署"以及"出口市场开发计划"负责提供出口补贴。面对政府的一切合同，当地工程师和建筑公司享有优先权。美国的公司要向某一项目投标，必须同加拿大的公司组成合资企业。在加拿大的许多省份之间，也有一些壁垒，支持本省公司而限制外省公司。

5. 促进本国企业走出去的境外投资融资服务

（1）融资渠道

向加企业产品的买方提供信贷，为加出口企业提供担保、保险及再保险，应收账款贴现、资信调查等金融服务。加拿大出口发展公司（EDC, http://www.edc.ca/）负责提供此类服务，其依据为加拿大"出口发展法"。该公司为国有公司，与其他工业化国家的类似机构相比，该公司提供的出口融资服务最为全面。

（2）融资成本优惠措施

加拿大出口发展公司向购买加拿大企业产品的外国客户提供融资优惠，比如1995年，三峡总公司委托中国银行与加拿大 EDC 签订了1250万美元出口信贷协议，用于购买加拿大公司的产品，由加拿大 MonencoAGRA 公司承接的中加合作建设三峡工程管理系统（简称 TGPMS）的项目。该信贷的提款期3年，还款期10年。

（3）其他融资服务

EDC还向外国公司提供诸如银团贷款、租赁、项目融资等金融产品。向本国公司提供信贷,包括信贷及担保向加拿大公司提供的信贷或担保和向外国公司提供的信贷。向加拿大公司提供的信贷或担保有出运前融资和股权投资。

此外,EDC还向本国公司提供承兑银行本票以加快企业资金周转等服务,并向外国公司提供信贷,其中向外国公司提供的信贷分直接贷款(适用于一次性采购)和信贷额度(适用于多次采购)。

6. 促进本国企业走出去的投资保险服务

（1）政治风险保险

前面已经提到,加拿大出口发展公司（EDC）对海外投资的支持重点体现在对各种风险的保险,特别是政治风险保险（PRI）和对贷款的政治风险保险（Political Risk Insurance for Loans）。EDC 的 PRI 可以对三类政治风险所造成的损失中的90%提供赔偿:货币转移和无法汇兑的风险;资产征收的风险和政治暴力事件的风险。

（2）信用风险保险

加拿大 EDC 提供的保险包括信用保险,其中信用保险又分为应收账款保险和出口保护。

应收账款保险:由于商业风险或政治风险造成的损失,如买家无力付款、破产或清算、拒收货物、取消合同、战争、进出口许可取消、货币转移等,均在应收账款保险承保之列。理赔额最高可达实际损失的90%。出口企业因此可从银行获得更多的资金支持,也可向买家提供灵活的付款方式,有利于吸引外国客商。该险种主要适用于出口业务长期稳定的公司。目前 EDC 列明的可承保的出口目的地包括200多个国家和地区。

出口保护:单一一笔出口业务可通过"出口保护"项目获得保险。在买家接受货物后拒不付款,出口商可获得最高达90%的赔付。但是对出口目的地有限制,目前只有25个国家和地区适用该险种(不包括中国)。承保的交易金额上限为25万加元。出口商可通过网上申请该项保险,EDC 在网上提供标准保单,列明双方的权利义务。该保险适用于任何规模、任何行业的企业,包括服务业。目前的最新保费是投保金额的1.5%,最低收费250加元。

7. 信息服务

（1）投资目的国(地)经济、税收、投资法律法规等加拿大政府一直十分重视对企业开展咨询服务。加政府政策的透明度高,政府工作人员的职责之一即是接受企业的咨询,针对企业的经营和出口提供市场咨询、培训、政策指导等服务。

与出口有关的信息服务主要有:

市场分析报告及信息:加拿大工业部、农业部等政府部门的研究机构每年大量公布各行业的国外市场报告及贸易机会。详见其网址:

http://strategis. ic. gc. ca/sc_mrkti/engdoc/homepage. html 及 http://ats. agr. ca/general/home-e. htm。

贸易专员服务:指加拿大外交国贸部通过驻外使领馆经商处的贸易专员(trade commissioner)向加拿大公司提供各国市场信息、组织参加展览会,提供当地主要机构名录等服务。其内容十分丰富。详见其网址:http://www. info-export. gc. ca/menu-e. asp。

出口市场发展项目:加外交国贸部对新出口企业到国外参展或进行市场调查可提供总额不超过7500加元的旅费资助。详见其网址:http://www. in-foexport. gc. ca/pemd/menu-e. asp。

加拿大 EDC 公司可以提供超过 200 个国家和地区的国别信息服务,这些信息更新及时,涉及各个国家和地区的概括,包括政治、社会、国内经济发展、国际贸易、金融、投资环境、税收、法律法规、知识产权保护等全面的分析。

(2)项目对接服务

可以通过加拿大驻国外的大使馆和领事馆的商务/贸易官员安排与当地机构和企业之间的会谈。一般要提前 2 周与当地的加拿大外交机构预约,在当地的官员了解了企业的需求后,通常会向企业提供若干可选择的机构联系方式并设法帮助取得联系。

(3)项目启动支持(项目可行性研究等)

对于加拿大出口发展公司(EDC)和加拿大商业发展银行(BDC)发放的任何贷款和保险,申请贷款和保险的公司必须提供相关的项目信息,包括项目的计划书、项目的可行性研究等,上述机构也向中小企业提供项目计划书和可行性报告的咨询等多种多样的服务。加拿大 EDC 和 BDC 都拥有专业人员向企业提供融资方面的咨询服务。

(4)其他信息服务

由于各个政府部门在不同的职能方面为企业的出口销售提供服务,为加强各部门间协调,加政府于 3 年前成立了一个以促进加企业出口为目标的松散的政府间合作机构"加拿大团队公司"。该机构最初由外交国贸部、农业部和工业部组成,目前发展到 23 个政府机构,几乎包括了所有与出口管理和服务有关的联邦政府机构。本文涉及的加政府部门均为其成员。其秘书处设在加外交国贸部,负责制定活动计划(通常 3—5 年为一个周期)和处理日常事务。"加拿大团队公司"下设 12 个行业组,如制造与加工业、农产品、建材产品、通讯和技术产品、服务业等。

　　该机构的职能之一是根据不同行业和产品的情况不定期召开相应级别官员参加的出口政策协调会议。另一项职能是协调各政府部门的咨询信息工作。"加拿大团队公司"的服务面对全国各地,其绝大多数工作如热线电话咨询等都由各政府部门人员承担,其工作战略和计划的制定和内部管理协调也由兼职人员负责。关于该机构的详细介绍请见其网址:http://exportsource. gc.ca/index_e.cfm。

　　有关投资加拿大其他政府网站:http://www.canadainternational.gc.ca/index.aspx。

(编者:中国贸促会驻加拿大代表处)

第三节　墨西哥投资环境及相关政策

一、投资环境

(一)基础设施

　　在过去的 30 年中,墨西哥对高速公路、通讯、石油、电力和水利基础建设的投资在 2000 年到 2006 年间达到了一个历史的高潮。2005 年为促进经济发展,政府和私人投资达到了 3190 亿比索。2006 年投资额达到了 3550 亿比索,比 2005 年和 2000 年分别增长 7.5% 和 40.2%。在所有投资中,2460 亿比索(69.3%)是来自于私人投资的;1010 亿比索(28.7%)来自于公共投资;70 亿比索(2%)来自于州政府和市政府。

1. 高速公路系统

在墨西哥,高速公路是人员和货物运输的最主要途径之一,目前,其高速公路总里程为 352000 公里。墨高速公路包括了 14 条主线,连接着各个州府和其他重要城市及边境口岸和港口。其中大部分为收费公路,少数为免费公路。从 2001 年到 2005 年,每年平均有 55 亿比索用于保养墨高速公路系统。

2. 铁路设施

墨私人企业和政府在铁路设施的扩展和现代化方面分步骤进行投资,努力使用新科技,将铁路同其他交通设施连接一体。2006 年,在铁路方面的投资达到了 20 亿比索。已注册的铁路公司投资额为 9.25 亿比索,联邦政府投资额为 1.01 亿比索。2005 年 8980 万吨的货物是通过铁路系统来进行运输的,比 2004 年增长了 1.9%。2006 年铁路运输量较 2005 年增长了 2.4%。

3. 港口设施

墨联邦政府十分重视港口的建设,给对外贸易提供各项有利的条件,为港口使用者提供有效的服务,使之能促进国民经济的发展。2006 年,墨对港口投资额为 58.6 亿比索,比 2005 年下降了 25.9%,其中墨政府投资较 2005 年上升了 52.4%,而私人行业投资则下降了 55.8%。2006 年港口共运输 2 亿9350 万吨货物和 1200 万乘客,分别比 2005 年增长了 5.5% 和下降了 14.8%。

4. 机场设施

2006 年,墨对机场设施的投资额为 25 亿比索,主要用于机场建设、扩建和现有设施的现代化更新。其中 56.6% 来自于私人企业,43.4% 来自于政府投资,总体较 2005 年上升了 65.7%。2006 年全年,共运输 5280 万乘客和 61万吨货物,较 2005 年上升了 3.1% 和 4%。

（二）劳动力情况

1. 最低工资标准(自 2004 年 1 月 1 日起实行)

全国平均标准:43.30 比索/天

A 类地区:45.24 比索/天(A 类地区包括下加州、南下加州、奇瓦瓦州部分地区、联邦区、格雷罗州部分地区、墨西哥州部分地区、索诺拉州部分地区、塔马乌利帕斯州部分地区、韦腊克鲁斯州部分地区)

B 类地区:43.73 比索/天(B 类地区包括哈利斯科州部分地区、新莱昂州部分地区、索诺拉州部分地区、塔马乌利帕斯州部分地区、韦腊克鲁斯州部分

地区）

C 类地区:42.11 比索/天（C 类地区为 A 类、B 类地区未包括的其他州、市）工资标准

2. 加班费

每小时加班费视加班时间长短而定,一般为正常工资的两至三倍。每星期加班在 9 小时内双倍工资（每天 3 小时、每星期 3 次）,若加班时数超过上述规定或于国定假日加班,则要支付正常工资的 3 倍。

3. 最高工时

墨西哥规定员工每星期最高工作时数为 48 小时,日班为 8 小时,夜班为 7 小时,每星期工作 6 天。

4. 福利及劳保待遇

员工连续工作满一年可享受 6 个工作天的带薪休假,此后每年增加 2 天,最高以 12 天为限。第四年以后,每满 5 年增加 2 天休假。另外,员工可获得正常工资的 25% 为休假奖金。

当公司解雇员工时,需付 3 个月最近工资作为遣散费。服务每满一年则多付 20 天的工资。若员工自动辞职,公司只需依此比例支付休假奖金与年终奖金。但员工若已连续服务满 15 年,每增加一年需多付 12 天最近工资作为遣散费。

依据联邦劳工法规定,工资及福利由劳资双方协商制定,合同可分为两种形式:集体合同:由工会与雇主之间达成协议;个人合同:由员工与雇主之间达成协议。

依法每年进行工资审查及调整,不得低于法律规定的最低工资保障。劳工法强制雇主负担工的社会保险、住宅基金和退休基金,以及员工休假奖金、年假和年终奖金所需的费用。这些福利金额平均约占员工工资的 29%。

5. 外籍员工比例

墨西哥劳工法规定,在外资企业中,外籍人员与墨籍人员比例不得低于 1:8,目的在于创造更多的就业机会。

6. 劳动力现状

墨西哥劳动力市场的特点为年轻化、劳动力充足、技能熟练,并能随时接受新的技能训练。墨西哥人口为 1.05 亿（2007 年 1 月数据）,其中 52% 为女性,48% 为男性。全部人口 90.5% 为受教育人口,12 岁以上的 87.7% 的居民

拥有高中以上文凭或受过相关工作技能培训。全墨西哥有大约59%的人口参与工作;38.9%为流动工作人口,31%为固定工作人口(27%在私企中工作,4.8%在公共工作)。墨西哥工作人口在各个领域的所占比例如下:农牧业2.61%;采掘业0.45%;加工业28.88%;建筑业5.94%;电力和供水行业0.94%;商贸服务15.2%;运输和通讯业4.3%;私人公司和家政服务15.87%;社会服务行业8.27%;其他16.54%;临时工1%。

墨西哥劳动人口在越来越多的外资企业中工作,外资设厂所在的当地政府和相关机构充分意识外商厂家的需要,根据各外资公司的要求制定人员培训项目,对人员进行培训,以达到所需要求。

7. 失业率

2006年第一季度,墨全国经济活动人口失业率为3.52%,较05年下降了0.33个百分点。同时从2005年第一季度到2006年第一季度,城市人口失业率下降了0.54个百分点,从5.06%下降到了4.52%,这个数据和同一时期墨西哥经济参与比率的0.7%的增长率相比,是意义非凡的。2006年第二季度,墨西哥经济活动人口失业率为3.17%,比去年同期下降了0.36个百分点,而从2005年第二季度到2006年第二季度,城市人口失业率由4.69%下降到了4.25%。

(三)经济开发区

墨西哥经济开发区主要指墨出口客户工业区。所谓客户工业,即免税临时进口设备、原材料、零配件、包装材料等生产资料,在墨西哥加工组装后用于再出口的工业。墨客户工业经过40年的发展,为墨经济发展和促进对外贸易作出了很大的贡献。

按地区划分,墨西哥的客户工业可分为北部、中北部、东北部及内地四大地区,前三个地区属墨西哥北部边境地区。北部区包括下加利福尼亚州及索诺拉州;中北部区为奇瓦瓦州及科阿维拉州;东北部为新莱昂州及塔玛乌里巴斯州;内地主要为哈利斯科州、瓜那华托州、尤卡坦州及墨西哥州。新发展的地区有:萨卡德卡斯、阿瓜斯卡连德斯、米恰阿坎、克雷塔罗、维拉克鲁斯、锡纳罗阿、杜兰哥、普埃布拉等八个州。

目前墨西哥经济开发区主要包括如下行业:电子、电脑、机械设备和电器的组装;电器元器件的加工;服装加工;汽车零部件加工和装配;木材制品、家具;鞋类及运动用品;工具、食品及其他制品;服务。

墨西哥主要汽车客户工业企业有 23 家,分布在墨西哥州等 13 个州。主要汽车配件客户企业有 94 家,分布在克雷塔罗等 12 个州。主要电子配件客户企业有 86 家,分布在哈利斯科等 14 个州。主要电器客户企业 71 家,分布在下加利福尼亚等 14 个州。纺织服装有 106 家,主要分布在索诺拉等 21 个州。塑料有 65 家,主要分布在新莱昂等 10 个州。金属工业有 70 家,主要分布在奇瓦瓦等 15 个州。墨西哥汽车配件和电器客户工业是客户工业中最具有活力的产业,其技术含量高,其产值和从业人员数量均占墨客户工业的 50% 左右。

(四)金融环境

墨西哥采用浮动汇率,效果显著。在 1996 年和 1997 年间对十二个重要国家货币抽样调查结果显示,比索分别位居第二、第一,为浮动率最低的货币,这归功于当时经济制度健全,正确的财政政策,银行兑换程序简化,企业私有化和货币政策抵制通货膨胀的结果。

外资公司可将公司利润、权利金、股利、利息和资本自由汇出。公司可在墨西哥境内任何一家合法银行开立美金支票及存款账户,开户最低额度由各银行制定。而个人也可在北部边界内开立美金支票账户。

二、鼓励外国投资政策

为吸引外资,墨西哥政府采取了以下奖励投资措施:

(一)机械设备、原料、零组件免关税进口

若公司暂时进口机械设备、原料和零组件,用来生产或组装外销品至其他国家,在墨西哥境内可享免进口关税及增值税。根据北美自由贸易协定及世界贸易组织规定,墨西哥经济部针对禁止非 NAFTA 国家享受优惠关税和双重征税等议题,已调整了保税加工计划:

自 2001 年 1 月 1 日起,墨西哥将征收临时进口的机械设备关税,其税率与一般非 NAFTA 国家产品关税一样。为避免从非 NAFTA 国家进口原料在墨西哥被征关税,之后成品外销至美国或加拿大,又被其中一国征收成品进口税的双重征税问题,新的法令规定将从两国的进口关税中采取最低额为减免关税。但北美自由贸易协定附件 2.4 或附件 300.B 第 6 条所规定的产品不在此

限(纺织品及女性成衣)。尽管如此,出口制造商仍可享有产业优先发展计划所提供的优惠条件。

(二)产业优先发展计划

产业优先发展计划将为产业出口制造商进口原料或机械设备提供优惠条件,电机和电子业将于2000年11月1日先适用于该计划。届时,这两种产业的公司在加入保税加工计划之后,将可享受0—5%的优惠关税。

(三)银行的分担投资开发风险方案

墨西哥国家外贸银行(Bancomext)将可以参与当地公司的股份,最高可达25%以促进国内或外资公司的发展并加强其财务。

(四)联邦或政府的员工训练计划

墨西哥联邦政府提供多项特别赞助以发展劳工技能训练计划,其中"劳工素质提高及现代化(CIMO)"是劳动部提高资金及技能帮助的训练计划之一,其目的是提高民间各种产业以支持中小型企业发展人力资源、改善工作条件及增加工作机会等。另外,墨西哥各州的职业技能学校也纷纷与民间开展合作,以培训学员具备劳务市场所需的技能。

(五)州政府奖励投资方案

部分州政府会提高奖励投资措施以吸引更多的外资,如土地价格低廉、劳工训练计划赞助经费或发展工业区设施等多项方案。

三、墨西哥《外国投资法》

根据1993年12月颁布实施的《外国投资法》,墨允许外国投资者从事墨西哥境内绝大多数行业,甚至可让外资100%参与经营。国外投资者也可任意添购固定资产、扩充或迁移公司/厂房、同时投资其他新的产业或新生产线等,但某些保留及特殊规定的行业不在此限。

墨西哥境内共有45种保留及特殊规定的行业为外资不得参与或限制其参与股份,因为有些是国营产业、有些只开放给墨西哥公民和具有外国特殊条款的公司经营、或特殊法令规定限制外资股份。

欲赴墨西哥投资的外国人须先向经济部外资司申请核准公司投资方案。申请后，若在45天内未收到通知，公司投资方案即自动被视同核准通过。

当外资公司的固定资产总额超过3.94亿比索（约4147万美元）、或外商欲投资指定十二种行业之一、并参与股份超过49%时，须经经济部核准。

四、相关税收政策

（一）主要税种

1. 所得税（ISR）

公司和自然人所得税均为33%，2005年公司所得税将降至32%。若公司将所得税再投资，只须缴纳30%的所得税，并确实登记再投资所运用的金额。这项减税优惠措施主要是鼓励投资在科技开发领域上及其他对墨西哥有利的计划。

（1）专利权所得税

15%：通过技术协助的专利，与下列专利不同。

40%：暂时使用发明专利，或发明、改良证书、商标专利或商号专利、广告专利。

（2）利息所得税

在墨西哥境内的外国机构、公司或个人如因买卖或投资而获取利息，将被征收利息所得税，其税率如下：

10%：外国政府投资的财务金融机构、外商银行、投资银行——参与美国资本的机构（其资金来自于海外机构）。

21%：从信用机构获得的利息（有别于上述金融机构），如外国机械设备供应商因买方分期付款而获得的利息，贷款给外国人购买上述机械设备而获得的利息。

40%：非由上述两项方式而获得的利息。

15%：再保险公司因客户保费而赚取的利息。

墨西哥国内从事保护及研究野生、水生动物的协会如将所得再投资的话，可享免公司所得税。下列商品买卖免付所得税：土地、地上建筑物（只限居住用）、书籍、期刊、杂志、著作权商品、私下个人商品买卖、彩券、赌赢和竞赛奖金、当地或外国货币、金块（99%纯金）、银块、股票、应收账款票据、信用票据。

2. 增值税(IVA)

墨西哥境内的产品买卖和服务以及从事进出口业务均须缴纳15%的增值税,但从事下列产品/服务免付增值税:

未经处理的动植物、专利药品、食品

冰、水(非碳水化合物)

纤维、棕榈

农业用牵引机、园艺机械设备、耕耘机

肥料、杀虫剂

温室营养剂产品

提供农民及畜牧业者的服务

玉米及小麦研磨

牛奶低温杀菌

棉花播种

牛肉及家禽屠宰

季节性农用机械

3. 固定资产税(IA)

在墨西哥境内,公司最低平均固定资产税为1.8%。正常情况下,税捐单位不向公司征固定资产税,只有当会计年度计算出的固定资产税高于所得税时,则征收两者之间的差额作为固定资产税。另外,法令也提供农业、林业及海空个人、货品运输的纳税义务人减税优惠。同时,税捐单位也不向民间与官方合资的建设工程公司征收固定资产税,以鼓励其发展重要产业。

(二)双边避免双重征税协定

墨西哥迄今已同比利时、加拿大、丹麦、法国、德国、爱尔兰、意大利、日本、韩国、挪威、荷兰、新加坡、西班牙、瑞典、瑞士、英国、美国和中国签订了避免双重征税协定,双方的借贷利息也从21%减至3%,以及获得利息所应缴的税率也降低至10%。

五、外国企业准入程序

(一)合法公司成立条件

股份有限公司是当地及外国人使用最普遍的组织类型,其中又分为固定资本(S. A)及变动资本(S. Ade C. V)股份有限公司。其主要的特征是,须具有公司名称、公司由股东组成、股东责任只限于认股。成立公司所需条件如下:

股东人数最少二人,每人至少认购一股。

每股面值的20%须为现金。

最低资本额为50000比索(约5263美元)。

上述两种公司组织类型的不同点在于,S. A.公司的股本,须由股东一次全部认足,公司额定股本的变动,须召开股东会修改公司章程;而S. A. de C. V.公司的股本,只要在额定股本之内,可以随时增加,不必另行召开股东会,但须先在公司章程中写明。

在墨西哥也可成立有限责任公司(Sociedad de Responsabilidad Limitada),条件是:

股东至少二人,最多不得超过50人。

最低资本为3000比索(约315美元),其中50%须在公司成立时支付。

合伙公司(Sociedad en Nombre Colectivo)是由一位或多位合伙人签订合约成立的公司,提供产品或服务、经营管理,进而取得营业所得分配的权利。

合作公司(Sociedad Cooperativa)也是墨西哥境内合法的公司,多被用于非营利事业机构。

外国人投资法规定,除了特别行业或特殊法律规定外,外国投资人可与一般墨西哥公司一样持有相同比例的资本。

(二)外商在墨西哥成立合法公司的手续

墨西哥法律规定,在墨西哥境内外商只能以三种方式从事商业活动:

1. 设立代表处

营利性经济部(RE)(商业财产公共登记处注册)

非营利性经济部核准、财政部(SHCP)登记

2. 设立子公司

到经济部登记、到外交部(SRE)登记

3. 登记为当地公司

登记成立为当地公司所需的时间最长为 106 天,最短为 70 天。若需向环境部和农业部申请使用环境执照者,申请所需时间为 120 个工作日。

(三)中性投资与信托

依照法律规定,外国投资人不得从事部分特定行业,因为这是保留给墨西哥公民或具有外国人特例条款的公司经营、或限制外国人参与比例。

为克服对外国投资人的上述限制,墨西哥投资法允许外国人从事一种所谓的"中性投资/股票买卖"(Neutral Investment)。按规定,经济部授权当地银行、证券经纪人、财政控股公司等发行中性投资文件(如参与证明书),赋予投资人某些经济上的利益。但此类中性投资的投资人在股东会上不具投票权。

按外资法规定,一般外资公司可在距边界 100 公里以内和距海滩 50 公里以内的管制区购买土地,但必须先向外交部登记且所购买的土地不可供居住使用。外国人如拟于管制区内购买供居住土地使用时,要以信托方式进行。受信托人须为信用机构,受益人可为公司或个人。依信托方式取得的土地,只有使用权而无产权;使用年限最长为 50 年,期满可申请延期。

(四)外商投资存在的问题

2006 年,墨西哥在改善投资环境方面做了不少努力,但仍存在以下方面的问题:

1. 在墨西哥金塔纳罗奥(Quintana Roo)州和南下加利福尼亚(Baja California Sur)州,企业需花费 4—5 个月完成财产登记程序,耗时冗长。不同州和市对于财产登记的法律规范不同,给外国投资者了解相关法律规定带来了极大困难。

2. 开办公司所需要的费用主要包括公证费、注册费、地方许可三方面。根据各州的人均 GDP 的百分比来计算,墨西哥各州费用的变化幅度在 6%—65.8% 不等。墨西哥市一级政府的办厂手续最为繁琐冗长,获得建设许可要等上一年以上,土地和水等的使用许可申请过程也非常繁复。在墨西哥大部分州,注册费根据公司注册资本数额的不同而按特定比例收取,注册资本数额越大,注册费越高。

3. 墨西哥仍然禁止外商在限制区域(从边界起算 100 公里宽,从海岸线起算 50 公里宽)内对土地拥有直接所有权。虽然外商可以通过墨西哥银行以信托方式在"限制区域"内购买土地,但必须先向外交部登记且所购买的土地不可供居住使用,只有使用权而无产权,而且墨西哥也没有类似于产权保证保险的方式来保证外商购买土地后的权益。

4. 墨西哥限制外商在电信行业的投资比例,提供电信网络和服务的公司中外商直接投资的比例最高为49%。墨西哥电信市场上,电信公司 Telmex 占绝对的主导地位,导致其他外国公司很难与 Telmex 进行竞争。

六、投资相关机构

1. 官方机构

墨西哥财政部

http://www.shcp.gob.mx

墨西哥经济部

http://www.se.gob.mx

墨西哥外贸银行

http://www.bancomext.com

2. 商协会

墨西哥外贸委员会

Consejo Mexicano de Comercio Exterior

http://www.comce.org.mx

墨西哥贸促会

PROMEXICO(墨西哥政府6月13日宣布成立的新的半官方贸促机构,该机构隶属于墨西哥经济部)

墨西哥工业园区协会

Asociación Mexicana de Parques Industriales

http://www.ampip.org.mx

墨西哥全国制造业协会

Cámara Nacional de la Industria de Transformación

http://www.canacintra.org.mx

墨西哥城商会

Cámara Nacional de Comercio de la Ciudad de México

http://www.ccmexico.com.mx

墨西哥工业商会联合会

Confederación de Cámaras Industriales de México

http://www.concamin.org.mx

七、墨西哥推动对外投资政策

墨西哥政府没有对外投资的鼓励政策,对外投资都是公司自主决定,包括墨西哥电话公司(TELMEX)在南美的持续多年的高达数十亿美元的收购活动等。举例说明,仅有3年历史的阿兹台克银行是一家面对中低收入人群的银行,该行采取国际化的战略目标,目前在墨西哥和巴拿马运营的基础上,2006年继续自主向中美洲和南美洲的洪都拉斯、秘鲁和巴西进行扩张。下一批的目标是萨尔瓦多和哥伦比亚。据该行副行长路易斯·尼诺讲,这个市场之大,出乎意料,原本预计每年的收益是1亿美元,而实际上目前是每年8亿美元。

随着石油价格的攀升,墨西哥同中南美洲国家就在该地区建立炼油设施进行了多次接触。墨西哥石油公司(PEMEX)对在近邻的中美洲地区建立一座炼油厂正在跟该地区的几个国家在谈判,另外就是该公司也打算向中美洲拓展自己的加油站连锁店。另外还有墨西哥水泥公司(CEMEX)、矿业公司等。

此外,墨西哥各人经济组织和部门,例如墨西哥外贸委员会(COMCE)、墨西哥外贸银行(BANCOMEXT)、墨西哥贸促会(PROMEXICO)等等机构,其宗旨均是促进墨西哥对外进出口贸易,吸引外国在本国投资,而在促进本国企业在别国投资方面,因为政府没有制定相应的政策和设立相关的部门,故没有类似中国这样的境外投资管理体制,政府也不提供财政支持和融资、保险服务。究其原因在于,墨西哥尽管不属于发达国家之列,但在拉美地区跻身于经济大国之列,且其靠近美国,使得墨众多有实力的企业很早就具备成熟自主的投资策略。许多墨西哥大企业均具备跨国贸易和投资的能力,融入了美国和西欧市场,在上个世纪就形成了自身的全球贸易投资链。

墨西哥对外投资一个最显著的特点就是将贸易和投资结合在一起,通过对外贸易管理部门的政策,在贸易中带动企业自主投资。经过多年的对外贸易开放,特别是加入世界贸易组织和北美自由贸易区以后,墨西哥加强对外贸易促进体系的建设,基本形成了一套有效的对外贸易管理机构。颁布并实施了一系列的对外贸易法律法规。这个体系包括政府主管部、财政金融机构、中介组织和企业。墨西哥经济部主管产业政策和对外贸易,海关总署、配合经济部制定海关法规,确定关税标准,墨西哥对外贸易银行实施对出口企业财政支持措施。墨西哥外贸委员会指导各产业商会对墨西哥对外贸易政策的制定和实施,多边贸易谈判提供咨询建议并为企业提供相应服务;企业依据墨西哥有关法规实施进出口。

(一)墨西哥对外贸易管理机构

1. 墨西哥经济部

(1)组织结构

墨西哥经济部主管墨西哥国际贸易事务。2000 年福克斯总统执政后,对经济部组织结构和职能进行了相应的调整。现在经济部下设 4 个副部级单位,其中涉及对外贸易事务的有三个,它们是:

国际贸易谈判副部长,下设国际谈判协调局、多边和地区谈判司、谈判法律咨询司、谈判评估和跟踪司以及贸易政策司。

标准、外国投资和国际贸易惯例副部长,下设国际贸易惯例总局、标准司、运载工具登记司、外国投资司和商品标准司。

工业和贸易副部长,其中设有国外贸易司。

(2)职能

墨西哥经济部有 19 项职能,其中涉及国际贸易的有 11 项,它们是:制订和指导国际贸易政策、与墨西哥外交部协调国际贸易政策、协调和引导国外直接投资、国际贸易发展事务、与墨西哥财政部协调研究和制定关税标准、研究和制定进出口产品的许可证措施、制定原产地规则和监督对外贸易、确定进出口配额、制定贸易保护措施、协调国际贸易和制定鼓励出口政策等。

2. 墨西哥外交部

墨西哥外交部内设有经济关系和国际合作副部长办公室,下有 5 个与经贸有关的司局单位,分别是国际经济谈判司、国际经济促进司、双边经济促进司、经济合作和发展组织司以及科技合作司。它们主要协调处理与有关国家的双边经贸事务和经合组织的政策性工作,与经济部既有分工也有合作,主要发挥外交在经贸事务中的联系与协调作用。

3. 墨西哥海关总署

墨西哥海关总署归墨西哥财政部管理。海关总署的主要职能是:代表墨西哥政府管理墨西哥海关关口;与墨西哥经济部协调制订墨西哥关税标准;负责海关估价;履行有关海关协议;根据墨西哥进出口总税法和增值税法征收海关关税;研究和制订入关产品的反倾销税标准并负责对其的征收。海关总署下设 10 个主管海关业务的司局级机构,分别是:海关关口司、海关计划司、海关稽查司、实验室和科学服务司、信息司、财务和海关检查支持司、海关调查司、调查员管理司、财会司和海关估价司。

4. 墨西哥外贸银行

国家外贸银行诞生于 1937 年,其宗旨为促进产品出口和保持贸易平衡。鉴于国家发展战略对于外贸出口事业的重视,国家授权外贸银行起着外贸信贷资金的协调作用。1983 年,工业产品出口资金会和初级产品出口优惠机构被纳入了国家外贸银行。这加强了它同墨西哥信贷保险公司的关系,为有关出口贸易政策提供了有效的、统一的信贷担保。

1986 年 1 月 20 日,国家外贸银行颁布其第一部组织法,正式规定国家外贸银行是联邦发展经济的金融机构。其职责是为墨西哥的外贸事业提供资金以促进墨西哥的外贸发展。为了完成有关目标,国家外贸银行负责协调全国贸易出口的信贷担保。同时代表政府洽谈贸易、签署合同以及有关私营、国营、合营机构外贸信贷的管理工作。

为实现各项目标,墨西哥外贸银行主要从事以下三个方面的工作:

首先为那些可能有效益但又得不到信贷集团援助的项目提供资金;

通过出口产品发展基金(FOMEX)协调信贷集团,为出口企业提供优惠贷款,以保证获得更多的效益。

促进国家对外贸易及国际贸易事业的发展。

5. 墨西哥对外贸易委员会(Comisión de Comercio Exterior)

墨西哥对外贸易委员会归墨西哥经济部领导,委员会成员由墨西哥经济部、资源部、财政部、外交部、农业部、卫生部、墨西哥银行和联邦竞争委员会代表组成。其主要职能是:协助墨西哥经济部,负责对外贸易政策出台之前的咨询,以及政策实施期间的协调工作;定期检查对外贸易工作中的措施实施情况,对不可行政策及时提出修改意见。原则上是每半个月召开一次由各有关部副部长参加的例会,研究对外贸易工作中具体问题。该委员会只处理货物贸易政策,不处理服务贸易和投资问题

(二)墨西哥对外贸易和国外投资的法律法规

墨西哥对外贸易法律的依据是"墨西哥宪法第131条"。基本的贸易法律法规有"对外贸易法"、"对外贸易法实施细则"、"海关法"、"进口总税法"、"出口总税法"和"外国投资法"。此外,根据世界贸易组织的有关法规和规则,墨西哥还制订了相应的法规,如:"工业产权法"、"版权法"和"联邦计量标准法"等。

1. 外贸法

"墨西哥外贸法"颁布于1993年,是墨西哥指导对外贸易的基本法律文件。有9章,内容涉及墨西哥主要对外贸易政府机构经济部的职能以及其他相关对外贸易部门的职责范围;原产地界定;墨西哥海关关税标准和征收;国际贸易中的不公正行为;保障措施;对待国际贸易中不公正行为和保障措施的实施程序;鼓励出口和制裁措施等。

2. 海关法

根据1982年开始实行的海关法,凡从事外贸业务的所有自然人和法人,都必须缴纳外贸税。海关法还规定了各种外贸业务"不论其来源地或输往地"必须缴纳不同的税款。普通税根据《进口普通税分类表》征收从价税。《进口普通税分类表》的分类依据是布鲁塞尔关税理事会制定的《统一关税商品分类》。根据墨西哥政府的规定,进口商除了要缴纳进口税外,还需在完税金额的基础上再缴纳15%的增值税和0.8%的海关手续费。墨西哥国内不生产的商品,可免税从拉美一体化协会(ALADI)成员国进口。1995年墨爆发金

融危机后,塞迪略政府从 1996 年起把最高关税升至 35%(服装类),同时把关税税率分为六个档次,即 0、5%、10%、15%、20% 和 35%。

3."进口总税法"和"出口总税法"

分别颁布于 1995 年,两法对进出口产品的分类以及关税标准作了明确规定。

4. 工业产权法

在墨西哥,知识产权保护的法律依据是 1991 年 6 月 27 日颁布的《发展和工业产权法》。墨西哥知识产权局和墨西哥国家作者版权局是墨西哥知识产权的主管机构。墨知识产权局是由墨西哥原工商部创立的独立机构,它依据墨西哥工业产权法负责专利和商标的注册,以及解决涉及此类问题的争端。

5."自由贸易协定"及其他有关法律法规

在自由贸易协定中,也包括了相应的法规内容,如"促进和相互保护投资协定"等,它们也是规范墨西哥对外贸易行为的法规性文件。此外,墨西哥涉及对外贸易比较重要的法规还有"证券市场法"、"投资社团法"、"联邦刑事诉讼法"、"联邦竞争法"和"政府采购法"等。这些法律法规基本依据世界贸易规则制定;同时结合墨西哥本国对外贸易开放程度,不断加以补充和完善,坚决废止与国际贸易自由化相悖的法规。如墨西哥在建立了"企业快速开放体系"(Sistema de Apertura Rápida de Empresas)之后,已废除了 16% 的法规,大大简化了企业开展对外贸易的手续。

(编者:中国贸促会驻墨西哥代表处)

第四节　澳大利亚投资环境及相关政策

一、投资环境

(一)基础设施

澳大利亚拥有较为完善的基础设施建设,为其经济发展提供了可靠的公共事业设施、交通运输和电信服务等。

1. 公共事业设施

①澳大利亚供电系统

除北部地区和西澳大利亚州外,其他各州的电力体制已由以前的垂直一体化管理体制改变为发、输、配、售全面分开、发电端竞价上网、售电端竞争供电、输配网络实行政府定价、公司运营的管理体制,并形成了覆盖新南威尔士、维多利亚、昆士兰、南澳大利亚和首都地区的国家电力市场(National Electricity Market,NEM)。

②澳大利亚供水系统

澳大利亚水管理大体上分为联邦、州和地方三级,但基本上以州为主,流域与区域管理相结合,社会与民间组织也积极参与管理。

20 世纪 90 年代以来,随着工程管理体制和水权管理体制的变革,澳大利亚对水价制度进行了较大的改革,澳大利亚政府要求供水水价能回收供水的实际成本,近年来水价平均每年涨幅在 10% 左右,各地有所不同,水价结构也在进行调整,以期更加科学合理

2. 交通运输

澳大利亚国内的公路和铁路网覆盖面广,运作高效。澳大利亚的公路网络每年大约承担着 15 亿吨货物的运输工作。州际铁路网连接了大陆上所有五个州的州府城市以及大型联合运输港口。海上运输是澳大利亚经济的关键所在,按重量计算,99% 的进出口业务由海上运输完成。同时,除了大宗商品以外,澳大利亚所有的出口商品都一定程度地利用空运完成。国际企业把澳大利亚的空运质量视为发达国家第五强,超过加拿大、美国、英国和日本。有了精心筹建的空运和海运网络,澳大利亚既与地区相连,也与全球相连,而且为企业提供世界一流的货运和后勤服务。澳大利亚非散装货运数量预计在未来二十年内将增加一倍,乘客运载数量有望提高 40% 。随着交通运输量的攀升,人员和货物的流动将更加复杂化。

澳大利亚政府的 AusLink 政策旨在进一步提高其规划性,加快澳大利亚地面运输基础设施的发展。政府为此特别制定了一个投资计划,该计划从2004—2005 年度至 2008—2009 年将投入 127 亿澳元。其中将提供 77 亿美元资助 AusLink 全国网络项目工程。该计划包括诸多主要内容:提供 15 亿美元资助州和地区公路的维护工作;提供 60 亿美元资助州和地区公路、铁路和联合运输建设工程;以及提供约 2 亿美元资助研究和创新项目以及桥梁的加固

维修工作，以便它们能够承受更高上限的重型货车以及铁路工程。作为澳大利亚最大的基础设施项目之一的一条长达 3000 公里，贯穿国家中心，连接最北部港口达尔文和南部阿德莱德的铁路于 2004 年竣工。这一价值 12 亿澳元的铁路将澳大利亚与亚太地区连接在一起，达尔文成为了澳大利亚通向亚太地区的北大门。

3. 信息与通讯技术

澳大利亚的电信市场是当今世界最为开放和最具竞争力的市场之一。1997 年的自由化使电信价格大幅下跌，并提高了服务的质量，让顾客能够更好地获取信息和服务。广阔的海底光缆和卫星网使澳大利亚与世界相连。

澳大利亚拥有完善的信息通信技术（ICT）基础设施，其市场具备迅速吸收新技术的能力，两项优势结合在一起，为企业提供了优越的营商环境。澳大利亚宽带网的发展和接受主要 ICT 技术的速度超过了很多更大的工业化国家。

（二）劳动力情况

澳大利亚总体人口的文化程度很高，在所有行业部门中，平均超过 30% 的澳大利亚劳动力都拥有高等教育学历，排名世界第一位。尤其是在技术熟练的 IT 员工、专业的工程师和研究及开发人员及金融人才供应方面占世界领先地位。

在劳动力成本方面，澳大利亚工人和管理人员平均工资低于美国、英国、日本、德国、加拿大、法国、香港及新加坡等国家，在发达国家中属于较低水平。

澳大利亚目前经济发展势头强劲，失业率持续下跌。2007 年 1 月份的失业率跌至 32 年来最低，为 4.5%。2006 年澳大利亚失业率连续 9 个月低于 5%，创造了 30 万个新的工作岗位。澳大利亚就业率上升主要得益于商品服务业的显著增长。

（三）金融环境

金融服务业是澳大利亚经济增长最快的行业之一，自 80 年代中期以来平均年增长率为 5.3%。2005/06 财政年度澳大利亚金融市场交易总额超过 100 万亿澳元，近五年中，年平均增长 19%。

澳大利亚的股票市场是亚太地区（除日本外）最大而且最活跃的股市，股票市场的流通量相当于香港的两倍。由于强制性的雇主筹集养老金制度的实施,澳大利亚的投资资金库总额是亚洲最大的,居世界第四位。

过去十几年中,澳大利亚开放的经济和成熟的金融服务行业推动了澳大利亚外汇市场活动的发展。近几年外汇交易增长迅速,澳大利亚已成为亚太地区发展最快的外汇交易中心。各币种日平均交易额达 810 亿美元。全球重量级的集团公司,例如花旗集团、德意志银行、摩根士丹利金融咨询公司均在澳大利亚建立了亚太地区外汇交易中心以及业务支持机构。

近年来澳银行业资产规模不断扩张,至 2005 年 11 月底,银行机构的总资产额达 14468.47 亿澳元,住房协会、信用合作社等非银行接受存款机构的资产也大幅增长。总体看,澳大利亚银行表现出业务增长稳定、资产质量优良、资本充足率高的特点。

二、吸引外资政策

澳大利亚政府工业政策的目标在于发展一批实力雄厚、可持续发展和具有国际竞争力的澳大利亚工业。政策方针主要侧重于以下方面:不断加大对技术创新的支持;营造更具吸引力的投资环境;帮助澳大利亚企业开拓新的出口市场;全力将澳大利亚打造成未来的金融中心;确保澳大利亚跻身于全球信息时代的前沿位置。

澳大利亚政府制定了一系列鼓励措施促进外商在澳投资。这些鼓励措施包括:税收补助、减免税务和提供优惠的基础设施服务。

澳大利亚建立众多政府机构致力于促进和鼓励外资在澳进行投资,这些机构有澳大利亚工业局(AusIndustry)、澳大利亚贸易委员会(Austrade)和澳大利亚投资局(Invest Australia)。

三、相关税收政策

澳大利亚公司应缴纳的所得税税率为 30%。联邦政府虽积极吸引外国投资,但在税收方面没有实质性的优惠政策(唯一的优惠政策只涉及研发活动)。投资者在澳投资,创造就业机会,其所在州的州政府在州税上可以给予特殊优惠。不过这些优惠并不是普遍实行的,需要投资者与所在州的州政府谈判商定。

预提所得税适用于利息、特许权使用费以及税前收入之外的红利。

非居民投资者在出售澳大利亚公司的股票获取资本增值时,也须缴纳澳大利亚的资本增值税,而上市公司的组合投资可享受有限的免税优惠。

近十年来,澳大利亚税务局(ATO)一直对转移定价非常关注。它也是紧随美国之后实施全面文件要求的最早的税务机关之一。

四、外国企业准入程序

(一)外国企业设立程序

澳大利亚是全球最容易创建企业的国家之一,设立公司全过程最快只需两天。欲在澳大利亚设立或扩大企业的投资者可以从澳大利亚投资局获得相关信息、投资建议、政策法规和相关数据等方面的协助。通常,在澳投资需获得澳大利亚政府的批准,政府的审批机构为外国投资审查委员会(Foreign Investment Review Board)。投资者可以与欲投资的澳大利亚各个州或领地的相关投资代理机构直接联系,相关机构联系方式请参见附录。

所有欲在澳大利亚设立企业或开展业务的外国公司按规定必须注册一个公司名称。澳大利亚政府负责企业名称注册的机构是澳大利亚证券与投资委员会(Australian Securities & Investment Commission,简称 ASIC)。企业在注册完名字之后,还须申请一个澳大利亚商业代码(ABN),详情可登录澳大利亚政府网站 www. business. gov. au。

1. 注册登记

个人可以以个体、合伙(通过信托或合资)或公司的形式经商。大多数外国公司是通过在澳设立的全资子公司、参股子公司或分支机构在澳经商。

外国公司可以通过两种方式在澳建立子公司:一种是直接在澳注册成立新公司,另一种是收购一个新近组建但尚未营业的空壳公司。

澳大利亚联邦政府《2001 年公司法》规定一家公司可以以有限股份、担保有限或"无责"的形式建立。在澳大利亚最常见的企业实体是股份有限公司。股份有限公司分两种,一种为私人有限公司,另一种为公共有限公司。只有公共有限公司才可以在澳大利亚证券交易所(ASX)上市。

2. 澳大利亚分支机构

海外公司可以在澳注册作为一家分支机构,而不用建立一家全资子公司。在海外母公司希望将在澳大利亚当地的经营财务成果合并入母公司的情况下,这种做法比较可取。

外国公司必须向澳大利亚证券和投资委员会(ASIC)提交一份申请表格、公司现有营业执照复印件和其他指定的文件。还需要注册一个澳大利亚办事处并指派一名当地代理。登记注册时,外资公司会得到一个澳大利亚注册机构代码(ARBN)。一旦注册成功,分支机构必须提交该外资公司的年度财务报告,并遵守其他报表要求。

3. 代表处

如果外资公司无意在澳从事商业活动,只需设立代表处即可。代表处只能从事非经营性活动(如促销活动)。如果要进行经营活动,代表处则必须注册为分支机构。在征收税款时,通常将代表处作为非居民对待。

4. 公司和企业名称

正式登记的公司和企业名称由澳大利亚证券和投资委员会统一管理。公司命名的唯一限制是公司名称必须具有唯一性,而且应符合针对"误导和欺骗行为"、"虚假陈述"和"假冒"行为所制订的澳大利亚商业活动法(Trade Practices Act)的法律原则。

在澳成立的公司会获得一个专用的9位数澳大利亚公司代码(ACN)。外资公司分支机构则由ARBN来识别。所有根据公司法登记注册的公司都有资格获得一个澳大利亚商业代码(ABN),以登记注册商品与服务税(GST)之用。

如果外资公司希望使用其他名称进行商业活动(即非注册公司名),则外资公司必须将该经营名称登记注册为商业名称。各个州或地区均拥有管理所在地公司名注册的权限,所以外资公司如果要用其公司名在各州或地区从事商业活动,就必须分别在所在州和地区进行登记注册。

5. 账本、账目、记录和文档管理要求

公司法规定所有公司法人必须保留其账目往来和交易活动的各种记录。这项工作通常由公司秘书(如果已委任)来执行。公司法还规定,必须时常向澳大利亚证券和投资委员会提交某些文件,以便委员会及时更新公司的经营记录,并接受公众监督。公共有限公司必须准备并向澳大利亚证券和投资委员会提交年度财务报告。所有公司均须提交一份周年申报表,该表应包含经公司董事或秘书确认的、相对详尽的公开记录,内容包括:所有董事的姓名和地址、公司总部地址和股东及其股权的详细资料。

6. 公司章程

公司各项事务由负责管理和控制公司事务的人执行。该职权通常分由公司董事和股东共同执行。董事与股东间的职权划分由公司的组成文件(即章程)来决定。章程规定了公司的名称、股东的责任以及公司内部管理的规章制度。

7. 组建公司的程序

组建公司的方式通常通过"柜台登记",注册费用约需1200澳元。

8. 股本

私人有限公司和公共有限公司的股东人数至少为一人。公司可发行的股票数量不受限制。公司要严格按照公司法的规定处置其股本。

9. 董事和秘书

公司董事负责公司日常事务的管理工作。公共有限公司必须至少有三名董事,私人公司必须至少有一名董事。公共有限公司至少要有两名董事是澳大利亚居民,私人有限公司至少需要有一名董事是澳大利亚居民。成为符合条件的澳大利亚居民,并不需要成为澳大利亚公民。根据公司法,私人有限公司不要求配备公司秘书。如果外资公司聘用一名或多名公司秘书,则至少一名秘书应为澳大利亚居民。公共有限公司则必须配备一名公司秘书,并且至少一名秘书为澳大利亚居民。每个在澳经商或获得财产性收入的公司也必须指派一名澳大利亚居民担任公职人员(Public Officer)。公职人员会根据澳大利亚所得税法全权负责一切必要事务。

10. 注册办公地

外资公司在澳必须有一个注册办公地。

11. 审计师

所有公共有限公司必须在公司成立之初的一个月之内指定一名审计师。所有公共有限公司和大型私人有限公司需要准备一份年度财务报告,以备审计。外资控股的小型私人有限公司也需要准备一份年度财务报告,以备审计。不过在某些情形之下,对于外资参股的大型私人有限公司或外资控股的小型私人有限公司提交年度财务报告问题,澳大利亚证券和投资委员会给予免除待遇。

（二）劳工进入要求及工作签证

澳大利亚移民与公民部（Department of Immigration and Citizenship，简称 DIAC，原澳大利亚移民与多元文化事务部）负责签证事务。DIAC 的办事处遍及全球，便于投资者在其所在国或常驻国选择距离最近的办事处。投资者可以从 DIAC 的官方网站（www. immi. gov. au）获取有关劳工进入要求及工作签证的详情。

劳工进入澳大利亚一般申请长期商务签证（457 签证），其有效期为 3 个月至 4 年，获得该签证须符合以下条件：

企业如未能在澳大利亚找到具备合适技能的员工，则可以担保机构的身份临时从海外雇佣劳工来澳工作，签证有效期可长达 4 年；

首次计划从海外雇佣员工的企业，须提供以下证明材料以获得澳大利亚政府的许可，成为合法担保机构：企业有良好的声誉；企业从海外雇佣员工的做法如何使澳大利亚受益；企业能确保对澳大利亚当地员工进行培训以及向澳大利亚引入新技术或商业技能；

企业一旦获批成为担保机构，则可提名海外雇员任职公司岗位。岗位相应的技能和工资水平必须达到澳大利亚政府的最低要求。企业必须在澳大利亚向负责担保资格申请的政府机构递交签证申请。进行雇主担保资格申请（sponsorship），雇主提名海外人士申请（nomination）和签证申请（visa application）这三个步骤最为快捷的方法是电子申请，即登录 DIAC 网站 www. immi. gov. au，进入"online service"，然后选择"business"获取相关信息。

海外雇主担保 457 签证发放给受到以下企业担保的海外员工：在澳大利亚建立分支机构、合资企业或代理机构和子公司的外国企业，或者与澳大利亚签有商务合同或者在澳进行其他商务活动的外国企业。申请递交之日，受担保的员工不必在澳大利亚境内。

五、投资相关机构

澳大利亚贸易委员会

Austrade

网站：www. austrade. gov. au

电子邮件：info@ austrade. gov. au

澳大利亚工业集团

Australian Industry Group

网站：www. aigroup. asn. au

电子邮件：info@ aigvic. aigroup. asn. au

澳大利亚投资局

Invest Australia

网站：www. investaustralia. gov. au

电子邮件：luhua. tang@ investaustralia. gov. au

澳大利亚证券与投资委员会

Australian Securities & Investment Commission

网站：www. asic. gov. au

电子邮件：info. enquiries@ asic. gov. au

澳大利亚投资局金融服务中心

Axiss Australia

网站：www. auxiss. gov. au

电子邮件：contactus@ axiss. gov. au

澳大利亚外国投资审查委员会

Foreign Investment Review Board

网站：www. firb. gov. au

电子邮件：firb@ treasury. gov. au

澳大利亚首都领地商业发展部

BusinessACT

网站：www. business. act. gov. au

新南威尔士州政府发展局

NSW Department of State and Regional Development

网站:www. business. nsw. gov. au

维多利亚州政府创新、工业与地区发展局

Victoria Department of Innovation, Industry and Regional Development

网站:www. diird. vic. gov. au

昆士兰州政府发展局

QLD Department of State Development

网站:www. sd. qld. gov. au

西澳大利亚州政府工业与资源发展局

WA Department of Industry and Resources

网站:www. doir. wa. gov. au

南澳大利亚州政府贸易与经济发展局

SA Department of Trade and Economic Development

网站:www. southaustralia. biz

南澳大利亚州政府驻中国上海商贸代表处

South Australian Government Commercial Representative, Shanghai,China

电话:02164155866　　传真:2164155867

电子邮件:ken. xu@ sagov. org

北领地工业商业发展局

Northen Territory Department of Industries and Business

网站:www. theterritory. com. au

塔斯马尼亚州政府基础设施与资源信息中心

TAS The Infrastructure and Resource Information Service（IRIS）

网站：www. iris. tas. gov. au

（编者：中国贸促会驻澳大利亚代表处）

第六章

中国企业"走出去"发展概况

第一节　中国企业"走出去"概况

促进中国企业"走出去"开展跨国投资和国际化经营,是近年来我国深化改革、扩大开放的一项战略举措,也是企业发展壮大的必由之路。20 世纪 90 年代以来,在"走出去"战略指引下,中国企业明显加快了对外投资的步伐,越来越多的中国企业开始走出国门,到国外开展投资活动。

胡锦涛总书记在党的十七大报告中指出,拓展对外开放的广度和深度,提高开放型经济水平,把"引进来"和"走出去"更好结合起来,完善内外联动,建立互利共赢、安全高效的开放型经济体系,形成经济全球化条件下参与国际经济合作与竞争的新优势。这对中国企业进一步积极、有效地开展对外投资,提出了明确的方向和基本原则。

一、中国企业"走出去"的必要性和有利条件

对外开放是中国的基本国策,30 年来我国利用外资取得了明显成绩,到 2007 年年底累计实际利用外资近 8000 亿美元,外贸总额达 21738 亿美元,居世界第三位,对中国经济的快速发展发挥了重要作用。随着经济全球化的不断发展,特别是中国工业化、城镇化和现代化进程的加快,以"引进来"为主要特征的对外开放战略必须发展为"引进来"和"走出去"相结合的开放战略,鼓

励中国企业更好地开展对外投资。

(一)这是转变发展方式、优化经济结构的迫切要求

2007年,中国的信息制造业销售收入已达5.6万亿人民币,居世界第二位,微型电子计算机和手机等的产量居世界首位,高技术产业的增加值已占中国GDP的近8%。但中国的发展主要还是靠投资和出口拉动,先进制造业、现代服务业等领域的发展水平还比较低。我们需要进一步扩大内需,加大国内产业结构调整与优化升级的力度,同时鼓励企业更积极地参与国际合作和竞争,学习国际先进经验,在全球范围内优化配置资源。

(二)这是解决经济发展与资源短缺矛盾的有效途径

中国多种重要矿产资源的人均占有量低,在工业化、城镇化快速发展后,矿产和能源消耗量快速增加。2007年,中国净进口石油1.76亿吨,铁矿砂3.83亿吨,分别为2000年的2.53倍和5.47倍,进口的石油、铁矿砂和铜类产品占国内消费总量的比重分别达到49%、55%和60%。在加大国内资源开发力度、努力节约资源、提高资源使用效率的同时,必须更好地开展国际化经营,积极利用国外资源。

(三)中国入世带来的新机遇和新挑战是开展对外投资的重要因素

加入世贸组织为中国发展外贸、利用外资和对外投资等创造了更为有利的环境。加入WTO的六年是中国经济高速发展的六年,GDP平均年增长速度达到10.6%。2007年,我国对外贸易规模是2001年5100亿美元的4.3倍,外汇储备由2001年的2122亿美元增长到2008年3月末的16820亿美元。中国企业的实力有了较大增强,国际化经营的能力逐步提升。

二、中国对外直接投资统计及特点

第一章的图1—1.2已表明了我国1992—2005年批准的海外投资总额,此处将主要统计中国企业2006年和2007年的对外投资,并分析2008年的投资情况。

(一)2006 年对外投资

1. 2006 年对外投资统计

2006 年是中国经济保持平稳较快增长的一年,中国政府鼓励和支持有比较优势的各种所有制企业对外投资,积极推动对外投资便利化进程,不断完善和促进服务体系,对外直接投资呈现快速发展态势。

根据商务部、国家统计局和外汇管理局发布的《2006 年度中国对外直接投资统计公报》,2006 年中国对外直接投资净额(即流量)为 211.6 亿美元,其中新增股本投资 51.7 亿美元,占 24.4%;当期利润再投资 66.5 亿美元,占 31.4%;其他投资 93.4 亿美元,占 44.2%。截至 2006 年年底,中国 5000 多家境外投资主体设立对外直接投资企业近万家,共分布在全球 172 个国家和地区,累计投资净额(即存量)906.3 亿美元,其中股本投资 372.4 亿美元,占 41.1%;利润再投资 336.8 亿美元,占 37.2%;其他投资 197.1 亿美元,占 21.7%。

表 6—1.1 2006 年中国对外直接投资流量、存量分类构成

指标 分类	流量(亿美元)		存量(亿美元)	
	金额	所占比重	金额	所占比重
非金融类对外直接投资	176.3	83.3%	750.2	82.8%
金融类对外直接投资	35.3	16.7%	156.1	17.2%
合计	211.6	100%	906.3	100%

数据来源:《2006 年度中国对外直接投资统计公报》。

2006 年末,金融业对外直接投资存量中,银行业有 123.36 亿美元,占 79%;保险业 7.76 亿美元,占 5%。中国国有银行在美国、日本、英国等 29 个国家和地区设立了 47 家分行、31 家附属机构和 12 家代表处,中国保险业金融机构在海外有 12 家。非金融类对外直接投资比 2005 年增长了 43.8%,境外企业实现销售收入 2746 亿美元,境外纳税总额 28.2 亿美元,境外投资主体通过境外企业实现进出口额 925 亿美元。根据联合国贸发机构发布的统计,2006 年中国对外直接投资的流量、存量分别占世界总流量和总存量的 2.72% 和 0.85%,流量位居全球第 13 位。

2. 2006 年对外投资特点

(1)增长势头强劲。2002—2006 年,中国对外直接投资(非金融类)的年

均增速高达60%,2006年金额突破200亿美元。

（2）通过收购、兼并实现的直接投资占当年流量的近四成。2006年,通过收购、兼并实现的非金融类直接投资为70亿美元,金融类为12.5亿美元,合计占当年流量的39%。

（3）非金融类对外直接投资流量的五成来自境外投资主体对境外企业的贷款。

（4）利润再投资比2005年有较大增长。2006年非金融类境外企业再投资58.6亿美元,比2005年增长了83%。

（5）行业分布广泛。2006年,中国对外直接投资中流向采矿业的有85.4亿美元,占40.4%,主要是石油和天然气开采、黑色金属矿采选;流向商业服务业的有45.2亿美元,占21.4%;金融业35.3亿美元,占16.7%;交通运输仓储业为13.8亿美元,占6.5%,主要是水上运输业;批发和零售业11.1亿美元,占5.2%,主要是从事进出口贸易类企业的投资;制造业9.1亿美元,主要是通信设备、计算机及其他电子设备、纺织业、电气机械制造、交通运输设备制造、木材加工、通用设备制造、黑色金属冶炼及压延业等;房地产业3.8亿美元;农林牧副渔业1.9亿美元;其他6亿美元。

（6）九成非金融类对外直接投资分布在拉丁美洲和亚洲。2006年中国对拉丁美洲的投资达84.7亿美元,占48%,主要流向开曼群岛、英属维尔京群岛;对亚洲的投资有76.6亿美元,占43.4%,主要流向香港、新加坡、沙特、蒙古、伊朗、印尼、老挝、哈萨克斯坦、越南等;在欧洲投资为5.9亿美元,占3.4%,主要流向俄罗斯、德国、英国和爱尔兰;在非洲投资5.2亿美元,主要流向阿尔及利亚、赞比亚、尼日利亚、苏丹、南非、刚果（金）;在北美洲投资2.6亿美元,主要流向美国、加拿大和百慕大群岛;在大洋洲投资1.3亿美元,主要流向澳大利亚。

（7）地方对外投资活跃。2006年,我国各省市对外直接投资流量合计达24亿美元,同比增长16.5%,其中广东、上海、黑龙江、浙江、山东、江苏六省市的当年对外直接投资超过1亿美元。

表6—1.2　2006年中国对外直接投资流向前10位国家（地区）

序号	国家（地区）	金额（亿美元）
1	开曼群岛	78.3

序号	国家(地区)	金额(亿美元)
2	中国香港	69.3
3	英属维尔京群岛	5.38
4	俄罗斯	4.52
5	美国	1.98
6	新加坡	1.32
7	沙特阿拉伯	1.17
8	阿尔及利亚	0.99
9	澳大利亚	0.88
10	蒙古	0.87

数据来源:《2006年度中国对外直接投资统计公报》。

(二)2007年对外投资

1.2007年对外投资统计

根据商务部的统计,2007年我国对外直接投资合作步伐明显加快,非金融类对外直接投资达187.2亿美元,同比增长6.2%,对外直接投资净额上升为世界第13位,居发展中国家之首。2007年,中国以并购方式实现的直接投资为61亿美元,占32.6%。2002—2007年,中国累计实现对外直接投资597亿美元,年均增速高达60%。经商务部核准或备案的境外中资企业已达1.2万家,比2002年增长近1倍,范围已扩展至全球172个国家和地区。

2.2007年对外投资特点

(1)对外投资平稳发展。

(2)对外承包工程快速发展。2007年,中国企业完成对外承包工程营业额406亿美元,同比增长35.3%;新签合同额776亿美元,同比增长17.6%;亚洲、非洲仍是对外承包工程的主要市场,项目呈现大型化、高端化。截至2007年年底,中国对外承包工程累计完成营业额1276亿美元。

(3)对外劳务合作稳步发展。2007年,中国企业完成对外劳务合作营业额67.7亿美元,同比增长6%;新签合同额67亿美元,同比增长28.1%;派出各类劳务人员37.2万人,人员的构成逐步优化,从普通劳务扩展到海员、空乘、工程师等高级技术劳务。截至2007年年底,中国对外劳务合作累计完成营业额238亿美元,累计外派劳务人员146万人。

表 6—1.3　2007 年中国对外直接投资前 20 个省市

序号	省区市	实际投资额(百万美元)
1	广东	889.91
2	浙江	458.98
3	上海	338.64
4	福建	309.32
5	山东	290.76
6	湖南	290.00
7	黑龙江	244.77
8	江苏	239.96
9	新疆生产建设兵团	211.46
10	甘肃	178.26
11	吉林	176.24
12	天津	175.78
13	云南	136.21
14	北京	94.4
15	新疆维吾尔自治区	84.07
16	辽宁	77.03
17	重庆	51.01
18	湖北	42.53
19	河北	36.15
20	河南	35.16

数据来源:中国商务部。

(三)2008 年第一季度对外投资统计

2008 年第一季度,我国对外直接投资为 193.4 亿美元,同比增长 353%,这一数据甚至超过了 2007 年全年的对外直接投资额。

三、中国对外直接投资发展趋势

(一)对外投资呈加快发展之势,规模持续扩大

据商务部的统计,2002—2007 年,我国累计对外直接投资净额达到 597

亿美元,年均增速高达60%,累计核准的境外合资投资企业已达1.2万余家。中国是发展中国家吸收外商投资最多的,同时也是对外投资最多的。中国企业通过对外投资开展国际化经营,拓展了业务空间,提高了技术管理水平和国际竞争力,更好地解决了企业发展所需要的资源供应等问题。中国企业对外投资已步入快速发展阶段,今后几年无论是规模还是质量都会有较大的发展。

(二)对外投资形势日趋多样

近年来,中国企业对外投资的方式学习借鉴了国际经验,日益多样化,既有传统的绿地投资,也有跨国收购和兼并;既有中国企业独资,也有与当地企业合资,以及与第三国企业联合投资,代资承包工程 BOT 等方式也取得了新进展。

2005 年中国并购实现的对外投资为 65 亿美元,2006 年上升为 70 亿美元,2007 年为 65 亿美元。并购主要集中在电信、家电、石油、汽车、资源等领域,很多大型并购案备受世人关注,如联想收购 IBM 个人电脑业务,京东方集团收购韩国现代显示器业务等。

(三)一批大型企业集团通过专业化、集约化和规模化的跨国经营,在更大范围内优化资源配置,增强了参与国际经济合作和竞争的能力,成为具有较强国际竞争力的跨国公司

联想、中兴、华为、中远、中石油、海尔、TCL 等一批中国企业在对外投资和国际化经营方面取得了令人瞩目的成绩,在企业发展的同时也为当地增加了就业和税收。在美国《财富》杂志公布的 2007 年世界 500 强企业中,中国有 22 家企业入选,企业排名也有大幅度的提升,中石化成为第一家进入前 20 强的中国企业,排名全球第 17 位。

(四)社会经济效益逐渐显现

据不完全统计,目前中国境外企业雇佣的外方人数近 30 万,2006 年销售收入达到 2700 亿美元,境外纳税达到 270 亿美元,对外进出口总额达到 289 亿美元,促进了东道国的经济和社会的发展,实现了互利互赢。许多中国企业在境外投资中注意培养当地人才,履行社会责任,为当地的教育、卫生等社会事业发展做出了积极贡献,受到当地政府和民众的好评。

1. 促进当地经济和社会的发展

中国企业在发展中国家参与的铁路、公路、电力等项目为解决当地的发展瓶颈发挥了重要作用。

电子、轻纺企业在发展中国家的投资，把具有先进使用技术、价格较低的技术装备带到当地，既发挥了当地的劳动力优势，又更好地满足了当地的市场需求。

中国是世界矿产资源长期、稳定、可靠和大规模需求的市场。中国企业在矿产和能源领域的投资，使当地的资源优势能够更有效地转化为经济优势，通过矿业产品对华出口规模的迅速扩大，提高了产品价格，充分分享了中国经济快速发展的成果，促进了本国的相关企业的发展和民众福利的提高。

优势互补、互利共赢、共同发展，这是中国企业开展对外投资能够持续扩大、不断发展的最根本原因。

2. 积极参与当地社会公益活动

境外中资企业参加的社会公益活动主要包括捐赠、赞助、助学、赈灾、免费修建福利设施如道路、医院、学校等。据不完全统计，在非洲的1407家中资企业为所在国捐赠了5500多万美元，义务修建道路218公里，无偿为当地建设了15所学校和79家医院。

3. 增加当地就业，培训当地员工

许多境外中资企业注重本土化经营，有计划地培养当地人才，为当地创造了更多的就业机会，有效地缓解了当地的就业压力。非洲的1407家中资企业共雇佣了当地员工1.1万多人，培训员工5.4万多人；中石油在哈萨克斯坦当地长期雇佣员工11万多人，并选拔优秀的学员到中国名牌大学学习。

4. 参加当地环境保护，与当地居民和谐相处

中石化在厄瓜多尔的子公司近几年投入了580万美元，用于公司、工业生活废水的处理。中国在缅甸的发电项目是当地最大的发电场，投入500多万美元（占总成本的12%）用于环保方面，最大限度地降低了对环境的影响。中国在新几内亚的项目投资了100多万美元建设初期的植被管理项目。

（编者：阮海斌）

第二节 中国企业"走出去"案例分析

一、新希望集团"走出去"个案分析

（一）新希望集团介绍

新希望集团是一个经营实业的综合性企业集团，连续三年入选中国企业500强。目前新希望集团资产规模超过100亿元，年销售收入220亿元，拥有国内外170多家各类型的企业，从业员工3.5万人，业务领域涉及饲料、乳业、肉食品加工、化工、金融与投资、房地产等。

20年来，新希望集团立足农业产业化经营，积累了丰富的农业产业化管理经验和集团化管理经验，形成了以产业经营为核心的产品经营、品牌运作、资本动作的能力。新希望集团是中国最大的饲料企业之一，也是中国西部最大的乳制品、肉食品企业，同时在房地产开发和化工产业也有相当的规模。新希望集团现在拥有遍布华南、华中、西南、西北等地的饲料企业50余家，饲料生产能力超过350万吨，在全国各地建有近20000个销售点。

由新希望集团控股的四川新希望农业股份有限公司已经走入国际市场，将新希望集团成熟的饲料生产、开发、技术、品牌和资金带出国门，在越南投资兴建两家饲料企业；在菲律宾的饲料工厂也已投产。这既是中国饲料工业首次把国内知名品牌打出国门，在海外投资办厂的尝试，同时也是新希望集团开拓国际市场、实施跨国经营战略的重要一步。2005年，集团董事会明确提出了打造世界级农牧企业的发展战略。

（二）新希望集团"走出去"的道路

新希望集团海外发展的道路开始于1996年，用3年的时间对东南亚各国进行了详细的市场调查，从1999年开始在越南建设工厂并对当地市场进行深度开发，在历经8年时间的探索与发展后，该集团的海外企业开始成为新希望实业中的一支新生力量。

1996年，新希望集团意识到随着国内行业竞争加剧，在做好国内业务的同时，"走出去"发展以扩大企业规模是大势所趋。当年6月，集团开始派员工到越南考察。当时,民营企业在对外拓展方面还受到某些条件的限制,只能通过旅游的方式对当地市场进行初步考察。

1997年夏天,新希望集团向缅甸派出考察人员,重点对缅甸中部曼德勒等地进行考察并探寻在当地投资建设饲料厂的可能性。

1998年,在中国驻越使、领馆的促成下,越南胡志明市地方政府对我们的投资意向表示欢迎并愿在企业用地的批租和税费收取方面给予优惠。新希望集团正式派驻项目小组,用了近1年的时间对越南南方饲料市场、生产厂家、用户情况,包括当地的法律体系、办事程序和环节等各个方面的情况进行全面的调查,完成了多份调研报告,弄清了在越投资办厂的全部手续和程序,以及需要面对的所有法律问题,最后签订了投资协议。在胡志明市工业开发区开始建设新希望在国外的第一家工厂——胡志明市新希望饲料有限公司。

2001年,新希望集团又开工建设河内新希望公司,并开始在菲律宾邦邦牙市筹建菲律宾(邦邦牙)新希望饲料有限公司。

2003年,新希望集团在越南的两家公司平稳度过企业的起步培育期,双双实现扭亏为盈,至今已累计实现利润5000万元人民币。

至今,新希望集团在国外的企业已经形成了良好的发展势头并取得了显著效益,已经在越南、菲律宾、孟加拉国等国建成和在建6个工厂,国外投资超过2亿元人民币。目前,河内新希望公司的产品销量已经跻身越南北方前三强,综合计算两家新希望公司的产销量,已经进入在越饲料生产外资企业前五名,新希望公司也因此被越南有关部门认定是中国在越投资最成功的企业之一。新希望在越南以扩大生产能力为主要指标的二期工程正抓紧进行,年内完工后将使产能成倍增长。此外,在菲律宾中吕宋进行的二期新厂区建设也正有条不紊地进行;总投资为700万美元的越南海防新希望公司饲料项目也已取得国家境外企业批准证书,现正向国家有关部门新申报待批的国外发展项目还有2个。在未来2—3年时间,新希望集团计划在东南亚地区,包括印度尼西亚、印度等地再建设几个饲料生产企业,使国外企业总数超过10家。新希望集团在国外的企业新一波的发展正呈现加速推进的态势。

(三)新希望集团"走出去"的经验和总结

1. 制定合适的"走出去"战略

新希望海外发展的战略是先迈步东南亚,再辐射全球。制定这个战略的主要依据是:东南亚国家毗邻中国,有区位优势;东南亚国家的生活习惯与中国比较相近;东南亚国家多数比中国的经济水平稍低,但在东南亚国家,尤其是越南、菲律宾等发展中国家的市场环境、经济基础和发展水平与我国有可比性,中国企业在当地发展具有比较优势;新希望在资金、技术、管理方面已经形成了相对优势。正因为东南亚国家与中国有相似的市场环境,因此新希望集团在中国市场竞争中具备的设备、技术、经营模式和企业文化等领先优势可以嫁接、复制过去,继续在跨国经营中保持新希望的优势。

2. 国际化的法人治理结构

企业必须先建立起一个国际化的法人治理结构,否则,企业"走出去"后将会困难重重。不少的企业走出去了,又回来了,为什么?因为它们不适应国际化的治理结构,没有国际化的人才,没有这种国际化的财富管理体系,企业的海外发展就会"水土不服"。此外,还有语言、政策、法律等方面的不适应。中国的企业要真正"走出去",就要按照国际的标准去运作,去培养管理人才。

3. 提高质量,树立品牌意识

中小企业"走出去"的方式大多是向海外市场大批量低价格销售中低档的产品。因为我们的企业的规模不够大,实力不够强,国际化的水准不够高,走出去的步伐不够快。中国的低价产品在海外市场上到处是,国外的消费者认为中国的产品就是低价低质服务差。新希望集团最初在开拓越南市场时,由于当地消费者这种先入为主的观念,产品的销售一度陷入困境。新希望集团花了三年的时间在越南市场做营销,做服务,做信誉,树品牌。现在,新希望集团的产品可以跟美国、日本、欧洲的产品一样受欢迎,而且还供不应求,原因就是在消费者的心中树立了良好的品牌形象。良好的品牌离不开良好的产品质量和服务,所以,中小企业到海外发展应努力从小商品、低价格向以品牌、质量为核心竞争力的新模式转换,要想在强手如林的竞争中站稳脚跟,从一开始就必须十分注意塑造良好的企业品牌和产品品牌,无论出现何种困难,都要牢牢地把住产品质量这道关。

4. 做好前期的市场调查

到国外投资办厂,有远比国内大得多的困难与风险。企业在准备"走出去"时,不仅要从商业角度做详细论证和准备,还要懂得相关国家的法律、政府治理方式的特点、人文环境及文化习俗等。新希望集团在用了3年的时间对周边国家的市场和产业、产品情况进行大量调研的基础上,才制订了企业的对外发展战略,并开始在越南建厂投资。新希望集团在越南调研时发现,越南与中国有相似的市场环境:越南本国的企业规模总体都很小,竞争力不强,真正在当地大展拳脚的多是外国公司和外资品牌,而且他们所聘用的管理者不少是中国国内的人员。新希望集团对这些外资企业的情况比较熟悉,在中国国内的竞争中并不输他们,更增添了新希望集团"走出去"的信心。所以,企业在"走出去"之前,一定要进行充分的市场调研,对投资市场的政治、经济、文化、法律、语言等环境进行充分的先行性调查研究,然后再制定有步骤的国际化战略,制定明确的海外发展规划。在定位投资目标时,要深入研究项目的可行性,不仅要考虑投资项目对本国产业发展的重要性,还要考虑在海外的实际操作性。

5. 加强跨文化的研究与管理

新希望集团的企业群体中有一半以上的企业是通过并购诞生的,并购最难的是整合,整合中最难的是企业文化的整合。在国际上,并购一个企业,会采取一种文化审慎的法则,来评估两个企业之间的文化现状与差异,从而计算出并购的代价,考虑并购后企业文化整合的难度与方式。企业要跨国发展,除必须了解进入国家的市场及其运作规则外,还必须了解其社会文化、人际交往规则、企业管理模式及其背后的文化因素等。世界许多成功的企业发展到跨国公司阶段时都已形成自己独具特色的"管理文化"或"管理哲学",并发展出一整套"企业理念体系"。品牌是企业的外部形象,是社会对企业的认同;文化是企业的内部形象,是员工对企业的认同。企业文化是形成企业品牌的决定因素之一,因为只有满意的员工才能生产出令人满意的产品,只有令人满意的产品才谈得上拥有品牌。新希望集团当时选择东南亚为"走出去"的第一站,就因为东南亚的民风民俗与中国有诸多共同与相似之处。企业走向海外求发展,面向国际而跨越,社会文化与企业文化在跨国发展中的重要性是不言而喻的,如何将国内做得成功的经验与积累的优秀文化本土化,这是"走出去"的企业必须研究的一个重要课题。

(四)对政府部门的要求和建议

1. 创立产业集群,进行集约式投资

我国民企多数属于中小企业,而中小企业对外投资,最大的劣势在于规模经济效益差,风险抵御能力弱。解决这个问题的较好途径就是通过企业的集群式对外直接投资,企业之间相互独立但又相互关联,通过分工与协作,可以最大限度地降低成本。新希望集团在海外建设工厂的所有机器设备都是从中国采购的,海外企业每年消耗大量的原、辅材料,都尽量采用中国生产的。像玉米、豆粕、饲料添加剂和兽药等,绝大部分都来自国内,而且量也很大。除了自用外,新希望集团还通过有合作关系的经销商,尽量扩大国内相关产品在越南的销售并借以扩大和巩固了自己的销售渠道和网络。一些相关行业的公司在越南市场的拓展得到了越南新希望公司的帮助,这就发挥了国外企业对国内产业延伸的搭桥与带动作用。新希望集团在昆明建设了建筑面积80万平方米的"大商汇"商贸物流园区,园区以中国—东盟经济一体化为对象。在南宁,新希望集团也准备建设同样功能的更大规模的项目。新希望集团计划把这样的项目移植到越南去,形成昆明、南宁、越南胡志明市三角鼎立的东南亚商业物流大平台。争取通过这个园区群带动几十家、上百家民营企业到园区内办店、开厂,从而带动中国的农资、轻纺、建材等物资材料大量进入越南,开辟新的消费市场。这样,由1个企业到6家企业,由1个产业到几个产业,先期进入的企业在自身取得成功后,又显现出较强的带动作用,使我国在东南亚的投资发展步入到良性滚动、加速发展的新阶段,这个附带的功能与作用将是巨大的。

2. 建立完善的服务网络

面对瞬息万变、错综复杂的国际政治、经济、技术环境,企业开展对外投资必须有与之相适应的信息收集和反馈系统。目前,我国的大部分跨国经营企业中信息的系统尚未建立或不健全,国内为之服务和支持的信息不够。在"走出去"之前,企业不仅要做好充分的市场和投资环境调查,投资过程中还要关注不断变化的市场情况,遇到纠纷还得寻找解决渠道等,单个企业往往较难应付,因而需要国家建立一个完善的海外投资企业服务网络,为在企业"走出去"的过程中提供全方位的对外投资信息和市场信息。

3. 简化审批手续,减少申报材料,缩减办理程序所需时间,提高服务水平

目前,我国民营企业到境外投资在项目审批上仍存在着重复办理的现象。企业出境人员也存在着办理政审、出境外任务批件、护照、接种防病疫苗、暂住证明等诸多烦琐手续,我国对企业进行海外直接投资的审批由商务、外汇、金融、税收、海关等多个主管部门负责,要想办成一件事,得在许多部门间来回跑很多次,很多好的投资机会,也在这种折腾中流失了。这些审批手续标准过

严、手续繁杂、耗时费力的现状，在商机稍纵即逝的今天，是很多企业所不能承受的。政府部门可以考虑为企业"走出去"提供"一站式"服务。

4. 放宽外汇管制

国家虽然对外汇管理的宏观政策有很大改变，但具体操作却并未出台简化的操作程序和相关政策，有的地方外汇管理部门往往会因为非关键性的因素诸如报告请示的用语等等让企业反复修改；对所涉及的有关问题也常常不是一次性地进行更正，使企业在办理有关报批手续时浪费了很多时间。建议国家精简企业用自有合法资金到国外投资发展的审批手续，实行一站式服务；降低外汇审核管制的门槛，实行备案制。

5. 融资支持

融资困难一直是制约民营企业发展的一个瓶颈。由于企业跨国经营的是海外项目，风险较大，国内银行和保险公司等金融机构对东道国不熟悉，又没有足够的能力辐射到国外市场，因此会遇到融资难的问题。在国际上，一国对外直接投资的资金主要来源于该国的国家进出口银行。而在中国，普通大企业要获得进出口银行的优惠贷款尚且不易，对于中小企业就更困难了。搞海外投资，民营企业的成功率远远高于国有企业。因为企业市场化程度较高，有灵活的经营管理机制，投资决策、工资分配制度、营销方式有较多的自主权，因此躲避市场风险的灵活程度较高，在"走出去"的过程中，民营企业更有产权优势、机制优势和成本优势。然而，政府部门对民营企业不重视，没有把民营经济真正当作增强中国经济活力的重要组成部分。民营企业在"走出去"的过程中往往会遇到比其他企业更多、更大的外部阻力。国家应为包括各种所有制在内的海外投资企业创造有利的政策环境，使能走出去的中国企业都走出去，特别是应该加大对有发展潜力的民营企业的资金扶持力度，对市场前景好的项目给予贷款支持。

二、北大方正集团"走出去"个案分析

（一）北大方正集团的基本介绍

1. 北大方正集团的简介

北大方正集团由北京大学1986年投资创办。二十年来，该集团坚持持续不断地技术创新，在中国 IT 产业发展进程中占据重要的地位。目前，方正已

经拥有 5 家在上海、深圳、香港及马来西亚交易所上市的公众公司,在海内外共有 20 多家独资、合资企业,员工 2 万多人。方正是中国本土最重要、最成功的软件企业之一,拥有并创造对中国 IT 产业发展和大规模应用至关重要的核心技术。与此同时,方正在 PC 制造领域连续 6 年稳居行业第二的地位,构筑起中国 IT 产业发展和大规模应用的制造基础。

2. 北京方正国际软件系统有限公司(以下称"方正国际")的简介

方正国际隶属于北大方正集团之海外子公司方正株式会社(日本),是致力于全球市场提供具备自主产权的信息系统服务商,业务涉及情报处理、报业、出版、商业流通、系统集成、地理信息、智能交通、教育测评等众多领域。方正国际是方正集团拓展海外市场的重要战略力量,现已拥有超过 300 人专业技术团队,建有多处海外分支机构,并且与日本雅虎、IBM、三菱商社、惠普(中国)、欧姆龙、柯尼卡、美能达等众多国际大型公司建立了良好的合作关系,拥有广泛的海外销售渠道。

(二)方正国际"走出去"的情况

方正集团在日本的海外子公司从当年创始人携带着 50 万美元到日本发展,到现在已经是拥有 120 多员工的集团。方正的海外业务,从最早的激光照排系统发展到现在以方正 RIP(图像栅格化处理)软件为主要代表的一系列成熟的软件产品,业务范围从亚太地区发展到欧美等区域,这一切都凝聚着方正多年来的技术积累与市场探索。

如今,方正国际的汉字激光照排技术已占领 90% 的海外华文报业市场;方正 Apabi 电子书系统被海外 50 多家图书馆采用;在原创核心技术基础上自主研发的日文照排系统已占据日本 300 多种报刊;方正 RIP 软件在美、英、德、日等各国拥有近百家全球合作伙伴;2005 年 11 月,方正印捷连锁店已进军加拿大多伦多;现在,方正正在筹划德文、法文、西班牙文等西文印艺软件。

方正国际目前 90% 的海外业务是在日本,加拿大和美国的业务加起来不足 10%,欧洲市场几乎为零。方正国际下一步的市场开拓目标是北美市场,重点准备积极开拓美国市场。此外,方正国际开拓加拿大市场也取得了一定成效,目前已经取得加拿大 ACD 公司在中国区产品的销售权。

(三)方正国际走出去的经验总结

1. 如何"走出去"

①最开始方正集团是通过展览会"走出去"的,主要还是传统业务;

②方正国际当初能够成功登陆日本市场,一个主要原因就是拥有技术优势;

③在海外寻找合适的合作伙伴,吸引国外的资金参与项目;

④利用收购的方式直接进入国际市场,能够很快拥有现成的客户源;

⑤在海外上市,是一条很好的融资途径。

2. "走出去"的过程中碰到的困难

①软件行业是一个发展非常迅速的行业,方正国际走出去的时间比较晚,现在这个行业的技术已经同质化了,所以错失了技术上的优势。

②产品本土化的问题,例如,中国的产品经常是功能全面,但海外市场的消费者却认准定位明确的产品,所以,要打入海外市场,就要对产品进行改进,迎合当地市场消费者的需求。

③服务本土化的问题,软件行业是一个比较特殊的行业,服务非常重要。例如出版系统,就要求有员工与客户一起工作,以便第一时间解决客户的问题,开拓一个海外市场就要求在该市场配备相应的本地工作人员,才能适应当地市场的文化,这对资金和管理的要求也比较高。

④对海外市场缺乏了解。企业在准备"走出去"时,不仅要从商业角度做详细论证和准备,还要懂得相关国家的法律、政府治理方式的特点、人文环境及文化习俗等,收集全面的各种信息对于处于境外投资初级阶段的企业有一定困难。

3. 希望有关部门提供的支持

①融资困难是北大方正集团开拓海外市场碰到的最大障碍,银行提供贷款的方式缺乏弹性,不能根据具体项目采取具体的给款方式,也为企业的海外发展增添了困难。方正集团希望国内银行对资产和风险的评估方式需要改进,应该把企业的无形资产考虑到企业的资产中,采用更加科学方法评估具体项目的风险收益情况,把这些都列入贷款审批的考虑因素。

②方正集团在招聘人才时碰到了户籍的困难,无法保证为员工办理北京户口,这样就很难吸引人才,留住人才。

③随着业务的发展,在寻找国内软件外包商时发现,在国内软件业中通过国际软件认证的企业数量少,而且是大型企业。同时,软件行业里缺乏一套对软件企业资质的科学认证体系。

④政府可以支持同一行业相关联的企业一起走出去。

(四)方正国际"走出去"问题的分析

(1)方正国际所处的行业属于高新技术行业,很多资产是无形的,而银行贷款考察的通常是有形的资产,所以在贷款上可用于抵押的有形资产就比较少,就出现融资困难的问题。

同时,软件行业的项目运作与传统的制造业不同,即使是在国外开展的项目,软件的核心开发工作是在国内进行的。

有的项目前景很好,但由于缺乏资金,就无法开展。所以,我国在鼓励企业"走出去"的同时,金融部门一方面有必要加强和完善金融监管体制,对贷款对象进行严格的资信审查,并促使银行提高风险意识和抵御风险的能力。另一方面,也要根据不同的行业的特征,采取不同的资产评估方法,根据具体的项目,进行科学的风险收益评估,并建立一套企业的诚信体系。对信用级别高的企业,前景好的项目,在国际上同行业有比较竞争优势的企业,银行部门应该在贷款上积极支持;

(2)国家应重视通过提供信贷以增强跨国企业的国际竞争能力,对从事高新技术研究开发的海外项目可以考虑给予津贴支持,为企业对外投资前进行的调查与可行性研究提供资金津贴,为国家重点支持的海外项目提供贷款担保等;

(3)政府部门应完善对高新技术企业的各种支持政策,例如员工的户口问题,便于企业吸引人才,留住人才;

(4)科技信息主管部门完善国内软件行业的资质认证系统,借鉴国际通用的标准,建立适合国内行业的标准;

(5)政府应投入资金,建立一个完善的海外投资企业服务网络,做重点地区重点行业的调研,为准备"走出去"的企业提供市场、政策法规、知识产权、产品如何本地化等各方面的信息支持;

(6)政府部门可以通过在海外创立产业集群,鼓励企业进行集约式投资。企业之间既相互独立又相互关联,通过分工与协作,可以最大限度地降低成本。

三、TCL 集团"走出去"个案分析

(一)TCL 集团的介绍

TCL 集团股份有限公司创办于 1981 年,是目前国内最大的消费类电子集团之一。旗下拥有三家上市公司,分别是:TCL 集团(SZ.000100)、TCL 多媒体科技(HK.1070)、TCL 通讯科技(HK.2618)。

总部位于中国南部惠州市的 TCL 集团,从 20 世纪 90 年代以来,连续多年保持高速增长,2005 年全球营业收入 516 亿元人民币,63000 多名雇员遍布全球 145 个国家。2004 年,通过兼并重组汤姆逊彩电业务,成立 TTE 公司,一跃成为全球最大彩电企业,2005 年彩电销售近 2300 万台,居全球首位;TCL 集团旗下手机业务,通过兼并阿尔卡特手机业务,也使其手机从国内第一品牌迅速拓展成覆盖欧洲、南美、东南亚和中国的全球性手机供应商。目前,TCL 集团已形成以多媒体电子、移动通讯、数码电子为支柱,包括家电、核心部品(模组、芯片、显示器件、能源等)、照明和文化等产业在内的产业集群。

自 2004 年兼并重组汤姆逊彩电业务和阿尔卡特手机业务以来,TCL 快速建立起覆盖全球市场的业务架构,集团下属产业在世界范围内拥有 4 个研发总部、18 个研发中心和近 20 个制造基地和代加工厂,并在全球 45 个国家和地区设有销售组织,销售其旗下 TCL、Thomson、RCA 等品牌彩电及 TCL、Alcatel 品牌手机。2005 年,TCL 集团海外营业收入已超过中国本土市场营业收入,成为真正意义上的跨国公司。

(二)TCL 集团走出去的道路

1. 创建品牌,完成原始积累(1985—1997 年)

TCL 品牌从一开始就植下了国际化品牌的基因。1985 年,TCL 通讯设备有限公司成立,1986 年 TCL 商标在国家工商行政管理局商标注册,这是中国第一个也是目前唯一一个只用英文名字注册的公司名称,1989 年实现电话机产销量全国第一,产值规模达 1.5 亿元,一跃成为中国的"电话机大王"。

这段时间也是 TCL 国际化的萌芽阶段,其形式主要是电话机产品的来料加工和出口贸易,进入 20 世纪 90 年代,TCL 自主研制的彩电开始成为 TCL 最

大的业务,1993 年 TCL 成功在深圳证券交易所上市。

1997 年 TCL 集团有限公司成立,开始进行相关多元化业务的拓展,集团在其他领域,如电工、电池、照明等也开始了尝试。到 1997 年 TCL 集团已拥有 4 亿自有资产、67 亿产值和 58 亿销售收入,成为国内大型电子企业发展最快的企业之一。

TCL 对东南亚等市场的彩电业务的 OEM 出口这段时间也开始活跃起来,然而 TCL 自有品牌在海外依然是个陌生的小品牌。

2. TCL 品牌国际化启动

1998 年 TCL 依靠香港商人开始尝试进入越南市场,然而由于缺乏针对性的产品第一年就出现了 50 多万美元的亏损,1999 年制定了 18 个月扭亏的目标和具体的产品推广方案,在进入越南第 18 个月的时候实现了当月收支平衡。而后,TCL 的业务延伸到周遍的泰国、菲律宾、印尼等市场。

据了解,在菲律宾,TCL 产品深得当地消费者和国家元首的推崇,被誉为最具国际形象的中国品牌;据泰国权威报纸《泰呐报》调查,泰国人对 TCL 的认知度达到 17.4,名列中国第一;印尼、新加坡市场 TCL 品牌市场占有率名列前茅,成为当地最有影响力的中国品牌。

1999 年 TCL 国际控股有限公司在香港上市,TCL 从组建 TCL 国际事业部开始拓展海外市场,并采取"步步为营、先易后难"的发展策略,在东南亚、中东、东欧、南非等发展中国家的新兴市场,以推广 TCL 自有品牌产品为主,逐步建立自己的销售网络。到 2004 年止,TCL 海外业务平均增长速度达到 106%。

这时 TCL 也开始酝酿小规模的跨国并购,最典型的就是对德国施耐德和美国的 GOVIDEO,2002 年 TCL 收购德国百年品牌施耐德;2003 年,收购美国消费电子品牌 GOVIDEO,虽然这两项收购结果并不能算是成功,但是却为TCL 接下来的大规模收购提供了宝贵的经验。

3. 跨国并购,品牌全球整合

对于成熟的欧美市场,TCL 在积累了一定的国际化运作的竞争能力之后,2004 年先后并购重组了法国汤姆逊彩电业务、阿尔卡特手机业务,缔造了全球彩电领先企业 TCL 汤姆逊电子有限公司(TTE)和世界主流移动终端产品供应商 TCL 阿尔卡特移动电话有限公司(TA)。

目前 TCL 成为全球彩电领先企业和世界主流移动终端产品供应商,并构建起覆盖全球市场的业务架构。彩电产品全球销量达 2259 万台，成为全球最大的彩电企业。同时，2005 年建成国内家电业规模最大、技术最先进的企业呼叫中心，建立起强大的服务体系。

借助 THOMSON 和 ALCATEL 的研发实力和国际化管理经验，全面提升了 TCL 的整体竞争优势，打通欧洲、北美市场门户，同时也提高了 TCL 品牌在海内外的市场地位。2005 年 TCL 年营业收入已达 516 亿元，其中海外市场营业收入超过本土市场营业收入，TCL 成为真正意义上的跨国公司。

目前，TCL 集团在全球范围内拥有 TCL、Thomson、Alcatel、RCA、GoVideo 等品牌，基本覆盖全球所有市场。在全球各地拥有 4 个研发总部、18 个研发中心和近 20 个制造基地和代加工厂。

（三）TCL 走出去的经验总结

1. 品牌建设

TCL 的品牌形象在海外市场也从最初与当地的杂牌机混在一起，到后来提出"国际品质，本地价格"的品牌策略，再到 2004 年提出的"TCL、美誉、责任"，这些一步步地在当地合作伙伴和消费者中提升了 TCL 的知名度和美誉度。目前，TCL 品牌在全球 141 个国家和地区注册，以 TCL 为品牌的产品已覆盖全球 130 多个国家和地区，并在南非、墨西哥、阿根廷、澳大利亚等二十多个国家的消费电子领域占据主流地位，成为在全球最具影响力的中国品牌之一。

2. 人才培养

从目前来看，TCL 目前最急需的是国际化管理经验和人才，同时企业的国际化需要国际化的人才作基础，通过内部培养和外部引入机制，建造一个国际化的管理和经营团队，从变化的国际市场中去学习、创新，努力了解、掌握国际经营的规则，积累国际业务经验，从而能够适应企业国际化发展的要求。

3. 提高品牌价值

虽然拥有全球最大的彩电产能和销售规模，但 TCL 彩电的销售额和单位价格依然无法赶上主要的竞争对手三星、索尼和 LG，接下来 TCL 打造国际高端品牌的道路依然很漫长。

4. 需要建立国际化的经营管理体制

集团需要优化管理流程和管理制度，来完善公司的管理体系，打造集团国际化经营能力。按照国际化的要求,改善企业内部组织体系和管理系统,并建立全球产业资源规划和发展能力,从而提升公司的全球产业经营能力。

5. 核心技术和创新能力

整合和建设全球化的研发体系,通过整合并购产品的研发和设计中心和TCL集团原有的研发体系,发挥全球研发的协同效应,达到全球研发资源的共享,提升公司的核心技术的研发和创新能力。

6. 全球对供应链体系的建设

利用公司在速度、效率、成本控制这几个方面的优势,通过采购、制造和物流的整合,提高各环节的效率并严格控制和优化各区域市场的运营成本,将TCL的竞争优势从国内延展到全球,创建全球一体的供应链体系。

7. 发展高端品牌产品

最后,应该打造高端品牌产品,提高产品价值和品牌价值。通过产品设计和核心技术的提升以及高端产品和多元化产品的开发和销售来提升品牌形象,并借此提升价值创造能力,增加产品附加价值。

(四)"走出去"的要求和建议

(1)制定切实有效的措施,大力支持发展中国的大企业和企业集团,促进在主要产业中建立一批有核心竞争力和国际化经营能力的跨国企业。这些措施包括:

①制定大企业和企业集团可以合并纳税的法规,并考虑对达到一定规模税赋的企业给予一定的税务优惠。目前大企业普遍税赋较高,在课税时,附属企业之间盈亏不能相抵。

②制定相关政策,鼓励和支持企业的兼并重组。目前中国企业数量多,规模小,通过有效的政策导向,可加快中国企业的兼并重组,加快形成大企业集团。

③参与大型国际并购重组的大型企业,付出的探索性成本很高,这些成本需要在以后的盈利中消化,希望能在一些重大国际并购项目能获得到国家的特别支持。

(2)建议将"走出去"战略确定为民族工业发展的基本战略之一。中国消费品只依靠产品出口,很容易产生贸易纠纷,难以持续发展。中国企业只有走出去,融入当地的经济体系(就像大量外资企业进入中国一样),才能获得长期稳定的发展,并可通过经济投资扩大国家的政治影响。

(3)改进外汇管制政策。允许中资跨国公司总部(或其财务公司)统一管理与使用境内外成员外汇资金;放宽母公司对境外子公司放款限制;允许外汇资金在核定度内跨境调配,事后向外汇局报备;

(4)加强对试点企业境内外融资的支持。对跨国经营带动大量出口的试点企业,放宽企业选择贷款行(含外资行)、币种和用途方面的限制;允许试点企业更方便地利用境内外资本市场;支持企业设立财务公司,调配金融资源、提高资金效率、加强对境外企业财务控制;

(5)对并购后能大规模带动出口的试点企业,实行足额退税的政策;

(6)改进保税政策和人员进出境政策,使试点企业货物(整机、配件等)和人员进出更方便快捷。

四、有色金属建设股份有限公司"走出去"个案分析

(一)中国有色金属建设股份有限公司的介绍

中国有色金属建设股份有限公司成立于1983年,当时隶属于中国有色金属总公司,最开始是搞一些民用建筑项目,当时基本属于亏损状态。1987年在第二任总经理的领导下,转变经营战略,积极"走出去",把有色金属开采技术输出,以技术出口带动成套产品的出口。在20世纪90年代,面对有色金属资源的需求不断上升,我国有色金属资源的保证程度严重不足的情况下,中国有色金属建设股份有限公司开始在海外进行有色金属资源的开发。

中国有色金属建设股份有限公司主要致力于海内外有色金属资源的开发,主要业务范围:国际工程技术承包、国际劳务合作、进出口等业务,现已涵盖有色项目勘探设计、施工、设备采购、人员培训、采选、冶炼、金属加工的全过程;具备承担有色金属工业及其他工业、能源、交通、公用建设项目的施工总承包能力,是中国外经企业中资产优良、人员精干、知识密集、管理科学的具有多元投资主体的社会公众企业,在国家财政部对全国外经企业经济效益综合评价中多次名列前茅。中国有色金属建设股份有限公司是一家智力密集型的上市公司,内敛有色金属工业建设50年的实践经验和科学技术,外取当今世界"天时、地利、人和"。在中国政府的鼎力支持下,在强大的资金实力保证下,依托控股母公司——中国有色矿业建设集团有限公司的坚强后盾,依靠具有

自身特色的资源整合管理优势,在与世界各国合作伙伴共同发展有色金属工业的同时,在稀土、金融、保险和房地产等领域也迈出了坚实的步伐。中国有色金属建设股份有限公司正在成为中国有色金属工业最具影响力的企业之一,并在输出有色技术和成套设备以及为国家开发紧缺矿产资源的事业中,扮演着越来越重要的角色。

(二)中国有色金属建设股份有限公司"走出去"的情况

中国有色金属建设股份有限公司目前已在海外十一个国家和地区设立了办事处或代表处,项目范围遍及东南亚地区、中东地区及美国、日本、欧洲和南美地区。公司已初步建立了自己的海外有色金属矿产基地,并先后在伊朗、澳大利亚、埃及、伊拉克、约旦、赞比亚、蒙古、越南、菲律宾、新加坡、泰国等国承接了铁合金厂、锌矿开采冶炼、铜矿开采冶炼、氧化铝厂、电解铝厂等有色金属领域和其他领域的重点项目,多次获得国际工程殊荣和所在国优秀工程奖。

借助于海外工程方面的优势和公司广泛的海外网点,中国有色金属建设股份有限公司的资源开发、能源开发取得快速进展。目前,已在蒙古建立了锌资源基地,在赞比亚建立了铜资源开发基地,在中国国内建立了稀土开发和加工基地,初步形成了资源开发、能源开发和海外工程共同发展的局面。公司重点的有色金属建设项目包括:伊朗哈通·阿巴德铜冶炼厂,伊朗佳加姆氧化铝改造项目,伊朗阿拉克铝厂项目,伊朗法亚布项目,伊朗亚兹德锌冶炼厂,越南生权铜矿项目,赞比亚谦比西铜矿恢复生产项目,哈萨克斯坦电解铝厂,朝鲜上农金铜矿山复产项目。还有其他建设项目:埃及住宅建筑工程项目,科威特住宅建筑及劳务合作项目,蒙古乳化炸药厂建设项目,日本计算机软件技术劳务和铝表面加工劳务等,泰国铅锑厂项目等。

(三)中国有色金属建设股份有限公司"走出去"碰到的困难

1. 政策支持力度不够

政府部门政策支持力度不够体现在几个方面:政策分散,政策不明确,透明度不高。首先,相关管理的部门过多,针对资源开发企业的政策分散在各个管理部门,企业很难及时获得各方面的有关政策;有的时候,企业根本不知道要获得某方面的政策应该找哪个政府部门。其次,有些政策不具体,没有落实到具体的实施细则,造成企业对政策理解不够,操作困难;还有,政府政策发布的机制有待改善,企业获知和了解相关政策的途径有限,有的时候是通过一些私人途径才了解某些政策。

2. 资金支持力度不够

资源开发行业的特殊性在于资源开发企业对项目的前期勘察费用比较高,而且如果项目不好的话,前期的高额投入没有任何回报。政府部门目前对于资源开发企业的项目前期勘察费用方面支持的力度是比较小的,很多企业都承担不起高昂的前期勘探费用。

3. 政府制定政策时容易有"过冷"和"过热"的现象

中国有色金属建设股份有限公司曾经申请参加非洲一个铜矿的投标活动,当时因为国家的铜矿储备充足,国际铜行业的发展正处于低谷,所以国内政府部门不够重视,没有得到国家有关部门的同意,最后铜矿的开采权落到印度人的手里。在接下来的几年里,铜行业发展迅速,价格一路飙升,中国有色金属建设股份有限公司因此错失了一个非常好的项目。如今,政府鼓励企业到海外开发资源,各种报道铺天盖地,有的甚至用了"抢占资源"等一些过分直接的词,各种各样的企业也一窝蜂地涌到海外,国家对这些企业未加有效的控制和管理,形成了"过热"的现象。这种政府部门落实政策时"过冷"和"过热"的现象其实都不利于行业和企业的健康发展。

4. 国外使馆经商处对国外的中国企业缺乏有效的管理

在某一国家开展资源开采的中国企业可能不止一家,也可能有很多,例如在蒙古就有上千家,这些企业层次参差不齐,有时会通过恶性降价的方式占领市场,这就扰乱了当地的市场经济秩序,也破坏了中国企业的形象。经商处应该对这些企业进行科学的监督和管理,并发挥协调和引导的功能。

5. 相关管理部门缺乏专业人才

资源行业有一个特点,就矿产分布的地区比较集中。在一些资源比较丰富的国家,使馆缺乏一些资源开发方面的专业人才,就可能对一些资源方面的市场信息不敏感,没有及时发现一些前景良好的项目,还有就是没法为打算进入该国从事资源开发的企业提供指导和帮助。

6. 政府的信息服务体系落后

企业在进入海外市场之前,很难获得全面的该国的各种信息,例如:政策法规,文化风俗,市场情况等,而政府在为企业提供海外市场的信息方面做得不够,或者很浅。各种关于某个国家的信息分散在不同部门手里,没有一个部门能够综合各个部门掌握的信息,为企业提供周全的信息服务。此外,使馆经商处获得的市场信息传回给国内企业的渠道也很有限,例如,有的时候经商处把一些项目合作信息发给某些有关部门,而能跟该部门接触并获知这些项目合作信息的企业数量是非常少的。

(四)对政府部门的要求和建议

1. 制定政策时注重系统性

明确各管理部门管理的范围和职责,制定政策时应加强各部门间的沟通,系统地制定政策。并能够集中各个部门的有关政策,给企业提供全面的政策信息。

2. 设立专项资金支持资源开发企业

根据国家需要,指定资源开发企业,选定方向,为企业在某个国家开采资源提供专项资金支持前期的勘探工作。

3. 政府制定政策时要高瞻远瞩,具备长远的战略目光

立足于国家市场和行业健康可持续发展的需要,避免因为暂时的市场经济因素,产生一些"过冷"和"过热"的行为和现象。

4. 降低进口增值税

在海关税收方面可以通过降低进口增值税的方式,鼓励海外的资源开发企业把开采回国的资源卖给国外的企业。

5. 对资源丰富国家增派一些有资源行业背景的专业人才

外派机构在人员配置上应考虑当地的特点,考虑当地市场对中国有哪些方面的战略意义,配备适合的人才,例如,在对中国资源有潜在利益的国家就应该增派资源开发方面的专家。

6. 使馆经商处对海外的中国的企业应该协调管理

使馆经商处要培养中国企业的"国家队",培养海外中国企业的团队意识,协调企业从事的业务领域,避免企业间恶性竞价,既损坏中国企业的形象,也扰乱了市场秩序。

7. 重点支持

结合资源分布的特征,国家制定政策时应考虑对重点行业,重点地区,重点企业,重点项目,进行重点支持。广泛支持的面太广,往往企业受益甚少,收效甚微。

8. 政府在信息服务方面加大投入

政府应该集中各个部门对某一行业的政策和法规,集中各个部门掌握的海外市场的信息,并加大对海外市场的调查研究,建立一个完善的信息服务体系,使企业能够获得如何"走出去"的相关信息。

五、无锡光明集团"走出去"个案分析

(一)无锡光明集团的介绍

无锡光明(集团)有限公司是以生产外贸服装为主、工贸一体、实力雄厚的国家重点骨干企业,至今已有50多年的历史。拥有计算机辅助设计系统(CAD)和先进的生产设备、精湛的工艺技术、完善的质量管理体系及优秀的员工队伍。1998年通过ISO9002质量管理体系认证,1999年成立外贸进出口公司。公司建立了计算机网络系统,由光纤接入因特网,借助电子邮件系统、网络可视电话等通讯方式与国内外交流;通过ERP管理系统对公司实施管理。公司在纽约、东京、香港等国家和地区建立了贸易公司。在国内以及柬埔寨、蒙古、马达加斯加等国家和地区建立了男女衬衫、睡衣、时装、外套、裤子、童装等专业化的生产工厂。公司生产的产品98%以上销往美国、意大利、法国、德国、日本等50多个国家和地区。几十年来,无锡光明(集团)有限公司不断发展,树立了良好的商业声誉和银行信誉。其生产的"银湖"牌衬衫是中国名牌产品。"银湖"商标是国家著名商标。"银湖"牌衬衫曾连续荣获国家银质奖、纺织工业部优质产品奖、"中华精品衬衫"等称号、2001年又荣获中国名牌产品称号。"银湖"牌商标系列产品率先进入国际市场,深受广大中外消费者的青睐。

(二)无锡光明集团"走出去"的情况

1951年创建发展起来的无锡光明(集团)有限公司生产外销出口服装,是国家重点外贸出口公司。作为全国第一批引进外资发展加工贸易的国有大型企业,自20世纪80年代起企业规模迅速扩大,技术水平显著提高,产品在海外有了稳定的销售市场。

但是,就在企业于1993年获得自营进出口经营权的同时,由于欧洲、美国等主要市场陆续对中国企业设置配额限制,出口业绩大幅度下滑。光明集团

总经理赵启文称当时是"做内销缺乏资金,做外销没有配额",企业整体陷入困境。

企业陷入困境与当时整体经济环境和纺织产业发展态势有密切关系。上海、青岛、天津、无锡等作为我国传统纺织产业聚集地,当时都遇到了产业布局、企业体制和国际贸易环境这三大难题。同时,作为劳动密集型产业,广东的纺织业在港台资大举进入、市场机制完善和海外销售渠道相对通畅的情况下发展迅猛。于是光明集团在1997年借了数百万资金,到海外设厂。当时考虑的目的有三个:绕开贸易壁垒、带动市场份额、增强实战能力。

光明集团的第一个海外工厂设在柬埔寨(http://www.gx.xinhuanet.com/newscenter/2005-06/22/content_4494049.htm)。决定到柬埔寨最先是经境外采购商的介绍,了解到在金边设厂不需要配额,劳动力比国内还便宜,在光明集团派团考察后,于1997年4月以参股收购的方式,购买了当地一家港资企业。刚开始时占55%的股份,不到一年后就全部收购,共投资160万美元,1999年前后就全部收回了投资。目前,工厂已从原来的五六百人发展到一千多人,总投资接近300万美元。

尝到了甜头以后,光明集团又先后在蒙古和非洲的马达加斯加设立了海外工厂,投资额分别为100万美元和120万美元,规模都在七百人左右,也是两年左右收回投资。到目前,境外生产能力达到500万件,同境内基本持平。公司还在香港、美国、捷克等地设立了分公司,并向美国塞班、日本等国家和地区开展劳务输出。

目前,光明集团公司属下有中外合资企业十余家以及外贸进出口公司、设计中心等,以生产衬衫、T恤为主,产品95%以上销往国际市场,主要销往美国、法国、意大利、德国、英国、澳大利亚、巴拿马、日本、加拿大以及港、澳等50多个国家和地区。

海外工厂的设立锻炼了一批人才,全集团今年派到国外工作的人员已经有近60人,在国外常驻管理人员有100多人,和"走出去"以前相比,集团资产增长了4倍,净资产增长了3倍,销售额增长了近4倍,利税增长近5倍,自营出口额增长接近6倍。

(三)无锡光明集团"走出去"的经验和总结

无锡光明(集团)有限公司董事长赵启文认为,光明集团的"走出去"之所以成功,关键有两点:一是"不相信所有贸易壁垒会在一夜之间消失",二是"敢于走出去"。经过纺织品贸易争端,不仅是纺织企业,国内其他行业的外贸企业应该认识到,尽管中国加入了世贸组织,但贸易摩擦仍然会不断增多、加剧,今后企业特别是大企业在外面"没有工厂就没有优势";其次,作为主要的发展中国家,中国不仅要接过国际产业转移的"接力棒",随着未来经济形势的发展,也一定会将低端产业的"棒子"递交到更不发达的国家手中,转移的早,优势就更明显。

1. 前期市场考察

光明集团走出去首先考虑的是所驻国的政治环境,如最先设立厂家的柬埔寨,光明考虑到该国与中国长期保持友好关系,华侨比较多,虽然打了几十年的仗,但首都金边破坏不多,工人正常月工资约为十多美元。在蒙古和马达加斯加投资也都是基于中国与其政治关系良好的基础上完成的。

事实证明,政治关系良好是有相当保障作用的。20世纪90年代后期柬埔寨反对党和政府发生了武装冲突,金边的外资企业都跑光了,但光明集团还是坚持下来了,最紧张的时刻,政府首相洪森把自己的保卫部队派来光明的工厂站岗,"没有良好的政治氛围是不可能做到的"。这次冲突也让企业认识到海外投资过于集中是不安全的。因此光明放弃了将柬埔寨工厂扩大到3000人的计划,转而在蒙古和非洲设厂。但客观来看,蒙古的劳动力稀少和南部非洲远离欧美市场都是有待解决的问题,其他企业去投资也需要注意。

2. 工厂管理

首先要保证资产能得到控制,防止流失。光明集团的做法是选派高素质人才到海外负责经营,并且在海外工厂管理者中建立党组织,加强思想教育。其次是建立制度保障,境外工厂等于是光明在海外的加工车间,没有经营权也没有财务权,接单、结汇都在集团本部,法人代表都由赵启文本人兼任,流动资金审批、管理都由集团总部严格控制,到目前为止海外营销没有出过问题。

3. "走出去"的形式

在"走出去"的形式方面,光明集团目前是多管齐下。除了在海外设厂,绕开配额直接对欧美市场出口外,还在美、日、澳大利亚设立窗口公司,通过购买当地品牌的使用权发展业务。赵启文说,光明集团目前花费的品牌费约为500万美元,购买了美国7个中高档品牌使用权,年限从8年到10年、20年不等,每年给品牌原有者10%销售额加2%的广告费用,"上不封顶,下要保底",基本都能实现盈利;同时也在美国开发了自有品牌,但结果证明"自创品牌还是比较麻烦,销售成本和渠道铺设费用很高,而且进入主流市场不容易,现在'银湖'这个自有品牌每年出口近100万美元,但都不是主流市场。"

4. 劳资关系

光明集团也不是一帆风顺的,赵启文建议其他企业走出去最值得注意的问题就是解决好当地的劳资关系。要建立完善的劳工制度、厂纪厂规,要充分研究当地法律法规,不能将"血汗工厂"的形象带到驻在国,也要防止当地企业为了竞争,在欧美市场投诉企业劳工、环保问题,给企业运转带来严重损失。

(四)对政府部门的要求和建议

1. 完善配套政策法规

我国企业"走出去"需要国家的扶持,目前最紧迫的问题是配套政策法规不完善。现在虽然国家提出鼓励企业"走出去"的口号,但具体的鼓励措施,配套的政策法规细则还不明确。审批手续还是比较烦琐,如果企业想在国外办个项目,光审批同意就至少要四个月,对企业走出去的支持还是不够的。国家和各省、市应出台了一系列鼓励企业开展境外加工贸易的政策,明确实施细则,有关部门在项目审批、融资安排、外汇管理、出口退税、财政贴息等方面制订系统科学的配套措施,改善纺织企业"走出去"的政策环境。

2. 加大对企业融资的支持力度

"走出去"比一般外贸活动需要资金支持,而且企业最需要资金来支持产品研发,创立自身品牌,但纺织企业往往很难获得足够的授信额度。中小型的民营纺织企业要从国有银行获得贷款"走出去"还是比较困难的。政府部门应该加大对中小纺织企业融资的支持力度。

3. 加强对海外的中国的企业的管理

海外的小型纺织企业企业缺乏统一组织和管理,海外市场上假冒伪劣还是很多,小企业受利润驱动的影响,缺少自律,恶性竞价的情况时有发生,严重破坏了中国企业形象。这些问题都需要政府部门出台措施,加强对海外纺织企业的管理和监督,促使中国在海外企业的健康发展。

4. 同我国的外交战略互为支撑

我国对外援助可以借鉴日本等国做法,从基础设施建设为主转为产品投入为主。例如,在蒙古,我们在乌兰巴托修路,当地人就都知道;我们提供贷款,就没有效果。日本采取的是提供"二手车"的方式,白送给蒙古人,随后在当地搞汽车零配件修理,结果变成了产业,还家喻户晓。光明集团在蒙古投资份额最大,但影响并不是最大,这与没有将企业投入和国家投入有机结合有一定关系。从这个角度出发,企业"走出去"完全可以同我国的外交战略互为支撑。"

5. 集聚式投资

政府部门可以组织企业一起"走出去",采取集聚式投资的方式,到海外建立工业园区的模式。例如,苏州、无锡和广东等地在东盟、墨西哥成功建立了工业园区。政府协调组织,以企业集团为龙头,产业链为基础,到境外建立纺织工业园或境外经贸合作区。这样一是利于扩大对外影响;二是争取东道国的优惠政策,产生互补及协同效益,形成协作配套能力;三是便于集中业务指导,降低管理成本;四是形成规模经营,增强企业竞争力。

6. 为企业提供目标国家投资环境和贸易政策的信息

企业"走出去",搜集投资环境、国别政策、法律法规等信息对于决策至关重要。但这需要花费较高的成本,并且一个企业获取这些信息资源的渠道和能力是有限的。在这方面,政府应利用自身的优势和外交渠道,建立一个完善的对外合作经贸信息服务的平台,为企业"走出去"提供信息服务,实现资源共享。

六、重庆力帆集团"走出去"个案分析

(一)重庆力帆集团的介绍

力帆实业(集团)有限公司是中国最大的民营企业之一,成立于1992年。

历经14年的艰苦奋斗,已迅速发展成为融科研开发、发动机、摩托车和汽车生产、销售(包括出口)为主业,并集足球产业、金融证券于一体的大型民营企业。

2005年,力帆集团实现销售收入73.2亿元人民币,发动机产销量226万台,出口创汇2.61亿美元,专利拥有量2808项,各项指标均居全国同行领先地位。

目前,力帆集团已有员工10800多人,其中具有大中专文化程度4000多人。拥有一个国家级技术中心,具备年生产250万台发动机、150万辆摩托车和 10 万辆汽车的生产能力,连续六年进入重庆市工业企业 50 强,在重庆市民营企业 50 强排名中名列榜首。2004 年 9 月,国家质检总局、中国名牌战略推进委员会授予力帆摩托"中国名牌"荣誉称号。2004 年 8 月,国家质量监督检验检疫总局正式对外公布 2004 年获得国家免检资格的产品及生产企业,力帆集团的"力帆(LIFAN)50—200ml 单缸汽油机"榜上有名,这是全国摩托车行业发动机唯一一家上榜企业,也是历届的唯一。

2006 年 1 月,国家公布的"中国 100 最具价值驰名商标"排行榜上"力帆 LIFAN"商标价值高达 21.333 亿元,排名第 78 位,在汽车行业排名第六。力帆国家级技术中心在全国汽车行业排名第七。

截至 2006 年 7 月,力帆集团已获国内外专利 3286 项,其中力帆 520 获得专利 181 项,居汽车行业第一。力帆独立开发的 90(100)电启动、立式 100(110)型发动机为全国首创,在中国摩托车工业史上具有里程碑的意义;力帆在国内首先开发出 V 型双缸 250 发动机;首家开发出具有自主知识产权的摩托车电喷技术、水冷技术和多气门技术。力帆每年以 3—6 个发动机产品和更多的摩托车新产品投入市场,其发动机品种之多居全国之首。力帆的实用新型专利"发动机燃烧室"被评为"2004 年中国国际专利技术与产品交易会组织委员会"金奖。

1998 年力帆集团取得自营进出口权,2000 年,力帆集团在重庆民营企业中第一家成立进出口公司,当年出口创汇 5200 万美元。2005 年出口创汇达 2.61 亿美元,居国内同行之首。力帆的产品远销东南亚、西亚、欧洲、非洲、南美等 100 多个国家。2001 年 9 月,力帆摩托首销日本,改写了中日摩托车有来无往的历史。2003 年力帆集团开发的摩托车、发动机等产品通过欧盟 e-mark 认证,标志着力帆产品可以自由进入欧洲 18 个国家。

(二)重庆力帆集团"走出去"的情况

1998 年 8 月,民营力帆企业获得了进出口权,出口自产的摩托车、通用汽油机,2006 年又开始出口轿车。历经七年多的开拓、发展,2005 年进出口额达到了 3.24 亿美元,其中出口 2.63 亿美元,进口 0.61 亿美元。出口网络已遍及 120 个国家,欧洲和美国等发达国家市场已占出口总额的 15%。力帆在越南、保加利亚办了合资工厂,在泰国办了合作工厂,今年还将新建或购买第四家国外工厂。值得一提的是,去年出口额 2.63 亿美元占企业总销售 73.2 亿元的 30%,但利润却占了企业总利润的 75%。即单位销售收入的利润,国外是国内的五倍。如果上述成绩算硬成果的话,100 多个国家营销网络的建设,近 1000 名国际经营人才的培养,特别是品牌附加值的提升这些软成果更是无价之宝。力帆已连续几年被商务部评为"出口名牌",最近在 IBM 公司商业价值研究院评定的《中国只有 60 家企业可以国际化》中,有 13 家民营企业,力帆是其中之一。

(三)重庆力帆集团"走出去"的经验总结

1. 坚持自主创新,自主品牌

力帆坚持自主创新,国内外授权专利达数千项,技术中心是国家级第 29 名,能自主开发适合国际市场的各种摩托车、汽油机。在国外,力帆坚持自主品牌并用自己有限的财力在国外大作力帆(LIFAN)的广告和各种营销策划。自主创新自主品牌的民营企业和庞然大物的国际对手竞争,使力帆在境外渐入佳境。

2. 打得赢就打,打不赢就跑

中国民企刚出国门之时,面对强大的国际竞争对手,硬碰硬的对撞无异于鸡蛋碰石头。初期实力不够时,应当回避一级市场,营销网络下沉到二、三级市场去打"游击战"。让开大道,占领两厢,努力寻找自己赖以生存的"青纱帐、甘蔗林",然后再从游击战转为运动战、阵地战。力帆靠越南、伊朗、尼日利亚这些"小"市场求得生存,养精蓄锐之后现在已开始向美国、欧洲市场挺进。

3. 要特别重视售后服务

力帆在技校职高的青年工人中招聘售后服务"青年远征军",带薪留职封闭学习半年外语。他们乐于长了学问去留洋,企业有了乐意远征的服务兵,做好了力帆产品的售后服务。

4. 市场扩大后应跟进国外办厂或买厂

任何一个国家都不高兴看到他国产品的大量倾销。到某种程度后,他们必定会提高关税壁垒和非关税壁垒,甚至采取反倾销或特别保护。当我们在某国销量达到一定规模时,最好是在所在国办组装厂或收购该国的工厂。用资本输出和技术输出为自己的产品输出保驾护航。20 世纪末,中国上百家摩托企业像潮水一样涌上越南海滩,很快就被越南政府用配额和高关税赶下沙滩,唯独力帆至今活跃在越南市场,因为他们及时地办起了力帆越南工厂。力帆越南工厂的投资,两年就全部收回。

5. 产品、资本尽力做到进出平衡

力帆 2005 年外贸顺差 2.02 亿元,人民币汇率若升值 1%,净利润就损失 1600 万元。除了转变增长方式努力提高附加值之外,最好的规避办法是进出口基本平衡。到那时,无论人民币汇率是升是贬,都能有失有得,且得失大致相当。资本输出到国外办厂虽然获利甚丰,但民企白手起家,本钱微薄,一不小心资金链条绷紧、断裂,便会轰然倒下。最好的办法是资本输出的同时,努力通过发债、招股、上市等手段使国外资本得以输入。以和气生财的中国和文化,营造一个和平发展的世界。

(四)对政府部门的要求和建议

(1)政策性银行应对"拥有自主知识产权和知名品牌、国际竞争力较强的优势企业"大额度长时间的进出口贸易或国外办厂的贷款支持。力帆这类"走出去"的民营企业快速长大了,但比起通用、丰田、本田,中国民企不过是小本经营,没有国家的强力支持,这些"优势企业"会自生自灭一多半。

(2)出口信用保险公司和相关保险公司,应该给那些去风险较大的地区如伊朗、叙利亚、尼日利亚等市场的民企予较高比例的结汇保险、运输保险。

(3)政府应强化出口商会的行业自律职能,减少中国企业在国外比国内更加残酷的不正当竞争。

七、康奈集团有限公司"走出去"案例分析

(一)康奈集团介绍

康奈集团有限公司创办于 1980 年,是经国家工商行政管理局核准成立的无区域企业集团。主营中高档康奈牌皮鞋,兼营涉及皮件、服饰、内衣、商贸、自营出口等领域。企业现有员工 5000 多名,固定资产 4 亿元,占地 160 亩,拥有国际一流水平的制鞋工艺和装备,年产中高档皮鞋规模达 700 多万双。

康奈集团有限公司现已成为中国轻工业联合会常务理事单位、中国皮革工业协会副理事长单位、中国质量管理协会理事单位、中国制鞋专业委员会副主任单位,全国质量效益型(200 强)先进企业,浙江省"五个一批"优秀重点

骨干企业，浙江省皮革制品制造业最大规模实力和最佳经济效益企业、ISO9002 质量体系和 ISO14000 环境管理体系认证企业。

1999 年，康奈商标被国家工商行政管理局商标局认定为中国驰名商标。康奈皮鞋于 2001 年被国家质量技术监督局授予中国首批质量免检产品。2001 年，康奈集团有限公司获浙江省质量管理奖。自 1993 年以来，康奈已获得"中国十大鞋业大王"、"中国真皮标志名牌"、"连续八年中国真皮鞋王"、"中国真皮领先鞋王"、"中国名牌"；蝉联三届"真皮标志杯"全国皮鞋设计大奖赛特等奖等，累计获得各种荣誉 200 多项。

康奈已在全国设立了专卖店 1700 多家，并已远销欧美、东南亚及香港等二十几个国家和地区。从 2001 年 1 月开始，康奈皮鞋专卖店已开到法国巴黎、美国纽约、意大利罗马、普拉托、米兰、那不勒斯及西班牙巴塞罗那等七个国家的大中城市，成为中国皮鞋行业首家走向国际市场的品牌专卖店。

（二）康奈集团"走出去"情况

随着 2001 年 11 月中国加入世贸组织，中国经济的全球一体化时代已经到来。创立属于中国的世界品牌，是中国经济进入全球一体化时代的必然要求。

尤其是近几年，我国经济的迅猛发展，综合实力快速提高，中国在国际上的形象已有很大的改变。但是对于中国制造业来讲，虽然是产量的大国，却是品牌的弱国，世界前 100 名品牌中没有中国的品牌。中国制鞋业产量占世界 51%，却没有一个能在国际市场上叫得响的品牌。

康奈是国内皮鞋行业最早实施品牌战略的企业之一，但他们意识到，要想打造国际品牌，必须"走出去"。公司董事会于 90 年代就着手研究、制定这一系列计划。1998 年中国皮革工业协会提出"二次创业"的理念，中国皮鞋行业要用 10 到 15 年时间在国际上创出 3 到 5 个名牌。

康奈海外专卖店经过几年的探索，在以海外招聘华侨为加盟商的基础上，根据"走出去、走进去、走上去"的发展思路，不断调整海外专卖店的发展战略，加快"走出去"步伐。

目前，康奈的海外专卖店已由沿街开设，发展到进入东道国的商场开设专卖厅、专卖柜，逐步深入到东道国所在城市的销售主渠道，从而使康奈产品逐步得到市场更为广泛的认可，进一步提高了康奈品牌的知名度。

2005 年,康奈首先在法国执行这个计划。经过一年的努力,康奈已进入了法国 35 个商场,建立了专厅或专柜。去年 12 月,康奈特意请法国零售商经理德邦·菲利浦先生到公司公司洽谈下一步的发展事宜。德邦先生参观康奈后表示:"我计划用 5 年时间让康奈进入法国 200 家商场。"

在康奈集团成立 25 周年庆典上,康奈集团董事长向到会的领导和各界人士、新闻媒体宣布了康奈海外发展近期目标:未来 5 年,康奈将在全球各地开出 1000 家专卖店和专柜,力争在"十一五"期间在世界各地打响康奈品牌,率先实现中国皮革协会 1998 年提出的在国际上创出"3 到 5 个知名品牌"的目标。

(三)康奈集团"走出去"的经验和总结

1. 借助温籍华人华侨使康奈品牌输出海外

在 20 世纪 90 年代末,中国皮鞋走出国门已经很普遍,但是中国皮鞋品牌走出国门还是空白。如何使康奈品牌走向国际市场? 经过一段时间的研究与分析发现,温州有 40 多万华侨分布于世界各地。这本身就是一个得天独厚的黄金销售渠道。康奈每年都要参加世界各地的大型鞋展,接触不少海外温籍商人;华侨也经常会回国探亲访友或从事商业活动。他们就充分利用这种场合向他们宣传康奈品牌和想"走出去"创牌的想法。康奈"走出去"做国际品牌的决心与有经商意向的华侨人士不谋而合。经过洽谈和选择,康奈海外加盟商逐步得到落实。在被选择的这些海外康奈店的老板当中,有的在出国前就经营过康奈皮鞋,同康奈建立了深厚了感情。像美国纽约康奈代理商朱先生以前在国内就是康奈的经销商。

2. 通过多种形式树立康奈品牌在海外的良好形象

为了尽快扩大康奈在欧美的知名度,康奈在欧美华人报纸、杂志、公共汽车、路牌灯箱上经常刊登康奈形象广告和招商广告。像罗马、米兰、巴黎、雅典等地华人华侨、亚洲裔都是《欧华时报》、《欧洲时报》等华文报纸的读者。这个群体不仅成为康奈的加盟商,更多地成为康奈皮鞋在海外的第一批忠实消费者。康奈皮鞋零售价均在 60 美元以上,款式适合当地消费。现在,消费者中各种肤色的人种有。康奈全球大部分市场的消费人群比例,已由当初华侨占多数变成当地外国人占多数。到 2005 年年底,康奈在美国、意大利、法国、葡萄牙、西班牙、希腊、加纳、越南等十几个国家开出专卖店 100 多家。

3. 牵手鞋业专家,规避"走出去"的技术壁垒

世界鞋业的知名品牌多在欧美,世界著名的鞋类专业研究组织也以欧美最有名。像 SATRA 就是一家 1919 年组建于英国的全球性鞋类研究机构,许多品牌公司均使用或参考 SATRA 的技术标准。参与全球化经济,打造国际知名品牌,如技术标准上不能与国际接轨,将会成为"走出去"的中国企业面临的技术壁垒。康奈在制定"走出去"战略时,对此有较充分的认识,并决定加入 SATRA 组织。

2001 年,康奈成功地成为 SATRA 组织的成员后,SATRA 每年都为康奈提供包括提高产品工艺、产品品质、产品检测技术标准等方面的技术服务。康奈主动提出与 STATRA 合作建实验室,SATRA 派其亚太负责人来洽谈,最终在 2004 年签订了合作协议。双方合作内容包括,康奈将在 SATRA 的技术服务下,投资 1000 万元建立鞋类研发实验室,研发新工艺、新材料、新技术等。

4. 提倡"三多三少",和谐共赢"走出去"

在"走出去"的实践中,康奈充分认识到只有"和谐"才能"共赢","和谐"才能实现"走出去"的战略目标。所以,康奈就充分利用论坛这个舞台来表达他们的观点。2005 年 7 月 4 日,在北京,由中国轻工业联合会主办、康奈集团协办的《破解中国鞋业走出去困局——2005 北京·世界鞋业论坛》上,来自全球各地的制鞋精英聚在一起,商讨中国鞋商的未来发展。在那次会议上康奈提出了寻求和谐发展的思路:在当前的形势下,我国制鞋企业应当做到"三多三少":多一些主动,少一些埋怨;多一些品牌,少一些数量;多一些融合,少一些摩擦。只有在发展中寻求和谐,在诚信、公平的世贸规则框架下,找到解决摩擦和争端的方法,才是根本出路。

专家们一致认为,康奈走品牌发展之路就是从优势对抗走向优势对接。意大利鞋业协会前主席罗西在仔细研究了康奈鞋之后,认为与国际知名品牌相比,可以打 8 分。欧盟鞋业采购商联盟主席唐达主席也说,避免反倾销,一定要做出自己的品牌,他非常赞同康奈提出的观点。

在康奈集团成立 25 周年之际,又在温州举办了《和谐·共赢——从康奈之路看中国鞋业国际化》论坛。康奈特意请西班牙埃尔切市鞋业协会主席安东尼奥参加论坛。参观交流时,安冬尼奥主席说:"我来晚了,我没想到温州鞋业这么发达,康奈皮鞋做得这么好。今后我们两国一定要加强交流。"

在论坛上,康奈和安冬尼奥主席代表温州鞋业和西班牙鞋业签订了《温

州宣言》,宣言承诺今后双方将加强合作、互惠互利、共同发展。这次活动影响很大,《光明日报》,《经济日报》,《中国青年报》,《中华工商时报》等国内主流媒体予以广泛关注。

八、云南鸿宇集团"走出去"个案分析

(一)云南鸿宇集团简介

云南鸿宇集团创立于1996年,是集科、工、贸为一体的大型现代化高新技术综合性企业集团。集团创业十年来,始终坚持"脚踏实地、求真务实、开拓进取、与时俱进"的企业宗旨,以推进项目科技成果产业为目标,涉足药品、生物制品、保健品研发、生产、销售;机械制造;房地产项目开发;国际贸易等多个领域,拥有10家子公司。自2002年以来,集团确立了以健康产业为主体,以健康配套产业为补充的"一加一"产业发展模式,新建了集研发孵化、生产加工、市场开发、教育培训、体验服务、健康管理六大核心功能为一体的超大规模鸿宇健康产业基地,像已经形成强大的核心聚居效应,成为西南地区最具带动力与辐射力的新兴健康产业集团。

(二)云南鸿宇集团"走出去"的基本情况

在国家"与邻为善,以邻为伴"的睦邻友好原则下,为贯彻落实省委、省政府"走出去"战略,在省有关部门的支持与指导下,致力于缅甸、老挝等周边国家进行禁毒替代产业综合开发。由于缅甸北部边境地区有150多年种植罂粟的历史,尤其在佤邦历史上,罂粟种植面积高峰时超过100万亩,危害性极大,从事的毒品经济多年来一直受到国际社会的打击,要生存要发展必须禁毒,建立正常经济,建设正常生活。因此,鸿宇集团依托自身在国内农业、教育、科技产业的优势,在境外实施的综合替代产业发展项目。经过长期坚持不懈的努力,现已卓见成效。

鸿宇集团公司自1998年以来,一直积极主动与缅方有关部门联系,多次会晤商讨在境外开展禁毒替代发展事宜,自1999年起与境外缅北边境地区有关方面签署了多项合作协议,公司多次组织高管人员及种植、加工高级农艺(工程)师实地勘察,缅方也组织相关人员到集团公司总部及瑞丽柠檬加工厂所在地进行参观考察。经过8年的合作交往,鸿宇集团已和缅甸北部地区有

关方面建立了良好的合作关系公司也积累了在缅甸北部地区从事禁毒替代产业开发的丰富经验，为大面积开展禁毒替代打下了良好的基础。为此，鸿宇集团的农业综合开发及禁毒替代工作受到了各级政府、国内外组织和禁毒机构的好评，并荣获了中国光彩事业促进会颁发"光彩事业奖章"、云南省禁毒委员会授予的"边境禁毒国际合作奖"、集团荣获"中国优秀民营科技企业"、云南省"光彩事业先进企业"等多项荣誉，联合国毒品及犯罪问题办公室也写来了感谢信，对鸿宇集团所做的禁毒替代工作表示衷心的感谢。

（三）云南鸿宇集团"走出去"的经验总结

1. 依托国内产业优势，使国内外产业形成互补和一体化，走产业化经营的路子

云南鸿宇集团全资子公司——云南绿宝产业开发有限公司主要是以境外禁毒替代种植、加工为主的农业科技产业国际合作项目。自1999年10月成立以来，本着以科研为基础，以经济、社会效益为中心，依托云南得天独厚的生物资源优势，发展云南边疆部数民族贫困地区的生态农业经济。在帮助边境地区广大贫困农户大力发展经济作物脱贫致富的同时，还将经济作物的种植延伸到缅甸北部地区，对龙眼、茶叶、橘子、橡胶、水稻、香蕉、玉米采取合作开发、种植示范、维护管理、技术辅导、产品收购、加工、市场营销等替代发展的合作方式，发展境外替代种植产业。目前绿宝公司已发展成为"金三角"地区开展替代种植领域最宽、产业支撑最有力的企业之一。

绿宝公司目前已累计在禁毒替代发展项目上投资近4000万元，累计与缅甸低邦签订计划开发替代种植协议100多万亩，其中与排邦第二特区南部171军区在万宏地区合作开发的8.5万亩龙眼、1.5万亩乌龙茶、橘子；缅甸国13000亩橡胶等已实施种植。2005年在萨尔温江东岸河谷地区、公坝地区新增苗圃，已育新苗100万株。至此橡胶种植已列入公司与佤邦南部171军区未来重点种植开发的项目，计划于2015年完成300万亩的种植，公司与佤邦南部171军区签订了新的合作协议，计划在2015年合作种植橡胶150万百亩。

绿宝公司还投资在缅甸建立了农业综合开发示范围，进行种植技术示范，并以优惠的价格向缅方提供优质种苗、农药、化肥和无偿帮助缅甸培训栽种技术人员和进行科技研发，为逐渐扩大替代种植面积打下了基础。

为巩固替代种植的成果,2003年公司承担了由中国国家禁毒委扶持和唯一得到缅甸联邦中央肃毒委员会认可的国家级项目——万宏南章龙眼加工厂。2003年10月本项目得到了中国国家禁毒委50万元的扶持资金,公司在该项目中已投入250万元。自加工厂建成后,除烘干龙眼外,在其他季节可做玉米、大豆等其他农副产品的烘干加工。通过项目的实施,对当地饲养业的发展起到了积极的作用,使当地民众摆脱了对罂粟的经济依赖,能够安居乐业,达到彻底禁种、不复种的目的。

2002年至2004间,公司与佤邦南部171军区合作开发回俄、万宏等区橡胶种植15000亩。公司计划2006年与佤邦南部171军区合作,共同完成25000亩的橡胶种植,计划在2015年合作种植橡胶150万亩。

云南鸿宇集团控股公司——云南红瑞柠檬开发有限公司作为目前国内规模最大的柠檬种植加工项目,按照"公司+基地+农户+科研"的模式,在德宏州发展20万亩柠檬基地,现已发展种植柠檬将近5万亩。集团按国际标准在瑞丽边境经济合作区建起了一座现代化的柠檬综合深加工厂,引进意大利、瑞典柠檬加工生产线并已投入使用;健全完善了销售网络;在北京成立鸿瑞科技发展有限公司,与中科院、中国食品发酵工业研究院等大专院校合作,实行高科技研发和深加工。为境外替代种植产品规模化、产业化发展做了大量的前期工作,投入了大量的人力、财力、物力,搭建好了发展平台,奠定了坚实的基础。

鸿宇集团依托控股的云南大学滇池学院,搭建与东盟各成员国人力资源开发的合作框架,对解决东盟国家尤其是"金三角"地区人才匮乏的问题将起到很好的作用。目前,云南大学滇池学院已免费帮助缅甸北部地区培训了10名本科学生,专业分别是:工商管理、金融、财会、国际贸易,地处金三角腹地的缅甸宏邦贸易公司为此还给鸿宇集团写来感谢信。以后将逐步扩大规模,以保证对外经济合作及禁毒替代产业发展的人力支持。

2. 充分利用云南省资源优势,实施"强强联合",稳健有序的"走出去"

云南中家红牛生态农工科技园有限公司是由云南鸿宇集团有限公司作为股东发起人,与云南省国际经济技术合作公司、云南农垦集团等省内6家企业共同投资成立的以老挝红牛坝为重心对老挝北部波乔省2万公顷土地进行开发。现已完成项目的整体初步规划和首期600亩示范基地的种植,派驻了具有较强实力的技术人员和工作人员,整体工作也在积极地实施中。

(四)企业对政府协调解决问题的建议

鸿宇集团较早投身国际合作开发,积极参与"走出去"战略国际项目,利用自身优势与国外有利资源相结合,优势互补,在实施"走出去"过程中也取得了一些成绩,为将来进一步的发展奠定了坚实的基础。但由于走出去时间较早,政策不够明朗、不够配套等因素,也历尽了诸多艰辛和重重困难。为了发挥云南在中国—东盟自由贸易区建设中的区位优势,使"走出去"战略朝着全方位、多层次、宽领域的方向发展,为了更好地与周边国家进行合作,现结合实际情况,提出以下三点建议:

1. 加强资金投入和资金扶持力度,拓宽资金来源渠道

由于单方面财力是有限的,为深入持久地推动境外项目不断进行,巩固目前取得的成果,并不断扩大影响,要着力构建多渠道、多层次、多元化、全方位的投入机制。建议中央财政安排专项资金,由商务部牵头相关部门对云南省开展的对外合作项目(大其是替代项目)给予专项资金支持,项目立项审批,统一按国家基本建设程序进行。同时建议国家每年安排相应贴息贷款,主要用于解决企业在发展境外项目中遇到的困难。

同时请求国家有关部委给予前期开发费用、前期风险基金方面的支持以及中国进出口银行对开发项目给予优贷和信贷。

其次由政府牵头,在省内、国内乃至国际大企业、财团间建立战略合作伙伴关系。并利用国际资本市场渠道,引入具有整合资源能力和资本市场运作能力的国际战略投资者和国际战略合作者,外部投资的进入不仅仅带来资金,还伴随着先进的技术、管理和观念,能有效拓宽资源开发领域,通过产业化发展,延伸产业链条,生产高附加值的产品,使经济效益、社会效益、生态效益同步增长。

2. 出台并实施"走出去"战略相关配套扶持发展政策

通过推出配套扶持政策,创造一流的政策环境。配套扶持政策包括:商业银行信贷及财政贴息扶持政策;引进与使用人才政策;产品市场拓展扶持计划;产品出口退税的办法;"走出去"的外汇管理办法;人员、商品出入境管理办法;产品配额指标的管理办法;境外投资项目审批办法等。通过配套扶持政策的实施,进而实现"走出去"战略的目标,推动企业和对外合作的迅速发展。

3. 建立广泛的合作协调沟通机制

①请求政府相关部门加强与周边国家的高层会晤和合作磋商,建立政府间的合作协调机制,形成政府间的对话机制,保持磋商渠道的畅通,努力推动"走出去"战略向纵深发展。跨境发展产业化项目所需要的政策环境和合作机制问题,必须由双边政府高层重视,正面推动,方能得到有效解决,为企业对外合作营造好的投资环境。

②发挥商会的桥梁纽带作用,强化商会的经济功能。商会引资和国际经贸活动中可发挥很大作用。

③由于"走出去"战略涉及面广,参与管理和指导的政府机构、部门较多,经常形成多头管理,造成管理部门责任不清,办事手续繁杂,给实施"走出去"战略及对外合作造成了一定的阻碍。建议由省禁毒委和商务厅牵头,成立走出去战略专职协调小组、管理和服务机构,建立企业与政府性机构、部门经常性沟通的渠道,高效、实效、有成效地为"走出去"战略服务。

九、青岛金王应用化学股份有限公司"走出去"个案分析

(一)青岛金王应用化学股份有限公司简介

青岛金王应用化学股份有限公司(原青岛金海工艺制品有限公司)成立于 1997 年 3 月,2001 年 4 月整体变更为股份有限公司,注册资本 3102.88 万元。属青岛金王集团旗舰子公司。为世界 500 强的美国的 Wal-Mart、德国的 Metro、法国的 Carrefour、瑞典的 IEDA 等大型商业集团的主要中国贸易伙伴之一。

2000 年产品被国家计委列为高新技术产业化推进项目。2001 年产品被科技部认定为高新技术产品。2001 年公司被认定为国家级高新技术企业。公司注重尊敬、吸纳人才、形成以"人才为资本创新比才能"的文化氛围,目前拥有员工 367 人,并拥有以德国、美国、法国的著名专家与公司教授、博士、研究生为核心的高水准科研中心,已研制开发出新型聚合物基质复合体烛光高新材料及其系列制品、一氧化碳与氢气合成的石油替代品的产业化生产技术项目、硬质透明石油副产品替代材料项目和适于制备新型聚合物的国产化技术等国际尖端储备项目。

公司市场销售精英团队平均年龄只有 26 岁,团队以"以创新为灵魂,以

质量为中心、以服务为根本、最大程度让用户满意"的企业理念为指导,团结奋进,产品已远销欧、美、亚、澳、中东等 100 多个国家和地区。金王 KINGK-ING 品牌在国际商场上已享有很高的知名度、美誉度。

金王应用化学股份有限公司是开放式现代化管理公司,公司将继续以开放式的人才、科技、市场、管理创新为基础,在金王集团的带领下,向"公众化""国际化"的大型企业迈进。

（二）金王应用化学股份有限公司走出去经验和总结

1. 建立辐射全球的国际市场网络

金王经过多年的国际市场版图拓展,初步在全球建立了三个核心辐射中心,形成市场细分、优势互补、反应快速、品牌拉动的零距离服务模式;一是以美国为中心覆盖北美、南美地区。二是以韩国、中国为中心覆盖环亚太地区。三是以德国为中心逐步推广到欧洲主要发达国家的国际化市场网络。在精心布局金王全球市场网络下,先后在美国、德国、韩国等 12 个国家成立分支机构,根据不同的区域市场特点采取研发中心、境外加工贸易工厂、贸易公司等多种形式,强化美、欧、亚三大主要战略市场,使研发、制造、销售逐步与国际接轨,迈出了国际化发展模式的第一步。

目前,设在美国沃尔玛总部阿肯色州本顿维尔城的美国金王已成为集团的美洲研发、设计、制造、销售中心,在 2005 年已新增出口 1500 万美元。设在韩国釜山的制造工厂已成为集团重要的海外生产加工基地;设在香港的采购中心,通过与欧美主要国际市场的对接,整合东南亚地区部分国家的优势,扩大对欧美国家的出口,2006 年将新增加贸易额 2000 万美元。正在德国推广的德国金王将成为我集团的欧洲研发、设计、制造、销售中心,并将成为集团新的海外经济增长点。

2. 凝聚全球力量,精心培育国际化的金王品牌

2003 年 12 月,金王首先在美国建立了办事处,2005 年 1 月,美国金工制造有限公司成立,是经商务部批准设立的境外生产型企业,设有研发、设计、生产、销售中心,它是金王开拓美国市场的重要步骤。美国金王的建立,是意味着金王在国际舞台上又迈出了崭新的一步——从建立全球的销售机构、销售金王的产品到自己经营销售自主品牌的产品,这完全是一个全新的经营战略,进一步与国际大公司的经营接轨,直销自己的 Kingking 品牌,实现品牌在国际

市场的升级。

美国金王销售中心由在沃尔玛有着几十年丰富经验的采购经理出任该美洲销售公司负责人,服务于整个美国市场客户,研发设计中心引进全球蜡烛行业最知名的研发设计团队,研发设计本土化的自主品牌高端产品,可满足美国客户的本土化需求。制造中心生产高附加值的产品,可满足美国中、小客户及高端客户及个性化需求客户的需求。

在美洲,设立在北美的美国金王可以满足中小客户、高端客户及个性化客户的研发、设计、生产、销售需求,同时可以辐射到南美地区,而像沃尔玛这样的大连锁店客户的大批量订单则可以在美国研发设计中心进行本土化设计然后再转到中国生产制造;在欧洲,设立在德国的德国金王也可以像美国金王一样辐射到整个欧洲地区;在亚洲,设立在韩国和中国的研发、设计、生产、销售中心可以辐射整个亚太地区。从而可以凝聚全球力量实现高端客户本土化研发、设计、生产、销售,大连锁店客户本土化研发、设计、销售,中国制造。

在美国建厂和设立研发、设计、销售中心也具有三个优势:

(1)速度快

美国市场机遇多、市场空间大,但速度必须是第一位的。在美国建厂后,中、小客户、高端客户及个性化客户提出的要求就可以由美国研发公司进行设计直接投入生产,然后在当地直接销售,能够在第一时间满足客户的需求,而不需要由美国研发公司进行设计后再转发到中国内地生产再运送到美国客户手中,争取了时间就等于争取到了客户、争取到了市场。

(2)产品附加值高

坐在中国的办公室设计美国的产品,根本不可能完全满足美国用户的需求,而美国研发设计中心的设立就可以很好地解决这个问题,由本土化人才的美国人直接设计开发美国客户需要的产品,必然能最大限度地满足美国客户的需求,而这些产品都是我们自主研发的,都是打着美国金王的自主品牌直接销售到美国客户手中,省却了代理商和销售商的中间环节,可以获取较高的产品附加值和最大的利润。

(3)服务零距离

比如说在纽约销售的产品,如果到用户家上门服务的话,企业平均要花费的费用是数万美元,如果你这个产品就卖150美元,我不可能拿和产品一样的价格来服务;即便300美金拿出一半的钱来服务产品也是不可能的。如果你自己做不到这一点,你就不可能拥有市场。美国销售中心的设立就可以让服务达到零距离,在第一时间满足客户的服务。

美国金王只是金王国际化战略的第一步,通过建立美国金王,金王的自主品牌进入了国际主流市场,并且能够销售主流产品,成为当地的主流品牌,进一步扩大金王自主品牌在国际的知名度和美誉度。

3. 创新国际化发展的新模式,成为中国企业海外发展的领头羊

韩国金王制造有限公司是2005年3月经国家商务部批准设立的境外生产型企业,位于韩国釜山江西区 Noksan 工业园,是中国第一家在釜山设立的中资生产型企业。釜山不仅是东北亚航运的枢纽,每周有400多个航班发往美国各港口,物流快捷又便利。建厂初期采用租赁方式,现已全部购买下来。工厂与三星、大宇等著名品牌的生产基地比邻,距釜山港5分钟,距釜山国际机场20分钟,交通十分便利。工厂第一期设备投资280万美元,生产 Kingking 系列新材料、蜡烛及相关产品,年产量可达480万只,2005年已实现销售收入1000万美元,实现当年考察、当年建厂、当年生产、当年盈利。

金王韩国工厂的生产与销售不仅在当地市场而且在日本市场呈上升态势;同时,早在三年前就在韩国和日本注册了自己的品牌,并在当地蜡制品市场具有一定的知名度,在韩国建厂共有四大优势:

目前,韩国制造业已向外转移,闲置厂房的租赁价格十分便宜,像金王韩国工厂的租赁厂房的租金比中国某些地区还要便宜。

亚洲金融危机以后,韩国政府采取了积极吸引外商直接投资的政策,制订了相关鼓励外商投资的法律和法令,其中主要有《外国人投资促进法》及本法的施行令和施行细则。该法于1998年9月18日制订,是韩国关于外商投资的基本法律。首先,最大限度地减少对外商投资的管理事项,简化登记审批制度,简化投资手续;扩大在税收方面的优惠力度,实行提供各种补助金等方式的投资支援制度。

其次,允许地方政府在地方税减免、土地租赁费减免、外商投资地区候补用地选定等方面拥有决定权,对地方政府吸收外商投资在财政方面给予支援。

再次,外国人投资区内的所有外国企业,3年间免缴国税(法人税、所得税),期满后7年减半征收;8—15年内减免地方税(取得税、登记税、财产税、综合土地税)。

聘用韩国当地员工工资较高,但他们劳动效率极高。金王目前拥有亚洲

最大的蜡制品研发中心。技术实力雄厚,人才优势突出,从青岛飞往釜山的航程只要一小时,可以把青岛的优秀技术及管人才与韩国工厂的优秀人才相互交流。

韩国蜡烛制造业本身就不是很发达,其本土产品无法与金王相媲美,也没有形成品牌。我们投资韩国,进行本土化经营,不仅可以利用韩国目前亚洲四小龙的经济地位,打造"made in Korea"的高端品牌,而且可以先入为主,抢占韩国蜡制品市场。通过在韩国釜山设厂;努力开拓韩国、日本市场,同时进一步开拓亚洲市场。

韩国建厂,使金王得到了韩国当地政府多项的支持,而金王在釜山也为当地创造了诸多就业机会,增加了当地的税收,实现了中韩双边贸易上的互利和共赢。

4. 企业对政府协调解决问题的建议

(1)贷款政策不配套

国家为了鼓励境内企业对外投资,四部委联合下发的《关于境外加工贸易人民币中长期贷款贴息管理办法的通知》(国发办[1999]17号)和《关于境外加工贸易企业周转外汇贷款贴息和人民币中长期贷款贴息有关问题的补充通知》(商规发[2003]364号);文件中明确指出国家给予用于境外加工贸易项目建设和运营的所有境内银行贷款给予贴息的支持。

但目前企业在向商业银行申请境外加工贸易贷款时,由于商业银行往往以人民银行颁布的《贷款通则》第二十条第三款"不得用贷款从事股本权益性投资"为由,使贷款在实际操作中几乎不可能实现。因此,国家推出的境外加工贸易的贷款贴息政策执行起来比较困难。

另一方面,虽然发改委和进出口银行发布了《关于对国家鼓励的境外投资重点项目给予信贷支持政策的通知》(发改委[2004]2345号),可以给予企业发放境外投资项目贷款。但是由于进出口银行的贷款的申请条件相对比较高,程序比较复杂,一般的中小企业和民营企业很难申请到。由于相关配套的贷款政策不完善,国家推出的境外投资的优惠政策处于比较尴尬的境地。

(2)税收政策不配套

虽然此前四部委联合下发的文件中,明确指出国家对于境外加工贸易企业给予鼓励支持,但目前的税务政策却不利于企业的境外加工贸易:根据目前的增值税出口退税管理规定,企业出口自己生产或者视同自己生产的产品才可以享受退税政策;非企业自己生产的产品出口不能享受出口退税政策。所以,在企业将境外加工所需的原材料在集中采购、统一报关出口的时候,由于这些原材料不是本企业生产的产品,税务机关对这部分出口不给予退税支持,这样企业在境外加工的产品就会由于原材料成本的提升,失去竞争力。

(3)缺乏对境外投资中资企业在当地指导规范管理

虽然国家鼓励企业到境外投资,但这些企业一旦"走出去"后,尤其是在建设初期,由于缺乏经验;在当地遇到困难就不知该找哪些机构和部门去寻求帮助。这就需要国家相关部门有系统有组织地对境外投资中资企业进行指导和规范管理。

中国企业"走出去"不容易,在海外创出中国的知名品牌更不容易,最后建议国家有关部门能够为中国企业"走出去"提供更多的扶持,出台更配套的政策,创造更好的环境,尽快培育出一批具有国际核心竞争力的中国企业。

十、华立集团"走出去"个案分析

(一)华立集团简介

华立集团成立1970年,在2000年年底完成民营股份化改造。经过35年的发展历程已经成为一家跨地区、多元化、外向型的民营股份制企业。目前企业总资产超过100亿元人民币,员工12000余人,2005年实现销售收入112亿元。华立品牌被认定为"中国驰名商标",并在全球近90个国家获得注册。集团控股了重庆华立控股、浙江华立科技、昆明制药、武汉健民四家国内A股上市公司,产业涉及仪表与系统、生物制药、信息电子、石油储运等领域。

华立集团在30多年的发展创业过程中,始终以"增进社会福祉、实现人生价值"为企业经营理念,以"共识、共和、共创、共享"为激励员工的企业精神,"创全球品牌、树百年华立"是华立对未来自身发展方向的定位,华立的目标是成为世界一流的跨国公司,让"华立"成为世界知名品牌,使企业成为百年常青企业。华立集团将通过技术创新、资本经营、国际化等三大发展战略的实施,努力将华立发展成为一个具有国际竞争能力的跨国公司。

(二)华立集团"走出去"战略

为了实施华立的远景规划,华立在1998年制定了"技术创新、资本经营和国际化"三大中长期发展战略,特别是基于行业特有竞争环境和企业发展需要,我们提出了主导产品50%以上在海外销售、投资收益50%以上来源于海外项目的战略目标。经过近几年的探索和推进,目前已初步形成了从国外获取高端技术、在中国实现产业化、面向全球市场营销的资源配置方式。

1. 华立仪表产业——建立海外研发中心、制造基地和营销机构

华立的仪表产业做了三十多年,已经形成优势。特别是最近十年来,技术创新速度非常快,跟国际最高水平差距不大,所以最先要走到国外去了。道理很简单,在某些国家有订单,华立每年投标成功率很高,但是一直存在关税、国民待遇、贸易壁垒等很多问题,使他们感到不能满足于一般贸易的形式了。2000年,华立尝试着在泰国建立了第一个海外工厂,经过几年的发展,已经以一个本地生产商的身份占据了当地市场25%的份额;其后几年华立又在阿根廷、乌兹别克斯坦和印度开办了合资及独资组装工厂,通过这种形式,把散件运过去,组装成华立自己的品牌产品,然后在本地及周边国家销售,力求长期占领这些市场。

在此基础上,他们又尝试着把研发中心放到海外,把它的技术成果拿回国内应用。比如在以色列搞了一个最核心技术的研发中心,请了一批犹太籍的工程师,在加拿大也设立了一个研发中心,因为最核心的技术在中国解决不了,所以延伸到海外,这样使它们在仪表行业始终保持技术的领先。除了核心研发之外,华立主要的生产制造基地集中在中国,大部分产业技术研发也在中国,充分地利用了各个地域的最有竞争优势的资源,整合起来为华立的全球化目标服务。

华立仪表产业海外网络:华立泰国电气公司,华立泰国电子表公司,华立杭申泰国电气公司,钱江贸易公司,华立阿根廷电气公司,华立印度电表公司,华立菲律宾公司,华立尼日利亚公司,华立国际香港公司,华立俄罗斯办事处等十几家。

2. 华立通信产业——"拿来"国外核心技术,发展自己的核心产业

华立切入通信行业,采用的是另外一种方法。全球的通信行业市场中国是最大的,但是对中国企业来说最关键问题是核心技术资源。华立在2001年成功收购了飞利浦CDMA移动通信核心芯片设计部门,同年还收购了美国NASDAQ上市公司太平洋系统控制技术公司门(PFSY),收购完成以后,核心技术就拿过来了。因为在中国当时还没有一支技术团队能够解决这个问题,

中国的手机行业大家都一哄而上去做手机终端产品，但是没有人去做上游的核心技术和关键零部件，根本没有形成自己的产业链，结果都变成了为国外的跨国公司"打工"。

华立当时就看到了这个问题，所以没有去跟风，而是选择了虽然进入难度很大但是相对竞争者也比较少的产业链上游。由于当时中国在无线通信核心技术上与国外发达国家差距非常大，从零开始基本上不可能，"拿来主义"或者称为"站在巨人的肩膀上起步"就是一种最佳的解决方案。华立把收购过来的研发团队仍旧放在加拿大和美国硅谷，还是加拿大人和美国人在做研发和管理，但是核心技术的拿来帮他们快速进入了一个门槛很高的高科技行业。收购完成后一年，就生产出了 CDMA 手机的最关键部件—基带芯片，打破了美国高通长期的独家垄断局面。虽然华立的产量和技术还不足以与高通一决高低，但至少迫使高通采取了降低技术门槛和降价的措施。华立拿来技术的目的主要是在中国培育一个产业化的基地，正是因为有了这项技术和这个基地，使他们顺利地加入了中国自主知识产权的 TD-SCDMA 产业联盟并成为其中重要的一员，从而有了资格和能力进入正在兴起的 3G 产品市场。华立打算先做中国市场做起，然后逐步再做国际市场。

3. 华立医药产业——"走出去"和"引进来"相结合

几年前在资本扩张的过程中华立进入了生物制药行业。当时他们从大量的信息中注意到一种对治疗疟疾有神奇疗效的植物药原料——青蒿素。这是中国政府当时在越战中为越军因为疟疾减员而研发的药品，随着越战结束，这项研究就停顿下来。他们从 2000 年开始投入大量的资源对这一产品重新研发、生产、销售。由于青蒿素抗疟药的原料青蒿是一种非常独特的植物，它的生长环境要求严格，高品质的青蒿只能在中国西南的某一个地区生长，所以他们是先掌握核心上游资源：种子、种植基地等（在这一地区投入大量资金扶植农民种植，既帮助农民致富，又垄断了世界上 80% 的优质原料）；再联合科研机构对提炼、药品效能提升等技术资源整合，提高疗效；然后通过实际临床效果说服 WHO（世界卫生组织）将青蒿素抗疟药作为一线推荐产品，摆脱了中国发明的青蒿素而且原料产地在中国但中国企业只能为跨国公司提供廉价原料的局面。这是目前唯一的分子结构能被说明、被全球公认的中药产品，成为越来越多国家治疗疟疾的首选药物。但是国际医药市场有其特殊的规律。虽然中国在青蒿素的成药研发上处在世界领先地位，市场竞争却完全被瑞士诺华和法国赛诺菲垄断,青蒿素制剂的国际注册和销售也主要把持在跨国公司手中。作为新进入这一产业链的华立,华立采用了与战略伙伴结成联盟的战略;把"走出去"和"引进来"相结合。

通过几年的全力打造青蒿素抗疟药,华立目前已经形成自主知识产权、自主品牌、自主国际营销网络的完整产业链。

目前华立已在非洲、东南亚、南太平洋地区的四十多个国家注册了自己的药号,拿到了当地的药品销售许可。在非洲的尼日利亚、肯尼亚、坦桑尼亚、乌干达、东南亚的缅甸、法国等国家建立了十几个医药销售公司,在印度成立合资公司,开始在当地生产华立的自主产品聘请当地人作为医药代表,大力直销华立的产品,打造华立的销售网络,树立华立医药的品牌。通过几年的努力,华立自己品牌的青蒿素抗疟药已经成为非洲著名的品牌。2005年华立医药仅青蒿素抗疟疾药物出口就达3000万美元。

为了加大开拓欧美市场的力度,华立还在法国、北美设立了分公司,除了做传统的营销工作之外,还通过与跨国医药企业及学术机构的紧密合作,致力于青蒿素产品的研发、注册和推广。目前与华盛顿大学联合开展的青蒿素抗癌症研究已经取得了阶段成果;与世卫组织合作申报新一代抗疟产品也即将完成,获得供应商资质后,华立的产品就可列入世卫组织和环球基金等社会组织的采购目录,以及主要捐助国家的采购目录,从而进入更具规模的公共采购市场。

4. 能源产业——控制上游资源,打造国际化的产业链

随着中国经济的飞速增长,能源紧缺日益成为制约发展后劲的瓶颈。看准未来这一宏观趋势后,华立充分利用自己民营企业的优势,在国际上积极探索能源合作的机会。经过近一年的艰苦谈判,华立与国际上有资深专业背景的石油公司和金融投资公司结成联盟,成功地在非洲拿下了一个油田区块的勘探开发权。作为中国背景的公司,华立站在后台通过发达国家的石油开发企业出面竞标,既满足了招标方对行业经验与资质的苛刻要求,又避免了一些敏感政治因素的干扰,还充分借助了合作伙伴的资金、经验,分担了投资的风险,这次成功成为了华立"走出去"道路上一个里程碑。值得强调的是,华立通过一系列股权的控制以及与合作方的约定和协议,最终保证了对油田勘探开发和运营销售的控制权。这使得华立未来有能力将石油运回到中国销售,解决了国家经济发展的战略需求,配合了国家的产业导向。

这次向陌生领域的拓展只是一种尝试,华立的长期战略是通过对上游资

源的控制,有保障地建立自己在石油开采、贮运及未来石油化工行业的一条新的产业链。他们相信,走出国门,控制海外资源,拿来为国家的可持续发展服务,这是未来中国企业实施"走出去"战略的一种新的趋势,也是"走出去"的更高层次。

5. 探索"走出去"新路径,为后来中国企业服务

2004年华立被评为中国民营企业对外直接投资二十强,2005年中随着泰国新合资公司及俄罗斯办事处的设立,走出去的力度有了更大的提升,但他们并没有满足于已经取得的成绩。

华立从2000年在泰国设立了第一家公司,到现在已建成机械表、电子表和低压电器三个合资工厂以及一家贸易公司,几年的经营中他们积累了丰富的经验,锻炼了一支熟悉本土文化和本土经营的管理团队。泰国毗邻中国,人文环境和风俗习俗与国内相似,近几年来,泰国政府以各种方式拉动泰国经济,在亚洲经济增长率仅次于中国,华立集团看中了其中呈现的无限商机。在2006年华立与泰国最大的工业地产开发商安美德公司合作,将建立"华立安美德泰国工业园",希望吸引中国企业到泰国投资建立产业基地。该项目总体规划面积约4平方公里,计划分三期建成,其中一期开发占地约一平方公里(含保税区350亩),投资约12亿元人民币,建设园区公用设施和标准工业厂房。这个项目得到了泰国政府的高度重视和中国各级政府部门大力支持,2005年7月1日,华立集团与泰国安美德集团在泰国总理他信和国务院副总理回良玉的见证下,签署了合作备忘录。商务部领导多次听取了华立集团的汇报并给予很多具体指导和支持。这个工业园是华立"走出去"道路上的又一次新的探索,同时它们也希望通过这种形式在境外建设一个年生产规模200亿—300亿元的中国企业加工园区,为更多中国企业走出去提供一个基地,同时也将成为中国企业规避在国际市场上被打压的一块跳板。

(三)华立"走出去"的经验体会

在"走出去"的道路上华立和其他率先试水的中国企业一样,经历了许多艰难坎坷,克服了很多以前未曾想象的困难。

在有些国家,中国企业刚进入市场时面临着当地竞争对手的联合抵制,他们通过商会、政府的支持制造各种不公平竞争环境,限制产品的准入资格;或者制订一些不公平的条例保护当地企业的利益,同时制约外来企业。有些时

候当地厂商通过价格联盟联手打压中国企业的新公司,甚至不计成本,以不可思议的价格想把他们在创业初期就震荡出局。

一些国家政府办事效率低,腐败现象极为普遍和严重,特别是在非洲一些国家,办一点小事官员也会索取好处,从政府到民间诚信度非常低。这增加了中国企业的运作成本和风险。有的国家出于贸易保护,对外来投资政策很苛刻、设限过多,例如行业限制、国产化率的要求、本国公民控股、提高产品的认证标准、劳工保护、环境保护等一些非关税壁垒,想方设法削弱中国企业的竞争优势。

还有的国家如印度,对中国的签证政策不够开放,使得我们初期的外派人员不得不每月回国办一次签证。特别是美国,赴美商务人员屡遭拒签,致使很多商机流失,一些重要的战略合作进程受阻。

更大的挑战和困惑还是来自于国内企业的无序恶性竞争。本来国外客户对于中国产品的质量就有不恰当的看法,但是国内厂家不顾声誉和长远看待市场,用低质、低价、冒牌的产品冲击市场,对于中国的品牌企业带来了严重的不良后果。例如,在华立泰国建厂前,中国某公司出口泰国十万台电表的严重质量事故(该公司对质量事故根本没有处理),到今天泰国电力公司还是记忆犹新。现在华立电表已经成为泰国的有名品牌,但是大量的中国低档表倾销泰国,响了中国公司在泰国的发展。青蒿素抗疟药也是如此,在国外跨国公司的背后鼓动下,目前中国约有80多家企业宣称进入青蒿素提炼行业,甚至连一些原来生产白酒的企业也开始转产提炼青蒿素,这些企业为了一时之利,掠夺性地收购野生青蒿,已经严重威胁到华立打造的产业链的健康发展,同时还有大量中国无证药厂生产的药品在非洲出现,低价、质次的药品严重危害人体康复,甚至会危害病人的生命。这些情况都威胁到中国公司"走出去"战略的实施,对国家的声誉产生了严重的危机,希望政府能出台政策,减少这种负面影响。

华立集团在五年多的海外投资尝试中,得到了一些启示和经验体会愿意与其他中国企业分享。

(1)海外投资是参与国际市场竞争的一种手段,是对外经济贸易活动的高级形式,首先应该基于成熟的产品和技术,同时还要对该行业的国际市场有充分的了解。有人把产品出口和设立海外营销机构比作小学毕业,把海外投资建厂比作中学毕业,把整合全球资源、建立跨国价值链比作大学毕业,这是有一定道理的。只有循序渐进才能知己知彼,减少风险因素,找到发挥自身竞争优势的恰当空间,最终实现扩大产品出口、有效地战领国际市场的初衷。

(2)通过建立境外生产基地,可以改变产品身份,实现原产地多元化,避开贸易制裁和贸易设限,出口到第三国。华立销售到南美的电能表放在泰国生产就是一个例子。2005年纺织企业受到欧洲和美国的贸易设限,危及企业的生存和发展,通过转移原产地的方式来规避风险,是一个值得认真考虑的对策。

(3)在国外设厂生产,除了在当地享受本地厂商的待遇外,还可以借助地区性自由贸易政策或地区经合组织的便利,向周边国家市场的辐射。如东南非洲共同市场内的零关税、东盟自由贸易区的关税逐步减免等等。此外非洲、中东、以色列等很多国家都与美国、欧盟签有协定,关税优惠、没有配额限制,这都可以帮助中国企业规避贸易保护的限制。

(4)在海外投资后会遇到种种不利因素,有些甚至是致命的因素,这些是项目前期或者说可行性分析时无法预见的。面对困难,必须采取积极的应对措施,逐步化解危机。要有长期艰苦创业的打算,不要急于求成。既要有责任心,又要有耐心。不要怕前期的经营亏损。

(5)境外投资是在游泳中学会游泳的过程,是培养海外经营管理团队的过程。企业要走向国际化必须有一支经验丰富、能在海外作战的团队,人力资源的储备和培养必须先行。这一点华立体会很深,曾经有很多好项目就是因为人的问题而被耽搁甚至取消。所以在境外投资过程中人才的储备比资金更重要。另一方面,还要解决管理团队本土化的问题,这样会更有利于企业与当地社会、文化、行业间的相互融合,从而推进境外企业的长期健康发展。

(6)面对同行不正当的竞争和打压,要沉着应对。当初泰国的竞争对手控告华立时,华立也向泰国政府部门进行积极地申诉,虽然经历了初期的失败,但最后圆满解决了问题、拿到了订单,还借此展示了自身实力,给当地政府部门留下中国企业的良好形象,甚至最后连竞争对手也不得不接受现实、认可了华立的存在。通过这段经历华立深刻体会到,在海外经营,一定要搞好与当地政府、行业组织及采购商的公共关系,赢得他们的好感,改变他们对中国企业和中国商品不信任的观念,求得共赢与和谐的发展环境。

(作者:赵晓笛、翟利波、刘烁、张志华)

第三节 中国企业对外直接投资意向调查分析

2006 年 9—10 月间,中国国际贸易促进委员会和加拿大亚太基金会联合进行了中国企业对外投资意向的调查,以取得对中国企业对外投资意向全面、深入的了解。此次调查以中国国际贸易促进委员会的会员企业为样本对象。

一、调查结论

(一)现阶段中国企业对外直接投资(ODI)情况

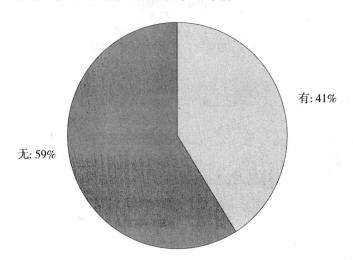

有: 41%

无: 59%

图 6—3.1 有对外投资的中国企业占受访企业的比重

1. 参与对外投资的企业在增多

超过 40% 的受访中国企业有对外投资。这个数字比去年该调查反馈的仅 14% 的中国企业对外投资比率有着显著提高。

2. 投资规模依旧较小

约四分之三的受访企业表示他们现有的对外直接投资规模小于 500 万美元,仅有 3% 企业反馈对外投资额超过 1 亿美元。

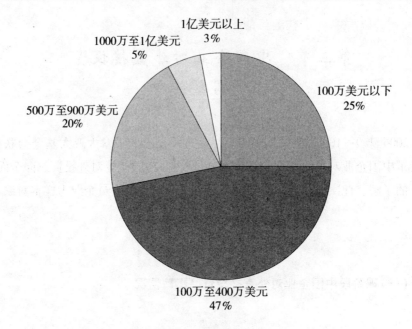

图6—3.2　现有对外直接投资——按规模分布

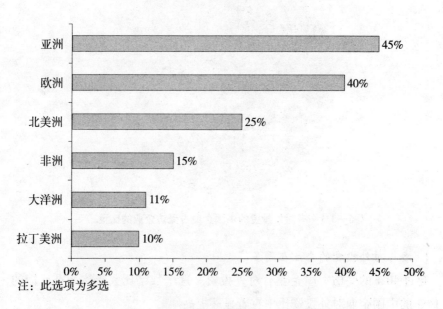

注：此选项为多选

图6—3.3　现有对外投资——按地区分布

3. 亚洲依然是中国对外直接投资的热点地区

类似于去年的发现,亚洲依然是绝大部分中国企业对外直接投资的首选目的地。紧随其后的是欧洲和北美。

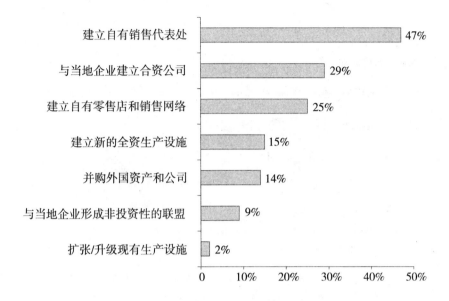

图6—3.4 现有对外直接投资的方式

4. 并购不是对外投资主流

在已有对外投资的中国企业中,建立自有销售代表处一直是最为常见的对外投资形式,紧随其后的是与当地企业建立合资公司。与外国企业并购开始成为中国企业对外投资的一种选择,但这种趋势还不是很明显。

5. 国际贸易始终是对外直接投资的主要活动方式

进出口贸易再次成为当下中国企业对外投资的主要形式,排在贸易之后的是制造业、农产品加工业等。对服务业的投资所占比重最小。

6. 现有对外直接投资明显针对国外市场

反馈的中国企业明确地表示,其对外投资活动主要瞄准国外市场,包括通过在被投资国生产,销售,及从被投资国再次出口至其他国际市场。

7. 大部分投资者对现有对外投资情况感到满意

大部分中国企业投资者对现有对外投资情况感到满意.超过90%的中国企业对投资状况非常满意或比较满意,而仅有6%表示比较失望。

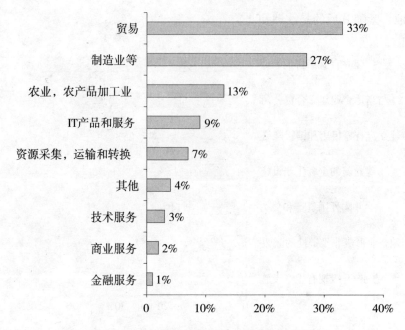

图6—3.5 现有对外直接投资的主要投资领域

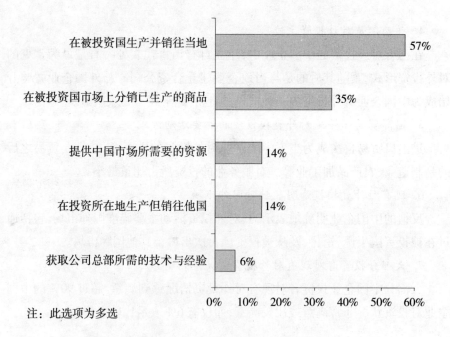

注：此选项为多选

图6—3.6 现有对外直接投资的主要目的

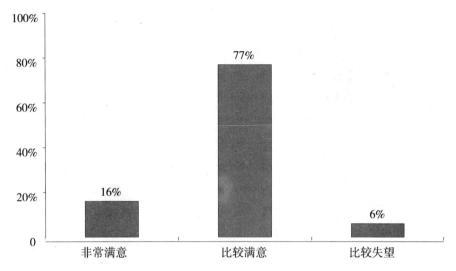

图6—3.7 中国企业对现有对外投资的满意程度

二、中国企业未来的对外投资意向

（一）中国企业对外投资的趋势为增长

更多的中国企业倾向于在不久的将来增加他们的对外投资。分别有接近53%和72%的受访者表示会在未来2年和3—5年内考虑显著或适当增加对外投资。这个意向相比去年调查得到的23%和41%，反映出企业更为强烈的对外投资愿望。

与此相对，分别仅有20%和10%的受访企业表示2年和3—5年内不会有对外投资打算，这个数字比去年的50%和27%有显著下降。同时，对此问题没有明确答复的企业从去年的11%和20%降到了今年的7%和8%。

1. 未来对外投资规模保持较低水平

调查反馈表明，中国企业对其未来对外直接投资持较为谨慎的态度，这点从其拟投资额规模较小可以看出。接近66%和56%的受访者分别在未来2年和3—5年区间内给出了拟投资额少于500万美元的答复。不过，也有超过20%和30%的企业表示未来2年和3—5年内拟投资500万—1亿美元，另外的3%将投资超过1亿美元。

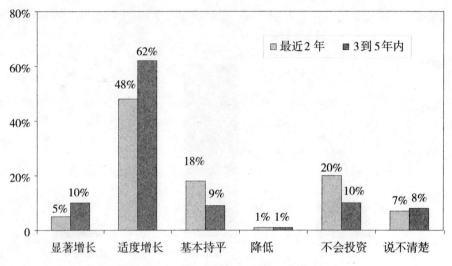

图6—3.8　对外投资意向:短期与长期的比较

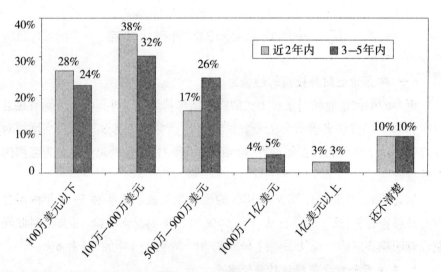

图6—3.9　拟对外投资规模:短期与长期的比较

2. 对外投资计划的主要资金来源是国有银行体系

近半数的受访企业表示其对外投资的资金主要将来自向国有银行借贷。另有12%的企业将向其他国内金融机构和在国内资本市场寻求资金。只有17%的企业将用来自销售利润的公司自有资本从事对外投资。

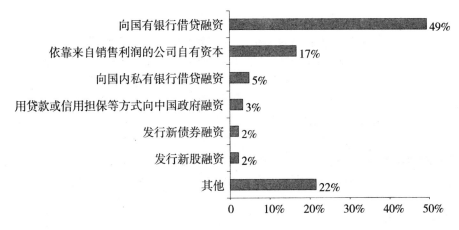

图6—3.10 对外投资资本来源

3. 对外直接投资将成为企业的一项长期战略

受访的中国企业认为对外直接投资是其公司长期发展战略的重要体现，将近70%的反馈表示长期战略方面的考虑对于投资决策"非常重要"或"比较重要"。学习先进的管理经验和寻找新的海外市场成为企业在考虑对外投资时其次重要的因素。

与去年的结果相似，政府提出的"走出去"战略及相关鼓励政策，是中国企业对外投资决策时相对次要考虑的因素。

有趣的是，仅38%的企业把保障能源，原材料和资源供给列为一个影响对外投资决策的重要因素（"非常重要"或"比较重要"），是所有下列因素中影响最小的一项。

4. 跨国并购（M&A）方式将会增多

企业反馈最多的拟对外投资方式为建立销售代表处和与当地企业建立合资公司。尽管如此，直接收购外国资产或公司的方式正在逐渐成为中国企业的一种主流选择。在同样的样本企业反馈中，采取并购方式的比例由去年的排名第五上升到今年的第三。

反馈不知道将选择何种对外投资方式的中国企业明显减少，由去年的56%减少到今年的12%。

5. 未来对外投资的热门行业不仅仅是资源产业

制造业（除去图表中其他专门列出的相关行业）依然是中国企业对外投资的主要行业。有三成的企业表示他们将很可能投资制造业领域。IT产品

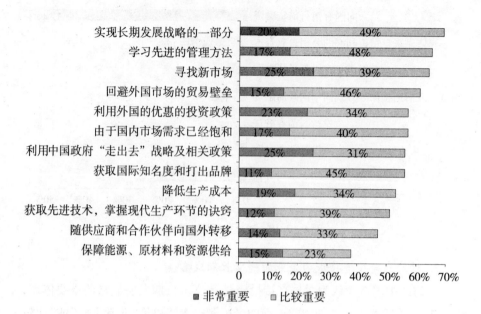

图6—3.11　影响对外投资决策的重要因素

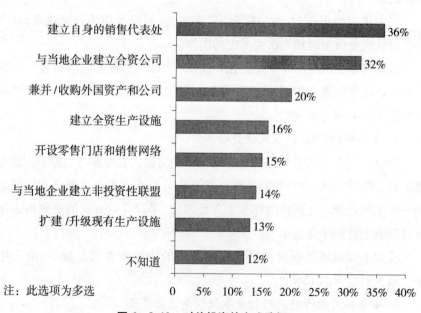

注：此选项为多选

图6—3.12　对外投资的方式选择

与服务和进出口贸易在吸引中国企业投资方面分列第二、第三位。不到10%的企业认为其对外投资将投向资源开采、运输和加工业。

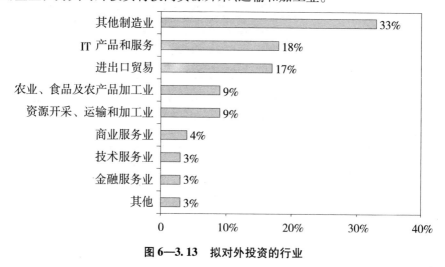

图6—3.13 拟对外投资的行业

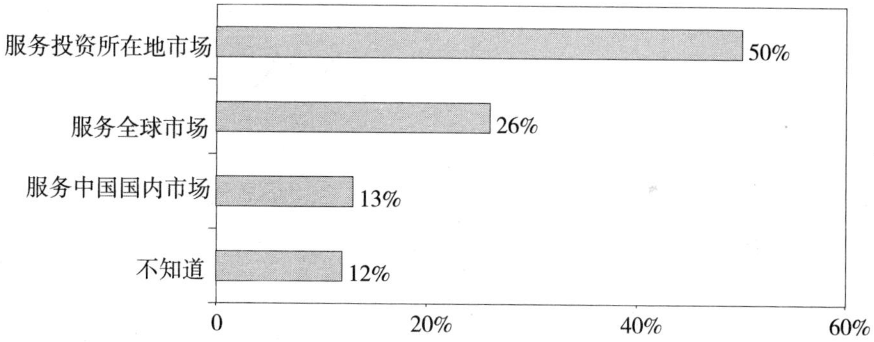

图6—3.14 拟对外投资服务的主要市场

　　拟对外投资旨在服务国外市场有一半的企业反馈,其对外投资主要将服务于投资所在地市场。四分之一的企业表示其投资主要是为服务全球市场。因此,共计四分之三的企业对外投资都为服务国外市场。仅有13%的企业表示其对外投资将服务于中国市场。

　　6. 亚洲国家最能吸引未来的中国对外投资

　　在根据中国2005年对外投资情况得出的10个最有可能的投资目的地中,香港和澳门依然是未来对外投资的首选,随之往后是韩国、澳大利亚。加拿大排名第四,居美国、德国之前。

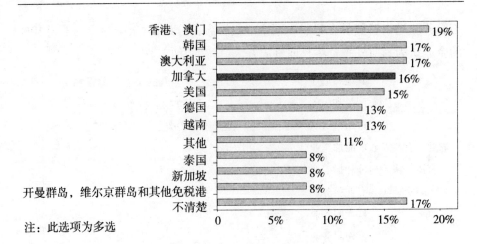

注：此选项为多选

图6—3.15　未来对外投资主要目的地

参考资料汇编

比利时部分

《走向世界的瓦隆》,由 Wallonia Export and Foreign Investment Agency 编辑出版

《通向欧洲的法兰德斯》,由 Flanders Investment and Trade 编辑出版

《比利时欢迎您》,由 Brussels Export 编辑出版

"欧盟劳动标准体系考察报告",作者:河南省劳动工资研究所

www.investinflanders.com,由 Flanders Investment and Trade 主办

加拿大部分

UNCTAD,《世界投资报告》,2003 年 9 月 4 日

KPMG,《国际企业成本领导人指南》,2004 年

EIU,《评估总体商业环境》,2004 年 1 月

EIU,《世界投资前景》,2003 年 3 月

国际管理发展学院,《2004 年世界竞争力年鉴》

世界经济论坛,《2003—2004 年全球竞争力报告》

Accenture,《电子政府领头人:高效率与最大增值》,2004 年 4 月

加拿大财政部

Dealogic

World Federation of Exchanges

加拿大统计局

加拿大航天航空协会

IMD World Competitiveness Yearbook, 2003

The IMD yearbook

2003 OECD study

Business Week magazine

美国国际商会

WIKI

互动百科

加拿大海关

加拿大国贸部

墨西哥部分

2006 年 9 月墨西哥总统办公室第 6 号政府报告

《墨西哥 2007 年劳动力和社会发展计划》

2006 年 4 月墨西哥公共财务和债务经济形势报告

2006 年 7 月墨西哥公共财务和债务经济形势报告

中国驻墨西哥商务处网站

香港特区部分

香港政府统计处

香港贸发局研究部的研究资料

香港政府新闻处的资料

澳大利亚部分

Invest Australia（澳大利亚投资局,现已并入 Austrade,澳大利亚贸易委员会）

www. investaustralia. gov. au

Austrade 澳大利亚贸易委员会

www. austrade. gov. au

Department of Foreign Affairs and Trade 澳大利亚外交贸易部

www. dfat. gov. au

Price Waterhouse Coopers Australia 澳大利亚普华永道会计师事务所

《Doing Business in Australia》

意大利部分

意大利投资促进署(Invest in Italy)2006 年 10 月颁布的最新版《意大利投资指南》；

意大利投资促进署(Invest in Italy)网址 – http://www. investinitaly. cn；

还有部分内容为我贸促会驻意大利代表处编译整理

《意大利对外投资促进政策概述》一文的内容和资料均来源于

意大利对外贸易委员会(ICE)网站 – http://www. italtrade. com/

意大利投资促进署(Invest in Italy) – http://www. italtrade. com/

法国部分

http://www. douane. gouv. fr

http://www. industrie. gouv. fr

http://www. oushinet. com

http://www. insee. fr

http://www. minefe. gouv. fr

http://fr. mofcom. gov. cn

http://www. invest – in – france. org

俄罗斯部分

《俄罗斯外资投资法》——历年不同版本

《俄罗斯社会经济状态》——俄罗斯国家统计局出版

《综合统计季刊》——俄罗斯国家统计局出版

网上下载的有关俄罗斯吸引外资政策、成果、评析论文、副博士答辩论文

俄罗斯科学院、经济研究所专家的有关论文

美国部分

新华网(xinhuanet. com)

http://www. chinaus. net/USAMARKET. htm

The World Factbook

商务部"世界买家网"(http://win. mofcom. gov. cn)

商务部《国别贸易投资环境报告 2006》

中国驻美使馆经商处网站(http://us. mofcom. gov. cn/aarticle/ztdy)

http://www.jdzj.com

The Emerging Foreign Investment Regime in the Americas, Paul Alexander Haslam

Manual of Foreign Investment in the United States, Third Edition,

美国的外资政策概况(http://cnecvv.com)

美国商务部网站(http://www.commerce.gov)

美国商会网站(www.uschamber.com)

美中贸易全国委员会网站(www.uschina.org)

阿联酋部分

《阿联酋商务环境简介》,中国驻阿联酋大使馆经商参处,2007 年 3 月

《迪拜经济及服务业情况》,中国驻迪拜总领馆经商室,2007 年 1 月

《阿联酋北部各酋长国自由区情况介绍》,中国驻迪拜总领馆经商室,2007 年 6 月

《阿拉伯联合酋长国金融市场调研报告》,国家开发银行中东工作组,2007 年 6 月

Journal of the EMIRATES INDUSTRIAL Bank, May 2007.

UNITED ARAB EMIRATES YEARBOOK 2007 http://www.uaeinteract.com/

中国驻阿联酋大使馆经商参处官方网站 http://ae.mofcom.gov.cn/index.shtml

中国驻迪拜总领馆经商室官方网站

http://dubai.mofcom.gov.cn/index.shtml

阿联酋经济部官方网站 http://www.economy.ae/

阿联酋劳动部官方网站 http://www.mol.gov.ae/

The Emirates Group http://www.ekgroup.com/

Abu Dhabi National Oil Company http://www.adnoc.ae/

Dubai Holdings http://dubaiholding.com/en/

Emaar http://www.emaar.com/

DP World http://www.dpworld.com

英国部分

UNCTAD, 2007 www.unctad.org

ONS, 2006

英国贸易投资总署

ONS, January 2007

Evidence, 2006

www. ucas. ac. uk

Healey & Baker, European Cities Monitor, 2006

www. dti. gov. uk/employment – legislation

www. hmrc. gov. cn

《Investing in the uk》,中国经济出版社

www. londonstockexchange. com

www. fsa. gov. uk

HM Revenue & Customs 2007

英国国家统计局

日本部分

日本经济产业省

日本贸易振兴机构

中国商务部网页

《日本市场通览》,中国财政经济出版社 2002 年 7 月

新加坡部分

中国国际贸易促进委员会《国际市场年报新加坡 2004》

中国国际贸易促进委员会《国际市场年报新加坡 2005》

中国国际贸易促进委员会《国际市场年报新加坡 2006》

《新加坡年鉴 2003》

《新加坡年鉴 2004》

《新加坡年鉴 2005》

中国商务部网站 http://www. mofcom. gov. cn

新加坡经济发展局网站 http://www. edb. gov. sg

新加坡国际企业发展局网站 http://www. iesingapore. gov. sg

新加坡海关网站 http://www. customs. gov. sg

新加坡中华总商会网站 http://chinese. sccci. org. sg

新加坡统计局网站 http://www. singstat. gov. sg

新加坡联合早报网站 http://zaobao. com

韩国部分

韩国政府发表的统计数字及三星经济研究所资料

韩国银行发表的有关资料

韩国知识经济部和大韩贸易投资振兴公社发表的有关数据和资料

国税厅有关资料

韩国知识经济部和外国人出入境管理局有关资料

德国部分

中国驻德国大使馆

中国驻德国使馆经济商务参赞处

德国联邦经济技术部

德国投资促进署

德国联邦统计局

德国联邦税务总局

德国联邦司法部

德国驻华使馆

德国工商总会

德国商务门户网站

欧洲中央银行

欧盟委员会

其他部分

中国外交部、中国发改委、中国商务部、中国台湾省经济部门、中国香港特区企业注册
管理中心、加拿大政府投资合作司和美国中央情报局的数据

中国商务部网站

http://eg.mofcom.gov.cn/index.shtml

http://tz.mofcom.gov.cn/static/column/ddgk/zwjingji.html/1

埃及投资与自由区管理局

http://www.gafinet.org/